風雲時代

風雲時代

傾國之戀

楊貴妃與唐明皇的愛情故事

卷下 長恨歌

【新修版】

巍石 著

傾國之戀 楊貴妃與唐明皇的愛情故事(下)〔新修版〕

作　　者：巍　石
發 行 人：陳曉林
出 版 所：風雲時代出版股份有限公司
地　　址：105台北市民生東路五段178號7樓之3
風雲書網：http://www.eastbooks.com.tw
官方部落格：http://eastbooks.pixnet.net/blog
信　　箱：h7560949@ms15.hinet.net
郵撥帳號：12043291
服務專線：(02)27560949
傳眞專線：(02)27653799
執行主編：劉宇青
美術編輯：吳宗潔

法律顧問：永然法律事務所　　李永然律師
　　　　　北辰著作權事務所　蕭雄淋律師
版權授權：北京樂土文化藝術有限公司
初版換封：2015年1月

ISBN：978-986-352-122-8

總 經 銷：成信文化事業股份有限公司
地　　址：新北市新店區中正路四維巷二弄2號4樓
電　　話：(02)2219-2080

行政院新聞局局版台業字第3595號
營利事業統一編號22759935
©2015 by Storm & Stress Publishing Co.Printed in Taiwan

定 價：250元
版權所有　翻印必究

◎ 如有缺頁或裝訂錯誤，請退回本社更換

國家圖書館出版品預行編目資料

傾國之戀 / 巍石著. — 修訂初版. — 臺北市
: 風雲時代, 2014.12
冊；　公分
ISBN 978-986-352-122-8(下冊：平裝)

857.7　　103022895

目錄

目錄

第八章　三千寵愛

大唐盛世，四海升平，玄宗頗為自得，他覺得自己也該享樂一番了。他把政事一併推給宰相李林甫，一味挖空心思哄著他的玉環開心……集三千寵愛於一身的楊玉環，依然天真爛漫，她不知道自己的一句玩笑，就讓對她言聽計從的玄宗把詩仙李白打入了冷宮；也不知道為了封自己為貴妃，玄宗忤悖了法理；更不知道為了讓她吃上鮮嫩的荔枝，玄宗不惜動用千軍萬馬。她只知道，她若想要天上的星星，她的三郎也會給她摘下來……

當京城長安大街小巷都在傳講著李白的詩名的時候，這位被稱爲詩仙的大詩人在幹什麼呢？此時的李白已經有四十二歲了，他剛從外地遊玩回來，正在南陵的鄉下與老婆孩子在一起過日子。

李白出生地不是中原，是在安西都督府的碎葉，那裏胡人聚集，所以從小李白身上就有著胡人寬廣的胸襟和馳騁四方的欲望，由於家族中有人與胡人通商，他還懂得吐蕃文，待年長後，就挾劍入川，後順江而下，一路詩文出川，沿途看遍山河美景，留下許多名作佳篇。也許是才高八斗的緣故，從小李白就有著遠大的抱負，想有機會一展雄才偉略，施展治國安邦的理想。只可惜無人識才，或是他太過狷介，不願與他人同流合污。

幾年前，他曾抱著滿腔的期待與熱情到京都長安，希望在這全國政治經濟文化的中心地，能被人賞識，把他向明皇推薦，給他一個施展抱負的機會，但他失望了。不過也不是全沒收穫，他結交了賀知章、李適之、張旭這些文友加酒友。記得他第一次見賀知章時，把他出川時所寫的〈蜀道難〉給賀知章看。賀知章一看就被驚住了，捧著讀了幾遍還愛不釋手，最後讚歎地說：「你真是『謫仙人』。」意思是說他不是凡間之人，是上天被貶下界的仙人。

誇張的讚歎讓李白看到賀知章一顆真誠的心，兩人的關係比一般人更是不同，性情相投，兩人遂成莫逆之交。也許是同為讀書人的緣故，賀知章知道李白心中所想的到底是什麼，雖然李白寫了那麼多膾炙人口的詩篇，但他知道愈是能寫出瑰麗詩篇的人，胸中愈是有著萬丈的抱負，從文自認為有安邦之策，習武可開疆保土，他們最後的目的都想在仕途上有所發展，當上大官，實現自己的理想。他在李白的身上也看到了這點。

也許是賀知章年齡比李白要大了不少，或許又是賀知章在官場中摸爬滾打的時間久了的緣故，他心中明白，李白的滿腔抱負還有著幼稚的一面，作為詩人，他文高八斗，如果為官，他還遠沒有畢業。賀知章作為一個骨子裏是文人的官員，他深知文人的性情在官場中是混不開的，要想謀得一官半職，必須捨棄文人身上的某些東西，某些狂傲，而文人失去那些品質，他也就不成其為文人了。

就是因為這些，賀知章從心裏並不是特別贊成李白入京，他想，以李白的清高與狷傲，或許他更應該遊手好閒於江湖，這樣無拘無束，更能讓他的詩情充分淋漓地表達。如果他入京，為了在仕途發展，必然要收斂他詩人的光芒，那是賀知章不願看到的，如果繼續保有詩人的氣質，自然也會碰個頭破血流，說不定還有無妄之災。

但賀知章又抱著僥倖心理，以爲萬事須有人意想不到的一面，看皇上對李白這樣看重，說不定能給李白帶來超乎常人的命運也講不清。他希望李白能得到皇上的垂青與賞識。

天寶元年九月底的時節，名滿天下的大詩人李白來到了京城長安。他首先去拜訪了賀知章，從賀知章那裏，李白探聽到了皇上召見他的前因後果，這讓他心裏踏實了一些。就是說，皇上確確實實是因爲仰慕他的詩名才請他來京的，這對他來說應是一個好兆頭。

李白第一次覲見皇上，是由秘書監賀知章陪同，這也讓李白心裏踏實一點。在沒正式召見李白之前，因了吳筠和賀知章的推薦，玄宗也著意把李白的詩找來好好地讀了一下，發現李白果然是個才華橫溢的詩人，詩中瑰麗的意境出人想像，讓人神遊天外。

像這樣的接見，第一次一般不能進行深談，只能是一些草草的相詢，當然是皇上對李白的詢問。玄宗略問了一下李白的祖籍和遊玩的地方，以及近來有無詩作。

稍坐了一下後，玄宗說：「卿是布衣，名爲朕知，非素道義，何以得此。」這是對李白的一番誇讚，意思是，你本是一個平民百姓，名聲卻能被我聽說，要不是你平時一貫講求道義的話，怎麼會這樣呢。皇上不好說是因爲你的詩名大，而是說李白是道義之人，這個範圍就廣了，這是爲君者的話。

第一次被皇上接見，沒有坐太久，李白和陪同的賀知章就起身告辭了。隨後他便被安排在專門接待皇家延攬四方賢達的賓館，因爲他還沒有被安排官職。自從李白被皇上接見過後，他的名字便在長安傳開了，原先相識的，自不必說，登門拜訪，飲酒應酬，不相識的，讓相識的人引見著，都想早日一睹盛名久傳的詩人一面。

這種杯酒盡興的日子是李白願意過的，他整天應酬於茶寮酒肆間，與朋友唱合於館舍府宅中。此時，正好，長安城中正在風行鬥雞這一賭博的遊戲，李白一見到這個遊戲就熱心地耽迷了進去。

一天，李白正在鬥雞場中留連觀看，接到皇上詔命，要他再次進宮相見。到了宮中，也沒有什麼事，只是玄宗皇帝在舉行一次宮廷內宴，突然想到了李白，不知他來長安這些天都做了什麼，出於對他的關心，把他喊來一起吃個飯。

因爲是內廷宴會，參加的人很少，宴會中間，樂班唱奏了李白的詩作。因爲不再是第一次相見，皇上與李白間的氣氛相對融洽了些，李白詳細講了他在巴蜀時的見聞，聽得玄宗興味盎然。席間，玄宗還親自調羹賜與李白，這對於李白來講，真是莫大的榮寵，因爲要知道，此時的李白，還是一個布衣呢。不過，此次宴會後，玄宗就給了李白一個官職，就是供奉翰林，爲翰林學士。

翰林學士，這是個很清高和優越的職位，但不是官，不處理具體的事務。爲什麼這樣說呢？翰林學士一般都是一些高官兼職的，是專門爲皇帝起草重要文書的，都是一些有才學之士可以擔當的，如果你當了翰林學士，就說明你的才學被皇帝所賞識，升遷之日過不了多久就會來到，而要升的官，大多都是重要的官職，十有八九都是宰相類較高的官位。

皇帝的親手調羹和翰林學士的職位，讓李白更是名聲大振。李白也是志得意滿，期待著不日謀取高官，一展英才。只有熟悉官場的賀知章深得其中訣竅，看透這些外在的花巧，知道這些都是虛的，頂不得半點真，皇上與文人打了半輩子的交道，對文人的脾性摸得一清二楚，對文人的策略也是半打半拉，遠的張說不說，近的張九齡不就是一個榜樣嗎。皇上絕不會頭腦一時發熱，聽信一個文人的一面之辭就委以高官，讓他去施展胸中的抱負的，以致誤國誤人的。

玄宗也確實就如賀知章所了解的那樣，他與文人可算是打了半輩子的交道，對所謂的文人也是心知肚明得不得了，他知道，當你去聽那些文人的口頭之辭時，無不誇誇其談，一套套地治國安邦之計，但如果你當真放手讓他去做時，他們就會把國家搞得一團糟，連一個平庸之才的水平也達不到。因此，對文人，玄宗向來是敬而遠之，嘴裏說的是一套，對他們的起用，又是一套，他更看重那些沒有多少文采但更會處理實際事務的官吏。

對李白，玄宗更多的是體現一種他廣攬名士的胸襟，當然，看過李白的詩後，他也是佩服李白的才學的，但在玄宗的心底，他有著一種看法，就是文采愈出眾的人，愈不能讓他擔任高官，不然，對他的才學與國家都是會有傷害的。這與李白心中所祈願的大相徑庭，而他還在抱著一腔幻想呢。

玄宗自然沒有忘記最初要召李白入京的目的，就是讓他爲歌舞〈霓裳羽衣曲〉賦寫新詞。

日子過得很快，轉眼間到了天寶二年的春天，經過一冬的蟄伏，人的精神又都回復了，楊玉環又和玄宗提起了他們念念不忘的歌舞來，經過二人的不斷鑽研，〈霓裳羽衣曲〉已經大體完成，這中間不能不說楊玉環付出了許多努力。原來，她自從入宮後，整日與玄宗遊樂，梨園弟子她已經大多相熟，內班的樂伎中有不少傑出的人才，她在玄宗不在時，就與他們在一起，學歌、學舞，撥弄各種樂器，她悟性極好，精力充沛，常常一點就通，而且常常發揮開去，與她自己專長的舞蹈相結合，通常能創造出令人意想不到的新穎舞姿來。

在〈霓裳羽衣曲〉這齣歌舞中，既有樸素簡單的個人獨舞、獨唱、獨奏的場面，也有成百人成舞的華麗場面，這是玄宗所喜歡的。整部歌舞演奏下來，要樂工幾十人，舞者達二百多人，可謂規模空前，無出其右。

在舞蹈方面，楊玉環更是進行了精心的編排，這除了出於她的愛好外，還得力於她發現了一個出色的小舞伴，這個小舞伴名叫謝阿蠻。

有一次，在宮廷的宴樂中，一位名叫范漢大娘子的進來獻技，只見她手拿一根大毛竿在手上不斷往旋周繞，而在竿頂的卻是一位身材靈活的小姑娘不停地做著各種各樣的驚險動作。只見她一會兒順竿而上，靈活如猿猴，爬到竿頂，單手倒立於頂上，雙腿還能大劈地旋轉做花樣，一會兒側身抱竿靠腰腹的肌肉支撐著做垂直於竿子的動作。

而這一切都是在一根大竿子上完成的，這根竿子又是托在下面一個人手裏的，有時，為了增加驚險，范漢大娘子故意使竿子抖動搖擺，直看得叫人心裏捏著一把汗，數次驚呼出聲，但每次都似乎在間不容髮之即，小姑娘憑著她的敏捷與膽大博得了眾人的喝彩，特別是楊玉環的喝彩。

表演完畢後，楊玉環把那個小姑娘叫到面前，問她叫什麼名字。她說叫謝阿蠻。謝阿蠻？謝阿蠻？楊玉環只覺得這個名字很熟，似乎在哪裏聽過，再凝神看去，發現名叫謝阿蠻的小姑娘並不小，也許是長期做表演的原因，只是身材比常人小巧些，一問年齡，果然也有十七八歲了。楊玉環突然想起小時候在蜀中時曾遇到過一個叫謝阿蠻的賣藝小姑娘，不知是不是眼前此人，似乎不是，因為眼前的謝阿蠻是新豐人，而新豐就是長安附近。但不管是不是，問問不妨。

不想，一問之下，眼前的這個謝阿蠻就是楊玉環早年在蜀中所遇的那個謝阿蠻，原來像她們這樣的賣藝人因為常年跑江湖賣藝，常常不在一個固定的班子裏待長，在哪個班子，就隨著那個班子的籍貫來講自己的籍貫，范漢大娘子和現在謝阿蠻所待的班子的籍貫在新豐，她們自然也就說自己的籍貫在新豐了。

一聽說眼前的謝阿蠻竟是自己早年的小夥伴，楊玉環激動地把她招到身邊坐下，詢問她這些年都是如何度過的，還記得她嗎？

對於楊玉環早年的印象，謝阿蠻是不記得的了，但她常年行走江湖，早就磨練成了乖巧的性格，雖然她還沒有弄清楊玉環的身分，但見皇上對她都百般寵愛，哪還有不巴結之理，連忙說記得記得。還說她記得還有一位小姐姐呢。

「那是我三姐啊。」聽謝阿蠻果然是有一點印象，楊玉環高興了。

「那位小姐姐呢？」精靈的謝阿蠻故意裝作不把眼前的貴人太放在眼裏，嘴裏不停地喊著「小姐姐」以套近乎。

「是啊，只聽你說過你的三個姐姐在蜀中，也應該接她們來長安玩玩了吧。」玄宗聽到這裏，在一旁插話道。

「我也很想見她們，不過聽家裏人說，她們近期就會來的。那時就可以見到啦。」因爲這層關係，楊玉環對謝阿蠻特別呵護，把她從賣藝的班子裏直接要到舞坊中去，靠近自己，隨時可以喊來說話解悶。精乖的謝阿蠻走南闖北，在江湖中廝混得多了，見聞廣博，三教九流，無不在胸，又加上她著意要討楊玉環的歡心，一意賣乖奉承，只把楊玉環哄得歡心大開，兩人時常相伴，真是說不出的親密，分不開的形影不離。就連玄宗對她也頗有好感。

不過，謝阿蠻對舞蹈也確實有她的一套，她長年賣藝江湖，對各地舞蹈種類涉獵最多，加之她有著常人不可企及的柔軟腰身，常常能在舞蹈上與楊玉環找到共同語言，對楊玉環編制〈霓裳羽衣曲〉中的舞蹈起到很大作用，有時，她也直接參與進去，鑒於此，楊玉環在舞蹈動作中也編排了一段適宜於她的獨舞，主要以花樣的繁複和舞姿的靈活多變爲主，不求精神上的美感，但求視覺上的好看。

待〈霓裳羽衣曲〉大體編排完畢後，玄宗與楊玉環就想正式試演一次，一來看看整體間還有什麼地方不流暢，二來讓大詩人李白看了，寫出好的歌詞來。

當暮色還沒有完全消失時，一切安排就緒，明亮的宮燈照耀在道路和殿角，最好的樂工與唱師都來了，琵琶國手賀懷智，樂工馬仙期、張野狐，宮廷樂師中唱得最好的李龜年，名震天下的大詩人李白也已經隨侍在旁。

在一陣由簡入繁的鼓聲中，歌舞的序幕拉開了，天邊的雲霞還沒有散盡，霞光鋪瀉在半明半暗的天空，一隊身披輕紗的舞女首先出場表演，她們好似一隊仙女臨塵下凡一樣，又似天界雲間，一下就把人們帶入了半仙半幻的境地。隨著霞光的散盡，天色暗了下來，短暫的靜場後，突然一位巧纖的舞女急驟地狂舞著而入場，不用說，這一定是謝阿蠻了。

只見她纖腰如弱柳，身柔似無骨，一會兒把腿繞到前頸和胸前，一會兒把腰彎到雙胯之間，更讓人讚歎的是，她竟能在花枝間飛渡來往，原來，謝阿蠻白天時，早在花叢間綁了一條細繩子，當夜色籠罩中，誰也不會看到它，當她突然躍起在那條繩子上跳躍前行，並不斷做出花樣時，人們當真以爲她身輕如燕，能憑藉著花枝的起伏而跳舞呢，無不發出讚歎之聲。最後，她飛躍而下，從侍女手中分別拿來兩杯酒，獻在楊玉環和皇上面前。

楊玉環看了拍手叫好，玄宗也是心醉神迷。在這種氣氛的刺激下，楊玉環不再要別人相邀，她主動地下到場中舞起來，此時，也正好該到她領舞的那一節了。但見楊玉環的舞姿與謝阿蠻的又自不同，如果說謝阿蠻的舞姿以靈巧取勝的話，那麼楊玉環的舞姿給人一種雍容華貴的感覺，她慢舞如梨花綻於枝頭，又如秋菊靜夜吐芳，讓人有心胸爲之潔白之感，她快舞似瑞雪飄撒，銀河下泄，又讓人心爲之靈動。在華燈的映照下，在絲竹聲樂的流淌中，美豔超群的楊玉環望去綽約如仙子，飄渺似嫦娥，直看得人如癡如醉，不知身在何處了。

李白雖遊歷過許多地方，但如這般豪華奢侈的場面還從未見過，他被這絢麗的場景所吸引，所陶醉，從而詩興勃發。特別是楊玉環那超塵拔俗的舞姿與美豔，更讓他神遊天外。詩情在胸中湧動，妙句在腦海遊蕩，但總覺得少了點什麼，不能像以往那樣一蹴而就，揮毫成篇。

玄宗見了李白的神態，知道他詩興將發，早命人把印有皇家徽號的金花箋遞到了他的面前，再讓人在一旁筆墨侍候。李白此時卻陷入焦燥不寧之中，明明頭腦中有一些將要成形的詩句，等他就要把它們凝於筆端時，它們卻一個個從他的腦子裏溜走了，這在以前是從未有過的，這怎能讓他不著急呢。突然，他明白了，此時此景，對他來說，少的只有一樣東西，那就是酒。想往日，每逢作詩，他必飲酒，每飲必醉，每醉必有佳句。可今天，因爲是在皇上面前，他不敢太過放肆，幾乎沒怎麼飲酒，詩情受阻，才思凝滯，故不能一揮而就。

玄宗見李白幾次拈筆欲書，但最後都又把筆放了下來，不知何故，於是他把目光投向賀知章，想問問他這是什麼原因。其實李白的舉動也沒有逃過賀知章的眼睛，做爲老朋友，他了解李白此時舉措後的心情，那就是沒有酒來催發他的詩興，沒有酒對他的迷醉也就沒有詩情的飄逸。於是，他趨步向前，對玄宗稟告了李白的這一寫詩必要醉的特性。

玄宗聽了，想這有何難，既然李白要喝了酒才能寫出好詩，那就讓他喝吧，我後宮別的沒有，好酒還是有的，何不早說。於是，立即有人捧上一瓶好酒到了李白的桌前。李白看了突然捧到他案前的酒，心裏有些納悶，他向皇上看了看，皇上對著他笑著點了點頭，他再看看賀知章，賀知章向他做了個飲酒的姿勢。於是，李白明白了，他不再客氣，立即把瓶中美酒倒入杯中，一飲而盡。

幾杯酒下肚，李白醉眼惺忪，變得目光虛幻起來，此時，從他的眼中望去，一切實際場景都似換了一個樣子，場中的楊玉環不再是個具體的女子，而就是飄渺於月宮的嫦娥，那明亮的燈光就是月光，那婆娑的花枝就是瓊樹玉瓣。詩情在胸中湧蕩，酒打開了淤塞他才華的通道，一陣清風從身旁蕩起，他覺得自己身輕如燕，已可乘風欲去，於是，他抓起筆來，飽蘸墨汁，在金花箋上筆走龍蛇，那些詩句幾乎不是他腦子中想出來，而是從清風中、從雲端間、從月光中自然而然流淌出來的。

飲了酒的李白快速寫出了〈清平調〉三首詩。

雲想衣裳花想容，春風拂檻露華濃。
若非群玉山頭見，會向瑤台月下逢。
一枝紅豔露凝香，雲雨巫山枉斷腸。
借問漢宮誰得似，可憐飛燕倚新妝。
名花傾國兩相歡，常得君王帶笑看。
解釋春風無限恨，沉香亭北倚欄杆。

詩寫得酣暢淋漓，又清雅有致，名爲「清平調」，果如其名。當墨汁未乾的三首詩呈於玄宗面前時，玄宗看了後是拍案叫絕，他立馬讓李龜年配曲歌唱。李龜年果然也是行家裏手，沒過一會兒，就爲三首詩譜了很般配的曲子，並由他親自歌唱。

只見李龜年手執檀板，兩邊分站著四男四女，他們是要疊和每首詩的最後一句的。每當李龜年清亮的嗓子唱出一首詩時，就讓人有如浴月宮清輝之感，而四男四女最後一句的疊唱，更有月湧雲翻之聲勢。詩是那樣輕盈，歌是那樣高超，讓人久聽不厭。玄宗喝了一大杯酒，讓李龜年再唱，而他親自吹玉笛爲之伴奏。楊玉環也沉醉其中，以象牙筷子擊打玉杯作爲應和。

歌舞因爲李白的「清平調」三首詩達到了高潮，「雲想衣裳花想容」、「名花傾國兩相歡」，人們一遍又一遍玩賞著其中的妙句，留戀不去。這是歡樂的時分，繁華陪襯，及時行樂，每個人都醉了。歌舞直到深夜很久才散。

自此後，詩仙李白的詩名更大了，京城長安大街小巷都在傳唱他的詩作，而他也詩情迸發，一發不可收拾，每當皇上有大型宴樂時把他喊去，他都有好的詩句問世，一時間他的詩成了人人能歌的熱門歌詞。能經常地侍宴，又常常能看到皇上，並得到皇上的垂青，李白以爲自己青雲直上的時日就會來到，實現心中理想不再是遠不可及的事，因此他意氣風發，傲世群才，大有舍我其誰的感覺。但李白不知，因爲他的太過特出，已經有人在妒忌他了，對他的命運的打擊的後果也就不可避免了。

在對李白妒恨的人中屬高力士對他最看不順眼了，這是爲何呢？按理說，高力士不是文人，只有文人才相輕啊，但高力士厭恨李白是另有隱情。因爲李白看不起高力士，從不拿高力士當一回事，這讓在宮中一直得寵的高將軍怎麼受得了呢？

這講起來，確實有點怨李白，也許是李白是布衣出身的原因，從小書看得多，心裏對權貴有著天生的反感，運用到實際中，就顯得生硬不圓滑，再說，高力士在他眼裏僅是個宦官，可能在李白眼裏，宦官除了侍候人就會撥弄是非，心理都不是很健康的人，他壓根兒沒有把他們當回事。哪知，遊遍天下的李白卻不知深宮中的事，哪怕是一個宦官，無用的人，但因爲天天在皇上面前，他的力量也是不可低估的。再說，高力士還是宦官的頭兒呢。

讓高力士對李白反感的還有一個原因，就是自從李白一來，把宮中原本很好的秩序都搞亂了，這讓他大爲惱火。要知道，高力士做爲宮中宦官頭，凡事但求穩定無事爲上策，而李白被皇上賞識以後，皇上顯然增加了宴樂的次數，每宴必請李白到場賦詩，以增雅興，那個李白也不知身上有著什麼魔力，每次都能把宴會的氣氛推向高潮，讓皇上留連忘返，忘了休息。這對上了年歲的皇上身體是不好的，但這個除了他高力士能想到外，誰不想著天天歡娛才好。爲此，高力士從心裏反感李白，認爲他早一天離開京城長安，早一天對大家都是好事。

高力士爲了早日把李白從皇上身邊弄走，最好讓他離開長安，開始動起了腦筋。他想，皇上現在正寵愛著李白，要想一下就把他從皇上身旁趕開，看來很難辦到，不過，不用著急，我可以利用日夜侍候皇上的機會多煽煽風，點點火，慢慢說說李白的壞話，讓皇上一點點地討厭起他來。

好像凡事都有感應似的，高力士還沒在李白身上找到碴，李白已經調弄起高力士來了。

原來這天吐蕃國使者持書來朝，吐蕃國的國書自然是吐蕃文寫成的，按理，對這種不是漢文寫成的文書，有專門的部門翻譯和整理，然後再呈給皇上。但今天不知怎的，玄宗突然心血來潮，要讓李白看一看吐蕃國的來書，因爲他曾聽李白說過，他是懂得吐蕃文的。這當然純粹是爲了好玩。

此時的李白在哪裏呢？他不在皇上的身邊，也不在文人中談詩論詞，他正混跡於街頭看罷鬥雞走狗後，在街頭一家酒肆沽酒痛飲呢。聽說皇上要宣李白來讀蠻書，高力士立即主動請纓去找李白。這事本來用不著勞動他高將軍的大駕，但對李白的行蹤瞭若指掌的高力士一定要親自去尋找他，高力士知道李白一定會在街頭痛飲，爛醉如泥，他怕別人去了拖不來李白，他去了說什麼也要把他弄來，就是抬也要把他抬來，讓他在皇上面前出出醜，丟丟人。

果不其然，高力士在街頭找到了李白，看著李白爛醉在地扶都扶不起來的樣子，聞著他嘴裏噴出的沖天酒氣，高力士暗暗歡喜，心想，李白，看你這神智不清的樣子，怎麼去認那些像小蟲子樣的文字。想到這裏，他揮手讓跟去的小太監把李白架起來，向宮中走去。

到了宮中，皇上一看酒氣熏天的李白，眉頭不禁皺了皺。李白還好，總算還認得皇上，他趴在地上給玄宗磕了個頭，告罪自己不該喝這麼多酒。玄宗不僅不見怪李白的無禮，相反，似乎還很欣賞他這種灑脫不羈的神態，他讓李白不要多禮，賜座。如果說平日李白腦子裏還有點尊卑禮節的話，喝了酒的李白腦子裏徹底就沒有了這些，他大大咧咧地躺坐在椅子上，醉醺醺地說：「我還沒有喝好，還要喝。」

玄宗說：「李愛卿，酒有的是，不怕你喝不夠。上次，朕聽說你懂得吐蕃文，這次吐蕃國進書，朕想請你來看看，並酌句代筆回書一封。」

「這有何難。臣遵旨就是。」但李白光說不動，他醉得起不了身了。

看到這種光景，高力士暗暗得意，心想，李白，看你丟醜的時候到了，說不定，皇上會辦你個不敬之罪，那你就有得瞧了。但他高興得太早了，原來皇上看李白醉得連站都站不起來，就傳旨讓他脫去靴子坐在榻上。聽到這話的李白，卻把腳伸到了高力士的面前，雖然他沒有講話，但意思很明白，就是讓高力士替他脫靴子。

高力士大怒，他想，你李白真是醉得不知東南西北了，竟讓我替你脫起靴子來，你是個什麼東西。不禁對他怒目而視。而看到這一幕的玄宗，卻不禁哈哈大笑起來，他爲李白的狷狂而心儀，又爲高力士的窘迫與含怒而好笑。或許是爲了更加好笑和出彩，玄宗竟笑著說：「力士，你就爲李翰林脫一下靴子吧。」

聽了皇上這話，高力士嘴裏不禁喃喃道：「這個，可是……」他爲難起來，但他到底不敢違逆聖旨，看著李白高高翹起的腳，他不得不彎下腰去。

高力士捋起袖子，用力把李白左腳上的靴子脫了下來。李白的靴子上也不知沾了什麼東西，一股難聞的味道直沖鼻端。當高力士再去脫李白右腳上的靴子時，也許是李白故意想戲弄他一下，不知用了什麼方法，靴子在腳上就是脫不下來。高力士一再地用勁，但那靴子就像長在李白的腳上一樣，只是隨著腳在伸縮，就是不下來。高力士連急帶氣，已是滿頭大汗，他這樣大的年齡，卻要受面前這個李白的窩囊氣，平日皇上對他禮遇有加，講話都比別人客氣三分，今天不知怎麼了，似乎有意要看他的笑話，讓他丟醜，看他進退兩難的窘迫樣子，只是哈哈大笑，而不出言替他解圍。

好不容易，高力士把李白右腳上的靴子也脫了下來，他也累得幾乎要癱在地上。皇上也笑得差不多了。命李白趕快把那份吐蕃送來的國書念給他聽聽。

醉眼惺忪的李白接過太監遞過的國書，見上面寫滿了吐蕃文。這難不倒他，那一個個奇形怪狀的吐蕃文在別人眼裏猶如蝌蚪，而在他眼裏都有著代表它們的本意。於是，他大聲地把內容念了出來。

玄宗聽李白念完後，說不忙，從身旁喚出一人，問他李白念的是否正確。那人忙稟報道：「回稟皇上，李翰林念得一點不差，不僅不差，而且還翻譯得文辭斐然，超出眾人。」

原來玄宗怕李白不認識吐蕃文，給他一通胡說，早預備下了通譯局的官員在此，一辯正誤。聽了這話，玄宗含笑點頭，說：「李愛卿，你即對吐蕃文這樣熟悉，就馬上替朕寫一封回信吧，只是也要用吐蕃文寫，方顯得我大唐人才濟濟，讓他不敢小覷我天朝。」

李白也不推辭，他跌跌撞撞地站起來，穿上皇上讓人拿來的一雙新靴子，來到鋪著紙墨的案前，只見他稍一凝神，即筆走龍蛇，點點劃劃，一封回覆吐蕃國的國書，瞬間一氣呵成。看李白的書法，乍看不成章法，但細瞧又如雲湧浪起，氣勢磅礴，縱橫交合，氣度不凡。當時寫草書最好的要屬張旭了，人稱之爲「草聖」，但看李白的這篇醉書，似乎也可稱之爲醉聖了。

李白直到從宮中出來，似乎都沒有醒來。

在今天這場李白醉酒答蠻書的活動中，玄宗是高興的，楊玉環是高興的，因爲他們從中得到了歡樂，李白說不上什麼高興與否，他沉醉在酒鄉，對身外一切都渾渾噩噩，了無知覺。只有一個人是痛苦的，是憤恨的，他就是高力士。他覺得今天他就像一個小丑一樣被李白耍了。

你想吧，他，堂堂的左監門大將軍，正三品的官，統領內宮大大小小上千太監，平日，誰見著不對他低頭哈腰，除了皇上，誰敢對他不敬，誰對他不巴結奉承，今天好了，一個小小的布衣李白，頭上頂著個虛銜翰林就猖狂得不得了，竟讓他爲他脫靴，還是當著那麼多人的面，還把腳翹那麼高，這也太不把他放在眼裏。每想到這些，高力士就覺得自己胸口堵著一口氣。不行，他這口氣咽不下，一定要對李

白報復，洗雪脫靴之恥。

高力士左思右想，實在不知從哪裏打擊李白，因爲李白現在正是皇上眼前的紅人，正被皇上所賞識，不容易在皇上面前進他的讒言，不然，皇上也不會讓他去爲李白脫靴開玩笑了。但當真就沒有辦法了嗎？常言說，世上沒有辦不成的事，這面不行，可以通過別的方面排擠李白。那又從哪方面呢？

高力士自然想到了楊玉環，因爲現在皇上與太真妃正情投意合，一日不見如隔三秋的時候，讓太真妃在皇上耳邊吹吹風，這比自己說上一白句都要有用。可是太真妃現在對李白也是青睞有加，很賞識他的才華，遊玩和宴樂總讓人先把李白喊來。高力士實在不明白，那個李白有什麼屁才華，不就會寫幾句詩，在皇上高興的時候，即興吟兩句湊趣的詩嗎，那就叫有才華了？我怎麼看不出來，什麼「雲想衣裳花想容，春風拂檻露華濃。」什麼「借問漢宮誰得似，可憐飛燕倚新妝。」慢著，這句詩怎麼寫來著，「借問漢宮誰得似，可憐飛燕倚新妝，」其中有名堂，不可不捉摸。

「漢宮飛燕？」高力士嘴裏喃喃道。忽然，他似乎醒悟了，漢宮飛燕，那不是趙飛燕嗎？她是漢朝漢成帝的皇后，聽說是個名聲不檢的女人，啊，李白，你好大的膽子，竟然拿趙飛燕來比太真妃。哈哈，李白，這真是踏破鐵鞋無覓處，得來全不費功夫，原來活該你倒楣，瞧我不好好在太真妃面前替你「美言」兩句，讓你吃不了兜著走。

高力士連忙來到楊玉環的面前，瞅準時機對楊玉環說：「太真妃，老奴心裏有一事，不知當說不當說？」

「阿翁，有什麼事，你不妨明言，你又不是外人了。」

「是這樣的，那個李白太過恃才傲物……」

「啊，阿翁，今天皇上不過是和你開了個玩笑，你不要怪罪李白。」一想到白天的情景，楊玉環還禁不住想笑。

「回太真妃，皇上無論對奴才怎麼樣，奴才也不敢心有怨言，奴才想講的是另外一件事。」

「噢，什麼事？」

「太真妃一定記得李白為你寫的〈清平調〉三首詞吧，現在這三首詞已經傳遍京城長安了。」

「我記得，怎麼啦？這三首詞寫得太好了，李白不愧是個大詩人。」

「太真妃，恕奴才大膽，奴才從這三首詩中看出了李白的險惡用心，他居心叵測，詩中明是讚美太真妃，實是貶損你。」

「什麼？你是說李白在詩中諷刺我？我怎麼沒看出來？」

「那是太真妃心地太過仁慈，沒有留心。太真妃一定記得詩中有這麼一句『借問漢宮誰得似，可憐飛燕倚新妝。』」

「有，怎麼啦？」

「太真妃還不知詩中所講的飛燕是誰吧？她可是漢成帝時的皇后，歷史上大大有名的大美人。」

「李白用歷史上出名的大美人來比喻我，沒什麼不好啊！」

「不好。那趙飛燕皇后，雖是歷史上出名的大美人，但名聲並不好，聽說與一個名叫燕赤風的男人有染，太真妃，李白用這樣一個名聲有污點的人來比喻你，是不是他另有所指，暗藏禍心呢？還有，那趙飛燕身輕如燕，聽說能在人托著的水晶盤子上跳舞，而太真妃你卻身材豐腴，李白這樣說，是不是在諷刺你太過……啊，請恕奴才無禮。」

聽了高力士這番話，楊玉環不再作聲，顯然高力士的話打動了她的心。高力士說的什麼胖瘦倒無所謂，讓楊玉環往心裏去的是他的前半部分話，就是李白把自己和名聲不好的趙飛燕扯到一起。

別看楊玉環平時沒有心機的樣子，其實在心裏她對名聲還是挺在乎的，因爲她先嫁壽王，再隨皇上，即使別人不說，她想起心裏總是有一絲不妥。這也是她怕見父親的緣故。

也許是楊玉環太過敏感的原因，聽了高力士的一番胡扯，竟信以爲真，心裏對李白恨恨不已。她想，李白李白，我還當你是個名士呢，哪知道你陰險狡猾，別有用心，胸懷一點都不光明磊落，借古人來諷刺我，枉我還把你當君子，你把我比作誰不好，比作那個賤人趙飛燕，趙飛燕後來穢亂宮廷，被廢爲庶人，自盡身亡，你知不知道？你把我比作她，是不是也想讓我有著與她一樣的命運？

高力士見達到了目的，就不再言語，他心中暗自得意，心想，李白，你得罪我沒關係，你得罪了太真妃就有得你瞧的了，你這個窮酸文人，從哪裏來還滾到哪裏去吧。

其實，李白〈清平調〉中的那句「借問漢宮誰得似，可憐飛燕倚新妝」詩句，本意是讚揚楊玉環的美貌的，就是說趙飛燕可算是出名的美人了，但她還得倚仗新妝，那裏及得眼前花容月貌般的太真妃，不須脂粉，便是天然國色。根本沒有諷刺楊玉環的意思。不想，被高力士一曲解完全變了味，這是他萬萬想不到的。不過，高力士的這一番曲解倒像是詮釋了楊玉環以後的命運，那就是也如趙飛燕一般，最後落得個自盡身亡的境況，並且是在高力士的眼皮底下，這是當時兩個人誰也想不到的。

自此，楊玉環對李白不喜，由原來的敬佩變爲厭恨，以後，她與皇上再遊宴賞玩時，再也不要李白這個大詩人在旁賦詩寫詞了，時間久了，皇上對李白的感情也有了隔閡與疏遠，因爲開初的新鮮勁已經過去，李白再有詩才，也不能天天台轟動的詩篇。

朝廷時時有傾軋，權力的中心處處充滿著陰謀詭計，這是表面的鶯歌燕舞與歡樂掩蓋不了的。文人集團的勾心鬥角，還只是毛毛雨，太子集團與宰相李林甫之間的爭鬥才是兇險的。

李林甫因爲太子不是他所立，心中對他一直猜疑，恨不能讓皇上再次廢黜太子，重新立一個他所中意的皇子。太子李與對這一點是心知肚明的，一直對李林甫也是小心翼翼，不讓他抓住把柄，同時，對李林甫也是時刻注意，準備逮到他的不實之處，把他從相位上拖下來。在天寶二年時，太子一夥終於抓住了李林甫的一個把柄。

這年參加科考的近萬名學子雲集長安，結果只有六十四人入圍，榜上有名，讓許多人想不到的名列榜首的竟是當朝御史中丞張倚的兒子，張倚的兒子大家都了解，是個不學無術的人，「水平」遠近聞名，這樣一個浪蕩公子竟然獨佔科魁，太讓落選的學子們憤慨了。

那些落選的學子們因爲太多的失望，群情湧動，紛紛上書與議論，指責這次的科考是對他們的欺騙，不是唯才是選。因爲此次主持科考的考官多是李林甫的親信，李林甫本人還掛了一個虛銜，太子一夥看到這種情景，就乘此煽風點火，把事態弄得進一步沸沸揚揚。

事情鬧大了，玄宗自然也知曉了，他於「忙」中抽出空來，親自主持了復試。結果可想而知，張公子對著考卷只能發呆，半天沒有寫下一個字，最後竟交了白卷，被人們譏爲「曳白」。「曳白」案讓玄宗大爲光火，下令追究有關人員的責任。於是，李林甫的親信，如吏部侍郎宋遙、苗晉卿，當然還有張倚，全都被貶爲地方官。而做爲科考的最高負責人李林甫卻相安無事。

在此次的較量中，太子一夥可謂打了個小勝仗，雖沒有把李林甫扳倒，但也去掉了他的幾個親信與爪牙。李林甫也知道這其中有太子一夥從中搗鬼，但苦於自己處於被動，又沒抓住他們的證據，不好多說，只能把恨咽在肚子裏，等待以後報復。

如果說這一仗讓太子一夥揚眉吐氣的話，但隨之而來的讓長安百萬人口興奮的大事，更讓他們得意非凡了。這件大事就是江、淮南租庸使韋堅開鑿了幾處運河，再在都城開引水道，又於禁苑以東開了一個湖，引河水入人工湖成望春潭之事。

由於玄宗皇帝追求太多的歡娛和享樂，日常用費日漸奢靡，加之邊庭長年征戰不休，也要大筆開支，府庫漸漸入不敷出，財政的緊張是一件讓玄宗頭痛的事，爲此他想了不少的辦法，但一直效果不是很理想。正在此時，太子的小舅子韋堅似乎明白皇上的心意，給皇上出了個好主意。

韋堅說，長安由於人口眾多，糧食消耗過大，一遇年成歉收，糧價便飛漲，有時，實在不行了，皇上還要帶著百官去東都洛陽，以緩解其中的困難，這一切的原因都是因爲江淮間的糧食和物產很難運進來，平日運糧走的都是水路，一來水路不能相互聯通，爲轉運增加了麻煩，二來，那些江河受季節的影響太大，豐水期河水暴漲有兇險，枯水期又水淺難行。

以往運糧，都是沿河建了許多大糧倉，不能把糧直接運到關中，既耽誤了時間，又增加了運費；依他之見，不如用人力開挖幾條大運河，再把它們串聯起來，使江淮間的物產直運長安，同時，開通的大運河的沿岸還可多建水磨坊，爲皇家增加一筆收入。

聽到這話的玄宗皇帝，心中暗自叫好，立刻委派韋堅去做這事。韋堅也是不辱使命，日夜督促民工開挖河渠，經過兩年的辛苦，此項工程終於完成。功成之日，爲了慶祝，其實更多的是爲了向皇上表功，韋堅特地組織了各地各府的船隻都在這一天雲集望春潭，把自己當地的特產堆集在船頭，向皇上進獻。各地官吏一聽有這個可以當面向皇上表功的機會，無不人人當先，拚命羅列當地的特產，顯得自己的忠心與爲官有方。

玄宗與楊玉環在望春樓上看到的是千檣萬里，漕船從遠處徐徐駛來，連綿達幾里長，望都望不到頭。船魚貫而入，船首有標明地方的字牌，上面滿載著當地的土特產，其中有廣陵郡的船，上面堆著錦緞、銅器、海味；丹陽郡的船，上面有綾衫布料；晉陵郡的船，上有官端陵繡……應有盡有，不一而論。

船不斷地進，各地的奇異物產宛如一次大型博覽會，把京城人看得眼都傻了。經過大世面的玄宗也看得神采飛揚，天朝的富庶，使他從心裏湧出一股難以抑制的自豪感，這是比任何一個奉承拍馬的人講的話都要受用的。這一切都還不是有賴於他這個明君嗎？

進獻物產過後，精彩的表演節目開始了。

第一船上站著的是紅羅紮額，一臂繞錦，穿著半袒綠衫的陝縣尉崔成甫，而在他的兩側是一百個穿著鮮豔服裝的青年女子。她們明眸皓齒，青春活潑，每當崔成甫領頭唱一句時，她們就齊聲應和，鶯聲燕語，嬌囀嫵媚。而她們所唱的歌更是吸引人，她們唱的是一首〈得寶歌〉。

「得寶弘農野，弘農得寶耶！潭裏船車鬧，揚州銅器多。三郎當殿坐，看唱〈得寶歌〉。」歌聲宛囀，歌詞新穎。「三郎」不是別人，正是皇上的乳名。玄宗聽到自己的乳名出現在歌詞中，不僅不生氣，反而還笑吟吟地聽得很專注。原來唐朝的風俗隨和得很，這樣做不僅不是大不敬，反而顯得君民融洽。

隨後，精彩演出不斷，直看得玄宗與楊玉環眉開眼笑。乘別人不注意時，楊玉環輕聲唱道：「得寶弘農野，弘農得寶耶！潭裏船車鬧，揚州銅器多。三郎當殿坐，看唱〈得寶歌〉。」唱完用一雙媚眼看著玄宗。

玄宗用手握著楊玉環的手，輕聲說：「她們一百個人也沒有你一個人唱得好。可惜李翰林今天不在，這種熱鬧的場面，我想他一定會寫出好詩來的。」

一聽玄宗提到李白，楊玉環臉上的笑容立刻沒有了，她故意問道：「哪個李翰林？」

「噫，就是李白啊，怎麼，你把他都忘了嗎？」

「嗯，就是那個借酒裝瘋，不知尊卑秩序的李白嗎？我看他倒也沒什麼超眾的才學。」

「玉環，以前，你不是很器重他的嗎，現在怎麼又這樣輕視他？」

「以前是以前，以前怪我不了解他。好了，不再談他了。」

楊玉環對李白突然改變了態度，這讓玄宗心中納悶，不過，這事他也不太放在心上，李白再有才，也不過只是個小小翰林罷了，怎能與他寵愛的妃子相比呢。

一首首歌把氣氛推向了高潮，最後這齣戲的主角出場了。只見韋堅手捧各地進獻的貨單跪呈在玄宗的面前。面對進獻的百盤珍膳，玄宗龍心大悅，當場下詔表彰了這位勞苦功高的臣子，加封他為左散騎常侍。還把望春潭改名為廣運潭，意為望春只為皇帝一人，廣運是面對百姓全體的，表現了皇上的仁愛與以天下為重的心願。

廣運潭的開挖成功讓韋堅名聲遠播，進一步得到皇上的信任，無形中加強了太子一夥的勢力，與此相對的，李林甫就不高興。他暗中讓人上書，認為這項工程自江淮至京師數千里間，為了開河，壞人墳墓，勞役民間，並非仁政，甚至有人舉隋煬帝開運河的事為鑒。

這讓玄宗氣惱，他想，這幫上書之人，腦袋真是發迂，開發漕運，既節省了運輸的成本，又增加了府庫的收入，何樂而不為，偏偏說什麼勞役民間，年年輾轉運輸，縴拉車推，難道不是勞役民間嗎。對此，玄宗對他們採取不理不睬。李林甫見皇上那邊沒有聲息，也就只能作罷。

由於楊玉環對李白不再感興趣，玄宗以後連起草詔書和侍從游宴的事自然找他的就少了，日久天長，對李白也就不再重視了。本來嘛，玄宗詔命李白進京，也就是要顯示一下他禮賢下士的風度，這一步做到了，旁人也看到了，以後的事他就不去理會了。時間久了，李白的心也就冷了，他看到了自己在宮中的位置和他在皇上眼中的地位，只是皇上顯示風雅的裝飾罷了，對此他心灰意冷，再不想滿腔熱情地要去一展抱負了，他變得意氣消沉，不再快樂。這中間又發生了一件事，讓皇上對李白更加不喜歡。

原來自從賀知章離開京華後，原是八仙中的裴圖南也上表請求還山，而李白在送行時寫了兩首詩，其中竟有「同歸無早晚，穎水有清源。」意思是說，君今天先走一步，我也會走君這一步的，只不過時間早晚罷了。

皇上的女婿張自當即就把李白的詩拿給皇上看，還乘機說了不少李白的壞話。這陣子，正逢玄宗不開心的日子，他看了李白的詩後，心中老大的不高興，對高力士說：「你看，這個人生就一副窮相，他要做隱士，就讓他做去吧。」

玄宗是最恨那種既想當官又想做隱士的人，說什麼身在廟堂而心在江湖，身在江湖而又心繫廟堂，他的邏輯是，你當官就給我好好做官，別想著什麼超脫隱居的，要隱居就去隱居，別又惦記著官名俸祿。兩頭討好。

高力士此時巴不得講講李白的壞話，聽玄宗這樣一說，立即湊上去說：「大家，李白太過好酒，難免誤事。有一次，皇上讓他起草一份詔書，誰知第二天，他酒喝多了，就把內容說了出去。奴才擔心長此下去，會出麻煩。」

皇上聽了高力士的話，沒有多說什麼，只是用鼻子重重嗯了一聲。

李白是個聰明人，他從皇上對他日漸疏遠的態度上，明白自己也到了離開京師的時候了，於是他上表請還。皇上也沒有挽留，准許李白還山，還賜予了黃金，禮儀也很隆重。這是最後做做禮遇賢士的姿態。

「君王雖愛蛾眉好，無奈宮中妒殺人。」

曾滿懷理想入京的李白，在京城沒有待滿三年，就滿懷著惆悵與失落離開了這塊繁華地，去中原大地完成歷史所賦予他的一個大詩人的命運與軌道，而玄宗皇帝與太真妃楊玉環註定也只能完成屬於他們自己的政治命運，他們的相遇，就像歷史夜空中兩條光線偶然相觸，倏然又分開了。

被稱爲詩仙的李白剛離開京城長安，楊玉環的三個姐姐就從巴蜀趕來了，她們分別是崔氏夫人、柳氏夫人、裴氏夫人。原來四妹在京城中的一切她們雖遠在巴蜀，但都聽說了，她們爲自己家族中出了一個這樣的人而高興。李白那些與楊玉環有關的詩已經唱遍天下，從巴蜀來京的一路上，她們幾乎是聽著歌到達的。

三個姐姐到了長安，消息由玉真公主帶給楊玉環。楊玉環一聽三個姐姐同時來到了長安，她心裏喜歡得不得了，想立即就見到她們，但玉真公主對她說，這要內侍省來安排，有一定手續的。楊玉環只能乾等著。

好在，她沒有等得太久，沒過多少日子，她的三個姐姐就把省親的帖子投到了內侍省，由內侍省安排她們入宮的時間。

姐妹四人一見面，不知是喜是悲，雖然有宮中使女在旁，但她們還是執手淚眼相看，互道別來音訊。三個姐姐看到分別多年的四妹楊玉環，現在已經再不是小時見到的模樣，長得真可謂妍容無比，真如李白詩中所贊，傾國傾城，名花帶露，她們看了心裏說不出的歡喜。倒是三姐裴氏夫人很快就從傷感中解脫出來，拉著楊玉環的手讓她帶著她去皇宮各處走走看看，她說要開開眼界。

楊玉環告訴她皇宮很大，要整個看過來，恐怕要三天時間。

「那我就先看看沉香亭吧，李白的詩中一再提到它。」

楊玉環把向北的一面窗子打開，指著荷塘邊的一個亭子說：「那就是沉香亭，只是已經過了牡丹花開的時候，不然四周開滿牡丹，那才叫好看呢，當初建這個亭子就是爲了欣賞牡丹的。」

「我看也很普通嗎，看來文人作品中的東西都帶著點幻想與誇張，還是不要真實看到的好。」

看到三個姐姐如此高興，楊玉環也很歡喜，她知道三姐現今已經成了寡婦，想多少安慰她一下，說：「三姐，三姐夫這麼早就過世了，也夠你傷心的。」

不想，裴氏夫人一點也不難受，她說：「那個病鬼，早點死了倒好，免得日日看了礙眼。」聽到這話，楊玉環心裏有些錯愕，而她的另兩個姐姐卻笑著看著三妹。楊玉環知道她們一定有些事瞞著她，但她們不說，她也不好多問。

原來，裴氏夫人雖然死了丈夫，但生活上並不檢點，風騷得很，身邊的男人並不缺少。這是楊玉環不知道的。

正在她們姐妹相敍別來之情時，皇上來到，但當聽說楊玉環家裏來了人正在接待時，就沒有進來。裴氏夫人一聽皇上就在屋外，急不可待地說：「啊，玉環，皇上應該說是我們的妹夫了吧，那我們就都是他的人姨子了，他應該見見我們啊。」

楊玉環聽了這話笑了，她說：「我與皇上的名份還沒定。」

「什麼還沒定，我聽她們都喊你太真妃，太真妃難道不是名份嗎？」

「太真妃只是爲了方便暫時的稱呼，不是一種冊封。不過，我也不在乎這個，有時想想，沒有正式冊封也好，有些事可以繞過去。」楊玉環講這話的意思是，她一旦正式冊封，父親就要受封，而他對自己的入宮一直是不贊成的，還有就是壽王，不冊封也可迴避與他的關係，如果冊封，她豈不就變成了他的長輩。

但三姐不這樣認爲，她說：「怎麼可以這樣呢，皇上要是真喜歡你，一定要給你個正式名號的，我看呀，就加封你爲皇后算了，反正現在後宮又沒有皇后。」

楊玉環爲三姐的直率而好笑，她說：「後宮沒有皇后已經幾十年了，皇上怎麼會爲了我重立皇后呢。好了，我們不談這個了。」

「爲什麼不能立皇后，以前有過的，現在就不能有了。不行，你把皇上喊進來，我來和他說說。」

其實裴氏夫人是想見見皇上，這不過是她找的藉口。

大姐和二姐也表示了這個意思，想見見皇上。看了三個姐姐的神態，楊玉環就讓人去請皇上來見見她的家人，不過她再三告誡三姐，不要在皇上面前提什麼冊封的事。三姐伸了伸舌頭說：「你自己不想要冊封，我又幹嗎替你開口。」

玄宗聽說來宮中做客的是楊玉環的三個親姐姐，他立即趕了過來。楊玉環把她的三個姐姐向皇上逐一作了介紹。也許是一母所生吧，玄宗看到楊玉環的三個姐姐個個長得都不錯，大姐和二姐顯得端莊，而那個三姐裴氏夫人容貌竟也美得出眾，雖說趕不上楊玉環，但自有她的動人處。她們一個個向皇上行禮。裴氏夫人向玄宗行禮時，還調皮地抬起頭來向他眨了眨眼。

玄宗一生與無數個女人打交道，一看就知道裴氏夫人是個輕佻活潑的女人，雖然她是楊玉環的三姐，但似乎比小妹還要活潑些。他笑嘻嘻地說：「玉環的姐姐我還是第一次見過，我們親戚間太生分了，要常走動爲好。」

「這不能怪我們，陛下，我們住在巴蜀，好不容易才來一趟，哪能說見面就見面呢。」

「噢，你們才從巴蜀來的？那館舍都安排好了嗎？要不要我讓人去安排？」玄宗對玉環的家人很是關心。

「不用了，謝謝皇上，臣妾一切都安排好了。」

「剛才我進來時，你們講什麼呢？」

「沒講什麼，我們正在談論玉環的身分。」口直心快的裴氏夫人說道。

「三姐，不可放肆！」楊玉環連忙阻止三姐的話，但皇上已經聽到了。

「什麼身分？」玄宗問道。

「就是玉環在宮中所應得的地位。這有什麼不能說的。皇上，我說這些，你不會治我的罪吧？」裴氏夫人不理會楊玉環的勸阻。

「噢，你們是要替玉環向我討封來了？講起來這也怪我，早就應該給玉環一個名分了。」

「皇上，不是的，我不在乎的。」楊玉環怕皇上有所誤解，忙辯解道。

玄宗擺了擺手，不讓楊玉環再說下去。他知道楊玉環不是那種對名分計較的人，但不能因爲楊玉環不在乎自己就不給她啊。在這一點上，自己是有愧的。

其實玄宗並不是不想對楊玉環有所封賞，而是有著別的原因耽擱了。首先，楊玉環是以替他母親薦福離開壽王當女道士的，雖然現在宮廷內外都已經知道這是個假相，楊玉環實際已成了皇上的妃子，但如果時間相隔太近，難免會讓人心理上受不了，表面的禮儀還是要維持的；再次就是楊玉環的家人對此可能會不接受，明白地說，就是楊玉環的父親楊玄敫有可能不接受，雖然皇權高於一切，但一個固執的儒生如果搬出孝來，也是說不過他的。

楊玉環當女道士已經氣得他生了一場病，還要辭官不做，如果再嫁給前夫的父親，這種在他看來亂倫的事，說什麼他也是接受不了的，還不知道會做出什麼來呢。

正是如此，玄宗才遲遲沒有給楊玉環一個正式的冊封。好在楊玉環是個沒有野心的人，她對什麼名分從沒在乎過，不像當年武惠妃，還想著讓皇上封她爲皇后。不過以楊玉環現在在宮中的地位來說，其受寵的程度與尊榮，與皇后也沒有什麼區別，實際上後宮中已經無人可在其上了。就因爲這點，對她的稱呼上才顯得有些困難，最後，迫不得已，稱她爲太真妃，而她自己則自稱「娘子」。一點沒有在乎的意思。

今天聽了裴氏夫人的話，玄宗也覺得她問的不是全沒道理。但他不好把其中的原因說給她們聽，就笑著說：「你想我給玉環一個什麼冊封呢？」

「我當然希望你冊封的愈高愈好了，我巴不得你封她爲皇后呢。」直率的裴氏夫人說。

「三姐，你愈說愈沒譜，這裏可是皇宮。」楊玉環怪三姐講話太沒尊卑高下，只一味隨口亂講。

「怎麼，我講得不對嗎？哪個女人不想有個正式的名分，再說你有了高的封號，我們也可以沾沾光，或許能得著個封號呢。」

聽到這裏，玄宗哈哈大笑，說：「原來你爲玉環著想是假，是想自己討封。這還不簡單嗎，你們都會得著封號的。」

「陛下，我們得不得封號不要緊，主要還是玉環，她是我們的小妹，我們都關心她。」大姐崔氏夫人說。

「其實我不是不想給玉環一個冊封，只是其中另有隱情，比如你們的叔父就不喜歡。」

「你是說三叔吧，他就是這樣一個人，書讀多了總是不明白道理。我們好不容易來到長安，本想到處好好遊玩一番，哪知他不給我們指點路徑，還告誡我們不要到處亂跑，說什麼婦道人家最好不要拋頭露面，免得多惹是非。特別是對我，幾乎就不讓我出門。」

「他爲什麼對你特別嚴厲呢？」皇上問道。

「因爲我死了丈夫，是個小寡婦啊。」

「三姐，在皇上面前講話要注意分寸，不要口無遮攔。」楊玉環爲三姐講話太過放肆向皇上道歉。

「沒什麼，沒什麼。我還不知道她已經沒了丈夫。這從她的表情上一點都看不出來啊。」不知怎的，聽到眼前這個如花似玉的三姐是個小寡婦，玄宗的心裏有著一絲喜悅。

「三叔爲人比較嚴謹，凡事太按儒家教導，不免古板無趣，但他到底是一家之長，還是要照顧到他的尊嚴的。」二姐柳氏夫人說。

「我看呀，就對玉環進行了正式冊封，他又能怎麼著，難道他還敢不聽陛下的。到時，皇上你再封他一個大大的官，他一定會很高興的，說不定，還嫌封得太遲了呢。」率真的性格讓裴氏夫人看上去有點可愛，不自覺間就讓皇上喜歡起她來。

「好，就聽你們的，過幾天我就給玉環冊封。」

當晚，在玄宗與楊玉環單獨在一起時，玄宗問道：「玉環，今天你三姐講的不是沒有道理，我應該給你一個正式的名分了，你想我冊封你什麼呢？」

「哎呀，三郎，三姐是個胡亂講話的人，你千萬不要把她的話當真。」

「我不覺得她在胡講啊，我覺得她講得滿有道理的。我和你在一起已經四年了，總不能老讓你當女道士吧。」

聽玄宗這樣一說，楊玉環才知道自己現在真實的身分還是太真法師，因爲她太久沒有穿過法衣了，她幾乎都忘記了自己的真實身分。

「三郎，你知道，我是真的不在乎這些的，只要我們能天天在一起，管它什麼名分呢。再說，我當了女道士父親都不高興，害得我現在都不敢見他，如果你再公開與我的關係，他不活活氣死才怪。我不想爲了一個封號而對不起他。不管怎麼說，他把我扶養長大，我欠他的養育之恩。」

聽楊玉環這樣說，玄宗就不好強行按自己意願辦事。這本是好事一樁，假如楊玄敫真的以女兒以身事父子爲恥的話，那麼他不僅不會要皇家給他的封號，再做出以死進諫的頑固之事，豈不弄巧成拙，而冊封楊玉環，按照禮儀規定，必定是要加封她的父親的。

「這事不必忙在一時，總會有辦法的。」玄宗也只好暫把此事放一放。

但恰在此時，楊玄敫又病了，此次病來得兇猛，再也不似前一次，還帶有三分假裝。消息傳到宮中，玄宗派了最好的御醫去爲他診治，御醫回來稟告說，楊博士的病很蹊蹺，有一些無法解釋的症狀。聽了御醫的稟告，玄宗沒敢把真實情況告訴楊玉環，免得她擔心。

也許是楊玄敫這次也感覺到自己的病可能有性命之憂，就再次上表提出病退。照樣，李林甫把楊玄敫的奏章上報到玄宗這裏，這種情況下，玄宗就不好不批了，他准予楊玄敫因病暫時離職，養病期間俸祿照發。

獲得批准離任的楊玄敫準備到洛陽去養病，不管怎麼說，他在洛陽待的時間比長安長，主要的朋友與熟人都在洛陽，他回到那裏，會舒暢一些。人生真是一個圈，想在洛陽爲官時，一心想上調爲京官，等到了京城長安爲官，在別人眼裏似乎榮耀了，但內心卻寂寞得多了，多年朋友相隔兩地，經年的同僚無緣相聚；等到人老了，悲世傷懷，心中總覺得有一根線被故鄉牽引著，想著要回到老家去，回到那度過自己的青春和壯年的洛陽去，那裏是自己成長的地方，最好還是埋葬自己的地方。

楊玄敫就是抱著這樣的心情回到故都洛陽的，他看著早年他所熟悉的城牆與街道，由不得一陣傷感與感喟，他像一個遊子一樣滴下兩滴混濁的老淚。古老的城門像父親敞開的胸懷等著他的回歸。

或許楊玄敫真的沉屙難癒，或許是他感歎身世，觸景傷懷，回到洛陽後，他的病竟一天天加重起來，暑天還沒過完，他竟過世了。

消息傳到長安，楊玉環萬分傷心。但高力士用委婉的語氣告訴她，她不可表現得太過傷心，更不可在皇上面前流淚，因爲她特殊的地位，因爲她還有著更大的使命，就是以身娛君，個人的傷痛與事君比起來都是微不足道的。這反而更增加了楊玉環的痛苦，因爲她是個急性子的人，心裏藏不住事，包括痛苦，如果讓她放聲痛哭一場，精神上的悲痛得到舒放，心裏反而會平靜，現在暗示她要忍著自己的傷悲不可表露，就像把她釋放悲痛的閥門擰緊了，那她除了原有的那份傷悲外，又多了一份人爲的壓力。

好在玄宗很理解她，知道她心裏因爲二度喪父有著無限的傷悲，就主動放棄了一些大型歌舞的表演，沒有大規模的行樂，甚至連房事也少了。在接下來的一個月裏，玄宗倒是反過來時時陪伴楊玉環，陪她說話和散步，像一個慈父一樣對她表示著關懷與照顧。

這一切，楊玉環是心懷感激的，在玄宗的這種細心關懷下，她心頭的傷悲在慢慢減少，直至平復。在這一段時日裏，楊玉環也被皇上對她表現出的真摯情感所感動。有一天，她和皇上在御花園裏散步，當想到皇上對她這些天來無微不至的關懷時，情不自禁地把頭靠在皇上的肩上，流下了熱淚。她動情地說：「三郎，感謝你這些天來對我的照顧，唉，我怎麼說呢，我真覺得我承受不起，愧對你的情意……你對我太好了！」

「玉環，不要這樣說，我們應該互相照顧的。」玄宗拍著楊玉環的手背說。

「三郎，開始你讓我來到你的身旁，我還有些恨你的，哪知與你在一起後，才知道你是這樣好的一個人，我過得那樣愉快，現在我反而又擔心我們不能長久在一起了。」這是楊玉環的真心話，只是以前從不敢講，今天她說了出來。

「不會的，我們再不會分開的，我們會直到永遠。」

「皇上，三郎。」楊玉環熱淚不僅又流了下來，而且喊出了皇上的乳名，這是至情的真切流露。玄宗也感動了，他知道至此爲止，這個女人已經完全屬於他了，他有一種說不出的激動。

「我知道，玉環，一切都不要說了。我當時把你奪過來，也是沒有辦法啊。我實在不能沒有你呀，你不知道，我當時像少年一樣發狂，日夜想念著你，心裏眼裏都是你，你讓我有什麼辦法呢，我知道你與他之間很好……」

楊玉環伸出手把玄宗的嘴捂上了，她不要皇上講出那個人來。她說：「人真是奇怪，以前我以爲對一個人的感情是不會變的，但現在我不這樣認爲了，如果我要講真話，我就要說，三郎，其實你的魅力比他大，我感覺不僅是我，任何一個女人都會不自覺地被你吸引的。」

「是不是因爲我是皇帝的原因呢？」玄宗笑嘻嘻地問道。任何一個男子都是喜歡被女人說成有魅力的，貴爲皇帝的玄宗也不例外。

「我也講不清，但起碼不全是。你的身上有一種威懾別人的力量，讓人不知不覺間就會臣服於你，聽你的安排，這就是男子氣概吧。」

聽楊玉環這樣說，玄宗得意地笑了。這顯然是誇他是個男子漢。雖然他不稀罕這樣的讚語，但這話從自己喜歡的女子嘴裏講來，還是很受用的。

這場對話，加深了楊玉環與玄宗間的感情，在他們的關係史上掀起了新的一頁。這是他們愛情的昇華，是一場平等的對話。在這場對話中，玄宗不把自己當作擁有無上權力的皇帝，楊玉環也不把自己當作居於人下的妾妃，他們在彼此的眼裏，只是自己愛著的人和愛自己的人。

楊玄敫的去世爲冊封楊玉環移去了最後一道障礙，玄宗開始緊鑼密鼓地爲冊封楊玉環布置起來。首先是要給楊玉環一個什麼封號呢？

若是按玄宗的心意，恨不能把嬪妃中最高的封號給楊玉環，最高的封號那就是皇后了，但這遭到了高力士的反對。高力士說：「大家，你不設皇后已經幾十年了，不管如何說，現在你已經六十歲了，再立皇后，是不是顯得太過招眼，太出人意料。你不是不知道，大抵爲皇后者，不僅德容兼備，並且最好與皇上曾共患難，而且娘家地位要高，這樣，她才能具有母儀天下的風範，統率後宮，不讓人講閒話。太真妃德容俱佳，只是太年輕，皇上貿然立爲皇后，有被別人譏爲貪圖美色之嫌，且她的娘家既不是皇親國戚，也不是高官顯貴，恐不能令人心服。還望皇上三思。」

這番話只有高力士敢講，但講得不無道理。玄宗聽罷，沉思良久，說：「將軍所言極是，但我要立玉環爲皇后還有著更深一層的含義，這是外人所不能覺察的。」

高力士默默不語，表示他在專心靜聽。

「不管怎麼說，我現今已經六十歲啦，而玉環才二十過半，人壽有限，我怕等我百年之後，留下玉環一人孤零零於世，難免會受到別人欺負，假如我冊封她爲皇后，那她就是天下之母，諒旁人還不至於對她怎樣。」

玄宗講出這番話來，讓高力士沈默良久，他沒有想到皇上會想那麼遠，對楊玉環的感情會這樣深，想到自己百年之後，還要對楊玉環負責，他怕在他死後，有人對楊玉環不好，那麼誰會對楊玉環不好呢？誰敢對楊玉環不好呢？那只有後來的皇帝，不出意外的話，也就是現在的太子，太子可是自己的兒子，皇上在心裏卻是疏遠自己兒子的多，親近楊玉環的深，這讓高力士深深感動，他在心裏也對皇上與楊玉環之間的感情重新審視起來。

以前，他總認爲皇上是貪圖楊玉環的美色，楊玉環也是以聲色娛君，他們之間的感情，高力士自始至終都參與的。在這之前，皇上對別的女人不也是這樣嗎？最後還不是把她們從心裏都忘掉了，這次似乎有點不同，楊玉環不同於以前的任何一個女子，她是那樣深深進入皇上的心中，把皇上一顆年老的心捕獲了。

對皇上與楊玉環的關係重新有了認識的高力士又說：「大家，除了皇后的尊號，別的封號你都可以冊封給太真妃的。」玄宗抬頭看了看高力士，說：「皇后以下，那就是貴妃最尊了。」

「冊封太真妃爲貴妃，我想是可以的。」高力士這樣說。

這樣，玄宗經過與高力士商量後，決定正式冊封楊玉環爲貴妃。當玄宗興沖沖地把這個消息告訴楊玉環時，楊玉環表現得卻十分淡漠。她說：「三郎，貴妃是幹什麼的？」

這也難怪楊玉環會問出這麼幼稚的問題，因爲在她腦子裏除了知道皇后是天下之母外，對後宮嬪妃的複雜稱呼，她是一概不明白，再說，自從她入宮以來，也沒有見過什麼貴妃啊，見到的不是什麼才人，就是什麼美人，她實不知貴妃是屬於什麼品級。

玄宗就給她解釋說，貴妃是僅次於皇后的稱號，現在後宮沒有皇后，她就是最大的官了，後宮所有的嬪妃都歸她統領。一聽這話，楊玉環高興了，她說：「哎呀，原來貴妃是這樣大的一個官，她們全要聽我的，好，太好了。不過，我也懶得管她們，我只想管你。」

玄宗呵呵大笑，說：「我準備在我的生日那天，頒布對你的冊封，這樣會更有意義一些。」

那是沒有多久的事了，相隔只有半個月。但在正式冊封楊玉環爲貴妃前，玄宗必須還要做一件事，那就是爲壽王選一個王妃。玄宗皇帝爲什麼要這樣做呢？因爲楊玉環是他從兒子壽王的身旁強奪過來的，現在他要在名分上確立與楊玉環的關係，就要先把楊玉環在壽王身邊的那個空塡起來，這從倫理上還是掩蓋真實情況上都是需要的。

玄宗爲壽王選的王妃是韋氏，也是高門之女，家庭顯赫，其祖父是齊州刺史，從祖父曾任太僕少卿，上祖父更是有名，是歷任武皇、中宗時期的宰相韋巨源。此次去壽王府頒布〈冊壽王韋妃文〉的依然是大臣陳希烈，這已經是他兩次去壽王府頒布冊壽王妃的詔書了，記得十年前，他頒布的叫〈冊壽王楊妃文〉，現在只不過把文中的「楊」變爲了「韋」。陳希烈是個唯唯諾諾，做事沒有主見的人，對楊玉環的事他雖然明白，但絕不會多言聲張，所以頗得玄宗的喜愛，讓他兩次充當頒布使，雖然滑稽，但卻保險。

壽王自從失去楊玉環後，開始一二年可謂神情恍惚，茶飯不思，他不能接受這樣一個現實，雖然父皇給他派來一個側妃魏來馨，但他對她並不寵愛。他讓府中一切保持楊玉環離去時的原樣，他每天看著府中的一草一木，廊柱居室間似乎都有著楊玉環的身影，他就這樣整天沉迷在往日的時光中，不願面對現實的無奈與痛苦。

隨著時日的流逝，壽王心中的傷痛也在慢慢平復，他知道楊玉環是一去不復返的了，妹妹咸宜公主和他說的什麼假如他再當上太子，當有與楊玉環再團圓之日，他覺得是一點希望也沒有的。同時，他的心中還隱隱有著一絲擔憂，那就是擔心父皇爲了消除楊玉環以前的身分和來歷，會把他除掉。

這不是沒有可能的事，想前不久發生的「三王」事件，雖然都是父皇的親兒子，但只是聽憑母妃的一句話，就把他們都殺掉了，現在，父皇爲了自己的享樂與聲譽，絕不會顧惜到骨肉之情的。每想到這裏，壽王不免心驚肉跳。心中惕然，哪裏還想著去聽咸宜公主的安排，要他積極外出活動結交有權官員，讓楊玉環做內援，極力謀取太子之位。

相反，他表現得更加小心謹慎，處處收斂光芒，做出一副孝順恭敬的態度，以讓父皇放心，特別是在從小扶養過他的寧王大伯父去世時，他更是悲情流露，披麻戴孝，以報乳養之恩，讓父皇看到他恭順的一面，從而對他放鬆戒備，苟且偷生，方無性命之虞。

現在，皇上再次給壽王送來一個王妃，這讓壽王一顆時刻吊著的心放下地來，這說明父皇對他還是關照的，雖奪去了他的王妃，但在道義上還有著某種理虧，這也算是對他的補償了。

天寶四載——從天寶三年開始，把年改爲載，自此以後，年號統稱爲天寶幾載，而不是天寶幾年——八月初六日，玄宗皇帝的生日，也就是千秋節剛過，皇上正式宣布「太真妃」號曰「貴妃」，統領後宮。

因爲楊玉環以前是壽王妃的原因，冊妃並未有莊嚴的典禮，但有一項盛大的宮內歡宴。入宮多年身分不明的楊玉環，終於正了名，爲六宮之主。

坐在楊玉環身邊的玄宗皇帝，看著身著貴妃服的楊玉環，覺得她今天分外妖嬈好看，貴妃服穿在身上，讓她顯得雍容華貴，容貌端莊。自從失去武惠妃後，他度過了一段了無生趣的日子，以爲自己老了不中用了，暮年沉沉，但再遇著楊玉環後，是她喚起了他身上的活力，勾起了青春衝動。她像一陣春風，吹開了他身上的生機，如一陣甘霖，滋開了他心中的嫩芽，催生了他生命之樹，這是任何一種藥物也達不到的，他慶幸上蒼讓他遇見了她，這是上天送給他的最好的晚年禮物。

因爲楊玉環以前曾爲壽王妃的緣故，冊封沒有舉行過於隆重的典禮，只是在宮內舉行了一個宴會，雖是小型的，但內容是豐富的，引人入勝的，進行了各種各樣的表演，梨園弟子被充分調動起來，表演了歡快的節目。〈霓裳羽衣曲〉的精彩片段都在宴會上出現了，「名花傾國兩相歡」的歌聲再次響徹後宮。

這是歡樂的夜晚，這是令人陶醉的夜晚，正是仲秋時節，桂花的清香溢滿庭院，上千宮燈齊舉，流光溢彩，絲竹弦樂縈繞耳際。歡樂的中心是楊貴妃，千百華燈中最亮麗的一顆是楊貴妃，所有的人都圍繞著她在旋轉。

此夜註定是個不眠夜，李龜年、賀懷智、馬仙期等器樂高手，盡數上陣，拿出渾身解數，各呈技藝。上百舞女在華燈的照射下，輕歌曼舞。雖然精彩節目一個接著一個，但晚會的高潮似乎還沒來臨。

看著一個個精彩紛呈的節目，楊玉環不禁技癢，她真想脫下身上的華服，下到場子中與她們一起起舞，但玄宗似乎知道她的心意一樣，把她的手拍了拍，示意她今晚只能當個觀眾。

當一場歌舞快臨近尾聲時，玄宗皇帝告訴楊玉環，他去去就來。短暫的休息後，突然一陣悠揚的笛聲傳了過來。笛聲嘹亮婉轉，在清涼如水的秋夜，聽去猶如從天而降的仙樂，又如一束清輝照射在心頭，雖然此時不是月圓之夜。偌大個場子，瞬間鴉雀無聲，大家都豎起耳朵靜聽這不是天籟勝似天籟的笛音。但笛音是從哪裏傳來的呢？

就在大家翹首相望時，看到從花叢間有一人分花拂柳而來。只見他嘴橫玉笛，白衣勝雪，星光下望去，衣袂飄飄，一派仙風道骨。這是誰呢？再仔細一瞧，可不得了，原來是當今聖上。原來，爲了慶賀楊玉環冊封爲貴妃，玄宗私下裏早有準備，在此之前，他精心構思創作了一部樂曲，名叫〈凌波曲〉，由他用笛子演奏，演奏前，他又早讓人做了一個小推車，掩藏在花叢中，在他吹奏時，他站在其上，由小太監緩緩推出，造成一種奇妙的意境。果然，皇上這招成功了，清越的笛音，美幻的意境，讓人看了如醉如癡。

看到這種情景，楊玉環被陶醉了，陶醉之餘，她心中萬分感動，她完全能體會到皇上對她的一片真情深愛。試想，皇上作爲萬民之尊，竟迂尊降貴，親自爲她吹笛奏樂，不僅僅是在小範圍中，或單單他們兩人，而是在這麼多人面前，他毫不顧惜自己作爲聖上的尊嚴而坦然表露對她的情意，這種感情是超越尊卑皇權，是直抒胸臆的。更難能可貴的是，皇上在百忙之中，還爲她譜寫新曲。這份感情讓她如何消受呢。

楊玉環的眼睛濕潤了，她像突然才明白皇上對她的情意一樣，幸福地流下了淚水。

當三星西斜時，歌舞方休。回到寢宮的楊玉環與玄宗，兩人的興奮還沒有平復下來。楊玉環脫去穿了一天的貴妃吉服，玄宗爲她揭去華麗的繡帔，兩人久久相望，不能自抑。

玄宗對楊玉環說：「玉環，今天是我的生日，也是你正式冊封爲貴妃的日子，我要送你一件禮物。」

聽玄宗這樣一說，楊玉環說：「三郎，那是什麼禮物，快拿出來我看看。好啊，禮物藏到現在才拿出來。」

玄宗笑笑，招手示意宮女拿出他的禮物。只見一位宮女手捧著一樣東西走到了楊玉環面前。楊玉環看到那不過是一件疊放整齊的衣服，心裏很疑惑，心想，皇上怎麼會把一件衣服當禮物送給我呢？

看著楊玉環疑惑的表情，玄宗並不說什麼，他笑著示意她把那件衣服打開。楊玉環走上前去，把那件衣服打開。衣服很輕，拿在手裏輕柔得很，打開後才知道這是一件裙子。隨著裙子整個被打開，楊玉環只覺得眼前一亮，她嘴裏不自禁地發出了一聲讚歎。這件裙子太美了，上面繡著不同的鳥，有百靈、鸚鵡、畫眉……有楊玉環認識的，更多的是她不認識的；那些鳥各具形態，有的在振翅高飛，有的在引吭高歌，有的停歇在枝頭，還有的在轉頭私語，似乎在說著悄悄話。楊玉環問道：「三郎，這是什麼裙子，這樣漂亮？」

玄宗不回答她，讓她從不同的側面觀看這件裙子。楊玉環想：幹嗎從不同側面看它，再漂亮的裙子難道從不同側面看會改變嗎？哪知正如她想的這樣，這件裙子從不同的側面看，它就是會發生變化，不僅色彩會改變，而且裙子上的小鳥也變了，從正面看原本在飛的百靈，從左邊看牠不在了，取而代之的是一隻畫眉，畫眉也不飛，牠停在枝頭在梳理羽毛呢，再從右邊看，畫眉也不在了，變成了一隻鸚鵡，鸚鵡張著嘴，似乎在學著人語。

可以這樣講吧，這件裙子在不同的光線下，從不同的側面看，都會呈現出不同的圖案和色彩。甚至有的鳥如果從正面看，牠是一隻眼，而你從旁邊看，牠變成了兩隻眼，如果你變動得快的話，你會發現，裙子上的小鳥都動了起來，在向你嘰嘰喳喳地歡叫。楊玉環欣喜不已，她迫不及待地把裙子穿在了身上，並在燈光下舞動起來。一邊舞動一邊問玄宗：「三郎，你看我穿上這件裙子好不好看？」

玄宗看到穿上這件裙子的楊玉環更顯得美麗非凡，當她在燈光下舞動時，就像有無數隻小鳥在圍著她飛翔，她儼然成了百鳥簇擁著的鳳凰了。最後，楊玉環倒在玄宗的懷裏，問道：「三郎，這到底是件什麼裙子，這麼漂亮？」

玄宗這才告訴她，這件裙子叫百鳥裙，原本是中宗皇帝的愛女安樂公主的。安樂公主一向驕奢淫逸，仗著中宗和韋后寵愛，不把任何人放在眼裏，她除了在生活上極度奢侈享受外，還讓中宗皇帝封她為皇太女，夢想著學祖母武則天當女皇。在玄宗發動「六月政變」中，把韋氏和安樂公主一併剷除，這件百鳥裙也就落在了他的手裏，但以前他總是把它當作生活奢侈的象徵，把它藏在府庫，今天，他卻把它當作禮物送給了楊玉環。

楊玉環對玄宗送給她的這件禮物很是喜愛，她說：「三郎，你送給我一件禮物，今天也是你的生日，我也要送給你一件禮物。」

「噢，你送給我什麼禮物呢？」其實楊玉環並沒給玄宗準備什麼禮物，但她這樣說了，怎好把話收回呢。只見她靈機一動，讓玄宗把眼閉上，她才會把禮物送上。於是，玄宗閉上了雙眼。楊玉環見玄宗閉上了雙眼，就走上去，給了他一個長長的香吻。

這真是一個再簡單不過的禮物了，但對富甲天下的玄宗來說，再沒有一件比這個禮物更讓他高興的了，他一把把楊玉環摟在懷裏，兩人緊緊地抱在一起，然後就滾在了一起。

第二天，直到日上三竿，玄宗和楊玉環才醒來。經過一夜的顛鸞倒鳳，激情的宣洩達到了從未有過

的頂峰。二人都有些疲倦，他們懶懶地斜靠在床上，並不忙著起床，正應了那句詩「春宵苦短日高起，從此君王不早朝」。

楊玉環被冊封為貴妃，按道理，接下來就要對她的家人進行冊封了。楊玄敫雖然故去了，按道理應該追贈，但這次在詔命中，卻把楊玉環的父親又恢復成了楊玄琰，追贈他為兵部尚書。這樣做是為何呢？因為在當初冊封楊玉環為壽王妃時，敕文中曾提到楊玉環為楊玄敫之女，為了讓人徹底忘掉這一段往事，玄宗又把楊玉環的身世復原了。楊玉環的母親被追贈為涼國夫人。唯一健在的長輩叔父楊玄圭被封為光祿卿，從三品。哥哥楊鑒，玄宗既把楊玉環的身世還原，那麼哥哥也就變成了堂哥，由中書舍人變為侍御史，因為娶了承榮郡主，循例晉為駙馬都尉，從五品下。還有一個堂弟楊恬，官封殿中少監。

冊封貴妃典禮過後，自此，宮中上下，見著楊玉環不再稱呼「太真妃」了，而改稱為「貴妃」。愁苦怨日長，歡樂嫌時短。千秋節剛過，眼見著八月十五中秋節又來到了。在中秋節這晚，玄宗決定在宮中舉行一個家宴，招待楊玉環的家人。

堂哥楊鑒到洛陽赴喪未回，叔父楊玄圭剛好外出公幹，來赴宴的以楊玉環的三個姐姐做了代表。因為有了第一次相見時的融洽，再次見面，二位夫人已不再陌生，特別是裴氏夫人，她活潑而不拘禮，聽到的都是她的笑聲。

宴席是安排在興慶宮的龍池之畔。所謂的龍池原來是興慶坊中間的一塊凹地，日久天長，雨水所積，形成了一個大水塘，興慶坊改為興慶宮後，玄宗就把這個大水塘疏浚深挖，周圍都建起亭臺樓閣，中間再廣植白蓮，成了皇宮內宴樂賞景的中心場所。玄宗常偕楊玉環一同泛舟其上，夏採蓮藕，秋摘菱角，為了貪圖涼爽，還在龍池中築有一水殿，常與她晝寢於水殿中。

皓月當空，菊花盛開，這是楊玉環冊封為貴妃後第一次與家裏人相見。三個姐姐對小妹能得到如此的榮耀從心裏感到高興，她們想，在楊氏家族中，女子最風光的當屬她了。特別是三姐裴氏夫人，在入席前，非要在內殿中讓楊玉環穿上貴妃的朱服讓她看一看。

宴會上，楊玉環的三個姐姐竟公然向玄宗討起賞來，裴氏夫人說：「皇上，你有點偏心。」

玄宗說：「此話從何而來？」裴氏夫人說：「你對楊家所有的人都有封賞，唯獨對我們三姐妹沒有賞賜，這不是偏心是什麼，難道我們不是楊家人嗎？」

對於討封這種事，玄宗顯然也是見多識廣，處變不驚，他不慌不忙地問道：「噢？不知，你們都想得到什麼封賞呢？」

「對皇上賜予的封號，我們只會感到光榮，不會嫌其大小的。」大姐崔氏夫人賣巧地說。

「好，我這就加封你們。大姨封為韓國夫人，二姨封為秦國夫人……」

三姐妹真是愈聽愈高興，想不到皇上真是大方，不開口則罷，一開口就是以「國夫人」相送，三姐裴氏夫人想，大姐得的是韓國夫人，二姐得的是秦國夫人，我會得到一個什麼夫人呢，皇上對我最有好感，一定會封我一個更大國夫人，哼，最好是唐國夫人，啊，不對，四妹身為貴妃就是唐國夫人啊。正在她這樣胡亂猜想時，玄宗開口了：「三姨為虢國夫人。」

虢國？這是什麼國家，我怎麼沒有聽說。哼，我沒聽說的一定是個小國。於是，裴氏夫人嘟著個嘴，不高興地說：「皇上，你封她們都是那麼大的國夫人，唯獨對我小氣，封我一個什麼虢國夫人，虢國在哪裏，我怎麼一次也沒聽說過？」

聽到這話，玄宗幾乎要笑了出來，本來他封楊玉環的三個姐姐的稱呼，都是虛銜，沒有什麼意思的，也是他一時胡謅出來的，想不到裴氏夫人還把它當了真，竟嫌起她的虢國不大。於是他騙她說：

「誰說沒有虢國了，它在周朝是個很大的諸侯國，是個比秦、韓、趙、魏都大的諸侯國。」

周朝是有個虢國不假，但要說它比秦、韓、趙、魏都大有些言過其實了。但不明歷史的裴氏夫人聽皇上這麼一說，還當真以爲虢國是個很大的國家呢，就歡天喜地接受了封號。

自此，楊玉環的三個姐姐都有了正式的封號，崔氏夫人叫韓國夫人，柳氏夫人叫秦國夫人，裴氏夫人叫虢國夫人。玄宗不僅賜給她們封號，還賜予她們宅府，但虢國夫人仗著她手裏有錢，不要皇上賜給她的府宅，但她不好當面推辭，就堂而皇之地說：「皇上，府庫錢財無不是百姓膏脂，我等無功怎好受祿，承蒙皇上眷顧，賜予府宅，但一旦進入，怎能心安。依臣妾之見，不如皇上准旨讓臣妾挑選一處滿意的宅院，出資自購，一來省了皇家錢財，二來也讓臣妾覓得滿意居處，何樂而不爲呢。」

玄宗一聽要給他省錢，他樂得送個順水人情，就答應道：「好，好，你們就在長安隨意挑選購買自己滿意的宅府吧。」

玄宗只是讓楊玉環的三個姐姐可隨意在長安城中購買自己滿意的宅府，但有個前提就是人家要願意賣。但虢國夫人得了皇上的這句話，猶如捧了尚方寶劍，竟仗勢強行購買，作風之惡，令人咋舌。

雖然三姐窮極奢華的舉動不日間傳遍京師，但深居內宮的楊玉環一點也不知曉，她自從受封爲貴妃後，每天要接受許多官戚內眷的賀拜。

這天，咸宜公主來拜。沒入宮前，楊玉環與這位公主是時常見面的，她是她的嫂子，可以說是壽王最親的人，當然要常常走動，想當初，她就是當了咸宜公主的伴娘才認識了壽王，才改變了命運，但自從入宮後，她們爲了避嫌，見面少了。不知怎麼楊玉環在內心裏，是有點不想見到咸宜公主的。楊玉環覺得每次見到她，心裏都會有些壓力，都會強迫自己想起自己不願記住的事。會阻礙自己心安理得地享受日前的榮華與富貴。

咸宜公主的入宮是有著她的打算的。四年前，楊玉環被迫從哥哥壽王身邊離開，萬不得已的情況下，她提議讓陪同在父皇身旁的楊玉環從中周旋，多講壽王的好話，希望父皇再重立一次太子，把壽王扶上太子之位，但四年過去了，這種希望她一點也沒有看到，雖然她與楊玉環接觸的少了，但她有種預感，知道楊玉環並沒有按她要求的那樣去做，從父皇的對她日漸增進的寵愛就說明了這一點。

開初進宮的時候，講心裏話，楊玉環心裏是不能徹底忘記壽王的，他們到底在一起恩愛生活了五年，哪能說忘就忘了呢，臨進宮前，壽王對她說的那番讓她伺機爲他謀立太子的話，也曾打動過她的心，她想的倒不是什麼太子不太子，而是想這樣她以後還會與壽王團聚，但隨著時日的推移，她與玄宗的感情在加深，壽王的情感在她的心裏漸漸淡漠了。這不是楊玉環的見異思遷，而是因爲她是個感性的女人，情隨境遷的事是很容易在她身上發生的。

通過四年的生活，楊玉環看到皇上對她不僅僅是美色的貪圖，而且確實是有著一份情意，特別是近來，在她喪父時，皇上對她體貼的寬慰和二人多次的情感交流，讓她感動，讓她重新認識了與皇上間的關係。她的心已經徹底地從壽王身邊走開，落在了皇上的身上。

開始，楊玉環也曾試想著在皇上面前講講壽王的好話，但她不知道如何開口，她開不了這個口，覺得在皇上面前提到前夫，這對她是個恥辱。雖然，楊玉環沒有心機，但她還不至於蠢到連在皇上面前說什麼話都不知道的地步，她憑著女人纖細的敏感，知道皇上不願意聽到有關壽王的任何消息，或者不願在她面前提到，更不要說聽她說了，那樣必會引起他的反感與猜疑，進而損害到他們的情感。在接見皇子朝拜的場合，皇上都儘量讓她迴避，目的還不是避開壽王嗎？

現在呢，她與皇上的感情更深了一層，或者說已經不願回到壽王的身邊了，如果她再在皇上面前說壽王的好話，也只是想讓他當上太子，而不是再想回到他的身旁。隨著宮廷歡娛的不斷，楊玉環都快要把壽王當初叮囑她的話忘了，只是聽說咸宜公主來拜，她才恍惚間又想起了前事。

一見著楊玉環的面，咸宜公主就覺得她變了，她看到許久不見的楊玉環身上更顯得光彩四射，青春逼人，在這種豔麗的光彩中，還有著一股常人所沒有的華貴之氣，這是她以前沒有的。咸宜公主不知不覺中拜了下去。

楊玉環笑著把咸宜公主一把扯了起來，說：「公主，不可這樣，我們講起來還是平輩呢。」

這句話讓咸宜公主找到了原先那份與楊玉環在一起的感覺，她在一番客套過後，開門見山地提到了壽王，敦促楊玉環利用現在的身分，儘快多在皇上面前替壽王美言。

最不想聽的話，還是聽到了。楊玉環很爲難，她說：「公主，皇上和我在一起時，從來沒有提到壽王，我不能貿然地提出，這樣反有不好的結果，到底他是我前夫啊。」

「你不要直接提，你可以暗示別人，對了，你可以對高力士旁敲側擊，他是一個聰明人，一定會明白你的用意的。」咸宜公主給楊玉環出主意道。

「力士嗎？他雖然能和皇上直接講上話，但他向來不亂說的，他不會聽我的。」楊玉環蹙眉道。

「宮中我已經太陌生了，你自己考慮誰可以擔負此事，不一定就是高力士。但一定是父皇信任並常向他諮詢政事的人，對這種人，你要著意籠絡。」咸宜公主有些洩氣，但還是這樣鼓勵楊玉環。

「我懂得，容我慢慢來。」最後，楊玉環只能這樣說。

咸宜公主見楊玉環實在不是搞政治的人，只好死馬當活馬醫，讓她加緊進行，因爲皇宮外面她們已經布置得差不多了。其實，這完全是她欺騙楊玉環的話。

現在的壽王對李林甫來說已經沒有了利用價值，李林甫極力扳倒太子，但意欲扶哪個皇子當上太子，還不一定呢，他可沒有再扶植壽王的意思了。咸宜公主不是不明白其中的道理，她這樣說，只是讓楊玉環增加信心。

咸宜公主走了，卻把一個難題丟給了楊玉環。她本想不理，但覺得過去的那份情感讓她有份道義上的欠缺，她覺得必須要為壽王做點什麼才能心安。但這不是小事，這關係到皇權繼承的事，是一個漩渦，弄不好，她就會葬身其中，多少人就是這樣被這股漩渦捲走的。

楊玉環沒有政治才能，她實在想不出什麼好的計策，就去找玉真公主，希望她能給她拿個主意。

老練的玉真公主聽了楊玉環的述說後，勸她最好遠離是非，不要置身到漩渦中去。她說：「玉環，這種事別人躲是非還來不及呢，你為什麼還要去招惹呢？」

楊玉環連忙說這實不是自己意願，實是對先前感情的一份補償。

玉真公主說：「玉環，你看我出家當了道士，遠離權力的中心，在我這裏，什麼都可以談，就是不允許談論政治，為什麼，就是少惹是非。我勸你什麼都不要管，他們哪個當太子與你又有什麼關係。如果我是你，我一定不會幫壽王的忙，因為明擺著的，壽王是不可能再當太子的了。」

楊玉環忙問為什麼。玉真公主說：「你想，你以前是壽王妃，現在又是貴妃，這於禮已經不符，如果壽王再當太子，日後必登大寶，那麼，你極可能再回到壽王的身邊，你這樣在他們父子之間反反覆覆，豈不是唐室最大不堪之事，你想，皇上會讓這種可能之事發生嗎？武皇就因先事太宗，再事高宗多被後人指垢，皇上絕不會再讓這種有汙唐室之事發生。」

玉真公主的一席話，讓楊玉環茅塞頓開，她心中豁然明朗。她想，對啊，我以前為什麼就沒想到呢？以前只想著要幫壽王當上太子，殊不知，皇上的心中早已有了分曉，早就把壽王打入了冷宮，不作太子之想，不要說現在已經立了太子，就是再立，也不會想到壽王。

這樣一想，楊玉環心裏輕鬆了，她像移去了心頭的一塊巨石。沒過幾天，咸宜公主再次入宮時，楊玉環把玉真公主對她說的那番話原封不動地講給她聽，表示她就是想幫助壽王也是不可能的了，皇上心中另有所想。

聽了楊玉環的話，咸宜公主久久不語。其實，楊玉環所說的話，她心中早已想到，只是不願面對，膨脹的權力野心把一切都遮蔽了。對她這種人來說，生就是爲權力而生的，死也必然會死在權力的爭鬥中。只是她們這種人給別人造成的傷害和不適，她們從來不管不問。

見一切都無從挽回，她神情黯然地離開了皇宮，驟然間，楊玉環覺得她蒼老了許多。看著咸宜公主離去的背影，楊玉環感覺到自己的一段過去也在離她而去，而她只能以嶄新的姿態迎接即將到來的生活的每一天。

因爲楊玉環當上了貴妃，玄宗對楊氏 門大加封賞，但還是遺漏了一人，此人就是後來發跡當上宰相、權傾天下的楊國忠，只是此時，他還不叫楊國忠，他叫楊釗。推恩楊門之所以沒有他，是因爲他是楊玉環三代之外親屬，作爲從祖兄，關係太過疏遠。推恩也是有限的。這位從祖兄楊釗在楊玉環小時候在蜀中時，曾去過一次，還和楊玉環姐妹們見過面。他從小就不肯讀書，行爲放蕩不檢，喜歡飲酒賭博，在家鄉待不下去了，跑到楊玉環的父親那裏，準備討得一份營生，哪知，惡習不改，背著楊玄琰賭博，還借著他的名義在外面借錢，事發後，偷偷跑掉了。

楊釗跑到關中，謀得一個扶風尉的小吏，但不得志，幹不下去。此時，他聽說楊玄琰已死，就又想到蜀中來碰碰運氣。當他再次來到蜀中時，楊玉環已經去洛陽了。

此時楊玉環的大姐二姐相繼出嫁，三姐也剛剛完婚。楊釗因了與她們祖上的關係，常常去她們夫家去拜訪，一來可以讓她們照顧他，二來也可從她們手裏騙些錢來，因爲她們夫家都是很有錢的。跑到蜀中的楊釗什麼本事也沒有，只好當兵，當兵是沒有前程的，想要靠軍功一步步升遷當官是很難的，他看到這點，也不當兵了。

啥事也不幹的楊釗整天混跡於賭場酒肆，做些見機行事的事，從中謀得一點小錢度日，天長日久，養成了他精明機靈的特性，正是他這點遇事靈活、反應快的特性，讓當地的一個叫鮮于仲通的富豪看中了，就把他攏於府下，讓他做做跑腿的事，時常給他一些接濟，日子勉強能過得下去。

這期間，楊釗娶了一個蜀中倡優做老婆，生了幾個兒子，生活困苦，常常吃了上頓沒有下頓。但不知他從哪裏來的那麼大活力，生活窮困潦倒無以度日的他，身上竟蘊藏著許多的情欲，他竟趁著常去拜訪楊玉環三姐的機會，與之勾搭成奸。

楊玉環的三姐叫楊妍，她在未到婚嫁年齡時，迫於父母雙亡，提前住到夫家，一到年齡即與丈夫完婚。從楊玉環的容貌上不難推斷出她三姐的長相，到了花月之年，更是容顏豔麗，只可惜所嫁的丈夫卻自小有著病根，身體羸弱，不能滿足她如火的情欲。楊妍正當青春年少，對情欲的渴望十分強烈，她整日閒居在家，卻滿臉的憔悴落寞神態。這一點自然瞞不過常在風月場所走動的楊釗，他垂涎於楊妍的美色，開始動用一切手段和言語勾引她。

按理講，楊釗比楊妍大了十幾歲，相貌也不出眾，說什麼楊妍也不會看上他的，但深居簡出的楊妍平日很少能接觸到其他的男人；二來，楊釗在勾引女人方面確實有著不一般的手段，一來二去，兩人開始只是眉目傳情，慢慢地就勾搭到一起去了。

兩人由開初的小心謹慎到後來的放蕩無羈，行蹤終被楊妍的丈夫所覺察。一天，正當兩人歡娛時，恰被楊妍的丈夫進來撞見，他氣得手指這對姦夫淫婦講不出話來。眼見自己的姦情敗露，楊妍索性一不做，二不休，不是有所收斂，而是公然與楊釗來往起來。楊妍的丈夫本來身體不好，見她如此，連氣帶病，自此一命嗚呼。去了這個障礙，他們二人更加沒了顧慮，來往更加親密。直到楊妍隨大姐二姐去京，二人才斷了來往。臨去京城前，楊釗對楊妍說：「心肝，聽說你們四妹頗得當今聖上寵愛，你這一去如果得了榮華富貴，可不要忘了我啊。」

楊妍用手指點著她的相好說：「放心，忘不了你的。如果我到了京城，真如你所說，得了榮華富貴，我立即派人抬著八人大轎來接你。」

事情卻正如楊釗所料，楊氏三姐妹一到京師，即因楊玉環的緣故被皇上接見，恰逢楊玉環被冊封爲貴妃，恩及楊門，她們先後成了京城新貴，真可謂榮華富貴唾手而得。但青雲直上的楊妍，此時卻把楊釗給忘了，來到長安的她，見著了大世面，天天見到那麼多的豪華場面和達官貴人，忙著應酬和歡宴，哪裏還會記得遠在巴蜀間的那個其貌不揚的楊釗呦。

遠在巴蜀的楊釗還在天天盼望著他的楊妍抬著八人大轎來接他呢，日也盼，夜也盼，望穿巴山蜀水，就是不見從京師來接他的人。此時，他已經知道楊玉環被冊封爲貴妃了，那麼不用說，她的三個姐肯定得著了富貴，爲何楊妍還不來接他呢？唯一的可能，就是楊妍把他給忘了。

想到這裏，楊釗爲之氣沮，他不再日日站在路口向著京城張望。但他又心有不甘，心想，楊玉環被封貴妃，她的家人都升了官，我爲什麼什麼也沒得到，我也是她的親屬啊。不行，我一定要抓住這個機會，不然，這輩子就完了，整日在這種窮困潦倒的情景中掙扎，何日才是個盡頭啊。

正在他這樣想時，也是天緣巧合，劍南節度使章仇兼瓊聽說出生於蜀地的楊玉環被當今皇上寵愛，已被冊封爲貴妃，認爲這給了他一個攀緣富貴的機會，他要好好利用故土關係來討好這位貴妃，如果她能在皇上面前替他美言幾句，那麼不愁自己官運不亨通。但想法很好，做起來卻難。

章仇兼瓊與鮮于仲通認識，這天，鮮于仲通到章仇兼瓊府上做客，章仇兼瓊神情黯然，鮮于仲通忙問他心有何事。章仇兼瓊說：「我現在被皇上所看重，委以劍南節度使重任，但苦於沒有內援，時間久了，必爲李林甫所陷構，仕途斷送。聽說新近被皇上寵愛的楊貴妃，原是出生在蜀地，要是我能攀上她，與之相結，我就無患了。」

「節度大人所想極是，那事不遲疑，快快去做才是。」

「唉，我想來想去，苦於無人從中搭橋，空有心願不能成行，君向有文采，才智過人，不如勞君爲我跑一趟吧。」

聽到這裏鮮于仲通搖手道：「君待吾甚厚，按道理，仲通粉身碎骨難以爲報，但仲通蜀人，從未去過上國，恐壞公事。」

「這樣講，我又要丟失一個結交內援的機會。常言說朝中有人好做官，現在李林甫擹權弄術，哪個外任之官不心中惕惕，若結識了朝中之人，即使幫不上什麼忙，但知道資訊早一點也是好的。」

正在章仇兼瓊爲難之時，鮮于仲通想到了楊釗，他說：「節度大人不須著忙，我倒想起一人，可爲大人效勞，去京一走。」

「噢，此是何人？」

「講起來，此人還是楊氏一門中人，名叫楊釗，是楊貴妃的從祖兄，聽他說，楊貴妃小時候，他還帶著玩耍過。現今窮苦潦倒在蜀，我見其精明靈活，常常接濟他一二，是個辦事之人。」

聽了楊釗與楊家的關係，章仇兼瓊大喜，心想，這簡直就是上天特意安排了這個人在我身邊的，於是，當即在府上大擺酒宴款待楊釗。聽了章仇兼瓊的心裏話後，楊釗當即笑歪了嘴，心想，哪裏去找這樣好的事，我正要尋找機會去京，苦於沒有錢財和路費，這下好了，有人把錢財捧到面前，還懇求我上京，好，再好沒有了。

章仇兼瓊當即準備大宗禮物和精美的蜀物，任命楊釗爲「推官」，以貢獻「春絺」爲名，讓他帶著這些禮物進京爲他打點。而精明的楊釗想得更多，他想章仇兼瓊讓我代他送禮，這是沒有問題，京城就是再富，試想哪個還嫌錢扎手，我不僅會把他的禮物全部送出，還可以用我的名義爲我撈取個官職，問題是要送一件打動楊貴妃的禮物卻不容易。這是可以想到的，身爲貴妃的楊玉環，天下奇珍異寶全部畢集於皇宮，她什麼沒有看到過，要想送一件禮物引起她的好奇，實在不好辦。

楊釗想啊想啊，可讓他傷透了腦筋，就是沒有想出來。這天，他來到街市上散步，看著貨物布滿街道兩旁，還在想著送什麼禮物給楊貴妃。當走到街角處，他一抬頭看到了掛滿枝頭的荔枝，心裏一動，心想有了。原來他想到了小時候楊玉環愛吃荔枝的事來了，他想，我爲什麼不給她帶些荔枝去呢？她小時候愛吃，長大必定也愛，只是不知道長安有沒有荔枝，聽說長安天氣寒冷，荔枝難以成活，最好是這樣，不過，就是長安有也沒有關係，我千里迢迢地給她送荔枝，說明我心裏還記得她小時候的趣事，這是千里送鵝毛，禮輕情義重。

想得倒挺好，接下來遇到一個無法解決的問題，就是荔枝根本就送不到京城就會壞掉。荔枝是一種比較嬌貴的水果，「一日色變，二日香變，三日味變，四五日外香味盡去矣。」就是說，荔枝保存一天它肉的顏色就會變，二天它特有的清香就沒了，三天後再吃它就沒有了那種清涼滋潤的味道，四天五天什麼也不談了。這可怎麼辦呢？不要說一個月，就是把二三天後的荔枝進獻給楊貴妃，沒有了它特有的味道，引不起她的歡心，那又有什麼意思呢。

這個問題可把楊釗難住了，他曾想用冰塊來保鮮，但也不行，正是夏季，沿途到哪裏去弄那麼多冰塊來，二來冰塊冰的荔枝送到京師還有它的鮮味嗎？

最後，楊釗還是從植樹的僕役那裏得到了啓發。原來每年春季時，負責植樹的僕役都會把早已種在苗圃裏的小樹苗連根帶土挖起，移栽到有錢人家的庭院中，因爲小樹苗的根部連著土，移栽後的小樹苗才不會死。想到這點，楊釗高興萬分，他想，對啊，爲何不把一棵荔枝樹連根帶土挖出，一起運到京城去呢?那樣，荔枝樹只要不死，荔枝永遠都是鮮的。

楊釗爲自己想到這個好主意興奮不已，他當即帶人找到幾棵長勢茂盛的荔枝樹，揀上面果實還沒有熟透，大致會在一個月後成熟的帶土挖了出來，然後再用絹布把它包裹著，抬到早已準備好的幾口大缸裏，先養上幾天，觀察一下再說，如果出現萎靡不振，葉枯果落的，當即換下。章仇兼瓊聽說了這件事，當即派人再添上幾口大缸，不用說，所需費用不用楊釗掏一個錢。

待一切準備停當後，楊釗也不耽擱，當即辭別眾人，妻兒全都不帶，向京城進發。禮物和蜀貨裝了好幾車，更別致的是緊跟在後的幾輛大車，上面全都置放著一口大缸，大缸上長著一棵荔枝樹，走動起來，荔枝樹迎風招展，如一小片在移動的樹林。楊釗就騎馬走在荔枝樹旁，一有風吹草動，當即喝令人員停下。風大了不走，下雨不走，在旁人看來，這幾棵荔枝樹，就是這位楊推官的命根子，不，比命根子還寶貴萬分。

從蜀地到京城長安本要走一個月的路，估計他們要走上一個半月，好在楊釗並不很急，他知道有些急事更需要緩緩地來做。他想，我都等了三十多年，又何必忙在此一時呢。這正是此一去，榮華富貴從天降，皇朝風華自此亡。

楊釗是在十月初秋時，由巴蜀來到長安的，一路上可說是風餐露宿，少不得吃了許多苦，但說也奇怪，那幾棵荔枝樹反倒鬱鬱蔥蔥，長勢很好，到了長安，也正是果熟蒂落的時候了。楊釗先找了一處館驛住了下來，把一切安頓好後，他帶著大量精美的蜀貨，首先去找了楊氏諸姐妹。雖然楊妍自從來到長安後，一直沒有與他聯繫，可能早把他給忘了，但除了找她外還能去找誰呢。他思來想去，還是硬著頭皮去找了楊妍，她也許會對他不理不睬，甚至掃地出門，但他總要去試一試，運氣有時就是這麼碰出來的。

沒費什麼周折，很容易就打聽到了楊氏諸姐妹的住宅，這讓楊釗吃驚，想不到她們才來京城時間不長，就使得滿城皆知。一路問過去，竟無人不知道虢國夫人。楊釗沒想到短短一年不見的楊妍竟已有如此大的名氣。而當他進入楊妍府中，楊妍對他一直都愛理不睬的，這讓他想到，可能這個小妹妹已經移情別戀，把他忘記了。

但出乎楊釗的意外，當虢國夫人摒退下人後，馬上斜起媚眼看著楊釗說：「你個該死的，還站在那裏幹什麼？」

楊釗聽了這淫蕩的口氣，看著那再熟悉不過的媚眼，心裏一蕩，但他拿不準楊妍對他的態度，恭聲說：「虢國夫人。」

「什麼虢國夫人，人家願意聽你以前怎麼喊奴家的。」

以前，楊釗在情濃火紅時，都是喊她小妍妍，於是他試著輕聲喊了一聲「小妍妍」。

虢國夫人清脆地應了一聲。楊釗放心了，這才明白楊妍並沒有忘記他。於是，他走到她的身邊，把她摟在懷裏說：「小妍妍，你怎麼一到京城，什麼消息也不傳回來，我還以為你把我給忘了呢。」

虢國夫人說：「不是人家不願傳消息給你，而是自到京師後，又是見四妹，又是結交那些權貴，整日忙得人都快散架了，實在沒有時間。不過，人家沒遞消息給你，你這不也趕來了嗎？哎，對了，你來京城做什麼來了？」

於是，楊釗把他此趟進京的目的給虢國夫人講了，乘機拿出一張禮單，上面寫著送給她的禮物。虢國夫人一看禮單上寫了那麼多精美的蜀貨，不免詫異地問道：「釗哥，你從哪裏有這麼多禮物，你發財了？」

「哪是我的東西，都是劍南節度使章仇兼瓊的，他想尋找內援，備了大批禮物托我來京送人，我樂得做個順水人情。不送白不送。」

虢國夫人高興地收下了楊釗送給她的禮物。楊釗乘機說：「小妍妍，你到京城，一來就是一年，真讓我想死了，我這次來，除了替章仇兼瓊送禮外，我還有一個心願，就是不再回蜀中了，留在你的身旁，永遠陪伴你。」

虢國夫人聽了這番情話，心中甜蜜萬分，說：「這有何難，現在四妹被冊封為貴妃，正被皇上寵愛，哪天，我帶你去見見貴妃，讓她求皇上賞你個一官半職，那樣，我們不就天天在一起了嗎？」

這正中楊釗的下懷，他喜不自勝。當下，兩人一番纏綿。分別一年後的兩個人，此番重逢後，更覺情濃意蜜，感情增進了一分。

虢國夫人說到做到，沒過幾天，她就找準機會，帶楊釗到宮中去見楊貴妃。

楊玉環對這位名叫楊釗的從祖兄印象已經很淡漠了，唯一讓她有印象的也許就是他曾給她買過不少荔枝吃。想起那些荔枝，楊玉環嘴裏直流口水，自從離開巴蜀後，就不曾吃過荔枝，一想起荔枝那特有的酸酸甜甜的味道，她就口齒生津，心馳神往。

當楊釗獻上那籃荔枝，楊玉環臉上露出欣喜的神情，當即就從籃裏取出一個大顆的荔枝來，但她並沒有忙著品嘗荔枝，而是先把它細細端詳，看它殼如紅繒，葉如冬青，正是她從小愛吃的家鄉荔枝。輕輕剝開來，膜如紫綃，瓤肉潔白如雪，漿液如酪，一股甘酸清香撲鼻而來。楊玉環放在鼻端，深深嗅了一下，清香透人心脾；放入嘴中，那股久違了的酸酸甜甜的味道順著喉嚨直涼入胸間。她一口氣吃了十幾個，方才罷手。

品嘗過後，楊玉環問起荔枝是從何而來。虢國夫人這才把它的來歷一一道來，其中不免添油加醋，把楊釗很是誇了一通，說他一直記得貴妃小時候愛吃荔枝，此趟進京說什麼也要帶上一點家鄉的荔枝讓她嘗嘗，絞盡腦汁，想出了運載荔枝樹的方法，這才把荔枝帶到了長安。楊玉環聽三姐這樣一說，果然大受感動，對楊釗的好感不免增進了一層。

虢國夫人這才把楊釗此趟來京的目的講了出來，讓楊玉環在皇上面前講一講，授予他一官半職，讓他留在京城為官。

楊玉環說：「我很少向皇上講這類話，恐怕皇上不一定聽。」

虢國夫人說：「你試試嘛，不試怎麼知道呢。說起來，楊釗也是我們楊家人嘛。」

沒有辦法，楊玉環只得在皇上面前提起了楊釗，由於皇上對楊釗不熟悉，也因他是貴妃三代以外的親戚，關係疏遠，就封了他一個金吾兵曹參軍。

楊釗就這樣當了一個小小的金吾兵曹參軍，不再回蜀，留在了京城。他官當的雖小，但他借著章仇兼瓊送給他的大批貨物，靠著虢國夫人的引見，乘機結交了不少達官權貴。不用說，那幾棵荔枝樹，他更是著意保管，已從缸中移栽入土，一俟有熟透的荔枝立即摘下送去宮中。沒過一陣子，樹上荔枝就採摘已空，楊釗本要期待來年再讓它們開花結果，不想，到了長安的荔枝樹不知是水土不服，還是別的原因，竟漸漸葉枯凋零，最後都死了，這不能不是他的一個遺憾。

也許是天天與豪門權貴打交道的原因，楊釗漸漸不滿意於自己金吾兵曹參軍的身分了，於是他又請求虢國夫人，讓她想想辦法，往上升升。虢國夫人只好再去找楊玉環。楊玉環沒有辦法，只好安排楊釗去見皇上一次。

在見楊釗之前，玄宗先把他的簡歷略略翻了翻，看到他不過是個節度使臨時派到京城的推官，本欲不見，不過看在他是貴妃從祖兄的面子上，還是見了。再說，楊玉環已向他講過了，不見也不好。

玄宗在接見楊釗時，隨便問了問巴蜀的事。哪知，楊釗早已料到皇上此著，在之前，他早已找全有關巴蜀的資料，一一強記在心，什麼人口多少，糧食產量，包括賦稅、邊情，他全部記在心中，當皇上問他這些時，平日從不讀書的他，竟張口即來，對答如流。

玄宗原不過是隨便問問，可是，經此一問，發現面前這個楊釗竟是博聞多識，對巴蜀間事竟相當熟悉了解。這些年來，玄宗耽於享樂，把政事委託於李林甫，對各地的情況難免生疏了，楊釗的回答，讓他又直接了解了王朝情況。巴蜀地區是大唐王朝西南重鎮，與南詔相接，少數民族特別多，一直是玄宗特別關心的地方，近些年來，西北與東北倒是常常與邊鄰國家開仗，而西南一直相安無事，這讓他放心的同時，又不免忽略，今天，有一個直接從那裏來的人，當面向他談到一些真實情況，他覺得早年的雄心似乎又恢復了。不知不覺間他和楊釗談了許多。

世事真是不可想像，坐在皇上身旁的楊釗想到幾個月前，自己還是窮困潦倒的一個浪蕩兒，想不到短短時間，他竟能和當今聖上坐在一起談話。和皇上坐在一起的楊釗雖然誠惶誠恐，但心裏始終保持著一份清醒，就是萬事不用慌，聽清皇上的話，據實對答。因此，楊釗雖是第一次見皇上，但他顯得並不慌亂，也不唯唯諾諾，自有一份鎮定和從容，這份冷靜也博得了皇上的好感。

正當皇上與楊釗談得很起勁時，內侍進來稟報說，到了玩「樗蒲」遊戲的時候了。皇上既不願失去玩「樗蒲」遊戲的歡樂，又想繼續和楊釗談話，就讓他跟著一起去看看。

所謂的「樗蒲」遊戲其實是一種宮廷賭博，計數很繁，參加的人多以玩樂爲主，沒有人願意去弄懂那麼繁複的計數，楊釗的資格不夠參加遊戲，但他也沒閑著，他很快搞懂了計數規矩，替他們計數，竟然又快又準確。這博得了皇上另眼相看。

玄宗是一個愛惜人才的人，如果說楊釗開始談到的那些巴蜀間的事引起他的興趣的話，那麼楊釗在

「樗蒲」計數中顯示的才華，讓他感到吃驚。在楊釗離開後，玄宗對楊玉環說：「玉環，我看你的那位從祖兄不簡單，他是有些才華的。」

「怎麼，你與他只交談了一次，就這樣認爲？他有才華，你應該升升他的官才是。」

「是的，他頭腦靈活，思路明快，這對於理財是很好的，我想調他到戶部去，這樣，他的才華才好更好地發揮。」

果然，沒過多久，楊釗由金吾兵曹參軍調入戶部當了度支判官。眼見著季節進入冬季，玄宗和楊玉環又到驪山溫泉去避寒。此次待的時間很久，一來因爲楊玉環被冊封爲貴妃，玄宗認爲應該好好玩樂一下，二來，天下太平，玄宗把一切政事都託付於宰相李林甫，他樂得享樂清閒。

太平中新年來到了，這已是天寶五載。但表面的太平，其中卻蘊含著兇險的政權鬥爭。李林甫當年勾結武惠妃，謀立壽王爲太子不成，表面上他與新立的太子李亨（李與已經改名為李亨了，意為亨通興盛）關係不錯，內地裏，二人彼此互爲心病，都欲除去對方爲快事，因爲現在自己羽翼還未豐滿，太子不敢輕舉妄動，處處採取守勢，但李林甫明白，太子一登基，自己性命必然不保。因此，他急欲下手，扳倒太子，爲此，他派出不少密探，時刻監視太子一夥的動靜，希望能抓住他們的把柄，發動對他們的打擊。

太子那邊呢，也沒閑著，他們也想早點扳倒宰相李林甫，爲此，他一邊利用一切盡可能利用的關係，籠絡朝臣，一邊結交邊疆大將。韋堅就是被他籠絡過來的一個重要大臣。

韋堅原來與李林甫的關係不錯，他的老婆就是李林甫的外甥女，但隨著韋堅政績的突出，特別是廣運潭的開挖成功，讓他愈來愈受到皇上的重用，大有入相的可能，這對李林甫的相位造成了威脅，加之他又是太子的小舅子，終於被李林甫疑忌，尋得一個機會，上奏皇上，把他由掌管實權的租庸轉運調任爲刑部尙書，表面上看是高升了，實際削去了權力。

邊疆大臣中，太子著意要籠絡的有兩位，一是王忠嗣，那是太子小時候的玩伴，時任朔方、河東節度使，很會打仗，每次出擊外蕃，每戰必勝，威名遠播。他自然是支持太子的。第二位是河西、隴右節度使皇甫唯明，也是一位大權在握的邊疆重臣。太子的本意是，內結朝臣，外有手握兵權的將帥支持，他的太子之位方能坐穩，不懼怕李林甫的打擊陷害。哪知他們的關係李林甫盡數得知，只等他們有什麼風吹草動，好乘機下手了。

與此同時，李林甫還籠絡了楊慎矜，因爲楊家三兄弟在朝中向來是以不依靠任何幫派爲清高的，籠絡他能在讓對手不防備的情況下打倒對手。

山雨欲來風滿樓，雙方都劍拔弩張，一觸即發。

在此其間，楊釗可沒閑著，他依靠著貴妃的關係，由虢國夫人從中穿針引線，加之大批禮物的相送，他的官職也在一步步高升，不到一年的時間，他就由原來的度支郎，一躍而爲監察御史，又遷檢校度支員外郎，兼侍御史，監水陸運及司農、出納錢物、內中市買，招募劍南健兒等職。他大部分職務都與錢財打交道，皇上這點倒是沒有看走眼，短短時間內，楊釗爲皇上斂財無數，充實了府庫。讓皇上喜不自勝，對楊釗越發喜歡了。

楊釗是個精明之人，他知道他要想在朝廷混得更好，除了打著貴妃從祖兄這杆大旗抱牢皇上的大腿外，他還要搞好與其他大臣的關係，特別是一些對他有用的大臣。沒過多久，他就對朝廷間各大臣的情況摸了個遍，大抵知道了他們之間微妙的關係，他看到現在朝中要講最有權的人，莫過於李林甫了，不說全部吧，大半朝臣幾乎都是他引進的，唯他馬首是瞻，唯唯諾諾，只有極少數的人敢於與他相抗，當然，楊釗也看清了，他們是依附於太子的。

對於到底是站在李林甫一邊，還是投靠太子，楊釗很是費了一番頭腦，他知道這是關鍵時候，千萬不能站錯隊，站錯了，不要說他的仕途要葬送，弄不好，他的小命也會送掉。前思後想一番後，他決定站在李林甫一邊。

想好以後，他就開始有意巴結李林甫，但李林甫可不是一般的人，他也算是皇室中人，不要說小小的一個貴妃的從祖兄，就是再大的皇親國戚他也見過，因此對楊釗並不是太在意。這就叫巴結有心，投靠無門。但楊釗不急，他相信他會做出一件事讓李林甫賞識他，接納他的。

這年剛過，皇甫唯明與吐蕃打了一個人仗，大敗吐蕃，乘著報捷，他來到京城。到了長安後，皇甫唯明看到朝廷中果如別人所說，大權盡在李林甫一人之手，別的大臣形如木偶泥塑，只是一個擺設罷了。看到這種情形，他作爲太子以前的幕僚，不能不爲太子擔心。於是，他借見皇上的時候，乘機提出宰相李林甫相權太重，在朝中一手遮天，密請皇上除去李林甫。這些年來，玄宗只想著享樂，對於政事再不像往昔那樣事必躬親了，他把權力下放給李林甫後，看到這些年來，依然世事太平，以爲是李林甫勤勉理事的結果，爲了自己繼續享樂找個藉口，他對李林甫正信任著呢，任何有關他的壞話，一概聽不進去。皇甫唯明讓他除去李林甫，他又怎麼會聽呢。

其實玄宗看到的許多太平景象，那是李林甫營造出來的，其中有些矛盾已經尖銳到即將暴發的程度，這是高高在上的玄宗沒有看到的。

皇甫唯明的這番密言，立即被李林甫安排在皇宮的內線稟報給了李林甫，聽了這個消息，李林甫出了一身冷汗，心想，好你個皇甫唯明，我沒有動你，你倒先來動我了，真是先下手爲強，後下手遭殃。看我怎麼收拾你。

皇甫唯明的來朝，讓太子一夥感到是個加強團結的好機會，但如何與之會面是個大問題。因爲太子身分的不同，直接與邊將會面，會落得個結交邊將，意欲不軌的罪名。於是，韋堅就從中串連，決定在元宵節的晚上，分別以觀燈爲名出來，最後相聚於景龍觀。景龍觀的道士與韋堅交好，那裏有一處秘室，正好可做密談之用。

他們自認爲布置周密，哪知，他們的行蹤竟被楊慎矜窺破。景龍觀中，太子、韋堅、皇甫唯明碰面了，他們先是發洩了一通對李林甫的咒罵，然後表示一定要扳倒這個奸相。皇甫唯明甚至講出這樣的話，由他在外面發難，擁兵爲外援，逼帝退位，早日讓太子登基。太子忙以手示意，讓他住嘴，此話若是傳出一點，他們三人性命也就不保了。

太子不同意皇甫唯明太過激進的做法，他只想讓皇甫唯明作爲外援，牽制李林甫，讓他不敢太過囂張，只有假以時日，皇位遲早還不都是他的，不要去冒太多的風險。皇甫唯明和韋堅覺得太子所說在理，就聽從了他的安排。

景龍觀三人會面，自認爲做得神不知鬼不覺，哪知李林甫早已得報，他馬上讓人在朝中散布這樣的謠言：皇甫唯明要以兩鎮之兵爲後援，結合韋堅，要逼帝退位，扶立太子登基。一時間朝中謠言四起，玄宗自然也聽到了。李林甫覺得聲勢造得差不多了，這才讓楊慎矜上彈劾表，指控太子和邊將私會的事。

玄宗見此大怒，當即把韋堅和皇甫唯明逮捕入獄。楊慎矜、王鉷和京兆府法曹吉溫審理此案。這三人都是李林甫提拔的人，他們對兩大臣的審訊可想而知。

吉溫何許人也，他本是已故宰相吉頊的侄子，憑著這個身分在上層社會到處交遊。他不願走太苦太累的科舉之路，而想用圓滑的交際叩開仕途之門，低眉笑眼，到處作揖，後來好不容易混到個新豐丞做做，又不安分，得到太子文學薛嶷推薦，終於被皇上召見，見過以後，對薛嶷說「是一不良人，朕不用也。」若別人被皇上這麼一說，政治上早判死刑了，但他毫不氣餒，此路不通，另走別途。他看到高力士是能在皇上跟前講上話的人，就極力巴結，最後和高力士的關係相處得極是親密融洽，自此達到了他的目的。

內靠高力士，外結李林甫，這是吉溫所要走的路線，他知道李林甫欲除不依附自己的人後，極盡賣力，當了獄吏後，更加為李林甫出力。有一次，李林甫為了打擊左相李適之和駙馬張自，令人刺探出武選中有六十多人因舞弊及第，立案對涉嫌人審訊。連續幾場，毫無所得，經人薦舉，吉溫走馬上任本案法曹。

只見他上任後，原來那些方法一概不用，只將案犯集中在院中，另取兩個重囚進行嚴刑拷打，哀號之聲使得案犯膽戰心驚，紛紛自行供出原委。於是，片刻之間，複雜的大案全部了結。李林甫暗豎大拇指，認為此人大可派用處。吉溫常說「若遇知己，南山白額虎不足縛」，他的知己終於遇到了，那就是權勢煊赫的李林甫，他的縛虎才能也就可盡情發揮了。

而楊釗作為推理事御史也得以參與這　案件的審理。

李林甫好不容易逮到這個機會，一心扳倒太子。但韋堅和皇甫唯明深知此事干係重大，如果開口承認了事實，那麼無異於謀反，不要說自己性命難保，就是整個家族也要遭到滅門之禍，因此自從入獄後，他們就打定了主意，對李林甫構織的罪名，死不承認，只說他們的相聚是元宵節上的偶遇，並不曾進行什麼扶立太子登位的陰謀。

吉溫雖是酷吏，但對他們死不改口的供詞也是一籌莫展，他用盡了一切手段，對他們恐嚇加刑罰，外加誘勸，但統統失效，所向披靡的吉溫第一次敗下陣來。

玄宗其實從這些蛛絲馬跡中敏銳地覺察出了這一案件中的真實背景，也就是說他肯定太子元宵夜與外臣的相聚，是有著政治目的的，但苦於抓不到把柄，只好作罷，只是把韋堅貶爲縉雲太守，皇甫唯明離間君臣，貶播川太守了事。玄宗皇帝也許是人到暮年的緣故，他不想再興大獄，於朝廷間再掀起大的波瀾，他身上唯一的精力只想用在歌舞享樂上。

皇上這樣寬容地就把這個大案放了過去，大出李林甫的意外。這讓李林甫失望，案件沒有達到他的目的。但是他不甘休，他在尋找機會準備發動第二個回合的進攻。機會很快就來了。

韋堅的兩個弟弟韋蘭和韋芝，因爲皇上對這一案件的寬容處理，他們竟認爲可以替哥哥翻案，於是就上書爲韋堅訴冤。有些原本屬於太子一夥的人也乘機幫腔，這樣，太子又再一次被提及，這正中李林甫的下懷。

玄宗真被搞煩了，他悶悶不樂地回到後宮，和楊玉環談到這事。

楊玉環對政事向來不感興趣，見玄宗一副煩悶的樣子，就勸慰他說：「三郎，何必爲這些事苦惱呢。不要去想這些事了吧。」

「不是我不想，他們總是這樣煩人，這件事已經平息了，我也採取了息事寧人的態度，可他們反來舊事重提。」

「你就輕微處理一些吧，他們會對你感謝不盡的，反正不要殺人爲好。」

「要是以前，我一定要重重處罰他們一下，不過，就聽你的吧，不殺他們就是了。」

不知怎麼的，向來不願在別人面前談論政事的玄宗，有時卻願在楊玉環面前談談政治，還要她幫著拿拿主意。這倒不是楊玉環真的有什麼高明的主意，相反，正是楊玉環對政治懵懂無知，讓玄宗有著一副輕鬆的心態，玄宗在她面前屢次談到朝廷間的事，只是想獲得一種傾吐時的輕鬆與發洩。

對外間屢次紛傳與太子有關的謠言，玄宗也是苦惱萬分。他知道不論誰當了太子，都會置身於權力紛爭的中心，他只是想要這種紛爭少一點，不要佔有他已經不多的晚年生涯。同時，經過一陣觀察，玄宗發現太子李亨確實魄力有限，沒有他當年那股英武之氣，但忠厚還是忠厚的，以後登了大寶，不能指望他遠播大唐的聲威了，只要能保有現在的聲勢那就是相當不容易的了。

不過，玄宗遍觀衆皇子，比李亨才能高的也沒有，既然如此，他也就不去想著再換太子了，在此之前他已經換了二個，太子常換，不利於以後政權的穩定，這個道理玄宗還是懂得的。因此，李林甫在外面再鬧也是白搭，玄宗的這番心思，他是永遠也不會明白的。

楊玉環勸玄宗不要殺人，這正中玄宗下懷，他也不想再讓自己晚年蒙上血腥之氣，於是，就把韋蘭、韋芝等韋氏家族中人貶斥一番，並沒有一個人被殺。

第二回合僅使數十人受到流放和貶斥，這大大出乎人們的意料。

李林甫更是詫異萬分，爲沒有達到自己的目的而略有遺憾，雖然沒有扳倒太子，但朝中主要的政敵都倒下了，也算是個不小的收穫。

韋堅等被貶，左相李適之因與之過往甚密，心中有所恐懼，怕皇上追查，左思右想，自請降職，貶爲太子少保，不准再過問政事。牆倒衆人推，失勢的人無人理，朝中大臣忌憚李林甫的權勢，再無一人與之來往攀交。

李適之貶官後，李林甫看中了唯唯諾諾，凡事不敢堅持己見的陳希烈，讓他當了平章事。入了相的陳希烈自然知道李林甫看中他的是什麼，凡政事一概決斷於李林甫，他不置一喙。每天，李林甫上朝向皇上通報一下天下太平無事，再到宰相官署走一走，即刻回府，有什麼政事都要到他府上委決，而老老實實守在官署的只有陳希烈，他待著一天也沒有什麼事可做。太子李亨因爲太子妃娘家一連串發生那麼多事，竟要與太子妃離婚，以表明自己與謠言無關，但玄宗皇帝沒有允許。

楊釗來京也有大半年了，由於他的善於鑽營，加上楊氏諸姐妹賣力地爲他奔走，短短時間竟官運亨通，大有飛黃騰達之勢。春風得意的楊釗沒有忘本，他還記得章仇兼瓊派他到京爲他活動的事，於是，他請托楊氏姐妹代爲奔走。

有大批禮物做後盾，楊氏姐妹樂得做這件事，她們把一包包蜀貨打著章仇兼瓊的名義送出，還從中賺了個人情。

禮物沒有白送，沒過多久，章仇兼瓊調任爲戶部尚書。由邊將調任京官，章仇兼瓊喜不自勝，他知道這一切都是怎麼來的，因此，上任第一天，他誰也沒去拜，卻獨獨來拜訪楊釗。

在章仇兼瓊看來，楊釗可以說今非昔比，再不是先前那個窮苦潦倒的浪蕩兒了，拋開那些官職不說，他現在可是堂堂國舅啊。雖說是遠了點的國舅，但別管怎麼說，這是皇上都承認的事。更讓章仇兼瓊吃驚的是，楊釗來京時間不長，卻與那些達官權貴混得很熟，看樣子，要想以後在京城混下去，還要指望他呢。

一番客套後，分賓主坐下。楊釗爲章仇兼瓊才上任就先來拜訪他，感到受寵若驚，試想，要是一年前，自己想見眼前這位節度使大人都不可能，現在，他雖升了官，卻第一個要來拜我，真是世事難料啊。交談中，楊釗把長安各朝臣間的關係大略向章仇兼瓊說了說，告訴他，哪些人是得罪不起的，哪些人又是不能深交的，章仇兼瓊感激地一一銘記在心。

最後，楊釗問起他那位蜀中的恩公鮮于仲通，章仇兼瓊告訴他，鮮于仲通很好，聽了他在朝中的發展，很是爲他高興，已經把他的妻兒老少一併接入府中，天天侍奉著呢。只是天天引頸張望京城，希望能多得一點楊國舅的消息。

楊釗知道鮮于仲通日夜張望的是什麼，不是他升官發財的消息，而是他楊釗要給他謀劃到的官職。

這點，楊釗早已想到，但他才在長安站穩腳根，凡事須慢慢來。他是不會忘記這位恩公的。

時間過得真快，轉眼間又到了吃荔枝的季節。別的事，楊玉環沒有記住，但去年吃到荔枝的事，她倒牢牢記住了。一想到吃荔枝，楊玉環又把楊釗喊進宮裏，問他今年怎麼到現在還不把荔枝送來。

一聽這話，楊釗腦門子上都是汗，心想，怎麼著，吃上癮了。去年，我是想盡辦法，費盡周折，千里迢迢才從蜀中移栽幾棵荔枝樹來，才讓你吃上荔枝的，今年，我一直在京城，讓我到哪裏去爲你找荔枝？啊呀，該不是你爲了吃到荔枝，再派我去蜀中爲你移樹吧，那樣的話，我就得不償失了，真是得也荔枝，敗也荔枝。

聽楊釗這樣一講，楊玉環也笑了，她早知道要想在長安吃到荔枝是不可能的，但饞性大發，不能自抑，把楊釗喊來，也不指望他真能變出荔枝來。

楊釗離開了，但楊玉環一想到荔枝那特有的甘酸味道，就禁不住流下口水來，什麼也不想吃了。

玄宗見楊玉環近來胃口不好，就問她是不是身上不舒服。楊玉環如實說了，她胃口不好，是因爲吃不到荔枝。

「荔枝只有巴蜀和嶺南才有，長安哪來它呢？」

「不，去年我在長安就吃到了。」

於是，楊玉環把楊釗去年從蜀中移栽荔枝樹來長安的事對玄宗說了。玄宗聽了哈哈大笑，說：「楊釗真是個聰明人。我沒有說錯吧，你們楊家屬他最有才幹了。」

「移幾棵樹就算有才幹了，那種植樹苗的僕役豈不都成了有才幹之人。」

「這不同，這不同的。」

「唉，只可惜他不能再回蜀中再爲我移幾棵荔枝樹來了。」

「這有何難，難道移幾棵荔枝也非要他才行嗎，我這就讓人去辦，我包管貴妃一個月後吃上新鮮的荔枝。」

說做就做，第二天，玄宗就用驛站快馬傳書，讓蜀中長官按楊釗那種方法，不斷地移栽荔枝樹來京。果然，一個月後，第一批荔枝擺在了楊玉環的面前。

看著擺在面前新鮮的荔枝，楊玉環嘴裏生津，拈起一枚，剝去紅殼，露出潔白果肉，放入嘴裏，含之良久，仔細品味那久違了的甘甜味道。

楊玉環只想著每天能吃上幾枚新鮮甘甜的荔枝，全不知這些荔枝得來的不易，不知爲此要用多少民力財力。有時，她到驪山避暑，運到長安的荔枝爲了再運到驪山，摘下後，用驛站快馬一站站地傳遞而去，不明真相的人，還以爲那些快跑的驛馬在傳遞什麼十萬火急的軍情呢。所以，後來杜牧有一首詩專門描寫了這個情景：

長安回望繡成堆，山頂千門次第開。
一騎紅塵妃子笑，無人知是荔枝來。

玄宗爲了能博取楊玉環的高興，不要說荔枝，就是遠在天邊的星星，他也摘下來給她的。

第九章　忤旨出宮

得到楊貴妃的玄宗如沐春風，數載都不曾臨幸別的嬪妃。誰承想他剛與文采過人的梅妃親熱一回，就讓楊貴妃逮個正著……見一向柔情似水的楊貴妃當眾醋海揚波，玄宗自感帝威有損，將她逐出宮去……玄宗想不到走的不光是玉環，他的魂魄也跟了出去。輾轉反側幾許，終耐不住性情，連夜又把他的可人兒接了回來……

自從楊玉環入宮，五年來，玄宗對她的寵愛日盛，對她依戀一天勝似一天，這是有著內在原因的。一來楊玉環聰慧有悟性，與玄宗有著相同的藝術愛好，兩人在一起經常談歌論舞，往往有著藝術上的共鳴，古往今來，沒有什麼比能在藝術上的廰和更能增進彼此間的情誼的了。

雖然以前，玄宗與梨園弟子或樂師也有著藝術上的探討，但那些宮廷樂師和教坊師傅，心裏都把他當作高高在上的君主，思想上沒有產生平等的觀念，所謂探討，只是順應著玄宗的口氣，本來各抒己見的藝術探討就變成了皇上一人之言，這讓玄宗覺得一點勁都沒有。換了楊玉環就不同了，玄宗對她的寵愛，漸漸讓她從小養成的自由性格張揚出來，讓她無所顧忌地敢於與皇上進行藝術上的爭論，敢於說出與皇上不同的看法。這種平等的交流，反而讓玄宗感到高興和刺激，於他也獲得了藝術上的收穫和啓迪。

二來，楊玉環本性賢慧，對政治權謀沒有興趣。也許這與她的出身有關，她出生於小官吏家庭，自小對權謀爭鬥耳濡目染的少，身上多的倒是原本屬於女人的那份水性和柔情，入宮後，雖然離權力近了，但從不撥弄是非，利用顯赫的身分爲自己家族謀取利益，爲娘家成員撈取高官厚祿，而是整日沉浸在自己的宮廷生活中，逐歡找樂，不作他想。

這一點特別讓玄宗滿意。玄宗一輩子都在與權謀打交道，到了晚年，可以說身心俱疲，已經厭倦了，當皇位鞏固，天下太平後，他再不想殫精竭慮，整天費盡心思再和某個人搞這種政治遊戲了，他只想趁著還有幾年活頭，好好享樂，只想他的生活輕鬆起來，如果此時再在他的身旁放一個腦子複雜一心鑽營的女子，他會受不了的。這一點，楊玉環再讓玄宗滿意不過了。他與她在一起，只會感到輕鬆快樂，沒有旁的思想負擔，心裏也不用提防她有什麼心計和預謀。

正是以上兩點，讓玄宗對楊玉環的寵愛勝過了以往任何一位妃子。

同時，楊玉環正是青春年少的時候，以前嫁給壽王時，她剛剛成人，雖說已經發育，但未脫幼稚之氣，對男女之情懵懂無知，通過與壽王的五年生活，她的情感經歷才真正成熟，當她到了玄宗身邊時，正是她生命的旺盛期，不論身體還是情感都充滿了無限的生機和活力，而玄宗的寵愛又讓她身上的活力充分地得到了發揮，這對已至暮年的玄宗來說，無疑是注入了一劑興奮劑，一掃他身上垂垂老矣的暮氣，把他身上不多的活力都激發了出來，讓他重新品嘗到青春年少時的激情與眩暈，與楊玉環在一起，玄宗感到自己不是六十多歲而是四十多歲的人。這讓他充滿了驚喜。

正是這些原因，使得玄宗對楊玉環著迷不已，寵愛得無已復加。可以這麼說，玄宗對楊玉環的感情不再是一個君王對一個妃子居高臨下的施予，而是一個男子對一個心愛女人的愛慕和心儀；楊玉環呢，對玄宗也不是一個妃子對君王自下而上的迎合與奉承，而是一個女子對愛護關懷自己男子的依賴和信任，他們之間感情的交流是平等而真摯的。同時，由於玄宗與楊玉環年齡的差距，楊玉環的心中對玄宗除了一份少有的愛情外，還有著對慈父的撒嬌和驕寵，這也是讓玄宗得意的地方，在楊玉環身上，他不僅收穫了愛情，還收穫了父愛。

由於皇上地位的特殊，不管他如何寵愛哪一個妃子，有時難免對別的嬪妃要臨幸一下，這是可以理解的，這是任何一個男子都有的花心。玄宗在寵愛武惠妃時，也還時不時地臨幸別的嬪妃一下，武惠妃看在眼裏，裝作啥也不知道。但自從玄宗寵愛楊玉環後，這種事再沒發生過，可見玄宗對楊玉環寵愛到何種地步。爲此，那些嬪妃心中對楊玉環有著不滿，她們不把這種情況歸咎於皇上，而是把怨恨推給了楊玉環，認爲都是她媚狐專寵，才讓她們失去了被臨幸的機會。

別的一般嬪妃這樣想想也就算了，她們知道自己的命運終究就這樣決定了。只有那些曾經得到過皇上寵幸，而後又失歡的嬪妃，在心裏才會真正怨恨楊玉環，把一切過錯都推給她，似乎自己不好的命運都是楊玉環帶來的，而楊玉環所得到的一切本是自己的。梅妃就是這樣一個女人。

當年，由於梅妃的少不更事，被玄宗冷落，遷居上陽東宮。開始的時候，她還無所謂，因爲她素來喜靜，上陽東宮地處偏僻，就是給那些遭貶的嬪妃居住的，除了幾個侍候她的宮女，一天也難得有幾個人來，她反倒很滿意，一天下來，她畫上幾筆梅花圖，寫上幾首梅花詩，聊以度日，倒也自娛自樂，不覺寂寞。但隨著天長日久，她到底是個正當青春年少的女子，身上的情欲已被皇上撩撥了起來，這種寂寞清靜的日子，過個一天兩天可以，如果長年累月地過下去，這又是哪個少女能受得了的。慢慢地，她的心裏空落起來，神情間落寞難耐，整日的畫畫寫詩終不能聊解肉體和精神的需要，她變得煩躁難安了。

侍候梅妃的幾個宮女都是上了年歲的老宮女，她們與她也沒有什麼過多的交流，更不要說談詩論畫了。當梅妃問起她們的身世時，心中不免吃驚，原來她們入宮都有許多年了，也是在她這個年齡就離別家人來到了宮中，幾十年裏，竟一步也沒離開過宮中，與家人的消息也是音訊皆無。梅妃問她們，皇上可曾記得她們。她們竟都笑了起來。她們說：「你以為人人都像你那樣有福，能被皇上臨幸的，告訴你吧，我們入宮這些年，連見著皇上的面也屈指可數。」

是嗎？聽了她們的話，梅妃暗暗吃驚，原來她們入宮這麼些年，連皇上的面也沒見著幾次，那她們這些年來都怎麼度過的。

「你都看到了，不就這樣度過的嗎？」

「就這樣？」

「就這樣！」

如果說開始梅妃吃驚的話，那麼她現在就是震驚了。這怎麼可能呢？幾十年如一日，整日就是抹抹桌子，打掃殿堂，日出而作，日落而息，一個人的青春年華，全部的美貌容顏，就在這種單調無味的勞作中一天天消損殆盡，看著皺紋慢慢爬滿自己的額頭與眼角，華髮頓生，步履蹣跚，這太可怕了。梅妃從她們的身上突然看到了自己的未來。

看到這些，梅妃再也無法靜下心來了，她還年輕，身上還有著激情與活力，她不能想像自己會走那些老宮女的路。她輾轉反側，夜不能寐。此時，她真正為自己當初的不懂事而痛悔起來，她收起了心高氣傲，收起了清高心性，她要為改變自己的人生之路而重新思索。

在去年楊玉環被冊封為貴妃時，梅妃曾和宮中所有嬪妃一起，參與了對她的賀拜，看著身著貴妃朱服，高高端坐在上的楊玉環，她的心裏又妒又痛，心想，本來坐在那個位置應該是她，現在呢，自己也成了向她朝拜的一個普通嬪妃。

她想啊想啊，出路只有一個，那就是重得皇上的歡心。但能不能重獲皇上的歡心呢？對這一點，梅妃心裏沒有把握，但不管怎麼樣，她要一試。她已經沒有退路了，這總比坐以待斃強。

境遇真能改變一個人啊，想當初，梅妃心高氣傲，連皇上也不巴結，現在卻在挖空心思想如何引起皇上的注意。她想啊想啊，想到了高力士。

她只能想到高力士，是高力士把她從福建帶到京師的，是高力士把她從貧賤中挑選出來，推到顯赫的地位，再讓她飽受寂寞憔悴，一句話，是高力士改變了她的命運。高力士也可以說是她在京城的唯一親人，雖然這個親人有點牽強附會，但除了高力士，她還能想到誰呢？於是，她讓宮女去請高力士來。但高力士不來。

陪伴皇上幾十年，當著內侍省頭兒的高力士自己知道梅妃爲什麼來請他，他什麼事沒遇過，什麼人沒見過，梅妃請他，除了讓他幫助她靠近皇上外，還能有什麼事呢。

高力士料得一點沒錯，他不想攪這個渾水，自己給自己找麻煩，他對梅妃的相請，一而再、再而三地迴避。

梅妃見高力士不理睬她的相請，心中又急又惱，但沒有洩氣，她就像一個溺水的人一樣，手中抓著這根救命稻草，她知道她不能放手，只有拚命抓著它，才有可能得救。在多次派宮女相請不見回音後，有一天，她親自去找高力士了。

高力士一見梅妃親自前來，唬得連忙站起，連連告罪，說近來政務太忙，實在不能分身到上陽東宮去，望梅妃見諒。不管怎麼說，梅妃是皇上曾寵幸過的妃子，現在雖失寵，但封號還在那，場面上的尊卑還是要講的。

梅妃顯得並不見怪的樣子，她笑著對高力士說：「阿翁，好久都不見你了，人家好想你，只想請你去敘敍舊，講講話，想不到大駕難請。」

「啊，不敢，不敢，是奴才不識抬舉，勞梅妃久望。」高力士嘴裏雖這樣說，但神態間沒有一點得罪了人的惶恐。

梅妃覺得內侍省高力士辦事的處署不是談話的場所，就說：「阿翁，如果哪天有空，請到上陽東宮一坐，陪我講講話，可好？」

「奴才一定去，一定去。」

「莫要讓我久盼啊。」

「不敢，不敢。」

此話一講，高力士知道，上陽東宮，他是一定要去的了。

到了梅妃的住處，梅妃沒有和高力士講上兩句話，竟抽泣起來，這讓高力士始料不及。開始，梅妃並沒想這樣，但不知怎麼的，講著講著，她的眼淚竟流了下來。按道理這是不應該的，不管怎麼說她是主子，而高力士是奴才，但此主子不是彼主子，此奴才也不是普通奴才，梅妃在談話中，突然想到當年自己就是隨著眼前這人來到京師長安，親人都遠在天邊，心中不自禁地就把高力士當作了親近之人，心中的委屈不自然地就流淌了出來。

隨著眼淚的流下，梅妃埋藏在心底多日的委屈怨尤就如找到了一個宣洩口，一發不可收拾地衝口而出。當然，她不會直通通地講出，只說她這麼些日子都見不到皇上，心裏想念皇上，只想見見他。

說著，梅妃還拖出了一摞畫稿給高力士看。高力士看到畫稿上全是皇上的畫像，有站著的，有躺著的，有戴帽的，有束髮的。足足有幾十張，張張神采不同。還有梅妃自己的畫像，而她的像都畫得比較小，邊上留下一大塊空白。梅妃說，那是留給皇上的，還沒有畫上去。聽了梅妃的話，看了她的畫稿，再看著梅妃流個不止的淚水，高力士的心也軟了，不管怎麼說，梅妃是他從遙遠的福建帶到長安的，在心裏，他對她有著一份特殊的情感，他從來沒有過子女，不知怎麼的，從梅妃對他充滿信任的傾訴中，高力士感到一種父輩的責任。

高力士明白梅妃內心迫切的需求，被皇上冷落的日子不好過，特別是對一個年輕的妃子來說，而她曾經是得過皇上的寵幸的。

「阿翁，你一定要幫助我滿足這個心願啊。」

看著潸然淚滴的梅妃，高力士不忍心拒絕她的請求，但他實在沒有把握能滿足她的這個請求，因爲現在皇上對楊玉環的寵愛是他以前從來沒有見過的，如果皇上依然心無所定，他還好努力，現在，一切都難說了。最後，他只能說盡力而爲。

送走了高力士，梅妃所能做的只有靜靜等待高力士給她帶來的消息，她不知道高力士將會帶給她什麼消息，如果高力士帶給她的是不好的消息，就是說皇上對她已經不再感興趣，那麼，她真的不知道將怎樣度過以後的漫長歲月，有沒有勇氣等著時間的刻刀在她的臉上劃下一道道歲月的印痕。她希望等到的不是這個消息，甚至她幻想著，哪怕皇上把她遣送出宮呢，也算給了她一條生路，但那是她的夢想。皇上曾寵幸過的女人，除了死神外誰也不敢接納她的。

從梅妃那裏回來的高力士，心頭並不輕鬆，他本來是想去走個過場，回來就忘掉的，但梅妃的悲傷打動了他，讓他有種卸不掉的重負。他想，如果有時機，可以在皇上面前幫她提一提，至於皇上對她有沒有興趣，那就看她的造化了。

這天，高力士和玄宗在一起，正好有外蕃進貢了一包珍珠。那些珍珠個個大如貓眼，晶瑩圓潤。玄宗當即讓人送給楊玉環一些。高力士看了心想，此時不講等待何時，於是，近前奏道：「皇上，你還記得嗎，梅妃也是很喜歡珍珠的。」

聽到這話，玄宗默然不語，他想到，正如高力士所說，梅妃所佩戴的飾品，不是用金銀鑄就，而是用珍珠做成的。就在高力士深爲自己言語唐突，惹得皇上不高興而自責時，玄宗說：「那就也送幾顆給梅妃吧。」

於是，高力士釋然了，他看到效果已經達到，先在心中引起了皇上對梅妃的追憶，一切還要慢慢地來。他不再開口了。

當高力士把那幾顆珍珠送給梅妃時，梅妃竟激動得捧著珍珠哭了起來。以前皇上給過她太多的賞賜，她都沒有放在心上，這次面對著幾顆珍珠，她竟不能自持。從中她看出了皇上對她往昔的情義，雖是小小幾顆珍珠，說明皇上對她還沒有徹底忘記，心底還有著對她的眷顧，這怎麼不令她感動呢。

但梅妃要的絕不僅僅是幾顆珍珠，她要的是皇上的心，要的是皇上對她的寵幸。於是，她提筆和淚寫下了一首詩：

柳葉雙眉久不描，殘妝和淚汙紅綃。
長門自是無梳洗，何必珍珠慰寂寥。

梅妃在這首詩裏把她想念皇上久不得，寂寞深宮難度日的心情描述得淋漓盡致，最後說，如果你不召我，何必用珍珠來安慰我呢，詩寫好後，梅妃央求高力士轉交給皇上。

高力士本待不接，但當他看著梅妃那容顏憔悴的樣子時，於心不忍，就伸手接過。他想，這又何苦呢，當初你不好好把握，現在，皇上已覓得楊貴妃，你又來爭寵。我看成功的可能不是很大。

當高力士把梅妃寫的詩交給玄宗時，玄宗拿在手上，反來覆去地讀了好幾遍，然後，他把詩放在一邊，向高力士打聽起梅妃來。

高力士看到皇上被梅妃詩中的真情所打動，趁機向玄宗傳達了梅妃對他的殷殷問候之意，並說梅妃每天在上陽東宮以淚洗面，天天盼著皇上能幸臨她處。說到這裏高力士靈機一動，說梅妃天天都畫皇上的一幅畫像。

「噢，她不是喜歡畫梅的嗎，怎麼畫起朕的畫像來了？」

「是這樣的，梅妃說，她天天都想見著皇上，但每每不能如願，就把心中的想念借丹青描繪在畫紙上，也算減輕心中的一分相思。」

「是這樣嗎？」

「奴才不敢胡說，皇上去看了就知道了。」高力士想，梅妃畫皇上像是有的，但是不是天天畫就不知道了，想皇上也不會問起。

聽了高力士的話，玄宗的心被打動了。玄宗雖貴爲天子，但他卻是皇帝中少見的多情種子。不錯，梅妃最終沒有得到他的寵愛，但作爲一個多情皇帝，他對曾寄託過他真誠感情的人，心中都存有一份懷念的，當過去曾愛過的人再來企求他的感情時，那份已經塵封起來的情感，不知不覺間就又被打開了。於是他讓高力士安排一下，他要與梅妃見次面。

爲什麼玄宗要見一個妃子，還特意囑託高力士安排呢？因爲這中間牽扯到了楊貴妃啊。現在可以說，玄宗與楊玉環是天天形影不離，如果玄宗突然哪天晚上不陪著楊玉環，未免會引起她的懷疑。這倒不是怕她，哪有做皇帝的會怕一個妃子的，這正是玄宗太愛楊玉環的表現。

高力士自然明白玄宗的這種心情，他不待皇上細說，已經知道如何安排了。他首先把皇上的這番心意傳達給梅妃，好讓她有所準備。

梅妃聽了高力士的話，心中百感交集，不能自持。只等著皇上召幸的這一天。沒有等太久，這一天就來到了。當高力士對她說，今晚皇上將臨幸她時，她的淚水竟不自覺間流了下來。

這天將到掌燈時分，高力士對楊玉環說，皇上今夜將有緊急國家大事要處理，晚了就安寢於翠仙樓，不能與她共寢了，讓她一人安睡，不用等皇上了。

再見皇上的面，梅妃幾疑在夢中。她未語淚先流，一頭撲在皇上的懷抱中，久久不願抬起頭來。玄宗也把梅妃緊緊抱著。梅妃的一切舉動都表露出對他的無限依戀和這些時日對他的想念，讓他又是感動又是傷感。

良久，梅妃才把頭從皇上的懷抱中抬起來，臉帶淚痕地叫了一聲「皇上」。

這是真情的流露，這是真心的呼喚，這是對過去所做的自責。聽到這聲呼喚，那些過去的情義也在玄宗心底復甦，他情不自禁地把梅妃抱住了，說：「梅妃，這些日子，你過得好嗎？」

梅妃的淚幾乎又要流了下來，她低咽地說：「我很好，有勞皇上掛念。」

「這些日子，我太過繁忙，沒有召見你，你不怪我吧。」這當然是假話，但玄宗除了這樣說，還能怎樣說呢。

「我不怪皇上，我只怪自己，怪自己沒能更好地侍候好皇上。」

「聽力士說，你在上陽東宮，天天都要畫一幅朕的畫像，你都如何畫的呀？」聽玄宗這樣一說，梅妃想，我畫皇上的像藉以度日消磨時間，這事是有的，但也不至於天天畫啊。但她是個聰明人，一聽皇上這麼說，知道高力士在皇上面前爲她誇大了。就說：「妾妃天天想念皇上不得，只好靠畫像以解心中的思念，開初尚可隨意畫出，但時間久了，不免筆滯，妾妃就多想以前與皇上在一起時，皇上對妾妃的百般好處，這樣一想，妾妃就感到皇上就像站在面前一樣，呼吸可聞，音容笑貌無不可辯，此時，筆順心意，往往一氣呵成，立就一畫，每日如此，從不間斷。因此，雖然妾妃很久沒有見到皇上，但在心裏，妾妃天天都是和皇上見面的。」

這一段話，比什麼都能打動皇上的心，他想到自己因爲被梅妃在眾王面前掃了臉面，從而對她冷落，想不到她竟對自己如此癡心掛念，也算難能可貴了。

這一夜，兩人絮絮叨叨，互道別來之情，梅妃既有意奉承皇上，自是屈意奉承，再不像以前只顧自己性情行事，拿出渾身招式，對皇上加倍侍候。

玄宗呢，開始聽了高力士的話，心中只是被梅妃的一片癡情所感動，只想例行召幸她一下就完了，不想再見梅妃時，她玉顏不改，但性情已經有所改變，再加聽了她一番半真半假的話，心醉神迷，竟不能割捨。同時，召幸梅妃還讓玄宗感到了新鮮與刺激。

第一，玄宗這幾年來一直是與楊玉環在一起的，楊玉環雖說容顏俏麗，無人可比，特別是豐腴的身材，玲瓏的曲線，更是讓玄宗消魂著迷，但常言說，老吃一種菜，即使那道菜再可口，總有膩煩的一天。與楊玉環那豐腴的身材相比，梅妃的身材恰恰與之相反，顯得婷婷玉立，苗條誘人。強烈的對比反差，讓玄宗產生一種興奮，他顯得亢奮異常。

第二，玄宗召幸梅妃是瞞著楊玉環的，雖然皇上召幸哪個妃子，這是他的自由，也是他的特權，但由於這些年來他與楊玉環感情太過不一般，兩人已經儼然融爲一體，感情互爲包容，對別的妃子不做他想。所以今夜召幸梅妃，玄宗心裏反倒有種偷情的感覺，這讓他刺激和興奮。身爲大唐天子，卻不能爲所欲爲，與自己的妃子相聚，竟如同偷情，這講出去恐怕誰也不會相信。

久別勝新婚，此一夜，玄宗與梅妃重溫舊夢，互訴衷腸，度過了一個銷魂之夜。

就在玄宗與梅妃沉浸在溫柔鄉裏，重續前盟時，楊玉環卻在輾轉反側，夜不能寐，這是爲什麼呢？難道她離開玄宗一夜就不行了？不是，原來梅妃與皇上偷偷幽會的事讓她知道了。梅妃與玄宗重溫舊夢的事做得如此隱秘，又是高力士一手操辦，如何會讓楊玉環得知的呢？這完全是一個叫玉琪的才人從中搗鬼。

玉琪才人本姓李，她原本是一個小官吏的女兒，靠著有幾分才貌選進宮來。沒入宮時，她自以爲生得美貌天下無雙，把誰也不放在眼裏，自從進宮後，她看到比她漂亮的女子大有人在，她淹沒在眾多美女中一點也不出色，即使如此，她靠著多方鑽營，竟然得到過皇上的幾次臨幸，由於皇上已經年老，自然也沒有留下一子半女，她的身分只被封爲才人。

本來，後宮像她這樣的女子成千上萬，誰也沒有當回事，像她這樣能被封爲才人，手下使著兩個宮女就是不錯的了，但哪知李才人是個嫉妒心特別重的女人，她把自己沒有得到皇上進一步寵幸歸罪於那些得到皇上寵愛的女人，先是武惠妃，再是梅妃，後是楊玉環，皇上每寵愛一個女人，她在心裏對那個女人每天都要詛咒上千遍，天天盼著她最好得病死去。

對一個嫉妒的人來說，沒有比讓她看到一個對手落敗更讓她高興的事了。當年，當李才人看到梅妃失寵被遷居上陽東宮後，她簡直就要跳了起來，她在心裏無數遍詛咒的情敵終於落得個她期盼的下場，她怎麼能不喜歡呢。隨著梅妃的失勢，她也就把她遺忘了。但今夜，當她看到梅妃——這個當年的對手又得到皇上的臨幸，就要東山再起時，她的嫉妒比以前更加百倍地洶湧而來。

女人多多少少都有一點嫉妒心，這是情理之中的，但李才人是個例外，她是那種寧可讓嫉妒把自己毀掉也不願從心裏剷除它的女人，這樣的人見不得別人有一點比她好的地方，對她得不到的東西，她寧可毀掉也不讓別人得到。看到梅妃再次將得到皇上的寵愛，她在臥室內坐臥不寧，痛恨全世界都對她不起，恨不能一把火把整個皇宮都燒掉才好。不，她得不到的東西，別人也別想得到，徘徊之下，她突然想到一條阻止梅妃再次討好皇上的計策，那就是去向楊貴妃告密，並加油添醋一番。

聽完李才人的一番挑撥話語後，楊玉環再沒有心思睡覺了，她被李才人那番話氣惱得憤恨填膺。李才人那番話可謂像針一樣刺中了楊玉環的要害。對於梅妃說她胖，說她狐媚，她心中倒也還好受，唯獨對梅妃說她什麼先事壽王，再侍候皇上，一點禮儀廉恥都沒有，心中說不出的著惱。她原來在心中對這方面就有著一份敏感，自己也覺得在禮儀方面有所欠缺，不然，爲什麼怕見父親呢。但自己覺得是一回事，別人說出來又是一回事。她對梅妃這樣公開譏諷她，這口氣實在難以下嚥。

一想到皇上此時正和那個賤人梅妃在翠仙樓卿卿我我，風流正歡，楊玉環心裏就像有一隻蟲子在咬噬著她的心，她變得煩躁不寧，鬱悶不堪。其實楊玉環自己不明白，這也是嫉妒在作祟。與李才人的嫉妒不同的是，楊玉環的嫉妒屬於愛情的嫉妒，就是說是愛情排他性的一種反應。這些年來，她與玄宗建立了真正的愛情，彼此互不分離，心中除了對方再不多想，現在，玄宗突然拋下她去與另一個女人行歡，雖然他是皇上，有這個特權，但對於愛情來說，他是個背叛者，是個不忠者。這個行爲太讓楊玉環傷心難受了。

不知不覺間已經是三更時分，單調的打更聲在寂靜的夜裏迴盪，在楊玉環聽來，平添一份淒清，她突然有種被世人拋棄的感覺，孤單與傷悲讓她想到壽王，如果她還是壽王妃的話，壽王是絕不會對她這樣的，而如今，她的淚水不知不覺問流了下來。她也試圖用理智來說服自己，想皇上擁有三宮六妃，偶然臨幸一下別的嬪妃也屬正常，但她的感情始終不能接受。楊玉環這樣想著，一夜幾乎都沒合眼，只在快到天亮時才稍稍打了一個盹，身上的衣服也不曾脫下。這一夜，是那樣難捱，那樣漫長，是她入宮以來最難度過的一晚。而李才人這夜卻從夢中笑醒了幾次。

天亮了，侍候她的宮女進來看到楊貴妃散亂的頭髮和紅腫的雙眼，吃了一驚，但她不敢相問，只是默默地在一旁做事。楊玉環問道：「皇上回來了嗎？」

宮女搖了搖頭。楊玉環心中那股壓了一夜的妒火突然不可抑制地噴發而出，她大叫道：「他還在和那個賤人在一起嗎？」

宮女睜著一雙驚恐的眼睛，只是搖頭，表示對什麼都不知道，楊玉環猛然站起身來，也不作梳理打扮，對宮女說：「到翠仙樓去！」

這真是決然的作爲，楊玉環氣沖沖地向翠仙樓衝去，滿臉怒氣，急步如飛。她像失去了理智一般，渾然不顧此舉會給她帶來什麼後果，她到翠仙樓幹什麼呢？見到皇上她又能說些什麼呢？難道她有權力命令皇上做什麼嗎？但楊玉環心裏已經沒有這些顧忌了。

那是一個再普通不過的早晨了，太陽如往常一樣照著大地，就在那個早晨，許多宮女看到楊貴妃一改平日溫柔賢慧的模樣，臉不洗髮不理，大步流星、目不斜視地向翠仙樓趕去，引得早起的宮女紛紛側目。

楊玉環一路衝到翠仙樓。高力士剛剛起床，他一看到楊玉環急沖沖的樣子，大吃一驚，知道不妙，連忙喊了一聲：「貴妃」。

楊玉環沒有像往日一樣對高力士笑臉相向，只是用鼻子哼了一聲，並不停步就向內撞去。高力士一看這陣式，趕忙高聲喊道：「貴妃駕到。」意在通知皇上。

經過一夜繾綣，正擁著梅妃熟睡的玄宗，一聽到「貴妃駕到」這四個字，只唬得從床上跳了起來，這要是讓楊玉環看到了梅妃，可讓他如何解釋呢，眼見著楊玉環就要進屋，要從正門出來已經來不及，哎，對了，翠仙樓不是有夾幕間嗎，可以讓梅妃先到那裏躲一躲。

想到這裏，不及多說，也顧不得讓梅妃穿衣服了，立即讓小太監用被子把梅妃一裹，先抱到夾幕間躲避起來再說。夾幕間本來是用來防範刺客，萬不得已時躲避危險的，想不到此時派上了這個用場。待草草弄妥後，玄宗又倒頭裝睡起來。

說時遲，那時快，楊玉環三步並作兩步地趕了進來。進到屋裏，楊玉環首先向床上看去，但她並沒發現梅妃，她看到偌大個床上只有皇上一人。雖然床上只有皇上一人，但被褥凌亂，兩枕並放，床前也並排放著一男一女兩雙鞋子。

玄宗裝作剛剛從夢中醒來的樣子，伸了個懶腰問道：「玉環，這麼早，有事嗎？」

玄宗沒有聽到楊玉環的回答，抬起頭來，只見楊玉環氣勢洶洶，眼睛瞧著床前，順著她的目光望去，就看到了床前的那雙女式鞋子。他不禁臉上一紅，深怪自己一時疏忽，匆忙中沒有顧及到這個。但楊玉環不說，他也不點破。

「昨晚，力士稟告說，皇上要連夜處理國政，不知是否屬實？」良久，楊玉環待氣順了順，才說出這樣一句話來。

「啊，是的。昨晚，朕批改各地批文到很晚。」到這種地步，楊玉環見皇上還在對她裝癡賣傻，隱瞞實情，不禁怒氣勃發，她大聲說：「可是我聽說，昨晚皇上把梅妃喊來侍寢，可有此事？」

「斷無此事，朕昨晚一直一人獨自安寢，哪來的嬪妃侍寢。再說了，梅妃已經被朕遷居上陽東宮，怎會來到翠仙樓呢？」

「如果陛下一人安寢，房中何來此物？」說著楊玉環一指床前女鞋。

玄宗訕然答不出話來。

看了周遭這番情景，楊玉環斷定梅妃一定沒有出門，肯定被皇上藏在屋內何處。於是，她說：「太陽已經這麼高了，陛下還不上朝，眾大臣一定都說是我在狐媚聖上，賤妃可擔當不了這個罪名。陛下這就可去見朝臣，賤妃就在此處等候皇上散朝。」

這怎麼可以呢，如果我聽了她的話，一走出此屋，她一搜查，事情還不全都暴露。玄宗想萬萬不可。於是，他說：「今天身上不舒服，不能上朝。」

「我看不是身上有疾不能上朝，而是心中有事，不能遷離此地吧。」楊玉環譏諷道。

聽了楊玉環這句話，玄宗心中不禁動了氣，被楊玉環一再用言語擠兌，他覺得顏面有損，於是喝斥道：「放肆，成何體統。」

楊玉環本來心中有氣，被皇上這麼一喝斥，更加受了委屈，氣直向腦門沖去，她再也不顧三七二十一了，喊道：「我不成體統，難道皇上沉迷女色，荒誤國政，這又是何體統？」

玄宗聽了楊玉環的話，他是真正動了氣，這麼多年來，還從來沒有人在他面前這麼講過話，他哼了一聲，沉聲道：「豈有此理，從來沒有一個妃子敢在我面前這樣講話。」

「怎麼，我講也講了，你治我罪啊？」楊玉環一點也沒看出皇上已經氣得身子打顫，臉陰沈得可怕。或者說她看到了，但一點沒在乎。

玄宗一把把手邊茶几上的一杯茶拂落在地，他大吼一聲：「反了！」

茶杯落地發出一聲脆響，但這聲脆響沒有把楊玉環從怒火中震醒，她依然沒有意識到，她所面對的是皇上，是世間有著至高無上權力的人，她還以為面對的是一個愛她而被她所愛的人，她對自己愛著的人發發火是理所當然的。於是，在皇上的吼聲裏，她不是退縮和緘默，而是氣盛地說：「你有氣不要毀壞東西，你要是認爲我有罪，治我罪好了。」

聽到這句話，玄宗幾乎要氣瘋了，他再也按捺不住自己，大喊道：「好，我就治你的罪。來人啊，貴妃忤旨，立即放還本家！」

兩名內侍馬上從門外跨進屋來，他們雖然聽到了皇上的話，但仍然愕然地望著皇上。

「貴妃忤旨，立即放還本家！」玄宗又一次大喊道。

內侍這次是真正聽清了皇上的話，他們不敢怠慢，依照體制說：「貴妃謝恩。」

楊玉環根本不聽內侍那一套，心想，他都讓我放還本家，我還對他謝什麼旨。他無情，我無義，走就走。她抬腿向門外走去。

玄宗與楊玉環倆人都在氣頭上，誰也沒有意識到此舉的含義。把貴妃放還本家，就是遣送娘家，從某一方面說就是把她休了，用現在話說，就是離婚。

一切都無可挽回，楊玉環滿臉怒氣地出了翠仙樓，內侍已經在院子中備好了車子，楊玉環也不換衣，一步就跨進車子，甚至嘴裏還催促御者快走。

一直站在外面聽了全過程的高力士，知道此時說什麼都晚了，他沒有想到事情會搞到這個地步，如果講起來，他也是有責任的，要不是他替梅妃傳訊，再次讓皇上臨幸她，哪會有這些事，但他也是看梅妃可憐，於心不忍才這樣做的。再說，楊貴妃也太不像話了，她怎敢以那樣的口氣對皇上說話。在聽的過程中，他幾次都被她的話所震嚇。

內侍也被這件事搞懵了，一時間，後宮上下都知道了這件事。貴妃放還本家？這是從未有過的，妃子犯了錯，要麼打入冷宮，重的逼令自殺，哪還有放還本家的事。放還本家後，她怎麼辦呢？是再婚還是空守？搞不懂。

再說，楊貴妃的本家是哪裏？在京城她的親戚有三個姐姐，都尉駙馬楊鑒，一個堂弟楊恬，還有一個從祖兄楊釗，哪個算是她本家呢？按親疏關係來說，三個姐姐是她的本家，但哪有女的主家的呢，看樣子還是要送到都尉駙馬楊鑒府上。

車子啓動了，它在一片寂靜中行駛，宮女都默默地看著它，彷彿又看到了一個妃子淒苦的命運。她們按以往的宮廷經驗，知道楊貴妃此一去再也不會入宮了，不管她先前多麼受到皇上寵愛，以後她的命運還不如一個普通的宮女。

車子在內侍的駕御下，直向都尉駙馬楊鑒的府上駛去。

楊玉環離去後，玄宗仍然氣恨恨地坐在翠仙樓裏，他被楊玉環給氣昏了，他呼呼地喘著氣，雖是清晨，身上卻有著一層小薄汗。他想都是自己把她給慣壞了，才弄得這樣不可收拾。氣惱中，玄宗還沒有忘記被他藏入夾幕間的梅妃，他讓侍立在旁的小太監趕忙把梅妃從夾幕間拖出來，而小太監卻說梅妃已經被他從夾幕間的暗道送走了。小太監本是好意，他看皇上與貴妃吵得不可開交，就暗自主張把梅妃偷偷轉移了。哪裏想到此時玄宗正在氣頭上，他滿肚子的氣正無處發洩，一聽小太監不待他的吩咐，私自就把梅妃送走了，不禁大怒。他大喊道：「來人哪，把這個奴才拉出去，亂杖打死。」

說時遲，那時快，幾個內侍湧進來，把小太監拖了出去。可憐小太監臨死還不明白自己爲什麼會死的，他一路高喊「冤枉」，最後命歸黃泉。

這也是上天的安排。如果小太監沒有把梅妃從暗道送走，梅妃此時奉召，乘著皇上心中煩躁，對楊玉環極度不滿的時候，大獻殷勤，豈不極易得著皇上的歡心，那麼楊玉環是真的要被逐出宮廷了，那歷史恐怕真的要重新書寫了。

楊玉環被玄宗遣送回娘家，她的怒氣並不稍見消解，在此事件中，她一直認爲自己是沒有錯的，是皇上對不起她在先，她是發火在後。

哥哥楊鑒和承榮郡主在得到妹妹楊玉環忤旨被皇上放還本家的消息後，心中大吃一驚，心想，不是聽說妹妹一直都得到皇上寵愛，怎麼突然放還本家了呢？這可是一件大事，弄不好，他們都可能被牽連到，官是做不了的了，就是命能不能保住，還很難說。他們誠惶誠恐地接待了隨之而來的內侍，準備從他們嘴裏打聽到一點消息，但他們也不明白。

這邊，嫂子承榮郡主在內室接待楊玉環。楊玉環雖說滿肚子氣，但這氣只是對著皇上的，在別人面前，她卻連這種氣也不想表露。這其實是一種愛情心理，就是不願把屬於兩人間的秘密公開給第三者知道，包括吵嘴和嘔氣。她看到嫂子承榮郡主進來，竟笑著說：「嫂子，你看我又可以回家了。」

承榮郡主臉上苦笑了一下，心想，恐怕這個家不是那麼好回的。她直截了當地問道：「玉環，到底怎麼回事，怎麼被皇上放還了？」

「怎麼回事，我要知道就好了，皇上沒來由地發脾氣，就把我放還了。放還就放還了，我還能賴在宮裏不出來？」楊玉環用輕鬆的口吻說。

這是她在強詞奪理，是她跑到翠仙樓大吵大鬧一通，才惹得皇上發脾氣把她放還的，現在她倒打一耙，反說皇上胡亂在發脾氣。

聽了楊玉環的話，承榮郡主不再多問，但她知道皇上就是胡亂發脾氣，也是有個原因的。她只有陪著楊玉環坐著，因爲她不能指責皇上的不是來寬慰楊玉環。

楊玉環放還本家的消息，一時間傳遍楊門，在京的楊氏諸人都聽聞了這件事，他們驚惶恐懼，奔走密談，無不惴惴不安。楊釗聽了這件事後，心中更是吃驚不小，他想，自己能有今天，全靠了這位小表妹，因了椒房之親，他才有現在的風光，身兼數職，並且仕途看好，還攀緣上了權相李林甫，人家願意和他相交，也是看在貴妃的面子上，如果貴妃沒了，他也就別指望在京城混了。想到這裏，他快馬趕到虢國夫人府上。講快馬也就兩步路，原來爲了便於與虢國夫人來往，他就在虢國夫人的府宅邊起了一座宅院，與虢國夫人緊相連，兩府間有便門相通，他時常進入虢國夫人府上，與她鬼混。

見了虢國夫人，她正準備去見楊玉環。她看到楊釗，說：「你看玉環真是不懂事，怎麼會得罪了皇上呢？」

楊釗問虢國夫人是否知道事情的前因後果。虢國夫人也不清楚，但她說：「不管何種原因，皇上能得罪嗎？玉環做事有時太過沒有分寸，我以前都說過她，這次終於出事了。」

楊釗作爲一個男子，比她們想得都要多。他對虢國夫人說：「事情已經出了，多說也沒有用，還是想著如何應付吧。」

「應付，怎麼應付？皇上把玉環放還，就是說不要她了，還怎麼應付？」

「不應付也要應付，我們都是靠著貴妃才有今天的，如果貴妃不再被皇上寵愛，我們都要被加罪，不要說榮華富貴，就連性命也保不住。」

聽楊釗這麼一說，虢國夫人也嚇了一身冷汗。楊釗不是在危言聳聽。

「那，那應該怎麼辦呢？」

「首先要弄明白事情的原委，看有沒有彌補的可能。我們楊氏一門，前程和富貴全都維繫於貴妃一人，一榮俱榮，一損俱損，大家一定要齊心協力，爭取化險爲夷，共度難關。」

於是，兩人並騎向楊鑒府上而來。到了駙馬府，他們看到在京的楊氏族人基本上都到齊了，男的在外面商議如何面對這件突如其來的事，女眷在內安慰楊玉環。楊釗留在外面，虢國夫人進到內室。大家看到她進來，知道她與楊玉環關係不一般，都退了出來，讓她陪楊玉環說說話。

待眾人退出後，虢國夫人問道：「玉環，到底是怎麼回事？」

從早上到現在，已經有太多的人問她這個問題了，但楊玉環都沒有回答，不僅沒有回答，還以輕鬆的口氣表示並不把它當一回事。眾人看到她這種態度，心裏乾著急，還真的以爲她不識好歹，不知道此事的嚴重，將會累及楊氏眾人。

當三姐問她這個問題後，因爲楊玉環與三姐的關係，就把其中的原委說了，在講述的過程中，還夾帶著對皇上的不滿，到現在，楊玉環都還認爲是皇上對不住她，不是她對不住皇上。

聽了楊玉環的話後，虢國夫人也爲楊玉環的任性而擔憂，她說：「玉環，這就是你的不是了，想皇上有著三宮六院，偶爾臨幸一下別的妃子完全是正常的，你爲什麼發那樣大的火啊？」

「他要是臨幸別的妃子倒還罷了，可他偏偏臨幸那個梅妃，想那梅妃賤人，背地裏竟嘲弄我胖，還譏諷我的身分，豈不叫人著惱。」

其實楊玉環這是在自欺欺人，她不承認她是出於愛情的嫉妒，要是皇上臨幸別的妃子，她一樣會鬧得不可收拾。

待虢國夫人從內室出來後，她把事情的起因給大家說了，大家嘴上雖不說，但心裏一致怪楊玉環做事魯莽。最後，還是楊釗首先鎮靜下來，想出一個對策，對事情進行彌補。他說：「這樣看來，貴妃確實有錯，如果讓她上表認錯，我想，皇上也許會原諒她的。說不定事情會另有轉機。」

聽他這樣一說，眾人心裏又燃起一線希望，就催促虢國夫人快去勸說貴妃，讓她趕快自寫一封上表書，向皇上認錯道歉。

當虢國夫人把這個意思向楊玉環一說時，想不到楊玉環竟不願寫。她說：「寫上表書認錯？我爲什麼要寫？我又有什麼錯？我不寫！」

虢國夫人勸慰道：「玉環，你不要這麼任性，你應該想到，在這事裏，你是有錯的，你不爲自己著想，還要爲楊家人著想，須知，他們都可能因爲你的原因受到牽連。」

「這與他們又有什麼相干？」楊玉環不解地問道。

聽了楊玉環的話，虢國夫人要不是了解這位小妹，真的以爲她在裝傻。但她知道楊玉環就是這樣的人，對有些事天真得讓人吃驚。於是，她耐心地說道：「你想，楊家都因爲你的尊榮而被封官，現在你被放還了，他們的官還能當下去嗎，不僅當不下去，恐怕皇上一生氣會加罪他們的。」

虢國夫人把楊釗給她說的那番話原封不動地說給楊玉環聽。

「怎麼會這樣，這是我和皇上間的事，與他們並無關係啊。不，我不寫。」

「你看這樣行不行，我們寫好了，用你的名義遞上去。」虢國夫人見實在勸不動楊玉環，就退而求其次地說。

「不，我不寫，我也不讓你們寫。」

這就讓虢國夫人爲難了，也讓大家爲難了。楊家的人都聚在楊鑒府上，愁眉苦臉，等著宮中傳出新的旨意，也許新的旨意傳來的時候，就是他們大禍臨頭的時候。

經過一上午的折騰，此時的楊玉環又餓又累，加之昨夜幾乎沒睡覺，她的雙眼沉重得就要抬不起來。但面對著端到眼前的食物，她又一點胃口也沒有。更讓她絕望的是家人對她的態度。

早上，她被皇上放還歸家，那是愛情對她的背叛，她那顆受了愛情傷害的心本指望到了家裏，親情能給她一絲呵護與關懷，哪裏想到，家裏人關心的都是他們自己的命運，對她滿腹的委屈一點也不關心，還指責她任性冒犯皇上，一點也不多爲她想想。沒有等她那顆受傷害的心稍稍平復一些，竟逼著她上表認錯。她又錯在哪裏？她又爲何認錯？親情的背叛再一次傷害了她。她寒心了，她覺得天地之大，竟沒有她容身之地。

她藉口要休息，讓別人都出了內室，當她們的身影剛在門口消失時，她的淚水不可遏制地奪眶而出。自從早上和皇上生氣，被放還歸家，直到現在，她一直都沒流淚，不是她不想流淚，而是她在別人面前強挺著，表示自己對此事的不在意，這是她要強的天性在作祟，要按她的本意，她早就想大哭一場了。當她看了家人對她的態度，她再也控制不住自己的情感，暗自飲泣起來。

淚水如小溪一般從她的臉上不斷滾落，她把手巾都擦濕了，還是控制不住淚水的滑落。慢慢地，隨著淚水的湧流，楊玉環才覺得心裏好受了一些，鬱悶隨著淚水得到了釋放，不知不覺間，睏意襲上身來，她衣不解帶地就躺在床上睡著了。

睡夢中的楊玉環又回到了宮中，她在花叢間戲蝶摘花，宮中的牡丹開得還是那樣豔，一朵勝似一朵，花映著她的粉臉，她就是花叢中那最嬌豔的一朵。她終於捉著一隻粉蝶，手捏著拿給皇上看，但皇上沈著臉並不理會她，而是一轉身拂袖而去。她愣住了，不知道如何得罪了皇上惹得皇上不高興，她手捏著粉蝶不知是放還是繼續拿著。就在她不知所措時，突然闖進來幾個武士，他們手拿長戟，如狼似虎地把她夾著就走，她朝著皇上的背影大喊，但皇上連頭也不回。

喊聲中，楊玉環被人搖醒。她睜開眼一看，虢國夫人在她的身旁，她一把抱著三姐，放聲大哭。

就在楊玉環無限傷心的時候，在宮中的玄宗心裏也不好受。他早上被楊玉環那樣一鬧，氣急之下，說出「貴妃忤旨，放還歸家」的話，這實非他本意。但話說出後，又不可能收回。待楊玉環真的被送出宮後，他心裏就像掉了魂似的，坐臥不寧，但爲了維護君主的自尊，他說：「嗯，沒有她，我也一樣生活。」

此時的高力士到哪裏去了呢？他看到皇上正滿肚子氣，他可不想去觸這個楣頭，早躲得遠遠的了，他不見皇上的面，並不代表不在注視事態的發展，他不停地派小太監把皇上的動靜報告給他。

快到中午了，皇上還沒有要用膳的意思，於是一個不知好歹的小太監跑上前去，跪請皇上用膳。玄宗聽了大怒，呵斥道：「朕餓了自會叫你們擺膳，用得著你這樣一再打擾嗎，真是不知好歹的奴才，腦子也不知長到哪去了，看樣子不打不開竅。拖下去，重責四十大板。」

這已經是第二個倒楣的太監了，下面還不知該著誰倒楣呢。別的內侍都提心吊膽，戰戰兢兢，唯恐一個不小心，自己的小命就玩完了。

下午，玄宗稍稍吃了一點點心後，爲了表示他並不把貴妃出宮放在心上，還命令樂教坊表演了一齣歌舞。但他這是在強顏歡笑，沒有楊玉環在身邊，他根本無心欣賞歌舞，還沒有等表演完，他揮揮手，就讓她們退了下去。

到了晚上，玄宗也無心再召別的妃子來侍寢，他一人獨臥寢殿，以手支頭，神思恍惚。楊玉環在家人面前強要面子，不讓內心痛苦的情感表露出來，而他，卻要在宮女內侍面前控制自己心中的傷心，強行擺出皇帝的威嚴。要是他真的不把貴妃出宮當回事，他又爲何動輒生怒？楊玉環已經出宮，他完全可以放心大膽地再召梅妃或別的妃子來侍寢，但他沒有，一點這方面的心思也沒有，他覺得沒有楊玉環在身邊的日子，哪怕只有一天，他已經過得寡然無味。

夜的黑幕完全落了下來，因爲皇上的不高興，宮中沒有任何喧嘩，大家走路都小心翼翼，唯恐弄出太大的聲響。

玄宗仍然沒有睡，他一會兒在室內徘徊，一會兒坐於床上。這在以前是沒有過的，想武惠妃去世後，他也沒有表現得這樣失魂落魄，他有點恨自己太過兒女情長了，他強迫自己不要再去想貴妃，但楊玉環的音容笑貌，一顰一笑，就如揮之不去的影子，心頭眼前俱是她的倩影。

獨臥衾被的玄宗，此時更體會出沒有楊玉環在身邊的寂寞與孤獨，想平日此時，二人相依相擁，談不完的話，訴不完的情，而年輕頑皮的她，總能不斷給他驚喜，讓他身上迸發出活力與朝氣。他們談歌論舞，切磋各自對音樂的領悟與看法，互相交流對藝術的心得，最後達到靈與肉的結合，那是何等令人銷魂的時分，他爲上天賜給他這樣一位既知他心意又美貌如仙的女人而由衷感謝。

既然躲不開，那就想吧。玄宗決定面對自己的真實感情。

當玄宗一旦面對自己對楊玉環的感情時，他首先感到的竟也是委屈。他想，玉環，你難道竟不明白我對你的心意嗎？你難道沒有看出來，我與你之間，不是普通皇帝與妃子間的關係嗎？想當初，你還是壽王妃時，我見你就爲你心醉神迷，爲你夜不能寐，想方設法要把你從壽王身邊奪來，但我怕傷害到你，並沒有用強，而是放下皇帝的尊嚴，一步一步，慢慢去靠近你，用情感來俘虜你。

用盡心機，終於把你弄到身邊，自此後，我與你琴瑟合奏，彼此難分，想我堂堂一國之主，五年來竟只要一個女人相陪，這傳出去，只怕無人相信。是的，我寵你，愛你，有你一人在我身旁，我心足矣，在我眼裏，你有著看不完的嬌美，數不清的風情，每天都能讓我有驚喜的發現。

我和你在一起就渾身充滿活力，充滿朝氣，彷彿又回到中年時期，這除了你的美麗外，最吸引我的是你身上的那股氣質，與眾不同的高雅舉止。一個女人再美麗又怎能把天下所有女子的美集於一身呢，須知，美本身就是千差萬別的。

但千不該，萬不該，玉環，你不應該把我對你的這種寵愛當作權力，竟變得不可理喻，不講道理了。不錯，我是臨幸了梅妃，但須知，她是在你之前進宮的，我也曾寵愛過她，聽了高力士的稟報，我感動於她對我的一片念念不忘之情，臨幸她也算是對她的一種補償，再說，我不想此事對你造成傷害，並沒有弄得滿宮皆知，而是小心謹愼瞞著你和眾人的。

我讓高力士先對你說我要連夜處理國政，又讓他黑燈瞎火地把梅妃帶到偏僻的翠仙樓，我本想就一夜，一夜後，我就會回到你的身旁。我是皇上啊，臨幸一個妃子竟像做賊一樣，這傳出去，是多麼有損我的顏面啊。可是你連一夜也等不及，也不知從哪得知了此事，竟一大早就闖了進來，劈頭蓋臉地就是一通火，我自知理虧，本擬大事化小，可你不依不饒，氣勢洶洶，在內侍面前一點也不給我面子，直弄得我也發了火，那時，只要你稍爲退後一步，我又何至於講出把你放還的話來。那時，我也被氣壞了，這麼些年來，誰敢如你那樣對我講過話，向來都是我對別人發脾氣，今天向我發脾氣，幾十年來，你可算是第一人。

這都是我對你太過寵愛的結果，不僅讓你不遵從宮廷禮儀，就連起碼的分寸也沒有了。要是換了別人，我早讓人拉出去杖斃了。我放還你歸家，按理說，就是不要你了，那麼，以後，我與你就不會再有見面的機會了，唉，你會怎麼辦呢？如果我不願降罪於你，那你還年輕，肯定還會再嫁人，就是不嫁人，天長日久，難免有情事，你會再找什麼樣的男子呢？啊，你也有可能再回到壽王身旁去。

這樣一想，玄宗心中像被蜂針刺了一下，隱隱作痛起來。他難以想像楊玉環還會投入另一個男子的懷抱，哪怕想像也不行。

這樣，玄宗又後悔把楊玉環放還歸家，如果當時只是把她降罪留於宮中，那一切都還有餘地，只要她認個錯，他就會寬宥她。但現在是把她放還歸家，就是休了她，這可如何是好呢？

愈想，玄宗愈是煩躁，他聽著更鼓相交，不覺間已到深夜。當他回想事情經過時，自然有對楊玉環的責怪和放還她歸家的後悔，但不知怎的，其中還夾雜著一絲甜蜜，這讓他感到奇怪與不可理解。

其實這也好解釋。從愛情角度講，嫉妒是愛情的一部分，有愛情必有嫉妒，反過來說，有嫉妒，說明心中才會深愛著一個人。當楊玉環一大早怒氣沖沖地趕到翠仙樓向玄宗發火時，完全是出於愛情的嫉妒。當時玄宗沒有感覺到，事後想到，當時，楊玉環髮不理，妝不化，可以看出，她是一夜沒有睡好，說明她整夜都在想著他，肯定是在又氣又嫉中度過的。嫉妒他因爲想著他。

玄宗想到楊玉環會因爲自己偶然臨幸了一個妃子，氣憤得一夜不睡覺，想到她對自己牽掛這樣深，他大爲感動。在此之前，他心中有時會冒出來這樣的想法：楊玉環順服自己也許是出於對皇權的敬畏，表面上順從他，心裏卻沒有他。通過這件事，他看清楚了，楊玉環心裏不僅有他，而且對他的感情還那樣深。雖然他是皇帝，但他也是一個老年人，面對美貌的女人，他內心深處是又愛又怕，一面貪圖她的美麗，一面又怕她嫌棄他的年老，身體給了他，情感卻在外漂移。現在，玄宗高興了，楊玉環對他的愛超過了他的奢望。

玄宗這樣想著，又是沮喪又是歡喜，迷迷糊糊中，睡著了。

與此同時，楊玉環也睡得不安穩，她也在思念著玄宗。下午，虢國夫人和大姐、二姐都進來勸她以家族爲重，最好寫表向皇上認錯，她爲她們只是想到自己而不爲她著想氣惱，倔強得不聽她們的話。當夜深人靜時，她的情緒平靜了下來，她也慢慢梳理了一遍自己的感情。

雖然她到現在也不認爲自己有錯，但隱約中覺得自己有點過分了，傷害了皇上的自尊心和威嚴，但她也爲皇上不明白她內心真實的情感而委屈。她想，自己也不願成爲一個潑婦，但怎麼就成了呢？這不都是緣自對皇上的愛嗎？正是有愛，才想獨佔皇上的情感，也才想獨佔他的身體，而他辜負了她的愛，竟然做出臨幸別的妃子的事，這不是對她感情的背叛嗎。可見平日的甜言蜜語都是靠不住的。

楊玉環的內心是矛盾的，有時她把玄宗想像爲一個皇帝，想像他是一個至高無上的君主，那麼他有權臨幸任何一個妃子，而她也只是他眾多妃子中的一個，但理智不能代替感情，她如果這樣想了，理智上可以接受，但感情上就疏遠了玄宗；有時，她又把他想像爲她的丈夫，他們真心相愛，應該互相忠貞不貳，除了他，她從沒考慮過別的男人，就連以前相愛的壽王也真正從心裏除去了；他呢，也應該是這樣，除了她，不應再有他愛。可他沒做到。如果他真心愛她，他是應該寬容她的發火的。

同時，家人的話不能不對她有所影響，雖然她表面並不接受她們的勸告。她們雖然自私了些，但說的不無道理，如果她真的被皇上永遠放還，勢必殃及到家人。這是她不願意看到的。她表面強硬，不按她們說的那樣上表認錯，內心以爲這不失爲一種方法，如果她這樣做的話，不是表示她真的認錯了，而是多爲家人著想。但放還只有一天，就急匆匆地上表認錯，而且是違心地，她說什麼也做不到，她在感情上還轉不過這個彎來。

難熬的一夜終於過去了。第二天，玄宗感到他的心境平靜了一些，但對楊玉環的思念並不稍減。他用了早膳後，隨便到宮內各處走了走，但無論他走到哪裏，見到的都是楊玉環以往留連於其間的身姿，或嬌嗔，或嘻笑，或輕舞，或靜如處子的閒雅風姿。他回到了內室，此時，高力士趕來侍候。

一見到高力士，玄宗輕斥道：「力士，我還以爲你自此失蹤了呢。」

高力士也是聽說皇上的脾氣變好，才趕過來的，他可不想在皇上脾氣暴躁時來自討沒趣。聽了玄宗的話，他笑著故作輕鬆地說：「老奴昨天在內侍省處理一些事，聽說皇上大振乾綱，天威莫測，未奉召喚，不敢入覲。」

聽高力士如此一說，玄宗也憋不住笑了笑，他說：「好了，什麼大振乾綱，不過是貴妃無理取鬧，朕懲治了她一下。」

這是事情發生後，玄宗第一次提到貴妃，但出乎他意料的是，提到時，他並沒顯得大動肝火。高力士靜靜聽著，不敢插嘴。他發現，楊玉環離開皇上只一夜，皇上的臉上就顯出了老態。

「貴妃太不像話了，弄得朕差點下不了臺。嗯，是誰讓她如此放肆的。」

高力士心想，除了你，還有誰，要不是你對她如此寵愛，給她天大的膽，她也不敢這樣。但他可不敢這樣說，嘴裏委婉地說：「陛下有時對她的寵縱，確實超過一般人……」

「嗯，寵她，她也要懂規矩。」

善於察言觀色的高力士，看到玄宗提到貴妃時，雖然語氣中在指責，但也充分流露出了對她的想念，知道皇上並不是真的要對貴妃永遠放還，心中還想著要把她召進宮來。只是貴妃也太過不懂事，放還都一天半了，也不見半點動靜，起碼上個表認個錯，也好讓皇上有個臺階下。

玄宗看到高力士，也以爲是楊玉環上表認錯了，那樣他也就借坡下驢，收回成命，讓她回宮了，但他等了半天也不見高力士提這事，知道楊玉環並沒上表，他心想她還真倔強啊。

高力士不愧久在宮中走動，一下就揣摸到了玄宗的心意，他想，貴妃不給皇上這個臺階，那就由我來給皇上找個臺階吧。於是，高力士說：「陛下，我聽說貴妃放還時，是隻身出宮的。」

「噢，我還不知道她被送到哪裏去了？」

「聽說貴妃出宮後，到了都尉駙馬楊鑒的府上。」

「怎麼她沒到虢國夫人的府上？」

高力士沒有回答這個問題，只是說：「聽說貴妃到了楊都尉府上，只是以淚洗面，不吃不喝，忙壞了家人。」

至於楊玉環到楊府上的事，高力士是通過他派去的宮女與內侍得知的，但也不像他講得那樣嚴重，但他這樣說，是想打動皇上的心，引起他對楊玉環的同情。

果然聽了高力士的話，玄宗心裏不好受，但他不好表露什麼。看看時機成熟，高力士又說：「陛下以前放出宮人時，曾准許她們攜帶自己的衣飾，並賜錢帛，是否對貴妃也可以這樣呢？」

玄宗自然聽出了高力士這番話後的本意，他故作輕描淡寫地說：「隨你，就把她的東西送去吧。」

高力士剛要轉身去辦，玄宗又說：「力士，等一會兒陪我吃飯吧。」

從皇上口氣中，高力士已經知道事情不是那麼嚴重了，他想，貴妃再入宮的事只是遲早的問題。

於是，高力士把屬於楊玉環的衣飾滿滿裝了幾大車，派內侍送到楊鑒府上，並且又隨便派去了幾個宮女侍候楊玉環。

當裝滿貴妃衣飾的車子到達楊府時，楊家眾人內心歡呼不已，他們臉上都像久陰的天，終於透出陽光般的歡笑。他們知道事情至此已經有了好的轉機，不然皇上爲什麼還要如此關心貴妃呢。以往，像這種情況，隨之而來的不是賜予，而是一紙降罪聖旨。

那些衣飾被送到楊玉環面前時，她的心裏稍稍溫暖了些，從中，她看出了皇上對她的情意，但她故作一副漫不經心的樣子。

虢國夫人又對楊玉環進行規勸，說皇上已經退了一步，給了她一個臺階，也算給足了她的面子，她此時上表認錯，正是順水推舟，既不勉強也在情理之中。但楊玉環並不聽她的，直急得虢國夫人像熱鍋上的螞蟻，她生怕這個機會稍縱即逝，擔心楊玉環的倔強會最終惹惱皇上，降罪楊門。

這邊，高力士陪著玄宗在用餐，這可以說是楊玉環離去後，玄宗的第一次用餐。當面對著滿桌的珍饈佳餚，玄宗卻無心舉箸。平時，都是楊玉環陪著用餐，有時高力士也在旁，今天，只有高力士在旁，氣氛有些不同，他只吃了兩口，就放下了筷子，對高力士說：「御膳房的人實在不像話，貴妃不在，他們做菜也不用心了，味道比平日差多了，難道只有貴妃才能吃出菜的好壞嗎？豈有此理。」

聽了皇上的話，高力士差點笑了出來，覺得這種小孩子的話皇上也說得出來。他強忍住笑，說：

「陛下，那就把今天的菜給貴妃品嘗一下，讓她評評是不是御膳房的人在偷懶，如果是真的，我一定要好好懲治他們。」

玄宗明白高力士的用心，他心裏又想把楊玉環召回來，又要維持他當皇帝的面子，有些事不能做得太露，如果他提出賜宴給貴妃，那不是表示他向貴妃屈服了嗎。他可不願公開表示認輸。多虧了高力士這個善知人意的老奴，有些事離了他還真的不行。於是，他說：「隨你，你願送就送吧。」

得了皇上這句話，高力士匆匆扒了兩口飯，出來趕到御膳房，讓他們趕快重做一些飯菜。說是讓貴妃品嘗飯菜，以評優劣，那只是個藉口，難道當真只是把皇上吃過的飯菜送去，自然是重新做了。

待一切備妥，高力士讓內侍張韜光給貴妃送去。張韜光已是相當有地位的內侍了，派他去，也是顯示了隆重。本來高力士是想親自去的，見了楊玉環，把皇上的心意當面告訴她，讓她上表認錯，也給皇上一個臺階下。但他的地位特殊，不好直接去。臨行前，高力士把張韜光叫到跟前，吩咐他無論如何要暗示貴妃上表謝罪和悔罪。這場風波也到了該收場的時候了。

皇上的賜宴讓楊氏一門的心徹底放了下來，他們歡呼雀躍，為事情這樣快就有了圓滿的結局而慶幸，雖然風波還沒有完全結束，但可以想見，貴妃回宮不會長久了。

家人都向楊玉環道賀，但她表面一點也沒有喜悅的表情。不過在心裏，她得到了極大滿足，皇上半天時間先後兩次派人送衣送食，這是多麼大的尊榮啊，這以前在哪個妃子身上也沒出現過。

在家人面前，楊玉環還想要要面子，她滿不在乎地對張韜光說：「我知道了，你回去替我謝謝高公公。」

張韜光仰著個頭，還想聽聽貴妃有什麼話說，但他等了一會兒，發現貴妃再也沒什麼表示了。他想，不行啊，臨來時，高翁叮囑過他，一定要讓貴妃上表認錯，只憑她這幾句話，我怎麼回去向高翁交差呢。再說，貴妃這兩句話只是要我謝謝高翁，隻字沒有提到皇上啊。於是，張韜光說：「貴妃，高公公指示，貴妃對皇上，似乎也應表示感謝一下，最好是以表文的方式。」

這話講的就很明白了，如果貴妃上表謝宴，那麼絕不至於只是提到宴席，必會自陳其錯，哪怕只是走走形式呢，作用也就起到了。

但楊玉環像沒有聽明白張韜光的話一樣，只是淡淡地說：「我知道了。你歇歇吧。」這樣，張韜光就不好再說什麼了。他只好退了下去，帶著人回宮向高力士覆命了。

這邊可急壞了楊門中人，他們不知道楊玉環到底要幹什麼，明明有個臺階給她下，她就是不抬腳。其實楊玉環的心裏已經動了認錯的念頭，只是她天生的叛逆性格，別人愈讓她做的事，她愈不願去做，哪怕那事是她想做的。她只想把上表的時間往後推推而已。

她這樣一想可不要緊，直把家人急得團團轉，勸說的話已經講了不少，再不知道如何勸起了。還是楊釗有辦法，他似乎對楊玉環的脾氣有所了解，他給眾人出了一個主意。

沒過一會兒，虢國夫人進到內室見楊玉環，對她說：「玉環，我想我們過不了多久就要離開京城了。」

「離開京城？為什麼？」

「你想，你得罪了皇上，那是要滅族的事，即使皇上開恩，我們還能享有榮華富貴嗎？等著讓皇上來降罪，不如我們主動自貶的好。楊鑒和楊恬，還有二叔父都在寫辭職狀了，寫好後就上遞朝廷。我想，過不了幾日就會批下來。我們都商量好了，離開京城後，都回到老家弘農去。你怎麼辦呢？是跟我們走，還是繼續留下來？」

一聽這話，楊玉環心中急了，她大喊道：「不可以，誰讓他們寫辭職狀的？」

「不寫怎麼行呢。你得罪了皇上，皇上已經表示了回心轉意，又是送衣又是賜宴，已然對你表示了道歉，而你依然固執己見，不肯低頭。這樣下去，皇上即使再好的脾氣也會控制不住的，定會降罪楊門，假如這樣，還不如趕在他沒有降罪之前，或許還能保住性命……」

「誰說我不上表認錯了？」

「但你遲遲沒有此意，連高力士的話也聽不進去。」

「我只是想推一推罷了，誰讓你們那麼逼迫人的。既然你們那麼著急，寫就是了。」

聽了這話，虢國夫人心裏終於鬆了一口氣，同時也暗暗發笑，大贊楊釗的精明，出了個好點子。

原來這都是楊釗出的主意。他見楊玉環軟硬不吃，性格倔強的不得了，就想出了這個辦法，讓虢國夫人進去告訴楊玉環，說他們都在寫辭職狀，要辭官不做回鄉去。這一招果然靈，楊玉環一下中計，說出了心裏話。

其實楊釗才不會寫什麼辭職狀呢，就是楊玉環不上表認錯，他也會等到事情的最後，實在到了山窮水盡的地步，他才會離職辭官，輕易到手的富貴哪能就隨便放手呢。

皇上的兩次紆尊降貴，讓楊玉環心情大好，她不再煩悶哭泣，也不再愁眉緊鎖。她把皇上賜來的御宴擺上，喊來楊門女眷，一起開懷大吃起來。反正她講過要上表認錯，她們心無多慮，也都興高采烈地陪吃陪喝起來。

吃飽喝足，她把嘴一抹，要寫遞給皇上的表文。聽她這樣一說，虢國夫人連忙遞上早已準備好的筆墨。提起飽蘸墨汁的狼毫筆，楊玉環心中感慨萬千，一時不知從何說起，半晌，也不見她落下筆來。原來，楊玉環對歌舞向有天賦，對文章詩詞卻少門津。看到這種情景，深爲了解妹妹的虢國夫人湊上前去，說：「玉環，你連日感傷，情阻於胸，文思凝滯，不如讓楊釗代筆草就，你依意成表，以達上意如何？」

楊玉環一聽，正中下懷，免去了她的勞煩。反正你們吵著鬧著要上表，就由你們去寫好了。

小小表文對處理慣了批文的楊釗來說，自然是小事一樁，他稍加思索，一揮而就。然後再由虢國夫人拿給楊玉環，楊玉環把原文照抄一遍。再由隨侍的內侍傳進宮去。此時已是天黑時分。

張韜光回宮後，逕自到高力士那裏稟報，說貴妃不願上表請罪。高力士聽了心中暗自焦急，心想，貴妃也太過任性，皇上已經兩次降節紆尊，給足了貴妃的面子，貴妃怎麼這樣不知好歹。現在正是皇上心緒平穩的時候，要是皇上一旦情緒惡化，認真怪罪下來，那時就是上表也遲了。

想到這裏，高力士就想親自出宮去規勸楊玉環。正在他要起身時，內侍傳來了貴妃的表文。看著表文，高力士長長舒了一口氣。

高力士不敢怠慢，飯也顧不得吃，連忙趕至皇上面前，把貴妃的表文呈上。路上，他聽到了宵禁的鼓聲。

表文不長，無外乎一些道歉認錯的話，說什麼庸妃智識淺陋，心胸狹隘，冒忤聖上，希寬恩以待。捧著表文，玄宗心裏也得到了一定的滿足，貴妃終於向他認錯，給了他一個臺階。那麼下一步就是要把她迎回宮了。

高力士看時機差不多了，就啓奏道：「皇上，貴妃即已知道自己錯了，那就把她迎回宮吧。」

玄宗不置可否地嗯了一聲。似乎心裏並沒想到這個問題。

高力士知道，這是玄宗在維持他那皇上的威嚴，如果他一開口，他就應允的話，那樣他也太沒面子了。高力士心中暗暗好笑，他真的覺得皇上與楊玉環在一起久了，不僅身體變年輕了，連心理也變年輕了。

於是，高力士再奏道：「陛下，貴妃忤旨出宮，所知人少，應早日迎回宮中，以免閑言頓起，有損皇家威嚴。」

聽了高力士這番話，玄宗才開口說：「就依你所言。」

高力士想，嘿，搞了半天是我想著貴妃早日回宮，敢情你是被迫勉強的。但這話他可不敢說出口。看著一場宮廷風波就這樣平息，身爲掌管內侍省的他也就高興了。隨著人愈活愈老，只想過平靜的日子，多一事不如少一事。

「那明天奴才就把貴妃迎進宮來。」

「你看著辦吧。」

於是就這樣定下了，高力士明天把貴妃迎進宮。

當玄宗用過晚飯，一人獨處寢殿時，他突然倍感寂寞，他看著於寂靜中燃燒的宮燈和明燭，有著一種人到暮年的淒涼，沒有了楊玉環那青春朝氣的氣息存在，偌大個內殿，顯得空落落的，甚至陰慘慘的。他說服自己，明天楊玉環就會回宮，再怎麼難耐也只有一晚了。但不知怎麼的，他一想到又要獨自一人度過漫漫長夜，心裏竟有著無法排遣的煩躁。

玄宗神思恍惚，焦躁不安，他想我身爲一國之尊，竟要一人獨守空房。對，爲什麼不能把楊玉環連夜召回呢。雖然他知道現在已經宵禁，但皇上有什麼事辦不到的呢？

於是，他連忙宣高力士來，讓他連夜把貴妃迎進宮來侍寢。

「什麼？這時候迎回貴妃？」高力士腦子一時沒有反應過來，他想，剛才皇上還在拿腔作調，態度漠然，怎麼這時又突然急了起來。

「對，就這時候。你講得對，此事不易外傳，知道的人愈少愈好，本來也沒什麼事，還是趕緊迎進宮來的好。」

「可是已經宵禁了啊？」

「宵禁不是對皇帝的，你傳我詔命，開宮門和安興坊柵門，調禁軍，你親自迎回貴妃。」

「老奴奉詔。」

因爲有皇上的詔命，宮殿門和安興門先後開啓，高力士調動了一百多名禁軍，分步騎分列兩側，此外，還有遊騎往來報訊。此陣式把掌管禁軍的的龍武大將軍陳玄禮也驚動了，因爲宵禁是極嚴格的事，非軍國大事，不得開啓宮殿門和各坊之門，他不知道今夜發生了什麼大事，以至宮門大開，遊騎穿梭，左監門大將軍高力士親自押陣。

陳玄禮一身戎裝地來到高力士面前，急忙詢問發生了什麼事。高力士只是朝他擺了擺手，簡略地把事情說了。陳玄禮聽了幾乎有點不相信自己的耳朵，僅僅是爲了迎接貴妃，不僅夜開「禁門」，竟然動用了這個陣勢。他不禁搖了搖頭。

不要說陳玄禮不明白，就是高力士也覺得這樣做實在有點過火了，他入宮這麼些年，服侍了幾個皇帝，還從沒見過哪個皇上爲著這事夜間開啓過宮門。

出了安興坊，緩緩越過安興街，車仗一路燈火通明地向駙馬都尉楊鑒的府上而去。

楊鑒的宅府在崇仁坊，又需再開崇仁坊的坊門。此時，楊鑒府門大開，先期而至的內侍已經把聖旨傳達，楊府滿門歡聲雷動。左鄰右舍不知道發生了什麼大事，楊府這般熱鬧，門口燭光映天，燈火通明，待一打聽，原來皇上深夜專迎貴妃進宮，無不對楊府有著如此榮耀嫉羨三分。

楊玉環也沒安睡，或想安睡，心裏想著玄宗也輾轉反側睡不著。她聽了宮中派車來接她回宮，一骨碌從床上爬起來，披著衣服就向外走。迎面看到高力士正走進來。

這是出事後，楊玉環第一次見著與皇上親近的人，她情不自禁地喊了一聲：「阿翁」。因爲有旁人在側，高力士一本正經地把皇上的詔命傳達了。隨即，楊玉環進屋穿好衣服跟著高力士向府外的車駕走去。

虢國夫人只把楊玉環送到車上，她千叮嚀萬囑咐，告誡妹妹不要再耍小孩子脾氣了，切不可再任性胡來，要曲意事君。隨著，車駕啓動，緩緩而行，不久柵門關閉。楊氏一族在夜色中向著皇宮遙拜，那是向皇上行禮。回到府內的楊家人，人人沒有睡意，兩天來的焦慮一旦消釋得這樣迅速快捷，他們有點難以自持。宮使夜來，迎接被貶的貴妃，這在哪朝哪代也沒有出現過，原本令人提心吊膽的事，結果演變成一樁榮耀的事，他們決定今夜不再關門，門外高舉燈火，要讓所有的人都知道這件前所未有的事；門內大擺酒宴，盡情慶賀。

宮車行進在寂靜無聲的街道上，楊玉環從車窗間望出去，透過燈火，她看到兩旁房屋的暗影，一百多人的步騎悄無聲息。她抬頭向夜空看去，什麼也看不清。她想馬上就要與皇上見面了，但見了皇上她會說些什麼呢？

經過這場風波，她覺得在心裏與皇上的感情生疏了，如何再像以往那樣無拘無束，她可能一時做不到，如果讓她像表文中所寫的那樣認錯的話，她也難以開口，那些話本來就不是她寫的，就是現在，她的心裏也沒有認錯的念頭，要認錯，她覺得應該是皇上向她認錯才對。那就謝恩吧，這可能是所有儀式中都不可少的，不管皇上對你做了什麼，你都要謝恩，記得皇上在翠仙樓逐她出宮時，旁邊的內侍還讓她謝恩呢。可她謝什麼恩啊，感謝皇上又把她接回宮了，本來就是他逐她出宮的，現在接她回來，理所當然，謝什麼謝。

楊玉環在車中這樣想著，不一會兒到了宮中。因爲發布了正式詔命，因此要有一個儀式。但玄宗不願搞得那麼複雜，就在內殿舉行了一個小小的儀式，參加的人也不多。

按道理楊玉環應該穿上制服，細步低頭走至皇上面前跪拜謝恩。但楊玉環身上只穿了便服，也不是細步低頭，而是就那麼直通通地闖了進來。等到內侍喊出讓貴妃跪拜謝恩時，她已經到了皇上的面前。

楊玉環抬起頭來，與玄宗四目相對，一時間，心中愛恨交加，更多的是委屈與冤枉。路上想的情景一概拋棄，心中的情感戰勝了一切，什麼儀式，什麼旁人都不在了，都虛化了，她一頭撲在皇帝的懷裏，嘴裏叫了一聲「皇上」，放聲大哭起來。

這是至情的淚，這是至性的淚，它像洶湧的潮水把楊玉環淹沒了，使得她就像一個孩子一樣嗚嗚地哭了出來。她哭她這幾天來受的委屈，哭皇上辜負了她的愛，哭在她需要寬慰時，親情對她的漠視，她覺得所有的人都在欺負她，她無助，最後還是皇上的懷抱接納了她。

皇上看到楊玉環雙眼紅腫，衣裳不整，彷彿看到這兩天來她所受的苦，憐愛之情油然而生，他把楊玉環緊緊抱在懷裏，一時間也是百感交集。

楊玉環還在皇上的懷抱裏嗚嗚而哭。這種孩子式無所顧忌的感情發洩，打動了玄宗，把玄宗深藏於心底的父愛給喚醒了，他手臂輕微而顫抖地撫摸著楊玉環的後背，止不住也是熱淚盈眶。

玄宗已經有多長時間沒有流過淚，他也記不清了，按道理，他身爲至尊的皇帝，應該是無比堅強，無比堅毅的，但這一刻，他也流淚了，這是情感至真的流露，是與一個女人情感上的交融。淚水讓他的心滋潤，也讓他既傷感又幸福，他也變得脆弱了，他嗚咽著叫著：「玉環！」

楊玉環依然把頭深深埋在皇上的懷裏盡情地哭著。

玄宗不想讓他的哭態呈現在內侍面前，揮了揮手，表示儀式結束。他把楊玉環從懷裏扶起，說：「玉環，不要哭了，我們到裏面去。」

楊玉環收仵哭聲，但還在抽泣，雙肩隨著抽泣一聳一聳地。她與玄宗相互扶持，向後面走去。

一場風波就這樣消彌於無痕。結局是皆大歡喜。

楊玉環與玄宗言歸於好，感情更勝以前，只是可憐了梅妃。

自梅妃被小太監從夾幕間暗道私送至上陽東宮，一面爲再次被皇上臨幸而歡愉，一面又爲貴妃勢盛而憂心。一夜歡娛，她覺得她已經再次引起了皇上對自己的興趣，再等時日，不愁不能得到皇上的寵愛，但今不比昔，現在出現了楊貴妃與她爭寵，這讓她憂慮，不知能否把她比下去。翠仙樓上，她已經看到了楊貴妃氣勢洶洶，她沒有想到的是，連皇上對她都心忱三分，聽到她的到來，竟不敢把自己留在床上。以後要想爭過她，看來不是一件簡單的事。後來，當她聽說皇上把楊貴妃放還出宮，梅妃的心裏別提多高興了，心想，真是天助我也，我正愁鬥她不過，這下好了，上天爲我除去了一個情敵。同時，她私心以爲，皇上放還貴妃出宮，與她再次得到皇上寵幸有關。如果真是這樣，她再次蒙召就是不遠的事了，說不定，當晚就會蒙召。

事情確實與梅妃有關，但感情卻與她無關。玄宗在放還楊玉環出宮的第一晚，焦躁不寧，一直想念著貴妃，心裏根本沒有掠過梅妃的影子。而梅妃還盛妝以待呢。

後來，僅僅隔了兩天，貴妃就回宮了，而且還是夜間開了「禁門」，破例迎入。這樣一來，此事不僅不是她的恥辱，反是她的榮耀了。

貴妃的回宮讓梅妃失望之極，喜悅如竹籃裏的水全漏光了。但她並不灰心，希望再找到時機，讓皇上臨幸她，她相信只要能靠近皇上，她一定能攏住皇上的心。

但皇上沒有再給她這個機會，一段日子過去了，梅妃始終沒等來皇上要召她的旨意，看來，皇上是把她給忘記了。

梅妃不甘心，如果就這樣退出的話，那說明她徹底失去了再一次改變生活的可能。思來想去，梅妃決定利用自己的優勢來博取皇上的歡心。梅妃要把她的處境與落寞的心境，主要是對皇上的思念寫成一篇文章，遞呈給皇上看，以情打動皇上。爲此，她摹仿司馬相如的〈子虛〉〈上林〉兩賦，殫精竭慮，巧構精思，寫成了一篇〈樓東賦〉：

玉鑒塵生，鳳奩香殄，懶蟬鬢之巧梳，閑縷衣之輕練。苦寂寞於蕙宮，但凝思乎蘭殿。信飄落之梅花，隔長門而不見。況乃花心揚恨，柳眼弄愁。暖風習習，春鳥啾啾。樓上黃昏兮，聽風吹而回首。碧雲日暮兮，對素月而凝眸。溫泉不到，憶拾翠之舊遊。長門深閉，嗟青鸞之信修。憶昔太液清波，水光蕩浮。笙歌賞燕，陪從宸旒。奏舞鸞之妙曲，乘畫鷁之仙舟。君情繾綣，深敘綢繆。如山海而常在，似日月而無休。奈何嫉色庸庸，妒氣沖沖，奪我之愛幸，斥我乎幽宮。思舊歡之莫得，想夢著乎朦朧。度花朝與月夕。羞懶對乎春風。欲相如之奏賦，奈世才之不工。屬愁吟之未盡，已響動乎疏鍾。空長歎而掩袂，躊躇步於樓東。

此賦可說寫得文采斐然，情真意切，既有對往昔的懷念，又有對現今寂寞生活的無奈，遣詞用句，無不恰到好處，賦中隱約露出對貴妃的不滿，但絲毫沒有對皇上的怨尤。

〈樓東賦〉寫成後，梅妃想儘早遞到皇上手裏，讓皇上明瞭她的一片情意。但讓誰遞呢？她自然想到了高力士。

催促幾次後，高力士才來到上陽東宮。他對梅妃求他的事，感到很爲難。上次他安排梅妃和皇上在翠仙樓幽會，哪知惹出那麼大的事來，事後想起，他心有餘悸，多虧皇上沒有責怪他。這次，他怎敢再平生波瀾，爲梅妃奔走引線呢。說什麼他也不幹了。

高力士不願爲梅妃遞賦，自然旁人更不敢。連一篇賦都遞不到皇上手裏，要想親近皇上，那就更無從談起。貴妃已經回到皇上身邊，兩人正情濃之時，皇上心裏更不會想到她。自此後，梅妃容顏日見消損，越發地消瘦了。

有一天，她登樓觀望，見遠處有驛馬疾奔而來，不知道發生了什麼事，別人告訴她說，這是爲貴妃專門送荔枝的驛馬，因爲貴妃喜愛吃荔枝，就每天用驛馬專送，幾乎每天如此，從不間斷。聽了此話，梅妃心中更添傷悲。貴妃的榮耀，對比著她的淒涼，讓她悲哀不已。她悲咽泣下，傷感萬分，心想，就是自己得寵時，又何曾享受過如此的榮耀呢！

自此之後，她收起了那份想再得到皇上寵愛的心思，感世傷懷，不作他想，只把滿腔愁思欲念，化作丹青潑灑在畫紙上。她每天都要畫許多畫，讓自己沉浸於藝術創作的意境中，借此忘掉心中的悲苦與寂寞。

她本身就是有著藝術天賦的人，再加上刻苦鑽研，不想畫技大增，她的山水人物畫更是精妙絕倫，由於她生活於宮廷，人物大多以宮女和仕女爲主，寫實味很重，山水以意象爲主，意境高遠。日子久了，她的畫慢慢傳出宮廷，流入民間，得到士大夫和民眾的讚賞和喜愛。由於她作畫從不署名，所以現在我們能看到的那些唐代比較有名的畫卷，說不定就有出自於她手下的呢！

後來安史之亂發生，玄宗和楊玉環棄京西奔，在馬嵬坡，楊玉環香消玉殞，玄宗奔逃至蜀。再後太子收復兩京，迎皇上東歸。那時，他把皇權交給太子，自己當了太上皇。晚景淒涼，身旁無人相陪，他又想起梅妃。不知兵火之後，她流落到了何處。於是，他讓人搜尋，如有尋得者，賞錢百萬，官封三品。但久訪不得，消息全無。玄宗又讓畫工按他記憶作畫一幅，畫作得很好，把梅妃畫得活靈活現，宛如真人一樣，但玄宗凝望畫卷，知其終是畫中人而已。悲悼之下，玄宗題詩於畫卷上：

憶昔嬌妃在紫宸，鉛華不御得天真。
霜綃雖似當時態，爭奈嬌波不顧人。

讀之讓人淚下。玄宗又讓人按著畫中人像刻石像一尊，立於殿內，日夕相望，聊解心中傷悲。後來在一個夏天的午後，玄宗正在午睡時，朦朧中彷彿見到梅妃站在身前竹簾之外，含淚以袖遮面，身影若現若隱。他翻然坐起，問是何人。縹緲的身影說：「妾乃梅妃。昔陛下蒙塵，妾不得脫，死於亂兵之手。有哀妾者草草埋骨池東梅株旁，因其草草，使妾上不能升天，下不能入地，魂魄終日散蕩於世間，不能成形轉胎。陛下東歸，尋妾蹤跡，畫妾遺容，刻石成像。妾心感戴萬分，苦於人鬼兩殊，不能相謀。今門神通融，使妾終與陛下一見。若陛下尚有顧妾之意，當掘妾骨重葬，以使魄凝魂聚，下世為人。」言畢，悲泣淚下。

玄宗正待要和她多說說話，但梅妃的身影飄飄蕩蕩出了大門，倏忽不見。

完全清醒後，玄宗不知剛才是夢是幻。他馬上派人到梅亭旁的梅花林邊上，挖土三尺，看是否真如夢中人所說。挖不多久，果然發現一具用錦緞包裹著的女屍，盛在一個酒槽中，上面附土三尺多一點，可見埋時匆忙。玄宗連忙解除錦緞，依稀看出是梅妃的面容，細查身上，發現在肋下有一刀痕，原來梅妃是被賊兵亂刀砍死。玄宗悲痛異常，令人以妃禮厚葬，並且親寫誄文。

此是後話，提前敘過。

第十章　奸雄當道

宰相李林甫心情不錯，皇上天天跟楊貴妃黏在一起，不問朝政，正好給了他一手遮天的機會。他大興酷吏，排除異己，威風八面……楊國忠的心情也挺好，仗著是貴妃的親戚，官愈做愈大，銀子愈斂愈多，在長安城是說一不二的主兒……唯有楊玉環的父親心中忐忑：莫非這就是紅顏禍水……

出宮風波平定後，表面上看，玄宗對楊玉環的寵愛又增進了一層，內心他們還有著沒有消除的隔閡，這是風波的後遺症，隨著時日的推移，隔閡會慢慢消除。

玄宗為了慶賀貴妃回宮，舉行了盛大歌舞，並對楊氏一門給予了豐厚的賞賜，特別是對楊玉環的三個姐姐，更是不吝錢財。楊釗的官職又得到了一些升遷，多兼了兩個職。玄宗對這位貴妃的宗親有著很深的印象，不時讓內侍把他的政績上報給他。

玄宗對楊釗的處事能力很讚賞，看他身兼數職，但從不馬虎，事事處理得體，辦事快捷，這讓他吃驚。這樣的人，玄宗已經很久沒有見過了。這種人正是現在他需要的，能幫他理財，能幫他訟訴，他就可以放心輕鬆地享樂了。他把這話對楊玉環說了：「玉環，你們家族不簡單啊，女的個個美貌，男的精明能幹。楊釗是個很有本事的人。他是個人才。」

以前楊玉環對楊釗並不熟，通過這次出宮，和他接觸過幾次後，感覺他確如皇上所說，是個頭腦清楚，做事明快的人。就拿他爲楊玉環剖析出宮後可能給楊家造成的後果，以及相勸她如何挽回的話中，她能感覺到他是一個可以在官場走動的人，這點與她的哥哥楊鑒正好相反。但不知怎麼的，楊玉環對這位從祖兄並不是很喜歡，同時，一和他在一起，她的心裏總有點不舒服的感覺，但皇上這樣說他，她也不好說什麼，不管怎麼說，他也算是楊家人。

隨後，玄宗攜楊玉環一起上驪山溫泉宮，一去一個多月，兩人感情完全得到彌補，更勝往昔。玄宗皇帝更加順著楊玉環，而她，也恢復了任性，有時，她還會嘰哩咕嚕地譴責皇上的薄情，有時，當著人，她還戲謔地稱皇上爲「薄情三郎」。

玄宗並不惱，他一笑了之。他知道這是情愛的一部分，與貴妃的關係中，因爲有她的這種小任性和小放肆，憑添了許多情趣。

這時候，楊釗正緊緊抓住貴妃這條線，還有虢國夫人這個相好，一來，她可以隨時加強他與貴妃間的聯繫，二來，現在虢國夫人在某些方面權勢熏天，交遊廣闊，能給他許多意想不到的好處。

而楊釗雖然不斷地加官晉爵，可以對別人頤指氣使，但獨獨不敢對李林甫稍有不敬，他看到，朝中還沒有一人敢於和宰相作對。對這樣一個權傾朝野的宰相，他爲什麼要雞蛋碰石頭，自找滅亡呢？爲此，他巴結還來不及呢。投靠在李林甫的門下，總想做出一番事來博得他的讚賞。

楊釗既然有這個想爲李林甫表忠心的心，機會總會來的。這不，機會就來了。

原來在幫助李林甫扳倒皇甫唯明與韋堅後的功臣楊慎矜，近來愈來愈被皇上所喜愛，大有入相的可能，這不能不引起李林甫的注意。素來李林甫都分外留意這樣的人，只要被皇上看中，有可能入相的，他必蓄意以除之。

被李林甫利用，陷害了皇甫唯明和韋堅後的楊慎矜近來感覺複雜。爲什麼說複雜呢？因爲既有好的一面，又有不好的一面。好的一面，就是被皇上看中，對他表現得愈來愈親善。楊慎矜已經是戶部侍郎兼御史中丞，皇上再看好他，如果提升他官職的話，除了宰相就沒有什麼官可升了。想到這裏，他的心裏禁不住怦怦直跳，既興奮又憂懼。

興奮的是，誰不想著當宰相呢，看看李林甫那不可一世的樣子，就知道當宰相是多麼威風八面的事。這不是沒有可能的事。以前宰相都是一、二年一換，自從李林甫爲相以來，都十年了，他也應該讓別人當當了。但這是他一廂情願的事，他深知李林甫的爲人，爲相多年來，他爲鞏固自己的相位，不惜打擊異己，只要對他相位造成威脅的人，他下手之狠毒，布置之周密，是他深深領略過的，想皇甫唯明和韋堅不就是他秉承他的心意行事的嗎？爲此，他驚懼，生怕李林甫對他下手。

這一陣子，楊慎矜先是做些兆頭不祥的夢，總是夢見一個鬼身穿朱衣，頭戴官帽，手拿哭喪棒向他打來。他大聲呵叱，哪知那個鬼不僅沒有退去，不知從哪裏又鑽出一個鬼，兩個鬼手裏抬著一鍋熱水，向他潑來。他沒有看清鬼的面目，但由於他心中有鬼，總認爲那兩個鬼必是皇甫唯明和韋堅。夜夜如此，實在讓他不敢入寢。他真想對鬼說，不是他害死他們的，是李林甫那隻老狐狸在背後坐陣，他不過是被利用的一個小棋子。爲此，他夜裏偷偷地爲他們燒紙錢和焚香，暗暗禱祝他們放了自己。

別說，經他這樣一折騰，那兩個鬼似乎真的明白真凶是誰了，再也不來侵擾他了。這讓他心安，只是他沒有問問李林甫和吉溫，夜裏是不是也做了類似的夢。

楊愼矜剛把惡夢清除，又有人來報，他父親墓園中的草木不斷地在向外沁血水。楊愼矜趕到一看，果然如此。他看到父親的墓園裏，那些原本綠蔥蒼翠的草木，在陽光的照射下，在慢慢地由枝葉間向外沁紅色的血水。楊愼矜用手沾了一點放在鼻子下聞了聞，竟然隱隱有血腥氣。他皺了皺眉頭，不明白怎麼會出現這種莫名其妙的情況。

楊愼矜認爲這不是好兆頭，他叮囑守墓家人不要外傳。他再回想自己早些時候的夢，覺得一定有什麼鬼祟盯上了自己。愈想不明白的事，他就愈想弄個明白。正好，他與一個叫史敬忠的術士素有來往，於是就去問他。

史敬忠聽了楊愼矜話後，抬眼看了看他，說：「楊御史，恕我直言，你近來有沒有做什麼對人不住的事？」

「沒，沒有，我一直與人爲和，哪曾與人不和過呢？」

史敬忠說：「既如此，我就不好說什麼了，御史請回吧。」

聽史敬忠這樣一說，楊愼矜心下越發惶懼，他看史敬忠臉色凝重，心似憂戚，不知他從中看出了什麼。於是又說到：「不過近來秉承宰相意旨，做了一些事，聽外界說其中似有隱情。」

看到楊愼矜欲言又止的情景，史敬忠說：「楊御史，你我相交也不是一天二天的了，有什麼事，你儘管明言，我也只是按此推斷，是不是說得準，還不一定呢。」

聽史敬忠這樣一說，楊愼矜心一橫，說：「其實也沒什麼，這事你可能也聽說過，就是前一陣子河西節度使皇甫唯明和韋堅被貶一案。」

「我聽說了這事，當時，是御史中丞你給皇上上的奏摺，說他們相勾結，預謀早立太子。」聽到這話，楊愼矜臉上微微一紅，他說：「我作爲御史中丞，這也是我職責範圍，只是此事中間還另有隱情，不妨跟你說。當時，對這事，我也是捕風捉影，完全是秉承宰相的意思辦的此案。後來，我才聽說，宰相是有意扳倒此二人，因爲他們與太子交往人密。」

「後來聽說，皇甫唯明與韋堅被貶外放，羅希適又追殺他們於各自寓所。這未免太過分了。」

「這也是宰相的意思，與我就沒有關係了。」

「雖然後來的事與你沒有關係，但如果沒有你開始的幫忙，他們又怎會落得那個下場。」聽到這裏，楊慎矜嘴裏訕訕地說不出話來。最後，他說：「你看，這事現在我也知錯了，宰相，我也與他疏遠了。難道這些怪異的現象與他們有關嗎？」

史敬忠說：「我還不敢保證與他們有關，但草木中冒血水起碼說明了你的先人正在另一世界受難，給他們罪受的，恐怕與你在陽世結的冤家有關，所以，他們才會讓草木冒血水，讓你快快想出一個法子來，好解除他們所受的痛苦。」

聽到史敬忠這樣一說，楊慎矜再回想前一陣做的惡夢，越發懷疑是皇甫唯明和韋堅在找他的先人算賬。這於孝道真是大大有損啊。於是，他問史敬忠，應該如何祛除災禍呢。史敬忠沉思良久，說：「現在禳災的辦法只有一個，不知中丞能否去做？」

一聽這話，楊慎矜忙說不管什麼方法，他都可以按著去做。史敬忠見他答應的這樣堅決，就說：「這個方法講起來也簡單，就是在墓園中設一道場，你每天赤身裸體並身戴枷鎖地在其中坐上一個時辰，用自己的身體代先人受難，只有這樣，才能解除先人的災禍，讓他們早日脫離苦海。」

楊慎矜聽說是這樣一個方法，心裏不免有些犯難，這顯然是巫術，最爲皇上不喜，如果此事傳入皇上耳中，對自己的前程可大有影響。但他想到先人因爲他的助紂爲虐正在陰間受苦，於是，牙一咬就答應了史敬忠說的方法。心想，此事只要做得隱密，誰人會知，哪個會曉。

經過他這麼一折騰，那些草木沁出的血水漸漸地變淡了。楊慎矜用手沾了一點放在鼻子下聞聞，血腥氣變淡了。他心中大喜，以爲全是他日日禱告的結果。但他不敢懈怠，更賣勁了。有時，一天能打坐二個時辰。每天打坐完後，他都要仔細察看一下草木間冒出的血水，發現血水已經愈來愈淡，血腥氣也愈來愈薄，沒有到十天，草木中再也沒有血水冒出了。這說明他已經代先人受了難，纏著先人的冤鬼聽了他的話後，明白了道理，放過了他的先人。

楊慎矜大喜，把史敬忠喊來。史敬忠看過後恭喜他，已經免去了這場災禍。楊慎矜想，這場災禍的免除可全仗了史敬忠的指點，不然後果不堪設想，對他的大恩大德，該如何報答呢？

正在他這樣想時，一側目，發現史敬忠正對坐在他身後的侍婢相看。這名侍婢叫明珠，長得姿容豔麗。在此之前，楊慎矜就發現史敬忠時常對明珠偷眼相看，他一直當作沒看到。今天，看到這情景後，他心中一動，何不把明珠相贈於他，算是對他的報答呢。

史敬忠見楊慎矜真的要把明珠送給他，喜不自勝。他對這名侍婢的美色早已垂涎三尺，這下好了，楊慎矜把她贈予了自己。他心中真有說不出的高興。當即就用車把她帶走了。

史敬忠用車載著明珠一道準備回家，路過秦國夫人樓下的時候，碰巧被她看到。秦國夫人很納悶，史敬忠這個道士，從哪裏得來這樣一個漂亮女子，還一起坐車招搖過市。於是，她把史敬忠喊上樓來，問他車中美女從何而來。

史敬忠不敢隱瞞，只好說是御史中丞楊慎矜送給他的。秦國夫人奇怪地問楊慎矜怎麼會送這麼一個漂亮的女子給他的。史敬忠不敢說是他幫楊慎矜行使巫術，只是說，楊慎矜看他上了年歲，就送給他一個使女侍候他。秦國夫人聽了，心想，讓這麼一個美貌女子去侍候這樣一個糟老頭，實在糟蹋了她，就說：「敬忠，你看我身邊也沒有使女可用，你是否能把她先留在我這裏，侍候我一陣子，等我找到了使女，再把她送還給你？」

史敬忠明知這是秦國夫人的鬼話，但他哪敢與皇上的大姨子爭理，只好說：「夫人只管留用，何用相還。」就這樣，楊慎矜送給史敬忠的美婢，只是在史敬忠身旁站了一會兒，讓他聞了聞香味，就又到了秦國夫人身邊。史敬忠心中氣恨，卻無可奈何。

也是合該有事，秦國夫人得了這樣一個漂亮貌美的侍女，有心炫耀，第二天竟帶著她到皇宮內走動，結果讓皇上看到了，也問起她身後的美貌女子從何而來。秦國夫人答是從史敬忠那裏得來，原是楊慎矜的侍婢。

玄宗不明白楊慎矜爲什麼要把這樣一個漂亮的侍婢送給史敬忠，就問明珠，是楊慎矜不喜歡她嗎？明珠就把事情的來龍去脈說給皇上聽了。玄宗聽了心中大怒，心想：我三令五申，任何人不得搞巫術妖法，他楊慎矜竟然明知故犯，難道他不知道我以前對這種人的嚴懲嗎？但他這次含怒未發，自此在心裏對楊慎矜不喜，更別提讓他入相的事了。這事不知怎麼的又讓李林甫暗中得知了，李林甫興奮異常，他心想：楊慎矜啊楊慎矜，我正愁抓不到你的把柄呢，想不到你自己送上門來了。

老謀深算的李林甫要想整治一種人，他從來不自己出面，而是找到與你關係不好的人，從中挑撥你們之間的關係，讓他來出面整治你。這次李林甫又找到誰了呢？他把目光瞄準了王鉷。

王鉷現今是戶部侍郎兼御史大夫，也是權傾朝門，當然他也深知，他得到這些頭銜與李林甫的提挈離不開，因此他對這位恩相是肝腦塗地，忠貞不貳。他與楊慎矜還有著親戚關係，他的父親與楊慎矜是表兄弟，就是說他喊楊慎矜爲表叔。正是因爲有此層關係，開初，他們二人關係相當不錯，楊慎矜對王鉷也是時時照顧，在他的仕途上也幫襯不少。王鉷能入御史台，全仗了楊慎矜的推薦與引領。有著這樣的關係，他們怎麼會相互交惡呢？

原來楊慎矜素來不拘小節自認與王鉷關係不一般，又高他一輩，在對他推引之餘，舉止間也以長輩自居，見面時總是以小名稱呼王鉷。二人雖然輩份有高下，但年紀相仿，又同在一殿爲臣，本應有同僚間的尊重，可楊慎矜對這些小節全不考慮，無論何時何地，對王鉷全以小名呼之，許多次弄得王鉷下不了臺。特別是在王鉷當上御史大夫後，楊慎矜依然不改口。這樣一來，王鉷心中難免有氣，不管如何說，御史大夫也是朝廷大官，大庭廣眾之下一再被呼小名，這讓他顏面何在呢？

更有一事讓王鉷氣憤不已，那就是他的母親出身貧賤，這是他不願張揚的隱私。而楊慎矜全不管這些，曾把王鉷的這一隱私講了出去。讓王鉷銜恨萬分。但楊慎矜對這一切一點也沒在意，他依然認爲與王鉷的關係很好，心中對他也不加提防，曾跟王鉷說一些有關讖書巫術的事。說者無心，聽者有意。王鉷把楊慎矜喜愛巫術讖書的事深深記在了心裏。

李林甫是知道王鉷與楊慎矜的關係的，因爲王鉷曾不止一次地在他面前發洩對楊慎矜這位表叔的不滿，而李林甫只是笑而不答。每當他看到別人之間，特別是原本親密的人之間有裂縫時，他都會感到有說不出的興奮。有裂縫，他就可以利用。這次，李林甫也準備用王鉷來擊破楊慎矜。但他又不想直接去找王鉷，他想這事最好找另一個人去跟王鉷說最好。他自然想到了楊釗。

一來，楊釗是個聰明人，他會很好地領會他的意思；二來，楊釗因與貴妃的關係，時常能在宮中走動，可以得到一些別人得不到的消息。由他把真相轉告王鉷，讓身爲御史大夫的王鉷來參上楊慎矜一本，是理所當然的事。

楊釗果然不負李林甫的重托，把楊慎矜與史敬忠勾結行巫術的事跟王鉷說了。王鉷聽了大喜，心想，楊慎矜你也有把柄落在我的手上。但他還尚存一絲良心，並沒有想著馬上就給皇上上奏本。他先來到楊慎矜府上，想殺殺這位表叔的威風，只要楊慎矜低頭，從此對他以同僚之禮相待，不再對他侮慢，

他還是念點舊情，放他一馬的。

哪知楊慎矜根本不領情，他對王鉷依然擺長輩的派頭，聽了王鉷說的話，他以爲王鉷在以此要脅他，心想，你王鉷身爲御史大夫，還想參我一本嗎？你不想你的今天是誰給你的，你對我不知感恩圖報，還和我講這些話，真是豈有此理。楊慎矜愈想愈氣，最後不待王鉷把話講完，竟把他攆了出去。

從楊府出來的王鉷氣得幾乎暈了過去，他心想，楊慎矜，你不仁可就別怪我不義了。

於是，第二天，王鉷就奏了楊慎矜一本，說他是前朝隋煬帝的孫子，平常與一些不法之徒來往，家中私藏有讖書，想圖謀祖業。啊呀，這個奏本可寫大了，不是說他與術士來往，私行巫術，而是說他另有政治圖謀，想造反，把大唐回覆到隋朝去。

玄宗在心裏已經對楊慎矜不喜歡了，看了王鉷的奏本，不管是否屬實，立刻把他拘押在獄，讓刑部、大理寺與侍御史楊釗、殿中侍御史盧鉉共同審理。雖然他們都很賣勁，但由於沒有真憑實據，也很難定楊慎矜的罪。

太府少卿張宣，素與盧鉉不和，張宣是楊慎矜推薦才當上官的。於是，盧鉉乘機誣陷張宣曾與楊慎矜一起談論過假借圖讖以復隋朝的事。就把張宣逮來，百般拷打，讓其承認有這麼一回事。但張宣寧死不屈，就是不肯按他們的意思說。他知道，只要自己一開口，不要說自己性命難保，提挈過自己的楊慎矜也當滿門抄斬，再說，也確實沒有這回事。

盧鉉見張宣的骨頭還挺硬，就想盡辦法折磨他，非要從他嘴裏套出話。他製作了一副奇特的刑具，把張宣的雙腿綁在固定的一端，讓人搖動另一頭的木柄，把他的身子強行拉長。每拉一寸都要問張宣說是不說。直把張宣身子拉長了數尺，腰細欲斷，眼鼻出血，張宣也不開口，最後竟噴血而死。

把張宣折磨死後，還是得不到治楊慎矜罪的證據。此計不成，又使一計，李林甫讓吉溫到汝州去把史敬忠抓來，看從他的嘴裏能不能得到想要的話。

酷吏吉溫馬不停蹄，一路趕到汝州，把史敬忠抓獲。

史敬忠曾與吉溫的父親關係較好，還在吉溫小的時候，他就時常到他家去作客，每次去都要抱一抱他，逗小吉溫玩耍。等到捕獲史敬忠後，吉溫並不與他交談，只是用大枷鎖住他的頸，用布蒙住他的頭，讓人牽著在他的馬前行走。

路上，吉溫幾次派人去審問史敬忠，史敬忠都說楊慎矜並無造反之意。吉溫見他這樣不合作，也不與他講話，每日驅趕馬向京城而來。吉溫讓人騙他說，楊慎矜已經服罪，你又為什麼要替他隱瞞呢，白白搭上了自己的一條性命。讓你說出來，不過是要與他對證罷了。你現在不說，等到了京城，皇上親自問起，你想說也來不及了，到那時，誰來保你的性命。

史敬忠因為有布蒙頭，看不到吉溫，就相顧著說：「七郎，楊中丞根本就沒有這回事，我怎好誣陷人家。你讓我說一些假話，作為他的朋友，我怎麼能這樣做呢？」

七郎是吉溫的小名，史敬忠一向喊慣的了，指望吉溫念著小時抱過他的感情，能放他一條生路。但吉溫根本不買這個賬，他說：「我現在讓你寫供狀，就是照顧你，想救你，如果你到了京師，我想救你也救不成了。你自己考慮其中的利害吧。」

「可是我確實不知啊。」

「你還敢說不知，你知道你的罪狀也不少嗎？你曾和楊慎矜說天下要大亂，要他購買田莊早作避難之所。可有此事？」

史敬忠沈默不敢答。

吉溫講的這些都是事實。原來，史敬忠看到天下承平日久，武備鬆弛，人心只想著享樂，用度奢靡，還有李林甫弄權，都埋藏著禍亂的根緣。他為了提醒楊慎矜為日後著想，是讓他對官場看淡一點，買田置地為子孫打算。可惜楊慎矜沒有聽他的，一心想著入相呢。

「現在太平盛世，何有將亂之象？你妖言惑眾，不滿朝廷，就憑這一條，就足以治你死罪。不想著替己開脫，還想顧全朋友之義。到時，誰也救不了你。你自己看著辦吧。」

隨著離長安的距離愈來愈近，史敬忠心裏也打起了小鼓，他知道楊慎矜既然得罪了李宰相，不管他開不開口，楊慎矜都會必死無疑，他不開口，固然是對得起朋友，但也賠上了自己的一條性命。想到要不了多久，他就會死，史敬忠不禁害怕起來，就在離長安還有十里路時，他終於懇求吉溫給他拿來紙筆，一切按吉溫心中要求，不僅寫下了楊慎矜在墓園中行巫術的事，還無中生有，把一些能和造反掛上勾的事也強塞給他。一個朋友要是變節了，什麼卑鄙的事都能做得出來的。

到了京師，吉溫遞上史敬忠的證詞。有了這份證詞，楊慎矜不認罪也得認罪。

李林甫除去楊慎矜後，心中一塊石頭才算落了地。他環顧朝中，再也沒有人來與他爭奪相位了，這才高枕無憂。但安穩日子沒有過太久，他心中又不踏實了。

就像人年老越發貪戀生命一樣，掌握相權達十年之久的李林甫，對權力的渴望比任何一個人都大。他像一隻獵狗一樣，時刻警惕著，嗅著對他相位能造成威脅的人，如果從誰的身上嗅出了異樣的氣味，他就會撲上去咬死他。李適之被他咬死了，皇甫唯明和韋堅被他咬死了，楊慎矜被他咬死了，下一個他又要咬誰了呢？這次，他把目光對準了王忠嗣。

皇甫唯明被貶後，原來是朔方和河東節度使的王忠嗣就兼領了隴右和河西的節度使，這樣，他就是四鎮節度使，控制萬里，天下勁兵重鎮，皆在他的掌握之中。而王忠嗣又是一位很會打仗的將軍，可以說他攻無不克，戰無不勝，隨著他功名愈來愈盛，大有入朝為相的可能。

一旦決定要把王忠嗣拉下馬，李林甫才覺得王忠嗣是一個很不好對付的人，他不比皇甫唯明和韋堅、楊慎矜之流，他不費吹灰之力就把他們扳倒了，王忠嗣是什麼人？他是軍功卓著、威震蠻夷的四鎮節度使，手中有雄兵幾十萬，帳下對他忠心耿耿的良將無數，連皇上對他都青睞有加。

正如李林甫所說，王忠嗣可不是一般的人物，他父親是一位將軍，早年戰死在疆場，作為烈士的後代，他被皇上特許扶養在後宮，從小就與太子在一起長大，玩耍嬉鬧，是總角之友。更難能可貴的是，也許是將軍的後裔，他從小就對兵書戰策有興趣，沒事的時候就捧著一本兵書在讀，熟諳兵法韜略。皇上曾與他交談過，認為他「應對縱橫，皆出意表」，日後必將成為一位名將。

果然被玄宗皇帝說中，成人後的王忠嗣到邊庭軍隊服役，沒過多久，就屢立軍功，被封將軍一職，後來分立十大節度使，他又被委任為最重要的朔方節度使。現在，他已經是四鎮節度使，這是別的邊將所望塵莫及的。

王忠嗣很會帶兵打仗，這倒沒有什麼稀奇的，哪個邊庭大將都多少會帶兵打仗，讓人自歎不如的是他還愛惜將士，使得手下大到將軍小到普通士卒，都願為他賣命；同時，他鎮守邊疆，許多事情不圖眼前利益，而是從長遠著想，對鞏固邊塞起到了很好的作用。敵方都知道他是一位厲害的對手，輕易不敢與他作戰，只要聽說是他帶兵來戰，往往不戰就退兵敗走了。

在多年的戎馬生涯中，王忠嗣練就了一雙識人的慧眼，在他手下凡是有才能，能打仗會領兵的人，不管他是漢人還是外族人，都會得到重用。比較突出的有哥舒翰和李光弼兩人。哥舒翰是突厥族人，但王忠嗣不以他出身胡族而慢待他，哥舒翰積累軍功一直做到隴右節度副使。李光弼是契丹王楷洛之子，也以勇猛為王忠嗣所看重，被提升為河西兵馬使充赤水軍使。他在以後平叛安史之亂中立下了汗馬功勞。

身爲四鎮節度使的王忠嗣一心只想持重安邊，並不能明白皇上的心意。他一步步正在走向他政治生命的邊緣，而他還渾然不知。

玄宗早年雄心勃勃，銳意拓邊封疆，想當漢武帝式的君王，把大唐王朝的聲勢威名在他的手上張揚到極點。爲此，他四邊開戰，和回紇打，和突厥打，和契丹打，和吐蕃打。別的王朝在他銳利的攻勢下，或拜服，或求和，都四零八落，不能與之相抗衡了，但唯獨吐蕃國，自從在松贊干布和他的子孫的苦心經營下，國勢也漸趨強盛，漸漸有了與大唐王朝相抗衡的意思，兩個大王朝幾十年來一直戰戰和和沒有停止過。打敗吐蕃也可以說一直是玄宗皇帝的心願。

大唐與吐蕃相爭的主要有兩個地方：一是小勃律，一是石堡城。

避開大唐在河西隴右的強大兵力，從唐朝力量薄弱的西邊突入安西四鎮，是吐蕃在高宗、武則天女皇時期就採取的一種戰略。

小勃律是由西藏高原進入西域的唯一通道。因而勃律也就成爲唐與吐蕃爭奪的一個焦點。開元前，吐蕃即常來圍困勃律。勃律國王在兩個強國之間選擇了大唐。當吐蕃來圍困他時，他派人向大唐求救。當時安西都護張嵩也認識到了勃律國的重要地位，說：「勃律，是大唐王朝的西邊門戶，勃律要是被吐蕃佔領的話，那麼大唐就像少了西邊的屏障，西域都會被吐蕃佔領。」

於是，張嵩派副使張思禮率領蕃漢馬步兵四千人，日夜兼程，前往救援。趕到的唐軍與勃律軍一起大敗吐蕃。自此以後，吐蕃不敢輕易來犯，西陲得以安定了一段時期。

石堡城位於青海湟中、共和之間，是吐蕃從青海以南地區進入河湟地區的必經之道。開元前即爲吐蕃所佔據。吐蕃在這裏因山築城，據險而立，儲存糧械，是其侵擾河西隴右的前哨基地。

開元十五年吐蕃攻陷瓜州，玄宗命蕭嵩主持河西、隴右軍事，進行反擊。十七年，信安王率眾攻破了石堡城，終於拔掉了這個時刻威脅著西北邊陲的釘子。吐蕃見藉以進攻的屏障和基地已經失去，不作他想，只好與大唐和好，簽定和好條約，並在赤嶺樹碑定邊界，相約「兩國和好，無相侵掠。」

此路不通，急欲要向外擴張的吐蕃只能再走前邊那條路，就是佔領勃律，打通到西域的路。現在統領吐蕃國的是松贊干布的後代贊普，他比他的祖宗有辦法也有野心，他不信他的帝國會被唐王朝壓制在高原寒冷地帶。他要帶著他的百姓衝向溫暖的平原地帶。

吐蕃兵再一次兵臨勃律國城下，如上一次一樣，勃律王向唐王朝求救，但唐王朝這時無力出兵相助，只是警告吐蕃，讓他罷兵。在唐王朝沒有出兵的情況下，吐蕃終於佔領了勃律國所有的土地。他們欣喜若狂，慶賀奏響了西進的序曲。

玄宗皇帝非常氣憤，決定要給吐蕃一點顏色看看。他要在東線給吐蕃一次重創。

自從雙方締結和好條約後，東線一直呈現出一派牧歌歡唱的情景。當時唐朝的守將是崔希逸，蕃將是乞力徐。由於長期的和平，他們兩位倒成了好朋友。崔希逸對乞力徐說：「兩國既和好，何須壁壘森嚴，既妨礙農人耕種，又浪費人力。不如共同撤防，合為一家。」

乞力徐也有此心意，但他擔心地對崔希逸說：「足下為人忠厚，說的都是肺腑之言，只恐朝廷間未必互相信任，一旦有人乘我不備，發動襲擊，那將後悔莫及。」

心地敦厚的崔希逸連連說「不會不會」，於是對方放心了。為了表示誠意，雙方殺白狗為盟，共同撤防。

但好景不長，玄宗要在東線打擊吐蕃，以報他們佔領勃律之恨。他派特使到東線，讓崔希逸乘對方空虛，發動襲擊。崔希逸聽了這道敕命，如五雷轟頂，他說什麼也不相信皇上會讓他突然出兵，這樣，他豈不成了一個背信棄義的小人嗎？最後，在道義與聖旨之間，崔希逸痛苦地選擇了後者。

異國朋友的軍隊在毫無準備的情形下迅速被擊潰，乞力徐隻身逃脫。唐軍乘勝追擊，連連獲勝。

吐蕃被唐王朝的這種背信棄義的行徑激怒了，他們認爲堂堂大國竟做出這種爲人不齒的事來，真是言而無信，以詐取利，破壞和約，有失大國風範。乘機在國內發動全國總動員，煽動百姓的仇唐心理，終於在開元二十九年十二月，再次攻陷石堡城。控制了青海的大部分面積，對唐的軍事行動又推進到河西走廊，恢復到開元十年間的局面。

吐蕃再次佔據石堡城後，真是傾全國之力來精心構築它，深知它就是遠征大唐的跳板，失去十二年後，它再次落在吐蕃人的手裏，他們再也不想輕易失去它了。後來，唐雖然多次攻打它，但都沒有攻陷它。這成了玄宗皇帝的一塊心病。現在，玄宗雖然沒有了早年的雄心壯志，但他不能容忍這樣一個極具威脅的釘子安穩地插在自家的門口。

就在前年，天寶四載，他還命當時的隴右節度使皇甫唯明攻打石堡城，結果連副將都戰死了，也還是沒有攻陷石堡城。爲了增強皇甫唯明攻打石堡城的力量，又任命他兼任河西節度使。皇甫唯明尚未到任，即被李林甫陷害。現在，王忠嗣一身而兼四鎮節度使，他就有義務來替皇上收復石堡城。

對於皇上的心思，王忠嗣不是不清楚。他曾仔細對石堡城的地理位置進行了詳細的研究，看到石堡城不過是孤懸於沙漠地帶的城池，毫無佔領的必要，得到它不能成爲制服吐蕃的屏障，不得它也無害於國。同時，他看到，此城背山而建，吐蕃國重兵駐紮，有險可依，要想攻擊它，要不犧牲上萬士兵，很難佔領它。爲了一座得之無用的小城，用上萬士兵的生命來換取自己的功名，王忠嗣不願意。

王忠嗣不善揣摸聖意，惹得皇上不高興還不知道。他不善揣摸聖意，自有巴結聖上的人。將軍董延光看到這種情景，請纓帶兵攻取石堡城。玄宗對他的軍事才能有點不放心，董延光情急之下立下軍令狀，要在一定時日之內攻取石堡城，如不攻取，甘當軍法處置。聽了這話，玄宗才讓他帶兵出征，同時讓王忠嗣分兵助他。

王忠嗣看到這種情況，認爲死傷這麼多人性命去取一孤城，實在不值，因此他並不是很積極，雖有皇上的聖命，但他並不盡遣部屬以供董延光運用，也不以重金賞賜冒死進攻者，有些軍事行動也不是很配合。董延光看到這種情景，心中深深惱恨王忠嗣。

王忠嗣手下大將李光弼見了，爲主帥擔心，他勸告王忠嗣說：「將軍，你太愛惜士卒了，這樣豈不是要壞董延光將軍的事情。」

王忠嗣也直陳其心，他說：「我本來就不贊成他去攻打石堡城，這本不是他份內的事，偏他想撈取功名，不顧上萬人的性命。我頂恨這種人了。」

「可是這是聖上的旨意，將軍這樣做，董將軍必將不能攻克石堡城，建功不成，他必歸罪於將軍你，將軍這又是何苦呢?再說將軍府庫充實，又何在乎一點緞帛錢財呢，拿出一點作爲賞賜，以激勵將士的進取，也好堵塞讒言。」

「將軍好意，我心領了，但我王某人做事自有分寸。想那孤城，得之無用，卻要獻出數萬男兒性命，我心不忍。如果皇上就此事責怪的話，那就責怪我一人好了。想來不過是把我貶職流放，即使這樣，我也不會用數萬人的鮮血來換取功名。李將軍，謝謝你的好意，這是我不可更改的決心，你不要再說了。」

聽了這話，李光弼深受感動。王忠嗣寧可捨棄自己如花似錦的前程也不願犧牲將士的高風亮節，把李光弼打動了。這是一個真正爲帥者的風範，愛護將士如手足，視功名爲敝帚。李光弼說：「我是擔心將軍被小人讒言所傷，才不敢不說，今見將軍行古人之事，胸襟寬廣，是我等不如啊。」

沒有王忠嗣傾力相助，董延光果然到了他許諾的日期沒有把石堡城攻下來。敗仗之後，他不是對慘死將士撫恤和傷悼，而是一心想著如何開脫罪責，自然而然地，他想到了王忠嗣在此役中的拖延和消極，於是他給皇上上了一奏本，把王忠嗣的表現添油加醋地講述了一番。玄宗看了董延光的奏本，心中大怒，這個王忠嗣竟敢阻撓軍計，也不去追究董延光當初立下軍令狀的事了，而是想著如何給這個膽敢忤旨的王忠嗣治罪。

對朝廷絲毫舉動都不放過的李林甫，看到這種情景，以爲扳倒王忠嗣的機會來了，他讓濟陽別駕魏林誣告王忠嗣，說他在擔任河東節度使時曾經說過這樣的話：「早與忠王同養宮中，我更尊重太子。」這話什麼意思呢，就是要擁兵以尊奉太子爲皇帝。

李林甫不愧是摸透皇上脾氣的人，他知道什麼話皇上愛聽，什麼話，皇上聽了一定會跳起來。他讓魏林說的話，玄宗聽了就會跳起來。因爲他深深知道，玄宗當了快四十年的皇帝，還似沒有當夠一樣，一點沒有讓位的意思。雖然選好了太子，但太子僅僅只是一個擺設，什麼時候讓位，你就等著吧。現在太子不急，反倒有人急了。這豈不正觸著皇上的心病嗎？

聽了魏林的誣告，玄宗果然惱怒異常。你個王忠嗣，你尊重太子，那眼中還有我嗎？怪不得我讓你協助董延光攻取石堡城，你不盡力呢，你眼中已經沒有我了。他是愈想愈氣，立即召王忠嗣入朝，交由御史台、刑部和大理寺官員組成的三司推審。

其實王忠嗣根本沒說過那句話，雖然他和太子是總角之友，關係不一般，但他做爲一名邊將，是不願參與任何宮廷鬥爭的。不錯，太子如果當上了皇帝，憑著他與太子的友誼，他將更會得到重用。既然太子做皇帝是遲早的事，太子不急，他又爲什麼急呢？可皇上不這樣想，他從自身經歷知道，任何想登上皇位的人，必要借助武將的援助，他不就是因禁軍的幫助才消滅了韋后和太平公主的嗎？

王忠嗣呢，雖身拘大牢，但他想身正不怕影子斜，沒做虧心事，夜半不怕鬼敲門。自己沒有說過的話，別人栽贓也是白搭，頂多，皇上治他一個阻撓軍計罪而已，還能把他怎麼樣。王忠嗣想錯了，雖然這次審理他的是三司，但三司中都是李林甫的人，李林甫是要置他於死地的。特別是那個叫楊釗的侍御史，更是深深領會了權相的意圖，要不遺餘力地替他賣命，即便他不承認也要讓他低頭認罪。

栽贓是要有證據的，這一點讓想爲李林甫賣力的人爲難，王忠嗣可不比楊慎矜，就居住在長安，與他交往的人也與李林甫認識，關係錯綜複雜，栽他贓容易得很，而王忠嗣一直在外領兵打仗，和他在一起的都是他統領的將士，那些將士多年敬服於他，沒有一個人會背叛他。你說他說過「我欲尊重太子」，此話有誰聽到了？

王忠嗣被押在大牢中，一審再審也沒有審出個頭緒來，他給你一個死不承認。對他又不能上大刑。常話說刑不上大夫，王忠嗣做爲一員大將，自然不能胡亂什麼刑具都往他身上使，屈打成招。王忠嗣顯然也明白這個道理，一問三不知，他想，難道會把我在牢裏關一輩子。但他也知道，他是不可能再回去當四鎮節度使的了。皇上既對自己起疑，怎麼會再讓他手握重兵呢？

李林甫對審訊王忠嗣的結果很不滿意，他想這樣下去，王忠嗣還不知什麼時候能定罪呢，難道他一輩子不說，就這樣拖一輩子不成？怕只怕皇上要是有一天幡然醒悟，那就壞事了。還有，就是此時邊疆最好不能發生戰事，要是一打起仗來，皇上就會想到王忠嗣，說不定還會把他派上前線。

這天，李林甫把楊釗找來，裝作漫不經心地問道：「楊御史，王忠嗣一案審理得怎麼樣了？」

楊釗連忙答道：「回稟宰相，這幾天都是大理寺和刑部的官員在審理，我一直被別的事牽絆著，還沒有正式參與進來。」

「噢，聽說進展不大。」

「聽他們說，王忠嗣死不承認說過那些忤君謀逆的話，他們又拿不出證據，事情有點僵住了。」

「我跟你們說，王忠嗣是一條老狐狸，他苦心經營北庭多年，手下幾乎都是他的心腹，誰人會在此時站出來作證呢？再說，如有不聽話的，也早把他除掉了，還留到今天讓你們去調查。」

「是是是，宰相言之有理。王忠嗣既有此心，計謀一定很深，布置也當周密，不花大力氣是找不出他的謀立太子的證據的。」

「我看要想找一個人站出來指證他也不容易，再說也花費時間。不如另想別途。」

「宰相之意？」

「我也沒什麼主意，這是你們御史台的事。我只是想讓你們快點了結此案，不易久拖才是。」

從李林甫那裏出來後，楊釗心中小鼓直打，李林甫顯然不滿意這種按部就班的審訊，他要的是早日把王忠嗣打倒，除掉這個威脅到他相位的人。楊釗想啊想啊，如何才能讓王忠嗣開口認罪呢？

經過幾天苦思冥想，楊釗終於想出了一個好辦法。

這天晚上，王忠嗣正睡眼惺忪，突然燈燭通明，獄卒高舉火把進來把他推醒，說要半夜過堂。王忠嗣心中納悶，白天不是過過堂了嗎，怎麼又半夜過堂，我這又不是什麼可疑人物，急於從我嘴裏套取消息？我在邊疆只有抓住對方間諜時才會半夜突審，想不到京師也來這套。獄卒告訴他，白天是大理寺審理，現在是楊大人要審訊他。

「楊大人？哪個楊大人？」

「你連楊大人都不知道，真是孤陋寡聞。告訴你吧，楊大人就是貴妃的堂兄，身兼數職的楊釗楊大人。侍御史也是他的一個身分，你的案子他也要參與審理的。」

聽獄卒這樣一講，王忠嗣知道這位楊大人是誰了。他是孤陋寡聞了，在邊陲多年，於朝中大臣的變遷他甚少聽說，不過也隱約知道有這麼個人，是靠著貴妃的關係走紅得勢的。王忠嗣頂看不起這種靠著椒房關係驟升的人，他們有什麼本事，他王忠嗣又怎會正眼瞧他們一眼。

到了大堂，王忠嗣抬起頭來，他看到虎威堂上正面坐著一位官員，衣帶鮮豔，臉沉似水，倒也有幾分威嚴，只是一雙眼睛透射出幾分精明，朝他瞄上一眼，並不開口，揮手讓人把他拉到一旁站著。原來這位楊大人連夜突審除了王忠嗣還有別的人，看來這位楊大人確實夠忙的。

一陣鐐銬響後，一位貪贓枉法的小官被提了上來。只見那名小官一進來就磕頭如搗蒜，乞求饒命。楊大人把驚堂木一拍，喊道：「你個小貪官，還不快把你貪了多少兩銀子如實招來，皇恩浩蕩，也許可從輕處罰。」

聽了這話，那名小官不住口地說，他是受人誣告，他爲官清廉，從未拿過別人一文錢。

「我看不給你上刑，你是不會開口的。來人啊，大刑侍候。」

隨著這一聲喊，各種刑具都擺了上來。看到這些上面沾著血斑人肉的刑具，那名貪官只嚇得渾身發抖，但他還在口硬，死不鬆嘴。見他還是這般刁蠻，楊大人高喊一聲「打」。

隨即小貪官被按倒在地，身上衣服扒下，大板子一五一十地打起來。瞬間，堂上只聽到板子打肉的「啪啪」聲，還有小貪官呼痛慘叫聲。不一會兒，小貪官就被打昏了過去。高坐於上的楊大人，竟似不見，讓人端來涼水潑在他頭上。涼水激凌之下，小貪官醒了過來，他哼哼著連爬起來的勁也沒有了。楊大人說：「你招是不招？」

小貪官好似知道嘴一鬆小命就沒有了，咬著牙說：「回大人，小人委實沒有收取別人錢財。」

站在一旁的王忠嗣看了，心中也不禁佩服這名小貪官的勇氣與毅力，心想，他被打成這樣，還說沒有，看樣子十之八九是被冤枉的。

但那位楊大人好似沒有聽到這句話，他這次連驚堂木也不拍了，頭也不抬地說：「好，很好。」

還沒等那位小貪官聽明白這句話的意思，幾個如狼似虎的皂役趕上前來，把他雙手雙腳併攏綁好，然後把他頭頸和腳使勁向後扳去，只把他勒得青筋暴起，面呈豬肝，淚水鼻涕流了滿面，只到雙眼眨白的時候才鬆下來，讓他喘上一口氣後，再向後勒去。如是者再三，等最後一次再把他放下來時，那個小貪官已經軟癱在地，昏死過去。

等小貪官再醒過來時，楊大人問道：「你招是不招？」

小貪官這次再也不敢說「不招」了，他用眼光看了看放在一旁的紙與筆，抖抖索索地爬過去，拿起筆寫了起來。不一會兒，紙就寫滿了，皂役雙手捧到楊大人面前。楊大人看了點了點頭，就命人把犯人打下大牢。

審過此案後，還是沒有要審理王忠嗣的意思，又一個犯人被帶了上來。這個犯人所犯的罪是私通番邦。王忠嗣聽了暗暗納悶，心想這種人在我們邊庭比較多，想不到朝廷之中也有這種人。這種人最是可惡，爲了貪圖小利忘卻大義，把一些朝廷秘密告知敵邦。且看這位楊大人如何審理此案。

那名犯人一被帶進來就連喊冤枉，他跪在楊大人面前，高喊道：「大人，小人冤枉啊！」

「噢，你冤枉？你有什麼冤枉的？」

「小人沒有私通番邦。」

「那你怎麼會與番邦之人交往，有人告發，他們往你的家中送了許多錢財，可有此事？」

「大人，我與番邦之人有來往，是有那麼回事，但他們都是做生意的人，我與他們只是貨物錢財上的來往，絕沒有一點有關國家事務的交往啊！」

「大膽，你個刁民，還敢狡辯，有人明明看到你與番邦朝中之人交誼深厚，證據確鑿，還敢抵賴。我看不給你點顏色看看，你是死不開口的了。來人，拖下去，先鞭打三十。」

隨後就是一陣慘叫發了出來。那些皂役一看就是經常用刑的人，鞭子打得又準又凶，全是往犯人身上肉嫩的地方招呼，鞭梢響著呼哨，一鞭下去，犯人身上就鼓起一道血痕。三十鞭打下來，犯人身上已經皮開肉綻，體無完膚了。

打完後，把犯人往地上一放，楊大人這才把驚堂木一拍，喊問道：「怎麼，你還不速速把你與番邦私通的事招來，免再受苦。」

那個犯人用手支著身子，聲音微弱地說：「回大人，小人著實冤枉，不曾與番邦相通，我做的都是正當的生意，不敢欺瞞大人。」

此時，連站立一旁的王忠嗣也看了出來，這個犯人實是被冤枉的，這位楊大人不問青紅皂白，一味用重刑，別的證據又拿不出來，真是毫沒道理。由此，王忠嗣也懷疑開始那個貪官是不是真的受了賄賂，也許是屈打成招的。

楊大人見犯人不招，又是用刑。這次拿上來的是一段繩子和兩個像球一樣的東西，皂役把像球一樣的東西擺放在犯人的腦袋兩側，隨後一邊一人，扯動繩子，隨著繩子的收縮，兩個像球的東西向內擠壓他的腦袋。

犯人開始還能忍耐，慢慢的，他的頭被擠得愈來愈偏，眼睛和嘴愈來愈向前突出，臉整個都變形了。他的雙腿不住地亂踢，可見他身上的痛苦，喉嚨間發出嘶嘶的聲音。最後他的雙腳一陣狂蹬後，身子猛地如抽去筋一樣不動了。他再一次昏死了過去。

等到用涼水把他潑醒，犯人再也不喊冤枉了，他主動拿起筆來，招認起「罪行」來。只是他不知道如何寫，寫一句看一眼旁邊站著的人，在旁人的提醒下，他終於寫好了罪狀。

現在，王忠嗣終於明白這位楊大人審案的手段了，就是屈打成招。重刑之下，招也得招，不招也得招。這是什麼審案，這就是御史。王忠嗣心冷了。

兩案審過，那位楊大人這才不緊不慢地把王忠嗣帶過來，眼也不抬地問道：「你就是王忠嗣嗎？你知道你所犯的罪嗎？」

口氣和問前兩個犯人一樣，沒有因為他是威鎮一方的大將軍而稍帶客氣。這真是龍在淺灘被蝦戲，虎落平陽遭犬欺。要在平時，王忠嗣對這種小人連看都不會看一眼，想不到如今竟落得個這般下場，大丈夫死則死矣，怎可在小人手裏受怨氣。罷了，罷了，有如被小人折磨，不如一切順著他們的心意，這樣起碼落得個身體完好，免得小人訕笑。

想到這裏，王忠嗣並不答那位楊大人的話，只是抬起頭來向上冷冷地瞧了對方一眼。

見王忠嗣如此倨傲，楊釗倒也不慌不忙，他說：「王忠嗣，前兩個犯人的樣子你都看到了，在我面前休想隱瞞罪行，你是自己招呢，還是先嘗過刑具再招，隨你挑。」

王忠嗣見這位楊大人完全一副小人的嘴臉，不屑於與他多加交談，冷冷地說：「拿筆來。」

待皂役捧過筆和紙來，王忠嗣坐在案前，心中又是悲憤又是傷感。悲憤於自己是何等英雄的一個人，威名顯赫於邊陲，令敵酋聞風喪膽，如今竟受折於一個小人之手，大丈夫寧死勿辱；傷感的是此筆一落，就是濤濤江水也難洗淨身上的冤屈，這盆髒水就算被人潑定了。一生的榮耀，一世的威名全都付之東流，想起過去那些崢嶸歲月，出生入死才博來的那些聲名，那些流逝了的熱血和青春，豪情與夢想，全都被否定了。這又怎能不讓他傷感呢。唉，還想這些幹什麼呢，皇上既然聽信讒言，不分皂白，重用小人，我還抱怨這些幹什麼呢！

於是，王忠嗣牙一咬，違心地承認了他們強加給他的罪責。一段時間的審訊下來，他也知道他們想要的是什麼了，順著他們的心意寫就是了。只見他文不加點，援筆立就，好像真有那麼回事似的，不一會兒，一份認罪狀就擺在了楊釗的面前。

楊釗看著王忠嗣的認罪狀，幾不相信自己的眼睛。今天，他本來不過上演了一場戲，就是在提審王忠嗣之前，先拿兩個無足輕重的囚犯開道，施以重刑，恐嚇王忠嗣一下。對這條計策，楊釗心中本來報著試試看的態度，並不指望能獲成功，想不到效果出乎他的意料。看了王忠嗣寫好的認罪狀，上面不僅全部承認了所要加給他的罪責，還自行添加了不少，看來，這個王忠嗣著實被嚇住了。嗯，什麼四鎮節度使，威震北庭，我看膽小如鼠，連我都不如，就憑這樣的人，還指望他去衝鋒陷陣。

楊釗把王忠嗣的認罪狀送交李林甫看。李林甫欣喜萬分，他沒有想到楊釗一出場就手到擒來，讓王忠嗣乖乖低頭認罪。他不免把楊釗著實誇獎了一番，讓他快把王忠嗣的認罪書呈給皇上。

玄宗接到王忠嗣的認罪書也是大吃一驚，想不到真如魏林所奏，王忠嗣心懷不貳之心，打算擁兵逼他退位，欲立太子登基。原本他在心裏只是氣惱王忠嗣阻撓軍計，不出全力攻打石堡城，對魏林所說還信疑摻半，看了他的認罪狀，方才相信他確有私心。如果他只是阻撓軍計，看在他建立那麼多功勳，長年戍邊的份上，也許只是貶官了事，但他既有這等事，按理就要斬首示眾。

王忠嗣認罪的事立即傳遍朝廷間。自然也傳到了他所統領的四鎮。他的那些老部下，說什麼也不相信主帥會有此不忠之心，別人不了解，他們對主帥可是最了解的，想他多年來，一心戍邊，極少關心朝中之事，怎說得上擁兵迫帝之事。讓他們不能理解的，主帥竟承認了這些罪責。雖然如此，哥舒翰和李光弼等還是不相信。他們決定進京面見聖上，替他們的恩公陳清冤屈。

此時，哥舒翰已經升任西平太守，並擔任隴右節度使，連皇上都知道他是一位能帶兵打仗的胡人，出於籠絡胡人將領的需要，他讓哥舒翰來朝面君。

哥舒翰決定乘此機會，面奏皇上，為王忠嗣辯白。臨行前，有人勸他要多帶黃金錢財，好疏通權

貴，營救恩公也方便些。但哥舒翰說：「如果天地間還有公道存在的話，那麼王公必不會冤死；如果天地間道義無存，就是再多的錢財，又怎麼能挽回王公的性命呢？」

最後不聽眾人的話，只是帶著幾個隨從，背著一個簡單的行裝就出發了。

玄宗皇帝接見了哥舒翰，只是一種儀式，表示對他的看重，並不商談什麼重要的事，也無別的大臣在側。這正合哥舒翰的心意。在稍微閒談過幾句後，是玄宗先把話題轉到王忠嗣身上的。玄宗說：「哥舒翰，你到京城後也聽說王忠嗣的事了，他太讓朕失望了。」

聽了此話，哥舒翰連忙說：「陛下，據我所知，王忠嗣並不是那樣的人啊。」

「是啊，我以前也是這麼認爲，一直把他當作心腹看待，還委以重用，哪知他竟敢以兵要脅於我。真是傷透了朕的心。」

哥舒翰大著膽子說：「陛下，請恕臣了有一言相告。」

「你但說無妨。」

「陛下，王忠嗣爲將守邊多年，臣下跟他也有不少年了，是他把臣下一手提拔上來，據臣下看來，王忠嗣對皇上一直忠心耿耿，從無貳心，至於什麼擁兵尊重太子，不僅臣下沒有聽說，就是許多跟隨他多年的老部下，也從未聽聞，這是對他的誣陷。還望皇上明察。」

聽了這話，玄宗把眉頭皺了皺，心想：連王忠嗣自己都承認了，還說什麼別人對他的誣陷，我曾派人到牢中去看過，王忠嗣一身完好，也不存在屈打成招的事。想到這裏，他對哥舒翰說：「此事是王忠嗣親筆所錄，怎能說是別人陷害。哥舒翰，你就不要多說了。」

但哥舒翰怎麼就這麼輕易罷手，他說：「陛下，王公所受確是誣陷，我願意用自己的官爵來抵王公的罪責。」

聽了這話，玄宗心裏有點不高興了，這個哥舒翰一味替王忠嗣辯護，難道就不怕我怪罪你與他同謀嗎。還說要拿他的官爵來抵王忠嗣的罪，官爵是皇家所封，不是給你用來換什麼東西的。想到這裏，他面露不悅，站起來向後走去。

看到皇上不講話，一言不發就向後走去，稍懂世情的人都會知道此事不宜再提，但身爲胡人的哥舒翰，有著胡人的直率與魯莽，他看到搭救恩公的機會就要稍縱即逝，此時再不進言，就再沒有進言的時機了，他立刻站起來，趴在地上磕起頭來，一邊磕一邊隨著皇上向後去。

玄宗皇帝正要向後去，聽到身後不斷傳來「通通」的聲音，回頭一看，發現哥舒翰趴在自己的身後，一步一個響頭地跟著。玄宗連忙伸手說：「哥愛卿，此是爲著哪般？」

「陛下，王公實是被人陷害，哥舒翰不能看著他被人冤枉致死，還望陛下明斷。也不至寒了邊塞萬千將士的心。他們日夜引頸張望，以待王公平安。」哥舒翰說著，又趴下磕了幾個響頭，腦門已經磕破，臉上鮮血和著淚水縱流。

看了這番情景，玄宗心中大是感動，他說：「王忠嗣縱是受人誣陷，但他不盡力攻打石堡城，阻撓聖旨可是千真萬確之事，這又怎講？」

「陛下只要洗脫王公冤屈，臣下回去後，立即全力攻打石堡城，旬日而下，如不下，臣願領罪。」

聽了哥舒翰這番話，玄宗說：「這樣吧，王忠嗣的案子我親自再審一下，是不是被人陷害，到時自會水落石出。你不要忘了你今天說過的話就好。」

其實在心裏，玄宗也不希望王忠嗣的罪名成立，那樣勢必牽連到太子，如果繼續追查下去，甚至有可能易儲，而玄宗老了，他不想再平地起風波，心理已經不能再承受一次親情的打擊與失落了。

皇上親自審理王忠嗣一案。玄宗雖然年老，但敏銳性還在，沒費多少周折，就弄明白了真相，結果正如哥舒翰所說，王忠嗣是被人冤枉的。雖然如此，玄宗還是治了他阻撓軍計罪，貶爲漢陽太守。

王忠嗣要想重回邊疆，此生是無望的了。

從老上司的遭遇中，哥舒翰意識到了，一個邊將心裏不能只有軍事，還要有政治，他要時刻注視朝廷中的動向，不可逆勢而動。同時，他心裏也記住了兩個人，一個是李林甫，一個是楊釗，他們是差點置恩公於死地的人，他記住他們，希望哪一天他們落到他的手裏，他決不會放過他們。

哥舒翰回到邊庭後，一刻不敢怠慢，立即點起精銳部隊進攻石堡城。他把隴右、河西及突厥阿布思兵，還有朔方、河東兵，共六萬三千人，進攻石堡城。

一場慘烈的戰事開始了。數萬唐軍死傷殆盡，石堡城上終於插上了大唐王朝的旗幟。看著死屍狼藉的戰場，哥舒翰心中沒有一點喜悅之情，他想到老上司臨別時叮囑他的話，心下淒然。以後，哥舒翰牢記王忠嗣的話，體恤將士，深得將士擁戴，與敵交戰，將士往往爲之所用，建立了莫大的功勳。攻克石堡城的消息傳到長安，玄宗高興萬分，他終於了卻了一樁心病。隨後安西大將高仙芝遠征小勃律，趕跑了吐蕃駐軍，撤換了傀儡皇帝，改小勃律國名爲歸仁，確立了大唐王朝在西北的統治地位。

王忠嗣貶官之後，邊庭將要派什麼樣的節度使，這是人們關心的一個問題。李林甫看到如果派漢人爲節度使的話，日久天長，他們難免做大，勢力增大，那豈不是又增加了一個對他相位有威脅的潛在對手，他再不會幹這種蠢事了。那麼總要派節度使的呀？哎，對了，何不任用胡人呢。這些胡人因爲讀書少，沒有漢人這麼多花花腸子，又不認識朝中大臣，也就無從拉幫結派，他們只會打仗，不懂政治，這豈不正合了我的心意。

好是好，但有一個問題橫在李林甫面前，就是唐太宗曾訂下一個規矩，不准胡人爲將，做做副將可以，不能當統領一方的軍事長官，這樣做，是怕胡人手中權力過大，心懷貳心後，背叛朝廷。

這個規矩的制訂在當時是必須的，因爲當時環境複雜，邊境未穩，經常有叛逃到對方的將領，君臣之間信任很少。現在不同了，現在大唐王朝威名遠播，四邊小國臣服腳下，年年來朝，歲歲進貢，不論漢人還是胡人對唐朝都是忠心耿耿，就是讓他們當了節度使，也不會出現叛逃的事。因爲他們的部落多數已經併入大唐版圖，大唐就是他們的家國，他們又能叛逃到哪裏去呢？

李林甫是這樣想的，但他不是皇帝，真正實施任命的，還得皇帝。

李林甫這樣想，哪裏知道玄宗皇帝也在考慮這個問題。皇甫唯明和王忠嗣的先後被貶，讓年老的玄宗傷透了心，他沒有想到他一直委以重任的兩員功名彪炳的大將，都插手宮廷中的事。他要好好考慮一下邊庭節度使的派遣了。

這天，他讓人把宰相李林甫找來，想就這事與他好好商量一下。

李林甫聽到皇上召見，忙不迭地換了朝服見駕。穿過長滿連理樹與並蒂蓮的走廊，李林甫與身邊交錯而過的官員淡淡地打著招呼，遠遠看見玄宗在庭廊前的身影，便急忙向玄宗走去，在離玄宗不遠處早早伏下身去，對著玄宗的背影道：「臣李林甫叩請聖安！」

玄宗聽到李林甫的聲音，轉過身來。李林甫看見玄宗的臉上有著很久都沒有見到過的凝重與憂戚。李林甫不知道皇上遇到了什麼煩心事。

玄宗手抬了一下，示意李林甫起身。並道：「林甫，坐吧！」

皇上的表情淡淡的，看不出將有什麼陽光普照的預兆，也看不出有什麼雷霆將至的跡象，李林甫判斷，皇上問的事情也許不會太大。

李林甫頓了頓神，對玄宗道：「不知皇上急欲召臣入宮是爲了何事？」

玄宗聽了李林甫的話，並不馬上答話，過了一會兒，才道：「李愛卿近來似瘦了，想是爲朝廷的事務所累吧。」

李林甫一聽，立馬站起身恭敬地對玄宗道：「謝皇上掛念，林甫不勝惶恐。林甫一身骨架大不過如此，但爲了大唐的社稷，自信還能應付。」又對玄宗道：「皇上待臣恩重如山，爲臣即使粉身也難以回報。下面地方的奏摺，多是多了，而且爲臣的身體也有些衰老。但爲臣多累一分，皇上就能少一點擔心。爲臣每每奏事，想到這些，心裏就覺得幸福，反而不累了。」

李林甫的一席話玄宗聽了十分高興。於是便喚來太監賜給李林甫人參諸物。李林甫忙又跪下謝了。李林甫細細揣摸玄宗之意，似乎應該還有其他事情，玄宗叫他來總不是光爲了送人參給他吧。正想著，不等玄宗再問，復對玄宗道：「皇上，你是不是有什麼心事啊？」

玄宗歎口氣道：「還是李相知道朕的心意啊。」

李林甫一驚，道：「皇上憂心忡忡，這是爲臣沒有盡到做臣子的本分啊，爲臣惶惶不安啊。」說畢就要下跪，玄宗手虛扶了一下，對李林甫道：「朕是爲大唐的江山憂慮啊！」

李林甫道：「皇上何出此言？目前邊疆和國內事務都井井有條，皇上還有什麼值得憂慮的呢？」

玄宗道：「高枕才能無憂啊！」

李林甫聽玄宗如此說，不敢接話，他不知皇上此話何意，望著玄宗默不作聲。

玄宗此時也正瞧著李林甫，四目相接，看到李林甫一副誠惶誠恐的樣子，玄宗也歎了一口氣。

李林甫聽到玄宗的話，心想：「誰不知道你皇上現在有了個楊貴妃以後，樂得不知怎麼才好，今天怎會提出高枕無憂之話呢？」

李林甫轉念一想前幾天似乎遞給皇上一個奏摺，講的是大唐邊鎮之事，玄宗既出此言，是不是暗示這事呢？心裏把握不定，便小心地對玄宗道：「聖上憂慮的是爲邊疆國土的安危嗎？」

李林甫話頭一起，玄宗又仔細瞧了李林甫一眼，算是認了。

李林甫乃是很會察顏觀色之人，見自己猜對了，接下來便說：「據臣所知，除了邊境上偶有吐蕃外侵騷擾邊境作出一些搶掠之外，邊境基本上都是極爲平靜的。」

繼而李林甫又道：「而且爲臣一直將邊境的安危當作朝廷第一要務來辦，從不敢懈怠一回，皇上如果憂慮起邊境來，那是爲臣工作沒有做到了。」說完便要謝罪。

玄宗道：「李愛卿不必自責。朕不是爲了這事。」

「那……」李林甫看著玄宗。

玄宗道：「現在東西北的節度使都是非常忠於朝廷的，朕也知道。朕知道這些節度使沒有白拿著優厚的俸祿，朕諒他們也不敢。」

玄宗來回踱步，又道：「朕只是想，四年一換的制度是不是應該改一改。」改一改？怎麼改？李林甫聽到皇上這話，心裏怦怦直跳，覺得這與自己心中所想的事有點不謀而合。但他一時不明白皇上真實的心意，他等著皇上繼續開口，再做打算。

李林甫身子忽的一低：「爲臣該死。爲臣也曾考慮此事，但恐皇上另有聖意，不敢妄自揣度。」

玄宗一笑道：「你何罪之有呢？你沒有罪，只是我近來突然想到這些事而已。」

皇上說近來，那一定與王忠嗣一案有關了。是王忠嗣引起了皇上的這些想法的。玄宗繼續說：「爲了邊庭需要，我把天下分爲十區，軍隊分派給十個節度使，這本是朕對他們的信任，但沒有想到，其中有些人辜負了朕的信任，背著朕做出一些不應該做的事，他們，唉，太讓朕失望了……」

李林甫心思像高速的車輪迅速轉了一會兒，便湊近玄宗身旁說：

「為臣想好一策，只是為臣才學疏淺，沒有皇上那樣的深謀遠慮。」

玄宗聽李林甫如此說，便道：「說來無妨。」

李林甫受到玄宗鼓勵，頓了頓神，道：「臣以為邊境節度使的權力是太大了一點，只是為臣素來想到臣子們對大唐的忠心，不敢亂講，今天皇上說出來，為臣也將近來思考的問題說給皇上聽。」

玄宗凝思待聽。

李林甫說：「臣以為胡人能用。」

此言一出，玄宗一驚，定定地瞧著李林甫。

李林甫道：「胡人善戰，向來以驍勇著稱，尤其騎兵很厲害，而且胡人遠處邊關，在中原沒有複雜的社會關係，他們即使結勢，也會孤立無援，形成不了大氣候。如果朝廷用了胡人為將，平時對胡將的所作所為明察暗訪，那麼諒他們也不敢擁兵自重，這樣大唐的戰鬥力就會得到增強，邊境也沒有什麼值得憂慮了。現在用胡將，姑且順其自然，在順其自然的基礎上加以節制，如果真正到了勢力非常強大之時，皇上可以下詔換將便是了。」

頓了頓，李林甫又接著說：「漢人書讀得多，性格難免懦弱，不適宜帶兵打仗，不如就地派那些在部隊任職多年，立有軍功的胡人為帥，以夷制夷。那些胡人既會打仗，不顧性命，又對敵方地形熟悉，利於行軍。這樣做，豈不兩全其美。」

玄宗一聽，仔細一分析，覺得有理，於是大喜。

「還是林甫知道朕的心意啊！」玄宗贊道。

李林甫聽到玄宗這樣贊他，心裏不免喜滋滋的，李林甫用胡將的意義，表面上對玄宗說邊境可以無慮，而且可以扼制和削弱一些漢將手中的權力，使它們互為牽制、相互警惕。其實，玄宗不知道，李林甫對他抛出這道計策，早已深謀遠慮。另有自己的打算。但他不可能將這番私心告訴皇上。

玄宗又問李林甫：「李卿以為胡將之中，誰可重用呢？」

李林甫裝作想了一下對玄宗道：「臣以為安思順、安祿山、哥舒翰、李光弼等皆可用，因為他們英勇善戰，而且對朝廷也相當忠心。」

李林甫向皇上抛出這幾個胡將，其實早就在心裏想好了。他本待不說哥舒翰，但哥舒翰才受到皇上召見，方才得到皇上寵信，不說不好，他才違背心意地把哥舒翰名字加了上去。玄宗聽了這幾個名字，默然不語，其實他在心裏早已經想好了，他們也都在他的考慮之列。

玄宗聽到安祿山的名字，心裏覺得熟稔。他記得自己好像聽過這個名字。對李林甫道：「朕好像聽過安祿山的名字？」

李林甫對皇上道：「皇上好記性！那安祿山正是多年前被皇上親自赦免的一個軍官。皇上當時沒有殺他，他後來感激皇上的恩典，對自己的職責十分盡心盡責，目前已是一個著名的大將軍了。」

玄宗聽了李林甫的話，認為此計甚好，就採納了。他認為這樣一來，朝中政事依靠李林甫，邊防軍事依靠那些忠心耿耿的胡人節度使，他可以高枕無憂，盡情與貴妃享樂了。在此以前，為了防備胡人的三心二意，從來不允許胡人做當地的最高軍事長官，軍功再卓著，也只能升到副節度使，還是要受漢人的節制。如才略過人的阿史那杜爾、契必何力等，功勳再大，也只能為副。現在不同了，有了這道敕命，那些有軍功的胡人紛紛升為了正職。哥舒翰當了隴右節度使，李光弼當了河東節度使，王思禮當了河西節度使，安祿山當了盧陽、范陽節度使，高麗人高仙芝當了安西節度使。

李林甫和玄宗各自打著自己的小算盤，出於各自的需要破了祖宗定下的規矩，允許胡人為節度使，殊不知，這給自己埋下了隱患。

第十一章 養虎為患

玄宗覺著自己受了貴妃的感染，越加年輕了。……而李林甫卻面色鐵青，憂忿萬分：怎麼聖上就看不出安祿山的諂上僞忠呢？怎麼皇上會允許安祿山做貴妃的義子呢？……安祿山帶著皇上的厚賞回范陽了，一併帶走的還有讓他魂牵夢縈、風情萬種的貴妃娘娘……

玄宗任命了一批胡人爲節度使後，爲了攏絡與這些胡人節度使的關係，讓他們更加爲唐廷效命，就象徵性地召見他們中的一兩個，也讓他們把此看作一種榮譽。哥舒翰召見過了，那剩下的應該是誰了呢？

玄宗皇帝的日光對準了范陽、平盧節度使安祿山。

玄宗之所以想到安祿山，是因爲近來，那邊捷報頻傳，安祿山連連打了好幾個勝仗，把唐朝的宿敵契丹打得丟盔棄甲，這讓玄宗聽了覺得揚眉吐氣，心中暢快不已。於是，他傳旨讓這位功臣入朝晉見，算是對他的一種特殊嘉獎。

安祿山不是普通的人，他雖身爲胡人，但心計與謀略都超出常人。他從一個普通的士兵爬到節度使的位置，沒有一定才能，休想得逞。

安祿山是一個有野心的人，他雖然當了節度使，但爲了鞏固他的地位，他把眼光瞄向了朝廷，通過多年爬升之途，他知道，朝中有人好做官，他作爲一位邊將，就是再賣命殺敵，如果朝中沒有一個大臣爲他撐腰，他的官也做不長久，更別說向上升了。因此，他在苦心經營范陽、平盧之時，還不忘結交朝中大臣。

結交大臣，安祿山也不是隨便結交的，他知道一定要攀交到有權力有地位，能幫他在皇上面前講上話的大臣。朝中能幫他在皇上面前講上話的大臣，安祿山想莫過於宰相李林甫了。現在，天下誰不知李相爺權勢熏天，朝中就他說了算啊。要結交就要結交他這樣的人，爲此，安祿山每年都給李林甫送去大批財物，並且自稱後生晚輩。

李林甫呢，對這樣一個主動投懷送抱的胡將，心中自有他的如意小算盤。他是這樣想的，雖然他在朝中一手遮天，但手握兵權的邊將卻無一人是他心腹，這讓他時刻忐忑不安，他之所以不遺餘力地打擊皇甫唯明和王忠嗣這樣的手中有兵權的邊將，就是怕他們用手中的兵力與太子遙相呼應，如果他們真那樣做的話，他將非常被動，因爲他手中無兵。所以，他在打擊了他們的同時，也在物色能爲自己所用的邊將。安祿山的主動來投，正合他的心意。

正是兩人的各懷鬼胎，安祿山與李林甫勾結了，李林甫得空就在玄宗面前替安祿山美言幾句。

就在前幾天，李林甫府上來了一位客人。這個客人是安祿山派來的親信。李林甫接待了這位來自范陽的客人。客人並無別的事，只是來給李宰相送禮來了。

禮物是一個看上去無比珍貴的紅木匣子。來客走後，李林甫因爲好奇，決定打開匣子看看到底是個什麼樣的禮物，當李林甫將層層絲絨揭露開來，看到匣子裏的物件後，不由得連眼睛都亮起來，是一張

古琴，古琴躺在匣子裏發出冷冷的光澤，似已躺了千年，李林甫見過無數珍寶，但他不知道安祿山竟會將這張如此名貴的古琴送給他，安祿山是從哪兒弄到的呢？這張古琴也是安祿山無意之中得到手的，他本是武人，生平最不愛侍弄的就是這些琴絃樂器，但他見琴的主人把他保管得這樣精緻，一定是大有來頭，於是他就把它收入府中，隨即把它當禮物送給了李林甫。

李林甫只是個靠投機鑽營混入朝廷的姦臣，他沒有過人的才學，對於一架古琴也不會有太大的興趣，但在宮中走動久了，在玄宗的身邊侍奉久了，他知道玄宗是個喜歡音樂的風流皇帝，關於這張琴，玄宗曾經在一次私下的宴會中與李林甫談起過，好像說是秦國一個叫高漸離的人凝集了畢生精力才製作成功的。只在世間乍現後就不見了影蹤。

李林甫仍然記得當時玄宗說起這架古琴的時候，語氣中充滿著無比神往地談道：「朕要是有一天能將它找到該多好啊！」

而此時，這張令玄宗無比神往的古琴就躺在他面前，李林甫一陣激動，他在瞬間就想好了對於這張琴的處置。沒幾天，長安一個著名的琴師被李林甫邀進了府內，李林甫拿不準這張琴到底是不是傳說的那張古琴，所以他請了長安最著名的琴師來辨別，當李林甫搬出匣子，打開絲絨布幕的時候，他看見著名琴師的眼睛發出耀目的光澤，他就知道，安祿山送給他的這張古琴，正是玄宗找了許多年而一直沒有找到的琴。

這天，玄宗正與楊玉環依在床榻上共同研究他新作的一支曲子，對於玄宗來說，楊玉環既是他的愛妃，也是他的寄託，他們共同的愛好促使玄宗認為生命中的每一天都值得深入討論。此時，玄宗與楊玉環因為一個音調在那支曲子裏應用的高低而爭論起來，楊玉環堅持說她認為此處用軟一些的音較好，能為下面曲子的曲折宛轉留下鋪墊，而玄宗認為此處應該以高音結束，以便更好地顯示曲子所表達的意境，正當兩人爭得激烈的時候，玄宗看見高力士喜滋滋從外面走進來。

高力士一見玄宗，便說：「皇上，奴才給您道喜。」玄宗覺得奇怪，他對高力士說：「力士，什麼喜事啊？」

高力士答道：「李相爺吩咐奴才說皇上一直想要的一件東西被他找著了。今兒要讓皇上高興高興。」說罷，高力士將攜帶的一隻匣子呈給皇上。

玄宗覺得有些奇怪，於是便命人打開高力士呈上的匣子，匣子打開時，只見滿屋似有金光閃了一下，玄宗來了興致，於是走近前去，想探個究竟，結果他看到了一張琴。

一張古琴。

因爲這張名琴的出現，玄宗的生活不會有根本的改變，但肯定會有一些意想不到的變化，李林甫又不是不知道玄宗不太操琴彈奏，但是他的楊玉環愛琴啊，這張琴與其說是送給玄宗，還不如說是送給楊玉環，送給楊玉環其實就是送給玄宗，他們太了解彼此對音樂的感悟了，以至於在後宮令人驚訝般的沉醉，無論什麼人看到，都認爲他們之間的那種合諧的樣子其實是天造地設的，如同一頭美麗的秀髮上面插上一支同樣美麗的簪子。

李林甫同玄宗一起那麼多年，他知道玄宗的內心除了君臣，除了榮華、除了美女，也還有一些更重要的東西被玄宗重視著，李林甫從來都是個深謀遠慮的人，也是個善於討好玄宗的人，他不會讓自己忽略掉這些。

玄宗看到這張琴，歡喜異常，他也馬上忘了跟楊玉環的不快爭論，因爲他也立即想到了這張琴的故事，以及這張琴的來歷。

「愛妃，你過來看看。」玄宗對楊玉環招手。

楊玉環也覺得奇怪，什麼東西會讓一個皇帝如此高興呢。楊玉環走上前去，低頭也朝那匣子一看，與玄宗的反應不同的是，楊玉環立馬「啊」的一聲就叫起來。

「果然是真正的稀罕物！」

「這張琴是怎樣得來的呢？」她忍不住問高力士。

高力士道：「是李相爺從民間千辛萬苦覓了來送給皇上的，李相爺說皇上看到一定會歡喜。」

其實高力士不用問，他就從玄宗和楊玉環的表情看出了，這張琴，李相爺是送對了，他不由得心裏一陣難言的嫉妒，因爲在討好玄宗和楊玉環的舉措上，他與李林甫總是半斤對八兩，有時候他能贏，但有時候卻是李林甫贏，臣子與臣子之間，對玄宗來說，其實也就是奴才與奴才之間，但奴才與奴才之間，也有高低之分啊。

但高力士將這些壓在心底，他又問貴妃說：「難道貴妃娘娘也極歡喜麼？」

貴妃瞥了高力士一眼，「如是世間凡物，那也不用什麼稀奇，但如果是凡間神物，那又會不一樣了。」

高力士問：「怎麼會不一樣呢？」

貴妃又說：「凡愛美之人，總希望得到佳人，凡愛樂之人，幸福也許就是一張好琴。」說完又似無意斜了玄宗一眼，便又說：「我如此，皇上也是如此。」

玄宗面帶微笑，笑而不答。

看到玄宗和楊玉環都非常高興，高力士覺得機會來了，他認爲這是一個比較好的讓皇上跟貴妃娘娘高興的機會。

高力士說：「臣怎麼認爲是一張普通的琴啊？」

奴才的可愛之處就在於有時候故作憨呆，讓主人高興地顯示過人的聰明。

果然，玄宗不待楊玉環回答便搶先說道：「力士，你眼前的東西是一件神物啊！」

高力士趕緊表示不懂，眼中的疑惑誇張地顯露。

楊玉環道：「我幼年時跟一個琴師學琴，曾聽到他談起過這張琴。」於是便對這張琴的來歷娓娓道來。

原來這張琴，乃是始皇帝手下的一個著名的樂師喚作高漸離的臣子所製，那高漸離是個奇才，精通音律，始皇帝曾叫高漸離製出秦國的國歌，但那高漸離對雄渾的曲子並不喜歡，他喜歡一些怪異的音律，他所奏出的曲子，能吸引天下的百鳥圍在他的身邊，高漸離深愛始皇帝的女兒櫟陽公主，因爲櫟陽公主也極喜歡音樂，他們因樂而生愛，可是高漸離畢竟只是一個樂師啊，始皇帝當然不會答應他娶櫟陽公主，高漸離傷心欲絕，每日沉浸在琴聲當中，回憶他與櫟陽公主在一起時的美好時光，後來有一天，高漸離不辭而別，四處遠遊，他說欲製天下第一好琴送給櫟陽公主，那琴必定是天下無雙的好琴。高漸離遍遊全國，足跡踏遍千山萬水，後來聽說他在遙遠的海南島覓得一棵千年木棉，用千年木棉做琴身之材，其實大多數懂得古琴發音機理的人都知道，一把琴的製作，得用桐木爲最好，但高漸離卓爾不群，反其道而行之，他認爲木棉才是天下包容音樂最佳的材料，高漸離取得木棉後，開始製作琴身，他每日必到深山之中採集樹林中的霧氣凝聚出來的水，再加上珍貴的漆料和鹿角灰混合而成漆料，琴弦是採自上等的精鋼拉拔而成。

高漸離用了整整差不多十年才製成了此琴，可是他沒有來得及趕上親手送給櫟陽公主就患疾去世，始皇帝派三千童子到海南島尋找長生不老藥的時候才在一個深山裏發現早已死去的高漸離枯骨，費盡周折帶來秦國，那時櫟陽公主已經華髮早生了，櫟陽公主得到此琴後，見物思人，整日以淚洗面，傳說那眼淚不經意地滴到琴弦上後，那浸潤了高樂師身上的靈氣的精鋼，竟然發出了天籟之聲，此音穿過皇宮的上空，似與那星辰一道閃爍在銀河之間，櫟陽公主死後，這張琴也隨其陪葬，每逢夜晚，櫟陽公主的墳頭都似有美麗的音樂傳出。

高力士聽得入迷，又問貴妃說：「奴才孤陋寡聞得很，可是奴才又要請教娘娘，如此名貴的琴身上怎麼似有斷紋呢？」

貴妃哂笑道：「你不彈琴當然不知斷紋爲何意了。凡天下琴師，必以琴身無斷紋而爲憾事。」

高力士原本只想討好貴妃，沒想到今兒卻不但開了眼，又飽了一頓耳福。又聽得貴妃講了一大串關於琴身斷紋的說法。

貴妃說：「斷紋是判別琴質高低的一個顯著的標誌。」

高力士表示不解，貴妃嫣然一笑，命人打來水，淨了手，又焚了柱香，然後極其小心地把琴從匣子裏拿出來，對高力士說：「阿翁看仔細了。」

高力士湊過一看，卻看到古琴身底也布滿了奇怪的斷紋，有的似飛龍穿雲，有的似騰雲駕霧，有的又仿似鹿角。

高力士道：「怎麼斷紋有那麼多啊？」

貴妃說：「你又不懂了，斷紋愈多，琴愈名貴，一張好琴，要從四個方面判斷，這四個方面就是材、質、音、形。」繼而又說：「你看這琴身，因爲歲月久遠，又因木棉遇氣納氣，琴身會顯得暗紅。」

高力士表示看到了，又聽楊玉環說：「這紅棉乃海南深山中的神物，表面看上去似柔軟，實際堅硬無比。」

「琴身的製作不能用過於細密或過於鬆軟的木材，否則音色散發不開，聲音是琴的靈魂，所以需要借助穩定而透氣的琴材作爲共鳴，發聲才能渾厚激越。所以，琴材要輕、鬆、脆、滑，謂之『四善』。」

高力士聽到這裏，不由得對貴妃佩服得五體投地，高力士不曉音律，自然不懂得這些，所以聽得楊玉環說起這些，不覺油然神往，只恨沒有學琴樂之理。

心下道：「難怪玄宗對貴妃娘娘迷得如醉如癡，敢情兩個都是以樂爲寶啊。看來這架琴李宰相是獻對了。」

只聽貴妃又說：「桐木甚至古杉木，年代久遠，木性穩定，不會開裂變形，製成斫琴最好，但卻以木棉爲最佳。漆灰厚薄和細密的程度，關係著琴面是否吸聲和耐震，對琴音優劣至關重要。漆灰過密，則琴聲不佳；過鬆，則琴不耐震。而此琴採集深山中由霧所凝的水汽加以調拌而成，所以氣是活的。古琴都用鹿角灰調拌灰漆。鹿角灰是鹿角燒成的白色粉末，透氣性好，漆面磨過以後，點點鹿角灰藏藏露露，閃閃爍爍，十分耐看。有的古琴灰漆調拌金屑、銅屑，磨出的肌理更爲悅目。古琴繫爲扣弦的軫子，常常用玉石或象牙製做，琴面上的琴徽往往用蚌殼乃至金、銀鑲嵌。因此，每張古琴都是一件漆製藝術品。」

楊玉環說到這裏，已有些累了，但因爲興奮，臉腮緋紅，眾人見了，都在心裏豔羨這貴妃乃天生尤物，滿肚子才學。再看皇上，得意之情溢於言表，他看到身邊的宦官與宮女都被玉環的一番言談弄得目瞪口呆了，心下不免得意非常，見玉環說得興起，便命人端茶過來與楊玉環喝了。

那楊玉環輕啜了口茶，頓覺甘甜異常，因爲說了很多話，心胸也覺得十分通透，其實楊玉環並不是賣弄所學之人，只是人人都有自己的興趣愛好，既然說到了，話就顯得特別多而已，平時，楊玉環是決然不會說這麼多話的，可是既然開了話匣子，她就決定好好講一講這古琴。

稍息片刻，楊玉環接著講道：「古琴歷經風塵，漆面即形成裂碎紋，歲月愈久，斷紋愈多，發聲也更爲清越。因此，古琴鑒賞不以斷紋爲殘缺，而以琴有斷紋爲名貴，斷紋有許多講究。『梅花斷』斷紋呈圓形，攢簇如梅花頭，被評爲『非千餘載不能有』。灰漆較厚而年代久遠，則產生『蛇腹斷』，斷紋戴截琴面，間隔半寸至一寸，節節相似，有『大蛇腹斷』、『小蛇腹斷』，出現蛇腹斷的往往是古琴中之好琴，所以有『千金難買蛇腹斷』的說法。『流水斷』形似蛇腹斷而紋不平行，近似波紋。灰漆薄而堅固，則產生『牛毛斷』，斷紋纖細密集而均勻。還有龜紋斷、荷葉斷、冰裂斷、亂絲斷等等。斷紋的形狀和疏密，由木質、木紋、漆質、灰漆以及收縮與老化程度等多種因素決定。漆琴的製作不同於漆器。漆器胎骨用布糊裹，漆琴卻不用布。但一般琴面所塗灰漆厚於琴背，是因琴面受震大於琴背的緣故。所以，一琴之上可能出現幾種斷紋。故古琴琴身具有漆面斷紋已成爲名貴的標誌，故後世有用膠綳、火烤等方面造出假斷紋，以假亂真，但終究不是真品。」

「你們看這琴身，梅花斷、蛇腹斷、牛毛斷都在其上，而且每種斷紋仔細品味都能品出其形，這就實屬難得了。」

楊玉環說完，突然發覺大家都睜著眼睛看著她，四處不聞一聲，便以手掩嘴，方知眾人都已聽得呆了，不禁一抹胭紅爬上臉頰，覺得今兒話似乎比以前多了些，想到這裏便有些不好意思地低下頭來，玄宗面帶春風，一雙眼睛看著玉環，似喝了酒般地沉醉。

高力士今天所聞，都是新鮮至極的話語，不由得愈加覺得楊玉環之所以得到玄宗的寵幸，其實確是才學所至，不光憑那容貌的嬌美，貴妃對琴的一番見解，比起宮裏那太常寺中的侍樂之人，好像還更高明一些。不由得對那貴妃的尊敬又多了幾分，心上這樣想著，嘴上就說了出來。

「世人都知貴妃娘娘天生麗質，有傾國傾城之貌，哪裏知道貴妃還有世人所不知道的學識呢？如果世人知道了，都會說貴妃娘娘與皇上那可是郎才女貌，正所謂相得益彰，天造地設啊！」

這幾句馬屁拍得可有點過了，試想皇上都六十多歲了，而玉環才二十多歲，還談得上什麼相當呢。但楊玉環和玄宗聽了，卻覺得十分受用，嘴裏不禁哈哈笑道：「好了，力士，你就不要瞎誇了，再誇就有點諛君了。」

高力士乘著高興，對楊玉環說：「貴妃，既有神琴，何不撫上一曲？也讓我等飽飽耳福。」眾內侍聽了一齊叫好，楊玉環也是興之所至，當下不再推卻，命人續燃一柱檀香，等到檀香入鼻，眾人都凝神靜氣，只見貴妃纖纖如蔥的玉指從寬大的袖子裏伸出來，再輕盈地落在琴弦上，一剎間如一泓泉水，清澈琮琮的琴聲便響在耳邊，既有溫潤如玉、高山流水之感；又似高聳入雲的山峰上的薄霧，彷彿溪水在春天來臨之前的解凍之聲由四處傳來，眾人都覺得好像有一種乍涼還暖的東西從頭上忽的一下澆落下來，整個心上，整個身上，從左至右，從右至左，從身心到肺腑，都被安撫得舒泰無比，頓覺人世間的喧囂都離得極遠，再也沒有了煩惱苦憂。

貴妃的琴聲停了好一會兒，眾人才知曲已終，曲已終而情未了，還似縈繞在大殿之間，一時間，都呆住了。等反應過來，才爲楊玉環的琴藝所折服，齊聲叫好。

只有那玄宗聽得真切，知道貴妃所撫之曲，乃是他的得意之作——〈凌波曲〉，愈加體會到此曲中蘊藏著的一份情誼。

眾人還傻等在那兒等著餘下故事，卻見高力士慢慢對他們招手，一時間都明白此時他們都應該從玄宗與貴妃身邊消失了，於是都悄悄退出門外。

玄宗看到身邊除了楊玉環一人之外，再無外人之時，一時間都各自明白眾人成人之美的心思，立即紅了臉，玄宗當然知道貴妃想起了什麼，朗然一笑道：「貴妃娘娘此時想起了什麼啊？」楊玉環聽到玄宗如此調侃，再也忍不住害羞，順勢倚到玄宗的身上。

此時，窗外的連理樹已結了很多細小的花蕊了。

接到古琴的第二天，皇上與楊玉環把李林甫喊進宮來，對他的獻琴當面的感謝。這有點出乎李林甫的意料，在此之前，他給皇上進獻過多少奇珍異玩，但皇上都是淡淡地接受了，他揣摸皇上的心意，又爲皇上做過多少不好言明的事，皇上也未像今天這樣如此開顏，想不到一張古琴竟讓皇上如此高興，竟在宮中擺宴單獨來請他。這怎不讓他奇怪。

酒過三巡後，玄宗先是把李林甫好好誇讚了一番，然後又把古琴好好誇了一番，最後問李林甫是如何得到這把古琴的。

這個問題把李林甫問愣了，因爲他只顧得意，事先竟沒有想到皇上會問這個問題。他暗暗懊悔之餘，只好把這把琴的來由如實講給皇上聽，但他隱瞞了是安祿山送給他的禮物，說成是安祿山進獻給皇上的。

「噢，安祿山除了會統兵打仗外，還有著如此雅興，替朕尋找到這把好琴，看來，安祿山很爲朕著想啊。」

「是的，臣聽說安祿山節度使對皇上一片忠心，只要皇上喜好的，他都竭盡所能地辦到。」李林甫乘機也賣個人情，不辜負平日收了安祿山那麼多的禮物。

「李愛卿，安祿山既是一個勇猛剛強的武人，又難得有著如此雅量，朕倒很想見一見他。」

「我聽說安祿山節度使也早想進京而見聖上，叩拜聖恩。這都是皇上英明之舉，讓胡人當上節度使，才使得他們肝腦塗地，一心效忠的啊。」

玄宗被李林甫這兩句話捧得暈乎乎的。於是下詔，讓安祿山進京面駕。

安祿山接詔後，心中興奮異常，想不到短短時間內，好運不斷，先是榮升爲范陽、平盧兩鎮節度使，外兼兩頤和園、渤海、黑水四經略使；現在，皇上又親自下詔讓他進京面聖。如果說前一個是實際權力的擴充外，那麼後一個就是無比的榮耀。試想，可不是哪一個人都有這種榮耀的，這說明他已經被皇上所注意，所喜歡，所寵愛。那以後的路只會愈走愈寬廣。

長安的秋天，碩果累累，街市鼎沸，一片升平景象，景象的繁榮自然不是范陽邊庭所能相比。這些年來，安祿山變了，京城長安也變了。安祿山變富態了，長安變得更繁華了。不過，上次來，安祿山也沒有心情看景。此次就不同了，他是進京面聖，心情輕鬆。安祿山入得京師，立即就向吏部遞交了奏章，餘下的就是等待皇上的召見了。

在等候皇上接見的日子裏，安祿山準備先去拜訪一下宰相李林甫的，但李林甫已經托人帶話給他，此時最好不見，免得有人說他們將相勾結。安祿山聽此一說，才沒有去拜訪宰相。

終於到了皇上要接見安祿山的日子了，這天，他早早來到宮外等候。在宮門外別的官員們見安祿山肥碩無比，塊頭魁梧，心中都暗暗稱奇，但也有不知安祿山什麼來頭，暗自竊笑他的身體。安祿山也不管，見那些官員裏面並無熟悉之人，也不搭訕。

到了時辰，宮門悄然洞開，出來一個面色蒼白，毫無表情，面白無鬚的宦臣，眾人都噤了聲。只見宦官細著嗓子高聲對官員說道：「宣范陽、平盧節度使安祿山見駕！」安祿山趕緊應了，便跟著宦官一道入宮，眾人聽到此人便是安祿山，都道人不可貌相。

須臾，宦官將安祿山領到一座金碧輝煌的大殿前，不一會兒，便從殿內傳出宣安祿山進殿的號子。

安祿山趕緊拍拍衣服袖子，其實這是新作的朝服，哪裏又能髒了，這只是安祿山對皇帝的敬畏之心使然罷了，安祿山想到很多年前曾見過玄宗一面，那時他還是一個罪臣之身，玄宗免掉他的死罪後，安祿山無數次在心裏感謝過玄宗皇帝對他的寬大，這許多年過去，雖然時常接到聖上對他的賜封，但是對於玄宗的面容，安祿山竟然心裏也是一團模糊了。

安祿山走上臺階，進入殿門，他不敢抬頭，眼角餘光遠遠瞥見有一人端坐在一座寬大的椅子上面，心想這便是當今聖上了。殿內靜寂無聲，沈默如山一樣朝安祿山壓過來，安祿山在這種氣氛當中愈加緊張起來，但此時，已容不得他再想什麼，他走上前去，對著殿內正中高高在上的那團暗影深深伏下身去，口中高呼：「臣安祿山叩見皇上，願吾皇萬歲萬歲萬萬歲。」

玄宗眼見一人低首朝他而來，因爲光線的關係，看得不很真切，卻見這人似不像多年前看到那個高大魁梧英姿颯爽的將軍，倒像一個發了橫財的豪紳，看到安祿山肉團一樣伏在地上的樣子，玄宗心裏不由得有一點失望。

「安愛卿平身。」

安祿山謝過恩，雙手垂立在一旁，等著玄宗問話。

玄宗照例還是問著一些安祿山能夠對答的那些軍中之事，對於這些事體，安祿山那是再也熟悉不過，於是原原本本、條理清晰地全奏與玄宗說了。玄宗聽著，覺得這安祿山奏事條理清晰，口齒簡潔清楚，而且神態極爲從容，失望的感覺使淡了一點。

接著他又問道：「安愛卿吃過了嗎？」

安祿山原本以爲玄宗又要問出什麼話來，正在心裏仔細對答，沒想到玄宗會問他這個，一時急道：「回皇上的話，臣昨日高興，吃得飽了些，今日知道聖上要見我，心裏一高興，連準備的早餐也忘了吃。」

玄宗聽道，哂然一笑，頓覺這安祿山直爽純樸得可愛，自己本是草草一問，他卻是認真一答，便命人給安祿山賜食，不一會兒，宦官端了一些早點小吃呈與安祿山。安祿山也不稱謝，三下五除二將那些東西全下了肚。玄宗在龍椅上看著好笑，便道：「飽了嗎？」

安祿山答道：「謝皇上，臣已經飽了。」模樣甚是憨厚老實。

對話中間，安祿山已經抬起頭來。他看到皇上臉色紅潤，不像是六十多歲的老人，精神很好，特別是那雙眼睛，慈和中又透出一股威嚴，讓人不敢仰視。

玄宗已經多年沒有在宮中看到這樣說話做事都由心而生的人了，當下便高興起來，問安祿山一路來京，路上可曾遇到什麼奇異之事，講來聽聽。

安祿山似乎未加思索就講了一個奇事，說他來京時，營州正逢蟲害，蝗蟲幾乎都要把禾苗吃光了。他見了這種情景，是憂心如焚，焚香祝天說：「若是臣居心不正，事君不忠，願意讓蟲食臣心，而不要讓蟲食禾苗，侵害到百姓。如果不是這樣，那麼希望神祇把蟲驅散去吧。」祝禱剛完，即刻有群鳥從北方飛來，把遍地蝗蟲吃得精光。還說，此事確鑿，當地史官記有此事。

這本是獻媚拍馬屁的話，但安祿山神情間絲毫沒有那種諂媚的表情，好像煞有其事似的，又像他真的很愚呆，也不知這是拍馬屁的話。這一點把玄宗給蒙住了，他心裏暗暗誇讚安祿山對己的忠心。

其實外愚內精的安祿山要的就是這種效果。他的目的達到了。

此次召見甚歡，玄宗賞給了安祿山許多禮物。安祿山謝過皇上，然後從懷裏掏出一物捧在手上對玄宗說：「臣有一物要獻皇上。」

安祿山手持的乃是他母親自小送給他的家傳之物，來自於波斯的一塊稀世之玉，安祿山自小便將它保存著，時刻貼身而帶，從來沒有丟棄過，足見安祿山對它的珍愛。

玄宗很奇怪，便問何故。安祿山此時眼圈突然一紅，想起了自己的母親，便對玄宗道：「多年前，臣打了敗仗，臣當時犯的是死罪，然而皇上沒有殺我，赦免了我的死罪，我回到平盧後，母親對我說，你的這條命是皇上給的，以後無論如何，都要記著這份皇恩。當時臣是罪臣，對於皇上的不殺之恩自然十分感謝，那年便想將這塊家傳之玉獻給皇上，可想著皇上富甲天下，豈會稀罕一塊古玉，於是便一直放在心裏，今兒見到皇上，臣忽然想起舊事，不能自持，看到皇上這麼謙和平易，臣便斗膽拿出這玉，想在今日了卻這份心願。」說著將那波斯之玉舉過頭頂，眼淚卻不爭氣地滴到地上。

玄宗在龍椅上看得真切，心裏十分感動，安祿山的話又將玄宗的思緒拉到對往昔的懷念之中。玄宗心想：難得安祿山還記得這些，也難得他竟然還是個孝子，便命人接了。又對安祿山安慰幾句，這才讓安祿山退下。

安祿山謝過聖上，揩乾眼淚，隨太監出了宮門。他沒想到今日見到皇上這麼動情，他覺得人人害怕的皇上其實十分親切，正是因爲有了這種親切感，所以安祿山才將平時心裏想的話毫無拘束地對著玄宗說了，而玄宗居然沒有怪罪於他，反而好像對他頗有好感似的，還叫明兒再入宮去呢。

安祿山回到舍館，心裏還興奮不已。今天面見皇上，收穫不小。憑著自己的一張巧嘴，哄得皇上滿心喜歡，這怎不令他高興。他給皇上說自己臨來在營州禱祝除蟲，是有這麼一回事，但那是自己故意那樣做的，還讓隨行史官記下來，就是預備著來講給皇上聽的。未講前，還心中敲鼓，怕自己這種太過明顯的奉承會讓皇上厭惡，哪知效果好得出奇，皇上不僅不厭惡，還特別愛聽。

這下，安祿山知道應該在皇上面前擺出一種什麼姿態了。通過這次面君，他對皇上也有了個大致了解。以前只知道皇上是高高在上的，是神聖不可侵犯的，雖然十年前，他以罪囚之身遙看過，但那是敬畏地看。現在不同了，今天一見，拉近了他與皇上間的距離，他覺得皇上是可親的，就像一個常見的老人，與他之間沒有等級，甚至尊卑都沒有，讓他放鬆。敬畏之感雖少了，但親近之心大增。

接下來的日子，安祿山就靜等皇上第二次的召見了。其間，他去拜訪了宰相李林甫。

在此之前，安祿山從來沒有見過這位李大人，不過知道他在朝中說一不二，權傾朝野，爲相十幾年來，深得皇上寵信，是翻手爲雲，覆手爲雨的人物。因此，他年年派人攜帶重禮來京，投送他的門下。因此，兩人之間的交情雖未謀面卻不一般。這下，他們就要見面了。安祿山到了李林甫府上，見到了久聞大名的宰相大人。但一見之下，安祿山有些失望，他難以把印象中的那位位高權重的宰相大人與面前這麼一個乾瘦的小老頭聯繫起來，怎麼看，他也不過只是個乾癟老人，甚至神情萎縮，獐頭鼠目，哪裏有讓人望而生畏的威武之相。該不是那些事都是別人瞎編嚇唬他的。

安祿山的失望表現在了臉上，他收起了那份開始時的恭敬謹慎，變得神態自如，甚至有點言語傲慢了。他實在想不出眼前的這個骨瘦如柴的小老頭，哪裏有那麼大能力把持朝政達十年之久，他甚至想，如果他在朝中的話，李林甫豈是他的對手。

老謀深算的李林甫表面不動聲色，把安祿山這種前恭後倨的態度變化記在心裏，他想，你這個胡種，要不是我，你能當上節度使，被皇上召見。對此你不感恩圖報，還神情傲慢，太不把我放在眼裏了。要不是看在你還有一點用的份上，遲早讓你知道我的手段。李林甫決定找機會對安祿山旁敲側擊一下，告誡他不要太過囂張，才見一點世面，就不把天下人放在眼裏了。

幾天後，皇上又召見了安祿山。不過，這次與上次不同的是，此次召見是在興慶宮的勤政樓，召他赴一個小小的宴會。這又有點特別恩寵的意思。

安祿山這天精心打扮一番，重新換過一套鮮豔衣裳，渾身收拾得清清爽爽。但再怎麼收拾，他的那個碩大的肚子卻無法縮小一寸，這讓他懊喪不已。不知怎麼搞的，他身為一個帶兵打仗的武將，常年也在馬上馳騁，卻長了一個常人不及的大腹。這個大腹不是一般的大，如果不用帶子往上緊緊兜著，任其下垂，它會垂到膝蓋以下，連走路都不方便。平日騎馬，他把大腹往馬鞍上一搭，別人看了都以為他是整個人趴在馬鞍上。

聽說今天這個宴會，皇上最寵愛的楊貴妃也會參加，安祿山不知怎麼的，硬是把他的大腹又往上勒了勒。難道他還怕把楊貴妃給嚇著不成。

入得宮來，面見過皇上後，安祿山就坐到專為他準備的短桌前，蹺腿而坐。他看到，參加宴會的人並不多，除了幾個大臣外，還有三個美貌如花的女人。她們打扮得花團錦簇，香飄十里。他不知道，她們就是貴妃娘娘的大姐韓國夫人，二姐秦國夫人和三姐虢國夫人。

李林甫也在座。安祿山與他只是點了點頭，算是打了招呼。

安祿山坐定後，這才抬起眼向上看去。忽然他的眼睛一亮，原來他看到皇上的身邊坐著一個美貌無比的女子。她並排和皇上坐在一起，歡笑嬌豔，神情嫵媚，風情不可名狀。

安祿山想她定是楊貴妃無疑了。因此，他不免偷偷多看了兩眼。他看到楊貴妃正如人們所傳言的那樣，貌美如花，嬌豔逼人。她坐在那裏，就像一輪明月光彩照人，渾身散發出一股柔和的光芒，讓你的目光又想看她，又不敢看她。他第一次知道，真正的美是讓人不敢看的。

而此時，楊玉環也在看著安祿山，她想看看尋找到那張名貴古琴的到底是什麼樣的人。她看到安祿山雖身穿豔服，但臉色黝黑，華麗的衣裳掩蓋不住他一副粗人的相貌，特別是他的肚子，其大無比，坐在那裏，肚子就像一堆肉癱在面前。她實在難以想到，就是這樣一個粗俗之人，卻有著愛琴的雅興。看到這裏，她掩口一笑。

玄宗問她笑什麼。楊玉環用手指了指安祿山的肚子。玄宗也笑了。他竟然問道：「安愛卿，你真是大腹便便啊，不知肚子裏都裝著什麼啊？」

這不像皇帝問的話，簡直就是鄰翁之間的玩笑。安祿山已經注意到楊貴妃開始對他的肚子指指戳戳，正在難為情之時，忽聽到皇上有此一問。他連忙站起來，答道：「回陛下，別的東西沒有，只有一顆忠心罷了。」

這話答得好，回得妙。引得皇上哈哈大笑。安祿山也為自己這樣機巧的回答而得意。玄宗連連說：「好好，一顆忠心。來，朕賞你一杯酒。」

安祿山接酒一飲而盡。

隨後小型宴樂開始了。安祿山只見一隊宮女盛妝而入，隨樂起舞，倩姿翩翩，悅人耳目。久居塞外的安祿山何曾見過這樣雍容華貴的場景，當時就瞧呆了。在他眼裏，這些宮女都是那麼漂亮美貌，舞姿之輕曼，歌喉之婉轉，是他從未所見。旁邊虢國夫人看安祿山那副癡呆入迷的樣子，不禁暗自好笑，悄悄告訴他，這是皇上親自編排的歌舞，名字叫〈霓裳羽衣曲〉。聽說是皇上親自編排的歌舞，安祿山看得更投入了，不等曲終，竟揚起兩個大手掌「啪啪」拍了起來，一邊拍還一邊叫道：「好看，好看，太好看了，這簡直就是月宮中的仙女在舞。」

安祿山這個舉動雖有點無禮，但他這句話正誇到了皇上的心坎上。玄宗想，連這個粗人都能領略到此舞中的神韻，從中看到我編排此舞時心中所想，可見〈霓裳羽衣曲〉的確不錯，不覺龍顏大悅，笑著問道：「安愛卿，你也懂得舞蹈嗎？」

安祿山連忙站起來說：「回陛下，臣是一介武夫，對舞蹈一竅不通，只是剛才看了這段舞蹈，只覺得像是身在仙境中一般，那些宮女又像是一隻隻仙鶴在飛一樣。臣孤陋寡聞，讓陛下見笑了。」

安祿山可不是孤陋寡聞，他聽虢國夫人跟他說，此舞是皇上所創，又叫什麼〈霓裳羽衣曲〉，想必是跟仙境飛鶴相關的吧，因此，他才有此一說。

玄宗聽了，果然大為高興。這番話如果由一個精通歌舞的人說出來，他還可能認為是奉承，由粗人安祿山嘴裏講來，效果就不同了，說明此舞確實展現了自己心中所想表達的仙境。歌舞剛罷，突然，安祿山聽到一陣泠泠琴聲。琴聲入耳，安祿山全身一震，他循著琴聲望去，只見楊貴妃端坐在一張古琴前，凝神靜思，玉手輕撫，悅耳的琴聲正是她所彈奏出來的。

此情此景，讓安祿山心馳神往，為之心醉。琴聲悠揚，佳麗可人，玉指纖纖，如撥心弦。他陶醉了。他也看到，楊貴妃所彈的琴正是他獻給李林甫的古琴，此琴如何會到了宮中，他滿腹疑竇。

一曲撫罷，安祿山還沒有醒過來。他聽到楊貴妃說：「安將軍，請問你這張古琴是如何得來的？」如何得來的？安祿山也在心裏這樣問自己。他像突然忘了這張古琴還與他有關，他猛搖了一下腦袋，才想起，這張古琴是從別人手裏搶來的。但他可不敢這樣說。他滿臉懵懂地站起來，似乎還在問自己：這張琴是如何來的？安祿山暗咬了自己舌頭一下，讓自己徹底醒過來，急切中胡編道：「啊，是這樣的。有一天晚上，臣睡不著覺，在范陽城中信步閒逛，當逛到一處破敗的宅院時，忽聽到從裏面傳來一陣若有若無的琴聲，於是臣大著膽子進去，就看到這張古琴。可是，讓臣疑惑的是，當時並沒有人在，哪裏傳出的琴聲呢？」

「啊，當時一定是個月圓之夜，是不是？」楊玉環這樣叫道。

「哎，對對對，當時正是月圓之夜，月光正照在這張琴上。」其實哪是什麼月圓之夜，根本就沒有這回事，但安祿山見楊貴妃這樣說，心想，這必與月亮有關，就順著講了。

「這就對了，聽說，這張琴只要月光照在上面，就會自行發出琴聲。果然是這樣。」

「啊，原來是這樣，當時臣並不知曉，還嚇了一跳，以爲是什麼狐仙呢。最後想，此琴無人自奏，一定有些名堂，就把它抱了回去。常話說寶刀贈壯士，名琴贈美人，這張琴獻給貴妃，也是物得其所啊。」

從來沒聽說過什麼「寶刀贈壯士，名琴贈美人」這話，但這話經安祿山這樣一胡謅，楊玉環聽了甚覺入耳，不禁笑了起來。

也許是遇到了安祿山這個外表忠厚愚癡的人，幾句話一逗，宴會的氣氛熱烈又高漲，與過去相比，從未有過的熱鬧。楊玉環也下場跳了一段曼舞。

楊玉環的美貌令安祿山垂涎，楊玉環的舞姿更讓他神不守舍。安祿山的眼裏，楊玉環簡直不是在跳舞，是在雲中漫步，是在花間徜徉，說不出的風情萬種，道不完的風韻神采。他看得目也直了，眼也花了。在他眼裏，楊玉環稍顯豐腴的身體一點也不累贅，卻是那樣輕盈活潑，扭身轉腰，宛如行雲流水，雲舒水瀉。隨著楊玉環的起起落落，安祿山只覺得自己心裏有一根線被她牽著一樣，也隨之上上下下，說不出的舒服暢快。直到楊玉環收勢回坐，他還久久盯著場中，還在回味她的倩影美姿。

「安愛卿，你覺得貴妃舞得如何？」

皇上的一句話，把安祿山從夢中驚醒，他「啊」了一聲才似醒來，忙不迭口地誇道：「美，美，太美了。臣今天真是大開眼界。貴妃前世一定是天上仙女，不然哪能跳得這樣好。」

這席話又引起一片笑聲。要是放著別人絕不敢這樣講話，要是講了皇上也非怪罪不可。但安祿山不同，他是胡人，在玄宗的心目中，他遠離中原，禮儀疏忽，似乎就應該這樣講話才對，雖然粗俗，但直率坦陳，別有一股讓人喜歡的味道。

笑聲還未落，安祿山又說道：「陛下，看了貴妃的舞姿，臣也請舞一曲，爲陛下和貴妃添樂。」

「噢，安愛卿也會跳舞嗎？你會跳什麼舞？」

「臣請為陛下和貴妃娘娘跳一曲胡旋舞。」

安祿山這話才一出口，引起的笑聲更大了。大家沒有想到他會自請跳胡旋舞。胡旋舞從來要求舞者輕盈靈巧，好快速旋轉，他這樣一個大胖子，要是跳起胡旋舞來，不知是個什麼樣子。

楊玉環笑得花枝亂顫，她作為一個胡旋舞高手，實在難以想像安祿山若是跳起此舞來，會滑稽到何樣。

「好好，安愛卿就請下場表演吧。」

安祿山站起來，把腰間皮帶又緊了緊，好讓大肚子往上提提。皇上命樂師奏一段旋律快的樂曲。只見安祿山走到場內，先是輕抬手臂，緩伸兩足，從慢拍開始入舞。

看了安祿山開頭兩個動作，楊玉環心裏有了點興趣。原來她從他這幾個不經意的動作中看出安祿山是有舞蹈功底的，這兩下動作，不僅暗合音樂節拍，還有著經常跳舞的嫻熟。唯一不協調的是他過大的肚子，他一動起來，不像是他一個人在舞，像是他在抱著一個大圓球在舞。這讓她忍俊不禁。

隨著音樂節拍的加快，安祿山也快速旋轉起來。開始大家還能看到他轉動的身影，慢慢地，他的身影愈來愈快，愈來愈模糊，最後就像一隻陀螺在場中旋轉，他的頭和臉，包括那個大肚子全都看不到了。安祿山畢竟有著胡人的血統，善舞胡旋彷彿是他與生俱來的天賦。

大家全都站了起來。楊玉環作為行家，她更能看出其中的名堂。她發現安祿山已經盡得胡旋舞精髓，不僅舞得快，還與音樂節拍絲絲入扣，在步伐與節奏上隨著音樂而做著微小的調動，不是明眼人根本就看不出來。外人看來，此時的安祿山已成一團灰影，只有楊玉環看得出，安祿山在舞動中，他的手臂和雙足同時在做著花樣的變動，這就是外人看到的灰影忽大忽小的原因。

一曲舞罷，安祿山凝立在場中，氣不喘心不跳，只是臉上稍見紅色，神采飛揚。全場響起掌聲，其中尤以楊玉環的最響。她以前自以爲自己的胡旋舞獨一無二，無人可出其右，今天看來，安祿山的胡旋舞比她的還好。她不禁問道：「安將軍，你的胡旋舞從哪裏學來的？」

「回貴妃娘娘，臣沒有跟誰學過，我們那裏人人都跳，臣見得多了，不免模仿著跳幾下。跳得不好，讓貴妃娘娘和陛下見笑了。」

范陽作爲邊廷，與胡人接觸的多，會跳胡旋舞的人多，這話不假，但要說人人會跳，並人人跳得好，這話不實。安祿山對胡旋舞癡迷過，他覺得此舞與那些靡靡之樂的曼舞不同，它能強身健體，顯出男兒風采。就是在范陽，他也可算是此中高手。

「好，你跳得太出色了。安愛卿還不知道吧，貴妃也是此中高手呢。」

「啊，那我真是班門弄斧了，還請貴妃娘娘多加指點。」

「安將軍不須客氣，你的胡旋舞可比我跳得好多了，有空還要請你多加指點呢。」楊玉環真心地說。

「豈敢，貴妃娘娘一定跳得比臣好，只是要誇獎臣才這樣說的。」

「你們各有千秋，安愛卿有安愛卿的高明處，貴妃也有貴妃的妙處，各有不同吧。」最後，玄宗這樣說道。

正在這樣鬧時，忽見遠遠走來一人，身材頎長，但神情萎靡，看上去就像一天沒吃飯的樣子。眾人認出那是太子李亨，都紛紛起身迎接。

李亨對眾人點一點頭，算是知道了，於是對著玄宗道：「孩兒叩見父皇和貴妃娘娘。」

玄宗應了，對他說：「有些日子沒見你了，做些什麼呢？」

李亨答道：「孩兒這幾天讀曹丕的詩呢。」

李亨說的是實話，玄宗知道，其實李亨不說，玄宗也知道他在做什麼，雖然他年歲已經增大，可是對這個太子李亨他還是有所防範的，玄宗在李亨身邊安插了耳目，目的是防止李亨覬覦皇權。

玄宗的這種擔心十分正常，凡是做皇帝的，最關心的事務便是自己皇權的穩定與否，玄宗在立太子的這件事上已經有所反覆了，先是立了李瑛爲太子，後又因武惠妃而改變主意，本想立壽王爲太子，但壽王爲人太過謙和，武惠妃死後，玄宗思慮再三，將李亨列入計畫，因爲李亨爲人深沉，喜怒不流於形色，做事得體，而且學習十分用功，故玄宗最後看上了他。玄宗立李亨爲太子後，曾經派人觀察了李亨一段時間，發現李亨並沒有與一些可疑人等交往，於是便放下心來。

其實李亨是個聰明人，他知道玄宗以後的皇位是他的，可是他唯一擔心的便是，皇上看起來身體十分硬朗，還不知道能在皇位上待多久呢，可是李亨對此是沒有辦法的，他只有等待著玄宗的身體老去，反正以後的皇位也還是他的，他急又有什麼用呢，李亨想：有些事情，欲速則不達，現在皇上身體十分好，但身邊的勢力又沒有完全建立起來，況且現在的時機並不成熟，他並不急於一時，於是平日裏儘量裝作一副順從玄宗的樣子，對於目前這種情況來說，這是最好的辦法了。

前一陣他企圖結交朝中大臣和邊疆大吏，培植自己的勢力，結果都被可惡的李林甫察覺，讓御史在皇上面前告了他一狀。結果皇甫唯明和韋堅開始被貶，後又被殺，王忠嗣還沒與他聯繫，只是小時與他在一起遊玩過，就身處嫌疑，貶官漢陽。現在他是再不敢輕舉妄動的了，只靜靜地等待著父皇千秋萬歲後，他再登龍廷。哼，等到他一旦登上龍廷，這些屑小群醜，他一定要好好收拾他們。

李亨用眼在眾大臣面前逡巡了一下，發現在座的，竟然有個從未謀面的生人，剛才諸大臣向他行禮之時，李亨就注意到這個大臣毫無反應，既不對他招呼，也不對他行禮，不免多看了他兩眼。從他的裝束來看，似乎是個將軍。

安祿山從沒見過太子，剛才見眾人都向他行禮，不知他是什麼來頭，就坐著沒動。待聽到他與皇上間的對答，才知道他就是東宮太子，不免大吃一驚，想要行禮，已經來不及了。於是他索性坐著不動，同時肚子裏那顆心也像在跳胡旋舞一樣，急速旋轉起來，要旋出一個能彌補的方法。

正思量著，只聽左右隨從對安祿山喝道：「你見了太子怎麼不拜呢？」

安祿山正沉浸在自己的心事裏，猛聽到別人這樣說，像不知道出了什麼事一樣，抬起頭來，看到眾大臣一齊向他瞅著。但他的臉上顯出一片迷惑。

安祿山見了太子不拜，這是非常嚴重的失禮的行爲，這種事情在宮裏還沒有發生過呢，所以當內侍發出呵叱時，大家都緊張地瞧著那看上去傻傻憨憨的安祿山，想看他怎麼反應。安祿山道：「是跟我說話嗎？」

此言一出，眾人都歎安祿山傻得可以，這樣的情況下，還可以問出這種話，也不知道這安祿山是真傻還是裝傻。

內侍道：「你見了太子殿下應該下跪行禮才是，爲什麼坐著不動呢？」

安祿山彷彿突然回過神來一樣，看看太子，又轉頭看看玄宗。

玄宗正饒有興趣的等著安祿山答話。安祿山於是問玄宗：「陛下，這殿下是什麼官啊？」

玄宗說：「殿下就是皇太子。」

安祿山聽玄宗如此說，仍然不解，又問玄宗：「我不知道宮中的禮儀，也不知道宮中官的大小，請問皇太子是個什麼官呢？」

聽到這句話，那些臉本來繃著的人，都露出了笑容，世上還有這樣笨的人，連皇太子是什麼樣的人都不知道。

於是，玄宗又給他解釋，「皇太子就是以後的皇帝，我百年之後，他會繼承我的帝位，就是以後的皇帝啊。」

安祿山聽到這裏，臉上露出恍然大悟的神情，但他並不害怕，而是說道：「愚臣只知道有皇上，不知有皇太子，我罪該萬死，請皇上降罪！」

說完又轉向李亨：「殿下你不要見怪，我從小就生長在邊關，對於宮裏的禮節一點兒也不清楚，請你原諒我的不敬。」

說罷做出萬不得已很不情願的樣子給太子施了一禮。一邊拜一邊說：「太子千萬不要怪罪臣的無知，祿山向來十分愚鈍，請太子恕罪。」

太子李亨這才知道，面前這個大腹便便之人，就是早有所聞的東北兩鎮節度使安祿山。他不知安祿山此番話是真是假，但見他對自己神態甚是倨傲，心中有點惱怒，又不好多說，只得說：「安將軍太客氣了。」

玄宗看到這種情景，莞爾一笑。安祿山的一席話讓他龍心竊喜，認為是他對己太過忠心所致。以致連太子是誰也搞不明白了。

安祿山就是再蠢，還不至蠢到連太子是何人都不知道的地步，他為了鞏固自己的地位和向上爬，不要說太子，就連一個小小的京官情況，他都熟悉得很呢。剛才的一番作為，不過是他臨時想出的。當他看到自己的一番表演博得了皇上的高興，他知道達到了目的。至於是不是得罪了太子，他就想不了那麼多了。反正太子是以後的皇帝，起碼現在還不是。

安祿山深深知道，如果大家都要他蠢，那他表現得愈蠢就愈能博得大家的好感，愈能得到大家的笑聲。那他就繼續裝蠢好了。一個人要變聰明很難，變蠢還不簡單嗎?不過，從某一方面說，裝蠢就是最聰明的表現，大智若愚嘛。這樣看來，他的智慧可比皇上和他身邊的人高多了。

安祿山今天的表演就像一枚小石子投入到平靜的水面上，蕩起了層層漣漪，只是不同的人心裏所起的波紋各有不同。

對玄宗來說，他從安祿山一系列的表演上看出了他對自己的忠誠。這是一個皇帝最需要的。他愚蠢癡直，但他會打仗，會帶兵，能把困擾著他的契丹趕得遠遠的。手有兵權的將軍，最易為聖上所忌，又想放手讓他指揮軍隊，隨意調遣，又怕他擁兵自重，無法管制，更怕他帶兵造反，或帶兵叛敵。今天，他看到安祿山對他的一番忠心表白，讓他放心了，覺得這才是一個皇帝渴望得到的將領。他心裏對安祿山的寵愛不覺又多了幾分。

同樣，安祿山今天也博得了楊玉環的好感，原來她以為安祿山只是一個粗人武夫，只知帶兵打仗，哪知還這樣風趣幽默，更出乎她意料的是，安祿山還跳得那樣好的胡旋舞，這就不簡單了。

太子李亨呢，他對這位安節度使暗暗著惱，他憑一種本能感覺到他在說假話，什麼不知太子為何官，試問天下有幾個不知太子為何官的人，太子也不是只在本朝出現過，連民間百姓都知道的事，他能不知道?他說假話，除了想向父皇表白忠心外，太子李亨還看到，安祿山有點輕視自己。這讓他不能忍受。

對這一切最看得清的也許只有李林甫一人，也許同為老謀深算之人，能互相從對方身上聞到自己的氣味，他一眼就看出了安祿山虛偽作假的一面。什麼肚子裏只有一顆忠心，不知道太子為何官，全是假裝出來的。不過，李林甫也不能不佩服安祿山的聰明，把對皇上奉承之意表達得這樣活靈活現，用一副愚蠢的面目展現，確實是他李林甫歎為觀止的。

從這事上，李林甫也看到了皇上的昏憒，試想，安祿山既能做到節度使，怎麼會對官銜名稱愚蠢到這種地步，這種連三歲小孩也唬弄不過去的話，皇上竟然聽了很受用。皇上不知道，李林甫可是知道的，安祿山雖身在邊關，但他在京師長年派了幾個幕僚，朝廷間的一舉一動立即傳送給他，他對朝中的動靜一點也不比京官了解得少，就憑近來他與太子間的爭鬥，安祿山當然也知道太子是何人了。

但讓李林甫百思不得其解的是，安祿山這樣做，固然博得了皇上一時歡心，但無意中也把太子得罪了。太子可不是一般人敢得罪的，他由於一開始的原因與太子結了怨，那是沒有辦法的事，如果沒有從前幫助武惠妃立壽王爲太子的事，他肯定不會得罪太子的，誰願與自己的未來過不去呢。而他安祿山並沒有這種歷史，應該巴結太子才對啊。

李林甫不明白安祿山心裏的所想，但安祿山如此傲慢無禮於太子，這讓他感到高興，起碼因爲這個目的，他與安祿山也是同一戰壕的了。

正如李林甫所說，安祿山不應該得罪太子的，這也是他事後有些懊喪的地方。他並不像表現的那樣，不知太子是何方人物，恰恰相反，他心裏對太子是什麼樣的角色很清楚，那他爲什麼還會那樣輕視太子呢？這也許是他內心的驕傲所致。

別看安祿山在皇上面前表現得忠厚憨直，其實他是一個非常驕傲的人，在內心裏，他看不起任何人。李林甫與太子間的鬥爭，他的幕僚都一五一十地通報給了他，讓他知道太子在與李林甫的鬥爭中一再敗北，其實是個懦弱無能的人。由此，他輕視太子，並在第一次見面時就表現了出來。

當他那樣做時，他發現太子的眼中只是隱隱閃過一絲怒意，隨即又消散無形，神情重又回到恭敬謹慎中去。這讓他得以有機會觀察到太子的性格，那就是懦弱可欺。

不過，事後，安祿山覺得他不應該那麼做，何必沒緣由地得罪太子呢？這對他又有什麼好處呢？應該講一點好處也沒有，壞處倒大大有的，那就是等太子登基時，他的日子就不好過了。不管它，看樣子，皇上身體硬朗，至少還有十年才會退位，到那時說不準會有什麼變化呢。想到這裏，安祿山心裏的傲氣又冒了出來。

宴會結束時，皇上對與會群臣都給予了賞賜，給安祿山的特別豐厚。安祿山當即上前跪倒，高聲謝恩，但他與旁人不同的是，他的謝恩聲裏把貴妃也包括了進去：「臣安祿山謝皇上和貴妃娘娘。」

楊玉環聽著安祿山的謝恩聲，突然腦子裏一閃，她不自禁地喃喃道：「安祿山，安祿山。」隨即大聲說，「你叫安祿山？」

安祿山抬起頭，疑惑地望著貴妃，不知她何以突然問他這個問題，難道她到現在才知道我叫安祿山嗎？不過，他還是老老實實地回答道：「臣安祿山叩謝貴妃娘娘。」

「噢，那麼你真是安祿山了？」

安祿山更糊塗了，不知貴妃何以一而再，再而三問這個問題。他只能乾瞪著眼睛。這次他不是裝呆，而是真糊塗了。

「安將軍，我問你，以前你是不是有一個好朋友，姓公孫的？」

安祿山想，我的朋友很多，也許是有姓公孫的吧。

楊玉環見他還未明白，就急著說：「啊呀，他有一個女兒，名叫公孫大娘，從小與你的兒子訂了親的！」

經楊玉環這樣一提醒，安祿山想起來了，好像是有這麼一回事，可這事已經過去許多年了，聽說那位姓公孫的朋友已經過世，何以楊貴妃也知道這件事。

「安將軍，你還不知道吧，那位公孫大娘現在就在京城長安，她正在到處找你呢。」

「找我？找我做什麼？」安祿山疑惑地問。

「找你，和你兒子成親啊。」

「怎麼，公孫大娘還沒有成親嗎？啊，這有不少年了啊！」

「這些年來，公孫大娘推卻了許多人的說媒，就是要找到你家公子啊。這下好了，她終於如願以償了。」

「可，可，犬子已經成家多年了呀！」

「什麼？你家犬子已經成家了，豈有此理，人家在苦苦等著他，他竟然不等公孫大娘，當初不是說好的嗎？」

別人自謙把自己的孩子叫作「犬子」，楊玉環不明就裏，也跟著「犬子犬子」地喊起來，聽得人差點笑出聲來。

玄宗看這樣攪下去說不清了，輕聲提醒楊玉環說：「玉環，人家的家事，你就不要操心了。」聽玄宗這樣一說，楊玉環才閉了嘴。但她爲公孫大娘抱不平，心想：太不像話，人家等著他，他卻不等人家。

從宮中回來後，安祿山感到皇上對他的喜愛又增進了一層，他心中得意，嘴裏不禁哼上了小調，正在此時，門人來報，他的奏記官高尚到了。

安祿山一聽他的奏記官來了，連忙請他進來相見。

這高尚是何許人，安祿山對他如此器重？原來安祿山雖一介武夫，但他頗有心計，知道要想打勝仗就要像書上說的「知己知彼，百戰不殆」，如何知己知彼呢？他所能做的就是加派間諜深入敵方陣營不斷收集敵方情報，這固然是一種方法，但日子久了，安祿山發現這種方法因爲用得頻繁和古老，已被對方防範，有時還會借機讓間諜帶回來一些錯誤的情報，導致軍事行動失敗。要想保證能打勝仗，安祿山覺得身邊不能少了那些讀書人。安祿山看不起這個，看不起那個，可他卻不敢看不起讀書人，他覺得那些讀書人能給他出謀劃策，往往能讓他出奇制勝打敗敵人。有些計策他聽都沒聽過，而一用起來卻有神效。

安祿山胸無半點文墨，但因爲他禮遇讀書人，給予的獎賞特別豐厚，許多有本事的讀書人都不遠萬里來投奔他，所以他的身邊聚集了不少有才智的人。高尚就是其中一個。

高尚原來叫高不危，也算是個相當有才學的人，但爲人刻薄，心胸狹隘，只因幾次考試都沒有中舉，於是便疑大唐考試有弊，跟他過不去，一氣之下，斷了入仕的心念，整日交朋會友，過了一段很是荒唐的日子，前些年聽說安祿山是個非常善於打仗的人，只是於讀書之道並不精通，於是便求人引薦到安祿山的幕府上做了安祿山的幕僚。高尚忌恨朝廷對他不公，覺得自己是個被埋沒的人才，投靠安祿山本是一時之想，並沒有打算久留，但到了安祿山的軍營後，見安祿山爲人十分豪爽，對他不薄，於是便安下心來一心一意地做起安祿山的幕僚來。

安祿山呢，通過觀察發現高尚確實有才，而且精通文墨，無論大事小事思慮都極其周密，安祿山靠了他的計策做了許多對自己有益的事，後來便對高尚十分器重，許他以美女、華衣、錦食。那高尚看到安祿山如此厚待於他，辦事也十分盡力，日子一久，竟由一個普通的幕僚變成了安祿山最爲看重的一個參謀，深得安祿山的信任。

可是安祿山不知道的是，這高尚雖然精通文墨，但爲人奸詐。他曾經說：「我高某人不做小事，要做就做大事，而且是驚天動地的大事。否則我寧願死，也不願意像一株小草那樣過活。」聽的人都不信他，高尚也不計較，他深知自己是個十分適於做大事的人，只不過這件大事因爲時機沒到，等到時機到了，什麼人都會對自己刮目相看。後來，他拋下年近七旬的老母投到安祿山帳下，因爲確實身懷經綸，逐漸受到安祿山的重用。

安祿山記得他來京時，沒有吩咐過高尚來京，他怎麼會自己跑來了呢？見了高尚的面，一陣寒暄後，他就問起了這個問題。高尚說：「將軍，你來京前千想萬思，唯恐有什麼事沒想到，禮兒備了幾車。到後來還是有一件事沒有想到，我來，就是彌補那個事的。」

「噢，那是什麼事呢？」安祿山急不可待地問道。

「將軍猜上一猜。」安祿山凝神細想，想來想去，沒有什麼事啊？最後他實在想不出，就讓高尚快說出來。

高尚說：「將軍預備了那麼多送給各位京官的禮，唯獨沒有準備送給皇上的禮啊！」

「皇上？我可不敢賄賂皇上。」

「但這次不同，馬上就是皇上生日了，也就是千秋節，將軍難道不要送點禮嗎？」

經高尚這樣一說，提醒了安祿山，由於他來京前沒想到會在京城待這麼久，還以爲皇上召見過後就可回范陽，哪知皇上一見再見，竟耽擱了這麼長時間，看樣子，皇上是要留他過完千秋節後再讓他回去的了。既遇上皇上的生日，怎麼可以不送禮祝賀呢？

給皇上送禮，那要送什麼禮呢？

不要說事前沒準備，就是事前準備了，又能找到什麼稀世寶貝讓皇上感到驚異的呢？高尚彷彿看透了安祿山的心思，他不慌不忙地說：「將軍，我正是送禮物來了。」

「什麼？你把禮物送來了？在哪裏？」

「將軍請看。」說著，高尚向桌了上一指。

安祿山環顧四周，只見八仙桌上放有一物，剛才只急著跟高尚講話，竟沒有看見。於是湊近前去，仔細一望，卻是一隻鸚鵡，那鸚鵡渾身潔白，被關在一隻金絲編織的鳥籠裏，鳥籠四周還嵌著十二顆寶石，六粒珍珠。安祿山看到只是一隻鸚鵡，眼裏的光彩頓時滅了一半：「我想是什麼呢？原來是一隻鸚鵡，皇宮中鸚鵡多的是啊。你不要讓我出醜好不好！」

高尚不急不忙地說：「這可不是普通的鸚鵡，將軍不要小看了牠。」

「噢，牠不就是白一點嗎，又有什麼不普通的地方？」

高尚笑了笑，說：「將軍大人還記不記得前年秋天，我們一起出去打獵時的情景了？」

安祿山聽高尚如此一說，便想起前年秋天，他與高尚及諸將因熬不住軍營的煩悶出外打獵消遣的事兒。

那天將近黃昏，安祿山與眾人準備回營的時候，卻發現少了高尚一人，就打發人去找，回報說只找著高尚穿的一件衣服。安祿山以為高尚掉隊後可能遇上了猛獸，正要再讓人去找，卻發現渾身狼狽的高尚從遠遠的地方架著一物向他們跑來。原來高尚進到一個樹林以後，忽然聽到樹林中傳來一陣奇異的聲響，好像嬰孩哭，於是循聲找去，卻見一棵參天大樹上面有一鳥窩，那聲音正是從那窩裏傳出來的。高尚覺得十分奇怪，於是脫掉衣服，順著大樹身上的藤蔓往樹上爬。

爬到樹上，看見一隻渾身潔白的小鸚鵡正趴在窩裏面，看到他，也不跑，眼神十分溫柔。那鳥兒看見高尚，猛然又叫了一聲，正是高尚所奇怪的那種聲音。那高尚正不知怎辦才好的時候，猛然覺得一陣烏雲向他蓋過來。其實哪裏是什麼烏雲，而是一隻巨大的鷹俯身向他衝來，高尚一驚，「啊」的一聲掉下樹去，竟然昏厥過去。

待再醒時，那隻鷹卻不見了，高尚奇怪，又爬上樹去，卻見那隻白色的鸚鵡正在吃一隻烏龜的肉，龜背已經被摔得稀爛。高尙愈想愈不對勁，他總認爲，鷹總是住在高高遠遠的懸崖之上，這深山老林裏面，哪裏會有鷹呢，而且他只見過鸚鵡吃小蟲子，哪裏又看見過鸚鵡吃烏龜呢？而且鷹與鸚鵡原本就是兩種不同類的鳥，鷹怎麼會外出覓食給鸚鵡呢？高尙愈想愈怪，覺得此鸚鵡一定是隻奇鳥，於是將鸚鵡小心的捧出窩來，才發現原來鸚鵡受了傷。

高尙得到這隻鳥後，從來不愛鳥的他對鳥突然情有獨鍾起來，幾乎成了鳥癡。他從中原花高價請來調鳥的鳥師，讓他給那隻鸚鵡療傷。過了一個月，才養好這隻鸚鵡的傷。有天晚上，高尙正迷迷糊糊的做夢，忽然看見一身著白衣的女子朝他款款而來，高尙十分驚奇，便對那女子說：「你是何人？」

女子不答話，卻朝高尙深深一拜，說：「謝謝恩公的救命之恩！」

高尙問：「我何時搭救過你？」

女子道：「我就是你搭救的那隻鸚鵡啊！」

高尙不信。女子答道：「我的傷既是恩公所治，也就沒有什麼好瞞恩公的了。我本是月宮裏的一個仙女，因爲做錯了事被貶於人間，托生爲鳥，否則我怎會跑到樹上去，那隻大鷹又怎麼會給我東西吃呢？」

見高尙半信半疑，那女子又道：「恩公不信我也沒有辦法，既然恩公搭救了我，這些日子一直都在照顧我，我非常感謝，現在我哪裏也不去了，我以後就陪你在一起吧。恩公以後有用得著我的地方，我會幫你的忙的。噢，對了，我的名字叫雪衣女。」

說罷，化作了一道輕煙飄散了。

高尙一驚，從夢中醒來，想起這個奇夢，大惑不解。他嘴裏喃喃道「雪衣女，雪衣女」，於是亮燈再看那隻鸚鵡。只見鸚鵡竟也非常溫柔地望著他。他嘴裏不自禁地叫道：「雪衣女。」他的話音剛落，那隻鸚鵡竟張嘴答應，一邊嘴裏發出清脆的聲音，一邊在籠子裏歡跳不止。

第二天，高尚就把調鳥師打發走了，如果這隻鸚鵡真的有什麼稀奇的話，他不想讓這個秘密爲第二個人知曉。

有一天，高尚起得很早，捧了本書在屋外讀。讀著讀著，竟然聽見他每讀一句，都似乎聽見有人跟著復述一句，高尚十分驚奇，最後才發現竟然是那隻鸚鵡在跟著他念詩。這讓他大大奇怪，鸚鵡會學舌，他是見過的，但能學得這樣到位，這樣字正腔圓，這是他生平沒遇到過的。於是，他專門撿了一句比較拗口的詩句念了一遍，讓他驚奇的是，鸚鵡照樣把它念了出來。高尚怔怔地望著牠，不由得有點信了那個夢。自此以後他對這隻鸚鵡另眼相看，精心調教，刻意教牠講話。

安祿山聽高尚一說，立即想起他是有一隻這樣的奇鳥。想不到就是眼前這隻鸚鵡。他繞著鳥籠子看了一圈，看到此鳥神采果然與眾不同，顧盼有神，雙目放光。就在他這樣看著時，突然聽到一句「吾皇萬歲。」

安祿山冷不防嚇了一跳，正在疑惑時，鸚鵡張嘴又叫了一聲「吾皇萬歲」。這下安祿山聽清了，是鸚鵡在向他說話。他看了看高尙，高尙正悄悄地做一個手勢。這才明白，是高尚訓練鸚鵡在講話。

安祿山想這可不行，鸚鵡會講話，固然可喜，如果逢人就說「吾皇萬歲」，我看不僅牠的小命保不住，我的小命能不能保住也成問題。他和高尚講了。高尚微微一笑，說：「將軍放心，高尚怎麼會做出這種蠢事呢。我保證牠只有見到皇上時才會說這話。」

「噢，高奏記有何妙招，讓此鳥如此馴服？」

「說來簡單，我就把皇上的畫像放在牠的面前，讓牠一見了身穿龍袍的人就說『吾皇萬歲』，或者我一做出一個手勢，牠也會說這話。剛才我就是做了這個手勢。」說著，高尚把右手三個手指一伸，果然鸚鵡又叫了一聲「吾皇萬歲」。

「啊，高奏記真是太聰明了。」

忽然，安祿山心中一動，他想，皇上現在如此寵愛楊貴妃，如果讓鸚鵡叫出一句祝福貴妃的話來，豈不更討皇上歡心。於是他把這意思跟高尚說了，看高尚在短短時間內能不能把鸚鵡訓練出來。

高尚心中沒有把握，但答應試試。最後，安祿山和高尚商議，就讓鸚鵡說「貴妃娘娘，貌美如花」這句話。

鑒於到時是安祿山把鸚鵡獻給皇上，而不是高尚，所以就決定讓安祿山來訓練這隻鸚鵡。高尚採用以前的經驗，讓安祿山找一個畫工來，靠記憶畫了一幅楊貴妃的像，對著畫像，訓練鸚鵡講「貴妃娘娘，貌美如花」這句話。

離皇上的生日已經時間不多了，安祿山現在大門不出，二門不邁，一心在館舍調教鸚鵡，好到時獻個頭彩。

這邊安祿山在調教鸚鵡不提，那邊楊玉環卻把公孫大娘傳入宮中。自從楊玉環聽到安祿山講他的兒子已經娶妻生子，就為公孫大娘抱屈，心想，她的多年癡心等待，哪知等來的卻是一場空。她要把這個消息告訴公孫大娘，不然她還要等下去呢。

當楊玉環把真相告訴公孫大娘時，公孫大娘並沒有像楊玉環預想的那樣痛哭一場，她甚至連眼淚都沒有落下。楊玉環見她很久不開口說話，就寬慰她說：「他既娶妻生子，可見是他先辜負於你，不是你辜負於他，再說天下好男子多得是，我來做媒，保管你找到一個稱心如意的郎君。」

「不，別的男子在我看來都不值一顧。」

「可他已經娶妻生子了呀，再說他遠在范陽……」

「我到范陽去。」

「什麼?你到范陽去?」

「是的,我到范陽找他去。」

楊玉環聽了公孫大娘這話,心想她真夠癡心的。她不想讓公孫大娘到范陽去。她現在孤苦零丁的,好不容易才在長安安下一個家,有了朋友,她到范陽去,誰又認識她呢?

忽然楊玉環想,對啊,何不把安祿山的兒子叫到京城來呢?這樣既遂了公孫大娘的心願,又免去了她的奔波之苦,她一個女子到范陽去,還不定會出什麼事呢。想到這裏,她對公孫大娘說:「你不要忙著去,我讓皇上把安祿山的兒子叫到長安來,讓你們團圓吧。」

爲了朋友的終身幸福,楊玉環覺得行使一下小小的特權也沒有什麼大不了的。事情就這樣定了。

千秋節就要到了,玄宗想好好慶祝一下。現在他是愈來愈耽於享樂了,耽於享樂的表現就是常常在宮中舉行各種各樣的歌舞,那些歌舞名目繁多,花樣翻新,給感官帶來了頗多的刺激。他覺得爲皇這麼多年來,在他英明的治理下,大唐王朝的國威日見顯赫,揚威海內,百姓富足,天下太平,這是歷史上任何一位皇帝不能相比的。他曾有意識地把他的帝國和歷史上最威赫的漢武帝時相比較,他發現不管是在疆域和富饒上,他都超過了最強盛時的漢朝,人口增多了,府庫富足了,絲綢之路貫通中西,把大唐的威名傳播四方。

玄宗既然有此心意,下人自然領會。離千秋節還有一段時間,長安上下就忙開了。

此時最忙的當屬虢國夫人和謝阿蠻,原來她們暗地商量好,要在千秋節那天獻上一個新奇的節目,好好爲皇上的生日祝賀一下。但獻一個什麼節目好呢?皇上身爲天下之尊,什麼新奇事物沒有見過。要想讓皇上大感興趣,還真不是一件容易的事。

但什麼事也難不倒刁鑽精怪的謝阿蠻，她這天出宮上街，看有沒有什麼新奇的事物，可以啓發她的靈感，讓她想出新鮮的節目。

大街上熱鬧非凡，謝阿蠻逕自來到耍把式賣藝的場合，由於她在入宮前一直廝混於這種場所，所以對這樣的環境很熟悉，有一種如魚得水的感覺。她看到有耍猴逗蛇，鬥雞疊烏龜的，還有爬竿頂碗的，這都沒什麼稀奇，在她眼裏都是老一套了，她不感興趣，她想，皇上也不會有興趣的。

她又往前走去，忽然，她看到前面圍了一大圈人，裏面人頭攢動，外面站著的人還引頸墊腳地往裏看。同時從裏面還傳出一陣陣悠揚的樂曲聲。

謝阿蠻向前靠去，由於她身子滑溜，一下二下，她就鑽到裏層去了。到了裏面，她看到原來是一頭大象在做表演。由於大象本不多見，多在南方才有，所以長安人看了稀奇，但稀奇的是這個看上去龐大無比的傢伙，竟在樂曲的引導下，還會翩翩起舞，這太讓人大開眼界了。但見那頭笨拙的龐然大物，身如牆壁，鼻如手臂，耳如蒲扇，兩顆巨牙向上翹起，隨著音樂的節拍卻邁著四根如柱的巨腿輕柔地舞動。固然牠的舞姿談不上美妙，但牠那副搖頭擺腦的樣子著實滑稽可笑，看著的人都發出了哈哈大笑聲。

樂曲停了，大象也不再跳舞。這時，那個身穿胡服的樂師，向圍觀的人群說，誰願意到場子中來，讓大象用腳給他按摩。

等了許久，圍觀的人也沒有一個走進場子裏。也是的，那個龐然大物，牠的腳掌都有蒲扇大，一腳下去怕不有幾千斤的重量，人被牠一踩還不連腸子都出來了。大家你看看我，我看看你，都連連搖頭。

這時，謝阿蠻出於好奇，大喊了一聲：「我來。」

話剛出口，謝阿蠻就後悔了，本待不下場，又覺得失了臉面，只好硬著頭皮走進場中。樂師讓她一點不要害怕，說大象不會踩著她的。聽了這話，謝阿蠻才稍稍放下心來。樂師讓她趴在一塊乾淨的毯子上，然後又在她的背上蓋了一塊毯子，再後就吹起笛子，讓大象給她按摩。

看大象慢慢走近她，謝阿蠻嚇得閉上了雙眼。但大象只是抬起腳在她背上輕輕不停地來回揉搓，並沒有踩痛了她。謝阿蠻覺得大象的肉掌比任何一雙人手都輕柔，不僅左右使勁，還一上一下地輕拍她的背，這讓她覺得舒服之餘，也禁不住咯咯笑了起來。

一番按摩後，謝阿蠻感到舒泰無比。她從懷裏掏出一錠銀子，順手拋給馴象師，算作給他的賞錢。馴象師見她出手如此豪闊，彎腰對她拜謝。正要離去的謝阿蠻，腦子中靈光一閃，突然想到，爲什麼不把大象牽進宮中，也給皇上按摩一番呢，但一想，不行，大象再溫馴到底是獸類，萬一到時獸性大發，出了什麼紕漏，我可吃不了兜著走。可她覺得這實在是一個好節目，要是在千秋節時給皇上表演一下，保管他和貴妃娘娘喜歡無比。

謝阿蠻腦子轉得快，心想，大象不行，那能不能換一個稍許溫順些的動物呢？於是，她把馴象師喊到面前，問他，除了大象，還有什麼動物可以訓練得聞樂而舞的呢？

馴象師想了想說：「那就太多了，有猴子，蛇……」

「這些都太平常了，除開這些，還有沒有別的了？」

「還有，還有馬。」

「什麼？馬也能聽樂跳舞？」

「是的，我曾在南方爲一位大官訓練過幾匹會跳舞的馬。」

「你訓練過？啊，那就太好了，你也幫我訓練幾匹吧。」

「這……」馴象師回頭看了看他的大象，面露難色。

「放心，只要你給我訓練出幾匹能跳舞的馬，銀子我是大把地賞。」

這話馴象師相信，通過剛才她一賞就是一錠大銀來看，她一定是個有錢的主，於是，他點了點頭。

「那時間不會長吧？」

「那要看是什麼樣的馬了，如果能選到好馬，要不了多長時間就可以了。有的馬一輩子也訓練不成的。」

「這你放心，我保你能挑到好馬。」

轉瞬間就到了八月初六，千秋節到了。這天，一大早，玄宗先在正殿接受了百官的朝拜，隨後就放假三天，普天同慶。

當玄宗和楊玉環來到沉香亭畔時，一切都安排妥當了。眾樂工和宮女一起拜伏在地，恭賀皇上生日。皇上賞賜一番後，歌舞就正式開始。

不用說，今天的歌舞都令人耳目一新，樂師和舞伎都使出渾身解數，奏新曲，跳新舞。但皇上的興致似乎今天沒有放在歌舞上，他在期待著虢國夫人和謝阿蠻為他準備的節目。但這兩位遲遲沒有露面，也不知她們在搞什麼名堂。

不是她們故意在搞什麼名堂，而是事情有了意外。原來不知怎麼的，虢國夫人竟沒有來。謝阿蠻和馴馬師已經在外面等了很久，馬匹也都排列成隊，就等著虢國夫人一齊入場表演了，可她卻連半個人影也不見，這個節目需要她首先出場亮相呢。這可急壞了謝阿蠻。

玄宗皇帝和楊玉環左等右等，就是不見虢國夫人和謝阿蠻出場，不覺詫異，他們相互看了看，都不知她們在搞什麼鬼。

原來，在這個重要日子裏，虢國夫人卻睡起了懶覺，她一覺醒來，發現太陽已經升到屋簷了，她不禁一陣心慌，心想：早不睡懶覺，遲不睡懶覺，偏偏今天睡了個懶覺，這可如何是好呢。都怪昨晚在馬場待得太晚了。想著，連忙爬起來，已經來不及化妝打扮了，她匆匆淨了臉，既沒畫眉也沒施粉，騎馬就向皇宮趕去。

謝阿蠻已經等得焦躁不安了，她派人去催虢國夫人，看她到底是怎麼回事。派去的人回來說，虢國夫人起來遲了，馬上就到。謝阿蠻又讓宮女把原因轉告楊玉環。楊玉環把她們遲遲不上場的原因告訴了玄宗。

玄宗聽說虢國夫人還沒離府，那麼就算她騎馬而來，到宮門下馬，到內廷還有不近的一段路，他心裏只想早點看到她們的節目，就傳旨，如果虢國夫人騎馬，就讓她一直騎進來好了。

這是特許，皇宮中是不能騎馬的，只能乘步輦，但今天是個喜慶的日子，破例一次也無所謂。

虢國夫人果然騎馬而來，她來到皇宮前，正準備下馬，早已等待的小黃門告訴她，不用下馬，皇上特旨，可以一直騎進去。

有了聖旨，虢國夫人也不客氣，騎著馬逕自衝進皇宮來。不一會兒，她就趕到了皇上面前。

玄宗看到沒有化妝的虢國夫人，別有一番明媚，淡妝素裹，如出水芙蓉。就連牽馬的小黃門也長得清秀無比，與虢國夫人一配，真是一幅美妙圖卷。也許是一路急奔的原因，粉臉紅潤，薄汗浸鬢，雖沒化妝，身上別有一股清媚與明豔的風韻。參與歌舞的也有宮廷詩人，當場寫了這樣讚美她的詩句：

卻嫌脂粉汙顏色，
淡掃蛾眉朝至尊。

她一跳下馬，跪拜在地，先恭祝皇上生日快樂。玄宗笑吟吟地說：「夫人，我們都在等著看你的節目呢，你卻好意思在家睡懶覺。」

虢國夫人說：「好節目就要留著最後出場。陛下，臣妾這就爲您做表演。」說著，虢國夫人從懷裏掏出一隻號角，放在嘴邊「嗚嗚」吹起來。隨著號角聲起，早已列隊等在外面的舞馬全部排著隊昂著頭，高邁著闊步走進場來。

那些舞馬裝飾得光彩奪目，身上披著五彩的衣飾，頭頂上都挽著一條彩帶，在腦門前墜著一個彩球。有的身上披著紅黃相間的錦緞，有的身上垂著流蘇，按披掛衣飾顏色的不同分成幾隊，進場後，各自站在一處。

表演開始了。隨著虢國夫人向上做了一個手勢，一陣清越的笛音傳出，各種顏色的馬匹一起左右晃動起腳步來，牠們不是如人們常看到的那樣前後踢踏，而是按著音樂的節拍把腿抬得高高的。它們的頭都抬得一樣高，腰部也上下起伏，隨著細腿的　抬一落，牽動身上的鈴鐺發出悅耳的聲音。立時，博得了全場喝彩。

精彩的還在後面呢。虢國夫人把號角放在嘴邊再一吹，馬們立即停止原地踏步，像訓練有素的士兵一樣一齊向中前靠攏，待分隊站定後，只聽得一陣琴聲響起，隨著琴聲，那些靠攏著的馬全都踏著節拍橫著向兩邊拉開。這真是見所未見，馬向來只能向前衝，頂多向後退，哪曾見過橫著走路的。但這些舞馬不僅會橫著走路，還走得就像跳舞一樣，更難得的每個馬之間的間隔排得那樣整齊，就像有人用尺子量好一樣。

那些舞馬搖頭晃腦，憨態可掬，舞步輕盈，在場上的表演，只把皇上和楊玉環以及眾宮女看得如醉如癡，連喝彩都忘了。

玄宗看見虢國夫人儀態萬千，姿容美妍，指揮舞馬，宛如指揮千軍萬馬，不禁怦然心動，他別過臉來看了看身旁的楊玉環，覺得她們姐妹倆別有風韻，各有各的丰采出眾之處。楊玉環豐腴圓潤，姿容豔濃，而虢國夫人清秀，也有一種吸引人的魅力所在。

此時場上的舞馬又在變幻新的花樣了，但見虢國夫人號角一吹，舞馬或以同色一組，或以別色馬混雜，變幻組合著不同的陣式。場中一時間顯得五彩繽紛，繁雜而不亂。只聽鈴響不斷，不見馬鳴。

謝阿蠻到現在沒出場，確實另有安排。待馬匹表演告一段落後，分站在兩旁，隨著一陣急促的鼓聲響起，一匹高頭大馬從場外直衝而入，馬上坐著一人，臉上戴著一個大面具。待馬直馳到皇上面前才勒住，馬上之人先向皇上拜壽祝福。

「這是誰？」玄宗不禁向楊玉環問道。楊玉環也茫然地搖搖頭，不知虢國夫人又在搞什麼名堂。

一陣音樂響起，舞馬立時圍成一個大圓圈，把剛才一人一馬圍在中間。舞馬一邊走一邊舞動，動作整齊健美。中間戴面具的人卻在馬上表演起了雜耍，但見她或倒立於馬背之上，或彈起在空中翻個跟頭後再穩穩地落在馬背之上。如果說開始還不知道此人是誰的話，那麼從這一系列動作中可以肯定她定是謝阿蠻無疑了。

玄宗和楊玉環對視一眼，默默地笑了。他們為這兩個人想出這麼些新奇花樣而讚歎。

隨後，謝阿蠻催動身下馬，繞圈快奔，一邊跑一邊在馬上做出些驚險的動作，只見她忽高忽低，忽上忽下，輕盈自如，在別人眼中險不可及的動作對她來說，竟是那樣熟稔。許多人都不自覺地站了起來，把心提到嗓子眼，為她捏了一把汗。

等一切表演完畢後，最後舞馬排成隊站在玄宗和楊玉環面前，隨著虢國夫人的一聲號角，牠們全都半跪下前腿，頭點著向皇上和貴妃行起禮來。這下可樂壞了玄宗和貴妃，他們接受人的跪拜太多了，接受馬的跪拜可是第一次。玄宗笑著把頭轉向楊玉環道：「玉環，她們這樣費神，你看我應該賞她們一點什麼好呢？」

這倒也是，錢財對謝阿蠻也許還有一點誘惑，但對虢國夫人來說，她的錢財只愁花不出去，不愁短缺的時候。連楊玉環也不知她的錢財都是從哪裏來的。楊玉環笑著說：「我看她們一個是寡婦，一個是未出嫁的人，你就賞給她們一人一個男子算了。」

這固然是玩笑話，最後還是賞賜了銀子。虢國夫人把她得到的那部分全都轉賞給了馴馬師和眾樂工。馴馬師哪裏見過這些錢，高興得嘴都合不攏了。

馬舞的大場面之後，又是奏樂和賜宴。淡掃蛾眉的虢國夫人已經換過衣服再次來到皇上面前，皇上由衷地誇讚她表演的精彩，並對她連日來的辛勞表示謝意。虢國夫人滿不在乎地說：「只要皇上高興，辛勞一點是值得的。」

坐在玄宗近旁的虢國夫人，也許是剛剛才運動過的原因，身上熱氣逼人，散發出一股股的香氣，玄宗聞了知道那是中外蕃進貢的龍涎香，香氣中，玄宗還聞到夾雜其中女子的體香，這讓他迷醉和眩暈，他微微側目，看了虢國夫人一眼，發現虢國夫人秀髮高聳，雲鬢如墨，映襯著潔白的肌膚，風韻別致。正在他入迷地看著時，虢國夫人正好回轉頭來，與他的目光不期而至。玄宗的目光突然有點慌亂，不自禁地別過臉去。倒是虢國夫人抿嘴一笑。

後續的表演進行了一陣子後，玄宗有點累了。他到底是個上了歲數的老人。他先行從宴會中退出，他要休息。楊玉環見玄宗累了，也不再看，就陪著他到飛霜殿休息。

脫下鞋襪，玄宗躺在床上休息，他一會兒就小睡了過去。

就在此時，虢國夫人進來說安祿山要來爲皇上祝壽。楊玉環用手示意她說話聲小點，不要把皇上吵醒了。就在她們兩姐妹嘰嘰咕咕說悄悄話時，玄宗醒了，他問是誰在講話。

楊玉環見把玄宗吵醒就說是虢國夫人進來說安祿山要進宮來，特地爲皇上拜壽。玄宗聽了，笑著說：「難得他有這個心，我們這就出去吧。」

楊玉環還爲他擔心，說：「三郎，要是累了就別出去了，身體要緊啊。隔天再接待他一樣的。」小睡了一會兒，玄宗自覺精神有所恢復，就說：「不礙事的，安祿山身爲東北兩鎮的節度使，負有重命，第一次來朝，我應對他看重一點，也好收攏他的心。我才可高枕無憂啊。」

楊玉環也正好想找安祿山，讓他把他的兒子喊到京城裏來，圓了公孫大娘的半生夢。

玄宗和楊玉環從飛霜殿出來，遠遠地就見到安祿山手裏托著東西恭敬地站在那裏，楊玉環想，這個胡人，到底要給皇上獻什麼禮，還親手托著，上面還用布遮蓋得嚴嚴實實不讓人看。

一見皇上和貴妃出來，安祿山連忙把手裏托的東西放在一邊，趴在地上磕頭，恭祝皇上萬壽。皇上伸手讓他免禮。安祿山一從地上爬起來就把那個放在一邊的東西又托在了手上，說：「陛下，臣有一件小小的禮物想送給皇上和貴妃。」

「安愛卿無須客氣。」

說著，安祿山把左手上托著的東西外面那層布揭去，原來是一個鳥籠，裏面有一隻通身雪白的鸚鵡在竄上竄下，煞是可愛。那正是高尚從范陽千里迢迢送來的「雪衣女」。「雪衣女」一見面前的兩人，正是主人日夜訓練牠對著喊話的兩個人，立即叫道：「吾皇萬歲」、「貴妃娘娘，貌美如花」。

啊呀，這一下，可把楊玉環樂壞了，平日沒少有人奉承過她的容貌，但這話從一隻鳥嘴裏傳出，驚喜的程度無法言表。她不禁走上前去，從安祿山手裏接過籠子。鸚鵡叫得更歡了，「貴妃娘娘，貌美如花」不絕於耳，直到安祿山做了一個手勢，牠才停口。

楊玉環忍不住問道：「安將軍，你是從哪裏弄來這隻鳥的？鸚鵡我也見過不少，但像這隻通身雪白的，我還從來沒有見過呢。」

「回貴妃娘娘，這隻鸚鵡是臣特地從范陽帶來的，是臣一次外出打獵得到的。」於是，安祿山把高尚對他說的話，原封不動地說了一遍，只是故事中的主人不再是高尚，變成了他安祿山。

聽到這隻鸚鵡還有點這麼曲折的故事，楊玉環仔細端詳起牠來。鸚鵡也似乎有著靈性，彷彿知道面前之人是牠未來的主人，顯得分外精神，兩隻眼睛滴溜溜亂轉，也側著頭看著楊玉環。

楊玉環一下就愛上了這隻鸚鵡，對玄宗說：「皇上，安將軍這麼辛苦尋覓來這隻珍貴的鳥，還不快快賞賜他。」

玄宗見楊玉環高興，心中自然也開心，他賞賜了安祿山。安祿山再次拜謝，嘴裏喊道：「謝皇上和貴妃娘娘。」

「謝皇上和貴妃娘娘。」鸚鵡也連忙叫道。

這一下，把眾人都逗樂了。玄宗說：「安愛卿，你隨我們到前面去參加宴會吧。」

原來，中午玄宗要在後宮擺一個小小的家宴，招待楊玉環的娘家人。

安祿山隨著皇上和貴妃來到宴會上，參加宴會的有楊玉環的三個姐姐，外加楊恬和楊釗。宴會中間，玄宗看到安祿山與楊家諸人坐在一起，心中忽然想到，以現在的情景來看，玉環的家人會在朝中愈來愈有地位，特別是那位楊釗，身兼數職，樣樣做得都出色，看樣子前程不可估量，入相的可能都是有的，以後朝廷間的事情還要指望他多操心。

外邊呢，自然要指望這些胡人節度使，爲了朝廷的安穩和發展，爲什麼不讓他們結成異性兄弟呢？

這樣讓他們關係更近一步，他們會團結一致地爲大唐做事。想到這裏，就先附在楊玉環的耳邊，把這意思說了。楊玉環對這其中的利害關係哪裏想得明白，聽皇上這樣說，覺得也未常不可，就說：「隨你好了，你覺得怎樣好就怎樣辦吧。」

於是，玄宗就讓安祿山與楊恬和楊釗結成了異性兄弟。按年齡敘起來，安祿山最大，當了他們倆人的大哥。

虢國夫人一聽皇上讓安祿山和楊恬、楊釗結了兄弟，就說：「噫，皇上偏心，結拜兄弟爲什麼不把我們算上？」

「怎麼，你們也想結拜嗎？從來沒聽說女人也結拜的。」

「過去沒有，今天就不能有了嗎？安將軍既和楊家人結拜了，難道我們不是楊家人嗎？」

「好好，你問問安愛卿，他願意不願意和你結拜？」

「願意，願意。」安祿山忙不迭地說。本來就是一場虛假的戲，安祿山爲了討皇上和楊玉環高興，與三個國夫人結拜又不是什麼大不了的事。

既然結拜，按年齡來說，三個國夫人應該叫安祿山爲兄才對，但虢國夫人連這點小虧也不能吃，她說：「結拜可以，但我們要爲大。」

聽了這話，皇上和楊玉環都笑了起來。玄宗說：「你本來就最小，怎麼可以爲大呢？」

「我不管，我就要爲大。」

楊玉環勸說道：「三姐，既結拜就要按規矩來，誰大誰小，年齡在那擺著，怎麼能亂排呢。」

楊玉環的這聲「三姐」，在安祿山聽來再也不敢當虢國夫人的兄長了，他連忙說：「虢國夫人如不嫌棄，就當我的姐姐又有何妨呢？」

虢國夫人一聽，眉笑眼開著說：「你們看，不是我要當的，是他主動讓的，那我就不客氣了。」看著她這副耍賴的樣子，皇上和楊玉環都搖搖頭，拿她實在沒有辦法。於是，安祿山上前，依次恭恭敬敬對三位國夫人行禮，嘴裏喊道「大姐」、「二姐」、「三姐」。

安祿山行禮完畢後，向楊玉環看了一眼，心想，這樣說來，貴妃娘娘豈不就是我的四姐了，那皇上不就是我的姐夫了嗎？啊，那我也成了皇親國戚了。但他知道，這一切都是鬧著玩的，哪能當真。

不過，皇上讓他和楊氏諸人結拜，還是讓他高興，因爲他來京時間雖不長，但已經看出楊氏一門正在得寵，成爲長安新貴。他和他們攀上了親，以後他們說什麼也會對他照顧一二，那麼，他在朝中也算是有人了。至於李林甫嗎，那是萬不得已硬往上湊的，交情到底隔著一層，這下好了，有了這些異性兄弟和姐姐的照應，他也不用低三下四地求李林甫了。

宴席散後，玄宗和楊玉環回到寢殿，忙碌了一天，玄宗真的有點累了，他也有點興奮，爲了自己的生日。楊玉環擔心他的身體，服侍他早點休息，但玄宗拉著她的手說：「玉環，今天是朕的六十五歲生日，朕又是高興又有些傷感。」

楊玉環忙說：「三郎，今天應該高興才對啊，什麼事讓你傷感了？」

「我高興的是有你在身邊相陪，但我到底上了歲數了，只怕不能與你相伴永久。」

聽了這話，楊玉環忙伸手把玄宗的嘴捂上了，說：「三郎，我不許你說這種話，聽著多不吉利。我們會永遠在一起的。」

玄宗說：「玉環，我雖然捨不得你，但這是規律啊，人總是有那麼一天的，即使我有無人可比的權力，但不能延長自己壽命一天。」

「不，三郎，你會長命百歲的，張果老不是活了一百多歲了嗎，他能，你也能。」

聽了這話，玄宗微微一笑，不作聲了。他把楊玉環輕輕摟在懷中，心裏有對這個女人的無比憐惜。楊玉環來到他的身邊已經有八年了，八年來，在他的眼中，她沒有一絲一毫的變化，還是那麼活潑頑皮，還是那麼嬌媚動人，雖然變豐腴了，但更顯雍容華貴之氣。八年來，他們雖鬧過一次矛盾，但多數時間情投意合，心心相印，彼此已不可分。他在她的身上重新找到了青春活力，雖然他說自己年齡已大，可能先她而去，但在心裏，他對此表示懷疑，因爲平時他常常服食那些道士給他煉治的仙丹，與周圍上年歲的人相比，顯然他的精神更加健朗，一點沒有老態，他對自己的壽命很有信心。近來他甚至覺得自己的欲望更大了。

安祿山從宮中回到館舍，心中也喜悅無比。他把今天給皇上獻鳥，皇上高興讓他與楊氏諸人結拜的事給高尚講了。高尚也爲主子高興，但他說：「將軍，其中有一點不妥的地方。」

「什麼地方不妥了？」安祿山對這位幕僚的智謀向來是佩服的，他說不妥，定是有不妥的地方。

「就是皇上讓將軍和三位國夫人結拜，雖然將軍爲了博得貴妃高興，屈尊認她們爲長，但你有沒有想到她們現在都是皇上面前的紅人，現在長安城中誰不對她們避讓三舍。」

「這好啊，她們愈有權，對我愈有利呀。」

「可她們是皇上的大姨子啊，你認她們爲姊，豈不是和皇上是同輩之人，要知道，你和皇上是君臣關係啊。」

經高尚這樣一說，安祿山才覺得不妥，開始自己還爲此得意呢。

「皇上嘴上不說，但他豈能樂意讓一個臣子與自己平輩。所以，將軍這不是好事啊。」

「那，那按將軍的意思，應該如何辦呢？」

「讓我想想，總有一個補救的辦法吧。」

過了一會兒，高尙終於想出一個方法。他對安祿山說：「將軍，你看這樣可好，皇上既讓你與三位國夫人結拜，想解除也不可能的了，不如哪天進宮，你自請爲貴妃義兒吧。」

「這，這怎麼可以呢？我已經和她的兄弟結拜爲異性兄弟了啊。」

「將軍，你要爲自己的前途著想，那些結拜都當不得真的，如果你真認了貴妃爲母，那才是天大的收穫呢。只怕皇上還不認你這個義兒呢。」

聽高尙這樣一說，安祿山心動了，他想，是啊，如果真當了皇上和貴妃義兒，那才是找到了最大的靠山，他再也不用擔心了。還不知多少人想當還當不上呢。

沒過幾天，皇上果然再召安祿山入宮。於是，安祿山乘機提出了這個要求。

這簡直是在胡鬧了，他和楊氏諸人剛剛結拜，就又要自請爲貴妃義兒，這不亂了輩份，這讓他又如何稱呼他那些結拜兄弟和三位姐姐呢。但安祿山振振有辭地說了兩個理由，第一，這在胡地是可以的。他是胡人，可以不遵從漢人的禮法。第二，他自小喪失了父母，一想到皇上對他的寵愛，心中就不自禁地感激涕零，恨不能把一顆心掏出來給皇上看看，自然就把皇上當了父親，把貴妃當了母親。說著說著，他還擠出了兩滴眼淚。

這兩條理由看似很充足，實際經不起推敲。胡人和漢人比，雖不是很開化，但也沒有愚昧到尊卑不分的地步。至於安祿山說他的父母從小就沒了，也是在騙皇上。他的父親倒是早早就沒了，而他的母親是一直健在的，只在前不久才去世。

但玄宗被安祿山這一番充滿虛情假意的話所打動，也就以他是胡人，不必太以漢禮拘束爲由，准許了他的請求。

聽皇上准許了，安祿山立刻正冠束帶，退後兩步，用胡禮向楊玉環行起大禮來。只見他四肢著地，趴仆在地上，再蜷起身子雙手合十，恭敬地磕起頭來，頭碰地的聲音呯呯作響，可見用力不小。

楊玉環開始聽說這麼一位健碩高大的人要認她爲母，心中驚異，正待要推，皇上已經准許了，隨著就是跪拜行禮。她的臉上露出無可奈何的神情，不知如何對待這位義兒。

玄宗見安祿山先去叩拜楊玉環，不先來參拜自己，心中早已詫異，又見他起來後，還是沒有要拜他的意思，不禁問道：「噫，怎麼只叩拜義母，不拜義父啊？」

安祿山好似早知皇上有此一問，他不忙不慌地說：「臣本胡人，今天得逢雙親，自然要按胡俗行禮，胡俗，是先拜見母親再拜見父親。」

說著，安祿山搶前一步，跪拜道：「兒臣叩見父皇。」但這次不再用胡禮，而是用朝禮。

安祿山的一番歪理和兩種跪拜方式把玄宗逗笑了，他欣賞安祿山的風趣和憨直，一點不以爲忤。於是，傳命宮廷擺宴，慶賀貴妃收了義兒。

宴會空隙間，楊玉環不無怨言地對玄宗說：「這是在搞什麼鬼，前天才和他們結拜爲兄弟，今天又要認我爲義母，輩份豈不亂套了。你還准許。」

玄宗笑著說：「玉環，你不知道，他是胡人，禮節本就不懂。讓他認你爲義母，是爲了籠絡他的心，讓他更爲朝廷賣命。因此，你一定要做出高興的樣子，不要冷了他的心才好。」

「要命的事，爲我弄這樣一個義子，他比我大多了。」

此後，安祿山得到皇上特殊的恩寵。玄宗每次在興慶宮勤樓歡宴時，百官群臣列坐樓下，唯獨讓安祿山坐在樓上皇帝御座的東間，那裏擺了金雞障，用以隔開與外間的相連。但玄宗這樣做，似還嫌不夠，還讓人把金雞障捲起，讓別人看到安祿山與皇上同坐的情景。

文武百官看到此情此景，無不爲安祿山受皇上如此寵遇而嫉妒和羨慕。就連太子也覺得父皇對安祿山的寵愛有點過頭了，他乘機勸告皇上說：「父皇，自古正殿沒有臣子所坐的地方，這樣寵幸於他，只怕會縱容起他的驕慢之心，反辜負了父皇對他的一片心意。」

玄宗聽了說：「吾兒，這你不用擔心，我看此胡人有異相，必有過人之能，我給予特殊恩寵，是要攏住他的心，讓他一心一意爲朕做事，絕無二心。」

太子見父皇這樣說，也是無可奈何，但心裏隱隱擔憂，覺得其中似有不妥，本能告訴他，安祿山不是一個愚笨癡直之人，他即使不是圖謀不軌，起碼也是另有所圖，但他所圖什麼呢？太子講不出。

被皇上恩寵的安祿山，立刻成了長安貴族們爭相結交的對象。玄宗聽說了這件事，爲了進一步表示對他的寵愛，特地賜給他一塊金牌，讓他繫在手臂上。以後，在酒宴上，凡是有人用大杯子灌酒的時候，安祿山便亮出他的御賜金牌，稱「准敕斷酒」。

在這中間，楊玉環也把安祿山找進宮去，把公孫大娘苦等他兒子的事跟他說了，讓他回范陽後，火速讓他兒子安慶明趕來長安，與公孫大娘完婚，至於他以前娶的夫人，讓他留在范陽好了。

安祿山趕緊答應，說回去後就讓兒子來長安。那是他的小兒子。

在離京回范陽之前，安祿山特地去拜訪了李林甫。不過，此時的李林甫在他的心裏再沒有以前重要了，以前巴結他，想讓他在皇上面前多講講他的好話，現在，他直接巴結上了皇上，成了新寵，許多人還來巴結他呢。想到這些，臉上不免顯出幾分倨傲，對有些人愛理不理起來。

前恭後倨，安祿山態度的變化，李林甫全看在了眼裏，他心裏冷冷哼了一聲，心想：這個胡種，來京幾天，被皇上寵愛了一點，就不知身價幾何，不把別人放在眼裏了。要不是對你有所利用，只憑我一句話，就讓你丟官去位。哼，我不殺殺你的威風，你豈不更加囂張。你這些裝呆作傻的舉動，唬弄別人可以，還想唬弄我，我對你早就一清二楚，你愈是裝呆，說明你心中愈是有鬼，在掩蓋圖謀，安祿山，你的野心不小啊。

其實，在李林甫的心中，壓根瞧不起安祿山，不僅瞧不起安祿山，所有的胡將他都瞧不起，不過是一些馴服了的野蠻人，用他們，不過是讓他們看家護院罷了。

這天，李林甫聽到安祿山來拜，他眉頭一皺，心中想好一個計策，他讓家人去把御史大夫王鉷喊來。隨後，他滿臉歡笑地出府迎接安祿山。

二人見面，一番各懷心思的寒暄。他們互相打量，互相琢磨。在安祿山看來，李林甫這個乾瘦小老頭，瘦得臉上只有一雙眼睛在轉動，哪裏來的威嚴能把滿朝文武都震住，一定是誤傳。李林甫呢，看到安祿山神情傲慢，不可一世的樣子，心想，你這個胡胖子，仗了幾天聖恩，尾巴就有點翹，不把別人放在眼裏，可見你還嫩了點。我要不把你的氣焰打下去，也枉當了這麼多年宰相。

於是，李林甫裝作無意地把話題引向了范陽。安祿山忽然想到，對，不如趁此機會，試探一下這個老兒，對我范陽是如何看待的，對我這個人又是如何看待的。於是對李林甫說：「祿山乃一粗魯武夫，蒙聖上恩典，相爺提攜，得領兩鎮軍事，平日只怕有負聖恩，還望相爺指點一二。」

聽了這話，李林甫乾咳兩聲，說道：「安將軍言重了。安將軍之所以得到重用，一是聖上恩典，二是安將軍打仗勇猛，治軍有方，我可不能攬功已有。安將軍過譽了。」

「相爺對安某的提攜之意，祿山不敢稍忘，還請相爺指點一二。」

「既是這樣，承蒙聖上眷顧，老夫身處宰相之位，自當知天下事，否則何以盡職，范陽離京雖遠，我也不能稍怠，承公相請，我有三言贈公，望公斟酌，不到之處，還望指示。」

「不敢，盼相爺明示。」

李林甫盯住安祿山的眼睛，一字一句道：「一言，公常常無端挑起邊界之爭，屠殺無辜，掠奪財物，邀功請賞，違了朝廷法度，早有人告到老夫這裏，老夫知公出身行伍，不易得有今日，故不忍參奏治罪，此事須稍節制。」

安祿山乍聽此言，心中大吃一驚。本來他還以爲李林甫不過說兩句激勵或告誡的場面話罷了，哪知，他一出口就講到了他的點子上。「挑起邊界之爭，屠殺無辜，掠奪財物，邀功請賞，違了朝廷法度」，這在安祿山是常做的事，他仗著大唐國威，仗著自己手下兵強馬壯，經常虜掠敵方，有一次，他以邀請對方來作客爲名，把敵方來人全都殺掉，上表說他出兵打了個勝仗。這事，他以爲做得神不知鬼不曉，哪知，宰相心裏早明白得如一本賬似的。安祿山不禁臉上火辣辣的，再也坐不住了，他欲待申辯，但李林甫用手阻止了他，讓他聽完剩下的話。

「二言，朝中官員使者，有去范陽者，公或有饋贈，這本不足怪，只是贈之過多，近於賄賂，難免遭人謗議，望公謹慎。」這番話講出，安祿山頭上冒出汗來。李林甫講得一點都沒錯。朝中但有使臣到范陽，安祿山無不厚禮相贈，指望他們在皇上面前替他講好話，久而久之，朝中人都把到范陽當作一條發財的道了。

李林甫這樣講算是給了他面子，說他只是饋贈，不是賄賂，其實這與賄賂有什麼分別呢。哪知，他送禮背後的目的，早被李林甫瞧得一清二楚。他想，早知道宰相這樣明白，以往不給他送那麼多禮就好了。

「第三言，」李林甫繼續說道，「公爲人忠厚，言語有趣，有人言公有僞，公心中自明，留意便是。老夫三言，公以爲如何？」

最後這幾句話，安祿山覺得自己身上的衣服都被扒光，赤身裸體地站在了李林甫面前，幾天來的得意盡掃而光。他知道，這幾天來，他在皇上面前的裝呆弄傻，其背後的目的，全被李林甫洞悉。誰人說他有僞，沒人，這是李林甫給他一個臺階下，讓他不要把所有的人都當了傻子。

三言說完，安祿山背上早已被汗水浸透，他手足無措地呆坐在那裏，搖頭不是，點頭不是，只覺五臟六腑全被李林甫看得一清二楚。李林甫見了安祿山呆如木雞的神情，知道他的話已經起到了作用，像三支利箭一樣射中了他的心坎。他呷了口茶，恢復了和善的笑臉，親切地對安祿山說：「老夫視公如同手足，故胸中有言，一吐爲快，決無難爲節度使之意。望公三思。」

這是李林甫慣用的招法，先打後拉，先施以威嚴再給予小惠。果然，安祿山聽了李林甫這話，心下稍稍定神，抬手抹了一把汗，說：「承蒙相爺明察，祿山實無此心，但聽公一言，心下懷恩，以後做事定三思而後爲之。」

從李林甫府上出來，安祿山的腦子總算清醒了，這幾天來，他一度沉浸於自己導演的一場戲中，還以爲別人都被他這齣戲迷惑了，今天，他終於知道，起碼還有一個人是冷眼旁觀的，識破了他這齣戲的用心，這怎不讓他如芒在背。

安祿山來長安近一個月後，終於要回范陽了。他帶著皇上給他的賞賜，帶著皇上和貴妃的「義兒」這頂帽子，帶著無限的恩寵和榮耀，當然，還有一絲惴惴不安和惶懼，離開了繁華京都，回他的范陽老巢去了。

第十二章　一榮俱榮

楊國忠越加跋扈了，除了皇上和楊貴妃以外，誰的賬都不買，就連宰相也時不時地繞著走……被封為國夫人的楊家三姐妹更是依寵示驕，橫行長安，連對公主殿下也敢當街鞭打……宮中的楊貴妃卻不知這些，她的全部心思都用在了如何讓玄宗快樂、如何讓玄宗三千寵愛集於一身……

轉眼間，已到了天寶八載，楊釗受皇上恩寵日隆，無人可比。此時的楊釗再不是五年前窮困潦倒，投親靠友的那個浪蕩兒了，短短五年來，他靠了貴妃從祖兄這層關係，在官場行走，從小小的金吾曹衛士到侍御史，身兼十五個官職，卻又做得面面出色，讓皇上刮目相看。這是任何一個人想像不到的。一般是他在哪一方面做得出色，皇上就調升他的官職，但原來的職位還保存，雖然從職位上說，侍御史最大，但楊釗知道最能出政績，最能討得皇上歡心的還是度支郎這個職位。

爲什麼這樣說呢？因爲楊釗看到皇上天天只圖享樂，歌舞宴樂不斷，場面鋪陳盛大，一有宴樂就必有大筆賞賜，外加對皇親國戚的賞賜，對朝臣的賞賜，對邊將的賞賜，天長日久，就是天下再富足，也經不住這樣的浪費。有些奢侈講出來都會把人的舌頭嚇得縮不回去，比如光爲楊玉環織綢衣的宮女就有七百多人，這些人的吃穿住，外加工錢，都由皇家負責，這是一筆多麼大的開銷啊。皇上不管這些，他要的就是好看，要的就是能表現他大唐威儀的盛大場景，至於撐起盛大場面的錢財從哪裏來，他不管，這是管錢財官的事，他只管花那些錢財。

楊釗明白皇上想錢又不便明言的心思，他看到以往凡得到皇上重用的官吏，比如楊慎矜都是從爲皇家斂財開始踏上仕途的，於是他百般聚斂錢財，以迎合皇上的心意。比如各州府都有貨物貢獻來京，其中一些貨物受到擠壓難免會損壞，以前，只要件數夠了，就算了，但楊釗一改過去這種做法，規定只要發現貨物中有損壞的，全讓他們把損壞的貨帶回去，然後把那些貨物按價向他們收錢，這樣做，無疑就是把他們帶來的貨再賣給他們，這可不是一筆小數目，立即就爲府庫增加了一大筆收入。

有一天，玄宗皇帝帶領群臣參觀左府庫，看到倉實庫滿，糧食和貨物堆積如山，大是得意，以爲天下州縣殷富，莫過於此時，於是愈加視金帛如糞土，賞賜無度，乃由意出。當然，他也沒有忘記爲他斂財的楊釗，賞他紫衣金魚。

楊釗身兼十五使，在朝臣中的地位僅次於李林甫和王鉷，是皇上眼前炙手可熱的第三大紅人。爲了繼續討得皇上歡心，楊釗還嫌自己的名字不好，說什麼「釗」字不吉利，有凶災，「釗」是金和刀組成的，帶著一股殺氣，希望皇上給改改名。

玄宗聽了一樂，心想，這個國舅還真滿忠心的，怕名字中的「釗」衝撞了皇朝，不利於斂錢，索性連名也不要了，好吧，難得他一片忠心，那就叫他國忠吧。於是楊釗正式改名爲楊國忠。名字雖然有點俗氣，但因爲是皇上御筆所封，就有了別一樣的意味，國忠國忠，那就是對國盡忠，連皇上都這樣說，那還有誰敢不承認。

楊國忠的官職在不斷地增多，按道理他應該心滿意足了，但恰恰相反，他的心理更不平衡了。爲什麼呢？因爲隨著他的官愈做愈大，他的政治野心也在極速膨脹，他竟然想當宰相了。

這真是人心不足蛇呑象。不過也難怪楊國忠會這樣想，因爲李林甫到底年齡大了，他總有一天會從相位上退下來。楊國忠再官迷心竅，他也不會蠢到要與李林甫鬥，把他從相位上掀翻，他可是看到過那些與李林甫爭鬥者的下場的，不是被貶，就是被殺，沒有一個有好下場。

那麼，他想當上宰相，唯一的可能就是等李林甫從相位上退下來。這也等不了多少年了，李林甫都那樣老了，他還能幹多久呢？但問題是，李林甫要是退下來，他，楊國忠是否就能當上宰相？按現在的情勢看，他當不上。爲什麼？因爲比他更有資格的還有一個人，他就是王鉷。

楊國忠本來與王鉷關係是很好的，他一來京時，就是在王鉷手下做官，因爲貴妃的原因，王鉷對他也一直不錯，直到現在，也可以說他在官職上還低王鉷半級。但一想到王鉷有可能會阻止他當上宰相，楊國忠心裏對王鉷的感情全化爲烏有，他開始想法要把王鉷搞倒了。

此時的王鉷除了是戶部侍郎兼御史大夫外，還是京兆尹，領二十餘職，權寵日盛，是朝中僅次於宰相李林甫的人，就連李林甫對他都稍有畏避，更不要說旁人了。王鉷府宅旁邊就是他辦公的使院，文案上要他批示的告文堆積像小山一樣高，有時一件事要等上幾個月才能得到他的批示，而皇上給他的賞賜卻不絕於門。

王鉷勢大，他身爲朝廷大臣，自有所收斂，但他的家人親屬就不是這樣了，他們依仗著他的勢力飛揚跋扈，到處招惹是非。王鉷的兒子王准是衛尉少卿，李林甫的兒子李岫是將作監，一起供奉禁中。王准並不因爲李岫的父親是當朝宰相就巴結於他，相反，還多次侮辱於他，李岫每遇到他都禮讓三分。

此事讓李林甫知道後，反勸說兒子李岫避讓於他，不要多惹是非。可見王鉷之勢大。其實李林甫心中也很不高興，但王鉷對他言聽計從，凡事唯他馬首是瞻，他又到哪裏去找這樣一個如此聽話的大臣呢，權衡得失，他還是讓兒子不要與王准爭鋒，小不忍則亂大謀。

王准氣焰囂張之極，以為他老子是京兆尹，在京城可謂一手遮天了，誰個敢來管他，就連一些皇親貴戚他也不放在眼裏。他還與市井之徒相交，整日帶領他們招搖過市，幹些橫行不法的事。他曾帶領這些無賴之徒路過駙馬都尉王繇府前，王繇竟望塵而拜。王准根本就不買他的賬，不僅不買他的賬，還挾彈射王繇，彈子射中王繇的帽子，把帽子上的玉簪都射斷了，他卻戲笑著離去。

如果王鉷的家人中只有王准這麼一個狂夫，也算罷了，問題是王鉷的弟弟王焊也是這樣一個人，他雖只是一個戶部郎中，但也結黨營私，極力培植勢力，與王准不同的是，他把手伸向了軍隊，也就是駐防京城的禁軍。他刻意與禁軍中的一些中級軍官結交，還利用王鉷是京兆尹的地位，包庇一些非法組織，隨著他們勢力的大增，京城長安漸漸成了他們的天下，他們橫衝直撞，目無王法，他們還狂妄無知，以為憑著手中的勢力，整個長安都在他們的掌握之中。

這事自然瞞不過朝廷的耳目，做為掌管禁軍的高力士對此更是格外留心，他表面不動聲色，其實對王焊他們的活動瞭若指掌。高力士把他們的活動收集起來，向玄宗做了彙報。玄宗一看，這還了得，竟然有人想染指我的防衛軍隊。於是立即把京兆尹王鉷喊來，問他這是怎麼一回事。

王鉷聽皇上這樣一問，背上頓時汗如雨下，回答說有，不好，說沒有這回事，也不好。說沒有，那些證據擺在那裏，豈容他否認，說有，那他身為京兆尹，平日都幹什麼去了，連眼皮下發生了這樣的事都不知道，輕的說是失職，重的呢，也許其中有他一分子。再說，領頭的竟是他的弟弟，他更脫不了這種干係。

從皇宮出來的王鉷，一邊用手抹著額上的汗，一邊心裏責怪他們，王准和王焊這兩個畜牲，平日我就聽到不少人在我面前嘀咕，說你們正路不走，專門結交一些不法之徒，幹些違法亂紀的事，我只當是一些小事，哪知你們竟把手伸向禁軍，你們到底想幹什麼？難道不知道這是在天子腳下嗎？天子腳下能容忍你這樣胡作非爲？現在好了，皇上讓我來查辦這事，你們說，我應該如何查辦？

王鉷心裏一肚子氣，一回府就叫人把王准和王悍找來，狠狠訓斥了一頓，罵他們不識好歹，盡在外面招惹是非，現在弄得皇上震怒，讓他查辦此事。現在只能要他們每人呈寫一張罪狀上來，只說與禁軍中軍官相交，連帶與那些無賴之徒的來往，是自己的行爲不檢。那些無關痛癢的違法亂紀的事再附帶上兩件，痛陳悔恨，自己在皇上面前想辦法替他們大事化小，小事化了就算了。

王悍和王准從王鉷屋裏出來時，互相望了一眼，他們從彼此的眼神中看到了對方心裏所想。王悍說：「你父親是官愈大，膽子愈小，皇上只是問了他一下，就把他嚇成了這樣。」

王准也說：「我們這樣做其實不還是爲他，我們爲他結交禁軍中的軍官，培植勢力，讓人越發不敢動他。等李林甫退下後，誰也別想與他爭相位，但他卻不理解。」

「我看這事不能聽你父親的。」

「那應該如何辦呢？」

「這事如果聽了你父親的，他把我們的罪狀往皇上面前一遞，輕的處罰，我們也會丟官被貶，重的話，說不定會被砍頭。我們只有破釜沉舟，最後一搏。」

「最後一搏？如何一搏？」

「我們把平日結交的那些龍武軍官，外帶你網羅的市井少年，集合起來，帶領他們起來抗拒，只有這樣才會有活路。」

「這，這不是造反嗎？」

「這怎麼是造反呢？我們又不是要殺皇上，我們要把那些與你父親有仇的大臣除掉，像楊國忠、陳希烈，如果順手的話，索性連李林甫也除去算了，讓你父親早點被封爲大丞相。」

「就憑我們這些人能與禁軍對抗嗎？該不會是以卵擊石吧？」

「你真是太小看自己了，我早就想到會有這麼一天，極力結交禁軍中的軍官，我曾用言語試探過他們，他們都對自己的處境不滿，表示願意與我共同舉事。我們要在對方沒有準備的情況下，突然發難，首先殺死禁軍大將軍，控制住禁軍，那麼一切還不都是我們說了算。」

聽叔叔這樣一說，王准信心倍增，立即趕去召集他手下那些地痞流氓。王焊也連忙去找禁軍中早已結交好的中級軍官。

王焊與王准的行動被楊國忠的情報人員打聽得一清二楚。楊國忠一聽他們要造反，心裏又驚慌又激動，心想，好呀，王鉷，你的弟弟和兒子竟做出這樣大逆不道的事來，也活該你倒楣，我看你還怎麼與我鬥。這下，你跳到黃河也洗不乾淨了。

當楊國忠聽說他們已經在城西南集合，心裏想，如果我趕在別人前面去把他們滅了，那豈不是首功一件。楊國忠帶著楊府家人和奴僕趕到城西南，就和王焊和王准那幫人打了起來，哪知，他們一點也不像楊國忠想的那樣不堪一擊，而是勇猛異常。一來那些市井少年，平時就動腳掄拳慣了，那些龍武士兵，就更不用說了，不一會兒，就把楊國忠帶去的家人打得落花流水。一個個倒伏於地。

隨著身旁的家人一個個倒下，楊國忠的心也愈來愈寒，他抬起頭來，看到如血的夕陽正高懸在城牆的上方，心裏不免想到，可歎我楊國忠今日竟會命喪此處，如錦的前程就這樣葬送了。

正在他絕望之時，突然身後猶如刮過一陣旋風衝過來一隊人馬。楊國忠定睛一看，原來是高力士帶著一大隊龍武騎兵來了，他頓時放下一顆心來，心想，好險，如果高力士來遲一步，我的這條小命就不在了。

原來幾乎就在楊國忠得到情報的同時，皇上也得到了報告。玄宗一聽是叛亂，驚得一下從龍座上站了起來，這是他幾十年都沒有聽到的事了，他急忙問道：「叛亂？哪個叛亂？」

「是王悍和王准帶領一些人。是一些禁軍和市井流氓。」

玄宗大驚，忙令高力士率兵前去剿殺。

當高力士趕到城西南的時候，正是楊國忠萬分危急的時刻。楊國忠一見高力士，高聲叫道：「高將軍，反賊在此，請將軍援助。」

高力士說：「請楊大人退後，待我來收拾這些大膽逆賊。」說著，一揮手，四百龍武騎兵就像虎狼一樣衝了上去，風捲殘雲般把剩下的叛賊收拾了。退下的楊國忠暗叫一聲「好險」，不停地用手擦拭額頭的汗。

這一場叛亂就像兒戲一樣，很快就平息了，長安市區並沒受到什麼驚擾，有的人甚至都不知道有這麼一回事，打仗也只在皇城西南角，談不上有什麼損失。但這場叛亂給皇上帶來了震怒，他不能允許在他的眼皮底下竟有這樣的事發生，參與者還是當朝大臣的親屬。

當王鉷一得知他的弟弟和兒子竟鋌而走險地要去反叛皇帝時，就知道他的政治生涯到頭了，不論他是否參與其中，他都難逃其咎，現在對他來說，不是能不能保住官帽的問題，而是如何保住腦袋的問題。

果然，玄宗即刻讓人把王鉷收押在監。王鉷知道如果不趕緊到皇上面前替自己申辯的話，那麼過不了幾天，他的腦袋就要搬家。於是，他連忙打點周圍的人，讓人幫他通告皇上，讓他到皇上面前訴說原由。

玄宗怒火稍稍平息下來後，想到他對待王鉷不薄，爲什麼他會叛亂呢？是不是其中另有隱情，當聽到王鉷要申辯的話後，就給了他一個機會。不過不是讓王鉷來向他申訴，而是向楊國忠申訴。

王鉷一聽皇上讓他去向楊國忠申訴，知道自己再無生路了。楊國忠是自己死敵，他會聽自己的申訴嗎，他恨不得他早點死了才甘心。

果然如王鉷所料，楊國忠硬把王悍和王准造反的事推到王鉷身上，說他是背後主謀。還說王鉷早就有不貳之心，還找術士來給他看相，說他有帝王之相，事後怕洩密，就殺人滅口，把術士給殺了。

至於楊國忠說的這事，確實是有這麼回事，但與楊國忠說的有很大的出入。不是王鉷而是王悍做的。有一次王悍聽說一個叫任海川的術士很會給人看相，就強行把他喊來，讓他給自己看相。任海川知道王悍一些橫行不法的事，爲了脫身，就胡編著說他有貴人之相。但王悍聽了這話似乎還不滿足，逼著問道：「那我有王者之相嗎？」

任海川一聽這句大逆不道的話，嚇得臉都白了。從王悍府上出來後，任海川愈想愈怕，就逃跑到外地，躲藏了起來。後來王鉷聽說了這件事，責怪弟弟口無遮攔，這種可能招致滿門抄斬的話也能隨便胡說？爲了怕這事洩漏出去，他千方百計搜尋到任海川，隨便找了個藉口，把他殺掉了。

不知怎的，這事讓王府司馬韋會知道了，韋會是定安公主的兒子，也算皇親國戚，他就把這事偷偷告訴了王繇。王鉷又找了個藉口把韋會收監，縊殺了，嚇得王繇再不敢多言。直到發生了這事後，他一看報復王家的機會來了，就把此事告訴了楊國忠。

王鉷知道再辯白也是沒用的了，楊國忠送呈皇上的狀子上必會寫滿他的罪行。這樣的事他也幹過，今天落到他的頭上，也算是報應。

玄宗看了楊國忠呈給他的狀子，上面一一清楚地寫著王鉷大逆不道的罪狀，禁不住勃然大怒，心想，好你個王鉷，朕待你不薄，想不到你竟有此賊子之心，早就在算計我了。我本待留你一條性命，看來你是自取滅亡。但皇上終算顧及到一點他的體面，就允許他自盡，家屬流放。

王鉷被殺，最高興的莫過於楊國忠了，他彷彿看到自己向著宰相的寶座又邁進了一步。王鉷死了，他的官職會轉給誰呢？在王鉷兼領的二十多個官職中，其中最吸引人的是京兆尹和御史大夫兩個官銜，楊國忠心裏原指望能得到一個就是萬幸了，哪知，皇上把這兩個大官帽都給了他，不僅如此，王鉷兼領的二十多個官職，一大半都轉到了楊國忠的頭上。

楊國忠現在好了，他成了朝中第二號人物，是僅次於李林甫的大臣。隨著權勢的增大，楊國忠不免也有些驕橫，甚至有些不把李林甫放在眼裏了。但一向精明的楊國忠被權勢沖昏了頭腦，他應該知道李林甫是怎樣的一個人，李林甫是不會允許身邊有一個與他作對的人存在的，更不會允許對他相位造成危險的人存在的。李林甫從楊國忠的身上聞到了對他不利的氣味。

再說，王鉷一向與李林甫交好，楊國忠打擊王鉷，從某一方面說，就是打擊了他李林甫。在王鉷被拘押在監時，李林甫曾想法要保王鉷一命，但在楊國忠的干預下，沒有成功，這也是叫李林甫痛恨楊國忠的地方。但楊國忠似乎被勝利沖昏了頭腦，對李林甫竟然一點也沒有提防，還以爲他對自己依然如前呢。

轉眼間又到了深秋，千秋節過了沒有一個月，重陽節又到了。重陽節向來也是一個受到重視的節日，這天，官宦人家必帶著酒肴到野外登高遠眺，並相約三五知己好友一起宴游，賞菊暢志。

重陽節的由來是這樣的。在漢魏時代，那些有文人操守，不願與當權者同流合污的賢士文人，爲了避禍，紛紛到山林中避世做隱士，後來的人讚賞他們的這種高尚的情操，就把登高演變爲一種健身娛樂活動。這種活動連皇帝都參加，一到重陽節，皇帝帶著文武百官或到慈恩寺或到大雁塔，或到渭水邊上的臨渭亭，舉行登高宴會。近來，玄宗因為千秋節離重陽節太近，反把它忽略了。

今年，玄宗忽然心血來潮，在千秋節過後，又要隆重地歡慶重陽節。但他心裏躊躇，不知是去登慈恩寺或大雁塔，還是到渭水邊的臨渭亭去。還是虢國夫人替他拿了主意，她說：「皇上，那些地方都有人去過，沒什麼新意，我們要玩就要玩出個新花樣來。」

「噢，依你說如何才有新花樣？」

「那天，我們哪也不去，就在宮裏，舉行一次賞花飲酒詩會，把那些文人學士都請來，看哪一個能作出好詩，作出好詩者可飲好酒，作不出者罰酒。」

玄宗一聽大贊甚妙，就聽從了虢國夫人的安排。吩咐人就按她所說的布置。到了重陽節這天，玄宗就在沉香亭畔擺開了宴席，有些皇親國戚，外加有些名望的文人學士都在受邀之列。

亭畔的牡丹已經凋謝，萬朵菊花正爭奇鬥豔，清香浮動。玄宗攜楊玉環高坐其上，把虢國夫人事先講好的規矩給大家說了。他拿起面前的一瓶琥珀色的酒說：「眾人看清，這瓶酒是西域名酒，叫葡萄酒，如果今天誰獨佔詩魁，我就把這瓶酒賞賜給他。」

聽皇上這樣一說，眾人眼睛都是一亮。西域有一種名酒，是用當地特產葡萄釀成，酒質醇香，入口酸中帶甜，色質與中原酒大是不同，對這種酒大家都只是聽聞，從沒見過，但它的大名早已通過王翰的那首〈涼州詞〉傳遍京華：

葡萄美酒夜光杯，欲飲琵琶馬上催。
醉臥沙場君莫笑，古來征戰幾人回。

為了喝葡萄美酒，連性命都交給敵方了。可見葡萄美酒的魅力。

眾人聽了轟然叫好，待紙筆發下後，個個蹙眉凝思，構思佳作，為得皇上面前瓶中佳釀。連虢國夫人都要了紙與筆。玄宗說：「夫人，你也作詩嗎？我怎麼從來沒有聽說過。」

「哼，不許瞧不起人，我今天就作出一首好詩，把你那瓶好酒贏過來。」

「三姐，贏不過來也沒事的，三郎府庫中還藏有呢。」楊玉環在一旁說。

「不，我要靠自己的真本事贏酒喝，那樣喝起來才過癮。」

看著要強的虢國夫人，玄宗眼裏露出贊許的神情，說：「好，如果夫人真贏得了這瓶酒，那我就拿出我的寶杯來親自為你斟酒。」

「這是皇上親口說的，可不許反悔喲。」

「一言為定。」

於是，虢國夫人拿著紙和筆到一旁作詩去了。沒過一會兒，那些文人學士都把詩作拿了出來，皇上讓他們就在自己的座位上大聲地念出來，以供大家評斷。首先站起來的是一位宮廷詩人，只聽他搖頭晃腦地念道：

帝里重陽節，香園萬乘來。
卻邪萸入佩，獻壽菊傳杯。

這首詩寫得一般，只博得了幾下稀疏的掌聲。隨後又是一位叫杜甫的詩人站了起來，杜甫是長安比較有名氣的詩人，但一直窮困潦倒，鬱鬱不得志，他作的這首詩名叫〈九日〉，只聽他念道：

重陽獨酌杯中酒，抱病起登江上臺。
竹葉子人既無分，菊花從此不須開。
殊方日落玄猿哭，舊國霜前白雁來。
弟妹蕭條各何在，干戈衰謝兩相催！

這是一首感懷傷世，有點發牢騷的詩，本不宜在這種盛宴上吟誦，但杜甫想到自己半生奔波於權貴之門，遭受數不盡的白眼冷遇，空有滿腹才情不被人賞識，此次在皇帝面前，他不惜冒得罪皇上的風險，直抒了自己的胸臆。好在皇上並不介意，還給他鼓了一下掌。後來也有一些皇親國戚紛紛站起來念詩，但少有佳作，皇上面前的那瓶酒還擺在他的面前。這時，老詩人王維也把詩作好了。皇上顧及他的年老，讓他坐著念詩就可以了。王維這首詩名叫〈九月九日憶山東諸兄弟〉，只聽王維念道：

獨在異鄉為異客，每逢佳節倍思親。
遙知兄弟登高處，遍插茱萸少一人。

詩一念完，全場沒有動靜，不是王維的詩作得太差，而是王維的詩作得太好，詩中明白淺顯的憂傷和思念把大家都打動了。詩並無華麗的辭藻和出奇的想像，只是敍述了重陽節的一項活動，但就是這項活動牽動了作者的思鄉情，從而引起了大家的共鳴。

過了好一會兒，掌聲才響起，經久不息。所有的詩裏，數這首詩作得最好，不出意外，皇上面前的那瓶葡萄酒當非王維莫屬。就在玄宗舉起葡萄酒瓶準備賞賜給王維時，虢國夫人站起來說：「慢，還有我沒有念詩呢，怎麼就能說他的詩第一呢？」

玄宗又把手中酒瓶放下，說：「那麼，夫人就請念詩吧。」

「我還沒作好呢。」

「那你什麼時候能作好呢？」

「你這樣看著人家，人家才思發揮不出來。我要到後面構思去。」

說著虢國夫人身子一扭到後面去了。其實虢國夫人會作什麼詩，她到後面不過是想找人幫她作詩。虢國夫人到了後面，也不管是誰，見著一個太監就一把拽住，讓他爲她作一首與重陽節有關的詩。太監雙手亂擺說：「大人，我不會作詩啊。」

「不會？那誰會？」太監往另外一個太監一指說：「他會。」

於是虢國夫人硬逼著另一個太監趕快爲她寫詩。那個太監平時可能也喜歡胡謅兩句順口溜，於是稍微沉吟了一下，就提筆爲她寫下了一首詩。虢國夫人也不細看，拿起太監爲她寫的詩就跑到前邊，說：「我的詩寫好了。」

「啊，虢國夫人的大作來了，那就請你給我們念念吧。」

虢國夫人清了清嗓子，高聲念了起來：

秋風秋起時，重陽風俗日。
天下承平久，何待是重陽。

這哪裏是詩，分明是四句順口溜，既不押韻，短短幾句中，「重陽」就無意義地重複兩次。但就是這樣一句順口溜竟博得了玄宗的喝彩。大家一看皇上都拍巴掌了，連忙也鼓起掌來。一向善於拍馬的王維立即近前說：「陛下，我看此次詩會，非虢國夫人這首〈重陽〉詩屬第一不可。葡萄美酒，我等只有垂涎的份了。」

玄宗知道王維這是故意要讓他和貴妃高興，看今天的詩作，本來王維應該是第一的，但既然他這樣說，也不好掃了他的面子。於是就把葡萄酒舉了起來，對虢國夫人說：「夫人，你的詩技壓群芳，奪得詩魁。來，朕這就把美酒賞賜於你。」

但虢國夫人並不上前接酒，她說：「皇上，剛才你是如何說的，如果我贏了，你就要親自給我斟酒，還要拿出你的寶貝酒杯。」

要是換了別人，跪下謝恩還來不及呢，哪敢和皇上講這番話。但虢國夫人仗著皇上對她的恩寵，膽子超出常人，揪著皇上說過的話不依不饒。

玄宗也是高興，忙命內府官員把他珍藏在府庫中的酒杯取出來，他真的要給虢國夫人斟酒。

不一會兒，內府官員手捧酒盞而來。眾人看到，揭去蓋罩的酒盞個個造型別致，與平常所看到的另有不同。玄宗也有意在眾人面前賣弄他珍藏的這些酒盞，乘機一一指認那些酒盞給大家看，什麼海川螺、金蕉葉、醉高伶、玉蟾兒、玻璃七寶杯，不一而足。虢國夫人說：「皇上，這些酒杯除了外型好看一點，名字好聽一點，也沒有什麼特別的地方。還值得這樣珍藏。」

「呵呵，它們的妙處還大著呢。」

「有什麼妙處？」

玄宗也不答話，提起酒瓶，向一個酒杯中倒去。一邊倒，玄宗一邊說：「這只酒杯名叫『蓬萊盞』，你仔細看清了。」

大家看到那只叫「蓬萊盞」的酒杯，上面雕刻有蓬萊三島的圖案，精美絕倫，除此之外，別無特色。但等酒注滿後，奇蹟出現了。只見蓬萊三島上隱隱有仙女在舞蹈，仙女的身影慢慢變得清晰，甚至連一舉手一投足都看得清清楚楚，她們一會兒凌空飛舞，一會兒蹁躚弄月，從酒杯的不同方向看，就像看到不同的場景。大家眼睛都看直了，實難相信眼前看到的一切。玄宗把酒杯往虢國夫人面前一送，說：「夫人，請滿飲此杯。」

虢國夫人正看得出神，突然聽到皇上讓她喝下這杯酒，不禁有點擔心，這只酒杯如此古怪，該不會有什麼不對的地方吧。玄宗彷彿看透了她的心思，嘲笑著說：「怎麼，不敢喝了？」

被皇上這樣一激，虢國夫人傲氣又上來了，她說：「有什麼不敢喝的。」說著，接過酒杯，一飲而盡。

酒一入口，虢國夫人只覺得芳香透腑，口頰清爽。她吧嗒吧嗒嘴巴，回味葡萄美酒的滋味，只覺得是她從沒嘗過的甘甜，其中又夾雜著一股酸酸的味道。此時，她再看杯中，再也沒有仙女了，只剩下一滴琥珀色的葡萄酒在杯底滾動，猶如一顆紅寶石鑲嵌在杯中。

還沒等虢國夫人從美酒滋味中醒過來，玄宗又拿起一個酒杯，說：「夫人再看看這個酒杯有何妙處。」

虢國夫人看到玄宗手裏的酒杯，顏色發青，上面繪有亂紋，亂紋如絲般纏繞在一起，杯壁其薄如紙，在杯足上鏤雕有三個小金字：自暖杯。

「自暖杯，它爲什麼叫自暖杯？」

玄宗也不搭話，拿起酒瓶往自暖杯中慢慢注入葡萄酒。待注滿後，並不交給虢國夫人，把它擺放在桌上。過了沒多久，大家忽然看到酒中冒出小氣泡來，隨之滾如沸湯，溫溫然有熱氣上升，就像一鍋沸水。大家這才明白它爲什麼叫「自暖杯」，原來它能自動給酒加熱。但它下面既不加火，自身又沒熱度，如何能令酒滾如沸湯呢？這是一個難解的謎。隨著熱氣的四散，酒香飄逸開來，瞬間彌漫整個場地，聞之讓人流涎。

玄宗把杯子舉到虢國夫人面前，抬手示意讓她飲了此杯酒。虢國夫人遲疑地接過來，生怕燙了手。說也奇怪，看似滾如沸湯的酒，端在手裏一點也不燙手，只是有點溫和，她先用嘴唇沾沾，酒也不燙，這才一飲而盡。

兩杯酒下肚的虢國夫人，臉上露出兩團酡紅，眼光滋潤，閃著明亮的光彩，顯得嬌媚無比。玄宗與虢國夫人站得很近，不覺瞧得有點呆了。他接過虢國夫人手中的酒杯，不自禁地往裏面倒滿酒，仰頭喝了一杯。

這個場景許多人都看到了，不覺有點驚愕。這是失禮的，皇帝怎可和一個國夫人同用一個酒杯喝酒呢，太有失堂堂皇帝的尊嚴了。但玄宗皇帝做得那樣自然，好似根本就沒想到這是一件大不了的事。於是眾人也只當沒看到一樣。但坐在一旁的楊玉環看了心裏總覺得有點不對頭，到底是哪裏不對頭呢，她又說不上來，但心情低落了。甚至覺得三姐今天有點太放肆的味道。但她什麼也沒說。

玄宗又把餘下的酒杯一一介紹給大家看，每介紹一種，就親自斟酒，再端到虢國夫人面前請她飲下。漸漸地，虢國夫人醉了，她粉臉含春，神態舉止沒了拘束。楊玉環及時勸止她說：「三姐，不要喝了，難道你想把一瓶酒都喝下去嗎？」

聽了這話，虢國夫人摸了摸自己的臉，臉燙得燒手，她口齒有點不清地說：「貴妃，玉環，我今天就要把這瓶酒都喝光，美酒不能浪費啊。」

但楊玉環不准虢國夫人再喝了，她讓玄宗把剩下的酒賞賜給了眾人。此時的虢國夫人已經醉得神志不清了。楊玉環讓宮女扶虢國夫人到後面休息，等她酒醒之後再讓她離開。

虢國夫人離開後，玄宗把剩下的葡萄酒分賞給眾人，大家端著這聽聞已久的美酒，不捨得一口喝光，大多一口一口地抿在嘴裏，細細品嘗，慢慢下嚥，再閉上雙眼，悠悠回味很久才舒出一口氣，顯得陶醉無比的樣子。

坐了一會兒，玄宗內急，要去方便。待他轉過兩道回廊，走到一處花叢旁時，看到剛才扶著虢國夫人的兩個宮女站在一邊閒聊，見到他，連忙垂首站立。他問道：「不是讓你們去侍候虢國夫人的嗎？怎麼在這裏閒聊。」

「稟皇上，虢國夫人走到這裏，再不願回後面休息，只說心裏燒得難受，非要到那邊花叢樹蔭下躺一下，奴婢怎麼勸說都不行。」

「噢，是這樣。她在哪裏？」

「就在那邊。」

玄宗順著宮女手指的方向，看到不遠處花叢樹蔭下露出一塊鮮豔衣角，估計定是虢國夫人，就朝兩個宮女擺擺手，向虢國夫人走去。

待走到虢國夫人身旁，玄宗看到她躺在開滿花的樹蔭下，胸脯一起一伏，均勻地喘著鼻息，已經睡著了。明亮的陽光透過樹間的縫隙照在虢國夫人的臉上，散發出燦爛的光彩。也許真是喝多了，虢國夫人睡姿慵懶，別有風情。

看著仰面而睡的虢國夫人，玄宗突然怦怦心跳，爲她的豔麗所吸引。作爲楊玉環三姐的虢國夫人，一直都與妹妹有著另一種的美麗。楊玉環雍容華貴，豐腴圓潤，而虢國夫人輕佻靈動，如精靈一般飄逸，由於她一向淡掃蛾眉，身上有著一種輕浮女人的挑逗的風韻，這種風韻往往是最讓男人動心的。有時，看著風韻十足的虢國夫人，玄宗不是沒有動過心，但這種心思往往是轉眼就過，因爲他的身旁有楊玉環，他對楊玉環的愛是無人可以替代的，而他對虢國夫人的心動只是肉慾方面的，有時，他會想，如果能把那麼一個可人的女人抱在懷裏親熱一下就好了，但只是想想，人不在眼前，慾望也就會不存在。

但今天有點不同，虢國夫人以這種張揚的姿勢呈現在他的面前，加上雙方都喝了酒，常言說酒爲色媒人，玄宗心動了，他極想把虢國夫人摟在懷裏親熱一下。不過，玄宗還能把持住自己，他細細端詳虢國夫人，只想領略一下她的靜態美。

玄宗發現虢國夫人雲鬟鬆散，斜在一邊，身下也不墊東西，就那樣玉山傾倒般倒在地上，眼睛合攏，臉似百合，臉上暈紅一片，渾身散出一股酒香。再一細看，竟發現她的頭上停著一隻蝴蝶，原來蝴蝶把她誤當成一朵盛開的花了。不過，在此時的玄宗看來，虢國夫人比花還要美上百倍。他上前，伸手把蝴蝶趕跑，蹲下身來，更近地端詳虢國夫人，越發覺得她美不勝收。他突然覺得情欲在心中升騰，禁不住伸出手去撫摸虢國夫人的臉頰。

虢國夫人輕輕哼了一聲，側了一下身子，並沒醒來。玄宗像一個偷情的少年一樣，突然覺得情趣盎然。他看著虢國夫人曲線畢露的身段，心裏那股慾火更加按捺不住。他走上前去，竟把虢國夫人抱在懷裏，情不自禁地吻了起來。虢國夫人顯然還在夢裏，她嘴裏哼哼著並不睜眼，任由玄宗擺布。過了好一會兒，虢國夫人才真正醒來，她一醒來，發現竟有一個男子摟著自己，大吃一驚，剛要叫喊，但一發現摟著自己的竟是皇上，叫聲停在嗓子裏再也發不出來，只是稍稍遲疑了一下，她就緊緊摟著玄宗，也拚命吻了起來。

玄宗見醒來的虢國夫人摟著他不放，心裏大樂，這真是偷情的正遇著等著的，一拍即合。二人親吻了一番後，玄宗這才放下虢國夫人回到前面。雖然他們誰也沒說一句話，但知道對方都渴望得到自己，只是今天不適宜歡會。

回到前邊的玄宗，楊玉環問他怎麼去了這麼久，玄宗臉上不禁一紅，訕訕地說不出話。其實他根本還沒去方便呢。

自從發生了重陽節的那一幕，玄宗皇帝心中就對虢國夫人念念不忘，渴望早日見到她，能與她幽會偷歡。但皇宮太不方便，人多眼雜，再說虢國夫人來宮時，楊玉環一般都陪伴在旁，讓倆人眉目傳情都要小心著，更不要說單獨在一起了。

虢國夫人呢，以前在皇上面前表現的輕佻只是她的本性使然，並沒想刻意去勾引皇上，不管怎麼說，皇上是四妹的，是玉環的，再說，他也已經年老了，身上哪還有太多的精力呢。但重陽節花叢下，她竟發現皇上對她有著一分貪慕，這是她以前沒有想到的。

當時，她喝多了酒，酒讓她亂性，朦朧中情欲不受理智的約束，但她感到一個男人把她緊緊摟在懷裏時，她有的只是朦朧的滿足與陶醉，待看清是皇上後，她心裏也只是微微驚詫，並沒有感到過多的震驚。

等到回到府上，她把這件事仔細想了想，隱隱感到其中似有不妥，無疑，她這樣做，是會給玉環帶來傷害的，這是她不願意的，再者，她也看得很清楚，皇上和她當時都喝了一些酒，都有點任著性子來，酒醒後，皇上會怎麼想呢。當然，酒醉時的表現都是平日心底的所想，但他到底是皇上啊，後宮那麼多嬪妃都期盼著得到他的臨幸，他對女人也應該是隨便的，那麼，他對她的態度是不是也是出於隨便呢？如果那樣，可就是他酒後的一時衝動了。

思前想後，虢國夫人心裏拿不定皇上對她的感情到底有幾分是真，幾分是假，但她的心裏隱隱地又期盼著要與皇上發生一點糾纏，不爲別的，就爲他是皇上。不管他多麼老了，不管他是四妹心愛的男人，就衝著他是威儀天下的皇帝，身上有著無人可比的權力這點，就把她深深吸引了，試想，哪個女人不想與天下最有權力的男人發生一點關係呢，這是女人天生的虛榮心。

這天，虢國夫人再次進宮，她想看看皇上對她的感情到底只是一時的酒後衝動呢，還是她確實讓他動了心。如果皇上對她的神態又恢復到以往，那她也就裝作什麼也沒發生一樣，如果他真的想得到她，那她也就投懷送抱。她想，她是能看出皇上對她的心思的。

哪知道虢國夫人與玄宗一見面，虢國夫人就從玄宗那雙色迷迷的渴望的眼神裏洞悉了一切，她知道，皇上確實是被自己迷住了，他那天不僅僅是酒後的衝動，是他垂涎她美色的表現。看到這些，她又是歡喜又是惶惑，但歡喜還是占得多。

玄宗與虢國夫人，一個是你心中有情，一個是我心中有意，但苦於貴妃在旁，不能得手歡會，心裏的欲望因受阻更加讓他們煎熬。楊玉環呢，萬萬沒有想到自己的三姐會勾引她的男人，看到玄宗因爲虢國夫人的到來而增加了興致還心中高興呢。

但二人是絕不會滿足只是眉目傳情的，他們要的是肉體的歡樂和結合。

現在，虢國夫人來皇宮的機會比以前多了，因爲皇上有過命令，她是唯一一個可以在皇宮騎馬直入的人。但每次來，她都不能單獨與皇上待在一起，楊玉環總是陪伴在旁。這天，虢國夫人又來了，今天她來得很巧，楊玉環正在午睡。玄宗正閉目養神。虢國夫人確實打動了他的心。

就是因爲他了解楊玉環對他感情的專一和強求，所以他的心中一直對虢國夫人的欲念是否要表露出來而矛盾。如果這事再讓楊玉環知道了，她會怎麼樣呢？會像上次一樣雷霆大發，不依不饒？還是因爲臨幸的是她的三姐而睜一隻眼閉一隻眼？一切不得而知。但玄宗有著所有男人一樣的心理，就是夢想讓欲望得到滿足而又能保守秘密。他想，只要他和虢國夫人秘密幽會，瞞住楊玉環是可能的。只要楊玉環不知道，那麼即使別人知道也是沒有事的。

正在玄宗這樣想著的時候，鼻子裏突然聞到一陣幽香，這種幽香不是一般宮女身上所有的，這幽香讓他熟悉和興奮，他睜開眼，看到了虢國夫人正笑吟吟地站在門前望著他。

當玄宗看到虢國夫人只是一人時，他的心立刻振奮起來。他站起身來，快步走到她身旁，一把抓住她的手，說：「夫人，你怎麼一個人來的呢？」

「怎麼，不歡迎我一個人來啊，那我就把貴妃一道喊來。」

「啊，不。夫人，我不是那個意思。」

虢國夫人自然知道玄宗不是那個意思，她抿著嘴笑笑，輕移蓮步邁進屋來。玄宗揮揮手，讓內侍都到外面去。看到屋內只剩下兩人時，虢國夫人說：「皇上，你不要太辛苦了，要多注意休息啊。」

「不行啊，國務繁多，哪像你們想得那樣輕鬆，有些事急等著要處理的。」

「那也不能把身體累著了。皇上，你知道嗎？近來，我聽到別的嬪妃對你可有些怨言。」

「噢，什麼怨言？」

「她們說你心裏只有貴妃一人，把她們都視作塵土，連她們的屋門都不靠近一步。」

玄宗嘿嘿笑了兩聲，說：「朕年老了，身邊只有一個貴妃就可以了。」

「皇上，你年老了嗎？我看你還壯得很呢，壯得就像……嘻！」

「像什麼？」

「臣妾不敢說。」

「直說無妨，我不介意的。」

「壯得像牛！一條大公牛。」

這句話把玄宗逗樂了，他走到虢國夫人身後，一把把她抱在懷裏，附在她耳邊說：「你可想吃牛肉？」

被玄宗抱著的虢國夫人一聲輕呼，隨即軟了下來，她只覺得皇上的兩隻手臂堅強有力，緊緊箍著她的腰，讓她心跳如鼓。她扭過身來，兩隻玉臂也纏繞住玄宗的脖子，兩人忘情地親吻起來。

正在兩人情不自禁的時候，突然聽到門外傳來一聲「貴妃娘娘駕到。」唬得兩人連忙放開，各自整理起自己的衣裳來。原來，楊玉環一覺醒來，宮女告訴她虢國夫人來了，見她在睡覺，就到別處去了。楊玉環一路打聽，知道三姐到勤政樓去了，就一路尋來。

看到楊玉環，虢國夫人和玄宗神色間都有些不自然，他們臉色訕訕地招呼著她。虢國夫人紅著臉說：「玉環，我剛才到你那去，見你在午睡，就到皇上這裏來坐坐。」

楊玉環見三姐臉色莫名其妙地發紅，並沒往深處想，只是說：「是啊，每天，我都要小睡一會兒的，你來了把我喊醒就是了。對了，我來之前，你們在談論什麼呢？」

「啊，我們在談論，談論……」

「我們正在談論冬天來了，應該上華清宮去了。」

虢國夫人見玄宗期期艾艾地說不上來，就替他說道。

「對，今年我們可以提前上驪山，也可以多住些時日。」

楊玉環一聽他們說要提前上驪山，馬上也來了勁頭，她正爲整天待在宮裏煩悶，立刻附和著說：「好啊，這兩天，我也正準備說這事呢。」

事情就這樣掩蓋過去了。虢國夫人和玄宗都喑舒了一口氣。看著楊玉環那天真無邪的樣子，虢國夫人感到的是慶幸。玄宗感到的卻是一絲愧疚，楊玉環這樣信任他，他卻背著她做對不起她的事。

這樣也好，皇宮人雜，到了驪山，眾多的亭臺樓閣掩映在茂密的蒼松翠柏之間，這爲幽會提供了隱秘的場所。

十月中旬的時候，玄宗和楊玉環上了驪山避寒，隨行的除了三位國夫人之外，還有別的一些皇親國戚。三位國夫人都已經在驪山蓋了自己的山莊。驪山由於三次大規模的擴建，秀麗的山巒上布列著數不清的亭臺樓閣，其中著名的有長生殿、老君殿、朝元閣等。加之許多朝臣也在此各建邸舍，使得土地畝值千金，環宮沿山，『植松柏遍滿岩谷，望之鬱然』，一個新的花園型皇宮出現了。

但玄宗和虢國夫人到了驪山依然沒有找到時機幽會，這讓他們心癢難熬。虢國夫人與玄宗的眉目傳情，自以爲做得隱秘，哪知卻被另一個女人看了出來，她就是謝阿蠻。這個昔年闖蕩江湖的風塵女子，什麼風情沒有見識過，她從虢國夫人與皇上一人間的神態上一眼就看出了真相。刁鑽古怪的她於是取笑起虢國夫人來。

「夫人，這幾天，我看你臉上總是喜氣洋洋的，一定有什麼喜事吧。」

「胡說，我又有什麼喜事。」

「我聽說，寡婦帶笑，房門不牢。不知是不是這樣。」

「小鬼，不要在我面前胡說八道。瞧我不懲罰你。」

「難道不是嗎？總是和一個男人眉來眼去，還把別人全當成了傻子。」

虢國夫人聽謝阿蠻這樣一說，知道她把一切都看去了，就假裝追著她打，說：「不許胡說，誰和他眉來眼去了。」

謝阿蠻一邊跑一邊叫道：「啊，不好了，殺人滅口了，救命啊！」

鬧了一陣，兩個女人坐了下來。不知怎的，有時，虢國夫人願意把心裏的話說給謝阿蠻聽，這次也是一樣，她把心裏話講了出來。要是別人肯定難爲情，以爲這種偷情的事知道的人愈少愈好，但虢國夫人和謝阿蠻身上有著相同的地方，就是只顧自己的享樂，至於道德和倫理，她們是不放在心上的。果然謝阿蠻聽了反而羨慕起虢國夫人來，說她竟討得了皇上的歡心，真是不簡單。

隨即，虢國夫人又歎了一口氣說：「這有什麼用呢，他一直被玉環緊緊看著，一直不能單獨在一起。」謝阿蠻說：「他是皇上，怎麼會被貴妃看住？」

「你忘了上次出宮風波了，就是玉環太過吃醋造成的，所以他現在變得膽小了。這有點讓人生氣。」

「這還不簡單，讓我來想個辦法，成全你們的心願。」

「什麼方法？好妹妹，我知道你一向機靈的，快給想個方法。」

沒過幾天，謝阿蠻想出了一個方法，就是用酒把楊玉環灌醉。

這天是冬至節，謝阿蠻和虢國夫人別有用心地慫恿玄宗舉辦一個小型宴會，事前，她們商量好要把楊玉環灌醉。於是在宴會上，她們二人不停地向楊玉環敬酒。楊玉環幾杯酒下肚，果然頭有些打飄，醺醺然中說：「阿蠻，你喝過多少杯酒了？爲什麼老是找題目讓我飲酒？」

謝阿蠻說：「貴妃娘娘，我也沒少喝啊，你看我不又喝了一杯嗎？」說著，一仰頭把一杯酒喝乾了。

不得已，楊玉環又喝了一杯酒。這杯酒喝下，楊玉環真的醉了。她靠在墊子上，不能支持。玄宗不知道虢國夫人和謝阿蠻今晚怎麼了，爲什麼一味只是勸楊玉環多喝酒，但在這中間，虢國夫人不停地向

他眨眼，意思是讓他不要勸阻，他不知道她們在玩什麼花樣，就沒有過多制止。

玄宗坐在楊玉環身邊，看到她的內衣已經汗濕，怕她著涼，輕輕地以巾爲她揩拭頸項。楊玉環合著眼睛，聲音不清地說：「三郎，我的心跳得快，天地都在旋轉。」

「哦，你等等，我讓他們給你做醒酒湯來。」

楊玉環緊緊捏著玄宗的手，嘴裏喘著氣說：「我好久沒有飲過這樣多的酒了，今天真的不行了，先給我一枚酸果吧。」

虢國夫人在一旁看著楊玉環與玄宗間的親密神態，聽著他們充滿情愛的細語，心裏突然有些惘然，一時間不知自己這樣做是對是錯。甚至還有點傷心。她也是有著幾個情夫的人，但其中沒有一個如皇上對四妹那樣真心實意，她傷心，爲自己不曾被愛，爲自己找不到一個真正愛著的人。她想，難道是因爲自己的輕浮嗎？

楊玉環嘴裏含著酸果，徐徐站直了，讓宮女扶著，向寢宮走去。玄宗擔心著她，隨著她進去了。進到裏面，玄宗扶著楊玉環和衣躺下，他知道此時若讓她多動，一定會嘔吐出來。外面，謝阿蠻用手臂捅捅虢國夫人說：「夫人，好事就是今晚了。」

虢國夫人忽然若有所思地說：「阿蠻，我看就算了吧。」

「夫人，這可是個好時機，要把握啊。不行，我進去把皇上替換出來。」說著，謝阿蠻跑了進去。跑到裏面的謝阿蠻看到楊玉環已經酣然熟睡，皇上正坐在一旁。一看到她，玄宗說：「你看你們倆把貴妃灌得醉成什麼樣子，我一定要重重罰你們。也要讓你們大醉一場。」

謝阿蠻吐吐舌頭，把小手伸到玄宗面前說：「我知道錯了，你打手吧。是虢國夫人和我商量好的，要使貴妃醉一次。」

「虢國夫人？你們爲什麼要商量這事？」

「因爲，因爲只有貴妃醉了，虢國夫人才能和皇上你在一起啊。」謝阿蠻突然吃吃笑著說。聽謝阿蠻這樣一說，玄宗才知道她們爲什麼要灌醉楊玉環，輕輕地在她手上打了一下說：「小東西！」

謝阿蠻吐吐舌頭說：「皇上，她正在外面等著呢，還不快去。」

看著皇上遲疑不決的樣子，謝阿蠻又說：「沒事的，這裏有我照顧著，你放心地去吧。」

其實玄宗倒不是不放心楊玉環，反正有宮女侍候著呢，他只是覺得在楊玉環醉成這樣的時候，他跑去和虢國夫人幽會偷歡，感到有點對不起楊玉環。但他也知道這個機會不好得，稍縱即逝，最後，還是欲望占了上風，叮囑了謝阿蠻一番，快步向外走去。

虢國夫人正在外面火熱地等著玄宗呢，一見他出來，兩人心照不宣地笑了笑。繼而，玄宗命罷宴，和她一起向另一處亭閣而去。

那一晚，玄宗在虢國夫人身上體會到另一種女人的魅力，是一種與楊玉環截然不同的風情，是一個放蕩的女人帶來的另一種刺激和盡興。玄宗大膽放肆地調笑，虢國夫人一點也不顧忌，她依偎著皇上，甚至比皇上還主動。玄宗感到抱著這位大姨子有著別一樣的味道。

纏綿過後，玄宗卻並不留虢國夫人過夜，或他不願整夜都陪伴著她，他要回到楊玉環的身邊去。虢國夫人試圖挽留他，但玄宗不同意。這讓虢國夫人心中悵然，甚至覺得委屈，她想，皇上只是把她當作滿足情欲的一個普通女子，在他心裏，她與楊玉環是不能比的。

這次偷情過後，玄宗與虢國夫人越加地放肆了，他們利用楊玉環的信任和疏忽，又偷偷幽會了幾次。楊玉環一點也不知道，但宮中已經有不少人知曉這件事，她們都瞞著楊玉環。如果他們一直就這樣隱秘的話，關係是可以一直維持下去的，但常言說世上沒有不透風的牆，時間久了，楊玉環還是有了覺察。

事情還是出在虢國夫人身上，原來隨著她與玄宗關係的親密，她愈來愈不滿足只是偷偷摸摸地與皇上間的來往了，她竟妄想要玄宗給她一個正式的名分。而這是不可能的。玄宗在封楊玉環爲貴妃時，曾正式對著眾人說以後再不會冊封嬪妃了，而他與虢國夫人間的交往，多是欲望的渴望，他只願與她保持情人的關係。

一天，虢國夫人在幽會中問他：「皇上，我不能總是這樣偷偷摸摸的啊，你要給我一個名分。」

玄宗說：「我不是已經給了你名分了嗎。」

「你給了我名分?什麼名分?」

「虢國夫人啊。」

虢國夫人很不高興地說：「我知道你爲什麼不敢給我名分了，你是怕她。」

虢國夫人話中的「她」，自然是指楊玉環。玄宗不答話。說真的，這中間是有楊玉環的原因，但不是怕，是愛。玄宗不願傷害楊玉環。如果楊玉環知道他與她的三姐在偷情，還把她正式封爲嬪妃的話，玄宗有種預感，楊玉環是不會高興的。而他，也只想與虢國夫人保持這種情人的關係。

虢國夫人見玄宗沒有冊封她爲嬪妃的意思，心中左思右想，終於想出了一個方法，就是在楊玉環面前把她與皇上間的關係表現出來，給她造成　種木已成舟的感覺，讓她被動接受現實，從而達到能進宮的目的。至於這樣對楊玉環造成的傷害，她就不管了。

於是，虢國夫人愈來愈放肆，就是在楊玉環的面前，她也全然不顧地與玄宗調起情來。這樣一來，楊玉環就是再木訥，也有所察覺了。

轉眼間到了歲除，這天，玄宗決定在華清宮舉行一場儺戲。儺戲是驅鬼神的戲，參加的人都要戴上面具，用奇形怪狀的動作舞動。虢國夫人和謝阿蠻也參加了。謝阿蠻戴的是一個鍾馗的猙獰面具。自從吳道子爲武惠妃畫過鍾馗像後，短短時間內，鍾馗已經成了老百姓喜愛的門神了，儺戲上每次都有人戴著他的面具出場。虢國夫人呢，戴的是一個小鬼面具，她要與謝阿蠻表演鍾馗捉鬼的故事。

虢國夫人先上場，先是表現出一個小鬼得意非凡的樣子，隨後扮演鍾馗的謝阿蠻大搖大擺地上場了。兩人玩起了一個在捉一個在逃的遊戲來。但虢國夫人不是只是在場中逃，她竟跑到了觀賞的人群中繞來繞去，還跑到玄宗和楊玉環的身旁。當一次，謝阿蠻就要捉住虢國夫人時，她躲無可躲，竟一下坐到了玄宗的懷裏，而玄宗乘勢一把把她抱得緊緊的，嘴裏還說：「逮住了，逮住了。」謝阿蠻乘勢上前按住了虢國夫人，三人滾作一團。

這一切都讓楊玉環看在了眼裏，她從三姐的這個舉動中，感覺到玄宗與三姐一定發生了一些事。於是，不等戲看完，她藉口累了，就早早離開了。

回到寢殿的楊玉環心裏無法平靜，她聽著前面傳來的一陣陣歡聲笑語，心裏覺得像有一團麻堵在胸口，坐臥不寧。等了一會兒，玄宗也沒進來。不僅沒有進來，從前面還傳來了一陣鼓聲。楊玉環聽了出來，那鼓聲正是皇上擊出的。

鼓聲歡快，擊打有力。楊玉環是懂得音樂的，她從鼓聲中聽出皇上心情是愉快興奮的，是振奮勇猛的，就像他第一次在她面前演奏一樣。她只覺得心裏有一團火在燒著她，她努力平息自己，但又覺得那團火燒得她口乾舌燥，喘息不勻。無奈，她又來到了前面。

到了前面的楊玉環沒有走到場中光亮的地方，她站在廊簷的陰影裏，看到玄宗在火焰的照耀下，眼中閃著灼熱的光彩，雙手揮動鼓槌，鼓聲鏗鏘有力。再看場中，虢國夫人已經除去了小鬼面具，正妖嬈地跳著舞。她媚眼飛揚，身姿輕浮，正和皇上眉目傳情呢。

這一晚，玄宗沒有回到寢殿來陪伴楊玉環，他讓內侍告訴楊玉環，說京城傳來一道奏章，他需連夜處理。楊玉環知道這全是藉口，今夜，皇上一定是和虢國夫人在一起。整夜楊玉環在床上輾轉反側，不能成眠。她萬不會想到，皇上怎麼會和三姐搞到一起去的。

他們是什麼時候搞到一起的呢？楊玉環心裏思索著這個問題。在驪山？還是在宮裏就有了苗頭？楊玉環想到在重陽節時，皇上拿起虢國夫人用過的酒杯，不自覺地斟滿酒一飲而盡的樣子，想到在勤政樓看到他們不自然的表情，這說明，他們在未到驪山時就有了蠢蠢欲動的心思。

那又是誰主動的呢？楊玉環想這一定是三姐。她對這個三姐也是太了解了，記得二姐曾給她說過，三姐在蜀中的時候就與楊國忠有染，來京後，又找了幾個情人。三姐也曾經對她說過如何勾引一個皇孫的。虢國夫人看中了一個男子，她一定會把他弄到手的。那麼，皇上又有什麼能打動她的呢？他老了，年老的人就是保養得再好，又如何與年輕英俊的後生相比呢。那她一定是貪圖他的權力，把皇帝俘虜了，這總是一個女人的光榮。

想到這些，楊玉環真是妒火攻心，翻來覆去難以入睡，她獨守空房，彷彿聽到了三姐與皇上間的淫聲浪語。她真想像上次一樣，跑到他們過夜的地方，把三姐揪出來。但這次，她變得理智了，知道這樣做不好。會適得其反。

上次，她一時衝動，跑到翠仙樓讓皇上難堪得下不了臺，惹出一場風波，事後雖然得到彌補，但她有些後悔，有些害怕。假如皇上事後不召她回宮，那麼她的命運又將如何呢？恐怕不會好吧。

空想了一會兒，有時理智也會佔據心中，楊玉環想，玄宗貴為一國之尊，除了她有了別的女人，這是情理之中的事，不要說皇帝了，就是大臣，不還有個三妻六妾嗎？再說皇上喜歡的是她的三姐，三姐又是個寡婦，姐妹倆侍候一個男人，這不是更好嗎？這總比讓另一個女人來與她爭寵好吧。那就默許他們之間的關係吧。但不管她如何想，理智最後還是代替不了感情，她總覺得自己把一顆心都交給了皇上，而皇上又去親近別的女人，這是對她真摯感情的背叛，是對她的傷害。

直到天快亮時，楊玉環才朦朦朧朧地小睡了一會兒，她剛一合眼，就做起了夢。夢中皇上和虢國夫人相擁相依，在花間散步，兩人神情親密，談笑風生。她上去一把把皇上拉住，問他為什麼不到她這裏來。虢國夫人卻又把皇上從她懷裏拉了過去，一邊拉一邊說：「皇上現在喜歡的是我，不是你，以後你少來糾纏皇上。」她拚命用手拽著皇上的衣袖說：「是這樣嗎？不是的！三郎，你為什麼不說話？」「嗯，現在他是我的三郎了。」「不是的，不是的！三郎，三郎！」

正在楊玉環這樣喊時，玄宗進來了，他一看到楊玉環嘴裏不斷地叫著「三郎」，不知她夢見了什麼，忙走上前去，推醒她說：「玉環，玉環，你夢見什麼了？快醒來。」

從夢中醒來的楊玉環看到玄宗正在她的眼前，一下撲到他的懷裏，嚶嚶哭了起來，一邊哭一邊說：「三郎，不要離開我。」

玄宗用手輕輕扶著楊玉環的肩頭，說：「玉環，我什麼時候講離開你了，你看，我們不是好好地在一起嗎。」

「不，我有種預感，我們會分開。」

「不會的，我的身體還很強壯。」玄宗誤會了楊玉環話中的意思，以為她是為他的身體擔心。

「不是的，我感覺會有另外一種力量把我們分開。」

「另一種力量？什麼力量？」

「或者，別人。」

「別人？誰？好了，玉環，你不要胡思亂想了。我們會永遠在一起的。」

玄宗昨晚是與虢國夫人在一起的，只是天一亮他又回到了楊玉環身邊，聽了楊玉環這番沒頭沒腦的話，他心裏隱隱感到她對自己與虢國夫人之間的關係有了覺察，於是就掩飾道：

「玉環，看你的臉色不好，是不是昨晚沒睡好。」

「三郎，我們回去吧，我不想再在驪山待了。」

「既然你在驪山感到不舒服，那我們就回去吧，反正這次住的時間也太長了。」

楊玉環想的是驪山環境寬鬆，玄宗總能找到時機與虢國夫人幽會，如果回到宮裏，他們就不會這樣便利了。

於是在驪山住了九十五天後，於正月末，皇上和楊玉環回到了長安。一到長安，楊玉環就減少了三個姐姐入宮的次數，希望以此杜絕三姐與她的三郎間的幽會。有時，虢國夫人偶爾來宮，她也自始至終相伴在旁，讓她沒有單獨與皇上在一起的機會。

但虢國夫人可不是一個隨便就會被難住的女人，你不給她機會，她會創造機會。再加上謝阿蠻在中間穿針引線，這不，機會又來了。

原來楊玉環自從驪山回宮裏，為了阻止三姐與皇上間的來往，操心太重，竟生起病來。也不是什麼大病，就是感到身體不適，全身乏力，打不起精神。楊玉環從小到大，也許是因為熱愛舞蹈的原因，常年運動，很少生病，就連頭痛腦熱也很少有，這次實是妒心太重，自己和自己生氣，氣成了病。這下，虢國夫人又找到了藉口，她要進宮來探視貴妃。當玄宗告訴楊玉環虢國夫人要來探視她時，楊玉環像是被蜂兒螫了一樣，連忙說：「我不要她來探視，誰說我生病了，我身體好得很。」

「玉環，你這是怎麼啦，虢國夫人是你的三姐，你生病了，她來探視你，也是情理之中的事，再說韓國夫人和秦國夫人也一起來，她們都很長時間沒有見到你了。」

聽說大姐和二姐也一同來，楊玉環才勉強同意，不過她說：「她們來坐一會兒就可以了，我又沒真的生病。」

「就依你的安排就是了。」

第二天，三位國夫人來看望楊玉環，楊玉環發現三姐今天打扮得分外惹眼，也不是淡掃蛾眉了，而是濃妝豔抹，盛妝以陳。她不知道來看她，三姐爲什麼要這樣化妝打扮。她不想和這位三姐講話。

韓國夫人和秦國夫人一見楊玉環就問寒問暖，以爲她真的生了什麼大不了的病。韓國夫人還對楊玉環說，她已經請了一位名醫來準備帶進宮來爲她看病，還問楊玉環有沒有聽說過這位名醫的名字。

「什麼名醫？」

「名醫叫周廣，是從吳地來京的。」

大姐剛講罷，二姐又爲楊玉環講了關於名醫周廣的一件神奇事。不知不覺間楊玉環被她們講的事吸引了，感覺胸口也不是那麼鬱悶了。她整天深居後宮，她們每次一來，總能給她說一些外面新鮮的事，讓她開心，給她解悶，從心裏，她是希望她們常來的。

這樣講了一會兒，楊玉環突然一抬頭，發現三姐虢國夫人不在了，她問道：「三姐呢？」

「啊，她說去方便一下，馬上就來。」

但過了很久，虢國夫人還沒有回來。楊玉環心裏無法平靜了。她想到虢國夫人有可能去找皇上幽會了。這種想法讓她再也無法安寧。於是，她藉口方便，讓兩位姐姐等著，她走了出來。

從寢殿出來的楊玉環，問站在門口的宮女，是否看到虢國夫人了，宮女用手向前邊一處宮殿一指。楊玉環看到，那裏是勤政樓，正是皇上白天辦公的地方。她快步向勤政樓走去，快到門口時，守在外面的內侍剛要高聲通報，她用手制止了他們。她問道：「皇上在嗎？」

「稟貴妃娘娘，皇上和虢國夫人在裏面。」

楊玉環邁進第一道門檻，碎步走過天井，讓她納悶的是後殿的門前沒有內侍，且後殿的門是關著的。就在她疑惑時，她聽到從緊閉的門裏傳出輕微的說話聲。

楊玉環躡手躡腳地靠近門前，把耳朵貼在門上，這樣，她聽到了屋內皇上和虢國夫人的調笑聲。

「皇上，我這幾天沒進宮，你想不想我？」

「我怎麼不想你呢，你這樣有魅力，哪個男人都會想你的。」

「你另有佳人陪，怎麼會想我呢？」

「你是說玉環啊，她很好，你也不錯。你們姐妹各有各的風韻。」

「既然這樣，你爲什麼不也封我一個貴妃，讓我住到宮裏呢？」

「你爲什麼非要住到宮裏呢？像你這樣能在宮裏來去自由與住在宮裏，又有什麼兩樣呢？」

「不，人家要一個名分嘛。」

「我當時封玉環爲貴妃時，曾答應她以後再不冊封嬪妃了。」

「就不能爲我破破例嗎？哪怕封我一個才人？」

「我說了，這是不能的事。……」

「皇上，我不想喊你皇上了。」

「喊我什麼？」

「也喊你三郎。」

楊玉環聽到此，不由怒火攻心，她一步邁進了屋中。只見三姐正用手臂摟著玄宗，二人正深吻在一起。見楊玉環進來，虢國夫人和玄宗已經分開，兩人臉上都訕訕地說不出話來。虢國夫人乘機跑了出去。玄宗咳了咳嗓子說：「玉環，你聽我說。」

「我不要聽你說。我只知道君不像君，臣不像臣。她讓你封她爲貴妃，你爲什麼不答應啊？你可以把我廢黜了，我不稀罕這個名分。」

被楊玉環這樣連續地搶白，玄宗惱羞成怒地說：「我什麼時候講要把你廢黜了？」

「哼，只怕現在不廢，遲早也是廢了，晚廢不如早廢。快快把我放逐娘家的好，免得看到這些見不得人的事。」

氣頭上的楊玉環講出話也不知輕重，深深激怒了玄宗。他大喊道：「反了，反了，真是豈有此理。還從來沒有哪個嬪妃敢這樣對我講話。」

「是啊，她們不敢，但我講了，你把我放逐好了，你不是放逐過一次了嗎，我雖沒有了父母，但還有哥哥，娘家還有人。」

這句話無疑火上澆油，玄宗的脾氣終於按捺不住，大叫道：「來人，把貴妃放逐出宮。」

聽了這句話，不待內侍走進來，楊玉環扭頭就向外走去，一邊走一邊氣哼哼地說：「放逐就放逐，嚇唬誰啊。」

出了勤政樓的楊玉環也不再回寢殿，好像有了上一次經驗，她已經熟門熟路了，她直接上了一輛車輦，對御者說：「出宮。」

第十三章　爐火純青

楊貴妃不想活了，她把自己的一縷青絲剪下，送給皇上以做訣別……玄宗驚悚萬分，知道自己又犯下了「十惡不赦」的罪過，連忙把貴妃接到身旁，作揖認錯……虢國夫人百思不得其解：皇上乃萬聖之尊，跟我親熱一下又何罪之有？再說我還是她的三姐……屢經風波的玄宗和楊貴妃擁在一起，徜徉在爐火純青的情感海洋中……

楊國忠一聽說貴妃再一次忤旨被放逐出宮，驚嚇得手足無措。他實在想不到皇上與貴妃之間又發生了什麼事。前幾天不還看他們好好的嗎，也沒聽說皇上冷落貴妃，怎麼說放逐就放逐了呢？當然，楊國忠這樣想，當然不是爲楊玉環著想，他主要是爲自己考慮。他好不容易搬掉了王鉷這個阻礙他入相的人，滿心期待著在不久的將來好登上相位，這下好了，貴妃一放逐，他的美夢成了泡影，不要說他入相了，就是能不能保住現在的官銜都成問題。

楊玉環一被送進楊國忠府上，楊國忠特地把府上最好的房間讓出來安置她，並多派了使女侍候，他一再告誡那些使女既不要過多干擾貴妃，也不要離她太遠。因爲楊國忠理解，楊玉環現在正是心煩意亂的時候，她不希望看到閒雜人等在眼前亂晃，最好讓她一個人靜靜地待著，讓心情平復一下，同時又要隨時看顧著她，怕她萬一做出什麼糊塗事來，那樣，他就是有十個腦袋也保不住的。

待一切安置妥當後，楊國忠這才把韓國夫人和秦國夫人叫到前邊，詢問她們事情的經過。二位國夫人也是一問三不知，只是告訴他，她們三姐妹去宮裏探望貴妃，本來好好的，楊玉環只是出去了一趟，怎麼就被皇上放逐了，等她們得知消息，楊玉環已經在車上了。

「虢國夫人呢？」

「噫，對啊，怎麼一直沒有看見她呢？」經楊國忠這樣一問，二位國夫人像猛然醒悟一樣，也不自覺地問到。

「虢國夫人是才不見的，還是什麼時候離開你們的？」

「她啊，她一進宮裏沒和玉環說上兩句話就跑開了，後來一直就沒看到她，玉環出宮也沒遇到她，真不知她都忙些什麼。」

聽她們這樣一說，楊國忠心裏有數了，他讓兩位國夫人在府上坐著，他要出去一下。秦國夫人問他到哪裏去。他說要找宮裏的人打聽一下到底是怎麼回事，看能不能像上次一樣有挽回的餘地。

出得府來的楊國忠，其實沒有走遠，他一拐彎就進了隔壁虢國夫人的府上。由於常來，他沒有等僕人通報就直接進到了後堂。一到後堂，他就看到虢國夫人呆呆地一個人坐在那裏出神。看到楊國忠就像沒有看到一樣，依然神情木然。

楊國忠咳嗽了一聲，說：「夫人，貴妃被放逐出宮的事你知道了吧？」

「啊！」不知是楊國忠的聲音還是這個消息嚇了虢國夫人一跳，隨即她又平靜下來，說，「噢，知道了。」

「聽說今天夫人也進宮了，一定知道貴妃爲什麼被放逐的原因了？」

「我不知道。」

「是不知道，還是不願說？」

虢國夫人看了楊國忠一眼，說：「這事能怨我嗎，我不過只是和皇上調笑了幾句，她就醋意大發，和皇上吵了起來，直弄到這種地步。」

「僅僅是調笑兩句？」

虢國夫人知道什麼也瞞不過楊國忠，就一五一十地把事情講了出來，最後，她還替自己辯解道：

「這能怪我嗎？是他喜歡我啊。」

聽到虢國夫人和皇上又勾搭到一起，楊國忠心裏微微有著醋意，但此時不是談這個的時候，他說：

「不怪你怪誰，玉環是什麼樣的人，你又不是不知道，上次出宮不就是因爲皇上臨幸梅妃造成的，這次，你竟做出這種事，天下那麼多男人，你選哪個不好，偏偏要和她爭。」

「我沒有和她爭，是皇上先對我表示愛意的。」

「好了，現在不談這個了。你看現在如何是好吧。」

「如何是好，我怎麼能知道。」

「你不知道，我倒知道。」

「噢，你知道什麼？」

「我知道我們的富貴到頭了。貴妃被放逐，楊氏一家誰都脫不了干係，說不好還有性命之憂。」

「有那麼嚴重嗎？」

「你也不想想，我們楊氏一門能有今天，不全仗了玉環的得寵，一旦她失去了皇上的恩寵，皇上就會遷怒於楊家，不要說重用，連得到的都會失去。」

「可是上次她被放逐，不是又被召回宮裏了嗎？」

「上次已經是僥倖，此次我看凶多吉少。都是你惹的禍。你以爲皇上是真的喜歡你嗎？你以爲你在皇上的心裏能取代玉環嗎？」

聽到這話，虢國夫人不吱聲了，不用楊國忠說，她也知道，在皇上心裏，她又怎麼能與玉環相比呢。皇上喜歡玉環是真心的，對她，只是出於情欲的需求。就是與她在一起時，皇上也不掩飾這點。

「那該如何辦呢？事情已經發生，再說這些也沒用。」

「你現在暫時不要露面，特別不要在玉環面前露面，免得刺激她。我到外面奔走一下，看有什麼辦法可以挽回。這是對我們楊氏一門的劫難，如果度過了，就大吉大利，如果度不過，就聽天由命吧。」說著，楊國忠出了虢國夫人的府宅。

楊國忠的一席話像一記重錘擊打在虢國夫人的心上。楊玉環在勤政樓發現她與皇上間的幽情後，她匆匆跑了出來，還沒等她離宮，就聽到玉環被皇上放逐的消息，她自然知道這與她有關。回到府上，她心中茫然一片，不知道該如何面對這突如其來的變故。在感到有點對不起玉環的同時，心裏還有一點竊喜，以爲皇上這樣做是出於對她的喜愛，皇上爲了自己連最心愛的女人也得罪了，心裏幻想，說不定皇上放逐了玉環後會把她召進宮去。

但楊國忠的一番話把她這種幻想打得粉碎。現在她靜下心來一想，現實正如楊國忠所說，她們一家的榮華富貴全都維繫在玉環一人身上，她倒了，她們什麼也都失去了。她是什麼？她不過是供皇上一時玩樂的女人，像她這種女人後宮多的是，皇上能看上她，多半還可能由於玉環的原因。

這樣一想，虢國夫人心中僅存的一點甜蜜也蕩然無存了，她開始後悔，甚至害怕。她想，我爲什麼要去玩火呢？但這也不全怪我啊，常言說一個巴掌拍不響，要不是皇上先示情於我，我又怎麼會主動投懷送抱。不過，話說回來，難道我真的沒有取悅皇上的心意嗎？虢國夫人就這樣一會兒自責一會兒懊喪，情緒不穩，朦朦朧朧中睡去了。

這邊，楊玉環已經睡醒一覺，身上有了精神。睜開眼的一瞬間，楊玉環彷彿不明白自己怎麼會置身在陌生的環境裏，待意識浮上腦際，傷心不可遏制地襲上心來。她禁不住放聲痛哭起來。

在這事裏，楊玉環覺得委屈和無辜，皇上所做的一切，她認爲是對他們愛情的背叛，她把一腔熱情都投注在他身上，而他就是這樣一而再，再而三地傷她的心，當她撞見他的「好事」時，他不是向她道歉和認錯，竟憑藉手中的權力把她放逐出宮，哪還有一點平日對她的憐惜和尊重。她藉以依託和眷戀的竟是一個負心人，這對她的心理打擊太大了。她愈想愈傷心，淚水如泄閘之水奔湧而出。

一直在前廳坐著的韓國夫人和秦國夫人已經聽楊國忠說了事情的真相，心裏也在埋怨三妹的胡來，她們一個是三妹，一個是四妹，都是她們的親人，委實不知該責怪哪一個，但從大局考慮，她們覺得三妹做得不對。哪個男人你不好勾引，爲什麼偏偏去勾引皇上，你又想從皇上那裏得到什麼呢？你還有什麼得不到的呢？你這樣做，是在把楊家往死路上逼啊。

她們一聽到楊玉環的哭聲，連忙來到她的身邊，勸慰她。楊玉環不聽她們的勸慰，一個至愛的人的背叛，讓她感到天下的人都對她不起。不是嗎？傷害她的都是她的親人。

兩個姐姐倒是很會勸人，就是把引起妹妹傷心的那個人說得體無完膚，一無是處，讓傷心的人在這種眾口一詞的毀譽中得到心理的滿足，慢慢把憤恨與不滿釋放掉。當然，她們是不敢說皇上的，她們說的只能是虢國夫人。一個說虢國夫人忘恩負義，一個說虢國夫人妖媚惑人。最後勸楊玉環千不該萬不該，不要與她一般見識。

在這種勸慰中，楊玉環的情緒慢慢平復下來，好像心中的怒氣真的隨著兩位姐姐的勸說消散了。但她嘴上卻說：「你們不要說了，三姐沒有不對的地方，讓我傷心的是另一個人，我恨死他了。」

聽了這話，兩位夫人面面相覷，不敢搭話。她們當然知道楊玉環話中的另一個人是誰，但她們怎敢說皇上的不是呢，哪怕是背地裏。

楊玉環心情鬱悶，傷心悲痛，在皇宮裏的玄宗心情也好不到哪去。他一氣之下又說出放逐貴妃的話，待楊玉環走後，他的心就空落起來。皇上的心要是一空落，那他就會發脾氣，皇上要是發脾氣，那可就不是摔摔碗拍拍桌子的事了。他首先加罪在勤政樓外值班的內侍，怪他們在貴妃來時不加通報，沒有讓他事先把虢國夫人藏起來。內侍辯解說是貴妃讓他們不要通報的，但玄宗根本不聽他們的申辯，喝令拉出去，亂棍打死。打死了兩個內侍，他的怒氣依舊未消，氣哼哼地說：「哼，真是豈有此理，沒有她，我照樣過得很好。」

與楊玉環相比較，玄宗的苦惱更加大些，因為楊玉環還有親人相陪，有著她們的相勸與寬慰，而他呢，能和他說說心裏話，對他進行寬慰的人一個也沒有。對某人進行寬慰，首先在地位上要和他平等，即使相差也不能太遠，而能和皇帝平起平坐的，普天下再也找不到了。玄宗心裏也對貴妃這次被放逐出宮細想過，氣頭上，他想的是再也不召楊玉環回宮了，他再也忍受不了她的醋勁了，雖然他寵她愛她，但如果一顆心老是讓她一個霸佔著，他又怎會覺得心甘，這太有失一個皇帝的威嚴了。

不過想是這樣想，但隨著時間的推移，身邊沒有楊玉環，玄宗只覺得空虛無聊，什麼事都提不起精神，他強自撐著，嘴裏講著沒有她也能過下去的話，從這裏走到那裏，他不能停下來，如果一停下來，寂寞就如陰冷的夜兜上心來，讓他孤獨，讓他感到渺小與無助。他不停地審批奏摺，想讓忙碌充滿身旁的時間。

他變得從未有過的勤快起來。但那些奏摺看了全讓他煩心，講的全是些陳穀子爛芝麻的小事，都是不值得上報審批的瑣碎事，他不知道下面的這些官員爲什麼要把這些不值一談的小事羅列上奏。

他筆不加點，快速地在奏摺上寫著批文，一會兒功夫就批了一大堆奏摺，只是他不知道，他的那些批文裏都帶著怒氣，有犯罪的，不管查沒查實，要嚴懲，有貪賄的，不管有沒有證據，要革職查辦。那些批文要是在平時，他是寫不出的，但他現在不管，他只想做一件事，至於做的什麼事，他恐怕不會在乎的。

不知不覺間夜晚來臨了，玄宗一個人躺在寢殿裏，回想起楊玉環在身旁的那些個日子，心中湧起一個老年人才有的悲涼與孤單，四周明燭高燒，但嬌語不聞。

已經是貴妃放逐出宮的第二天了。楊氏所有在京城的家人都齊聚楊國忠府上，像上次一樣，他們如熱鍋上的螞蟻，惶惶不知所措，以爲是大難臨頭了。雖然有上一次被召回宮的幸事，但他們實難相信還會有第二次的好運。他們聚在一起商議、謀求化險爲夷的辦法，但實在想不出什麼好辦法。因爲一切都還要等皇宮裏傳來的聖旨而定，或許賜貴妃自盡，那等著他們的不是被流放就是被查辦，也許會像上一次被召回宮，這是他們每個人心頭的希望，但沒有一個人說出來，意外的事情怎麼可能兩次降臨呢。

最急的莫過於楊國忠了，他像熱鍋上的螞蟻一樣在屋裏踱來踱去，他比楊家任何一個人都清楚貴妃的放逐對他們的影響，特別是對他的影響。事情已經發生，楊國忠知道急也沒有用，一定要儘量想出一個辦法，順利度過難關。他讓自己冷靜，不時詢問楊玉環的狀況，讓韓國夫人和秦國夫人須臾不離地陪著她，開導她。

楊玉環呢，反像處於颱風中心似地不急了。兩位姐姐與她在一起，反比她唉聲歎氣地多。楊玉環不解地問她們：「姐姐，你們怎麼老是歎氣，放逐的又不是你們。」

兩位國夫人互相看了一眼，說：「玉環，你是真不明白還是假不明白。」

楊玉環說：「我明白什麼？」

韓國夫人說：「玉環，楊家靠你而顯貴，你一放逐，我們也就大難臨頭了。」

「放逐又有什麼，上次我放逐，不是又回宮了嗎？」

「玉環，上次是上次，那是例外，事情總不能都有好的結局。」

「那如果我不回宮呢，那我會怎麼辦？你們會怎麼辦？」

「那只有一條路，死。你會死，我們也會死。」

「死？他會讓我死？」

「除了死別無出路，你想，皇上曾寵幸的貴妃，放逐出宮，如果讓她留在民間，那皇家的威嚴和臉面何在。」

聽到這話，楊玉環茫然了，她真不知道等待她的後果會是這樣，她突然氣沖沖地說：「那我不等他來賜我死，我自己死呢？會不會要好些？會不會我死了，你們就可以不死？」

「玉環，不要說傻話……」

「你們回答我，是不是你們就可以不死？」

「那樣皇上也許會放過楊家，但玉環，一切都是不可預料的，我們還是靜觀事情的發展吧。」

但楊玉環已經聽不進去了，她突然在心裏下了這樣的決心，要死去，讓自己的死來解救楊家。同時，她這樣想時，心裏還帶有一點快意，好像要和誰賭氣似的。和誰賭氣呢？她說不明白，她只覺得如果自己死了，一定有一個人會傷心，會對一個人造成打擊。這是她心中想得到的。這個人，除了皇上還會有誰呢？

但如何去死呢？現在楊玉環心裏想的竟是這樣一個問題，她突然覺得這是一件難做的事。自縊！楊玉環想到的只有這樣一個方法，但她馬上否定了，因爲兩位姐姐好像早已看透了她的心思，一時一刻也不離開她，還有那須臾不遠離的使女，要想背著她們做出這事，在楊玉環看來，實在沒有指望。那就不吃飯，活活餓死。她們可以阻止她做別的事，但阻止不了她不吃飯。當她這樣想時，她的臉上露出了微笑。

兩位姐姐看到楊玉環一會兒蹙眉一會兒微笑，不知她心裏想到了什麼，但看到她在這種情況下還能笑得出來，不免搖頭歎息。

當中午楊玉環拒絕吃飯時，人家才知道她心裏所想，原來她是要絕食。這又嚇了楊家諸人一大跳，他們脆弱的神經再也經不住她這樣折騰了。他們輪番上陣勸阻她，但她執意不聽，一口飯也不吃，只是在口渴時喝一點水。

楊國忠更急了，他把這想像爲楊玉環傷心難過過度，或和皇上在賭氣。他親自跑到後堂來勸楊玉環。

「貴妃，你爲什麼不吃飯呢？要是皇上知道了，一定會怪我們對你照顧不周的。」

「不會的，皇上不會怪罪你們的，這是我自己的事。」

「貴妃，你即使不爲別人著想，也要爲你的三個姐姐想想啊，你這樣做，她們會有性命之憂的。」

「我正是爲她們著想，才這樣做的啊。好了，你不要多說了，我自有主張。」

楊國忠想你有什麼主張啊，你這是在把我們往火坑裏推。你要是絕食而死，皇上肯定會把滿腔怒火撒在我們頭上，那樣一個也別想逃掉。他面對這樣的事，一愁莫展，再沒有了平日的精明與能幹。

中飯楊玉環沒吃，晚飯她也沒動筷子。到晚上臨睡覺前，她已經饑火燒心，渾身無力，她爲了抑制饑火，只有拚命喝水。一夜無話，第二天醒來，她雖然依然覺得渾身乏力，但肚子似乎不是那麼餓了，也許已經餓過了頭，反沒有了感覺。

餓了一天一夜後的楊玉環，此時心裏再也沒有了開初時的衝動和任性，如果她早知道絕食這麼難受，說什麼她也不會這樣做，但問題是現在她已經這樣做了，不堅持的話，她會覺得很丟臉。隨著口中酸水不停冒出，肚子時隱時現的疼痛，她悲哀地想到：我就這樣死了嗎？死，這對楊玉環來說太遙遠了，彷佛這只是與別人有關的事，現在想不到一下就來到了她的身旁，讓她避無可避，直面相陳。她感到可怕與無奈，她本能地不去想它，但那個念頭又怎麼可能揮之而去呢。她突然想到，她要是死了，她美麗的容顏，她的親人，她的一切的一切都消失了，世界會從她眼裏消失，她會從這個世間消失，這是可怕的不可思議。當然還有那個他。

一想到皇上，楊玉環心裏又泛起一股因愛而生的怨恨：你不是只顧自己快樂嗎？你不是喜歡我的美麗嗎？你不是離開我就不能過嗎？那麼讓你快樂吧，一切都不存在了，你喜愛的美麗再也不能出現在你面前了，這怪誰呢？怪你，都是你一手造成的，你痛苦吧，你後悔吧。遲了，一切都遲了。

想到這些，楊玉環心裏隱隱有一絲快意，覺得報復了負情的玄宗，但是一想到至此後她再也見不到皇上，她不禁又痛哭起來。

楊玉環絕食的消息在中午時終於傳進宮去。高力士先得到消息，心下暗自吃驚，雖然他現在還不知道皇上到底如何處置貴妃，但他跟了玄宗幾十年，對他的心理掌握得一清二楚，他知道，皇上還是捨不得貴妃的，只是一時還在氣頭上罷了，等氣消了，說不定就又會把貴妃接回宮。所以當他聽說貴妃絕食的消息，不敢怠慢，連忙趕去向玄宗報告。

貴妃離宮已是第三天了，玄宗的心也平靜了些，三天來，沒有楊玉環陪著他，他失魂落魄，吃飯不香，睡覺不寧，半夜裏幾次醒來，看著身旁空落落的一塊地方，只覺得夜色分外的寒冷。玄宗老了，老人的睡眠是少的，老人是最容易懷舊和傷感的，夜半更深時，別人都沉入到香甜的夢鄉中，誰能想到天下最有權勢的皇帝竟躺在床上，獨自難眠，心中浮想聯翩呢。

夜深人靜時，身爲大唐皇帝的玄宗在反省。他想，難道我真的做錯了嗎？

我不過只是親近了一下虢國夫人，她用得著這樣醋勁大發嗎？要知道，我是皇帝啊，皇帝親近別的女人不是天經地義的事情嗎。玄宗心裏這樣對自己說，但他總覺得這個理由不是那麼有說服力。他反過來想了一下，如果楊玉環與別的男子有來往，那我會怎麼辦呢？不用說，會賜她死。爲什麼呢？除了皇權不可侵犯外，更多的是自己喜歡的女人不能容許她的背叛。

反過來不一樣嗎，楊玉環不寬恕他親近別的女人，正是因爲愛他太深，心裏想把他全部佔有，不容別的女人染指。這樣一想，玄宗心裏反有一種甜蜜蜜的感覺，覺得楊玉環的醋勁，在他此時想來，都有著可愛的魅力。在她之前，誰敢這樣做，弄不好，那是要掉腦袋的，但楊玉環這樣做了，她難道不愛惜自己的生命嗎？不，她愛生命，但她更要愛情。

玄宗想，算了吧，過幾天就把她再接回來吧。但願她接受這次教訓，下次不要動不動就醋勁大發，讓他下不了臺就行。

當高力士來和玄宗說楊玉環已經絕食快一天了時，玄宗正擺上午飯，準備吃飯。他一見高力士，就說：「來，力士，你來得正好，陪我用膳。」

高力士看到玄宗經過一天一夜，已經臉色霽和，估計心中怒氣已消，但見他不問貴妃的消息，他也不好先開口，就先坐下來陪皇上吃飯。其實玄宗是想從高力士嘴裏聽到楊玉環出宮後的情況。

「力士，近來外面可有什麼事啊？」

「沒什麼事。」

「真的沒什麼事嗎？」

「近來大臣都在議論貴妃忤旨出宮的事。」

「他們都說了些什麼呀？」

「他們倒沒說什麼，只是剛才我得報，貴妃那邊出了點事……」

「玉環？她那邊出什麼事了？」

「跟去的內侍回來說，貴妃在絕食……」

「什麼？她在絕食？糊塗！」

聽到高力士的話，玄宗正在盛湯，湯匙突然從他手裏滑落，濺起的湯灑了他一身。玄宗沒去揩身上的湯，連忙問道：「她怎麼會這樣呢？多長時間了？」

「聽說已經有一天了。」

「一天了？你們爲何不早來稟報？」

「奴才也是剛剛得報，立即就來了。」

「嗯，她真是糊塗。絕食，絕食，虧她想得出來。」玄宗站起來，不停地走來走去。

高力士從皇上的忙亂中，看出皇上心裏還是想念著貴妃，他心裏有了譜，急忙說：「皇上，我有一個辦法可以讓貴妃避免絕食。」

「什麼辦法？快說！」

「如果皇上還像上一次一樣賜貴妃御膳，貴妃當不會違旨再絕食。」

這倒是個好方法。皇上賜膳，就是下皇旨讓你吃飯，你再不吃，就是抗旨。諒天下誰也不敢不吃皇上賜給的飯。

這樣做，無疑又是皇上再向貴妃低頭，但玄宗已經顧不了那麼多了，他連忙對高力士說：「就按你說的辦，快去賜宴。」

高力士飯也不吃了，立即站起身。玄宗把他喊住，指著他面前的幾個菜說：「把這幾盤菜帶去，貴妃最愛吃這幾個菜了。」

這邊，楊國忠府上，全府上下已經慌亂成一片了，貴妃絕食這是他們誰也想不到的事，還絕了這樣長時間，無論誰來勸她，她都緊閉嘴唇，就是不沾飯菜。慌亂中，楊國忠突然想到了虢國夫人，想讓虢國夫人來勸勸楊玉環。按理說，此時虢國夫人最好不要在楊玉環面前露面才好，但絕望之下，楊國忠再也想不出什麼辦法了，他想楊玉環此時心中最恨的莫過於三姐了，如果讓虢國夫人來向她當面認錯，再陳以大義，說不定楊玉環能開口吃飯。

「讓我去見玉環？我不去。」虢國夫人一聽楊國忠讓她去見楊玉環，一口拒絕。自從楊玉環放逐出宮，三天來，虢國夫人一個人躲在自己府上，始終沒有到她面前去。她知道楊玉環恨她，不想見她，如果去的話，還不知什麼後果呢。這個小妹，別人不了解她，她可對她熟悉，別看她平時性情溫順，與人隨和，一旦發起火來較起真來，誰也別想勸她回頭，她的脾氣是四姐妹中最倔強，最暴烈的了。她可不願去自討沒趣。

「不去也得去。現在不是爲你一個人著想的時候，是爲了整個楊家。如果玉環真有個三長兩短，楊家一個也躲不掉。統統別想活。」

聽楊國忠這樣一說，虢國夫人沈默了，她不是不知道其中的利害所在，她說：「不是我不去，我去了又有什麼用呢？玉環會聽我的話嗎？要知道她這時真恨著我呢。」

「不管那麼多了，總要試一試才知道。你去了一定要把錯都攬到自己身上，無論玉環如何說你，你都不許爭辯。」

「可我並沒有錯啊。」

「還說沒有錯，這一切不都是你造成的嗎？好了，現在不談這個了。」

被楊國忠這樣一說，虢國夫人只感到委屈，她想，到頭來，一切事都怪到她的頭上來了，即使別人冤枉她也就算了，你個楊釗也來指責我，你以爲你當了大官就了不起了是嗎，哼，要不是我，你能有這今天。

但想是這樣想，虢國夫人還是乖乖地跟著楊國忠去見楊玉環。

楊玉環一天沒吃東西了，只覺得身上一點力氣也沒，眼睛也昏花難睜，她只感到眼前有人影一晃，睜開眼時，她看到了三姐。看到她，楊玉環心裏只是稍稍驚異了一下，隨即又把眼閉上了。

虢國夫人在沒見楊玉環時，想著小妹會如何對待她，罵她？打她？喝令把她趕出府去？但她獨獨沒有想到楊玉環只是冷眼看了她一下，就把眼閉上了。好像她是一個讓她不齒的人，這深深傷了虢國夫人的心，同時也讓她手足無措。虢國夫人看到一天沒吃飯的楊玉環面容憔悴，斜靠在床上，就像隨時就要散架一樣，心中不禁湧上一股憐惜。她走上前去，輕輕地喊道：「玉環。」

楊玉環並沒把眼睁開。爲什麼，因爲她怨恨三姐。是她故弄風騷勾引了皇上，是她造成了這一切，她是罪魁禍首，她是她的情敵。她來幹什麼？來看我狼狽的樣子嗎？來寬慰我嗎？好了吧，收起她虛假的眼淚吧，我不會原諒她的。

虢國夫人見楊玉環始終不睜眼，就坐在她的身旁，自顧自地述說起來，她說：「玉環，我知道你恨我，唉，我要是知道會有這些事，我也不會胡來的，現在連我自己都恨自己了。」

噢，有這些事你不胡來，沒有這些事的話，你還是要胡來？那你胡來還是有理的了。那你胡來吧，虧你還知道恨自己。楊玉環恨恨地想，越發把眼睛閉得緊了。

「玉環，你恨我不要緊，你不能這樣對待自己啊，這樣，大家多難受啊，他們都爲你著急。」

我怎麼對待自己是我自己的事，與你無關。也許這正是你樂意看到的吧，哼，你就不要貓哭耗子了。楊玉環在心裏想。

「玉環，你恨我不要緊，你知道不知道你這樣一做，把楊家的人都牽連進去了，你萬一有個三長兩短，皇上是不會饒過楊家人的，他們又如何是好呢。他們因你而顯，也會因你而亡。」

噢，弄了半天，你們還是爲了自己，生怕我死了會牽連到你們。你們太讓我寒心了，我之所以絕食，不就是爲了想減輕皇上要給你們的處罰嗎？你們太自私了。哪裏顧及到我的感受。

「玉環，你還記得我們的父母嗎？」

聽虢國夫人提到已故的父母，楊玉環心裏微微一動。

「母親去世得早，父親臨去世時，他把大姐、二姐、我和你拉到床前，叮囑我們姐妹四個一定要互相關照，不要受別人的欺負，特別讓我們三個姐姐照顧好你。你那時才十歲，後來隨著三叔去了洛陽。臨走時，我也要跟著去，怕你一個人到了洛陽想家，我牽著三叔的衣角不放，你拚命拉著我的手，哭著不走。你走後，大姐二姐和我整天都想著你，每當聽到有人從洛陽來時，不管認不認識的，都向他們打聽，希望從他們嘴裏聽到一點有關你的消息。聽說你嫁了皇上最寵愛的壽王，我們三姐妹高興了一晚上，我們聚在一起，還擺了一次家宴，特地爲你祝福。那一晚，大姐二姐和我都喝醉了。我們真替你高興。再後來，聽說你到了皇上身旁，我們再也不能在蜀中待了，我們太想你了，就結伴來了京城。玉環，我們四姐妹好不容易團聚在一起，應該歡喜才是啊。」

聽著三姐述說著往事，楊玉環的眼睛潤濕了，她的淚水不知不覺中流了下來。三姐講得對啊，想她們四姐妹，父母過世得早，留下她們本應該互相扶持，互相體貼才對。從小她隨叔父來到洛陽，與她們音信斷絕，其實她心中無時無刻不在想念著她們，前幾年她們一齊來到長安，她心中有著說不出的高興，心中原先總有的那份孤獨感不在了。這幾年來，她們走動頻繁，親密無間，越發讓她感受到親情的溫暖，在心裏，她又怎麼割捨得下她們呢。

「玉環，你還記得那次我和你一起半夜去偷看裴家的事嗎？那天我牽著你的小手在黑夜裏亂闖，回來被父親狠狠罵了一頓。還有我們經常一起到街市上去玩，看走江湖的人打拳賣藝，謝阿蠻就是我們那時認識的。累了就坐在人家賣零食的門口不走，直到他們送給我們一點吃的才離開，你還記得嗎？這一切都像是昨天才發生的一樣，我真想再回到那時候，牽著你的小手，一起到街上逛去。」

虢國夫人的這些話，引起了楊玉環心裏對過去美好歲月的懷念。是啊，那時的她們是多麼幸福啊，雖然啥事也不懂，但心裏也沒有煩惱，有的只是對明天的幻想，有的只是玩耍和快樂。

虢國夫人提起這些，也是自然而然的，她見楊玉環對她不理不睬，想到多年的姐妹深情，想到玉環再固執絕食的話，她們姐妹就可能再也見不到了，不禁悲從中來，愈講愈是傷心，淚水從臉頰上滑落也想不到用手去擦一擦。

「如果早知道來京會有這些事，會惹得你不高興，我說什麼也不會來的，哪怕每天對著長安看看，也就心願滿足了。我看我還是回去吧，就讓大姐二姐留在長安好了。可是，玉環，我想你啊。」

虢國夫人這番飽含著真情的話徹底把楊玉環感動了，感情如水一樣淹沒了她。她睜開雙眼，聲音咽嗚地喊了一聲：「三姐！」

「玉環！」

姐妹倆抱頭痛哭在一起。

這是傷痛的淚，這是蘊含姐妹深情的淚，這也是溫暖和解的淚。不知什麼時候，大姐和二姐也走了進來，四姐妹都哭了。

淚水的暢流把楊玉環幾日間鬱悶的煩惱都沖刷走了，哭過後，她也不想絕食了，當她這樣想時，饑餓就如難以抵禦的猛獸撲上身來。正在這時，宮中賜的御宴也送來了，她就更沒有理由絕食了。

賜宴，這對楊家來說真是莫大的喜訊，這說明皇上還沒有忘記貴妃，還念著舊情，至於會不會如上次一樣把貴妃召進宮，還不能最後肯定，但可以肯定的是，這場災禍有可能會消彌。

御宴是由高力士親自送來的。楊玉環 見到高力士，自然又引動了她的傷悲，她像對一個上輩一樣，用哭聲訴說著她的委屈與傷感。待情緒穩定後，她說：「阿翁，皇上還好嗎？」

有楊家的人在旁，高力士不好多說，只是說皇上一切都好，讓她無須掛懷。等高力士來到前廳時，楊國忠從側面詢問了貴妃離宮後皇上的表現，看皇上是否有把貴妃召回宮的意圖，並想讓高力士從中幫忙。

高力士自然知道楊國忠的心意，他委婉地告訴楊國忠，皇上現在的氣已經平了，是否會像上次一樣召貴妃回宮還很難說。同時，高力士暗示楊國忠，最好找到一個大臣在皇上面前講一下，為貴妃回宮找個理由，這樣也算給皇上一個臺階，不然皇上自行下旨召貴妃回宮，太讓他沒有尊嚴了。

楊國忠領會高力士的話中含義。楊玉環的第二次出宮不像第一次，只有極少數人知道，此次鬧得比較大，大臣們都知道了，這幾天盡在談論這件事，不知道皇上要如何處置貴妃。既然事情鬧大了，就不能像上次一樣草草接回宮就算了，總要有個堂而皇之的理由。高力士說的是，找一個大臣公開地在皇上面前講一個讓貴妃回宮的理由，也就是給了皇上臺階下。這在史書上也好記述。

按理講，以楊國忠現在的地位，再也找不到比他在皇上面前能講上話的人了，但他是楊玉環的從祖兄，是楊家人，這個話就不能由他來講了。

他左思右想，找哪個大臣到皇上面前說項呢。楊國忠想的是，首先這個官一定要夠得上級別，在皇上面前能說上話，皇上聽了他的話，覺得不是很失身分，同時，這個大臣又是平日皇上看著順眼的。如果皇上看著不順眼，不僅不聽他的話，反會弄巧成拙。

他想啊想啊，終於想起一個人來，那就是吉溫。現在的吉溫再不是以前的那個吉溫了，由於他善於鑽營，極力討好李林甫，在審理皇甫唯明和韋堅、楊慎矜以及王忠嗣的案子中善於揣摸李林甫的心意，使用酷刑，辦了幾件很是得皇上欣賞的事，已經漸漸得到皇上重用了。他現在已經官至御史中丞，是一位能在皇上面前說上話的人了。而皇上呢，也忘了當初說的「此浪人我不用」的話，不斷地加吉溫的官，對他日加重用。

楊國忠立即備車來到吉溫的府上。吉溫一看來的是皇上面前的紅人國舅楊大人，哪敢怠慢，立即迎接入府。可謂無事不登三寶殿，但吉溫不知楊國忠來找他有什麼事。

楊國忠也不和他繞彎子，直奔主題，說：「吉大人，有一事想必你已經知道了，那就是貴妃放逐出宮的事。」

吉溫點頭表示知曉這件事，他想楊國忠來找他一定與貴妃放逐的事有關。果然，楊國忠接著說：「聽內侍說，貴妃只是和皇上一時鬧了個小彆扭，氣頭上的皇上就放逐貴妃出宮，中午宮中的高將軍送皇上賜給貴妃的御宴來我府上對我說，皇上已經有意要召貴妃回宮。但他告訴我，最好找一個大臣在皇上面前主動提及此事，也好讓皇上有個臺階下。吉大人，我想，能在皇上面前講上話的，除了你再無別人了。」

吉溫終於聽明白了，原來楊國忠此來是要讓他去跟皇上說，讓皇上把已經放逐出宮的貴妃召回宮。聽了這話，吉溫的腦子裏迅速地轉了起來，他想，貴妃放逐出宮可說是一件大事，一般情況下是很少能再回宮的，但聽說前幾年好像貴妃也被放逐過，最後還是召回了。

可見奇蹟有一就有二，此次皇上再把貴妃召回宮，不是沒有可能的事。再說，一直都聽說貴妃與皇上間的關係很好，怎麼會突然放逐的呢？也許正像楊國忠講的，皇上與貴妃只是一時的鬥氣，事情過了氣也消了，皇上又思念起了貴妃。楊國忠講中午高力士還送皇上的御宴給貴妃，如果皇上還生貴妃氣的話，怎麼會賞賜御宴呢？

本來吉溫是一心巴結李林甫的，是唯李林甫馬首是瞻的，近來，他也聽說楊國忠與李林甫關係交惡，但善於見風使舵的吉溫看到楊國忠正愈來愈被皇上看重，據他估算，不出兩年，楊國忠當代替李林甫爲相，如果他在這件事上幫了楊國忠的忙，那麼楊國忠以後一定會幫襯他提攜他的。

要知道，這可不是一個小忙，吉溫看得很清楚，貴妃如果不能回宮，他楊國忠的前程也就完了，也不要談什麼入相了，他在這件事上幫了楊國忠的忙，他以後青雲直上，不會忘了他吉溫。至於李林甫會不會怪罪他，他就顧不了那麼多了，反正李林甫年歲夠大的了，宰相也沒有幾年當的了，而他還年輕，還要爲自己的前程考慮。

想到這裏，吉溫連忙對楊國忠說：「楊大人既然看得起在下，吉溫願盡微薄之力，勸說皇上儘早召回貴妃。」

楊國忠見吉溫答應得這樣爽快，也很高興，他說：「吉大人，此事不管成與不成，盛情當容後報。」

吉溫想，如果此事不成，你連自己都保不住了，還報我個屁，我也當被李林甫見疑，前程也就完了。但人生不就是賭博嗎？這個寶我就壓在你楊國忠這邊了。想是這樣想，嘴上還是要客氣一下，說：「楊大人言重了，下官能爲楊大人出力辦事，也是樂意之極。」

這二人，在處理楊慎矜和韋堅一案中，曾共過事，彼此都很了解，都知道對方是怎樣的一個人，那就是善於變化無常，爲達到目的不擇手段的人。因此，他們嘴上說的是一套，心裏想的又是一套。

楊國忠走後，吉溫心想，楊國忠把這件事託付給我，我當如何對皇上說呢？他在府內徘徊良久，終於想出了一個方法。

第二天，早朝散後，楊國忠給吉溫使了個眼色，吉溫心神領會，故意走在後面。當別的大臣都走盡時，楊國忠向站在殿角的一位內侍說：「公公，吉溫有事要面奏皇上，你帶他去吧。」

那個內侍點了點頭，向吉溫說：「吉大人這邊請。」吉溫跟著內侍繞廊穿柱，不一會兒來到了後宮。內侍讓吉溫稍等，待他稟報過皇上後，他對吉溫說：「吉大人，皇上在裏面等你。」

吉溫一見玄宗，跪下行過禮後，玄宗問他有何事稟報。吉溫說：「啓稟皇上，臣近來覺得有一事有不妥之處。」

吉溫身爲御史中丞是可以講這話的，因爲御史的職責中有一項就是看到朝廷中或皇上做事有什麼違背禮儀的事，是要諫奏的。

「吉愛卿說的是哪件事啊？」

「就是貴妃被放逐出宮的事。」

「噢，此事有何不妥之處？」

「皇上，現在後宮沒有立處皇后，貴妃既受封爲六宮之首，尊榮是平常嬪妃所不能相比，現在忤旨放逐在外，與皇家禮儀相悖。婦人智識不遠，有忤聖情，然貴妃久承恩顧，就是加以處罰的話，又何惜宮中一席之地，使其就戮，安忍取辱於外哉！」

這番話是吉溫想了一夜才想好的。表面看，他好像在敦促皇上趕快懲治貴妃，說她知識淺陋，結果得罪了皇帝，接著又故意說，貴妃既然得罪了聖上，要是治罪的話，爲什麼要把她放逐在外呢，就在宮裏治她罪算了，宮裏又不是少這樣一塊地方，如果殺戮在外，豈不忍辱於外，貽笑大方嗎。這段話的本義其實是要皇上把貴妃接回宮。

玄宗自然聽明白了吉溫話中的意思，他默然不語，好似在深思吉溫剛才講的話。其實，他心裏對吉溫的話舒貼受用極了，他只嫌他講得不早，講得不多。玄宗看到殿中除了他與吉溫外，還有史官，知道這一切都被史官記了下來，也就是說後人翻史時，是知道他召貴妃回宮不是出於他的旨意，而是聽從了大臣的諫言，免得落下個沉溺女色的名聲。

於是，他說：「吉愛卿所言有理，容朕三思而定。」

其實他要想什麼呀，他恨不得馬上就派人把貴妃接回宮。但玄宗爲了臉面，不得不這樣說，他總不能這樣說：「好，吉愛卿講得太對了，我也正想把貴妃召回來呢。」那這場戲就白做了。

吉溫見目的已經達到，就向皇上告退了。

吉溫走後，玄宗已經在想如何把楊玉環接回宮了。昨天他乍一聽說楊玉環在絕食，心中無比痛惜。等高力士賜膳回來說貴妃已經領旨吃飯了，他才稍稍放心。他心中有著無數的話想問高力士，比如他想問楊玉環是瘦了還是胖了，問楊玉環吃了多少飯，但最後他什麼也沒問，他想縱有千言萬語不如見她一面。不覺間，上午已經快過去了，離吃中飯還差著一段時間，但玄宗等不及了，他讓御膳房快備膳，並讓張韜光再送御膳給貴妃。

這邊，楊國忠還在朝堂外等著吉溫呢。一看到吉溫從後宮出來，他連忙迎上去。還沒開口，他已從吉溫的臉上看到了他想聽到的話。果然，吉溫把經過一說，楊國忠大爲振奮。回到府上的楊國忠把事情和虢國夫人等商量了，認爲楊玉環會像上次一樣被召回宮，但問題是皇上會什麼時候召呢？事情在沒到最後之前，誰也不能妄說。虢國夫人突然說，她有一個辦法會讓皇上馬上把楊玉環召回宮去。

「噢，什麼辦法？」大家迫不及待地問道。

虢國夫人詭密地笑笑說：「不能告訴你們，說了就不靈了。」

虢國夫人來到後堂楊玉環的屋內，她對楊玉環說：「玉環，我想借你身上一樣東西用用。」

「什麼東西？」

「一束頭髮。」

說著，虢國夫人從背後拿出一把剪子，乘其不意地在楊玉環頭上剪下一縷頭髮來。

「三姐，你幹什麼？剪下我一大把頭髮，弄得我難看死了。」楊玉環驚異地叫道。一邊用手護著頭，生怕虢國夫人再來剪。

「我要用它感化皇上。」虢國夫人揚著手中那縷頭髮說，「我要把它進獻給皇上，再配以一封書信，讓皇上也急急。」

「一封書信？什麼信？」

「你聽著，是這樣的：臣妾罪當死，陛下幸不殺而歸之。今當永離掖廷，金玉珍玩，皆陛下所賜，不足爲獻，唯髮者，父母所與，敢以薦誠！」

「什麼呀，三姐，你這不是說我要與皇上永訣嗎？我並沒有此意啊。」

「我的傻貴妃，誰要你與皇上永訣了？」

「可你書信上就是這個意思嘛。」

「那是嚇唬皇上的。皇上見了這封書信啊，我敢保證，他會立馬就把你接進宮去。」

「你又在胡鬧了。」

但楊玉環並沒有太過阻止虢國夫人的所爲，心中甚至暗暗讚賞她這樣做。這次楊玉環的出宮與第一次有了心理上的差別，上一次她完全憑著意氣用事，對於回不回宮她並沒太多放在心上，這主要是從她個人的角度來想的，但隨著年歲的增加，楊家勢力的擴大，親屬的增多，她愈來愈多地考慮到了她的親人，想到如果自己一意孤行的話，勢必會給親人帶來痛苦和打擊。因此，現在她也想著能回宮，一來她可以重新得到愛著她的人，二來也讓家族避免了滅頂之災。前兩天的絕食，她不就是出於拯救家人的目的嗎。

虢國夫人把楊玉環的一束頭髮仔細地包好，再放過筆和紙來，讓她寫一封書信。

「三姐，我並不會寫什麼書信。」

「一定要寫，我來念，你來寫。『臣妾罪當死，陛下幸不殺而歸之……』」

沒有辦法，楊玉環把虢國夫人念的話一句一句地寫在了紙上。寫好後，虢國夫人把它和頭髮放在了一起。

正在這時，傳來了張韜光送御膳的話。虢國夫人朝著楊玉環笑笑說：「正愁沒有人帶進宮裏呢，他來得正好。」

楊玉環見了張韜光，立即淚水漣漣，掩泣謝恩。張韜光記得貴妃第一次放逐他來賜膳時，貴妃只是臉色平靜地謝了恩，此外什麼表示也沒有，看不出有什麼內疚，這次卻哭得梨花帶雨，看來她是真的傷心了。

當張韜光要離開時，虢國夫人把那個盛著貴妃頭髮和書信的布袋遞到了他手裏，讓他交給皇上。張韜光回宮覆旨，皇上仔細地詢問了楊玉環的狀況，甚至連她穿的什麼衣服都問到了。張韜光一一回覆，最後拿出了那個布袋。

當玄宗一看到楊玉環的那縷青絲時，大吃了一驚，再把書信抽出來，展開讀到：

「臣妾罪當死，陛下幸不殺而歸之。今當永離掖庭，金玉珍玩，皆陛下所賜，不足爲獻，唯髮者，父母所與，敢以薦誠！」

讀完後，玄宗大驚失色。常言說身體髮膚皆受之於父母，不敢毀傷，否則便是對父母的不孝，楊玉環割下一縷頭髮給他，那意思再明瞭不過了，她是不想活了，這是在與他永訣啊。古人向來有割髮代首的規矩，曹操有一次因爲騎的馬耍脾氣，踐踏了百姓的麥田，違反了軍令，就曾割髮代首。

楊玉環這是在學古人，用一縷頭髮明示心意，她不想存活世間了。那封書信上寫的也是這個意思。啊呀，玉環，你可不能做蠢事啊，我已經原諒了你，就要把你召回宮呢。你要是離去了，我可怎麼辦呢？想到這裏，玄宗再不敢怠慢，立即召見高力士，讓他趕緊備車接楊玉環回來。

「皇上，總要有個儀式吧？」

但玄宗已經等不了那麼多了，他向高力士催促道：「力士，快去把貴妃接回宮來，愈快愈好。」

高力士不明白皇上爲何這樣急。玄宗把楊玉環的那縷頭髮和書信遞給高力士，說：「力士，你看，玉環這是要幹什麼啊？真是糊塗。」

高力士一看之下，也是驚得心怦怦直跳。他不敢遲疑，立即親自帶人去楊國忠府上去接貴妃。

一路催趕來到楊國忠府上，楊玉環當然還是好好地待著。高力士說明了來意，楊府上下一片歡騰。虢國夫人一路小碎步走向後堂，對楊玉環說：「玉環，怎麼樣，還是我那招兒靈吧。皇上這就派高力士來接你了。」

高力士去了才一會兒，玄宗已覺得很漫長了，他派人去打聽情況，同時也從後宮趕到前殿，好早點知道事情的結果。不一會兒，內侍來報，高將軍迎接貴妃回來了。聽到這話，玄宗心裏的一塊石頭才落下地來，他在感到輕鬆的同時，又感到有些乏力。他到底年老了，情緒的太過悲喜都讓他受不住，短短半日間，他由憂到急，由空想的悲到喜，他的感情有些承受不住這樣的反覆變化。

接楊玉環的車駕終於回宮了，玄宗看到宮女揭開了車簾，楊玉環那張姣白圓潤的臉從車中顯露出來，他的心中悲喜交加。楊玉環看到玄宗，幾天來所受的委屈與傷痛一起湧上心來，她急走數步，一頭撲在玄宗的懷裏，放聲大哭起來。

雖然楊玉環已經三十多歲了，但她的哭聲就像孩子一樣不加掩飾，盡情宣洩著心中的情感。玄宗在楊玉環這種直白的哭聲的感染下，眼睛也潤濕了，他輕撫著楊玉環的身背，說：「玉環，不要哭了。你不是又回到我的身邊了嗎？」

高力士體會到玄宗此時的心情，他揮揮手，命內侍和宮女都避開，他也悄悄地不告而退，好讓皇上和貴妃一敍別來之情。

玄宗的這句話，引得楊玉環更哭不能止，她放肆地哭著，眼淚把玄宗胸前的衣服都弄濕了。好不容易，楊玉環才止住哭聲，和玄宗相扶著向後走去。

一到寢殿，玄宗就把楊玉環摟在懷裏，說：「讓我抱抱，聽說你絕食了一天，我看瘦了沒有。」一聽這話，楊玉環又撲在玄宗懷裏哭開了，她的委屈可真不小。玄宗又察看她的頭髮，看她剪的是哪一邊的頭髮。待看清剪的是左邊一縷頭髮時，說：「玉環，你這樣做把我嚇壞了，平日你對自己的頭髮最是愛惜了，想不到這次竟剪下這樣一大把頭髮來。」

楊玉環臉上帶著淚水說：「都是你讓我受的委屈。」想到這個主意是虢國夫人出的，雖然達到了目的，果然把皇上嚇得夠嗆，但一想到這中間帶有欺騙意思，她有些不好意思起來，想向皇上討回那束頭髮。

玄宗不願把那縷頭髮交給楊玉環，他說：「我要好好保存著，一看到它，我就會想起你對我的感情。它也是我倆之間的見證啊。」

兩次放還，兩次再召回宮，這對楊玉環來說真是恩寵無人可比。回到宮中的楊玉環，經此一番折騰後，她的性情也有所改變。首先她進行了反省，這對她來說實在難能可貴。

毋庸置疑，兩次放還的原因都是一樣的，那就是楊玉環的嫉妒心太重，要霸佔皇上一人的感情，不許他恩寵別的嬪妃，就連偶爾的臨幸她也不允許。風波平定後的楊玉環爲了不蹈前轍，痛苦地要自己接受這樣一個現實，那就是以後皇上如果再臨幸別的嬪妃時，她必須睜一隻眼閉一隻眼，裝作啥也不知的樣子。她甚至想到，要把三姐虢國夫人推薦給皇上，讓他把她也召進宮來。姐妹同時入宮伴君，這在歷史上是屢見不鮮的事。

經過此次風波，楊玉環與玄宗的感情又上了一個臺階，他們都更加珍惜彼此間的感情了，這倒不是說比過去更加狂熱了，而是激情過後的依戀，是一舉手一投足都能感受到對方情意的身心交融。

爲了祝賀楊玉環的回宮，宮內舉行了一個小型歌舞宴會，楊家諸人都在宴請之列。玄宗本來不請虢國夫人的，但楊玉環執意要請。宴會上虢國夫人再與皇上見面，不免都有些尷尬。虢國夫人收起了她以往的張狂，變得從未有過的文靜與靦腆，倒是楊玉環一再催促她飲酒，並對她說，宴會後讓她留下，有事要和她相商。

經此一番折騰，虢國夫人能比較清醒地認識到她與皇上間的來往了，她看到了皇上與楊玉環有著真摯的感情，看到由於自己的失控對他們二人造成的傷害，現在她再也不想著入宮了，再也不想著要得到皇上恩寵了，她想以現在自己的威勢，還要皇上的恩寵幹什麼，入宮又有什麼好處，平白多了一份約束，還不如這樣做一位有錢有勢的虢國夫人自由。如果真的入宮了，她還真捨不下那些情夫呢，皇上年老了，她是不會滿意的。同時爲了不再傷害楊玉環，她決定斷絕與皇上間的來往。

在宴會快要結束時，楊玉環讓虢國夫人到一處太極殿裏等她，說有事要和她相商。待虢國夫人去後，楊玉環也退去了，只是她不是去太極殿，而是去了寢宮，臨去時，她讓宮女告訴皇上，說她在太極殿等皇上。

宮女把楊玉環的話告訴了玄宗，玄宗心頭有些納悶，有什麼話，玉環不在這裏對我說，非要在太極殿對我說。於是，他向太極殿而去。

到了太極殿，玄宗見到的自然不是楊玉環，而是虢國夫人。他們二人甫一見面，都微微一怔，不知道對方何以會在此出現。但隨即就明白了楊玉環的心意。

不知怎麼的，現在玄宗見到虢國夫人，再也沒有了以往的衝動。以往他的衝動和熱情全在於偷情的快樂，現在已經不存在偷情了，楊玉環把一切都爲他們安排得好好的了，他們反沒有了歡樂。那一晚，玄宗只是和虢國夫人簡單地說了一會兒話，就離開了她，他突然在心裏對眼前的這個女人有著寡然無味的感覺。

楊玉環一個人回到寢室，她雖然安排了皇上和虢國夫人的幽會，顯得肚量寬容，但內心痛苦無比，她覺得心中像有一條小蛇在對她的心噬咬著，她想到自己愛著的男人現在懷裏正摟著另一個女人，她傷心地落下淚來。她支走了身邊的宮女，準備就這樣坐著度過這一夜。

正在楊玉環傷心悲痛時，玄宗卻走了進來。一看到玄宗，楊玉環幾疑是在夢裏，她以爲是自己眼看花了，再揉了揉眼睛定睛一看，沒錯，是皇上，於是她一躍而起，一下撲在玄宗的懷裏，又是歡喜又是傷心，淚水止不住流了下來。

玄宗用手輕輕撫摸著楊玉環的頭髮，嘴裏說：「玉環，你真傻，我不是對你說了嗎，我的心裏只有你。」

楊玉環帶著哭腔說：「可我，可我……」

「好了，不要多說了，我已經讓虢國夫人出宮了。下次再不會出現這種事了，你要相信我啊。」

「三郎！」楊玉環把玄宗摟得更緊了。

自此後，楊玉環與玄宗互相信任，互相呵護，心無所猜，再也沒有出現因臨幸別的女人而發生的矛盾與不愉快。

時光荏苒，轉眼間到了盛夏時節，六月一日，玄宗爲楊玉環舉行了盛大的生日宴會，在京的貴婦幾乎都進宮祝賀，其中也有壽王妃韋氏。看到韋妃，楊玉環想問一問壽王近來的狀況，但人多嘴雜，她沒有機會靠近韋妃，同時，她發現韋妃好像有意與她疏遠，始終離她在一段距離之外。

自從楊玉環拒絕咸宜公主幫助壽王謀立太子之後，咸宜公主就很少入宮了，別人似乎也有意不在她面前提起壽王的消息，但曾作爲壽王妃的楊玉環，在心裏對壽王還是暗暗留意的，到底與他有著五年的恩愛，很想知道他現在生活得如何。

有時，在夜深人靜的時候，楊玉環會回想起那段已逝的日子，她在覺得命運捉弄人的同時，也在喟然長歎，心裏對過去的那段日子模糊不清，似乎那不是她曾走過的日子，而是另一個女人的過去。如果說開始她還不能忘記壽王的話，那麼隨著時過境遷，她現在心裏只有皇上一人了。

感情是可以隨著時日變化的，皇上對她如此寵愛，讓她心生感激，投桃報李，她也不能辜負皇上的一片心意。她唯有祝願壽王也平安地生活下去，不要有什麼災禍就好。有時，她也想，如果皇上在百年之後，她當如何呢？記得她入宮時，壽王曾對她說，在皇上百年之後，她再回到他的身邊。現在，她不做這樣指望了，就是皇上百年之後，她也不會再回到壽王的身旁，她已經背叛了壽王，再不能背叛皇上了，那樣，她當成爲一個什麼樣的女人了，不是成了一個不知廉恥讓人唾罵的娼婦了嗎？

作爲壽王妃的韋氏，她對壽王是最了解的了，她知道丈夫的心裏其實還沒忘記楊玉環。壽王是那種癡情專一的男子，這種人對感情的付出是執著的。但他又懦弱，沒有勇氣抗爭，只能沉溺於自傷自憐之中。韋氏與他成婚這麼多年，知道他的感情一直沒有給她，她覺得不公，暗暗飲泣，由此在心裏對楊玉環有著一種暗暗的恨意，這是屬於女人間的嫉妒，這正是她有意不靠近貴妃的原因。而這一切，楊玉環一點不知道。

楊玉環想到壽王的時候很少，她現在與皇上情熾意濃，哪顧得了那麼多。有時，楊玉環不能不想到，假如皇上百年之後，她怎麼辦？

如果不出意外，她會死在皇上之後，那時，皇上不在了，留下她一人豈不淒涼異常。漫漫長夜無人相伴，歌舞雖好，無人共賞，那樣的日子又讓她如何熬呢？不管那麼多了，快樂一天是一天吧。

七月裏有一個節日，就是乞巧節，在七月初七。爲了熱鬧，這天，玄宗在宮中舉行了許多遊玩節目，其中有乞巧果子、進七孔細針、明星酒、拜月等。楊玉環對進七孔細針特別感興趣。進七孔細針就是用七根針一一穿過一匹絹上的一個小洞，針上穿著不同的細線，如果針全部穿過小洞，那就表示心中的願望一定會實現。她玩了許多次都不能穿過，還是在玄宗的幫助下才得以完成。她看著穿著七種顏色線的針掛在洞口，象徵著團圓美滿，拍著手跳了起來。玄宗說：「玉環，你的心願可以實現了。你能告訴我你的心願嗎？」
楊玉環調皮地說：「不告訴你。」
晚上，宮內舉行了一個大型宴會，地點就在太液池旁。太液池裏蓮葉田田，沁人肺腑的荷香隨風蕩漾，聞之欲醉。夏蟲啁啾之聲，更增夜的靜謐和溫柔。看天上，繁星如織，撒滿夜空，其中最引人矚目的當屬織女和牽牛兩星。
關於牛郎織女的傳說，無人不知，無人不曉。傳說中這一天就是他們一年中相會的日子，這一天，天下的喜鵲都飛到天上爲他們搭鵲橋去了。
這是歡樂的一夜，歌舞不斷，高潮不斷，楊玉環興致極高，她在謝阿蠻和虢國夫人的慫恿下，也喝了不少酒。玄宗怕那兩個女人又把楊玉環灌醉了，就勸阻了她們。
最後，玄宗見楊玉環已有醉態，就攙扶著她向寢宮走去。
玄宗和楊玉環的寢宮在長生殿。楊玉環醺醺然地依靠在玄宗的肩膀上，渾身綿軟無力。他們來到了長生殿，楊玉環卻並不想馬上安歇，她和玄宗兩人攙扶著來到殿后的平臺上。
宮女與內侍似乎也知道此時皇上只想與貴妃單獨相處，都知趣地遠離了。楊玉環把頭靠在玄宗的臂彎裏，心裏既興奮又恬靜。玄宗也摟著她，兩人依偎著，默默地享受著這難得的清靜與幸福。
自從二次風波後，玄宗與楊玉環的感情進一步昇華，二人心裏都明白，彼此都再離不開對方了。今夜是他們敞開心扉的時辰。過了一會兒，楊玉環睜開眼，抬起頭來說：「三郎，我來宮裏已經有多少年了？」
「讓我來算算。」說著，玄宗扳起指頭煞有介事地算了起來，隨後說：「玉環，你進宮已經有十二年了。」

「啊，已經有那麼久了嗎？我怎麼覺得像才認識你似的？」

這不是楊玉環一個人的感受，玄宗也覺得對她的認識才剛剛開始。他把心中的感受對楊玉環說了。兩人都笑了起來。

這不奇怪，愛情的小波折竟讓他們感受到愛情的常新，只有常新的愛情才會是永恆的彌久的，也才是新鮮的。

「三郎，前幾天我看到韋妃了，她臉色陰鬱，似乎日子過得並不好。」

「哪個韋妃？」

「就是壽王妃啊。三郎，我提到他，你不生氣吧？」

玄宗不知道楊玉環今晚爲什麼要在他面前提到壽王，他靜靜地聽她說下去。在此之前，壽王在他倆之間是一個忌諱的名字，他們雖然心中都曾想過他，但都避免在對方面前提及。玄宗知道楊玉環心中曾有過一段時期不能忘懷壽王，但現在不知她是如何想的。

「韋妃嫁給壽王也有一段時間了，從她臉上看出，她過得並不幸福。三郎，我希望這不是因爲我的緣故。」

「這與你沒有關係。玉環，你多操心了。」

「三郎，說心裏話，我以前乍一離開壽王時，心裏還有點怨你呢，但現在……」

「現在如何？」

「現在我在心裏徹底忘記他了，現在，我心裏只有你。」

聽著楊玉環這發自內心的話，玄宗有所感動。他知道，她今晚在他面前主動提到壽王，那就說明她真的把他忘記了，不然她是不會這樣說的。他把楊玉環緊緊地摟在懷裏，用無言表示他的感謝。

「不過，我還是希望壽王能過上幸福日子，就像我們一樣。」

「他們會的。」

良辰美景，兩人衷情互訴。楊玉環說：「三郎，你剛才不是問我心中許的什麼願嗎？」

「是啊，你不告訴我。」

「我許下的願是，願我們生生世世都在一起。」

這句至情流露的話深深打動了玄宗，他也對楊玉環說：「玉環，今天，我對著天上的牛郎織女星也來許個願。」

「好啊，我想聽聽你許的願。」

玄宗雙手合一，向天喃喃祈禱：「今世夫妻，來世夫妻。」

一個皇帝對一個妃子能講出這個話，恐怕從古少有。但玄宗講了，講得那樣自然，那樣出自真心。楊玉環陶醉在愛情中，和玄宗緊緊摟抱在一起。她抬頭望著天上的牛郎織女二星說：「三郎，我真可憐他們，他們一年才能相聚一次，哪比得我和你，天天都能在一起。」

「他們雖然一年相聚一次，但天地無壽，積少成多，他們相聚的次數只會比我們多，不會少。」

「三郎，你要爲我珍重啊！」

台下是蟋蟀的鳴唱，前面隱約傳來歌舞聲，恍如遠離的塵間世俗。楊玉環與玄宗緊緊相擁，感受著愛情的幸福。

第十四章　山雨欲來

楊國忠可謂否極泰來，終於坐上了一人之下、萬人之上的宰相寶座。他私欲膨脹，無視朝綱，任人唯親，打壓忠賢，把天下折騰得一片狼藉……遠在范陽的安祿山磨刀霍霍，夢想著皇帝輪流坐……玄宗卻渾然不覺大唐已是黑雲壓頂，仍在宮中燈紅酒綠，夜夜笙歌……

楊國忠自從排擠掉擋在他前面的王鉷以後，日漸受到皇上的重用，身上兼職已達二十多個，他也變得野心勃勃起來，甚至不想等到李林甫死後才接替相位，他有了早日取代李林甫之意。

對於楊國忠的野心，老謀深算的李林甫一目了然，他心中暗自悔恨，沒有想到一手提拔的人，最後成了一條要咬自己的狗，他對楊國忠針對他所做的事，表面不動聲色，內心卻在策劃如何把楊國忠打倒。不過他也知道，這次與以往不同，且不說楊國忠有著椒房之親，是貴妃的從祖兄，是國舅，就說他的辦事能力，李林甫也是很佩服的。

楊國忠身兼那麼多職位，個個辦得讓人刮目相看，政績顯著，不能不引起皇上的注意。李林甫知道，要想搞倒楊國忠，必須抓住他的一個致命弱點，一擊而成，不然反有打虎不成反被虎咬的危險。在沒找到這個致命弱點之前，他不想打草驚蛇。因此，雖然現在楊國忠對李林甫陽奉陰違，但李林甫對他依然是笑臉相迎，裝作毫不在意。

這果然迷惑了楊國忠，他以爲李林甫形將老矣，已無可畏之處，越發不放在心上。御史中丞吉溫自從上次幫了楊國忠的忙後，看到貴妃已經回宮，楊家再次聲勢復振，他覺得自己把寶押對了。

他本來也是依靠李林甫起家的，但現在，他看到楊國忠有可能取代李林甫成爲日後的新宰相，就背叛了李林甫投靠楊國忠這邊來了。楊國忠的心思，吉溫一清二楚，他知道楊國忠一心想早點當上宰相，於是就投其所好，替他謀劃取代李林甫的方法，先是要一步步翦除他的心腹，打擊他的勢力，最後剩下他孤家寡人，也就容易對付了。

楊國忠對吉溫的投靠自然異常歡迎，這增加了他對抗李林甫的勢力。這天，吉溫得到一個好消息，趕忙來告訴楊國忠。

「吉大人，何事來得這樣匆忙啊？」

「啊，楊大人，這可是一個好事啊。現在我已打聽清楚，御史中丞宋渾坐贓巨萬，罪該萬死。」

「宋渾？那不是你的同僚嗎？」

「是啊，就是因爲是同僚，我才會知道他的情況。想不到看他平日一副清高的樣子，竟是一個貪得無厭的碩鼠。楊大人，我的手中證據確鑿，你趕快上報皇上，把他繩之以法。」

「吉大人，既然你掌握了他的確鑿證據，爲何不自己上報皇上呢？」

「楊大人一向栽培在下，在下無以投報，只願把這個功勞讓給大人。」

楊國忠笑笑沒有說話，對吉溫這樣做很是滿意。

原來這個宋渾是李林甫的心腹，他一向是唯李林甫馬首是瞻，李林甫要是看誰不順眼，他馬上就在皇上面前奏那個人一本，把那個人不是流放就是貶官，總沒有好下場。吉溫也知道楊國忠對這個人恨之入骨，因此極力收集他的罪證，功夫不負有心人，終於讓吉溫抓到了他的把柄。

第二天，楊國忠找到一個單獨面見皇上的機會，趁機把這個消息告訴了皇上。玄宗一聽大怒，立即就降旨把宋渾流放到潮陽郡。等到李林甫得知消息後，已經無可奈何，不能相救了。

李林甫知道這是楊國忠從中搗鬼，心中恨恨不已，心想，好你個楊國忠，不要得意得太早，終有一天讓你落到我的手裏，看我怎麼整治你。

整倒了宋渾，楊國忠又除去了一個對手，心裏感到高興異常。他想到要想取代李林甫，除了自己在朝廷中的努力外，最好還要有外將的呼應。那應該結交哪位邊將呢？

哥舒翰現在已經是手握兵權的一位節度使了，但他原是王忠嗣的老部下，自己在審判王忠嗣時，爲了討好李林甫曾使用了卑鄙手段，這一點王忠嗣一定會和哥舒翰說，他也肯定恨我，結交他的希望不大。

安祿山呢，他是新近得寵的東北兩重鎮節度使，手下精兵強將甚多，但聽說他與李林甫來往甚密。雖然皇上讓我楊家諸人與他結拜爲異姓兄弟，但從他那雙驁傲的眼睛裏看出，他並不把我們楊家當一回事，好像結拜是一件有辱他身分的事，他常常對我不埋不睬，很是囂張。對這種不識時務的傢伙，與其折節低就，不如冷眼相待。不知李林甫這條老狐狸又是如何把他籠絡住的。這二人一定私下相商，一個在朝中獨攬朝權，一個在外持兵自重，互爲呼應。

其實李林甫和安祿山交好是真，但沒有如楊國忠所猜測的那樣，沆瀣一氣，狼狽爲奸，相反，安祿山對李林甫心中忌憚無比，就是在冬天見了也常常汗透內衣，股肱顫慄，懼怕之極。李林甫倒是個能鎮服住安祿山的人，如果沒有李林甫，說不定安祿山會提早造反也未可知。

既然西北和東北最有兵權的兩個節度使都指靠不上，楊國忠不能不想到別的節度使。一想到別的節度使，他自然第一個會想到劍南節度使鮮于仲通。對於這位恩公，楊國忠對他的報答可謂豐厚，把他由一個豪紳提拔到統領一方的節度使，鮮于仲通對楊國忠是感恩戴德不盡，現在，楊國忠已經是他的恩公了。

他每年都從蜀地源源不斷地往京城運送大批蜀物，分送給楊氏諸人。楊國忠之所以一開始沒有想到鮮于仲通，因爲劍南節度使雖名列十大節度使之位，但兵力太少，不如西北和東北的邊將那樣重要。這是有原因的，因爲西南與大唐接壤的南詔國歷代君王臣服大唐，兩國交好，很久不興兵事了。這樣相應的，大唐在劍南的駐兵也就少了。

但沒事，難道就不能生出一點事來嗎？如果生出點事來，讓兩國交兵，那樣劍南必定會像西北和東北一樣受到朝廷重視，那樣節度使的權力就會大，對他楊國忠來說豈不是增加了一個大大的外援。

想到這裏，楊國忠立即修書一封，快馬加鞭送達鮮于仲通的手裏，告訴他，無論如何要在劍南惹出一點事來。鮮于仲通接到這封信心裏一時反應不過來，他想，這是怎麼了，太平無事不好嗎？幹嗎非要惹出一點事來？但他想既是楊國忠提出來的，那自有一番道理。當下也不多想，即按信中指示的去做。

「下關風，上關雪，洱海月」，大理的風花雪月，如仙境，如幻境，能使人忘卻塵世。就在這片風景如畫的土地上，開元時並立著六詔。詔是王的土稱，六詔即六個部落。其中的蒙舍詔地處南端，故稱南詔。南詔最強，已具國家雛形。南詔王蒙皮邏閣生逢其時，繼位之初就獲得了發展的好機會。唐廷出於牽制吐蕃的需要，籠絡他，把他封爲台登郡王。台登郡王沒有辜負玄宗皇帝的期望，牽制吐蕃有多少力就出多少力。他的力沒有白出，他也借著唐廷之力，用武力統一了其他五詔，繼而征服了雲南大部分地區。玄宗對他刮目相看，賜名蒙歸義，加封爲雲南王。

雲南王要比南詔王大了，也要有排場和首府，於開元二十七年遷進了新建的首府太和城，接受各部落酋長的朝見。他這一國之君的威勢只對酋長們起作用，漢官們嗤之以鼻，不予理睬。因爲他們的江山是借助唐廷之力打下的，所謂的雲南王不過只是唐廷的一個小小附屬王，離了唐廷，他什麼也不是。任何一個漢官一到雲南就盛氣凌人，獨斷專行，根本不容雲南王說個不字。這讓蒙歸義感到反感憤怒，但他爲了得到唐廷的資助，只能忍氣吞聲，裝得若無其事，一直忍到命歸黃泉。

年老的雲南王蒙歸義死後，他的兒子蒙閣羅鳳登位，他本想繼續貫徹父親委曲求全的對唐政策，然而形勢的變化已不允許他這樣做了，因爲漢官對南詔國的欺凌已經到了肆無忌憚的地步，這激起了南詔人的反抗。

在南詔一座城裏發現了五口鹽井，聚集了大批煮鹽者。南詔國一直缺少鹽，他們把鹽叫作鹽巴，往往要從很遠的地方販運而來，發現鹽井讓他們驚喜異常，以爲這下可以解決鹽巴的短缺。哪知唐使何履光竟帶兵入城，宣布鹽井爲國家所有，私人不得開採。鹽民的生路被斷絕，無從謀生，同時南詔政權的鹽稅被剝奪，上下怨憤，民情洶湧。

此時雲南太守張虔陀不是想法平息南詔民憤，還推波助瀾，火上添油。別看他的名字起得像個清心寡欲的君子，實則是個卑鄙無恥的小人，他向南詔官員敲詐勒索不算，還讓他們的妻妾來滿足他的淫欲。

蒙閣羅鳳一忍再忍，但已經忍無可忍了。如果繼續忍下去，最後的結果只能是眾叛親離，甚至連自己的妻妾都要送給張虔陀遭蹂躪。最後，他決定鋌而走險，出兵圍攻太守府，殺死了張虔陀，隨勢攻下了三十二個土著部落州。

真是盼什麼事，什麼事就來了，當這個消息傳到鮮于仲通那裏時，他不是愁緒不展，相反，卻是歡喜無比。他當即點起六萬大軍前往進剿。

萬般無奈之下做出殺死漢官舉動的蒙閣羅鳳自知惹下大禍，當他聽說唐軍前來圍剿時，連忙派使前去請罪，願意歸還所獲之物。並說，現在吐蕃大軍壓境，如不許我，我將歸命吐蕃，則南詔非唐所有了。這本來是蒙閣羅鳳萬不得已說出的話，但所說也是實情。南詔北與大唐直接，西與吐蕃相連，夾在兩個大國之間，一直是大唐對付吐蕃的屏障，所以歷來皇帝交結南詔的用意也在於此，但鮮于仲通不能明白其中厲害所在，只顧個人利益，哪裏想到那麼多，不僅拒絕了南詔的請求，還扣壓使者，恃勢向太和城進逼。

蒙閣羅鳳萬般無奈之下，只好與大唐開戰。但他提心吊膽，心中畏懼唐兵。在蒙閣羅鳳的印象中，唐兵神勇異常，攻無不克，戰無不勝，以他區區南詔小國，怎是天朝神兵的對手。與他莫名畏懼心理相對應的是手下將士的沖天士氣，那些底層的官兵，歷來受唐兵的欺凌，早憋了一肚子的怨氣，聽說和唐軍開戰，個個踴躍，人人爭先，一定要打敗唐軍，出出心中這口氣。看著士氣高漲的將士，蒙閣羅鳳心中稍感欣慰，彷彿看到了一線希望。他對全國實行總動員，把能上戰場的青壯年悉數派上陣，在瀘州與唐軍擺開了主戰場。

與南詔同仇敵愾相對應的，鮮于仲通率領的唐軍卻顯得鬆鬆垮垮，毫無鬥志，他們這些人向來欺負蠻人欺負慣了，總認爲蠻人性格懦弱，哪裏是他們的對手，他們一去，還不是秋風掃落葉，把南詔兵打得落花流水。他們大多想的不是去打仗，而是去劫掠一番。

蒙閣羅鳳充分利用了唐軍這種輕敵的心理，先是派出小股部隊與唐軍接戰，主力布置在一處險要的山谷兩旁，待小股人馬把唐軍誘入山谷中，再聚而殲之。果然，唐軍剛與小股南詔兵接戰，就打得對方丟盔棄甲，落荒而逃。他們一點也沒有疑心，鼓噪而進，爭先恐後追趕上來。因爲在他們印象裏，南詔兵就是這麼不堪一擊。待唐軍主力全部進入山谷，只聽到一聲沖天炮響，無數的南詔兵從四面的山頭上殺出，居高臨下，滾木礌石一起向唐軍砸去。

山谷成了困住唐軍的口袋。此時唐軍才明白，南詔兵並不是他們所想像的那樣不堪一擊，而是極有計謀，早早安排下陷阱等著他們呢。鮮于仲通，這個從未打過仗的節度使，一見陷入這樣被動的局面，手足無措，連忙尋找出口，想快點逃出。但南詔兵四面圍住山谷，強攻猛打，唐軍猶如一頭困獸，毫無施展手腳的地方，一時間陣腳大亂，人人爭相逃命，自相踩踏，死者不計其數。

最後鮮于仲通好不容易才逃出山谷，跑回蜀中，一清點身旁人數，只有寥寥數騎，六萬兵馬，整個都扔在了南詔。本指望帶領雄兵踏平南詔的，這下可好，全軍覆沒，這可讓他如何向皇上交代啊。鮮于仲通愈想愈怕，最後他實在沒有辦法可以遮掩，只好單身進京領罪，要以死謝罪。

這邊打了勝仗的蒙閣羅鳳也沒有絲毫的得意，他在將佐的簇擁下巡視戰場，看到六萬唐軍橫屍疆場，知道他再也不能得到唐廷的原諒了，大錯已經釀下，歷代祖先極力維護與大唐的交好在他手裏斷送了。但這能怨他嗎，這不都是被他們逼的嗎？不是我不仁，而是你不義。蒙閣羅鳳讓部下把戰死的唐軍一一收斂埋葬。

吐蕃聽說南詔與大唐開戰，並把唐軍打得落花流水，心裏高興萬分，乘機籠絡。他們馬上送去一顆大金印，封蒙閣羅鳳爲「贊普鍾」，號曰「東帝」。「鍾」蠻語即爲弟，「贊普鍾」即爲吐蕃皇帝的弟弟。吐蕃給南詔的封號可比大唐高得多了。

即使如此，蒙閣羅鳳心裏並不歡喜，他心裏維繫牽念的還是故國之情，對大唐還心存一線希望。他讓人樹一塊碑在與大唐接壤的地方，把此次戰役的來龍去脈雕刻在上面，告白自己叛唐實出於萬不得已，並對部下說：「我世世事唐，受其封賞，後世容復歸唐，當指碑以示唐使者，知吾之叛非本心也。」其良苦用心可見一斑。

南詔王一番苦心是不能聞達於皇上耳中的，他不知道大唐的皇帝正日日沉溺於享樂歌舞之中，外事都委於朝臣。

鮮于仲通隻身入京，只道此番面見皇上，定將性命不保。他來到京城，沒見皇上前，先來見過楊國忠。楊國忠一見到萎頓狼狽的鮮于仲通大吃一驚，不知道他不好好在蜀中待著，跑到長安來幹什麼。他們也有好幾年沒有見面了，以前楊國忠見鮮于仲通總是畢恭畢敬，不敢稍許衝撞這個衣食父母，現在不同了，他由依附者變成了恩公，鮮于仲通反恭順聽命了。鮮于仲通把他與南詔交戰的敗績說給楊國忠聽了。楊國忠聽了不以爲然，說：「勝敗乃兵家常事，不值得這樣掛懷，只是這次傷亡了多少兵卒啊？」

「回大人，傷亡了六萬。」

「什麼，六萬？你一共帶了多少兵去？」

「六萬。」

楊國忠聽了這話不吱聲了。他心想，你個鮮于仲通真夠可以的，帶了六萬兵，竟傷亡六萬兵，虧你還能跑得回來。

見楊國忠久久不吱聲，鮮于仲通說：「我也知道此戰有損我天朝聲威，我這就面君領罪，引頸就戮。只是辜負了楊大人的栽培，有負厚望。恩情只能下輩子再報了。」

見楊國忠不吱聲，鮮于仲通說聲：「楊大人，告辭了。」

「什麼？你到哪去？」楊國忠像才從夢中醒來一樣。

「我這就去面君，領受皇上的懲處。」

「誰讓你去面見皇上了，你面見皇上，還能保住你這條命嗎？」

「那，那依楊大人之見當如何呢？」

「你速回劍南，加急送一份請功表來。」

「什麼，請功表？」

「是的，要趕快。」

「可這明明是一場敗仗啊？」

「敗仗？我說是勝仗，誰敢說不是勝仗。此仗只有你知我知，京城中又有何人得知真相？你送一份請功表來，然後就說南詔背叛大唐，已經出事吐蕃了。你前往平叛，小有斬獲。我再從兩京和河南等地募兵充實前軍，再前往征討，如果打了勝仗，豈不兩全其美，誰還追究前事。」

聽楊國忠這樣一說，鮮于仲通心中是信疑參半。信的是他說的確是一妙計，等從中原招來募兵，再與南詔作戰，只要小心謹慎，打敗南詔不是不可能的事，疑的是打了這樣一個敗仗，損失六萬將士，只憑他在皇上面前一句話，就能掩蓋過去嗎？不僅不會降罪，還會得到封賞。但鮮于仲通見楊國忠信誓旦旦的樣子，不好多問，再說，此時只有聽信楊國忠的話了，如果他真的到皇上面前稟告真相，無疑，他的腦袋是保不住的了。

楊國忠這樣拚命保鮮于仲通，自然有在故人面前炫耀權力的想法，但也是想讓劍南成為他可靠的外援。鮮于仲通聽了楊國忠的話，不敢在京多留，匆匆杜撰了一封請功表後，留於楊國忠，讓他呈交皇上，即日就趕回了蜀中。

第二天，楊國忠就把鮮于仲通偽造的請功表面呈給皇上，說南詔被吐蕃的厚禮所打動，叛唐依附了吐蕃，劍南節度使親自率兵征討，斬獲蠻兵無數，但因所轄兵力有限，不能乘勝追擊，特請皇上招募兩京和河南的青壯年入伍，充實前軍，痛擊南詔，征討逆虜。不明就裏的玄宗，看了這份請功表，聽信了楊國忠的一面之辭，心中大怒，心想，我大唐聖朝對待你南詔並不薄，何以信義全無，反叛助敵。於是就把徵募兵士的事全權委託給楊國忠去做，讓他務必討平逆賊，保障皇朝南面的屏障。

可憐南詔王蒙閣羅鳳還在太和城日思夜想，期盼大唐使者明白事實真相，明瞭他一片向唐忠心，赦免他的抗拒唐軍的罪行，把他重新納入版圖呢。

鮮于仲通趕回劍南，心中惶懼不安，不知楊國忠是否能把他的小命保住。沒過幾天，京城使者趕到，帶著大批禮物前來犒軍。這下，他才安心，知道楊國忠確有通天本事，把這樣大的一件事都能替他瞞住。但經此一役，他倒學乖了，知道這個劍南節度使不是那麼好幹的，京城有楊國忠這樣的人在弄權，搞不好哪一天自己的小命就莫名其妙地送掉了，與其這樣，不如還是回去做有錢的豪紳自在舒服些。

這樣一想，等過了一段時間，他上表說南詔數度侵邊，他沒有統兵之才，願讓出劍南節度使之位，同時怕楊國忠見疑，就在表中說楊國忠對劍南熟悉，請他遙領劍南節度使之職。皇上批准，讓楊國忠當了劍南節度使，但並不去劍南，而是在京兼領，反正他兼領的職務太多，多一個節度使也不是什麼大不了的事。至於鮮于仲通，依然掌管劍南的實際事務。鮮于仲通想，只要脫去這頂帽子，以後降罪降不到我頭上，做一個無名有實的節度使又有何妨。

與南詔的那場交戰，劍南的兵力損失殆盡，急需補充兵源。楊國忠在兩京和河南招募青壯年，準備開赴雲南，與南詔王再決一高下。但人們聽說雲南多瘴癘，中原的人不適應，到了那裏，還沒交戰，往往十個就死了八九。聽得人心驚肉跳，都不敢前往報名入伍，這下弄得楊國忠招募不到兵卒。

楊國忠見招募不到兵士，就遣御使分道捕人，只要在路上看到青壯年，不管是誰，全都抓住，給他戴上木枷押送軍所。過去有個制度，百姓中只要有功績的，不管戰功還是別的功績，可以免除征役，但現在楊國忠也不管那麼多了，一概徵召。弄得全國愁怨，到處是妻離子散，父母送別場景。

好不容易從中原招募到了幾萬士兵，趕赴劍南，加上劍南的剩餘軍力，又有了八萬之眾。在鮮于仲通的率領下，向南詔進攻。

南詔王蒙閣羅鳳雖臣事吐蕃，但並不想作爲吐蕃攻打大唐的馬前卒，雖然吐蕃幾次催促，他尚念故情，一直按兵不動，本想與大唐相安無事。沒有想到他不去攻打大唐，大唐竟來攻打他了。萬般無奈之下，他只得奮起迎戰。南詔兵士仗著熟悉地形，避免與大唐軍隊正面接觸，而是充分利用地形，與他們作遊擊之戰。

表面看唐軍攻佔了一些城池，南詔軍在節節敗退，但從傷亡人數上來看，唐軍的損失遠在敵方之上。還有，從中原來的唐軍，不適應南方潮濕悶熱的天氣，加上瘴氣彌漫，虛脫中毒而死的也不少。最後他們雖得到了一些土地，但也付出了慘重的代價。

打了幾個小勝仗，讓鮮于仲通高興非凡，他立刻把俘獲的敵兵押向京師表功。楊國忠看了，馬上又把鮮于仲通的表功書加上幾筆，說俘獲的敵兵太多，因路途遙遠不能全部獻闕於聖前，只選了這些來獻捷。玄宗看了這份誇大其辭的表功書，竟信以爲真，心中滿意之極，下旨從府庫中運送大量物品犒勞前線將士。

但這種假像只能欺瞞皇上，造成的苦果卻要鮮于仲通來嘗。南詔並沒有被他打得抱頭鼠竄，相反，他們常常攪得他寢食難安，疲於奔命。在隨後的日子裏，南詔兵採取偷襲，小股圍殲等多種戰術，把大唐軍隊一塊塊蠶食，眼見著八萬軍隊就所剩無幾了。

這種情況下，鮮于仲通再次向楊國忠求救。楊國忠也沒有辦法，只好讓鮮于仲通後撤，保存實力再說。同時，他再次上奏朝廷，說南詔在吐蕃的支持下，起兵六十萬，數度叩邊，希望能再招募兵士。

西南與南詔打仗的真實戰況自然也被李林甫知道了，他心裏暗暗揣摸，如何利用這個情況來達到打擊楊國忠的目的。他想啊想啊，突然心中一亮，想出一條計策來。

於是，李林甫通過關係，找到幾個蜀中官吏，許以好處，讓他們上表請求皇上派楊國忠進蜀，統兵與南詔作戰。等到蜀中的奏章送到皇上手裏，李林甫再向皇上提出應該聽從蜀人請求，派遣楊國忠入蜀。

李林甫的這條計謀可謂用心良苦，他的奏本剛一遞到皇上手裏，楊國忠就知道了，他大吃一驚，沒有想到老謀深算的李林甫竟會想出這樣一條對付他的計策。在此之前，他還春風得意，以爲李林甫在與他的爭鬥中一直落於下風呢。楊國忠可是知道其中厲害的，如果皇上真聽了李林甫的話，把他派去劍南，那他遠離了京師，也就遠離了權力鬥爭的中心，他就失去了主動權，以後必事事處於下風，受李林甫所制。再說，出去容易回來難，李林甫一定會千方百計阻止他回京，不要說得到相位，恐怕連小命能不能保住也難說了。

事不宜遲，楊國忠連忙進宮，找到楊玉環，把心中之事告訴了她。楊玉環聽後，說：「國忠，你是不是太多心了，李林甫對你不是一直不錯的嗎？他怎麼會陷害你呢？」

楊國忠見楊玉環對朝廷間的事一點也不清楚，著急地說：「玉環，那都是表面情景。李林甫以前對我是不錯，那也是看在你的面子上，但現在不同了。」

「現在又怎麼不同了，我不還在宮中嗎？」

「玉環，你聽我說，現在我對他的相位造成了威脅，他就想除去我。李林甫對凡是威脅到他相位的人，必欲除去而後快的。我與他共事這麼多年，我是了解他的。」

「可是皇上現在很器重你，常誇你能幹，也許他不會聽李林甫的話。你也不用這樣擔心。」

「如果那樣，最好不過了，但我擔心皇上會被李林甫說動。因爲李林甫這次是必欲達到目的的。我想在皇上沒有決定之前，你最好在皇上面前幫我講講話，不要把我派到劍南去。我又從沒帶過兵打過仗，我去了又有什麼用呢？」

「可我從來對政事都是不關心的啊，突然去和皇上講，皇上會聽我的嗎？再說，派不派你去，皇上一定也自有他的想法。」

「玉環，你一定要和皇上講，不然我就完了。我完了，楊家在京的勢力必將受到打擊，表面看這是我一個人的事，但實際這是整個楊家的事啊。」

聽楊國忠這樣一說，楊玉環也察覺出事情的嚴重性來，她答應楊國忠幫他在皇上面前講講話，爭取不讓皇上把他派到劍南去。楊國忠催促她儘早去說，此事耽擱不起。

楊國忠一離開，楊玉環就去找皇上。內侍說皇上在高力士公廨處，她就向那裏走去。

玄宗先接到蜀中官吏的奏章，請求遙領劍南的節度使楊國忠來領兵作戰，再接到李林甫的奏摺，他心中一時委決不下，就來找高力士商議。在玄宗的心裏，高力士一直是個懂兵法的人，當年他曾協助他發動玄武門政變，剿滅韋后和安樂公主，出力不少，因此遇到兵事，他都會來找高力士相商。

「力士，你看蜀人請求國忠入蜀，林甫也這樣說，我是否要把國忠派去呢？」

「大家，我看可以把他派去。」

「爲什麼？」

「南詔一直與我大唐關係甚洽，自從鮮于仲通任劍南節度使後，統領西南以來，兩國關係才出現交惡，這說明，鮮于仲通不善於做邊疆將官，後統兵作戰，雖得到一些土地，但折損兵將太多，得不償失。這種情況之下，最好把鮮于仲通另調他用，而作爲劍南真正的節度使楊國忠，於法理上，都責無旁貸，應該親自到劍南，對部隊整飭，重新制定對待南詔的政策。」

「你說得很有道理，但我擔心，楊國忠從未帶過兵，他到了劍南就能扭轉形勢嗎？」

「這一點，大家你盡可放心，讓他去不是讓他帶兵去與南詔打仗，而是讓他搞好與南詔的關係，我看楊國忠這一點倒是有著天賦。讓他重新結好南詔，把南詔從吐蕃的身旁拉過來，再爲我所用。」

「可是，我還有一重擔心，就是國忠身兼數職，每天都要處理許多事情，他這一去劍南，那些事再找誰去處理呢？」

「可以先讓副職代替，等楊國忠處理好西南邊務，再召進京，應該不會有什麼事的。」

「只好這樣了。」

玄宗和高力士正說著時，楊玉環邁步進來，她笑著說：「你們在商量什麼呢？氣氛那麼緊張。」

「玉環，我剛才小睡了一會兒，醒來到力士這裏敘敘舊，怎麼你找到這裏來了？國忠走了嗎？」

原來，玄宗睡醒後，本想找楊玉環的，但聽宮女說楊國忠正和貴妃在一起，估計是說他去劍南的事，就沒有打擾，逕自到高力士這裏來了。

楊玉環沒有想到楊國忠來找她，皇上已經知道了，就說：「是啊，國忠走了。他是想讓我……」說著，楊玉環看到高力士在旁，不便說楊國忠託付的事，就改口道，「嗯，這是我們的私事，我不說了。三郎，我們回自己房裏去。」說著，就去攙扶玄宗。

他們在一起這麼些年了，楊玉環始終保持少女的頑皮和嬌羞，全然不像個三十多歲的婦人。高力士看著這一切，笑著說：「那老奴就不多送了，免得貴妃不好意思說。」

「力士，你不要生氣。國忠說這個話只能說給皇上一個人聽，所以要避著你。」毫無心機的楊玉環把一切都講了出來。

高力士說：「不敢，不敢。」

回到寢宮，楊玉環迫不及待地問道：「三郎，難道你真的要派國忠去劍南嗎？」

玄宗不答楊玉環的話，反問她這話是不是楊國忠告訴她的。楊玉環說：「國忠今天來對我說，皇上要派他去劍南領兵打仗，他說，他從來也沒有帶過兵，去了豈不誤事。」

玄宗說：「國忠是劍南節度使啊，現在南詔屢屢犯邊，他不去，於法於理上都講不過去呀。」

一聽說皇上真的要派楊國忠去劍南，楊玉環心裏急了，她說：「三郎，國忠身兼數職，如果他去了，他管的那些事交給誰處理呢，這樣兩頭都不落好的。如果他到巴蜀弄不好，打了敗仗，就更是得不償失了。」

聽楊玉環說得頭頭是道，玄宗笑著說：「玉環，想不到你對政事這樣了解，看樣子，我要封你一個官了。對了，國忠離去後，他兼的那些職務都讓給你吧。」

楊玉環知道皇上這是在取笑她，她也笑著說：「那好呀，以後我倆就一起上朝，一起下朝，真正是同止同息了。」

「好是好，只是委屈你要站在朝班，和那些老頭子站在一起了。」

「啊，不行，我要和你一起坐在御座上。」

玩笑開過了，玄宗這才對楊玉環說：「玉環，你不必爲國忠擔心。其實我也不想派他去劍南，只是在這種情況下，不派他去走走過場，別人是要說閒話的。派他去還是要派他去的，只是時間不會太久，等他把大唐和南詔的關係理順了，我就會召他回來，那時，我會封他一個更大的官。」

「更大的官？那是什麼官？」

「你不要問那麼多，只是到時你就知道了。這些話你知道就行了，不要告訴楊國忠。」

聽皇上這樣一說，楊玉環才放下心來。她本來不是一個對政治感興趣的人，要不是楊國忠找她，她才懶得問這些事呢，現在皇上說派楊國忠去只是走一個過場，很快就會把他召回，還會封他一個更大的官。她也就不再過問這件事了。

楊國忠見過楊玉環後，總是有點不放心，第二天，又讓虢國夫人進宮，探問一下。楊玉環就把皇上對她說的話告訴了虢國夫人。虢國夫人可是能揣測出這些話裏的內容的，皇上說會封楊國忠一個更大的官，比楊國忠現在再大的官除了宰相再沒別的官了，就是說，楊國忠再從劍南回來，皇上就會封他爲宰相。哈，這可是個大喜訊，國忠的心願終於實現了。

虢國夫人連忙從宮中來到楊國忠府上，把楊玉環的話告訴了他。楊國忠聽了心裏又喜又憂。喜的是皇上心裏有引他入相的想法，憂的是這到底只是空頭許諾，再說，他去了劍南，朝中就是李林甫一人說了算了，他決不會輕而易舉就會讓自己回京，雖然有皇上作主，但他必從中百般阻撓，只要皇上稍一鬆弛，聽從了李林甫的話，那他的美夢就會泡湯。所以，他想的還是最好不要離京，免得再生意外，就是非要走的話，也要在皇上面前把李林甫的險惡用心明白講出來，讓皇上提防著他。

但李林甫一再催促，皇上終於下了派遣楊國忠去劍南的詔命。沒有辦法，楊國忠只好收拾行裝遠赴巴蜀。臨行前，他入宮拜別皇上，禁不住流下淚來。他哭著對玄宗說：「皇上，臣今當遠赴劍南，這全是李大人的主意，他這是在打擊報復我。」

「國忠何出此言？」

「前一陣王鉷造反，通過我的細緻訪察，發現李大人與此案有著諸多蛛絲馬跡，皇上體念老臣，讓我不再追查下去。哪知李大人從此對小人懷恨在心，處心積慮地想打擊報復我。聽說此次讓我去劍南，就是他慫恿當地官吏上的奏章。」

「國忠，你不要多想，你是劍南節度使，蜀中官吏盼你入蜀也在情理之中，至於林甫催促，也在他職權之內，你就不要多想了。」

「皇上，臣遠離聖上身邊，心有憂慮。」

「什麼憂慮？」

「臣擔心會被李大人加害。」

「國忠，你過慮了。你到了劍南，迅速處理好邊務，我在京師屈指待卿，等你還朝，我還有一件大事委派給你呢。」

楊國忠本想問問是一件什麼大事，但皇上不說，他可不敢問，只是哭哭啼啼，表現出萬分悲痛心中無限眷戀皇上的樣子。玄宗見他這樣傷悲，對自己這樣依依不捨，也有些感動，就說：「我跟你說了吧。林甫年紀也大了，身上的精力已經不足以每天處理繁重的政務。我想在你從蜀中回來後，讓你擔當起宰相的大任。你現在的政績都有目共睹了，如果再有處理外事的能力，別人當更會心服。國忠，你明白我的心意嗎？」

此時，楊國忠就是再愚癡也明白了，他心裏一陣狂喜，這可是皇上親口對他說的，等李林甫之後引他入相。有了皇上這句話，楊國忠應當走得踏實和放心了。

臨走之前，楊國忠還到李林甫的相府去了一趟。兩人雖一直明爭暗鬥，但面子沒有撕破之前，表面關係還是要維持的。出於禮節，京官外出，總是要到相府辭行一下的。楊國忠裝著向李林甫請示機宜的恭敬樣子，心裏卻在暗罵這條老狐狸。李林甫倒很會做人，他喜怒不形於色，裝著興致很高的樣子，認真詳盡地和楊國忠討論著如何處理西南防務和南詔的關係，好像他真的一心撲在政務上似的。

楊國忠從長安出來，一路上帶著遊山玩水的心情，他故意拖遝慢行，心想，也許不等我到劍南，皇上就把我召回去了呢。楊國忠這樣想是有他的依據的，因爲他在向李林甫辭行時，發現李林甫的身體已經大不如以前了，面黃肌瘦不說，和他沒講上幾句話，額頭就冒出了虛汗，拭汗的手也顫抖著，沒有一絲力氣，身上顯現著一些病兆。

楊國忠想的一點也沒錯，李林甫確實病了。在此之前，他身子一直不舒服，但因爲心裏想著事，盤算著如何把楊國忠排擠出京城，殫精竭慮，一直用意志力壓著病魔，楊國忠一離京，他的心願達到後，精神一放鬆，身體鬆垮下來，病勢乘機擴大了。開始是發燒三天，好不容易燒退了下去，身體乏力，再也沒有了先前的精神氣。

天氣涼了下來，又到了上驪山的秋末冬初時節，玄宗攜楊玉環再上華清宮。皇上知道李林甫的病後，也讓他一起隨駕前往，想讓溫泉水把他的病泡好。但溫泉水對李林甫似乎並沒有什麼神效，他依然渾身無力，已經到了不能起床的地步了。

即使如此，李林甫也不願或不能休息。十九年來，自從他當上宰相開始，他對事務的處理就有他的一套方式，不願別人插手，所以，即便他病了，那些事還是排著隊等著他來辦。本來有些事他可以交給左相陳希烈去辦的，但他把攬著不放權。皇上鑒於他病勢嚴重，特准他在府上辦公，連每天到公衙點個卯也免了。李林甫硬撐著在家辦了四天公，累得實在吃不消，只得放手，暫把政事交付給陳希烈，在家休息，希望身體早日康復。

玄宗聽說李林甫此次病情來勢兇猛，已經到了不能起床的地步，就派太子去看望他。同時讓高力士率同宮廷中的兩名最好的御醫到相府，代表皇帝問疾，以及診療。

太子到相府看望李林甫，看到他面容枯槁，已露垂危之像，心中歡喜不已，心想，看情景，這個老傢伙不會活太久了，他一直和我作對，早就該死了。但心裏是這樣想，嘴上免不了還是一番噓寒問暖。

希望他早日康復。李林甫感謝皇上和太子對他的關心，心裏也知道太子的虛情假意。

御醫診治了李林甫的病，臉色嚴峻，回來告訴皇上，說李大人的病不太妙。由於李林甫不能處理政事，陳希烈對擺放在案頭的有些事缺乏經驗和能力，這樣，許多事就推到了皇上面前。長年耽於享樂的玄宗，現在又看到那些案牘，煩惱頓生，他心裏實在不願去打開那些奏摺。這樣，自然他就想到了楊國忠。想到如果楊國忠在的話，這些事盡可全推於他，他也可以繼續歌舞宴樂了。

於是，在楊國忠離京還不到半個月光景，皇上又命中使急驛入蜀，召楊國忠速速回京。這邊，楊國忠還沒有到蜀中呢，中使趕上了他，把皇上的詔命念給他聽，讓他快速趕回長安。楊國忠聽到這個消息，心裏興奮萬分，他沒有想到好消息來得這樣快，立即撥轉馬頭向京城趕去。路上，中使已經把李林甫生病的事告訴了他，楊國忠更是高興，他想到離京時皇上跟他說的話。就是說，皇上召他回去，是要他接替李林甫當宰相的。

在楊國忠往回趕的時候，李林甫的病情又加重了，已經到了不能起床的地步。溫泉水對他一點作用也沒有，他待在驪山他的府宅昭應私第裏，每天總有幾個時辰神智不清，身上發著低熱，與病魔作著最後的鬥爭。

玄宗爲了表示對他的關懷，想親自到李林甫府宅去看望他，被御醫和大臣們勸住，理由是重病之人身有不潔，萬一感染到了皇上，那可不得了。皇上打消了親身去探望李林甫的念頭，改爲在降聖閣遙望。

這天，玄宗登上降聖閣，向著李林甫府宅昭應私第遙望，並用紅巾招之，表示慰問。李林甫已經病得不能起床遙拜謝恩，就讓兒子代拜。李林甫兒子和從宮中趕來的內侍和史官，早早立在高處，向著降聖閣張望。透過翠松，他們看到了一點紅色。

「看到了，看到了。」內侍高叫著。

於是李林甫兒子拜服在地。史官記下這一切離開了。

躺在內室的李林甫聽著外面的喧嘩聲，心裏無動於衷，再沒有了以前被皇恩寵愛時的激動與欣喜了。他現在已是一位垂暮的老人，大限之日即將來臨，在每個人都逃不脫的死亡面前，他心中的一切都放下了。

每個人在死亡來臨之時，都會對自己一生的道路回顧一番的，李林甫也不例外。病魔把他身上僅有的一點精力和欲望也拿走了，只給他留下一點回憶的思維和意識。白天他昏昏沉沉，夜晚他比誰都清醒，當別人正沉入夢鄉發出香甜鼾聲的時候，他靜聽著夜的聲息。那些聲息是他平日忽略所沒聽到的，有風吹動樹梢發出的輕微嚓嚓聲，有秋蟲啁啾聲，有燭光發出的嗶啪聲。在這一切的聲響中，他的一生，他的往事襲上心頭。

想當年，他為了擠進大臣之列，費盡心機，巴結奉承，籠絡結幫，最後終於攀上了武惠妃這根藤，以幫助壽王為太子做交換進了三公之列。隨後就是排擠張九齡，待相位鞏固後，又日夜擔心皇上會像以往一樣，三年就要換相，為此，他打擊可能入相的任何一個人，楊慎矜、韋堅、王忠嗣都被他搞了下去。雖然他打擊陷害了不少人，但他在相位十九年，難道不也做了許多事嗎？

皇上為了自己享樂，把大量政事都委託於他，他不是都處理得井井有條嗎？這放在哪一個大臣身上能做得這樣好。陳希烈、李適之他們只看到了他的專權，沒有看到他能力超群的地方，如果讓他們來做他的工作，他敢保證，要不了多少時間，全國就亂了套。皇上還想放心享樂，恐怕也會因他們處事不當被弄得焦頭爛額。

但現在深夜中，李林甫回憶起這些，感到的只是一片虛無。人之將死，還有什麼不能放手的，他突

然想，自己殫精竭慮地辛苦這麼多年，圖的是什麼呢？這麼些年來，他一心爲大唐著想，爲李家江山著想，圖的又是什麼呢？

當然他也姓李，也是李家一子嗣，但這不能說李家江山就有他李林甫的一份，不，李家江山是李隆基的，不是所有姓李的人的。他辛辛苦苦地做了十九年，財富沒有比旁人多，榮耀只限於自身，身後的子孫沒有因爲他而謀得高官厚祿，那麼多人因爲他而死，現在想來，他頗有悔意。如果生命能重新來過，他想，他會重新走出一條人生之路。但這是命運，如果選擇了一種命運，那就是踏上了一條永不能回頭的道路，只能一直走到底。

李林甫審視自己的一生，反省著自己的一生，也否定著自己的一生，他現在看到另一個人正在重走他的路，那個人就是楊國忠。

一輩子鬥了那麼多對手，多少大臣將相都栽在他的手裏，想不到晚年他卻遇到這樣一個對手，他與楊國忠的爭鬥，就像一個晚年的他與年輕時的他在爭鬥一樣，兩人身上相同的東西太多了。

他隱隱地感到楊國忠會把他戰勝，不是經驗與能力，而是時間，這不，果然應驗了。因爲，他是那樣地急切，要在他離世前把楊國忠排擠出去，雖然人生的仇敵永遠都不會窮盡，但他要把他生命裏最後一個敵人擊倒，如果他的一生是個錯誤，那他現在唯一能做的就是不要讓這個錯誤嫁接到一個叫楊國忠的人來繼續。

當楊國忠終於離開京師遠赴劍南時，他長長舒了一口氣，以爲他勝利了，哪知身體不爭氣，沒能讓他鞏固這個勝利，當他聽說皇上已經召楊國忠回京時，他知道，一切都不可挽回了。

楊國忠很快就回到了京師，到了長安，他立即上驪山華清宮，拜見皇上。玄宗見了楊國忠自然高興得很，這下他就可以擺脫那些等著他的奏摺了。皇上嘉勉了楊國忠一番，告訴他，李林甫已經病得不能處理政事，御醫說病勢很猛，恐怕不是短時期內能恢復的，讓他去探望李林甫。

楊國忠來到了李林甫的府宅，在病榻前拜見了他。楊國忠看到李林甫已經形銷骨立，瘦得沒了人形，再也活不了幾天了。他看了心裏暗暗高興，心想，終於盼到你死了，過不了幾天，別人就會喊我楊宰相了吧。

李林甫彷彿看透了楊國忠的心思，他喘著氣說：「國忠，你來得好快啊。」

「聽說宰相病了，小人日夜掛心，兼程趕回。宰相，你的病不要緊吧？」

李林甫並不答楊國忠的話，他把眼睛閉上養了一會兒神。楊國忠看著神情憔悴到了極點的李林甫，乾瘦得縮成一團，心想，就是這個人讓朝臣看了膽顫心驚，權傾朝野，可是現在，他生命之燈就快燃到盡頭了，他的威勢還會在嗎？

他這樣想著時，心裏的膽氣陡然增長了不少，也敢正眼看著李林甫了。正在他這樣看著時，李林甫突然睜開眼來，本來虛弱無神的眼睛閃出冷冷的亮光，眼光在楊國忠臉上掃了一下，楊國忠心裏的勇氣立刻消失不見了，他的心裏不自禁地又露出畏懼來。

「國忠，我的病是不會好的了，我死後，你必爲相，老夫的後事累公操勞了！」

這可不是一般普通的話，李林甫的話很重。大唐官場中「以事累公」，也不是一句尋常話，而是暗示過去雖有不洽或仇隙，請政敵放過自己的子孫，所謂人死怨消的意思。

常言說「人之將死，其言也善；鳥之將亡，其鳴也哀」，李林甫預感到自己去日無多，他的榮辱安危都是不重要的了，他心中唯一牽掛的只是他的家人。

他這樣說，也就是承認在與楊國忠的爭鬥中敗北了，這在任何一個有自尊心的人都是痛苦的，其實李林甫是輸給了時間，不是輸給了楊國忠，但爲了家人，爲了子孫後代，他，一個將死之人的自尊又算得了什麼呢。於是，他滿含悽楚和哀求地說出了上面那番話，懇求楊國忠放他家人一馬。

楊國忠是明白李林甫話中深意的，他惶恐不安，臉上有汗出來。李林甫已經把話講到這個地步，也就是挑明了他與自己的關係，這個關係不是朋友的關係，也不是晚輩與長輩的關係，而是仇敵的關係，這讓他怎麼一下受得了呢。他一直以晚輩之禮對待李林甫，內心對他極是忌憚，李林甫要是死了還好講，如果他不死，那麼這層臉面已經撕破，這讓他以後如何對待他呢，豈不是連後退的餘地也沒有了。

想到這裏，楊國忠忙掏出汗巾拭面，一邊說：「李宰相言重了，小人哪敢望相。」

這是楊國忠的不實之言。在一個將死的人面前撒謊是讓人羞愧的，話一出口，楊國忠就感到人格上低了李林甫一等，連忙說：「李大人，你還有什麼要交代的嗎？」

李林甫又沈默了一會兒，說：「我給你說一個故事吧。」

「故事？」

「從前有一個獵人，養了一條非常聰明能幹的獵狗，他靠著這條獵狗打到了許多獵物，特別是野兔。終於有一天，兔子都逮完了，獵人再打不到獵物，獵狗也沒有用了。於是，獵人就把獵狗給殺死烹飪著吃掉了。獵狗臨死前說，主人，你爲什麼要殺我，我不是幫你打到過許多獵物嗎？獵人說，那都是以前的事了，現在兔子都沒有了，你還有什麼作用呢？」

這是古書上記載的一則寓言，楊國忠就是再沒讀過書，這則寓言他還是知道的，他不知道李林甫給他講這則寓言是什麼意思。他剛想問問，李林甫已經向他揮揮手，示意他可以退下了。

從李林甫府宅出來，楊國忠心裏既感到高興又有些懊喪。高興的事自然不用多講，李林甫就要死了，他就要當上宰相了，懊喪的是他看到李林甫雖然就要死了，但不是被他擊敗的，相反，他感到是李林甫把他擊敗了，這讓他萬分氣惱。

楊國忠充分利用此次從外地回京的藉口，多方拜謁官員大臣，為他的即將登相大造聲勢，籠絡人心。同時，如有時間，他總是到李林甫的病榻前探望，如果李林甫不死，他也可給自己留一條迴旋的餘地。但御醫告訴他，李林甫這次是真的好不了了，恐怕半個月也難活。

果然被御醫說中了，十天沒過，李林甫，這位做了十九年宰相的人，深為皇帝器重的大臣死在了自己溫泉的住宅。

皇帝悼惜這位大臣，李林甫在位十九年，為他分了多少憂擔了多少愁啊，現在撒手西去，真可謂折了他的左膀右臂。他追贈李林甫為太尉，揚州大都督官銜，由子侄扶靈回都城，喪事辦得很盛大。

李林甫死後，由誰入相，幾乎沒有引起太多的猜疑，種種跡象表明，楊國忠是唯一可以代替李林甫的人選。果然如此，皇上沒有過多久，就任命了楊國忠為右相。

楊國忠的心願終於實現了，他成了一人之下，萬人之上的宰相，心裏那份興奮，在睡夢中都笑醒好多次。想想吧，他，楊國忠，三十多歲前，他過的是什麼日子，寄人籬下，浪蕩街頭，每天為著三餐奔忙焦心，那時，他最大的心願，也許就是有魚有酒地美美吃上一頓，可是時來運轉，他楊家出了一位貴妃，他順著這根藤蔓，一路攀緣著，先是來到京城，謀得小官，竟見著了皇上，更難以想像的是被皇上重用，一路爬到了宰相的地位。哈，原來我楊國忠生來就是一個人物，必不會久居人下。

楊國忠上任後的第一件事，就是將文部等候著的選人，立刻依資歷而發任官職，從前，選人在吏部長年累月地待官，沒有人事關係，會待很久，而楊國忠一當政，用最迅速的方法，依年資派給職務，一下子解決了問題。這使楊國忠在中下層官員群中，獲得了非常好的聲譽。同時，楊國忠似乎為了更好地證明自己似的，加快了辦事速度，在短短的時日內做了不少事，很有點雷厲風行的味道。他本來是個辦事之才，腦袋聰明，辦事沒有儒家那些理論框框，凡事但求功利和實效，儒士們不滿他的做法，可是各衙門中積壓拖延的作風卻改了過來，此外，他又以最快捷的手法查點庫藏，量度歲出歲入，在殘年時，便決定了增加中下級官員俸給的計畫，在以前，這些事至少要半年以上的時間才能辦好。這進一步得到中下級官員的擁戴，儒士們也沒有話好說了。

許多人祝賀皇帝又得到了一位賢相。玄宗也很高興，李林甫的去世一點也沒有給他增添累贅，楊國忠很好地接替了相位，繼續分擔著他的憂愁，看樣子他比李林甫做得還要好。近來，他已經聽到不少大臣們的讚譽了。

就在這樣一團和氣中，一件大事就要發生了。

原來李林甫生前得罪的人太多，他在世的時候，別人還不敢吭聲，忍屈含辱；他一死去，人們對他的議論洶湧而至。同時，楊國忠翻閱前期的記事，也發現李林甫的專權超出了他的想像，排除政敵的手段之狠毒，對邊庭將官的不假詞色，都是常人所難以想到的。也怪不得在他死後，有人奔相走告，鳴炮以示慶賀。

針對李林甫的議論，並沒有隨著時日的推移而有所收斂，相反，大有愈演愈烈之勢，那些曾被李林甫所陷害的人團結起來，想乘機翻案，洗刷前辱。楊國忠看到這種情景，以為此勢可為他所用。

怎麼用呢？楊國忠想的是既然那麼多人恨李林甫，包括自己，那為什麼不捨棄一個死去的李林甫來贏得許多人的擁戴呢？此時，楊國忠全然忘記了李林甫臨死前對他的所托，要他照顧家人的請求，他為了自己相位的鞏固，討好世人，連一個死者也不放過了。

楊國忠把吉溫找來，讓他幫忙策劃這件事。吉溫說：「李林甫為相多年，要想搞得他名聲狼藉，一般小事是辦不到的，要辦就要辦一件大事。」

「大事，什麼大事？」

「再大的事，莫過於謀反了，我們就誣陷李林甫謀反。」

吉溫找到安祿山讓他幫忙誣陷李林甫謀反，安祿山是不願意的，他想，李林甫已經死了，為什麼還要和他的家人過不去呢，如果要和他鬥，你們在他活著的時候幹什麼去了，人家死了，你栽贓陷害，讓人家死無對證，不是顯得太卑鄙太無能了嗎？但吉溫告訴安祿山這是才當上宰相的楊國忠的意思，安祿山就不再嘀咕了。雖然他看不起他們這種行徑，但他也不會因為一個死去的李林甫要來得罪楊國忠。他答應了吉溫的要求。

這件事對安祿山來說太簡單不過了，他駐守邊防，整天與胡人為鄰，常與敵寇作戰，有些小部落基於自身的利益常常搖擺不定，一會兒選擇大唐一會兒選擇契丹，要想在他們中間找一個誣陷李林甫的人很容易。正好此時阿布思部脫離契丹歸順大唐，安祿山就和阿布思部酋長串通一氣，讓他赴長安上告，說李林甫曾長期聯絡他，企圖謀反。自然，為了顯得像真的似的，他們弄出了許多證據。

楊國忠知道安祿山肯合作後，心中極是快慰，但他隨即想到，僅憑胡人的一番說辭，皇上未必會信，最好再從朝內選出一個人來，出面作證，那樣的話，可信度就極高了。只是這個人必須是平日與李林甫走動很親密的，最起碼在人們眼裏這個人是李林甫一幫的人。這個人選誰呢？楊國忠依然把這件事交給吉溫去辦。

吉溫接到楊國忠交代的事後，想起了一個人。這個人講起來還是李林甫的親戚，他就是李林甫的女婿，任諫議大夫的楊齊宣。吉溫記得楊齊宣曾在他面前發過牢騷，說他的岳丈不升他的官。於是，吉溫找到楊齊宣，讓他出面作證，誣告岳丈李林甫謀反。

楊齊宣一聽其中還牽扯到了楊國忠，他的身上不禁冷汗直冒。他知道這一切幕後的指使者是誰了，

是當今最有權勢的楊國忠，他生前是岳丈的對頭，想不到死後也不放過他。現在是他生死抉擇的時候了，如果他還一直否認岳丈沒有謀反，那他無疑就是楊國忠的對頭了。

想到這些，楊齊宣的額頭冷汗涔涔而下。看到這種情景，吉溫也知道楊齊宣內心搏鬥激烈，徘徊不定。於是，乘機在旁煽動說：「楊大夫，如果你站出來指證李相謀反的話，皇上不會怪罪你，我想，就連楊相也不會忘記你的，那麼，你在岳丈手下升不到的官，楊相也許會把你升上去的。」

這句話點燃了楊齊宣心中久存的欲望，他牙一咬，終於點了點頭。

這樣，李林甫謀反的事就在楊國忠周密的布置下策劃成了。先是安祿山押著阿力思部酋長到皇上面前申告，再就是楊齊宣的作證。這真是晴天霹靂，驚呆了皇帝，也驚呆了大臣。玄宗開始還不相信，但看著擺在他面前的那些僞造的書信，他說不出別的話來。他太失望了，想不到自己信任了二十年的宰相李林甫竟會做出這種對不起他的事，他想，李林甫，你這又是何苦呢。

是的，在玄宗看來，李林甫這樣做是得不償失的，他作爲天下最強盛帝國的宰相，一人之下，萬人之上，權勢無人可比，他還有什麼不知足的。皇上充分信任他，政事悉數裁於他手，天下敬仰，難道他野心真的那麼大，非要做天下之君。玄宗氣憤之極，想不到自己信任的宰相竟敢濫用他給與的權力，他有一種被戲弄的感覺。

於是，玄宗下旨剝去李林甫的一切官爵，屍體被從大棺材中挖出，改殮平民小棺，原來嘴裏含著的美珠挖出，剝下身上穿著的紫衣。子侄親族流放嶺南和黔中，只給隨身衣服和糧食。故舊罷斥，朝廷中受連累丟官的達五十多人。

真是可憐，李林甫去世僅僅三個月，真可謂屍骨未寒，就遭此大禍，子孫後代不保，這都是他多年專權的結果啊。生前，他似乎就預感到了這種結局，病榻之上就屈尊地向楊國忠託付過後事，但楊國忠肚量不大，沒有相逢一笑抿恩仇，而是親手把李林甫的家人後代流放到了嶺南和黔中。

楊國忠的這種狹隘胸襟使得他一當上宰相就露出和李林甫一樣的嘴臉，既爲相，就以天下爲己任，裁決機務，果敢不疑，居朝廷，攘袂扼腕，公卿之下，頤指氣使，莫不震懾。他沒有從李林甫的下場中吸取到什麼教訓，終至最後馬嵬驛事變，身首異處，徒被後人所笑。

主持審理這一案的楊國忠有功，被封爲魏國公，陳希烈被封爲許國公。這兩個與李林甫生前都有仇的人，此時終於出了怨氣，只是有點勝之不武。

玄宗其實不知道李林甫之所以落到今天這個下場，他也是有責任的，因爲他一味地貪圖享樂，不願處理朝廷大事，把本該他裁決的事都推給了宰相，天長日久，李林甫手中權力一天天膨脹，最後形成了專權的後果。現在他痛恨李林甫對他的欺騙，如果他還想繼續貪圖享樂，不過問政事，繼續讓相權膨脹，那麼可以想像，楊國忠就是第二個李林甫。事實也正是如此。

楊國忠取代李林甫當上宰相後，不僅權寵無人可比，還把李林甫搞得身敗名裂，否定了李林甫當權時的許多政績。其實楊國忠當上宰相後，其專權程度與李林甫如出一轍，有些甚至超出李林甫。

按照舊例，宰相午後六刻始出歸第，李林甫專權的時候，奏天下太平無事，以巳時還第，機務塡委，皆決於私家。到了楊國忠爲相，更超過了這個範圍，有時連到公廨點個卯也不去了，處理政務，個人說了算，到了極端輕率的程度。有時，處理一些奏摺，竟連內容也不細看，只是簽個名而已，如此對待事務的態度，實難相信軍國大務皆出其手。

李林甫爲相時，杜絕言路，掩蔽聰明，擅權獨斷，以勢壓人，自皇太子以下，無不畏之而側足。楊國忠當了右相，也是這樣。楊國忠爲人強硬而浮躁，無威儀，那些名門大族瞧他不起，暗地裏都說他一些壞話。楊國忠聽到後，暗暗下決心要做出幾件事來讓他們看看，顯顯他的魄力。

按照慣例，選拔官吏是由吏部侍郎以下的官員具體負責的，須經「三注三唱」，才呈送門下省審核，從春天搞到夏天，其事乃畢。楊國忠以宰相兼文部尚書，也就是吏部尚書，爲了顯示自己辦事精明迅速，叫「令史」屬吏在自己家裏預先密定名單，再讓左相陳希烈以及給事中、諸司長官，在尚書都堂，也就是辦公廳裏唱注選官。

既然名單早已圈定，且陳希烈又是唯唯諾諾，誰敢有異議，就是誰心裏有意見，提了也是白提，於是一天之內，選官完畢。快是快了點，但其中的弊病明眼人一下就能看得出來，少去了那麼多手續，固然減少了拖延的時間，但所選之人魚目混珠，參差不齊，由於名單是事先擬定，其中多是楊國忠親近之人，對於不熟悉的，一概排除在名單之外。楊國忠不以爲羞，還得意地說「今天，左相、給事中都在座，就算是門下省通過了。」這些手續在楊國忠的安排下，只是走走過場，應應景罷了，根本起不到什麼作用。

從此以後，門下省不再審核選官，文部侍郎也只是管『試判』而已。自然，其中的差錯與弊病，是不言而喻的。此時，鮮于仲通已經在楊國忠的幫助下，由劍南調到長安任京兆尹，聽聞了這件事，竟要爲楊國忠歌功頌德，選人士子們奏請爲楊國忠刻頌碑，立於省門。玄宗竟也不辨好壞，下制由鮮于仲通撰頌辭。寫好後，玄宗還親自定稿，改了幾個字。善於拍馬溜須的鮮于仲通特地把那幾個由皇改動的幾個字，用金粉填之，望之熠熠生光。

左相陳希烈在李林甫專權時，唯唯諾諾，當著傀儡左相，只是在李林甫晚年時，稍有反抗，幫助楊國忠打擊了李林甫，等到楊國忠爲相後，他實指望處境會有所改觀，起碼手中可以有一些可指派的權力，行使一個當左相應盡的派頭，哪知走了小鬼來了閻王，楊國忠與李林甫比起來，更是有過之無不及，頤指氣使，顧盼自如，擅權自專，遠超李林甫，一點也不念及陳希烈曾幫助過他的情誼。看到這種情況，陳希烈失望了，意氣消沉，但他懦弱的性格註定他永遠只是逆來順受不知反抗，爲了保住相位，還是夾起尾巴做人，只是主人變了，由李林甫變成了楊國忠。

即使這樣，楊國忠還是不滿意，他心裏是這樣想的，他才入相不久，外面已經就他資歷太淺而在說他的壞話了，不管怎麼講，陳希烈當左相也有不少年了，雖然他沒有做出什麼政績來，但聲望還是有的，他的存在總是對他的一個潛在威脅。於是，最後楊國忠還是把陳希烈排擠出了相位，認爲文部侍郎韋見素和雅，易於控制，就建議玄宗任命韋見素爲左相。

韋見素當了左相後，深知他是靠什麼升上來的，不是顯著的政績，也不是出眾的能力，而是什麼事都聽話的好性格，同時這個聽話，還不是聽皇上的話，而是聽楊國忠的話，他知道自己不過是個擺設罷了。韋見素當上左相後，眼見楊國忠獨斷專行。剛愎自用，於是也不再敢議政，更不敢稍有微言，唯自容而已。八年前，李林甫以陳希烈爲擺設，現在，楊國忠也在重演歷史。

楊國忠的擅權，別的朝臣不敢復議，玄宗只顧安樂也不去多察，高力士卻把這一切都看在了眼裏，他深深爲大唐社稷憂愁。雖然大唐是李姓江山，但因爲他早年與玄宗一起拚搏，重振李唐立有功勞，他實在不想李唐江山敗在這麼一個人手裏。他曾幾次想提醒玄宗注意，但玄宗再沒有了早年勵精圖治的雄心壯志，每天只要一看到楊玉環，就把什麼都忘記了。高力士話到嘴邊又咽了回去，不管怎麼說，楊國忠是貴妃的從祖兄，他還要顧及到楊玉環的面子。

但楊國忠愈來愈不像話了，就在這年秋天，暴雨成災，楊國忠隱瞞不報，天下竟無一人敢言災。高力士實在看不下去，就尋到一個機會對玄宗說：「大家，自從國忠爲相以來，朝野無不慶賀聖上又得一位賢相，不知大家是如何看待的？」

「啊，力士，你爲什麼問這個問題？難道外面有什麼不好的言論嗎？」

「大家，我記得你當初委權李林甫時，也是自認得了一位賢相，情景與現在多麼相同啊。」

「力士，不是這樣的，當初我信任李林甫，誰知他竟辜負了我的信任，十九年來，培植自己的羽翼，最後竟勾結外族要取代我，這真是太讓我傷心了。國忠不同，他起於微寒，是知道生活艱難的，必定會珍惜今天的地位，定會兢兢業業做事。力士，你看他入相後，不是做過一些可稱讚的事嗎？就拿前一陣他簡化選官手續來看，他是想真心實意做一些事的。」

「可是，大家把威權托於宰相一人，他使用得好那是最好了，如果他使用不當，豈不是第二個李林甫嗎？近來，我細細勘查了一下，發現法令與以前相比，有所鬆懈，甚至出現法令不行的情況。就拿最近來說吧。天降大雨，雨水成災，但卻無一人稟報聖上。人說，災難生於歲末，是陰陽失調，如不彌補，難以久安。故臣不敢不言。」

聽了這話，玄宗久久不語。

玄宗確實講不出什麼話來，李林甫專權是他荒於理政的結果，現在他爲了一心享樂，又把相權擴大，什麼事都委託於楊國忠去處理。同時，高力士不知道，皇上信任楊國忠還有著另一個原因，那就是楊國忠能爲他斂到財，供他揮霍。

楊國忠從前是以聚斂稱職，而得到玄宗的提拔。他曾建議，把征丁租地稅變爲布帛，輸於京師。結果，左藏庫豐實，堆積如山。他當了宰相後，身上仍然兼職達四十餘使，如判度支、兩京出納租庸鑄錢等使，這些兼職直接與經濟錢財有關，楊國忠通過這些職責拚命爲玄宗聚斂錢財，維持歌舞昇平的用度。

爲了更好的聚斂，精於「鉤校」籌算的楊國忠，把大唐所有的戶口統計造冊，按戶納稅，一下就爲府庫增加了不少收入。高力士只看到楊國忠弄權的一面，而沒有注意到經濟命脈的一面。如果不重用楊國忠，誰去爲皇上搜括錢財，供其花費，歌舞昇平又如何維持下去呢。高力士不理解皇上心裏的所想啊。

晚年的玄宗更加好大喜功，以爲自己是歷史上最有作爲的皇帝，他讓天下太平了這麼長時間，天下殷富，威震四海，沒有哪個皇帝像他這樣。辛苦了大半輩子，他認爲自己有理由享樂放鬆一下，加上得到楊玉環，他身上活力重新迸發，越加要抓住青春的尾巴，想盡方法享樂了。享樂就要錢，他到府庫看到貨物堆積如山，高興萬分，賞賜動輒巨萬，有些不把錢當錢的意思。引得朝廷上下，莫不揮金如土，生活上窮奢極欲，後世提到天寶年間時，都說「俗尙浮華」，那是有一定道理的。

楊國忠的入相，楊家在京的勢力更加大了，楊玉環的三個姐姐和堂弟楊恬，競開府第，都極其華麗，一堂之費，動輒千萬，造好後，如看到別人造得更華麗，就毀而重建。與他們豪侈的生活不同的是，楊國忠不是太注重貪圖享受，他更注重政治權力上的爭奪，雖然他現在已經位極人臣，朝臣中無人可比其高，但他深知官場爭鬥，瞬息萬變，反覆無常，不能有稍許的鬆懈，爲此，他也採取了李林甫的爲官之道，就是對有可能入相的人，進行打擊和排擠，斷絕別人入相的可能。

這樣，楊國忠爲相後，不僅沒有把李林甫爲相時的各種社會矛盾緩和下來，反而把一切弊端集中起來，結果終成其亂。這也是楊國忠倒楣的地方。眞是前人栽樹後人乘涼，前人惹禍後人遭殃。

當時有識之士已經從這種表面虛假的繁榮中看出了天下將亂的苗頭，紛紛躲避隱居起來，有人勸陝郡進士張彖也去投靠楊國忠時，他說：「君輩倚楊右相如泰山，吾以爲冰山耳！若皎日既出，君輩得無失所恃乎！」意思是說，你們把右相看作是泰山可以依靠，而我以爲是一座冰山，如果太陽一出來，它就融化，你們也跟著一起遭殃了。他不是聽別人勸去依靠楊國忠，而是連官也不做，跑到嵩山做隱士去了。

就在楊國忠做宰相做得得意的時候，安祿山又來朝了。這次安祿山除了帶來大批禮物分送給各大臣外，還另外帶了幾件禮物是送給玄宗和楊玉環的。送給楊玉環的是一套白玉石雕刻而成的魚龍鳥雁等。原來上次安祿山來京，玄宗曾帶他到驪山華清宮沐浴，他深深記住了溫泉的好處。

回去之後，他一直想著如何討好皇上和貴妃，想到如果送一般禮物的話，皇上和貴妃定然瞧不上眼，不能起到討其歡心的目的，有一天他突然想到范陽出產白玉石，靈機一動，想，如果用白玉石雕刻成一些動物放在溫泉水中，定然會平添洗浴時的情趣，那樣定會引得龍心大悅，貴妃也高興。於是，精選上等美玉，雕刻成這些禮物。其中最醒目的是一朵玉蓮花。

玄宗和楊玉環看了這些進獻的白玉石雕成的東西，果然萬分高興。玄宗看到那些魚龍鳥雁雕琢酷肖，巧奪天工，特別是那朵白蓮花，潔白無染，玲瓏剔透，似才摘下的一樣鮮豔欲滴。玄宗立刻命人把那些小動物用一根石樑橫架著陳於溫泉之上，於繚繞的霧氣中看去，那些動物就像活了一般，魚兒潛游，鳥兒振翅。那支白蓮花，安祿山在製作時就想好了，他讓匠工琢通中心，把溫泉水引注其中，再從蓮頭噴出，望去宛如天露四灑。楊玉環浸泡在溫泉水中，看著那些小魚小鳥似乎正向她戲耍而來，蓮花噴灑的水珠濺落在她的秀髮和嬌嫩的皮膚上，說不出的舒適和開心。

安祿山獻給玄宗的禮物卻是助情花。助情花不是真的花，而是一種催情藥，大小如粳米，顏色微紅，芳香撲鼻，嬌豔可喜。安祿山想到皇上到底年齡已是七十多歲的人了，身邊既有美貌的楊玉環，想必也體力有限，不能盡興。於是，千訪萬尋，才從一位道士那裏得來此藥，據說此藥是採集了數百種雄花粉調配而成，得之極其不易，一共才一百多枚，安祿山自己留下幾十枚，餘下的一百枚全部進獻給了皇上。

玄宗得到安祿山進獻的助情花，每當寢處之際，含一粒於口中，立刻能助情發興，並且精力不倦。

往往能與楊玉環盡情享受魚水之歡。玄宗愛惜如寶，心想，還是安祿山知朕心意，真乃忠心也。

此年冬季，因爲有安祿山進獻給楊玉環的白玉石雕，又有進獻給玄宗的助情花，玄宗與楊玉環在驪山待得特別久，有點樂不思蜀了。後人對他們這種過度沉溺享受的奢侈生活也多有指責，有一位詩人張祜曾作詩說道：

水繞宮牆處處聲，殘紅長綠露華清；
武皇一夕夢不覺，十二玉樓空月明。

玄宗爲了表示對安祿山的寵愛，不管他家在范陽，很少來京，不僅在京城長安爲他蓋了宅第，還在驪山也爲他築了府舍。

此時的安祿山由於玄宗皇帝的特加寵遇，除了身兼范陽、平盧節度使外，又另領了河東節度使，以及河北道採訪處置使，還有了上柱國柳城郡開國公、東平郡王等頭銜，權勢比過去大得多了。母親、祖母皆賜國夫人，十一個兒子都由玄宗賜名。

安祿山此次來京，再沒有了以前的手足無措和驚慌，他成了眾多大臣巴結的對象。李林甫一死，他還怕誰呢。至於新爲相的楊國忠，安祿山根本不把他放在眼裏，以爲他不過是靠了椒房之親才得以拜相的，環顧朝廷間，沒有再能和他相抗禮的人。由於他是貴妃的養兒，他還獲得一般朝臣所沒有的寵遇，就是可以隨時隨地進出後宮，名義是拜見貴妃母親。

這天在驪山府舍，安祿山閒來無事，他哪也不想去，心裏煩躁得很，不知怎麼的，他的眼前老是飄浮著一個女子的身影，那個女子身著華彩麗服，高髻雲鬟，上插金步搖，肌膚白嫩，說不出的丰姿妖嬈。這個女子似乎是他比較熟悉的，但又看不真切臉龐。心神不寧中，安祿山讓下人備轎，他要進宮朝見皇上和貴妃。

來到華清宮，皇上不在，正在朝元閣接待一個外邦遣唐使團，貴妃剛剛從溫泉中洗浴出來，正躺在御榻上休息。一聽說養兒來了，出於禮貌，楊玉環起身接待。

楊玉環對這個皇上硬塞給她的養兒心裏並不當回事，但私下裏，玄宗對她說，爲了籠絡安祿山的心，請她務必委屈一下，胡人敏感，應善意相對。楊玉環不明白的是，對這個胡將爲什麼要來委屈她，他不聽話，換另一個人去就是了。

但玄宗告訴他，安祿山很會打仗，有他在東北邊庭，契丹和別的強敵都不敢窺視中原，更不要說領兵南來了。聽了玄宗這番話，楊玉環雖然心中極不願意，但還是強打精神來善待安祿山。不過，有時這個養兒也能給她帶來一絲歡樂，特別是每次見著她時，必恭恭敬敬地拜服在地，高呼母后的滑稽模樣，常常令她忍俊不禁。

今天楊玉環聽傳安祿山來，想以皇上不在打發他回轉，但一來想起皇上曾叮囑過她的那些話，二來，她一個人待著也無聊，就喚他進來。

安祿山進來，看到楊玉環慵懶地倚靠在床上，也許是才洗浴過的緣故，臉上顯得紅潤粉白，嬌豔無比。他不敢多看，連忙拜伏在地，高呼「兒拜見母后」。

楊玉環讓他坐下說話。於是安祿山站起，早有宮女搬過椅子來讓他坐下。坐下的安祿山拿眼偷覷了楊玉環一眼，發現貴妃今天特別儀態萬方，明媚動人。以前他看見楊玉環時，都是在楊玉環盛裝在身的時候，今天楊玉環剛剛從溫泉中出來，還沒有來得及梳妝打扮，穿著也隨意了一些，但更有一種出自女性天然的美讓人心旌搖盪，魂不守舍。

安祿山看著看著，突然發現，楊玉環原來就是平日在他面前晃動的女子身影，這讓他吃驚和驚喜。不錯，正是她，平常總認為沒有看到女子的臉，其實不是沒看到，而是看到了不敢承認。想到這點，安祿山把頭低了下去，不敢再偷看楊玉環，他怕自己會失態。

楊玉環與安祿山默然相坐，她不知道應該和安祿山談些什麼。倒是安祿山打破了沈默，說：「母后，我來京也有許多次了，京都的繁華也見識了許多，但令我難以忘記的還是初次來京時的情景。」

「噢，是嗎？你初次來京都見到了什麼？」

安祿山這裏說的初次來京，是當上節度使後第一次被皇上召見。他說：「那次，沒來京之前，兒臣在范陽，常常會聽到從雲端中傳來一陣美妙的音樂，那種樂曲是兒臣從來沒有聽過，也不知是什麼樂器演奏的，是琴而非琴，是箏而非箏。那股仙樂從雲端中傳來，若有若無，縹緲縈繞，讓人心神嚮往。」

聽安祿山這樣一說，楊玉環被引起了興趣，她把身子抬了抬，說：「那是什麼樂曲，難道是仙樂不成嗎？」

「兒臣也是百思不得其解，人常說天上有仙女，當必有仙樂，那時兒臣想這肯定是天上仙女奏出的樂曲，不意被我有福聆聽，真是三生有幸。但讓兒臣遺憾的是，那股樂曲不是天天都有，有時是在上午，有時是在午後，多數是在夜晚出現，當天空繁星密布，兒臣聽著這天外仙樂，幾疑不在人間了。那些日子，對兒臣來說，就是每天能聽到這股仙樂。」

「聽得多了，想必你也能把它錄下來了，你能不能把樂譜給我一看。」

「兒臣愚笨，哪有母后的聰明才智，祿山就是聽上百遍也不能記住樂譜，再說，兒臣當時只顧玩賞，哪裏還想著記譜。」

聽安祿山這樣一說，楊玉環深深歎了一口氣，她想，要是安祿山把樂譜記下來，那麼，這段天宮仙

樂由她來奏出，當必另有一番韻味。正當她失望時，又聽安祿山講道：「不過母后不要失望，兒臣來到京師後又聽到了這段樂曲。這次不是從天下傳下來的，而是真真切切聽人演奏的。」

「噢，那是誰？」

「是街頭的一對賣唱父女。」

「賣唱父女？」

「正是。那天，兒臣閒來無事，想流覽一下長安的繁華美景，就信步走到一處酒館。正是在那裏聽到了那對父女在演奏這段樂曲。」

「你有沒有問他們這段樂曲叫什麼名字？」

「兒臣問了，他們說叫作〈涼州曲〉。母后，有這麼一首樂曲嗎？」

安祿山的這段話半真半假，其實他哪裏不知道有〈涼州曲〉這首樂曲，不僅知道還知道這就是楊玉環所作。他這樣問，顯然是故意討好楊玉環，讓她聽了高興。

開始聽安祿山賣了那麼長的關子，最後聽他講出的竟是自己譜寫的一首樂曲，楊玉環心裏不免有些失望。但失望之餘，心裏又有些得意。自己寫的曲子受到別人如此推崇，她心裏有甜蜜蜜的感覺。她不好說這首曲子就是自己所作，嘴裏只是淡淡地說：「嗯，是有這麼一首曲子。不過也不是怎樣美妙動聽，我聽來覺得很是一般。」

「母后常年在宮，美妙樂曲聽得多了，一定不會覺得如何好，但兒臣久處塞外，聽得多的只是大漠朔風，衝軍號角，這般婉轉美妙的樂曲在祿山聽來簡直就是仙樂神曲了。兒臣看到在長安無論哪個酒館茶肆中，這首曲子都是極受喜愛的，常常有人點唱。」

外愚內黠的安祿山故意裝作什麼也不知道，把楊玉環捧得暈暈乎乎的。

楊玉環不想再在這首樂曲上聽安祿山的讚揚了，就把話頭一轉說：「祿山，我看你對音律還是很有領悟力的，不然你的胡旋舞怎麼會跳得那樣好。」

「母后謬誇了，兒臣的胡旋舞怎能與母后相比呢。上次兒臣還不知道，此次兒臣才知道，母后的胡旋舞是京城長安，啊，不，是天下第一啊。上次兒臣真是班門弄斧了。」

聽安祿山這樣一說，楊玉環笑了，她說：「祿山，我跟你說，上次沒有看到你的胡旋舞時，我還當真以爲自己跳得很好呢，不要說天下第一，起碼長安是數一數二的，但自從看到你的胡旋舞後，我不敢自誇了，才知天外有天，人上有人。」

「母后太自謙了。胡旋舞本是胡人的舞蹈，兒臣久在胡地，見的多了，也只是粗通皮毛。其實這種舞蹈又怎能與大唐別的舞蹈相提並論呢。」

「話不是這樣講，胡人的東西也不是全無用處，胡旋舞是比較難跳的舞，它有自己的旋律與節拍，不易掌握。」

「母后其實不知，平日大家看到的只是小胡旋，與之相對應的，還有一種叫大胡旋的舞蹈，它更要難跳些。」

聽安祿山這樣一講，楊玉環眼睛一亮。大胡旋？這可是她第一次聽說。她連忙問安祿山會不會跳。安祿山說只是粗窺門徑，還沒有練得精熟。聽說安祿山會跳，楊玉環也不管其他，立即要求安祿山教她跳大胡旋舞。

原來大胡旋舞蹈相對小胡旋舞蹈來說，突出在一個「大」字上，小胡旋要求舞者緊攏住身子，增加旋轉的速度，而大胡旋恰恰相反，它要求舞者儘量伸展四肢，這樣，旋轉的速度固然慢了下來，但變化多了，更具觀賞性和娛樂性。同時，舞者擴大了旋轉的範圍，有時也可兩人對舞或多人共舞。

安祿山一下場演示，楊玉環就被大胡旋這種新穎的舞姿吸引住了，她不待換裝就隨著安祿山的指點擺起了動作。楊玉環發現大胡旋舞因爲擺脫了胡旋舞單純地要求舞者旋轉的束縛，而變得花樣繁多，更要求手臂與腳部協調一致，可以說，大胡旋舞雜糅了小胡旋舞與中原舞蹈的特色，既有強烈的節奏感又有著觀賞的美感。

安祿山在旁指點著楊玉環的一招一勢，如何擺腿如何揚手，因爲距離太近，他聞到了楊玉環身上散發出的一股奇特的香味。這股香味令他暈眩，令他陶醉。

楊玉環在洗溫泉水時，和別人不同，一般往水中加一種特殊的香料，洗後，她還要在身上抹上龍涎香。龍涎香是一種極其名貴的香料，是由外邦進貢而來，傳說是採集龍的涎水調製而成，香味潤而不濃馥，醒腦而不迷醉，持久而不易散。楊玉環這麼一活動，香味發散開來，安祿山聞了如飲美酒，渾身發軟，漸漸有些把持不住了。

安祿山搖了搖腦袋，心中告誡自己要清醒些，不要做出什麼非禮舉止來，同時，他在自己大腿上狠狠擰了一把，疼痛讓他稍稍清醒了一點。

這時，楊玉環正張著手做一個大胡旋的動作，扭頭問安祿山她做得對不對。安祿山說不對，就走到楊玉環的後面，兩手托著她的雙臂要她再往上抬一抬。這樣做時，安祿山貼著楊玉環而站，他聞著她身上傳來的香氣，看到她雪白的後頸，還有黑亮帶點濕潤的秀髮。安祿山只覺得自己口乾舌燥，心怦怦直跳，他再也顧不了許多，一把把楊玉環抱在懷裏，用嘴狂吻著她的雪白的後頸。

安祿山的舉動把楊玉環嚇壞了，她好不容易從安祿山的懷抱裏掙脫出來，朝著他的臉就是兩耳光，指著宮門氣咻咻地說：「大膽狂徒，滾！」

此時，宮女都站在宮門外，室內只有安祿山與楊玉環兩人。安祿山捂著火辣辣的臉頰，彷彿也爲自己的舉動驚呆了。他慌忙跪下說：「母后，兒臣一時大膽，望母后諒……」

安祿山還待要說什麼，楊玉環已經瞪起鳳眼，指著大門，再一次大聲說：「滾出去！」

安祿山離開後，楊玉環還沒從氣惱中清醒過來，她臉色緋紅，呼吸不勻。她氣得把身上的衣服都扯了下來，狠狠地摔在地上，眼中幾乎要噴出火。她真是氣昏了，想不到安祿山這個肥豬竟敢來調戲她，眼中還有沒有皇上了。這個豬狗不如的胡人，嘴裏口口聲聲喊她母后，心裏還不知如何想呢，真是不要命了。楊玉環想，等會兒見了皇上，一定把安祿山大膽妄為的事說出來，讓皇上馬上就砍了這個狗賊的腦袋。

但今天不知怎麼了，玄宗皇帝遲遲沒有到楊玉環身邊來，在等待皇上的時間裏，楊玉環的氣稍稍平了一些，她恢復了理智，能夠心平氣和地來想這事了。她首先想的是，如果把這事告訴皇上，無疑皇上一定會殺了安祿山，那樣的話，皇上就少了一員得力的邊將。因為皇上無數次地對她說，東北有安祿山在，他睡覺都會很香，殺了安祿山，又到哪裏去找像他一樣能鎮守住東北的邊將呢？但如果不殺安祿山，心中這口惡氣實在難以咽得下。楊玉環心中猶豫起來。最後，她從大局著想，決定放過安祿山，不把這事告訴皇上，只是以後再也不要讓那個胡賊隨便入宮了。

安祿山忐忑不安地在府舍中度過了一天，他沒有等到來抓他的宮中衛士。一夜過去了，依然沒有抓他的跡象，他疑惑了，心想，難道皇上就這樣放過他了？他心裏抱有僥倖，以為皇上器重於他，不願在這事上大做文章，就是沒有想到楊玉環沒有把這事告訴玄宗。第二天，他沒有等到來抓他的衛士，卻等到了皇上召他進宮赴宴的邀請。

安祿山想，這也許是個陰謀，皇上不願讓這件醜事張揚於外，以召他赴宴為名，誆他進宮，暗中處決了他。安祿山雖然害怕，但他不敢不去。到了宮中，發現遠不是他所想，皇上對他依然親切溫和，並沒有一絲一毫責怪他的意思。他看到皇上身旁的楊玉環把臉扭向一邊，對他看都不看一眼。安祿山終於明白了，原來楊玉環根本就沒有把昨天之事告訴皇上。

安祿山明白了這點，心裏一陣狂喜，慶幸自己的走運。他不知道楊玉環為什麼不把這事告訴皇上，他也不想知道，此時他只知道性命一時無虞了。但此時無事，保不定會永遠無事，假如楊玉環一旦把這事告訴了皇上，那麼他的小命也就不保了，事不宜遲，應該速速回到范陽才是。於是，安祿山在宴會上就提出了要回范陽的請求。

玄宗對安祿山突然提出要回范陽有點驚訝，他說：「祿山，怎麼才來就要走了呢？等冬天過去了，再回去吧。」

「陛下，我怕邊境有事啊。契丹胡寇往往是在冬季侵擾邊境的，我怕我不在，將官們會鬆懈防備，給了敵人可乘之機。」玄宗聽了這話，當真以為安祿山是以邊事為重，心裏萬分高興。他說：「既然這樣，那你就辛苦了。」隨即扭轉頭對楊玉環說，「玉環，祿山要回范陽，你看我們賞賜他一點什麼好呢？」

楊玉環自然知道安祿山要回范陽的真正原因，那是他心裏害怕。聽玄宗這樣一說，她恨不能把面前酒杯裏的酒潑在他的臉上，算作對他的賞賜。但她沒有這樣做，只是冷淡地說：「隨便皇上賞他什麼吧。」

於是，皇上賞賜了安祿山大批錢物。安祿山拜謝了皇上和貴妃，出得宮來，立即命家奴收拾行裝，來不及和眾位朝臣告辭，匆匆下了驪山。回到長安，他只是住了一夜，就日夜兼程向范陽趕去。一直到了范陽，安祿山才長長地舒了一口氣，知道自己這條命總算暫時撿了回來。

安祿山的性命可說暫時無憂，但並不是說就消除了危險，相反，這種危險還是時時都存在著的，只要楊玉環把事情的真相告訴了皇上，皇上定會處置他，或召回處死，或賜毒酒自盡。爲此，安祿山憂愁滿面，常常無故地歎氣，但此事又不能找人商量，就是找了，也無法商量。

安祿山的這種反常情緒，引起了一個人的注意，就是那個一心想做大事的奏記官高尚。

高尚就因爲沒有中舉，把一腔怨氣都發洩在大唐王朝的身上，他由痛恨科舉制度進而痛恨大唐皇朝，一心想攪亂太平盛世。他遍遊天下，最後投靠在安祿山的帳下。他看到天下精兵盡聚安祿山手中，想，如果說動安祿山反唐的話，那麼不愁心中夙願不能實現。於是，他對安祿山平日的一舉一動無不格外留心，好尋找隙機，挑撥他與大唐間的關係。

令他失望的是大唐皇帝對安祿山恩寵異常，不斷召他進京，不斷給他封賞，恩寵不是一般人所能望其項背的。投桃報李，他發現安祿山對大唐也越發忠心耿耿，死心塌地爲其賣命，主動出擊敵軍，有許多次差點連性命都丟掉了。

高尚看在眼裏，急在心裏，他想，這樣下去，安祿山只會與大唐愈走愈近，斷沒有反叛的可能，那他的怨恨也就再沒有指望了。不過，安祿山此次從長安回來，顯得鬱鬱不樂，全沒有了以前回來時的得意與風光，高尚看在眼裏，心中暗暗高興，揣度安祿山一定遇到煩心事了，最好與皇上之間有了隔閡才好，那他就可乘機挑拔離間，鼓動安祿山造反。只是安祿山遇到什麼煩心事了呢？他想一定要找個方法套出來。

高尚想啊想啊，終於想出了一個方法。這天，高尚來到安祿山面前，對他說：「安將軍，小人昨晚夜觀天象，發現了天象的異常。」

「噢，什麼異常？」

「小人看到東北有一顆星，明亮異常，但它一路滑向中原，衝犯了帝闕。這在平日是沒有的。」

一聽高尙這樣說，正挑動了安祿山的心病。他連忙問道：「那是禍是福呢？」

高尙一看安祿山這副慌急的神態，心裏更加有數了，不慌不忙地說：「現在小人還說不出是禍是福。但從天象來看，這是衝帝，是起亂的兆頭，不好說是好是壞。」

「起亂？起什麼亂？」

「就是犯闕啊。」

聽高尙這樣一講，安祿山不吱聲。他知道犯闕就是造反的意思。見他沈默不語，高尙又問道：「將軍，東北就是我們范陽、平盧一帶啊，天象顯示也是近期的事，難道將軍此次進京的隨從中，有誰頂撞了皇上嗎？」

「啊，這個，沒有。」

「那麼說是將軍有什麼言語冒犯了皇上？」

「也不曾有。」

高尙見安祿山不開口吐露真相，就說：「將軍，天象有異動，依小人看來，天下必有大的變動。將軍如果此次進京遇到什麼變故，若信得過小人，不妨對小人明言，讓小人爲將軍剖析一二。」

聽了高尙的這番話，安祿山心中猶疑不定。高尙講了天象有變動，難道自己對貴妃的冒犯這點小事也會反應在天象上？聽他的口氣，還講不出結果是禍是福，如果把事實真相告訴他，他也許真的能說出個道理來，預測出凶吉。但這事怎好出口呢，萬一高尙嘴不嚴講了出去，那豈不是自找麻煩。

見安祿山猶豫不決，高尙說：「將軍既不相信小人，小人也不好替將軍剖析。這就告退。」說著向門口退去。

「慢。」安祿山忙喊住高尙，他想，這事還是和高尙說了吧。這個奏記官確實有著別人不如的才能，也許他真能幫他拿出一個好主意來。於是，安祿山把一時情急，冒犯了貴妃的事一五一十地告訴了高尚。

高尚一聽藏在安祿山心中竟是此事，心中萬分高興，他雖還不能明白此事到底會有什麼結局，但隱隱地感到此事會對他有用。調戲貴妃，那還了得，這是死罪啊。

把事情講給高尚聽後，安祿山雙眼一眨不眨地盯著高尚看，急等他分辨出結果的凶吉禍福來。但見高尚沈默了一會兒，說：「將軍，此事非同小可，小人判斷天象的異動可能與此事有關，待小人夜裏再細觀天象，以辨結局凶吉或禍福，再告示將軍。」

沒有辦法，安祿山只得再等待高尚夜來觀測天象。其實，高尚講的那番什麼有星犯闕關於天象的話，全是一派胡言，那是他想出要套出安祿山心事的計策，想不到一套就套了出來。聽了安祿山的話，高尚一時想不出如何利用此事才好，就用再看天象來搪塞，回去後好好想上一想，看如何利用此事來達到他攪亂天下的目的。

第二天，高尚再見安祿山，說已經從天象上看出凶吉來了。安祿山也是一夜沒合眼，半夜裏，他也曾幾次爬起來，夜觀天象。但密密麻麻的星星對他來說就是滿天的沙子，對他來講毫無意義。他越加佩服高尚這類讀書人，想，原來地上發生的什麼事，在天象上都會反應出來，還能預測出後果，如果自己會觀測天象的話，不早就看出此事的吉凶來了嗎。

一見高尚的面，安祿山忙問可觀測出什麼結果來了。高尚想了一夜，心裏早想下了一條應對計策，他不慌不忙地說：「將軍，天象顯示此事不妙啊。」

「啊，如何不妙？」

「昨晚，小人再次觀測天象，看到東北衝向帝闕的那顆星，也就是將軍你了，一路犯闕，哪知衝到一半的時候停頓了下來，進，進不得，退，已經沒有了退路。」

「這樣說，我命休矣。」

「將軍，話還不能說死，要想活命，還有一條路可走。」

「什麼路？」

「就是一路衝向帝闕，佔據帝闕的位置，那麼你就居於天象中心，不僅性命可保，還將大盛以前。富貴不可言說。」

「你，你這不是讓我造反嗎？」

「將軍，小人只是依據天象而說，至於如何還聽將軍示下。」

聽了這話，安祿山不吱聲。高尚雖然一口一個天象，但話中含義他是能聽得出來的，高尚的話就是鼓動他造反。

造反，安祿山可是從來沒有想過，想到出身貧賤，好不容易掙到今天這個顯赫的地位，受到皇上恩寵，一家榮耀，這全是皇上對他的厚愛，他怎麼可以擁兵造反呢。但他一想到得罪了貴妃，這個事要是讓皇上知道了，皇上就是再顧惜他，也會治他的罪。他可是知道皇上對貴妃寵愛程度的，那真是她要天上月亮，皇上不會給她摘星星，這從楊門一家在京的權勢上也能看出來。

見安祿山沈默不語，高尚在旁說：「將軍，小人看天象，東北那顆星，也就是將軍你，光芒耀目，華光已經蓋過帝星，也就是說，如果你繼續衝帝，那麼你必居於帝位，把帝星趕跑。小人還看到，那顆帝星昏暗無光，搖搖欲墜，已經毫無作為。」

高尚這樣一說，安祿山心中一動。高尚說的未嘗沒有道理，他現在正如高尚所說，正是進退兩難境地。現在看，他暫時性命無憂了，那是貴妃沒有和皇上講起此事，一旦講起，他的性命還是不保，所以也可以說沒有退路。高尚說的是，猶如讓別人捏著自己的小命，不如自己主宰自己的命運。

一個叛亂陰謀正在醞釀形成，而此時的長安城裏還是一片歌舞昇平。

但安祿山的異常舉動還是引起了一個人的注意，他就是楊國忠。

楊國忠關注安祿山的舉動並不是出於對國家的關心，恰恰相反，他是基於自己的利益。原來，楊國忠看到上次安祿山來朝時，得到了皇上的無比寵信，大有入相之勢，這對他的相位造成了威脅，出於穩固相位的考慮，他想打擊安祿山。

所以楊國忠發現安祿山擁兵擴展勢力的情況後，立即上報皇上，說安祿山有異謀，想起兵造反。他不僅自己上表，還聯合左相韋見素讓他一同上表。

玄宗見著楊國忠的這道表奏後，心裏一驚，他想，這怎麼可能呢，我對安祿山這樣好，他爲什麼要起兵造反？

幾天來，玄宗都被這事弄得心煩意亂。楊玉環知道他的心事後，想到了安祿山調戲她的事，心想，該不是安祿山怕自己把這事洩露給皇上，要了他的腦袋，所以才先下手爲強想起兵造反的吧。如果那樣，自己當初不把此事告訴皇上，那可是大大的失策啊。要是知道這個胡人有著這樣的狼子野心，還不如早早讓皇上把他逮住砍了腦袋算了。

這樣一想，楊玉環對玄宗說：「三郎，國忠既這樣說，想必他有著安祿山想謀反的證據，你就派人去調查一下，看他是否有此野心。」

「玉環，我看安祿山對朕只有忠心，沒有野心。我對他的寵信超過別的胡將，要說別的胡將造反，我信，但如說安祿山造反，我不信。如果我因懷疑而殺了他，那樣會讓別的胡將寒心，反會真的激起兵變。」

楊玉環想，此一時，彼一時，以前安祿山也許真沒有造反的念頭，但出了調戲我這事後，情景就不敢說了。於是她再勸道：「三郎，你就派人去察看一下又有何妨，如果他老實得很，豈不更好，如果從中發現了蛛絲馬跡，也好早做安排。」

玄宗一聽也有道理，就依了楊玉環的話。還打趣說：「玉環，我發現你現在愈來愈關心政事了，並能給朕提出很好的處理方法。你真是我的左膀右臂啊。以後，我就更輕閒了。」

楊玉環想我又能拿出什麼好的方法，這都是被那個胡人逼的。想到這裏，她倒巴不得安祿山真有造反之意，讓皇上把他抓來殺掉。

皇上聽了楊玉環的話，派了內侍輔謬到范陽去察看安祿山的動靜。安祿山見了內侍又用出他對付他們的老招，就是用錢財賄賂他們，上上下下都把他們打通了。輔謬受了安祿山的錢財，自然回來只講安祿山的好話，說安祿山雖狂傲，但頗滿足現狀，至於想起兵造反什麼的，全是沒影的事。

玄宗一聽這話，放心了，他不再理楊國忠的奏摺，又一味地沉溺到享樂中去了。

如果說楊國忠開始是爲了打擊排擠安祿山，怕他入相而對他留意的話，那麼經過長久的情報搜集，他看到安祿山確實蓄有陰謀，有著起兵謀反之意圖。這下楊國忠真的焦急了。但皇上又不聽他的奏報，這讓楊國忠乾著急。

這時，有人給楊國忠出了一個主意，讓他奏報皇上，讓皇上召安祿山來京，如果安祿山確有異心，心中有鬼，必不敢來京，怕陰謀敗露，身死京師，那樣的話，皇上就會相信他的話了。

「那如果安祿山果真來了呢？」

「嗯，如果他真來了，讓他有來無回，就在半途上把他刺殺了，除去了心頭一大禍患，也是爲國除去一大蟊賊。」

此計甚妙。楊國忠立即上書皇上，說可以召安祿山來京一試其有無反心。並說，安祿山一定不敢來京。玄宗一想，這果不失爲一個好辦法，如果安祿山不奉詔來京，那麼就真如宰相所說，如果來了，也就消除了楊國忠的疑心。於是，就在這年春天，他下詔，讓安祿山進京。

安祿山接到皇上的詔命後，大吃一驚。近來，他派在京城的眼線，已經把所有情景都傳報給了他，說楊國忠對他起了疑心，上書皇上。他正不知皇上要如何對待他時，接到了這份詔書。

安祿山捧著這份詔書來找高尙。高尙看過詔書後，說：「將軍此趟京師是一定要去的。」

「什麼？這時候去長安，我不是送腦袋嗎？不去不去！」

聽了這話，高尙微微一笑，說：「將軍，你爲什麼不敢去？」

「他們懷疑我，我去了他們就會把我關入大牢。」

「他們僅僅只是懷疑，並沒有什麼真實憑據啊。你去了，他們會把你怎麼樣？如果你不去，說明你心中有鬼，正好證實了他們的猜疑。這個詔命，本身就是一個檢驗。」

「那依你之言，我這趟還是要去？」

「一定要去。將軍要知道，現在我們一切都還沒有布置停妥，如果你不去，那麼我們的意圖就暴露了，就要草草起兵，那樣的勝算不大。你這一去，既打消他們的顧慮，又可以爭取一段時間，在這段時間裏，我們就會布置得周密穩妥，等真正起兵時，就可以打得唐軍落花流水。」

聽高尙這樣一說，安祿山心中暗暗佩服，但他還有一怕，就是萬一朝廷掌握了他要起兵的證據，他這一去，豈不是自投羅網，有去無回，一點退路都沒有了嗎。

高尙看出了他的顧慮，說：「將軍大可放心，我們的事情只有極少數的人知道，他們都是你的心腹，朝廷只是猜疑，絕沒有真憑實據，你只管放心大膽地去，皇上絕不會爲難你。你去後，這邊有我著手布置，等你回來，我們也就布置得差不多了。」

聽高尙這樣一講，安祿山放下心來。於是，他收拾了行裝，帶著衛士從范陽趕來京城長安。爲防不測，此次特地從「曳羅河」八千壯士中精選出佼佼者，作爲貼身衛士帶著。

安祿山剛一離京，楊國忠的情報人員就把這個消息傳到了京城。楊國忠一聽大出他的意外，心想，安祿山好大的膽子，竟敢來京，這打亂了他的設想。如果安祿山平安抵京的話，那麼他在皇上面前說的那些話就會不攻自破，皇上越發不會懷疑安祿山有異圖，而會懷疑他楊國忠是何居心。看來只有實行第二步，把安祿山刺殺在半途中。

於是，楊國忠匆匆布置刺客，要在半途中把安祿山刺殺了。刺殺安祿山是在靠近潼關的一個地方進行的，哪知沒有成功。安祿山帶來的衛士都是以一當百的壯士，刺客不僅沒有刺殺到安祿山，還被安祿山全殲。但這也讓安祿山吃驚不小，他想不到路上竟會遇到刺客，看他們行動時的口號和配合，不像一般打家劫舍的毛賊，背後定有來頭，只是把他們全都殺死了，沒留下一個活口來盤問，不然定可知道他們是受誰派遣而來。

自此，安祿山一路小心翼翼，加強戒備，總算平安到達長安。楊國忠一聽安祿山平安到達，心知不妙，不知被派去的刺客是否有活口落在他的手裏，更不知活口是否把他供了出來。安祿山到達長安的時候，玄宗攜楊玉環上了驪山。安祿山立即上山叩駕，他見了皇上，匍匐在地裝出一副可憐狀哭著說：「陛下，兒臣差點見不著聖上了。」

安祿山的入朝，徹底打消了玄宗對他的疑心，他看著安祿山可憐的樣子，心裏突然湧起一陣愧疚，爲自己不應該聽信宰相一面之辭，無緣無故疑心大臣，他示意安祿山起來，說：「祿山，也無事，是朕想念你，讓你入京的。」

安祿山繼續哭拜道：「陛下，臣本來是一個胡人，全靠了聖上的榮寵，方有今日榮華富貴，皇上對臣的恩寵只是稍大一點，就讓宰相所妒，臣遠離聖上，宰相日夜隨侍在皇上的身邊，如果宰相總是說臣的讒言，臣怕離死不遠了。」

玄宗聽了安祿山這番哭訴，越加可憐他，賞賜巨萬，並對他更加寵信了。自此，楊國忠說安祿山的壞話，皇上一概不聽。

安祿山此次來京，因爲心裏有了謀反的意圖，眼中所見與以前大有不同。以前，他眼中見著京城的繁華與氣派，心裏只是羨慕，現在看了，卻在想，這一切憑什麼都是李姓之家的，古書上不是說了嗎，帝王將相寧有種乎？講得太好了，江山輪流坐，明日到我家。心裏大有取而代之的想法。

當然，安祿山也見到了嬌美如花的楊玉環。現在他再也不像以前那樣隨意進出後宮了，只是在幾次宴會上見過楊玉環。他還像過去那樣，拜伏在地，口中高喊著「兒臣拜見母后」。楊玉環也不鹹不淡地應著。

坐在宴席上，遠看楊玉環，安祿山發現楊玉環更有著一份無人可替的美豔，她彷彿是籠罩在霧中一朵盛開的牡丹花，，就是坐在那裏一動不動，她也是全場的中心，周身散發著一種誘惑人的魅力。

安祿山突然覺得楊玉環雖是一朵名花，但也不是高不可攀，如果他起兵犯闕，攻破長安的話，那麼這個女人不就落在他的手上了嗎？那時，她可不是什麼貴妃了，那時，她將成了他的女人。

這樣一想，安祿山的心禁不住怦怦直跳，不僅抬眼又把楊玉環細細看了一遍，愈瞧愈是覺得她美不勝收，想到如果能把這種女人攬在懷裏，那真是不枉此生爲人了。

楊玉環可不知道安祿山心裏所想的這些齷齪的念頭，她對這個大肚胡漢討厭透了，先前對她非禮，近來又聽說要造反，攪得宰相和皇上都圍著他轉，要是按她的想法，現在既把他召來了，索性一刀殺了算了。但看皇上似乎沒有這個意思。聽皇上說，還要對他像以往一樣重用。

楊玉環就在心裏想，要不要再把安祿山非禮她的事講給皇上聽，如果講了，安祿山當再也回不了范陽了。但楊玉環隨即想到，事情隔了這麼長時間再講給皇上聽，皇上會不會起疑心，他會問她爲什麼當時不說呢，爲什麼要隔上這麼長時間才講，其中是不是另有隱情。

如果皇上問起這些，她當啞口無言。她能說當時是爲了替他著想，故而不言的嗎？就算皇上不問，她敢保證皇上心裏不這樣想嗎，皇上心裏只要一有這個念頭，那麼她就再不會得寵了。皇上可以臨幸別的嬪妃，而她，卻連這種嫌疑也不能有，如果有了，那她就永不會被皇上見諒。

最後，楊玉環決定不說了，她決定把那件事深埋在心裏，哪一個也不說，除了安祿山對別人說起，那她就沒有辦法了。不過，諒那大肚漢也不會張揚。現在，楊玉環與以前不同了，她再也不能離開皇上了，不論是從情感上，還是從利益上。與皇上一起生活了十幾年，已經與他真正做到了夫婦一體，感情上難捨難分。

再說，楊家因她而顯，她要是一失寵，他們必然遭殃。隨著年齡的增大，楊玉環爲家族著想的多了。她不再凡事以自我爲中心，而是考慮別人的多了。話講回來，她確實又沒做什麼對不起皇上的事。安祿山膽敢對她非禮，她不是當場給了他兩個耳光嗎？

楊玉環心裏矛盾著，解說著。這不是別的什麼事，可以找個人來商量一下，這事知道的人愈少愈好，她只能自己給自己拿主意。

安祿山此次來京好像是要特地打消皇上對他的見疑，不是來了就回，而是住了很久，他多數時間裏都是陪著皇上在驪山上度過，表面故意裝出悠閒輕鬆的樣子，讓皇上看了，認爲他是個只圖享樂而沒有野心的人，暗地裏，他可一刻也沒閑著。

朝臣中極有地位的御史中丞吉溫曾出使范陽，安祿山待之甚厚，吉溫回朝時，他除了贈送大批禮物外，還讓兒子安慶緒親送出境，爲吉溫牽馬出驛站走了數十步，以顯對他的尊重。吉溫感念安祿山對他的禮遇，回京後，但聞朝廷間有何動靜，就報與安祿山知曉，所送書信一夜間就送到范陽。安祿山利用在京這段時間，繼續結交吉溫，以便隨時知道朝廷間的動靜，並希望吉溫在皇上面前爲他講好話，「洗雪」對他不利的讒言。

此事也被楊國忠知曉了，自此對吉溫疏遠，想早晚找出一個事除去安祿山的這個耳目。

安祿山在京還求到了另外幾個重要的職位，兼領閑廄、群牧和總監，這樣，安祿山利用這些職務就可以充分調配戰馬了，這對他的反叛起到了有利的作用。

到了三月間，安祿山覺得在京城住得差不多了，皇上對他的見疑基本消除，於是，他提出返回。玄宗爲了表示對他的器重，解下身上的披風賜與他。這讓安祿山心裏一陣溫暖，感到皇上對他是有著真心的寵信。但他不敢稍作遲疑，生怕楊國忠再找個藉口把他長久留在京師，就立即疾驅出關。

安祿山一出長安，立即快馬加鞭，日夜兼程趕路。這次他再不走陸路了，怕再遇著刺客。他棄馬登舟，乘船沿河而下，就是這樣，他還嫌走得不快，令船夫執繩立於岸側，十五里一換，晝夜兼行，日行數百里，路途經過郡縣也不下船，只求早日脫離危險之地，快快回到老巢范陽。

安祿山此一去，只如蛟龍入海，放虎歸山。再要召他入京，他再也不會來的了。也許是長安給了安祿山太多的刺激與憂心，他自此後再沒回過長安，就是在他稱帝時，也只是長久坐鎭洛陽。也或許，長安讓他想到玄宗皇帝對他的厚愛，讓他良心上有一種揮不去的愧疚呢。

第十五章　狼煙頓起

安祿山反了！他打著「清君側、誅國忠」的大旗，以雷霆萬鈞之勢直逼長安……在此危難之時，楊國忠不但不為國解憂，反向聖上諂言，構陷守邊將官，殘害戍疆棟樑……目睹安祿山摧城拔寨，一日千里，玄宗有心御駕親征，無奈又放不下他的玉環……天曉得，這楊氏兄妹真真成了大唐王朝的剋星……

安祿山日夜兼程，趕回范陽，顆心才安頓下來。他把此趟進京的過程細細和高尚說了，高尚也慶幸他有驚無險，並告訴安祿山，他正在加緊布置，要不了多久，一切布置就會妥當。安祿山心裏對起兵還是有著一絲猶豫的，他主要是覺得太有負皇恩了。這次進京，他再一次領受到皇上對他的寵信，臨走前又脫下身上的御袍披在他的身上，這份恩寵是別的臣子奢望不到的。出於感謝，安祿山想到皇上百年之後再起兵造反。但他又想到，他得罪了貴妃，時時都會有性命之虞，還有一點，他也曾得罪過太子，如果太子一旦繼位，那麼他的權勢也就到頭了。這又讓他不能坐以待斃。

安祿山來京後，楊國忠說他謀反的話不攻自破，自此後，皇上再也聽不得別人說安祿山謀反了，如果誰說，他就把那人綁起來，送到御史台治罪。

但楊國忠並不因爲安祿山來了一趟長安就相信他真的是個忠臣，種種跡象表明安祿山有著謀反的意圖，可是皇上又聽不進這話，這讓楊國忠著急萬分。他是宰相，總掌全國政務，皇上沉溺享樂可以不管，他可不敢掉以輕心。

首先，楊國忠打擊了與安祿山關係好的朝臣，首當其衝的是吉溫。吉溫在幫助楊國忠爲相的過程中，曾出力不少，但楊國忠全然不顧這些，他現在看到吉溫私交安祿山，已經對他構成了威脅。機會來了，正好河東太守兼本道採訪使韋陟貪贓枉法，被御史台收監待審，韋陟賄賂吉溫，讓他從中幫忙。這事讓楊國忠知道了，乘機大做文章，最後，貶韋陟爲桂嶺尉，貶吉溫爲澧陽太守，終於把吉溫排擠出了京城。這無疑讓安祿山失去了在京的一個耳朵，這也讓安祿山更加惱恨楊國忠。

現實並不因玄宗不愛聽安祿山謀反的話而有所改變，實際上安祿山正步步爲營，加緊布置。天寶十四載二月，安祿山派副將何千年入朝，請以蕃將三十二人代漢將，他的謀反之意已經昭然若揭。玄宗皇帝還蒙在鼓裏，或者說在自欺欺人不願面對這個現實，竟准許了安祿山所請。

左相韋見素聽到這個消息，連忙趕到宰相楊國忠的府宅，對他說：「楊公，安祿山久有異志，今又有此請，其反明矣。」

楊國忠說：「韋大人，我已經和皇上說過不止一次了，但皇上就是寵信那個奸賊，讓我又有什麼辦法呢！」

「楊公，你看這樣可好。明天上朝，我先上前稟告，如果皇上不聽，你再出班稟報。」

楊國忠見沒有別的辦法可想，只好這樣做了。

第二天，玄宗一聽韋見素又是來稟告說安祿山要謀反，心裏就不高興，心想，你們整天說安祿山要謀反，我看他不是好好地待在范陽嗎？真不知道你們爲什麼總是和他過不去。你們這是沒事找事。臉上就有些惱火地說：「你們疑祿山之意邪？」

楊國忠見皇上滿臉不高興，再也不敢上前再奏。退朝後，韋見素剛要責怪楊國忠說話不算話，楊國忠已經附耳告訴他，已經想好了對付安祿山的辦法。韋見素忙問什麼辦法。楊國忠說：「如果讓皇上下旨，把安祿山召入京城，官封平章事，以賈循爲范陽節度使，以呂知誨爲平盧節度使，以楊光翽爲河東節度使，三分其勢，那麼安祿山想造反也造不起來了。」

韋見素一聽此計大妙，一起和楊國忠奏報皇上。

玄宗聽了他們的陳訴，以爲可行，就准奏了。只是草書寫好，留中不發。

下朝歸來，玄宗神倦身疲。近日來一連串的事把他搞得頭都發昏。他原本想的是，安祿山好好地待在范陽，楊國忠爲什麼非要說他造反，這樣下去的話，安祿山不反也會被逼反的。但近來，他有點改變這種想法了，他也有自己的情報人員，他們把搜集到的情報上報皇上。這種秘密的稟報比楊國忠的話對玄宗影響來得深。玄宗雖然年齡已老，但頭腦並不昏聵，他對安祿山有點不放心了。

因爲這樣，他對楊國忠提出的三分安祿山勢力的話，處理得很謹慎，他怕萬一處理不好，會激起他的兵變。玄宗想，就是要慢慢削除他的兵權才好。爲此，他又派了中使馮神威到范陽，告訴安祿山，皇上已經在驪山爲他新築了一處溫泉。

在此之前，玄宗派過中使到范陽，但安祿山都以有病而不出迎，就是見了，也是周圍盛陳武備，耀武揚武，有的御使到了范陽過了二十多天也見不到安祿山的影子，極無人臣之禮。馮神威到了范陽，安祿山不僅不出迎，接見他時，只是蹲坐在床上，見了馮神威只是欠欠屁股，也不下拜，隨口問一句「聖上安穩」，此後再也不搭理馮神威。接見過後，左右引領馮神威到了館舍，再也不與他見面。過了沒幾天，就把他送走了，連回表也沒有。

馮神威回到京城，見著玄宗哭拜在地，說：「陛下，臣幾不能再見大家！」

聽了馮神威的稟報，玄宗心中悽惶異常，現在他感到楊國忠的話是有些道理的了。但他現在如何辦呢？他本來是想把安祿山召到長安來。只要安祿山一來京，那麼一切都可化解，他就可以把安祿山另封一個官軟禁起來，削去他頭上的三個節度使頭銜，讓他手中沒有兵權，但安祿山似乎聞到了其中的不祥，他不來了。

因為安祿山的事，玄宗悶悶不樂，歌也不聽，舞也不賞了。楊玉環試圖寬慰他，說：「三郎，人們都在說安祿山要反，是真的嗎？」

「玉環，開始國忠和我這樣說，我還以為他是無中生有，現在種種跡象看來，安祿山確有稱兵向闕之意。」

「現在四海升平，安祿山為什麼要造反呢？」

玄宗苦笑著搖了搖頭，他要是知道就好了。他封了安祿山那麼大的官，不知道他為什麼對他還有不滿之意，也許這就叫人心不足蛇吞象吧。這樣說來，也許他不該改變任用胡人邊將的政策？也許祖宗訂下的不可重用胡將是有道理的。

但他寬慰楊玉環說：「現在只是防患，患還沒有來。即使有了患，以大唐皇朝國力的深厚，也能應付任何變局的。現在所要做的，就是不要激起安祿山的兵變，再慢慢削弱他的兵權。」

楊玉環與玄宗在一起這麼多年，從來沒有看到他為國事這樣憂心忡忡，她說：「但願一切都不要發生。三郎，我只想看到你快快樂樂。」

玄宗摟了摟楊玉環，表示明白她的心意。

玄宗想的倒不錯，遠在范陽的安祿山卻感到風聲的緊迫。就在秋七月，他曾上表獻馬三千匹，每匹執控夫二人，遣蕃將二十二人護送。而皇上怕有意外沒讓他們入城。安祿山知道皇上對他已經有了疑心。正好上次皇上派來范陽探聽虛實的內侍輔謬受賄事發，被皇上殺死，安祿山更是不安。終於他探聽到皇上有意要三分他的權力，於是他再坐不住了，認爲此時再不起兵，等皇上詔命一下，他就會陷入被動之中。於是，他連忙召來高尙商議。

高尙聽了安祿山的擔心後，說：「將軍，別的都已布置停當，現在少的就是一個出兵的理由。」

「什麼？我們造反還要什麼理由，旗幟一換不就行了嗎？」

「將軍，恕高某多言，那樣固然可以起兵，但不想打仗是每個人的心願，你這樣公然謀反，試想有幾人真正追隨呢？就是追隨，那也是裹挾而從，心裏不願，時間長了必然失敗。就是造反也要有個堂而皇之的藉口，讓許多不明就裏的人跟從，等他們明白時，已經上了這條船，欲退不能了，那時，再許以榮華富貴，這樣才能大事得成。」

聽了高尙這番話，安祿山連連點頭，問道：「那依高先生，應該找個什麼藉口呢？」

「咦，有了。將軍聽過清君側的事嗎？」

「清君側？高先生書讀得多，就煩給我講一講吧。」

「在漢朝孝景帝的時候，皇帝沒有權力，權力都在下面同姓諸侯手裏。有一位大臣，名叫晁錯的，想把權力從下面收到皇上手裏來，就給孝景帝出了不少主意。結果下面那些有權的諸侯就都不願意，恨死了那個晁錯，其中有七個王就聯合起來造反，他們打出的旗號就是清君側。意思是說皇上身邊有壞人小人，我們要把這些壞人小人清除掉，並不是想反對皇上。」

「清君側，就是清除皇上身邊的壞人小人？哼，這個主意太好了，那我們要清除誰呢？」

「我們就要清除奸相楊國忠。他杜絕言路，專權自傲，藐視群臣，這樣的人還不是小人嗎？」

「對對，楊國忠就是壞人小人，我們就是要清除他。」

「我們打著這個旗號起兵，順民心，合人意，部下也才會追隨。等到打到京城長安，那時，你想幹啥還不就幹啥了。」

「好主意。高先生真是我的好軍師。」

隨即，高尚又代安祿山密謀如何打出這個旗號。就是說奉有密詔討賊。正好奏事官胡逸從京師還。安祿山把部將都召集起來，對他們說：「奉事官胡逸從京回，奉密旨，遣祿山隨兵入朝來，以平禍亂耳，諸公勿怪。」

眾人聽了面面相覷道：「禍亂？什麼禍亂？」

安祿山說：「禍亂就是楊國忠弄權。」

安祿山隨即拿出早已僞造好的皇上的詔書，告訴部將說他剛剛接到皇上密旨，密旨說當今朝廷已經生變，皇上令他即刻引兵進京，捉拿禍國殃民的宰相楊國忠，說楊國忠貴爲當朝宰相，享受皇上厚祿，暗地裏卻將朝廷弄得烏煙瘴氣，皇上對他十分不滿，遂密令他帶軍進宮討伐楊國忠。說完，將假的明黃詔書給眾將軍們一一傳看。

眾將軍乍然聽到這個消息，都十分驚訝，怎麼沒有聽到一點風聲就突然生變呢？這些將軍當中的大多數都是安祿山的心腹愛將，自然知道了事情的原委，不知道其中緣故的，本來心中有所疑慮，但看到明黃詔書上朱批儼然，哪裏再敢懷疑，於是都一齊望著安祿山，看他怎麼吩咐。

安祿山道：「楊國忠早就該誅，楊國忠不誅，大唐將永無寧日。」遂將胸中計畫徐徐道出，諸將聽了，知道此次嚴密的計畫已經制定得十分詳盡，顯然不是倉促而成，都在驚異之中理解了主將近年來一直刻苦練軍的目的。

他們當中的大多數對當朝宰相楊國忠也十分不滿，因楊國忠在朝廷當中遍植爪牙，素與主帥安祿山不和，原本很多可以晉升的將軍都被他暗暗壓制，心中早存了一股怨氣。再聽到楊國忠兩次進軍南詔大敗而歸，皇上非但沒有怪罪，反而越加重用楊國忠，眾將都以爲皇上年事已高，開始昏憒，沒想到皇上原來並沒有昏庸如此，早已委派安祿山進行討楊事宜。

這樣想來，一下子都熱血沸騰起來，吵嚷著要立即引兵殺向長安，殺了楊國忠。安祿山的心腹愛將暗地鼓噪，更是加了一把火，一時間氣氛異常熱烈。也有將領覺察到安祿山可能假借皇上詔書，可是此時也顧不得許多，因爲箭在弦上，不得不發，發也是死，不發也是死，還是隨眾人一道更穩妥些，所以一時間大家都無異議，有的還覺得爲朝廷效命的時刻已然到了，哪裏還想得到這是安祿山的計謀呢？

而且事實也確實如安祿山所說，自從朝中有了楊國忠，也不知道皇上怎麼想，楊國忠說什麼，皇上便聽什麼，絲毫不理政事，全權委託給了楊國忠，楊國忠依仗貴妃的庇護在朝廷當中橫行霸道已是眾人所見的事實，而今這一切，已經該到了結束的時候了，皇上的詔書裏既然言及，那麼後果便已由皇上自己承擔，他們只是服從軍令而已，於是如此這般，都覺得皇上十分英明，於是得令各回軍中按令整肅部隊，準備即刻入朝討伐楊國忠。

安祿山沒有想到這麼輕易的就化解了一些將軍的疑慮，臨行前，安祿山設酒宴請軍中各大將，他拿出標明河北范陽至河南洛陽的山川地形、各地沿途的要衝的地圖，與將軍們認真地分析了地形，安祿山對他們說：「報答皇上的時候已經到了。」

安祿山將後方的范陽、平盧、大同分別交給范陽節度使賈循、平盧節度副使呂知誨和別將高秀岩駐守，其餘諸將都隨他出兵。

這是天寶十四載十一月甲子。

安祿山統領三鎮節度使，天下精兵握有其半，心中蓄謀已久，萬事布置得當。在此之前，屢饗士卒，秣馬厲兵。十一月初八，安祿山所屬的隊伍以及「同羅」、「奚」、「契丹」、「室韋」等部族兵都調集齊了，共十五萬，號稱二十萬。初九早晨，安祿山出薊城南，大閱誓眾，以討伐楊國忠爲名，引兵南下。安祿山乘坐鐵輿，步騎精銳，煙塵千里，奔殺南來。

安祿山起兵造反的消息過了七天才被急報傳到臨潼，消息傳到臨潼時，玄宗正與楊玉環在驪山過冬。驪山的冬天顯得十分柔和，北來的寒風在這裏早被四面的山巒阻隔，雖是冬季，驪山卻有著鬱鬱蔥蔥的樹木。此時的玄宗與楊玉環，一道盡情地享受著冬日圍爐的情趣。

在這樣一個較爲安逸的環境下，玄宗才能有時間和心情與貴妃盡情歡愛，圍著暖和的爐火，聽到消魂的樂曲，再喚來一些文人雅客引酒作樂，這已成了玄宗冬天最大的快慰，這時候的玄宗，總會產生今夕是何夕的美好感覺，他願意此生都像冰雪融化在水潭裏一樣融化在驪山的冬天裏，所以當他接到安祿山在范陽起兵的壞消息時，怎麼也不相信這是真的，他驚得差點摔了手中端的茶盞。

看到玄宗這個樣子，高力士也是十分驚慌，他厲聲對來人喝道：「爾等胡言亂語，難道不怕滿門抄斬嗎？」

來人聽到大將軍發話，差點將頭磕出血來：「奴才不敢，奴才們聽到確實的消息才敢報與皇上！這是前方發回的公文。」說完將布滿灰塵的公文舉過頭頂遞與高力士。

待到玄宗也看了文書，再看到來人跪在地上抖抖擻擻的樣子，這才相信安祿山真的已經反了。這消息簡直如同晴天霹靂在玄宗腦袋裏轟然炸響。玄宗此時的內心極爲震撼，以往有關安祿山的一切都於瞬間浮現在他腦海，他想到安祿山初次進宮時憨態可掬時的模樣，想到他忠心得近乎迂的言語，想到給他的榮寵。這個胡賊，竟敢如此忘恩負義！

想起這些，玄宗不禁恨得牙癢癢，這些年來他待安祿山並不薄，早些年饒了他的命不說，給他官做，而且還是一個皇帝能夠給予一個將軍最大的官，並且還將他輕易不給臣子的恩寵盡數給了安祿山，他難道還不滿足，還要起兵謀反，這是為何呢？難道他的野心竟想指向他的皇位嗎？他身下的這張龍椅的魅力果然如此之大嗎？

當玄宗從安祿山起兵謀反最初的震驚中恢復過來後，他立即著高力士拿出宮內的備用軍事地圖來，與高力士商討抵禦事宜。等到玄宗看到了地圖，不由得大吃一驚，因為由於前些年對南詔的征戰和對安祿山的信任，他大部隊精銳的唐兵和著名的驍將都集中在北部、西部邊疆，中原內地兵力嚴重不足，少有的兵士也缺乏訓練，軍隊素質很低，用這樣一支素質低劣的部隊去抗擊安祿山的精銳之師，其後果是顯而易見的。

那麼安祿山包藏禍心已久，他利用無數次來中原的機會和他本身官職的便利，早就窺破了大唐原先那種內重外輕，以重馭輕的局面，非但如此，他還窺透了大唐國力空虛的秘密，這次安祿山在范陽起兵，應該是早有蓄謀的。

玄宗此時非常後悔沒有聽信楊國忠請奏的要設法清除安祿山的話，他當時還以為楊國忠是為了自己考慮，而對安祿山採取抑制呢。玄宗此時才後悔，所以看完地圖之後，他對高力士長歎一聲，說：「將軍，這種局面是朕自己種的苦果啊。」

安祿山謀反了，這對玄宗是個大大的壞消息，對楊國忠來說，好似喜訊一般。因為他曾預告過安祿山的謀反，現在，他的預言實現了。他的臉上洋洋得意，逢人就說他的遠見卓識。但是如果他要是知道安祿山起兵打出的「申討楊國忠，清君側」的口號，他就不會這樣得意了。

得意歸得意，楊國忠作為宰相，他必須要為平叛拿出對策。楊國忠入見皇上，說：「如今要造反者，只有安祿山一人罷了，別的將領都是被裹挾而往，心中不欲。請聖上放心，不過旬日，必有人斬安賊首級獻於闕下。」

這番話讓皇上聽了高興。自從聽聞安祿山謀反以來，玄宗一直心中慌亂，聽了楊國忠這話，心中像吃了一顆定心丸，以為確如宰相所說，謀反因為不得人心，必不會長久。

其實楊國忠這樣說，並不是有什麼對策，不過空言嚇人，倒是穩定了人心，但也是虛假的樂觀。

隨後，玄宗和眾大臣商議，拿出幾條防禦措施。第一，派內侍到安祿山軍中，勸說他罷兵，許諾他如果罷兵，既往不咎。其實這條計策有等於無，試想歷史上又有哪個造反的人會半途而廢呢。這一點玄宗也知道，只不過為加強河北河南的防禦爭取一點時間，同時看能不能策反安祿山手下幾個將領。

第二，把防禦重點移調到河南。因為河北原本是安祿山的轄地，少有駐兵，諒來抵擋不住賊兵的南下，那麼只有依靠黃河天險，阻敵於河北了。於是任命尉衛卿張介然出任新設的河南節度使，以陳留為首邑，節度使領十三郡。同時，調回胡將安思順出任戶部尚書，任命郭子儀接任朔方節度使。因為安思順與安祿山交好，以防萬一只有這樣做。又以凡是當兵的各郡，添置防禦使。

第三，調一員名將到東都洛陽，開府庫就地募兵，加以訓練，組成第二道防線。第四，任命榮王李琬為東征軍的元帥，自右羽林大將軍轉右吾衛大將軍的高仙芝為副元帥，詔出內府錢帛，在長安地區招募十萬人從軍，並且預定為「天武軍」。隨時準備開赴前線。

沒幾天，安西節度使封常清到了長安，立即趕赴華清宮，面見皇上。封常清是楊國忠讓他來的，他原是高仙芝的舊部，很會打仗，曾威震西北，他是高仙芝推薦給楊國忠的。

封常清一足微跛，沒有絲毫名將的風采，但他有戰功，又極能治軍，人們不敢輕視他。他上殿，立刻對安祿山的叛變事件發表意見。

在此之前，封常清已經得到楊國忠的指示，要當殿請纓殺敵，自請到東都洛陽開府庫募兵。封常清在心裏對安祿山的造反沒有給予重視，他以為安祿山是成不了氣候的，他一出擊必會擊潰賊兵。於是，他在殿上，侃侃而談，說天下升平日久，百姓厭兵事，因此，安祿山聲勢雖然浩大，但人心不附，要擊破他並不難。

封常清這番慷慨陳詞的話對滿朝文武起了極大的鼓舞作用。要知道，這是出自一個名將之口，他既這樣說，必有他的道理。玄宗當即封他為范陽、平盧節度使，讓他即刻趕到洛陽募兵。

散朝之後，玄宗感到極度虛弱。開初的慌亂終於稍稍平復了一些，事情也不像開始那麼漫無頭緒了，一根緊繃的弦一鬆下來，睏倦之意襲上身來。只是稍進了一點食，就支撐不住了。

楊玉環看到玄宗如此臉色，乃是入宮以來所未見，疑是玄宗病了，急忙扶了玄宗坐下，然後命人傳太醫進宮，不一會兒，太醫來了，給玄宗搭脈之後說無甚大礙，只是多作休息就可。

太醫走後，楊玉環舒了一口氣，內心不禁百感交集。她剛剛聽說安祿山起兵叛亂的消息，心中也是焦急萬分。想到平靜的日子從此將被打破，愈是怕的事愈是發生了。安祿山這個賊子，什麼自認義子，什麼忠君報國，全是假的，原來是個大大的奸臣，包藏禍心。

貴妃就這麼想著，將玄宗的帽子除去，拿了個暖手爐，讓他靠在她的懷裏，一邊用手輕拍著玄宗開始變得蒼老的身體，就像拍著一個軟弱的嬰兒。她看到，彷彿一夜之間，玄宗的面容就恢復了老年人的蒼老，連身上的肉也變得鬆弛了，再不是以前摸上去顯得硬繃繃的樣子。

她覺得他雖貴為一國之尊，但此時顯得是那樣的無助，年紀這樣大了，還在為國事操心，這樣非把他累垮不可。抬頭向窗外看去，窗外的冬天愈加深了，剛剛落過一場雪，眼中一片銀白，素裹的萬物失去了平日的潔白與肅穆，顯現出一派蕭殺的景象。

玄宗躺在貴妃的懷裏，焦慮的心情才好像得到了緩解，他覺得自己就像爬了很高的山之後突然放鬆下來，立時有疲憊的蟲子從身體內部鑽出來，擴散到四周。在貴妃溫熱的懷裏，他的這種疲憊感得到了皈依，變得安全而穩定，遠離了人世的恐懼憂煩，他覺得靠著的這個胸膛上就像夢中隱秘的山谷，他不想睜開自己的眼睛，他想在這看似沒有紛爭的山谷中好好睡上一覺。

靜寂中，時間緩緩流走，天色慢慢暗下來。玄宗這一覺睡得很踏實，是幾天來從沒有過的好覺。醒來後，他吃了一點御醫給他配製的藥，胃口大開。晚飯後，他要擁著楊玉環到宮外走廊上看雪景，楊玉環擔心他身子虛弱，不抵風寒。玄宗說不礙。於是，玄宗身披長衣，楊玉環手捧暖爐來到了殿外廊間。

走廊上的積雪早已被宮女清掃乾淨，還鋪上了地毯，一點不滑。外面皓月當空，照在雪上，發出銀色的光芒，極目望去，大地沉睡在一片安詳中。

玄宗看著朗朗明月，說：「玉環，我聽說每當有大事發生，必有異常天象，怎麼這次一點沒有呢？」

「三郎，這可能因爲安祿山的謀反並不算什麼大事吧，所以天象才不會有所表示。」

「但願是這樣。不過，我有一種預感，覺得此次范陽起兵，不是那麼好平息下去的。」

「三郎，你不用太擔心，現在天下承平日久，百姓都厭倦戰事，安祿山是逆天行事，他是不順民心的。」

「話是這樣講，但也可以說，百姓對戰事久已生疏，突然面對定會驚慌失措，不知如何應付。安祿山久懷異志，準備充分，唉，我擔心。」

楊玉環默然，她希望這只是一個君王過多的憂思，不是現實。

隨後玄宗又說：「玉環，你不知道，大唐皇朝已經有多久沒有正式在內地打過仗了吧？」

楊玉環搖了搖頭。玄宗說：「大唐皇朝自開國時代內戰十年，在太宗皇帝貞觀二年討平梁師都以後，就不曾有真正的內部戰爭。其間，武太后臨朝時，有徐敬業在揚州起兵反，那是發生在光宅元年的事，又只是局部的小地區戰事，很快就平息了。此外，一城一池的小亂子也曾有過，但都不能稱之爲戰爭。自貞觀二年結束內戰到如今，已經一百二十七年沒有真正的大規模內戰了。」

玄宗的擔心是對的。自從他登基以後，四十四年來，物饒民富，連傳統的府兵也等於廢棄了。對外戰爭只在遙遠的邊境，大多在異族的土地上進行，偶然有兩三次征役，規模均極小，百姓，不論是這一代還是上一代，似乎都不知道兵戈之事。

月色溶溶，雪光銀白，四周一片靜謐。此時此情，人當沉醉美景度過良宵才對，但這一切都被安祿山攪亂了。他扣動了動亂這根琴弦，楊玉環恨透了這個反賊。她爲心愛的人這樣年紀還在勞神而心疼。她偎依著玄宗，嘴裏說：「保重，三郎！」

玄宗明白楊玉環的心意，他也緊緊摟抱著楊玉環說：「我本想把皇位傳給太子，與你從此過清閒的日子，現在看來不行了。我不能把這個爛攤子推給太子。安祿山的謀反，我也是有責任的，我一定要親自平息了這場叛亂。玉環，你懂我的意思嗎？」

楊玉環更緊地偎依著玄宗，表示對他的支持。兩人相擁無語。

十一月二十二日，丙子，距安祿山起兵造反已經十二天了。玄宗決定回到長安去。戰事這樣吃緊，如果他再待在驪山處理政務，會給別人一種不關心國事，只圖享樂的錯覺。其實他在驪山一樣處理政務，一樣忙得焦頭爛額，一樣憂心如焚，哪還有心情欣賞美景。

回到長安的第一件事，玄宗就是把安祿山留在京城的兒子安慶明殺了，這也是表示對安祿山的不寬恕，表示平叛的決心。

朝會上聽到的儘是壞消息，加急公文不斷送來，正如皇上擔心的那樣，河北諸郡一一被安祿山攻破，二十四郡竟無一堅守得住。安祿山的鐵騎一路勢如破竹，一下就攻到了黃河邊。

雖然這是預想中的事，但聽到這個消息，玄宗的心裏還是一片黯然，他沒有想到河北之地，竟無一郡起兵抗敵，真是始料不及。那些平日拿著國家俸祿的官兵此時都幹什麼去了。此時，他只能寄希望於河南節度使張介然和范陽、平盧節度使封常清了，希望張介然依憑黃河天險，能夠阻止住賊兵，希望封常清儘快在洛陽募兵組練，守住東都。

楊玉環迎著下朝歸來的玄宗，玄宗一到後宮就往榻上一躺，連說話的興致也沒有了。楊玉環上前輕輕爲玄宗捶著腿，說：「三郎，前線情況不好嗎？」

玄宗長歎了一口氣說：「河北全境失守，安祿山已經打到黃河邊了。」

「難道竟無一人起兵抵抗嗎？」

「今朝平原兵曹李平入都奏告，平原太守顏真卿已經起兵抵抗，已聯絡鄰邑，共有七八千兵，現在還在招募。」

「三郎，我想一有人起兵，必有呼應的，只是道路遠隔，消息一時傳不到京師。」

「唉，想不到危難之時，武將反不如文臣。」

玄宗微閉著雙眼，小憩了一會兒說：「玉環，你去安排幾個人，回頭奏一次樂吧。」

「現在？」楊玉環爲玄宗此時有這樣的雅興而吃驚。

「是的，就在現在。我也不是真的想聽樂，而是讓人知道，宮廷生活並沒有因爲安祿山的起兵有所改變，我只想安穩人心。」

於是楊玉環去讓太樂府安排一場小型的歌舞。當人們聽到宮中又傳出宴樂聲時，心下果然安穩了不少，以爲皇上對於平叛已經成竹在胸，不再悽惶不安了。

但戰事並沒有因爲這虛假的太平有所緩解，河北諸郡正處在烽火燃燒之中，戰局正愈來愈向不利的境況發展。

安祿山的鐵騎在河北所向披靡，猶如旋風一樣刮到了黃河邊。黃河阻擋了安祿山南下，這道天然屏障也被玄宗寄予了厚望。安祿山望著黃河，徒然長歎，無可奈何，暫時停止了前進的步伐。

安祿山把高尙找來，對他說：「高先生，你看，我軍自范陽起兵以來，所向披靡，戰無不勝，攻無不克，唐軍紛紛敗逃。現在卻被黃河阻住了去路，這可如何是好？我怕不能迅速渡河南進，會給唐軍集結的機會，要是等河東、西北各路勤王兵馬一到，我軍豈不陷入被動。」

高尙說：「將軍莫慌，我看現在正値寒冬，黃河正處枯水期，水面漂浮著冰塊，如果把一些破船連在一起阻擋在河面上，必將會使河面冰封起來，那樣，我軍就可踏冰渡河，大舉南下了。」

「這行嗎？不會等得太久吧？」

「將軍放心，我看這兩天北風刮得正緊，寒潮不日就可抵達黃河邊。」

安祿山聽從了高尙的話，讓部隊用繩索、破船和布帛縛聯在一起，又加上樹木等爲補充，冒寒橫置在黃河上。

真是天助安祿山，寒潮夜裏就到了，只一夜時間，破船樹木就被凍得死死的，就像一座浮橋，再不須舟船，大軍踏著「浮橋」過河。這是十二月初三日。

黃河的對岸是靈昌，一下就被安祿山佔領，接著向陳留撲來。

河南節度使張介然被皇上派到陳留才剛剛幾天，他沿途收兵，有一萬多人屯陳留，城防還沒有怎麼加強，就聽說安祿山已經過河了。張介然首先想到的是陳留的直轄郡封丘和浚儀可能會遭到賊兵的攻擊，於是連忙各派了一千五百人去增援，但如泥牛入海，一去了無蹤影。很快傳來消息，封丘和浚儀落入賊手，賊兵直向陳留撲來。

張介然立即率兵上城迎敵。他考慮到賊兵勢大，陳留城內只有一萬兵士，不能正面與敵交鋒，想依據陳留城高濠與敵對抗，企圖阻延敵軍南進洛陽的目的。

張介然的措施是正確的，可惜膽小怕事的陳留太守郭納卻打開城門，迎賊入城。城中一萬唐軍沒有經過戰鬥全被繳械，河南節度使張介然當了俘虜。被俘的張介然寧死不屈，對著安祿山破口大罵，最後被處死。

攻佔了陳留的安祿山得知了他在京城的兒子安慶明被殺的消息，又痛又惱，決心爲兒子報仇雪恨，他把陳留一萬投降的唐軍全部殺死，以祭奠兒子在天之靈。

這是十二月初六日的事。

也就在這一天，安祿山渡過黃河的消息傳到了長安。玄宗沒有想到賴以厚望的天險竟一點沒有起到阻擋賊兵的作用，天險一失，那麼河南無兵，勢必也會淪入敵手，陳留有一些兵，也許可以支撐幾日，但也阻止不了賊兵直叩洛陽。看來，形勢更加危急了。

因安祿山渡河而舉行的緊急朝會，開了很久才散。玄宗回到後宮裏，神情很頹廢。接連的打擊已經有點摧垮他的精神了。楊玉環正在看掛在屏風上的一幅地圖，上面標著許多箭頭和線條。楊玉環知道那條藍線代表著安祿山的軍隊，她看到那條藍線就像一支箭一樣日日在延長，直插中原腹地。她恨不得拿一根針把那條藍線釘死在某個地方，但她知道就算她這樣做了，也不能擋住賊兵的南下。

楊玉環正盯著地圖看得出神，玄宗來到了她的身後，說：「那條藍線已經過了黃河了。」

「啊！安祿山已經渡過黃河了？」

玄宗點了點頭。楊玉環扶他坐下，說：「怎麼一夜之間，賊兵就過了河，他是如何過河的？」玄宗說：「看來老天也在助賊，一夜之間把黃河凍死了，賊兵不用下馬就過了河。」

楊玉環見玄宗說這話時，極度虛弱，連忙寬慰他說：「這是意外。常話說天助有德之人，安賊興不義之師，天豈能助他。三郎，你要有信心啊。」

玄宗本來意氣頹喪，聽楊玉環這樣一說，神情為之一振，他想，是啊，安賊不就打了幾個勝仗嗎，有什麼可怕的。想我大唐建國一百多年，海內外還從未遇到過敵手，國力雄厚，豈是一個安賊所能摧毀的。想到這裏，他挺身從床上坐起說：「對，敵人並不可怕，怕的是自己失去了信心。玉環，你講得太對了。你這番話，又讓我找到早年的勇氣和雄心。安祿山這個忘恩負義的賊子，我要親自去收拾他。」

「什麼？你要親征？」

「不錯。陳留估計也難守住，我要趕赴洛陽，親督部隊與安賊作正面交鋒。玉環，我早年也曾衝鋒陷陣過，想不到老年還要披掛上陣。但不怕，我把力士帶上，兩個老人，經驗總是佔優勢的。」

楊玉環一點也沒有被玄宗樂觀的神情所感染，她滿心憂愁地說：「三郎，這當真是你的心意嗎？我一點看不出你親征有什麼好，你留在京城指揮才能穩定人心啊。」

「玉環，重用安祿山，是我；如今，安祿山反，我不能逃避責任。我說過，要把皇位傳給太子，如果此時傳位於他，不是把一副重擔讓他去挑嗎？起碼我要讓他在我手上接過一個太平的皇朝。」

「三郎，朝廷有相有將，派他們去打仗是一樣的，不一定要皇帝親征。親征就真的有用嗎？」

「皇帝能到前線去，一定會起到鼓舞士氣的作用。這時，士氣對部隊來說很重要。」

「我聽虢國夫人說，洛陽的兵都是臨時招募的，許多人從來都不知道兵革之事，短時間內不可能熟悉排兵布陣。陛下，你去統領這樣的軍隊，就是士氣再高漲，也是有危險的。三郎，你不能去。」

玄宗沒有說話，他在深思楊玉環的話。其實從心裏說，他並不想出征，拋開可能有的危險不說，他年事已高，不適宜領兵廝殺了，只是他心裏急啊。安祿山是他一手提拔上來的，現在起來造他的反，這對他的打擊太大了。大臣中固然沒有一人敢出面指責，但他隱隱能感到他們心中的不滿，他想親征，鼓起士氣，也讓大臣們看到，他並不是個逃避責任的人，他造成的禍害，照樣也能把禍患剷除，把安祿山擒至馬前，消彌叛亂。

在玄宗的心裏一直不能正確估計這次叛亂，他以爲安祿山的叛亂是倉促而起，有失民心的，只要調齊軍隊，很快就會平復下去。不知大唐皇朝，經過李林甫十九年的專權和楊國忠的驕横，已經人心背離，內部腐敗，而安祿山的叛亂又是經過幾年周密的謀劃，真是祿山一呼，四海震盪。

加上叛亂才起時，楊國忠和封常清的豪言，說什麼旬日之間，就有人獻安賊首級於闕下。現在，一個月過去了，安賊的首級不僅沒有獻來，河北盡陷敵手，河南也危在旦夕。玄宗此時，只能寄希望於封常清這員名將了。他希望封常清能在洛陽阻止住叛軍，或如他所說，執安賊於馬前。

楊玉環見玄宗不說話，進一步勸道：「三郎，不是有榮王殿下當爲元帥出征了嗎，你坐鎮京師，指揮大局，調兵募卒，不是比親自到前方去有用嗎？只要你統管全局，全國各路兵馬才能急馳而來啊。」

聽楊玉環這樣說，玄宗歎了一口氣說：「好吧，我看情形再說。親征詔講的也不是那麼死，並沒規定一定要去。我等等再說吧。希望封常清能打一個漂亮仗。」

是的，此時，對大唐皇朝來說，太需要一個勝仗來鼓舞士氣。從安祿山起兵以來，唐軍或降或敗，不堪一擊，如果洛陽保衛戰能給賊兵迎頭痛擊的話，一定會增加唐軍的信心。但是，如果洛陽也失守呢？

這個念頭在玄宗腦子裏閃過。這不是沒有可能的，雖然封常清慷慨陳詞，說他一定可以打敗安祿山，曾讓他心中爲之一寬，但萬事都不可預料，如果洛陽再失守，那麼叛賊就會長驅直入陝郡，陝郡如果再丟失呢？玄宗不敢再想下去了，他閉上雙眼，想，上天不會這樣有失公允偏袒安賊的，上天有德，豈會不明是非。

就在玄宗這樣想時，洛陽即將淪陷的加急驛報正被快馬奔馳送往長安。

安祿山佔領陳留後，馬不停蹄，一路向洛陽撲來。陳留與洛陽間是滎陽，也是一個大郡，所轄七個縣城，又當衝要之地，著名的虎牢關就是在治區之內，歷史上楚漢相爭的要地廣武，也屬於滎陽。

滎陽太守是崔無皮，聽說安祿山攻陷陳留，立即布兵禦敵。剛剛關閉城門，賊兵就到了。從城頭上望去，賊兵遮天蔽日，煙塵飛揚，蹄聲震耳，喊殺陣陣。

賊兵的陣勢只看得滎陽守軍膽戰心驚，雙腿打顫，剛聽到敵方攻城的鼓角聲，就嚇得從城上紛紛墜落。沒傷多少士卒，安祿山就攻陷了滎陽，太守崔無皮被擒。崔無皮寧死不屈，引頸就戮。攻佔滎陽後，安祿山一面派小股部隊去佔領鄰近的縣城，一面派將領田承嗣、安忠志、張孝忠爲前鋒，殺奔洛陽。

滎陽是洛陽的門戶，滎陽一失，門戶洞開，洛陽就暴露於敵軍面前。

封常清自從受封爲范陽、平盧節度使，受命來洛陽後，開府庫募兵短短一個月不到，募兵五萬，但招募的都是尋常百姓，毫無戰爭經驗，只是稍加訓練就開赴戰場。封常清知道虎牢關是一戰略要地，親自提師駐守。虎牢關這一險隘之地，利守難攻，但長期太平，雄關裝備盡失，匆忙構築的防禦工事根本阻擋不了如狼似虎的賊兵。臨時招募的唐軍連弓箭都不會使用，談何上陣殺敵，看見氣盛的燕兵，心裏先慌亂一片。只一天，虎牢關就崩潰了。

封常清在出京時，曾放言要擒獻安祿山，心裏對賊兵極端蔑視。後來看到賊兵一路攻州掠府，如入無人之境，方始清醒，知安賊勢大，不可爭鋒，自到洛陽後，一刻不敢懈怠，募兵練伍，完修武備，準備在洛陽遏制住安祿山，不辜負皇上的所托。但令他著惱的是，河南尹達奚珣與他不和。當安祿山兵攻洛陽時，封常清怕達奚珣叛軍投敵，充當內應，想殺了他，後被人勸阻方罷。

封常清竭盡全力才能收集敗散的部隊，退守偃師，看看不行，縮小防線，退守葵園。安祿山的騎兵不給封常清一刻喘息的機會，尾隨而至，在葵園又是一場大戰。封常清又敗，退守洛陽上東門，又敗。丁酉，安祿山攻陷東都洛陽，鼓噪自四門而入，縱兵殺掠。封常清與賊兵戰於都亭驛，又敗；退守宣仁門，守不住。這已是皇城之內，封常清已經無路可退，打了最後一仗，敗入內苑，擊破一邊苑牆，向西逃竄。

封常清這位縱橫西北的名將，沒有想到會在洛陽折戟沉沙，慘敗如斯。他一輩子也沒打過這樣的仗，從軍以來，他都是揮師直進敵境，使敵聞風喪膽。但這不能怪他，他已經盡到了一位將帥的責任，英勇抵抗，怪只怪兵不利，將不和，空有忠君之心、縛虎之力，有勁卻使不上。

封常清敗退後，洛陽徹底落入安祿山手中。如封常清擔心的那樣，河南尹達奚珣失節降敵，這位在楊國忠面前挺不起腰杆的官員，在敵酋面前照樣是奴顏婢膝的醜態。

洛陽留守李登對御史丞盧奕說：「我們身爲大唐命官，雖知力不敵賊，但也要以死殉國。」

盧奕贊同。李登收集殘卒數百，想做最後一搏，但兵士都離去逃散了。李登身穿朝服，獨坐於府弟，等賊兵來捉拿他。盧奕先讓妻子懷中藏著官印從小道趕至長安，上告洛陽情景，然後也朝服在身，坐於公衙中，身旁的侍從和小吏都棄他而去。安祿山把李登和盧奕捉拿到面前，兩人寧死不降，痛罵安賊，歷數其罪狀，臨刑前，面無懼色，對賊黨說：「我死不失節，沒有什麼可惜的，只是你們，失節事賊，何顏見後人。」

封常清帶領著殘兵敗將，一路退到陝郡，與高仙芝率領的天武軍會合。陝郡的太守竇廷芝已經奔逃河東，官吏和百姓也四散逃避。高仙芝一見封常清狼狽不堪的樣子，連忙問他何以至此。一見故帥，封常清才稍稍喘了一口氣，他拜服於地，說：「高公，常清慘敗，有負你推薦之恩。」

高仙芝把封常清雙手攙扶起來，說：「勝敗乃兵家常事，無須掛懷。快，說說賊兵情況，難道真的勢不可擋嗎？」

聽此一問，封常清就把自己連日來血戰敗走的情況說了。聽了此話，高仙芝問道：「安賊真有那麼厲害，出兵以來，接戰即潰，竟無一人勝之？」

「高公，常清追隨公多年，大小戰役經歷過無數次，請恕常清直言，安賊確實強悍，非別處兵可比。」

「噢，聽你這樣一說，我倒想見識一下他到底有多厲害。」

「不可。高公，如果此戰打贏了，那還好，如果打輸了，那麼安賊就可長驅直入，直奔長安，直犯帝闕。」

「那依你當如何呢？」

「常清看來，我們不如放棄陝郡，退保潼關。潼關險峻，易守難攻，大軍駐守，當能遏制住敵鋒。不然，潼關不保，長安不保。」

聽了這話，高仙芝沈默不語。封常清是他的老部下，他說賊鋒勢不可擋，肯定不是虛誇，雖然他渴望與安祿山正面打上一仗，但他更知道此時當以大局爲重。他思量著封常清的話，覺得很有道理。潼關是天險，他為什麼要放棄天險而要與敵軍硬拚呢。同時，他又深知，他所率領的天武軍可不是他所統轄的西北軍士，有著豐富的戰場經驗，天武軍都是從來未上過戰場的人組成的，讓他們與安祿山的精騎正面接戰，勝算不會太大。想到這裏，他說：「常清，你說的有理，只是皇上命我駐紮陝郡防敵，未得詔命，私自後退，恐軍法不容啊。」

「高公，事情危迫，顧不得那麼多了。如果馳報京城，來回多日，必將誤事。賊兵銜尾而來，不容遲延，望高公定奪。」封常清此話有理，上報朝廷，最少要五六日，而敵蹤就在眼前，哪容得半點遲疑。高仙芝既為將帥，當然知道時機的重要性，他不再猶豫，立刻下令引兵退保潼關。

監軍邊令城一看一仗未打就要退兵，心下猶疑，趕去問高仙芝何故。高仙芝把情況說了。邊令城大怒，說：「汝怯賊勢，失地退兵，當如何面見聖上？」

邊令城自從監軍後，凡事都要插上一杆子，高仙芝知道他一點軍事也不懂，和他多說也是無益，就說：「監軍大人既然要與安賊決一高下，那麼分兵兩處，我提一師回防潼關，你提一師在此迎敵。」邊令誠如何敢留在陝郡迎戰安祿山，嘴裏說了一句「聖上怪罪下來，汝一人承擔」後，也匆匆奔逃了。

大軍不明白還未接仗，何以後退，正好此時敵軍前鋒小股人馬趕到，大軍還以為前方打了敗仗，紛紛敗逃，不復隊形，士馬相殘，自相踐踏，死者不計其數。等到了潼關，修完守備，敵軍也來了，攻打不下，退去。自此，潼關以外諸郡，臨汝、弘農、濟陰、濮陽、雲中皆落於安祿山手中。安祿山派遣崔乾佑駐紮在陝郡，準備進攻潼關。

高仙芝和封常清退守潼關後，知道擅自後退，當受軍法處置，雖然他們這種撤退是出於戰略上的考慮，但聖上能明白嗎。還有令他們擔憂的就是那個監軍邊令誠，他一定會派人進京，在聖上面前誇大二人的失職和潰敗。爲了把真相告訴皇上，高仙芝連派了三個使者進京，把一切都寫在奏章上，希望皇上明白他們後撤的苦心和長遠的安排。

三個使者入京後，他們等了很久也沒有等到帶回的聖言，封常清坐不住了，他對高仙芝說：「高公，看樣子，我只有親自進京，面見皇上，陳白一切。」

高仙芝見實在沒有辦法，只好同意了封常清的請求。

封常清趕到渭南的時候，遇到中使，奪去他一切官爵，削職爲民，讓他仍回到高仙芝軍中，以白衣的身分效命。

他們沒有想到的是，邊令誠正趕往京城，要在皇上面前說他二人貪生怕死擅自撤兵的事。陳留失守了，滎陽失守了，洛陽失守了，令人不安的消息一個接一個地傳來，打擊著玄宗。安祿山從十一月初九日范陽起兵，至十二月十三日攻下東都洛陽，僅花了短短三十四天時間，消息傳到朝野，舉朝皆驚。

正當玄宗內心惶懼不堪的時候，邊令誠入京了，他一見玄宗就訴說高仙芝和封常清二人的過錯，說他們二人不積極抗敵，而是貪生怕死，未遇敵交鋒即潰敗，導致唐軍自相踐踏，損失慘重，把陝郡數百里土地拱手相送於敵手，還說高仙芝盜減軍士糧賜，惹得軍士怨氣沖天，士氣低落。

說高仙芝和封常清在往潼關撤退時，沒有組織好軍伍，使得部隊有條不紊地撤退，導致了不必要的傷亡，這是真的，但說高仙芝盜減軍士糧賜，這顯然就是誣衊了。

但惕惕不安的玄宗聽得邊令誠這樣說，不分皂白，還以爲封常清之敗不是戰不利，而是他貪生怕死，高仙芝後撤不是戰略上的考慮，全是他們臨陣脫逃，心中怒氣勃發，立即令邊令誠奉詔到軍中斬高仙芝和封常清。

邊令誠這下得意了，高仙芝，你自認爲是赫赫名將，不把我放在眼裏，這下知道我的厲害了吧，我讓你死無葬身之地。

回到潼關的邊令誠先召見封常清，宣示聖旨。封常清悲憤地感歎：「討逆無效，死乃甘心。」

其實封常清是不甘心的，暫不說他在西北打了那麼多勝仗，就是奉旨到洛陽，也沒有一天鬆懈。不錯，他開始是有點輕視安祿山了，但他並沒有懼怕，而是連日血戰，差點把命都留在了洛陽，敗退到陝郡，勸故帥高仙芝從大局著想，不要與賊兵硬拚，保存實力守潼關爲上，這又有何罪？皇上怪他丟失洛陽，貶他爲白衣，他毫無怨言，回來後寫了一封信準備遞呈皇上，因爲他看到朝廷上下對安祿山的看法，依然與他早期一樣，以爲安賊不足爲懼，旬日就可授首以擒，實際不是這樣，安祿山勢大，遠超過人們的想像，如果不早作安排打算，那麼敗績還會接連不斷。他在這封信裏寫道：臣死之後，望陛下不輕此賊，毋忘臣言！

這是一個忠臣的肺腑之言，臨終所書，俱是懇切之語。雖然自己被讒言所累，被冤屈，但此時的封常清想到的還是大唐王朝的命運，希望朝野重視安賊的反叛，切莫掉以輕心。把表交給邊令誠後，封常清長舒了一口氣，從容赴死。

邊令誠斬了封常清後，把他的屍體放在蘆葦席上，等待著高仙芝。沒過一會兒，高仙芝視軍歸來，剛到廳堂，就看到了封常清的屍體，正不知何故，邊令誠在百餘名「刀斧手」的隨同下，說：「大夫亦有恩命。」隨即宣布了敕命。

高仙芝愕然，一時不能明白事情的真相。他說：「我退，罪也，固死不辭，但今蒼天在上，皇土在下，說我盜減軍糧，則誣我也。」

邊令誠道：「皇命在此，豈有冤屈。」說著，就要讓刀斧手上前捆綁高仙芝。

高仙芝怒目圓睜道：「我不懼死，誰敢無禮。」刀斧手不敢上前。高仙芝環顧著四周的軍士說，

「有人誣我盜減軍糧，如果真有此事，大家就說實，如果沒有此事，大家就說冤。」

高仙芝平日與兵士同甘共苦，出生入死，大家有目共睹，此時，見邊令誠要斬元帥，無不悲憤，眼中噙淚，皆大聲喊道：「冤枉！冤枉！」其聲振地。

看到這種陣式，邊令誠心中隱隱有所懼怕，恐軍士嘩變，便清清嗓子說：「高元帥，此是聖上聽信讒言，邊某也甚爲可惜。」

高仙芝冷眼看了邊令誠一下，走到封常清屍體旁，扶平他身上的衣服，悲戚地說：「封二，子從微至著，我則引拔子爲我判官，俄又代我爲節度使，今日又與子同死於此，豈命也夫！」

封常清在家裏排行老二，故高仙芝有此稱呼，他後來的顯達與富貴，全賴於高仙芝的提拔。令高仙芝想不到的是，今天竟和封常清同赴死地。他看著封常清布滿血污的臉，內心悲憤到了極點，他沒有想到自己一生爲大唐東征西殺，最後竟落得個這般下場。他仰天長歎，罷了罷了，做了一輩子唐臣，總不能臨死還背叛朝廷，落下個逆臣的罵名。他這樣想時，平靜地站了起來，引頸就戮。

殺了高仙芝和封常清後，李承光暫領潼關之兵。這真是，失律喪師，將帥枉死。

玄宗開初的驚惶慢慢平息了，他看過封常清的遺表後，也知道處罰高仙芝和封常清過重了。但他認爲情形特殊，爲將者就應該奮勇向前，戰死疆場，兵敗身全，情雖可恕，法不可原，再者，現在的人心士氣，需要從嚴處置才能整肅。

洛陽失守了，玄宗此時又想到了親征。此前雖頒發過親征詔，但大家都認爲那不過是皇上做做樣子，並不一定非要到前線去，這時，外面突然盛傳皇上真的要到潼關去。這是親近太子的人在散播謠言。他們以爲皇上要是親征的話，那麼必命太子監國，那麼，太子也就取得了權力。

情形果然如他們所想，玄宗在議論聲中提出了要親征。

聽到皇上要親征，最慌亂的莫過於楊國忠了，他想到如果皇上到前線去，太子監國，那楊家就完了。太子是不會放過他們楊家的。太子最恨的是李林甫，次之，是楊國忠，現在李林甫已經死去了，太子第一個要對付的就是楊國忠，他認為安祿山的叛亂全是楊國忠專橫帶來的結果。

下了朝的楊國忠來到虢國夫人府上，此時，韓國夫人和秦國夫人都來了。他們聚在一起商議如何才能讓皇上不要親征。楊國忠說：「太子素惡楊家，如果他監國，我與你們都會沒有命了。」

三位國夫人憂心如焚，相抱而哭。最後，虢國夫人想出了一個主意：「看來沒有別的辦法，只能進宮求告玉環，讓她勸阻皇上的親征。」

虢國夫人來到宮中，見著楊玉環，把楊國忠心中的擔憂告訴了她，讓她無論如何要勸阻皇上不要到潼關去。

楊玉環說：「我已經勸過許多次了，但皇上總認為安祿山的叛亂是他一手造成的，他負有責任，一心想親自平叛。」

「不管怎麼說，玉環，這次你一定要勸阻皇上。如果太子監國，我們都會沒有性命的。」

「為什麼會是這樣呢？太子為什麼總是和楊家過不去呢？」

「聽國忠說，太子認為安祿山的叛亂是國忠弄權造成的，如果他手中一旦有了權力，一定會除楊立威，同時也為了鞏固手中的權力。」

楊玉環不明白這些官場爭鬥，虢國夫人讓她勸阻皇上，她認為自己已經盡了力，皇上是不會再聽她的了。最後虢國夫人給楊玉環出了一個主意，就是讓她銜土請命。

「銜土？」

「銜什麼土？」

「玉環，在過去，如果大臣不惜性命要阻攔皇上去做某事時，會用嘴銜著一團土請命，這樣做，表示他的請命不是出於私心，完全是爲了整個社稷。」

聽了虢國夫人出的這個主意，楊玉環心下猶豫，不知當不當接受。她覺得這樣做太做作了，有損她與皇上間的感情。再說，過去大臣銜土請命確實是爲了社稷，而她呢，卻有著一點私心。但最後經不住虢國夫人的哭訴，終於點了點頭。

爲了達到效果，虢國夫人並沒有馬上離宮，而是把楊玉環「打扮」了一番。所謂打扮，就是打亂了楊玉環的頭髮，洗去臉上的脂粉，再挖來一團乾淨的泥土，準備一聽皇上回宮，就去銜土請命。楊玉環一看到那團泥土，心裏一陣反胃，無論如何也不願銜在嘴裏。最後，虢國夫人哭著說：「玉環，難道你就一點也不顧惜楊家上百口人的性命嗎？一切就全指靠你了。」

聽三姐如此一說，楊玉環才同意銜土，只是要等皇上來時才銜。

等玄宗下朝歸來，楊玉環眼一閉，把一團泥土塞進嘴裏，哭拜在玄宗面前。玄宗突然看到楊玉環披頭散髮，嘴裏銜著土哭拜於前，從來沒有過的事，不知出了什麼事，忙站起來雙手扶起她，問道：「玉環，這是怎麼一回事？」

楊玉環吐出嘴裏的泥土，哭道：「陛下，臣妾聽說你要親征，此事萬萬不可。」

玄宗一聽楊玉環是爲了這個事搞得這般莊重，才放下心來，他說：「玉環，安祿山起兵以來，侵城奪寨，連東都洛陽都丟失了，現在潼關如果再一丟失，後果不堪設想。我想親征的話，一定可以打垮安賊。」

「陛下，這中間有危險，玉環不讓你去。」

玄宗聽著這話，感受著楊玉環對他的一片真情，說：「玉環，不礙事的，歷史上有過皇帝親征的事，許多都成功了，漢武帝征高麗時，還親自掛帥，不是打得敵人望風而逃嗎？皇帝親征往往有著想像不到的作用。」

「這一點我知道，可是你總要顧及到實際啊。現在，潼關守軍不多，大多還是新募的兵，戰鬥經驗不足，敵人卻是精銳之師，你去會凶多吉少的。難道除了親征外，就沒有別的辦法了嗎？」

「有大臣不願讓我親征，國忠就是不贊成的，但有的大臣卻說親征可以鼓舞士氣。唉，他們也拿不出什麼主意來。」

「不，我聽說那些讓你親征的大臣，心中另有圖謀，三郎，你不為別的，就是為我也要保重啊。」為了阻止玄宗的親征，楊玉環情急之下，把不該說的話也說出了口。

「什麼？另有圖謀？什麼圖謀？」

楊玉環見話已經說出，就把虢國夫人對她說的話講給玄宗聽了，她真的希望玄宗不要親征，她也是從心裏為他擔心。

楊玉環的話讓玄宗深思，他細細一回想，果然是這樣，那幾個最熱烈鼓動他親征的大臣，是與太子交情不一般。這樣說來，他們倡議皇上親征，並不完全為國事著想，而是別有所圖？於是，他為是不是非要親征動搖起來。但是如果他不到潼關去，潼關能守得住嗎？潼關是長安的門戶，如果潼關再一丟失，長安就無險可守，賊兵就可長驅直入，那樣後果豈不更嚴重。正在玄宗這樣想時，楊國忠進宮奏事。

原來楊國忠也知道皇上心中真正擔憂的是什麼，他正是為消解皇上心中憂愁而來。斬了高仙芝和封常清，皇上擔憂潼關無將可守，他是為皇上薦將來了。

楊國忠向皇上推薦的是哪位將軍呢？原來是哥舒翰。哥舒翰現在仍然是河西、隴右節度使，兼領西北兩大軍鎮，威名顯赫。更難能可貴的是，哥舒翰現在就在長安城中。原來哥舒翰今年二月入朝時，途經土門軍，入浴室，中風癱瘓，到了長安就居家養起病來。

經楊國忠一提醒，玄宗也似才醒悟過來，他說：「對啊，爲什麼沒有想起他呢。噢，聽說他正在養病，身體行嗎？」

楊國忠告訴皇上，哥舒翰行動雖還有點不便，但不影響帶兵。再說，他有威名，他到潼關去，會起到鼓舞士氣的作用。原來在此之前，楊國忠已經派兒子到哥舒翰府上，讓他出來到潼關領兵。哥舒翰本欲以身體不適推辭，但楊國忠不允許，逼著他出山。

楊國忠推薦哥舒翰到潼關去，甚合玄宗的心意，他想哥舒翰一向與安祿山不合，曾罵過安祿山爲「野狐」，他到潼關去，是可以放心的。

於是在第二天的朝會上，皇上正式任命哥舒翰爲先鋒兵馬大元帥，讓他守潼關。哥舒翰被一名宦官扶著拜受。這樣，皇上終於不再親征了，雖命太子監國，但因爲皇上並沒有離開長安，他的監國只是一個虛名，沒有什麼權力。楊國忠這下放心了。楊玉環也放心了。

朝會散後，皇上在內殿召見了哥舒翰，詢問了一些軍事上的問題，希望他儘快趕到潼關去。面對皇上的重托，哥舒翰提出了一個請求，就是把他河西隴右的部隊調來一些，他對那些才招募的新兵沒有信心，他看重的是他那些能征慣戰的老部下。皇上同意了。

十二月二十三日，長安所有的兵馬都集齊了，共八萬人馬，由哥舒翰率領出長安。皇上在興慶宮勤政樓送別，百官到郊外餞行。旌旗亙二百里，可謂壯觀。驚駭了一個月的長安百姓和大臣，再一次鼓起希望，都祈求出征的成功。

哥舒翰到達潼關後，首先抓了軍隊的整頓。從長安帶來的八萬兵，其中有河西、隴右諸蕃部落兵，共十三部，是戰鬥力比較強的一部分，其餘則為新招募的市井之徒。加上高仙芝的原五萬兵，已經散失了不少，以及封常清的殘餘部隊，總共十幾萬人，號稱二十萬。由於元帥哥舒翰患風疾，軍政由御史中丞、行軍司馬田良丘主持，宦官李大宜監軍，起居郎蕭為判官，將軍王思禮管騎兵，將軍李承光管步兵。王思禮和李承光二人互不服氣，無所統一。哥舒翰用法嚴而不恤，因此士氣並沒有提高多少。

十二月二十四日，擔任元帥的榮王李琬莫名其妙地死了。皇子擔任元帥只是名義上的，一般並不出征。但榮王的死亡，其中似乎隱含著一樁陰謀，與諸皇子的爭權奪利有關，在這驚惶動亂的歲月裏，一切都沒有時間去深查了。榮王李琬素來仁賢，氣度優雅，許多大臣都對他懷有希望，榮王忽然去世，遠近咸失所望。

眼見著年關到來了。這個年關是淒涼的，不同於往年的繁華與熱鬧。大家都沒有心思過年，為了顯示出一點喜慶氣氛，楊玉環特地讓人在宮中掛上了一些大紅燈籠。以往一到新年，宮裏宮外都忙碌起來了，歌舞宴樂不斷，大家都對新年充滿了希望，期待著來年風調雨順，諸事順利，今年，大家都收起了這份期盼，好像知道來年不會有好兆頭一樣。城裏的鞭炮聲也稀疏零落。這是開國以來最暗淡的年關。

哥舒翰的出兵，讓玄宗感到放心，同時河北、河南也有好消息傳來。顏杲卿原是常山郡太守，係唐初名儒顏師古的後代。安祿山引兵南至博陵後，改變夜行軍，鼓噪前進，向著常山席捲而來。顏杲卿表面上順從，暗中則籌畫抵抗運動。族弟顏真卿，即著名的書法家「顏魯公」，初任平原郡太守，招募勇士以抗擊叛軍，這是玄宗已經知道的了。

等洛陽淪陷後，河北忠義勇士奮起，各有眾數千或萬人，共推顏真卿為盟主。真卿還秘密地跟杲卿連絡，欲連兵以斷安祿山歸路，以緩其西入之謀。顏杲卿巧妙地設計殺了叛軍將領李欽湊，俘獲了敵將何千年與高邈，威勢大張。

於是河北諸郡回應，凡十七郡皆歸朝廷。這給安祿山帶來了後顧之憂，使得他一時無法西叩潼關，並切斷了從洛陽至范陽的驛站。河南反正的州郡雖少，但山東西部與河南南部，都有義兵崛起，配合官兵抵抗，初期聞風敗逃的現象已糾正過來。

這還不是主要的，讓玄宗振奮的是朔方節度使郭子儀率領部將李光弼、高睿、仆固懷恩、渾釋之等，轉戰皆捷，擊破安祿山的大同軍使和兵馬使的部隊，其中一次大的戰役，還殺傷安祿山賊兵七千餘人。郭子儀的部隊招募和收編義軍、降卒，迅速擴充，在山西、河北境內，佔據了幾個重要據點。哥舒翰一到潼關就擊退了安祿山部隊的一次進攻。

聽到這些奏報，玄宗一直憂慮的心情得到了緩解。他讓宮內安排了一個小型歌舞，以示慶祝。

安祿山攻佔洛陽後，兵勢達到了最盛，但他停止了繼續進攻，這除了河北義軍的突起，有可能切斷他與老巢范陽的聯繫外，更主要的是他想登基做皇帝。

這又是高尚給安祿山出的主意。當初爲了籠絡人心，打著「申討楊國忠，清君側」的口號，隨著正面對抗大唐，這個幌子再也不需要了，安祿山的野心暴露無遺，在這種情況下，再想依靠原先那個口號籠絡人心，顯然已經不行。高尚就給安祿山出主意說：「將軍既已攻佔東都，何不就以洛陽爲都，登萬世不朽之帝業。」

「啊！」安祿山是想過取代大唐爲帝，但沒有想到會這麼快，他原想把長安佔領，把李唐江山全都奪到手中再稱帝不遲。

但高尚對安祿山說：「將軍，此時稱帝最好，若不然，恐有不測。」

「此話怎講？」

「將軍試想，跟隨你的將士，他們所圖何來？無非功名罷了。如果你遲遲不正名號，時間久了，惹得他們心冷，心中再以唐室爲正統，日久分心，吾恐眾叛親離的日子就不遠了。如果你一旦稱帝，將士心中有所歸屬，就會死心塌地地跟著你博取功名，他們心裏也就有了盼頭。將軍以爲然否？」

聽高尚如此一說，安祿山連連點頭，以爲他所言極是，問道：「以先生之見，我當取何國號？」

「范陽與平盧在古代屬燕趙之地，我看國號就取『大燕』吧。同時，將軍自出兵以來，攻無不克，戰無不勝，就稱『雄武皇帝』吧。」

「『大燕』國，『雄武皇帝』，好，就聽你的。常話說，燕趙多壯士。古人所言不虛。」

「臣叩見吾皇萬歲，願吾皇萬歲萬歲萬萬歲！」高尚乘機俯身下拜，行起君臣大禮來。

安祿山哈哈大笑，說：「免禮。」

於是，經過短暫時間的籌備，天寶十五載正月初一，在「東都耆老緇黃勸進」之下，安祿山登上皇帝寶座，自稱「雄武皇帝」，國號「大燕」，改元「聖武」。

當上皇帝的安祿山高興萬分，他再不想親自領兵上陣衝鋒了，他到過長安，見過皇帝是如何當的，那就是深居雄偉宮闕，沉溺於酒樂歌舞，數不清的美妾嬪妃供己淫樂。他還學玄宗的樣子，讓臨時拼湊的樂坊奏演新曲，爲他歌功頌德，甚至他還到處尋覓能與楊玉環媲美的麗人，爲他跳胡旋舞。只是不知怎麼搞的，他看著眼前的歌舞總是不清楚，好似霧裏看花，婆娑弄影，請來太醫一看，才知道已患眼疾。

這也許就是命吧，安祿山處心積慮地想當皇帝，當上了，花花世界他又看不到了。

安祿山在洛陽稱帝的消息傳到長安，玄宗氣惱不已，他知道，安祿山稱帝，會使戰爭的性質發生變化，在有些人的心目中，這不是叛亂與平叛的關係了，而是兩個王朝的交鋒。這樣就要加大對手下將官的籠絡，加固他們心中正統王朝的地位，不然，他們隨時隨地都可能叛逃到安祿山一面，安祿山或許會封他們一個更大的官銜。在他心裏，安祿山所建的是僞朝，但有些人可不一定這樣認爲。

因此，玄宗也讓楊玉環儘量與百官的命婦接觸，籠絡她們的感情。這在以前是楊玉環頂討厭的事，可是現在，形勢的需要強迫著她參與到政治中來。

安祿山的叛亂打亂了一向熱鬧的宮廷生活，近一個多月來，除了皇上爲了掩蓋動亂而舉行了一次小型歌舞外，沒有一次像樣的宴樂。人人臉上都蒙著一層憂戚，無心向樂了。僅僅一個多月，也讓楊玉環明白了自己的處境，那就是自己一生的依靠只能是皇上，他們的命運是相連在一起的，休戚相關的，當皇上爲國事奔忙時，她也不可能袖手旁觀，置身事外，可以說，他的一舉一動，都牽扯到她以後的命運。

爲此，楊玉環對皇上的關心更甚往昔。她發現短短一個月，皇上與以往比起來，已經消瘦了不少，這讓她心痛。令她欣慰的是，皇上依然精力健旺，處理起國事來，沒有疲倦的樣子。她親自過問起皇上的飲食來，這是以前她做不到的。

安祿山稱帝放緩了對潼關的進攻，他曾讓前鋒崔乾佑攻打潼關，但無功而返。當他看到潼關不易攻取時，就沒有強攻，而是讓崔乾佑駐兵陝郡，等待時機。

哥舒翰不愧爲名將，他到了潼關，面對戰勢，有著一副清醒的頭腦。他看到潼關之兵全屬烏合之眾，鬥志不高，無法與敵兵作面對面的對抗，只能借著潼關天險，防守有餘，反攻不足。同時，他也看到，敵兵遠來，就想速戰，王師堅守，方爲上策。正月十一日，安祿山在洛陽稱帝後不久，派遣兒子安慶緒進攻潼關，哥舒翰擊卻之，而沒有輕敵出關追擊。敵將崔乾佑駐兵陝郡，他也不主動襲擊。敵將田乾真奄至關下，對關上唐軍與將帥大肆辱罵，唐軍也不予理睬。

當初安祿山聽說哥舒翰來守潼關時，就知道遇到了勁敵，果不其然，哥舒翰遏制住了他的鋒芒。讓他西進不得。同時讓他煩憂的還有後方。正月，玄宗令郭子儀返回朔方，以便加強東線實力，好進取洛陽。這時，郭子儀推薦部下李光弼為河東節度使，分朔方健兒萬人與之。李光弼率軍出井陘，定河北，攻克常山，取得了重大的勝利，常山九縣有七縣歸附。就在形勢慢慢趨於好轉時，大臣間的爭鬥又起來了，這次爭鬥是楊國忠與哥舒翰。

按理講，這時候應該是朝中大臣精誠團結，共同禦敵的時候，但一向靠弄權起家的楊國忠，卻對哥舒翰起了猜疑之心。當然，他這種猜疑也不是空穴來風，因為哥舒翰本身對楊國忠就有點瞧不起，不買楊國忠的賬。

哥舒翰不會忘記恩公王忠嗣是如何落勢的，他是受了楊國忠這個小人的暗算，才貶官丟帥，最後幾年鬱鬱寡歡，在愁苦中死去。那時，他曾暗中發誓，若有一天楊國忠落在他的手上，他必不會輕易放過他。後來，楊國忠為了對付安祿山，曾一度籠絡哥舒翰，哥舒翰為了自己著想，曾向他靠攏過，但在內心深處，他一直沒有接納過楊國忠。這個機會來了，他作為先鋒元帥統率二十萬大軍駐兵潼關，被皇上重用，雖然楊國忠已升為宰相，但因為安祿山起兵時打出的旗號，朝中一直有著對楊國忠不利的議論。他決定好好利用這股議論，打擊楊國忠。

哥舒翰曾與朔方節度使安思順有怨仇，安祿山起兵後，皇上考慮到安思順與安祿山交情親密，就撤銷他的朔方節度使頭銜，改授戶部尚書。現在，哥舒翰一時找不到扳倒楊國忠的機會，就想先打倒安思順，出出心中的怨氣。

於是，哥舒翰偽造了一封安祿山送給安思順的假書信，說是在潼關逮到了一名安祿山送信使，從他身上搜出的。玄宗皇帝接到這封假書信，也不去分辨真偽，就把安思順給殺了。此時的玄宗對哥舒翰太寄予厚望了，生怕得罪了他。

這件事是瞞著楊國忠進行的，當楊國忠得報時，安思順已經被殺。楊國忠與安思順也談不上有什麼交情，但楊國忠從這件事中嗅到了一絲兇險的氣味，那就是哥舒翰擁兵自重，不把他這個宰相放在眼裏了。這樣一想，楊國忠心中一格登，一向弄權的他，怎能容忍別人在他身旁耍弄權力的手腕呢。

以前他籠絡哥舒翰對抗安祿山，現在又請他出山，到潼關統領二十萬大軍，他怎麼也不會想到，哥舒翰會反戈一擊，把矛頭指向他。他不明白哥舒翰爲什麼會這樣做，但當他發現哥舒翰這樣對待他時，他懊悔不迭，後悔一向小心謹慎的他，這次馬虎大意了，竟讓自己陷入被動之地。

幡然醒悟的楊國忠立刻採取了防範哥舒翰的對策。但他應該如何防範哥舒翰呢？長安的兵大多已經派往潼關，哥舒翰要是突然領兵西來，那他楊國忠只有束手待擒。不行，說什麼手裏也不能沒兵。於是，楊國忠面奏皇上，說叛軍就在潼關，爲了保衛京師的安全，應加強防衛。就把那些未成年的男子集攏起來，於苑中訓練，不管怎麼說，危急時刻也能派上用場。皇上同意了楊國忠的請求。爲了把這支童子軍牢牢控制在自己手裏，楊國忠派了自己的心腹，劍南軍將李福德、劉光庭做統領。

這樣，楊國忠還是不放心，又在長安附近招募了一萬人的新兵，屯駐灞上，讓心腹杜乾運率領。名義上是防禦安祿山的叛軍，但明眼人一眼就可看出這支部隊是要防禦誰。安祿山還在潼關之外，如果真的要防禦安祿山，就應該讓這支部隊到潼關去，加強潼關的兵力。假如安祿山攻破了潼關，就靠這一萬人能保衛住長安？那無疑是螳臂擋車。事實也確是這麼回事，楊國忠把這支部隊布置在灞上，並不是真的要防禦安祿山，他真正想防禦的是哥舒翰，他怕哥舒翰發動兵諫，讓皇上誅滅楊家。

楊國忠的這一連串布置自然瞞不過哥舒翰的眼睛，他心裏恨恨不已，心想，楊國忠，你這個蟊賊，國家危急，社稷將覆，你不爲國分憂，還盡想著排除異己。我不會讓你的陰謀得逞。哥舒翰的手下也看出了楊國忠的用心所在，王思禮勸主帥說：「將軍，今天下之兵盡集君手，何不像對付安思順一樣，表奏皇上，歷數宰相罪狀，請誅之。」

哥舒翰沉吟良久，沒有答應。因爲楊國忠不比安思順。安思順當朔方節度使時與安祿山交好，誅安思順，也是間接出了皇上心中的一口怨氣，而楊國忠身爲宰相，朝中有著一定勢力，不易撼動。再說，他是貴妃的從祖兄，皇上愛屋及烏，如果表奏誅楊國忠，就是徹底撕破了與宰相之間的臉面，皇上要是不誅楊國忠，必然會對自己見疑，那時，楊國忠再在旁邊煽煽陰風，自己必然會被撤換帥位。一旦自己不再是潼關主帥，那拿什麼去與楊國忠抗衡呢。

王思禮見哥舒翰不願按他說的那樣做，又想出一計，說：「將軍，不如我帶一隊人馬入京，把楊國忠抓來殺了算了。」

哥舒翰想了想，說：「如果這樣，那不是安祿山造反，而是我哥舒翰在造反了。」也不同意這樣做。但哥舒翰也不會輕易受楊國忠擺布，他不會允許前門有虎後院有狼，把自己夾在中間的這種危險情景。於是，他表奏皇上，說潼關兵力不足以對抗安祿山的精騎，需再增兵馬，應把灞上屯兵調來潼關，加強防禦才是。皇上同意了哥舒翰的請求。

這一下，楊國忠的如意算盤落空了，這怎能叫他甘心。他秘密下令給杜乾運，讓他對哥舒翰陽奉陰違，不管哥舒翰如何說，只管按兵不動，這邊由他在皇上面前爲他開脫。有了楊國忠這番話，無論哥舒翰如何催逼，杜乾運就是不把這支部隊調到潼關去。

哥舒翰一看杜乾運不聽他的號令，心中惱火萬分，知道如果不除去杜乾運，那麼灞上的部隊就不會掌握在他的手裏，他傳了幾次號令，讓杜乾運帶隊來潼關，但杜乾運就是不聽。最後，他以商議軍務爲名，讓杜乾運到潼關來一下。

但杜乾運也擔心，如果他到了潼關，會凶多吉少，去時容易回來難，怕哥舒翰不放他回來。他把這份擔心稟報了楊國忠。最後，楊國忠讓杜乾運隻身去潼關，他諒哥舒翰不敢把杜乾運怎麼樣，只要部隊不帶去，哥舒翰也拿他沒辦法。

哪知，哥舒翰把一切都布置好了，等杜乾運一到潼關，他立刻就以杜乾運貽誤軍機爲理由把他殺了，隨即派手下一名將領馳奔到灞上，把那支部隊帶到了潼關。

這大大激怒了楊國忠，他沒有想到哥舒翰這樣厲害，這讓他心中擔憂和害怕。楊國忠想，這樣不是前門驅虎，後院進狼嗎，如果任由哥舒翰勢力擴大的話，那麼，最後遭殃的一定是自己，等到皇上愈來愈器重他的時候，他會像對付安思順一樣對付自己，只需一道表文就可讓皇上誅滅自己。那時，朝中又有何人能治住他呢？不行，一定要想個辦法遏制住哥舒翰，起碼也要削弱他的勢力。

楊國忠絞盡腦汁地想，終於想出了一個辦法，那就是讓哥舒翰領兵出關，與安祿山決一死戰。這樣做可謂一箭雙雕，如果哥舒翰把安祿山打敗了，那麼乘勝追擊，收復洛陽，直搗范陽，叛亂平定，做爲主戰的他，在朝中的地位更加穩定，針對他的不利輿論自然全消；如果哥舒翰戰敗了，自然除去了哥舒翰這個勁敵，安祿山一定也會遭受重創，那麼，河北郭子儀和李光弼也會乘機光復失地，他依然是有功之臣。

這樣想後，楊國忠就上表皇上，說潼關已經堅守半年，士兵訓練已經完成，士氣很旺。安祿山的精兵猛將都調到河北與郭子儀作戰，陝郡空虛無備，所留都是老弱病殘之兵，此時當開關迎敵，與河北之兵成南北夾擊之勢，一舉收復失地。

玄宗看了楊國忠的奏摺，交與大臣討論。贊成的意見與楊國忠的差不多。反對的認爲，安祿山勢力還很大，所率皆胡漢精銳之師，現在只有憑藉潼關天險把賊兵阻擋在關外，等時機成熟時再開關迎敵，方爲上策。潼關的哥舒翰聽說朝中有讓他出關迎敵的講法，心中焦急萬分，心想，這是哪個不懂軍事的人提出來的。他臨危受命，不顧老命來到潼關，率領這群烏合之眾，好不容易才把潼關守住，把安祿山阻止在潼關外，現在竟讓他領著這支隊伍去和安祿山的虎狼之師正面開戰，那不是羊入虎口嗎？不錯，半年來，他是打退了幾次安祿山對潼關的進攻，但那都是小股敵人，人數極少，是試探性的，如果安祿山大舉叩關的話，他可保不定能守得住潼關。

還有，據偵察獲得，安祿山留在陝郡的兵力不滿四千，皆羸弱無備。但細想之下，就可判斷，這完全是安祿山的誘兵之計。作爲一個才智過人的將領，怎會疏忽如此。爲此，哥舒翰在關外挖了三條壕溝，皆深達一丈，寬二丈，利於堅守，讓敵軍難以攻破。

同時，遠在河北奮戰的郭子儀和李光弼兩位將軍，也聽到了朝中這股急於求戰的輿論，他們上書奏道：哥舒公老疾昏耄，賊素知諸軍烏合，不足以戰。今祿山悉率精銳南馳宛、洛，賊之餘眾盡委史思明，我且破之，便覆其巢。質叛徒之族，取祿山之首，其勢必矣。若潼關出師，有戰必敗。關城不守，京室有變，天下之亂，何可平之！

這番話說得非常中肯，表明潼關只可堅守，不可出兵。如出兵必敗，敗了則長安有危，皇室有難；龍駕有險的話，則天下大亂。

此時的玄宗是如何想的呢？安祿山謀反已經半年了，更可恨的是，他還在東都洛陽稱帝，建立什麼「大燕」國，與他分庭抗禮。這怎麼能讓玄宗咽得下這口氣呢。常言說一國怎能有二主，如果不迅速滅掉安祿山的話，那麼時間一長，人們就會接受這麼一個僞皇朝，許多人就不會真正爲大唐皇朝賣命，轉身投靠安祿山而去，謀取高官厚祿。那樣，豈不是自己給自己樹立了一個強敵。要消除這種危險，只有在短時間內，在人們頭腦中還沒有接受所謂「大燕」國時，把它消滅掉。基於這種想法，玄宗是贊成潼關出兵的。

當然，玄宗也不是盲目做出這個決定的，因爲近來河北戰場不斷傳來好消息，鼓舞著他，才讓他有了這種想法。

三月的時候，玄宗以李光弼爲范陽長史、河北節度使。李光弼據守常山城，與敵將史思明對壘，長達四十多天。城中糧草困乏，形勢危急，便向郭子儀報告。這時，郭子儀又從朔方回到山西了。四月，郭子儀率軍至常山，與李光弼會師，大敗史思明於九門城南。接著，攻克趙郡，李光弼不准士兵擄掠，郭子儀釋放俘虜四千，以示優撫，頗得人心。

五月的時候，郭子儀、李光弼與敵將史思明又發生了一場著名的嘉山大戰。嘉山在常山郡東，結果唐軍大勝，斬敵首級四萬，俘虜千餘人。敵將史思明被打落戰馬，赤足而走，至暮才逃回軍營，接著又奔往博陵。嘉山大捷使得安祿山大本營洛陽與老巢范陽之間通道切斷，漁陽路再斷，賊往來者皆輕騎竊過，多爲官軍所獲，將士家在漁陽者無不搖心。

河北戰場唐軍連連獲勝的消息傳到洛陽的時候，安祿山心中驚恐不已，他把高尙和嚴莊叫來，罵道：「你們這些儒生，鼓動我起兵造反，說一定成功，如今四邊唐軍雲集，進，進不得，退，退不得，哪裏有成功的可能？都是你們陷害於我。如果不成功，我必不會放過你們。」嚇得高尙和嚴莊數日不敢見安祿山。

此時，恰好田乾真從潼關回來，爲安祿山陳述形勢，說現在唐軍雖在河北打了幾個小仗，但不足爲慮，郭子儀兵少將寡，加之糧草供給困乏，必不長久，現在當務之急就是打下潼關。潼關雖有守軍二十萬，但新軍烏合，不足爲我敵，只怕他不出兵，出兵必爲我所敗。現在聽說唐廷有意讓潼關出兵，這豈不正是我軍所盼。高尙、嚴莊，都是極有智謀之人，這樣的人才應該是你安祿山的左右臂。

聽田乾真這樣一說，安祿山心中豁然開朗。立刻派人把高尙和嚴莊喊來，擺酒爲他們陪罪。安祿山想，縱大事不成，還可以學三國時的袁本初據守河北之地，做一方小皇帝呢。

而嘉山大捷的消息傳到長安，在玄宗心裏引起的震動不亞於安祿山，只是安祿山是恐慌，玄宗是喜形於色。他以爲郭子儀在河北已經給了敵軍沉重的打擊，安祿山的精銳部隊已經調防到河北，陝郡所留的都是羸弱之兵，正應乘此機會出兵收復失地。雖然朝中也有持與哥舒翰一樣論點的人，但此時的玄宗已經聽不進去這些話了。他太想收復洛陽，收復失地。他想把一個完整的大唐交到太子的手裏。加上有宰相楊國忠的不斷陳說，玄宗的心裏終於下了讓哥舒翰出兵的決定。

只是玄宗還不想馬上讓哥舒翰出兵，他想讓所有的戰事在六月一日後進行，因爲六月一日是楊玉環的生日，他不想因戰事來困擾她的生日之樂。

楊玉環已經三十八歲了，但歲月好似在她身上沒有留下一點痕跡，她還是那樣美豔無比，只是身體稍微豐腴了一點，在玄宗眼裏，她還是十幾年前那個頑皮任性，容貌妍然的壽王妃。雖然半年來戰事擾神，但玄宗還是想在六月一日這天，好好爲楊玉環慶祝一下生日。但楊玉環考慮到時過境遷，此時宮中不宜舉行盛大的慶祝活動，自動要求取消了慶祝活動。最後折衷一下，楊玉環允許玄宗在宮中只是象徵性地舉行一場小型宴樂。

雖然是小型的，還是讓梨園弟子和樂坊在宮中表演歌舞，場面很大。梨園弟子和樂坊自從安祿山謀反後，很少演出了，他們懷念過去太平的歲月。此次，玄宗似乎有意顯示太平歲月並沒有過去，或者想告訴大家，太平歲月馬上就會重來，讓他們演出了〈霓裳羽衣曲〉。

當熟悉的樂曲再次響起時，玄宗和楊玉環都想起了過去的那些美好的日子。這支舞曲一直貫穿在他們的情感之中，是他們愛情的見證，也是他們愛情的結晶。要是在以往，每逢宮廷裏演奏〈霓裳羽衣曲〉，楊玉環總要下場領舞其中的一個片段，但今天她沒有動，她與玄宗並排坐在一起，看著優美的舞姿，聽著悅耳的音樂，心中感慨良多。

十六年來，她看著這支曲子由孕育到誕生，再到列爲宮廷樂曲，而她與皇上間的感情也就像這支曲子一樣，由萌芽到成熟，其中有漸起，有高潮，有低轉，有激昂，直到現在的難捨難分。想到這裏，楊玉環伸出手去，把皇上綿軟的手抓在自己的手裏，脈脈含情地望著他。

玄宗明白楊玉環此時的心情，他微笑著說：「玉環，這半年來，我讓政務所困擾，沒有好好陪著你。今天也算略作一下補償吧。」

楊玉環說：「三郎，國事繁忙，看著你憂心忡忡，我又怎麼有心歡樂呢，我只擔心你年歲老了，天天爲國事操勞，身體吃不消啊。」

「我怎麼能不心急呢。我一想到洛陽還在敵手，就寢食難安啊。洛陽有著一些皇親貴戚，他們在安祿山攻入洛陽時，沒能撤出。唉，我真的替他們擔心，不知他們命運如何。」

「三郎，你催逼著哥舒翰出兵潼關，是不是急於收復洛陽啊？」

「這是其中的一個原因。但主要的是我覺得現在已經到出兵徹底打垮安祿山的時候了。玉環，半年來，別人不知道，你還不知道我過的什麼日子嗎？我一想到安祿山這個賊子，辜負了我的信任，竟敢公然地在洛陽稱帝，我恨不能親自上陣擒殺這個叛逆賊子，讓他跪伏在我的腳下，向我磕頭求饒，方能消我心頭之恨。」

「可是，我聽說朝中有不少大臣阻止此次出兵，說潼關最好是堅守。」

「這都是一些做事太過謹慎的人，他們被安祿山嚇破了膽，從來不爲朕考慮一下。其實，安祿山造反時，只有十五萬部隊，號稱二十萬，半年仗打下來，頂多只有十萬了，除去分派到各郡縣防守的，河北戰場郭子儀牽制了他的大部分兵力，駐守在潼關外陝郡的只有二萬兵不到，而潼關駐軍有二十萬，我不信十個打一個會打不過。因爲，我讓哥舒翰出兵，並不是盲目的，是有著十足把握才這樣做的。」

「國忠是贊成出兵的？是這樣嗎？」

「就是他先提出讓潼關兵出擊的。那麼多大臣中，我看只有國忠是一心爲朕解憂的。玉環，我早說過，在你們楊家，國忠是最能幹的一個人，果然如我所說。」

在悠揚悅耳的舞曲聲中，玄宗皇帝向貴妃說著政事，對未來充滿著光明和希望，他感到半年壓抑苦悶的生活就要結束，歌舞昇平的日子又將來臨。

第十六章　一縷芳魂

貪於享樂、又對奸相一味寵信的玄宗，終於吞下了自釀的苦酒。面對安祿山的步步進逼，他不得不帶著楊貴妃慌忙出逃……一路風塵的朝臣禁軍痛惜大唐王朝大廈將傾，再也捺不住心頭怒火，誅殺了楊國忠，並逼迫聖上誅紅顏禍水楊貴妃……楊貴妃氣定神清，面浮淺笑，輕撫三郎的兩行清淚，引頸白綾……芳魂悠然，在馬嵬驛的夜空縹緲著……

天寶十五載六月四日，哥舒翰在皇命的一再催逼下，引兵出關。因爲中風而行動不便的哥舒翰心裏是明白的，此次出關凶多吉少。常話說知己知彼，百戰不殆，哥舒翰對自己是清清楚楚的，而對敵方卻一無所知。對自己的清楚也不能鼓起他絲毫的信心，反而更會讓他沮喪。

因爲他知道所率領的軍隊都是烏合之眾，毫無作戰經驗，半年來勉強守住了潼關，皇上還以爲安祿山勢弱，急於收復洛陽，不顧實際情況，竟讓他率領這支新軍出征，以爲人數占優就佔有了優勢。戰場上可沒有這種講法，人數多少不是決定勝敗的因素。

他的奏表也遞了，情況也陳述得不能再明白了，皇上還是不聽。同時，他聽說，朝中主戰最爲積極的是宰相楊國忠。靠一種直覺，哥舒翰感到，楊國忠的主戰，其中挾有對他的私怨，這個得志的小人，他為了自己的私憤，竟不顧國家的安危，他才是國家的蟊賊，是比安祿山更可惡的人。

哥舒翰不能騎馬，他坐在車中，身旁行進著衣甲鮮明的部隊。他們臉上看不出對戰爭的恐懼表情，有的甚至把這當作一次出野狩獵，他們肩頭的器戈都扛得不整齊。哥舒翰看著這些年輕的臉，想到明天，或者後天，就不知有多少張臉會在這個世間消失，心裏傷痛異常，不禁手捂胸口，眼淚不知不覺地流了下來。

哥舒翰終於出兵了，玄宗心中既充滿了焦急的等待，又有著一絲忐忑不安，他渴望哥舒翰給他傳來捷報，又擔心像以往一樣，送來的是令他心驚肉跳的消息。為了預防意外，他與哥舒翰相約，在他出兵潼關時，每日初夜，舉烽火以報訊。

唐朝邊境，每隔三十里設置一烽火臺，置帥一人，副手一人，遇到敵情，放燃烽火示警。由於天下太平日久，這些烽火臺久已不用。此次，為得知前線戰訊，玄宗和哥舒翰約定，如果潼關沒事，每天傍晚點燃烽火，站站快速傳遞，表示前線太平無事，反之，則危急。本來用作報警的烽火，現在改為報平安了，因此，此火又被稱用「平安火」。

這樣設置是為了防止意外，在玄宗的內心，實是指望哥舒翰能出師大捷，打敗叛軍，直搗洛陽。自從六月四日起，隨後三天，烽火每天升起，表示前線無事。玄宗的心也稍微鬆弛了一些。

在焦急等待的日子裏，玄宗表面裝得很從容，但內心實際很焦躁，按理說為了平復情緒，此時應該觀賞一下歌舞才好，但玄宗怕別人說前線將士在賣命，而他卻沉溺享樂，影響不好，就沒有這樣做，他只是讓楊玉環相陪著到興慶宮中散散步，觀賞一下盛夏龍池中的荷花。

楊玉環攙扶著玄宗，沿著龍池緩緩地散步，沁人肺腑的荷香撲鼻而來。玄宗說：「玉環，如果洛陽

收復了，我希望有生之年，我和你再到東都去遊玩一下。唉，已經十幾年沒有去過東都了。」

到洛陽去，這何嘗不是楊玉環的心願呢。那裏有她未出嫁前做少女時的記憶，有她閨閣中的密友，也有她初婚時的甜蜜。那裏有著她太多美好的記憶。多年來，她夢中不知回過多少次。但這個心願能不能實現，現在還很難說。

「哥舒翰前兩天沒有遇到敵軍，剛剛接到消息，他已經在靈寶西原遭遇到了敵兵，據報敵兵很少，不足以抵擋大軍，看樣子，一切都如預想中的一樣，安祿山把主力軍隊調到了河北，陝郡兵馬不足，此次定可大獲全勝。我想，此時，哥舒翰正領著唐軍與敵展開激戰，不出意外的話，今晚或明天當有捷報傳來。」

看著皇上自信樂觀的樣子，不知怎的，楊玉環卻感到事情不會這樣順利，她提醒道：「三郎，凡事都要多想想，萬一……」

楊玉環欲言又止，她不願說出那不吉祥的事。

聽著楊玉環的話，玄宗眼裏掠過一絲驚惶的神情，沈默了。其實楊玉環所要講的，他不是沒有考慮過，但他不願往深裏想。他是不敢想啊。他讓哥舒翰領兵出關，已經是孤注一擲了，把所有的寶都押在了這次軍事行動上，勝了固然欣喜，如果打敗了，潼關失守，那麼後果不堪設想。雖然可能失敗的想法也曾浮上心頭，但他強迫自己不要往那上面去想。他的樂觀是心虛的，愈是心虛，他就愈是要表現出自信的樣子來，說服自己，給自己壯膽。

他笑吟吟地對楊玉環說：「玉環，凡事多考慮是對的，但面對即將要成為現實的事，除了接受，只有接受。再說這是一個讓人高興的現實，你說呢？」

對軍事一竅不通的楊玉環除了點頭外，她還能說什麼呢。玄宗覺得楊玉環被說服了，消除了她心裏的擔憂，舒心地笑了。其實不是楊玉環被說服了，而是他被自己說服了。他把緊緊偎依著他的楊玉環摟在懷裏，說：「玉環，等叛亂平定了，我們像當初作〈霓裳羽衣曲〉一樣，再譜寫一部新的歌舞，名字就叫〈平叛樂〉，你看怎麼樣？」

「我看不如叫〈平妖樂〉更好。」

「〈平妖樂〉，好，好，就叫〈平妖樂〉。安祿山就是擾亂民間的一個妖，他還擾亂了朕的好興致，擾亂了貴妃的好歌舞。到時，你再在中間領舞。」

玄宗與楊玉環這樣說著講著，似乎叛軍已經被擊敗，洛陽已經收復，安祿山指日就可拘押到京。殊不知，哥舒翰正在靈寶西原遭遇敵軍，處於不利的境地。

自從六月四日在玄宗皇帝的催逼下，哥舒翰統領十八萬大軍出潼關以來，兩天之內沒有發現敵蹤。哥舒翰心中不免納悶，他想，安祿山在陝郡的部隊就是少，也不至於兩天見不到蹤影。六月初七日，終於發現敵蹤，遇到安祿山手下敵將崔乾佑的軍隊。敵軍早已有所準備，據險以待。但唐軍顯然不知，南迫峭山，北臨黃河，布陣於七十里長的隘道上，地勢上顯然不利。初八日，哥舒翰和主持軍政的田良丘坐船在黃河中流觀察陣勢，不見敵兵，便催促諸軍前進。大將王思禮領五萬兵爲前鋒，龐忠等將軍分領十萬兵繼之，他自己領三萬人馬先到河北岸高地瞭望。

哥舒翰看到崔乾佑的部隊只有一萬餘人，也沒有個陣式，三個一群，五個一夥，散沙一盤，或走或退，或疏或密，連個隊形也沒有，大笑著對田良丘說：「都說崔乾佑精於治軍，很會打仗，今日一見，甚是失望。看他的布陣，哪裏懂得兵法。」

田良丘也說：「一人傳實，萬人傳虛。聞名不如見面。那都是丟城失地的敗將誇大之辭，好爲自己推卸罪責。」

「瞧我今天生擒崔乾佑，讓那些被他嚇破了膽的人蒙羞。」說著，哥舒翰親自擂鼓助威，催促唐軍追趕敵軍。

其實崔乾佑不是不懂兵法，而是他看到唐軍傾巢而出，兵力是他的十倍，知道不能與唐軍正面接戰，只能智取。

崔乾佑的一萬兵馬，且戰且退，慢慢把唐軍引到一狹隘山谷中。哥舒翰抬頭一看，兩邊俱是高山，只有中間一條山谷，唐軍擁擠其中，連轉身的餘地也沒有，方覺不妙，他想，如果敵軍設伏於此，唐軍豈不要全軍覆沒，他正要傳令後撤，但是爲時已晚。一聲炮響，兩邊敵軍齊出，居高臨下，滾木礌石齊砸而下，唐軍頓時陷於一遍混亂之中。哥舒翰一見不好，爲了突圍而出，命令以氈車駕馬爲前驅，衝擊敵陣。

這時，日已過午，突然刮起猛烈的東風。崔乾佑在上風口用草車阻擋住氈車，縱火焚燒，一時間，濃煙隨風刮向唐軍陣中，熏得唐軍睜不開眼睛，心中更增恐懼，自相殘殺。有人說敵軍就在濃煙後面，於是紛紛搭箭向煙中射去，一直射到傍晚，把所有的箭都射光了，才知道煙後並無賊兵。

此時，崔乾佑看到唐軍已經疲憊不堪，慌亂不成隊形，才命令同羅精騎從南山衝出，襲擊唐軍後部，使唐軍首尾不能相顧。這樣一來，唐軍徹底潰敗，紛紛奪路逃竄，多數官兵相擠著掉下河中溺死。兵敗如山倒，後軍見前軍潰敗，也不戰自潰，黃河北岸的三萬軍隊在一片鬼哭狼嚎中也嚇破了膽不攻自潰，瞬間，兩岸皆空。哥舒翰只與麾下百餘騎逃脫，從首陽山西邊渡河入關。

潼關外三道深壕，本來是爲防範敵軍的，現在成了阻擋敗退唐軍入關的障礙，敗下來的唐軍因爲爭相逃命，須臾間，就把三道深塹填滿了，後來的敗兵就踏著滿壕的屍體入關。敗退回關的唐軍不足八千人。還沒等退入關裏的唐軍喘上一口氣，崔乾佑銜尾而來，一舉攻克潼關。

敗退到關西驛的哥舒翰一面派使者把戰況急告皇上，一面出告示急忙收集散卒，欲複守潼關。但讓他萬萬沒想到的是，手下的番將火拔歸仁卻起了降敵之意，率百餘騎把關西驛圍住，然後入內對哥舒翰說：「賊兵追來了，請公上馬。」

等哥舒翰上馬出驛，火拔歸仁領著大家在馬前叩頭道：「公以二十萬兵馬出關迎敵，現今所剩無幾，有何面目再見聖上。公打了這樣一個敗仗，聖上必不會饒過公，難道高仙芝和封常清不是例子嗎？請公東行吧。」東行就是到洛陽去，就是歸降安祿山。

哥舒翰一看這是要執他投敵啊，怒目圓睜，對火拔歸仁呵斥道：「爾等鼠輩，這是要陷我於不仁不義。來人啊，給我把這個叛賊拿下了。」

但沒有一人回應哥舒翰。哥舒翰知道大勢已去。可他一個堂堂的大唐元帥，怎可叛變降敵，讓一世英名付之東流。於是，他用馬鞭後柄自戳其喉，要自盡殉國。火拔歸仁連忙上前奪下他的馬鞭，招人把他綁了，等待敵軍來。敵軍將不費吹灰之力就佔領了關西驛和潼關。並且活得了哥舒翰，敵軍將大喜，火速讓人把他解押到洛陽去。

在去洛陽的路上，哥舒翰羞憤難當。他事後才得知，陝郡崔乾佑的部隊一共才二萬人，就是說他統領的部隊幾乎是敵人的十倍，作爲一方部隊最高指揮官，打了這樣一個慘不忍睹的敗仗，他的臉面何在？更讓他氣憤的是，他竟然被自己的人綁架了，甚至被生擒至敵帥面前。如果失敗了，戰死沙場，那麼名節還在，現在可讓他怎麼辦呢？當然，他也可以寧死不降，身死殉國，開始他不是這樣做了嗎。但隨著離洛陽愈來愈近，哥舒翰改變了這個心意。

剛上路時，爲了怕哥舒翰再尋死，兵士時刻不離他的身邊，火拔歸仁也常來勸說。勸他不要再爲唐皇賣命了，除了舉出兵敗而下場可悲的高仙芝和封常清外，還說唐皇近年來耽於享樂，不聞朝政，朝中宰相弄權，邊臣不僅無功反而受過。

這些話慢慢在哥舒翰心裏起了作用。當夜深人靜的時候，哥舒翰細細回想起來，覺得確是這麼回事。唐皇近年來只顧自己尋樂，很少過問朝政，先是李林甫專政，後是楊國忠弄權，連忠心耿耿、出生入死的恩公王忠嗣也落得個那般下場，想來讓人寒心。

此次出兵潼關外，固然有他指揮上的失誤，但如果皇上聽了他的話，不聽楊國忠堅持出兵的論調，他又何有此敗，何有其辱。兵敗之後，就算他其身得免逃回長安，皇上能寬恕他嗎？楊國忠會放過他嗎？不會。高仙芝和封常清就是例子。皇上不會念及他以前的浴血奮戰的功績，凡軍敗者必誅。可以想到，他回到長安只有一條路，那就是死。

但如果讓哥舒翰投降安祿山，他又心有不甘。安祿山是什麼人？一胡賊耳，他曾當面罵過他，心裏根本看不起他，如果讓他屈膝下跪的話，他的自尊和地位都不允許。爲此，他曾萌發過死志，但兵士看管太嚴，他找不到自盡的機會。

人的死志雖強烈但不易持久，生的渴望也不會因年老而有所減退。最後，哥舒翰終於爲了活命，打算向敵手投降了。

當哥舒翰一到洛陽，押到安祿山面前時，他竟不待任何利誘和恫嚇，立即匍匐在安祿山的腳下，磕頭如搗蒜，向昔日的對頭求饒起來，並生怕安祿山不容於他，許諾手書幾封，去招李光弼等唐將來降。安祿山看著跪在他面前的哥舒翰，心中得意非凡，他哈哈大笑，說：「你一向輕視我，現在知道我的厲害了吧。」

哥舒翰頭都不敢抬，說：「臣肉眼不識聖人，罪該萬死。」說著，又磕起頭來。

此頭磕下去，哥舒翰知道，他的一世英名已不復存在，以前累年戍邊、沙場殺敵的功績也一筆勾銷，留在歷史上的他，將是一個貪生怕死的人。想到這裏，他的老眼裏噙滿了淚水。安祿山是一個頗有心計的人，他在心理得到極大滿足的同時，不僅沒有殺哥舒翰，還善待於他，把他封爲司空、同平章事。就是後來他寫的書信沒有把李光弼等招來，也沒有殺他。安祿山要讓所有的唐將看看，他和唐玄宗是不一樣的。這是收買人心很高明的一招。

等收服了哥舒翰，安祿山又把火拔歸仁喊過來，問道：「是你把哥舒翰擒住獻給我的嗎？」

火拔歸仁忙不迭地答道：「正是小人。」他看到安祿山把哥舒翰封了司空和平章事，一定也會封自己一個不小的官，作爲對他的獎賞。

誰知，安祿山臉一板，說：「你身爲下將，須當盡力保帥，竟賣主求榮，對你這等不忠不義叛徒，留之何用。推出斬了。」

刀斧手不管火拔歸仁如何大喊著冤枉，就把他推出去斬了。哥舒翰看到安祿山斬了火拔歸仁，心裏大是欣慰，覺得終於出了心中一口惡氣。他上前再次向安祿山跪拜。這次是出於真心的感謝。

自從哥舒翰領兵出潼關後，玄宗每天都密切關注前線傳來的消息，當他聽說哥舒翰在靈寶西原遇到敵兵後，他時刻都想著信使會傳來令他欣喜的捷報，但沒有。相反，在六月初九日，他得到的是潼關兵敗的消息。乍聽到這個消息，玄宗有點不能相信自己的耳朵，他睜大眼睛看著記述戰況的書信，以爲自己眼花了，再仔細一看，沒錯，哥舒翰是打了敗仗。這怎麼會呢？二十萬軍隊呢，怎麼會敗在二萬敵軍手上？玄宗一直處於緊張亢奮中的神經再也經不住這樣的打擊了，他惘然地望著身旁的高力士，說：「力士，潼關失守了？」

高力士也是一臉愁容，他深知潼關失守對長安意味著什麼，但他爲了安慰皇上，說：「大家，只聽說哥舒翰兵敗，還沒有聽說潼關落入叛軍手裏。依老奴看來，哥舒翰即使兵敗，以殘兵退守潼關，防守還是綽綽有餘的。」此時，長安還不知哥舒翰已經被俘。

高力士這樣一說，玄宗的心稍稍寬慰了一點，他問道：「力士，你看現在應該如何辦？」

再一次的兵敗，玄宗慌亂無措，六神無主，竟像一個孩子一樣無助地望著高力士，等著他拿主意。

高力士說：「大家，現在我們應增派兵力，支援潼關。我看，可以把三千監牧兵派到前線去。」

於是，玄宗立即把近來組訓完成的監牧兵三千人，交領軍李福德率領赴前線。

兵敗的消息不斷傳來。六月初九的傍晚，玄宗和楊玉環親自登上皇宮中最高處，向潼關方向張望，他希望平安火能如以往一樣升起，這樣起碼對他還是一個安慰。西邊天上的雲霞慢慢收去了最後一道光線，暮色從四面合攏而來，也向玄宗的心裏壓來，因爲他沒有看到平安火。

楊玉環依著玄宗而站，她定定地看著東方，如果她的目光有熱度的話，烽火臺也會被她點燃，但黑夜就像決堤的河水一樣，還是無情地降臨大地，直到最後一抹光線的消失，玄宗和他的貴妃心中的那線希望的光亮也隨之泯滅。玄宗向楊玉環看了一眼，那是絕望的一眼，空洞而沒有光澤。宮女已經掌上宮燈，楊玉環怨恨地看了一眼掌燈的宮女，好像天上的光芒全是她們手裏的燈光給趕跑的。

平安火沒有燃起。按照先前和哥舒翰的約定，潼關應該已經失守了。楊玉環還想著寬慰玄宗，說：「三郎，平安火不至，也許是偶然的疏忽或者耽誤吧。」

玄宗沉吟著，他知道這是楊玉環對他的安慰話。在這危急時刻，誰敢怠忽職守，唯一可以解釋的理由，就是潼關失守了。只是他們都不敢面對這個現實罷了。他對楊玉環說：「玉環，大錯已經釀成，不該命哥舒翰出征的。」

「三郎，哥舒翰有二十萬大軍，即使只剩一半，潼關還是可以守住的。」

「從平安火不至看來，哥舒翰可能一半兵也沒能留下。唉，怎麼會弄成這個局面的。」玄宗沿著臺階默然而下。玄宗的步伐明顯地趔趄而拖遝，這會兒，他的心就像抽盡了水的塘，一下就枯乾了。

玄宗本來把希望都寄託在潼關出戰上了，他從來就沒有想過，要是潼關失守了，應該怎麼辦。他認爲出戰必勝，如果往壞的方面想會不吉利，會有晦氣。現在潼關失守了，他不知怎麼辦了。話講回來，他又能怎麼辦呢。他第一次發現自己的確是老了，如果說開始征戰的時候，他還有勇氣說自己要帶兵，而現在他是自己被自己失敗的決策所打倒了，再沒有了一點戰鬥的決心和勇氣了。

安祿山叛亂，先前只以爲很快就能平息，同時戰事的發生也認爲遠在河北，離京城很遠，想不到的是，現在打到了眼前。長安無兵可守，他這個堂堂大唐皇帝竟要被叛軍俘虜。而玄宗一直想的是把安祿山俘虜，是安祿山跪在他的面前討饒啊。一想到會被叛軍逮到，玄宗身上掠過一陣驚恐和絕望。

一夜無眠，六月初十，早朝。潼關失守的消息得到證實，哥舒翰也被俘虜。至於哥舒翰叛敵的事是他到洛陽以後傳來的，現在朝廷自然不知，還爲他的生死擔憂。潼關到長安之間的華州四縣官吏和守兵全部逃散。

楊國忠聽說潼關失守哥舒翰被擒的事，心中又喜又憂。喜的是又除去了一個對手勁敵，他的政治目的終於達到了；憂的是潼關失守，長安危矣，他的命運也會發生改變。他想了一下，長安已經無兵可守，如果繼續待在長安的話，皇上與他必然會被俘虜，現在唯一的辦法就是逃離長安。

一想到逃離長安，楊國忠就開始想往哪裏逃。他自然也就會想到他的根據地蜀中。其實在此之前，他爲給自己留一條後路，早就派心腹去蜀中儲備武器，以供急需。只不過，這一切都是暗中進行的，那時，他還想不到皇上也會逃往蜀郡。

早朝上，玄宗待把最新戰報讓眾臣知曉後，問大家有何計策。半天，無人應聲。看到眾大臣都不作聲，玄宗甚是失望，心中更添一份惶懼。一片靜默中，楊國忠跨前一步出班奏道：「陛下，安祿山造反，臣曾數次上書，言其反心，怎奈聖上不聽，坐成其亂，今有此危難，非臣的過失。」

玄宗聽了楊國忠的這番話，氣得直喘粗氣，臉色肅然，不哼一聲，心想：現在事已至此，你還來說這些話有什麼用。不錯，當初你是說安祿山要謀反，但你是真心替朕著想的嗎？直到這時，玄宗皇帝對楊國忠才有了新的認識和不滿。皇上才突然想到，只怕楊國忠為自己著想的還多些吧。說不定，安祿山的造反正是他逼的呢。再說，他說的都有理嗎？他說哥舒翰出征必勝，結果呢，哼，他推脫責任倒滿快的。

看皇上不說話，楊國忠又說道：「事已如此，臣也不想多談。臣只想說現在兵已入關，情危，事不及矣。」

這話講了和沒講一樣。什麼叫事不及矣，事情有法可想，還讓你來講，正是事不及，才讓你拿辦法的。玄宗強壓著心中的怒火，欠身問道：「那依宰相之見，當怎麼辦呢？」

「依臣之見，現在只有移駕他處，避賊鋒芒。」

移駕他處，就是讓皇上遷離長安，也就是逃跑。按理說，這是此時無可奈何的選擇了，但玄宗一聽要他逃跑，心裏氣就更大了，想，安祿山自謀反以來，我喪師失地不說，現在竟連京城也待不住了，這要是傳出去，我堂堂大唐皇朝的顏面何在，以後還如何威震四海。

見皇上不吱聲，楊國忠繼續奏道：「移駕他處，召集四方勤王之師會攻賊兵，當不日克敵，那時，再移駕回京，豈不兩全其美；若不移駕，賊兵已至潼關，只怕聖駕有危。聖駕有危，民心不穩，於平叛不利。」

這番話也不能說沒有道理，也暗合了玄宗心中的惶懼的心理。他用目光再掃視了一眼眾臣，說：

「眾愛卿，你們還有什麼主意可禦敵保京？」

玄宗話音剛落，但聽一個聲音說：「陛下不可移駕。」

大家一看，是監察御史高適。高適是一位著名的邊塞詩人，兼有軍事才能，他一直幫助哥舒翰防守潼關，潼關失守後，昨天才回到長安。高適的話讓皇上一震，他說：「高御史，你有什麼高見？」

高適出班奏道：「賊兵雖佔據了潼關，但並不可怕，此時不應該移駕離長安，讓百姓失去抗賊信心，而應該招募城中敢死之士和朝官各率家僮子弟出軍，保衛長安。」

楊國忠聽了這話，不以爲然地用鼻子哼了哼，說：「高御史，潼關二十萬大軍，都沒有阻擋住賊兵，就靠你臨時招募的兵士能防守住長安嗎？」

「潼關之敗，敗在輕敵。以爲敵軍人少，貿然輕進，結果誤入埋伏，使首尾不能相顧，加上部將叛變，才有此慘敗。賊兵的取勝是僥倖之舉。防守長安當不一樣，聖駕所在，民心所向，上下一心，定可拒敵於長安之外，那時，各處勤王之師紛至遝來，裏應外合，破敵指日可待。」

「高御史不要忘了，長安幾乎無可募之兵，先前幾次募兵，已經把長安地區能征入伍的壯丁都招募去了，剩下的都是弱冠男子，都不能上陣打仗。再說，新募之兵，何以阻擋虎狼之師。」

「宰相之言雖有理，但太過悲觀。長安雖經過幾次募兵，宰相不要忘了長安乃富裕之地，地廣人稠，可招募的男子還有很多。當此國難危急之時，開府許以重金，當有敢死之人效命。再說，各大臣的僮僕和宮中閒雜人員也有不少，再把長安附近之兵統統調集來京，數目可觀。至於宰相說新兵不懂戰事，不能擋虎狼之師，那是說衝鋒陷陣，防城守門，老少婦孺皆可上陣，但能擔石擲物，都有其用。只要全城上下，精誠團結，賊兵雖精，必不能入京師一步。」

此番話講得也有道理，就是讓皇上不要離開京城，哪怕賊兵來了，也要堅守，讓大家都看到皇上抗賊的決心，從而鼓起人們的信心。只是這樣做，有一定的風險，那就是萬一賊兵攻破了城門呢，皇上豈

不是要被擄掠。

此時的玄宗明知道楊國忠的話更符合他的心意，但出於對楊國忠的厭惡，還有對心中恐懼的無法排泄，對高適的進言竟特別受用。對一個心懷恐懼的人來說，再沒有比豪言壯語更能寬慰他的了，哪怕那豪言壯語只是空泛的大話。其實玄宗在此之前已經受過封常清的矇騙。他制止住楊國忠的話，說：「宰相不要說了，朕決定移駕。但不是移駕到別處，而是移駕到渭南。」

乍一聽皇上要移駕，楊國忠心裏還很高興，再一聽皇上只是移駕謂南，他的心又沉了下去。謂南，那是長安與潼關之間的地方，皇上這樣說，就是說他還要親征。

「高御史所言極是，賊兵潼關取勝是僥倖之舉，我當親領軍隊複奪潼關。我不能只做消極抵抗，我也不想把戰禍帶給長安百姓。招募新兵之事，高御史你去負責吧。」

高適沒有想到，皇上竟要親征，這可大大出乎他的意料。他提出全民防守長安，已是冒險之舉，能不能防守得住，他心中也沒有太大的把握，想不到，皇上更加激進，竟要移駕渭水，拒敵於長安之外。他隱隱覺得這樣不妥，但皇上既然這樣講了，他也不好再次勸阻。

楊國忠本待再加進言，但他感到皇上對他已經有了怒意，只好閉嘴不講。

安祿山過黃河時，皇上講要親征，保衛洛陽，結果只是說說；洛陽失守，皇上又說要親征，保衛潼關。現在潼關失守了，皇上又說要親征，這次他真的會出征嗎？

眾大臣沒有一個相信的。

楊國忠也不相信。他才不會傻到相信皇上會在此時親征，他靠什麼去和賊兵交戰啊，要兵沒兵，要將沒將，去了還不如在長安防守呢。楊國忠不知道皇上爲什麼會說這話，難道他只是想鼓舞人心？

退朝回府的楊國忠，立即趕到虢國夫人府上。韓國夫人也在。此時，秦國夫人已亡，三位國夫人只剩二位，相互走動得比過去頻繁。楊國忠對二位國夫人講了早朝上皇上提出要親征的事。虢國夫人脫口道：「什麼，皇上這時候還要親征，這不是去送死嗎？」

楊國忠說：「本來我提出讓御駕離京，是經過深思熟慮的。這種時候，不易與賊爭一時短長，聖上離京，才能更好地凝聚人心，召天下之兵平叛，如果皇上親征，萬一有了意外，後果不堪設想。」

「這一點，皇上應該想到的啊。」韓國夫人也滿臉憂慮。

「還有一點，現在我們楊家全部維繫於皇上一人，如果他有個意外，我們也就完了。我勸皇上離京，也有著保全楊家的用意。只要皇上健在，就有我們楊家的富貴。」

聽楊國忠這樣一說，二位國夫人連連點頭。虢國夫人說：「釗哥，依你看來，皇上難道真的會親征嗎？」

「我看皇上也不過這樣說說罷了，他不至於去冒這個風險。最後可能還會接受我的建議，但我焦急的是，我們等不得啊。敵軍已經陳兵潼關，潼關與長安無險可守，華州四縣官吏和守軍都逃竄了。李德福率三千監牧兵屯兵灞上，我看也難以阻擋敵軍。敵軍現在沒有揮師西進，一是兵力所限，二是不知京城虛實，一旦得知京師無兵，立即會引兵西來，那時再移駕離京，只怕想走都走不掉了。」

楊國忠一面在室內踱步一面歎氣。虢國夫人問道：「如果皇上肯移駕的話，那又到哪裏去呢？」

楊國忠說：「這點我早已經想好了，就讓皇上到蜀中去。」

「蜀中？」二位國夫人不約而同地喊出了聲，她們沒有想到楊國忠會讓皇上移駕到她們的家鄉。

「對。要走就走得遠遠的。蜀中山高路遠，遠離京師不說，地勢險要，叛軍勢力再大，也不會打到蜀中去。同時，蜀中是我們楊家崛起的地方，我身爲劍南節度使，心腹多在劍南，只要皇上肯到蜀中，那時，我們楊家還會怕誰，只會比現在更富貴，再多的政敵，我也不會放在心上。」

虢國夫人和韓國夫人對望了一眼，暗暗點了點頭，覺得楊國忠深謀遠慮，考慮甚周。她們說：「這樣吧，我們二位即刻進宮，找到玉環，一定要勸得皇上移駕就蜀。」說著，二位國夫人立即命人備車，向宮內趕來。

退朝回來的玄宗，心中煩憂不寧，雖然他在朝會上說要親征，他知道那是空泛之言，那樣說不過是遮人耳目，穩定人心，他難道真不知道此時親征的危險嗎。那他面對此困境，當作何選擇呢？

高適說招募兵馬抗賊，死守長安，固然可取，但風險太大，對能否守住長安，玄宗心裏一點信心也沒有，萬一城破，他豈不是自取其辱。他難以想像自己身爲階下囚的情景。至於楊國忠說的移駕離京，他在心裏是贊同的，皇朝地域廣闊，叛賊所占不過一小塊，用不著爲了死守京城冒這樣大的風險，他完全可以移駕別處，繼續指揮平叛。

棄京外逃，這對他來說當然是一個恥辱，但與所冒風險比較起來，還是有可取之處。再說，等叛亂平定，他再回到長安，誰還會記得這段恥辱呢。古人還說，兵家戰事不在乎一城一池的得失呢。這會兒的皇上居然已懦弱到如此的地步，他自己也不敢回想若十年前的他是如何的善戰好勇，果斷和英明。他明白自己現在剩下的就是一個如何保住面子的問題了，如果不是爲了這張臉，他又有什麼是不能答應的呢。

只是楊國忠在朝會上提出離京，玄宗即使心裏贊同，嘴上也不能說同意，如果他同意的話，那麼京城立時就會大亂，變得不可收拾，不等賊兵攻打，已經自潰。因此，他只能那樣說。

離京的打算，其實玄宗已經從心裏同意了，但是他必須在眾大臣面前擺出一副不在乎的架勢。他清楚他的離京的決定可以瞞著大臣，但他不會瞞著楊玉環。一回到後宮，他就對楊玉環說：「玉環，看樣子，我們只有逃亡了。」

這是玄宗第一次說出「逃亡」二字。話一出口，他覺得心中有一座山轟然倒塌了一般，讓他心裏一片蕭然，雖是盛夏，他感到的卻是渾身冰冷。他把手搭在楊玉環的肩頭，半個身子都斜靠在她的肩上，好像不這樣，他就會塌倒在地。

楊玉環驚詫地聽著。「逃亡?!」她像聽不懂這個詞的含義，嘴裏喃喃地說道。自從潼關失守後，從不關心政治的她，也不免要爲自己的命運著想了。她曾問過皇上要怎麼辦？皇上也悯然無措，現在聽到的竟是這個結果。

說真的，她想過多種結果，就是沒有想到逃亡，在她的心目中，皇上是至高無上的，是不可侵犯的，怎麼會和逃亡聯繫到一起呢。長安是皇都，在她的觀念裏，失去都城和亡國差不多。想到這裏，她忍住眼淚問道：「三郎，我們可以背城一戰，可以堅守，以待各路勤王之師。」

「城中已沒有可用作防守之兵了，再說，城太大，敵兵終會找到防禦薄弱環節，攻破城池的。」

「放棄皇都，我們還能再回來嗎？」

「會的。安祿山是胡人，他只能猖狂一時，不會得民心的。聽說他在攻佔之地，燒殺擄掠，侵擾百姓，根本不行撫恤之政。許多吏民已經舉起義旗。看著吧，要不了太久，他就會滅亡。那時，我們還會再回來的。」玄宗自欺欺人地給自己也給貴妃打著氣。

「這事，國忠知道嗎？」

「今天朝會上，他已經提出。但被我拒絕了。」

「拒絕？」

「這只能是私下裏準備的事，不能讓太多的人知道，否則京城會大亂。國忠公然在朝會上提出，我當然要拒絕他了。同時，爲了穩定人心，我還提出了親征。」

「你又要親征？」楊玉環沒忘上次爲了阻止玄宗的親征，銜土勸止的事。「三郎，不可以。」

玄宗喟然長歎道：「玉環，你看我現在這樣還可以親征嗎，兵將皆無，難道讓朕赤手空拳去對敵。我不過那樣說說罷了。唉，想不到我會這樣欺瞞大臣。我心有愧啊。」

一聽玄宗並不是真的要親征，楊玉環舒了一口氣。她才不管皇上欺不欺瞞群臣，她要的只是能和皇上在一起，要的只是他安然無恙。

「玉環，你也要準備一下。只是這事不要和別人說。」

「三郎，我們要去哪裏？」

「我還沒有考慮過。我想，宰相應該心裏有數。」

正在玄宗和楊玉環這樣說時，內侍報虢國夫人和韓國夫人求見。玄宗朝楊玉環一笑說：「說客來了。」

見著二位國夫人，玄宗開門見山地說：「二位夫人是從宰相那裏來的嗎？」

二位國夫人一愣，不知皇上爲何有此一問。虢國夫人遲疑地說：「不是，是從自己府上來的。」

「噢。」

「不過，國忠也在我府上。」

「是這樣。是他讓你們進宮的？」

二位國夫人對望了一眼，知道皇上已經明瞭她們進宮的目的了，也就不再繞彎子，直接地說：「陛下，聽國忠說，你還是要親征？」

「這事我已經和玉環說過了，讓她告訴你們吧。」

二位國夫人即把目光投向楊玉環。楊玉環把皇上內心真實意圖說了。她們這才放下心來。虢國夫人問道：「不知，陛下要移駕到哪裏呢？」

「我還沒有想好。國忠如何說？」

「國忠說，陛下最好移駕就蜀。」

「到蜀中去？未免太遠了吧？」

「國忠說蜀地遠離叛亂之地，皇上可以從容整頓，號召天下之兵平叛。」

這樣說未免沒有道理。玄宗點了點頭，說：「此事容我深思。」

「陛下，形勢危急，當快做決定才是，切不可耽誤了大事。」

「我知道。」

當二位國夫人離去後，楊玉環問道：「三郎，你看國忠提出的到蜀地去這個建議行嗎？」

玄宗沉吟一下說：「我還要和力士商議一下再做決定，現在決定爲時尚早。但我會抓緊時間的。國忠講的對，時間無多了。」

隨即，玄宗傳高力士。楊玉環見他們商議國事，就先退下了。

高力士到來，玄宗把楊國忠提出要他幸蜀的事和他說了，並想聽聽他的意見。高力士思考了一會兒說：「劍南雖窄，土富人繁，表裏江山，內外險固；以臣所料，蜀道可行。」

高力士認爲蜀中富裕，更主要的是地勢險固，易守難攻，可以作爲暫時避難之所。聽了高力士這番話，玄宗心中不再猶豫，決定就移駕到蜀中避難。剩下的就是什麼時候走的問題了。

要是依玄宗的心情，恨不得馬上就離開長安這塊讓他驚悸之地才好，但一切都還沒有準備好，不能說走就走。

傍晚時分，雖然明知平安火不會被點起，但玄宗還是抱著一絲僥倖登上高樓向東張望。他看到暑氣消散中的長安，街道布局井然，這是大唐一百多年來精心營造的，玄宗一想到就要在自己手裏丟失，心下淒涼。再過幾天，亭臺樓閣依舊，只是主人已經變了。

想不到幾代的大唐竟敗在自己的手中，唉，如此興旺發達的江山興在己，毀也在己，玄宗有種對不起祖宗的感覺。或許城中百姓也知道賊兵就要來了，都閉門不出，一掃往昔繁忙的景象，只有煩人的蟬鳴在上空迴響。

這夜，那讓人唐性命攸關的平安火依然沒有舉起。看來眼下只有一條出路，那就是逃。

一夜無話。第二天，六月十一日，早朝依舊舉行。眾臣也依然昏沉不知所云。有些大臣還在陳述，要追究潼關失守朝中大臣的責任，矛頭指向楊國忠。這當然是太子一夥的人，他們想提請皇上注意，當初正是楊國忠竭力要哥舒翰出兵才造成潼關失守的。

但皇上情緒很壞，他現在已經沒有任何興趣要去追究哪個人的責任了，他一面空言說要親征，一面在心裏盤算著如何逃離長安。而有些不明就裏的大臣，還以爲皇上這次真的是要親征，積極提出各種各樣的或防禦或進攻的策略。楊國忠已經明白了皇上的心意，他一言不發。

退朝回來，玄宗把高力士和龍武大將軍陳玄禮召來，詢問城中兵力情況，如果出走的話，會有多少兵跟隨護駕。

陳玄禮報告的情況令玄宗失望，他說禁軍只有三千五百人，閑廄有馬九百匹，已經悄悄集中，隨時待命，護駕入蜀。

「怎麼這樣少？」玄宗脫口問道。

陳玄禮說別的兵都被派往潼關，這些都是擔當宮廷守衛的禁軍。同時，寬慰皇上說，兵雖少，但都是精銳之騎，作戰能力很強。

隨後，玄宗又詢問了高力士長安以外的情況。高力士說佔領潼關後，敵軍並未繼續前進。目前，只有渭南尚有官兵可以阻敵，但軍心不穩，隨時有潰散的可能。

陳玄禮建議把駐紮在驪山的禁軍調來，被玄宗制止了，他怕這樣大範圍的調兵，會引起別人的注意。現在，他只想不引起騷亂。

六月十二日，這是留在長安的最後一天，任何事都要在這一天內完成。玄宗爲了掩蓋離京的真實目的，在早朝上還強調了親征的事，這樣也好爲逃亡的忙碌找個藉口。入朝的大臣比平日少了近一半，可見這個藉口，大家都心知肚明，欺騙不了人了。因爲人少，早朝改在勤政樓舉行，這樣顯得不是那樣空蕩。朝會上，玄宗宣布以京兆尹魏方進爲御史大夫兼置頓使，京兆少尹崔光遠爲京兆尹，充西京留守。宦官邊令城掌管宮闈鑰匙。

退朝之後，玄宗告訴楊玉環明天就離開京城，有什麼事必須在這天做完。楊玉環想，她有什麼事呢。此時，楊玉環想到的自然是她的家人，哥哥楊鑒和嫂子已經到江南湖州任太守，那裏遠離戰亂。玉環突然想到難道哥哥當初提出任外職就已經想到有今天？楊鑒自然不會有如此敏感的政治嗅覺，他不過想過清閒的日子罷了。這樣也好，省去了此時的忙亂和擔憂。至於楊家別的人，楊玉環想，自然不要她操心，他們都會隨駕離京，有楊國忠和虢國夫人照顧著，他們當不會有什麼意外。

除了家人，楊玉環想到的是壽王和咸宜公主。皇上曾和她說，皇子皇孫太多，不可能全部通知隨行，不過壽王和咸宜公主是會隨行的。除了這些人，楊玉環再也想不出什麼人需要她的關心和照顧的了。她交往的都是皇上身邊的人，他們都會隨駕入蜀，包括謝阿蠻。

想著謝阿蠻，謝阿蠻就到了。她看到楊玉環少有地在沉思，就躡手躡腳地潛到她的後面，準備嚇唬她一下，但沒等她靠近，就被楊玉環發現了，說：「阿蠻，你聽到外面有什麼消息嗎？」

謝阿蠻仗著她身分的特殊，常在宮中竄來竄去，所知信息極多。她說，城內百姓知道潼關失守後，都惶懼一片，街道蕭條，商人都在運貨外遷。至於宮內，表面看一切照舊，但宮女嬪妃也是一臉的恓惶，表現出對命運的不能把握。楊玉環隨即問道：「阿蠻，你沒有把出逃的消息告訴別人吧？」

謝阿蠻是知道分寸的，她自然不會告訴任何人。但她對楊玉環說：「貴妃，說心裏話，每當我看到那些宮女和嬪妃臉上顯出無助的神情時，我都不忍再看。我們走了，留下她們在宮中可怎麼辦呢？以往，皇上是她們的靠山，如今，靠山一失，等待她們的還不知是什麼命運呢。我真替她們擔心。」

楊玉環聽了謝阿蠻的話，心裏也是一片凄然，她只能說：「我們離京後，她們也不用待在宮中了，各自逃散吧。」

「可是她們無錢啊。在這亂世之中，實難想到纖弱的宮女們會有什麼好結果。她們中有的人已經入宮幾十年了，與家裏也已經音訊隔斷。唉，我看戰禍臨頭，最苦的還是她們。」

楊玉環想到事情確如謝阿蠻所說，她心中也對宮女和嬪妃們充滿了擔憂。於是，她讓一名精幹內侍去找高力士，想從府庫支出一筆錢來，散給宮女和嬪妃，以便在離京後，作爲她們逃難的盤資。

高力士知道了楊玉環的用意，立即趕來勸阻她這樣做，說，一旦這樣做後，那麼皇上離京的消息立即就會傳揚開去，於明日的出奔大大不利。經商議，最後決定把錢先從府庫中調出來，存放在一位品行可信、做事較穩的老年嬪妃處，一待皇上離京就讓她分發給宮女和嬪妃。看來只有這樣做了。楊玉環聽從了高力士的話。

上午，還有許多皇親國戚的貴婦來宮中探聽消息，楊玉環不能告訴她們真相，這讓她很痛苦。她們問皇上是不是真的會親征，有的人已經聽說皇上幸蜀的事，問她是不是真的。她真想把真相告訴她們，讓她們早作準備，免得皇上離京後，賊兵入城，她們來不及逃跑，遭受禍亂。但她什麼也不能說。最後，客人們都不高興地離去了，她們從楊玉環這裏什麼也沒有打聽到。

咸宜公主也入宮來見楊玉環。她們已經有很久沒有單獨待在一起了，楊玉環不知道咸宜公主此時來見她有什麼特殊的事。咸宜公主見著楊玉環嘴裏不知稱呼她什麼好，先前稱呼她玉環，現在她還能這樣稱呼嗎?最後，她嘴裏還是喊出了一聲：「玉環。」

這聲稱呼，彷彿一下拉近了楊玉環與咸宜公主的距離，她把咸宜公主拉到身旁坐下，告訴她明天就會動身。反正她也是跟從入蜀的皇室人之一，用不著瞞著她。哪知咸宜公主卻對楊玉環說她不想跟從父皇入蜀。

這是第一個表示要留在京城的皇室中人，可惜是個女子。楊玉環詫異地問道：「爲什麼?你爲什麼不跟著我們一起走?」

「沒有什麼理由，反正留在京城的並不只是我一個皇室中人，我願意和他們在一起。」

「不可以的。賊兵入城是不會放過你們的。聽說安祿山在洛陽就殺了不少皇室族人。你留下有性命之虞。」

「玉環，你不要勸我了，這是我的主意。百姓留在京城遭受賊兵蹂躪，我爲什麼不能留下呢。」

楊玉環不相信咸宜公主有如此慈悲心懷，要與民共擔憂苦，但她心裏到底如何想的，她一點也不明白。咸宜公主不管是做爲她的平輩還是後輩，都一直比她要聰明和精幹。

「駙馬楊都尉呢?」

「他也不走。」

「他呢?」

咸宜公主知道楊玉環問的這個「他」是指誰。她說：「壽王隨你們入蜀。」

這更讓楊玉環弄不懂了，壽王既跟著皇上入蜀，那咸宜公主還留在京城幹什麼？難道她真的相信安祿山會對皇室格外開恩，還是她厭棄奔波，只想聽憑命運的擺布？楊玉環不得而知。

兩人默然相對。楊玉環想從咸宜公主嘴裏多聽到一點有關壽王瑁的消息，這個咸宜公主知道，不待楊玉環問起，她說道：「壽王過得很不幸福，他還在懷念過去的歲月。」

楊玉環不知如何接話，她只能說：「世事都有變化，壽王要珍重啊。」

咸宜公主接著說：「自從你離去後，壽王在府上一直保持著你離去時的樣子，包括那座練功房。我敢說，你如果回去的話，一定會以爲自己才離開那裏半天，不會有絲毫的陌生感。」

楊玉環靜靜地聽著，她的內心其實不願聽到這些。她小聲說：「他不應該這樣的。這會傷害另外一個女人。」

「爲此，他們鬧得很不愉快。但壽王就那樣一直堅持著。」

楊玉環默然不語，她覺得有些人隨著歲月的流逝是可以忘記過去的，顯然壽王不是這樣的人，他的生活就是不斷重複回憶。

最後，咸宜公主告辭出宮。她留給了楊玉環一個謎。

吃午飯的時候，玄宗顯得心情鬱悶，他告訴楊玉環，有消息稱安祿山可能另派大軍沿黃河北岸推進，攻取富平，切斷長安西北的道路。如果那樣，要去巴蜀就困難了，那樣會有危險。

「我們渭北不是有軍隊嗎？」楊玉環問道。

「我們的軍隊在渭南，渭北形勢不明。不過，這只是傳聞，偵察一下就會清楚的。不管怎麼說，明天一定要離開京城。再耽擱就走不成了。」

楊玉環想了想，還是對玄宗說：「三郎，咸宜公主入宮來見我，說她不想隨隊入蜀。」

「爲什麼？」

「我問過她，她不願說。」

「隨她便，現在我也顧不了那麼多了。還有，午後，我們就移仗到西內苑去。今夜也不在興慶宮安寢了。這樣，明朝出發會方便些。」

大明宮稱「東內」，太極宮稱「西內」，興慶宮稱「南內」。西內苑稱「北內」，漢代有名的未央宮就在「北內」中，地處唐宮城之外西北處。這一帶禁苑，平時顯得荒蕪靜寂，少有人來。從這裏出發離京，不露聲色，不會有人知曉。同時，從禁軍駐地玄武門，旁入禁苑，西出延武門，恰恰是逃跑的捷徑。故有此安排。

因爲西內苑長久沒有人住，匆匆移仗而來，可以聞到一股腐朽的味道，連道旁的野草也長得沒遮沒攔，樹間的蟬比別處鳴叫得更響。晚飯後，皇上在通光殿議事，布置明天起程後的事。太子自請爲後隊。

爲了明天有體力遠行，議事並沒有很晚，玄宗一會兒就回到了西內苑。楊玉環在等他。這是留在長安的最後一晚，楊玉環和玄宗都無法早早入睡，他們相扶著站在夏夜的長廊裏，遙望遠天殘月，久久不語。玄宗的心裏不是滋味。以前他也曾離開過長安，那是到東都洛陽，那時的心情是不一樣的，那時是爲了消遣，他雖然離開是無憂無慮的，因爲長安還是他的，他不過從這個家到那個家，現在呢，兩個家都沒有了。此一去，何時能再回呢？過了一會兒，他低聲說：「繁華的日子過去了。」

楊玉環安慰玄宗說：「三郎，不必太傷心。駕幸巴蜀，號召天下之兵勤王，安祿山之亂，並不難平，問題只是在一時而已。」

「這些我都知道，但這並不能掩蓋我的過錯。想想這些年來，我對政事太過懈怠，有著不可推脫的責任啊。在此之前，不僅國忠，許多人都說安祿山要謀反，我以為胡將可用，以夷制夷，示以優待，他們必會死心塌地效忠，哪知我錯了。玉環，是我造成了此禍。」

「三郎，你無須自責，是安祿山狼子野心。」

「我造下的災禍，卻要連累到皇子皇孫和眾大臣，我出奔後，他們怎麼辦呢？我本待想通告所有人一起走，但國忠說不行。高力士也勸我不可，這樣會造成京城混亂，更主要的會造成道路堵塞，御駕行動起來困難。我實在不能想像留在京城皇族以後的命運。就是今天，我還欺騙他們說是要親征，明天他們就會明白我原來是個無信無義的皇帝，連自己的親人都欺瞞。」

楊玉環知道玄宗出奔離京心情不好，就想法寬慰他，想了想說：「三郎，離京只是暫時的，再說，這是到我的家鄉去。也就是回娘家啊。」

玄宗笑了笑，說：「到時，你可要指點幾處巴蜀好風景給我看看。」

「我首先請你吃荔枝。啊，此時正是荔枝上市的時候，你真有好福氣。」

他們這樣敍談著，不覺已經夜深了。因為離別而對周圍一切都充滿著依戀，他們不願過早入睡。雖然白天酷熱，但夏夜清涼，明而不圓的月亮掛在東天，蛩聲盈耳。無風，四周茂盛的樹木也似已入睡，又似因離別而在默泣。突然，一陣琴聲劃破夜色傳來。

琴聲泠泠，悅耳動聽，拔弄幾下後，曲調陡然一轉，變得悲愴幽咽起來。楊玉環與玄宗都是通曉樂律之人，他們聽了這夏夜中的琴聲，感到琴聲中充滿了無限淒涼之意，似不平，似憂戚，讓人聽了頗增傷感離愁。

楊玉環不知道這是哪個樂工在彈琴，心想此時大家都在離愁別緒中，怎能聽得如此傷感的音樂呢。於是，轉頭向身旁的內侍說：「去看看這是誰在彈琴，讓他早點休息吧。」

內侍說：「回娘娘，這是一個老宮女在彈琴，每天晚上這時她都要彈上一曲，已經許多年了。」

「噢？」

楊玉環還待要說什麼，玄宗阻止了她，說：「就讓她彈吧，此時，聽聽這種音樂也很好，與心境很吻合，並且也像無聲的責備。」

「三郎。」

「想想老宮女的憂愁已經許多年了，我們才剛剛開始，有什麼理由去打斷她呢。憂煩的事各有不同，但心情都是一樣的。」

夜露已經降下，楊玉環怕玄宗著涼，就攙扶著他進入內室。他們沉浸在與故都的離情別緒中，殊不知，更大的離別還沒有到來呢。

留在長安的最後一夜，就是這樣度過的。

六月十三日，天未亮，玄宗和楊玉環就起來了。昨夜下了一場細雨，凌晨微有涼意。通光殿上，燭火通明，玄宗在做著最後的安排。他的身邊站著高力士和陳玄禮，高力士身著戎裝，臉色從未有過的嚴肅。此外，還有太子和宰相。

許多事情都是早就布置好的，按計劃進行就可以了。楊玉環已經早早上了車，謝阿蠻不斷把消息告訴她，說哪些人跟隨，哪些人沒見蹤影。總之，楊玉環感喟良多，想到太多熟悉的人自此就可能再也見不到面了。最後，大唐皇帝上到車中，車駕起動了。

楊國忠先到前方安排，高力士隨御駕而行。一隊龍武軍的騎兵在前開路，太子另領一支隊伍在後。還是宵禁的時候，街道上沒有閒人，闃寂無聲，隊伍秩序井然。

車駕在經過延武門時，曙色已露，黎明的青色照射在車簾上，加上輕微的抖動，讓人產生恍惚不真實的感覺。玄宗與楊玉環默然相對，不知說什麼能表達此時的心情。

在經過左藏庫時，楊國忠上前奏請，要焚燒庫內所積，以免落入敵手。玄宗沒有同意，敵軍如果在長安得不到一點財物，必將向民厚斂，不如給與，滿足敵軍的貪心吧，也好減輕百姓的負擔。

隊伍出了延武門後，速度加快了，不一會兒就出了長安城門，向渭水進發。

玄宗神情黯然，心中傷感，他的感情再也控制不住，飲泣嗚咽起來，哽咽道：「江山被我弄到這種地步，我對不起祖宗啊！」

楊玉環輕輕爲玄宗擦去臉上的淚水，她的心裏也很難受，但她知道此時皇上需要她的堅強。她安慰著玄宗，並掀起車窗簾的一角，看著晨曦中愈來愈遠的長安城。

來到了渭水，天已大亮，陽光下可以看到出逃的車駕蜿蜒前行的身影。車騎隆隆地過了渭水上的便橋。便橋，是一座古老的木橋，漢武帝時代就已修建了，因與長安便門相對，故有此名，又因它在咸陽境內，又稱咸陽橋。

不久，楊國忠又上前奏告，等大隊人馬過後，放火焚橋，以減少這條路的壓力。玄宗不加思索地說：「此事不可，如今百姓惶恐，都要各求生路，怎麼能燒斷此橋呢！」他瞞著京城百姓獨自逃生，自感愧疚，因此處處爲民著想，不想如此絕情。

車駕過了便橋，行進速度更緩了，同時，派到前邊探路的人回來報告，先前安排在長安與咸陽之間中途接應的人員，都跑光了。高力士吃驚，沒有想到形勢危急時，那些人會自私如此，連基本的職責也不顧了。他和楊國忠商議，再派人前去安排，並且加派了沿途巡邏，加強安全防備。這些情況，他們怕驚擾皇上，就沒有上報。

此時，太陽的熱度漸漸發散了出來，暑天行軍，人人汗流浹背，灰塵蒙面，狼狽不堪。他們都希望到達咸陽望賢宮，這是早先安排中午休息的地方。

到達望賢宮比預想的要晚一個半時辰，大家都又饑又乏，都希望能早點吃上飯，好好休息一下。但令人意想不到的困難出現了，竟然無飯可供大家吃。

本來楊國忠早有安排，早兩天就派人到達望賢宮，準備飯食以待聖駕，但派來的人都逃走了。現在大隊人馬到來，無人接待安排。出奔的不是皇室宗親，就是達官貴人，哪裏會想到逃亡路上預備飯食的事，不僅沒有乾糧，就是連食具也沒有帶，他們把逃亡當成了到郊外遊玩。以爲自有下人安排得服貼周到，哪裏想到現在已經沒有下人了。

楊國忠連忙親自帶人入市井尋食，買到一些胡餅，匆匆獻呈皇上。

玄宗手裏拿著粗礪的飯食，咬了一口難以下嚥。雖然他肚內饑餓，但還從來沒有吃過這般難吃的胡餅，主要的還是心裏難受。想到逃亡的第一天就遇到這樣的情景，那到達蜀中的路還長著呢，以後可怎麼辦呢？

玄宗吃不下，楊玉環也吃不下，但爲了讓皇上能開胃吃上一點，她強迫自己吃了兩口，並做出津津有味的樣子。

楊國忠把皇上的胡餅買來了，自己並沒有吃一點，就又帶著人去張羅別人的飯食。他派人去與望賢宮四周的百姓交涉，多出錢買他們的糧食，儘量能讓五千人吃飽肚子。買來的糧食很快煮好了，由於沒有餐具，大臣貴人們就用雙手捧著飯而吃，再也沒有了以往的儀態。玄宗詢問京城長安方面消息。楊國忠稟告，說大批人自長安城內出奔，具體情況卻尚未得知。其實長安城中此時已經大亂，楊國忠爲了不驚擾皇上，故意隱瞞罷了。

凌晨皇上悄悄離京後，包括許多大臣都不知道，上午依舊到興慶宮上朝，到了宮門，還能聽到漏聲，宮廷門前的值班金吾軍士也還站得筆直，與以往並沒有多大區別。等到宮門開啓，還沒等大臣進入，突然從裏面跑出來許多宮女和內侍，吵嚷著慌張奔走，說是皇帝不見了。

此時，大家才知道，皇上已經棄他們不顧，逃出長安了。頓時，宮中譁然，王公、士民四出逃竄，長安城陷入大混亂中。那些未被告知的大臣心中氣憤萬分，心中責怪皇上的薄情寡義，昨天還講著要親征，原來一切都是爲逃亡做準備，丟下他們不管。大臣們個個返身急奔回家，張羅出逃的事。

皇家宮禁再也無人專心看守，城中百姓和城郊村民爭入宮禁及王公第舍，盜取金銀財寶，有的人甚至騎著毛驢就入了皇宮。有人焚燒左藏大盈庫，火光沖天。留城防守的邊令誠出來鎮壓，殺了十幾個人，根本無效，隨後不久，金吾軍士也參與了搶劫。城中混亂異常。局面一發不可收拾。

而此時的叛軍還遠在百里外的潼關。

這一切，玄宗不知道，他就是知道，除了徒增煩憂外，又能做什麼呢。他吃了幾口胡餅後，想去慰問大家一下，但一出望賢宮門，看到面前一片狼藉，皇室族人和達官顯貴都在掬飯而吃，他又默然退了回來。

玄宗坐在望賢宮前殿的一棵大樹下，心裏有說不出的傷心。他想到偌大一個大唐帝國，現在被他弄成這般模樣，真是上對不起祖宗，下對不起黎民，文武百官也都跟著他受罪，弄得連飯都吃不上，奔波如逃難災民。玄宗愈想愈心灰意冷，耳中聽著殿外傳來的吵鬧聲，加上一上午奔波和憂戚，他的心中頹廢到了極點，彿然有棄海內之意。他猛然站起，抽出腰間佩劍，欲自行了斷。站在一旁時刻留意皇上情緒變化的高力士上前一把抱住皇上，跪下奏道：「陛下，不可！」

玄宗目中含淚，悲歎道：「力士，我有愧，以此來謝罪天下吧。」

高力士也老淚縱橫，緊緊抱住玄宗的雙手，說：「陛下，此只是一時困厄，局面還需陛下指揮，居中領導，如陛下意志一弛，大唐天下就此土崩瓦解，會不可收拾！」

「我……我有何面目再對天下黎民百姓，面對文武百官。」

兩位老人相對默泣。

本來在後殿休息的楊玉環聽到皇上有棄世之舉，連忙奔出。她自玄宗手中取下劍，插入鞘中，再扶皇上坐下，哭拜道：「陛下，萬事待你定奪，你要保重啊。」

此時，楊國忠已經從市上購到糧食菜蔬，讓尚膳房重新做了午飯，供應皇帝和宮中人員。皇上稍稍進了一點食，他對楊國忠說，今晚到金城務必弄得像樣一點。

金城原稱始平縣，唐中宗景龍二年，送金城公主嫁吐蕃至此，故更此名。後來又增造了一所皇家館驛，屋宇雖不多，但大致可以對付得過去。

由於咸陽的情形，讓楊國忠和高力士對原先的安排失去了信心。他們把這層憂慮稟告了皇上，希望皇上另派一名有地位的大臣或內侍前往安排。結果，皇上讓袁思藝去了。

內侍監袁思藝是宮中除了高力士外，官階最高的內侍，官三品。也是被皇上寵信的內侍。袁思藝帶著八名內侍騎馬先行了。令玄宗沒有想到的是，袁思藝此一去，竟再沒回來，在皇上最困難時，他棄主叛逃了。

未時，大隊人馬集中起來，準備繼續前進。還沒出發，皇太孫代表太子來向祖父請安，太孫向祖父解釋太子不能前來的原因，說後面混亂，太子不敢擅離，恐有意外。玄宗讓皇太孫回告太子，危急時刻不必拘禮，凡事依情勢而變動，並讓太子儘量縮短與前隊的距離，不要離得太遠，以免首尾照顧不暇。

再度啓程了。玄宗和楊玉環上到車中，但車駕遲遲不見啓動。玄宗問車旁的高力士怎麼回事。高力士策馬向前探詢。沒過一會兒，高力士回返稟報說，車駕前跪著許多百姓，阻攔住了車駕。

「百姓？他們爲什麼阻擋車駕？」

「他們想請皇上留下率領他們抵抗叛軍。」

「胡鬧，要是能抵抗我不留下嗎？他們這是讓我死啊。」

「陛下，我這就去讓軍士驅散他們。」

高力士正待離去，玄宗想了想，說：「力士，我和你一起去。」

玄宗隨高力士來到車駕前，看到面前跪了一大片百姓，其中有老有少，從他們身上穿著可以看出，都是附近村落的。領頭的是一位白髮蒼然的老者，他看到皇上，說道：「陛下，不能捨棄皇都啊！」

玄宗伸手，示意大家起來，但沒有一個人站起。他和藹地問道：「老人家，你叫什麼名字啊？」

「賤民郭從謹，世代居於咸陽。不敢有勞聖上動問。」

玄宗點了點頭，說：「安賊叛亂，海內震盪。我暫避賊鋒，以圖後事，你們何故阻擋車駕？」

「陛下，賤民有一語，不知可否垂聽？」

「請講。」

「安祿山包藏禍心，已經不是一日了，也有人在聖上面前告發其謀，但陛下都聽不進去，還怪罪告發之人，說他們無中生事。這樣，越發助長了安賊兇焰，逞其奸逆，以致到了今天不可收拾的地步。常言說賢君都是訪求忠良之臣以廣聰明。我記得開元宋璟爲宰相的時候，常進直言，不怕諫言犯上，所以天下得以太平，後來，情景有變，朝中儘是阿諛奉承小人，不把外面真實情況上達聖上，使得聖上只知道宮廷中的事。草野之臣，心裏都知道會有這麼一天，但言路堵塞，區區之心不能上達聖聽。如果事情不到了今天這一步，我又如何能見到陛下，而訴陳這一切呢！」

這番話可謂講得很嚴厲，但又中肯精闢。言下之意竟指責玄宗是個任用佞臣，不聽忠言的昏君。這席話如巨鐘撞擊在玄宗的耳旁，讓他猛醒。近一段時間以來，他已經多次反省，懊悔自己晚年貪圖安逸享樂，不納諫言。他聽了郭從謹的一席話，不僅沒有責怪於他，反誠懇地說：「這是朕之不明，現悔之晚矣！」

「不，陛下。常話說『人非聖賢，孰能無過』，知過能改，善莫大焉。陛下既能悔過，當留於京師，率領父老鄉親抵禦叛賊。」

玄宗聽了這話，久久不語。不錯，現在他是知錯了，但如果讓他留在京師抗賊，他覺得兇險太大，信心不足，萬一爲賊所執，豈不貽笑千古。

見皇上不吱聲，郭從謹再拜懇求道：「陛下，眾鄉親都願誓死追隨陛下抗賊，陛下忍心捨下我們而去，讓百姓受賊兵蹂躪嗎？」

「陛下！」跪在後面的眾百姓一齊喊道，懇求著皇上留下，帶領他們抗賊。

就在玄宗猶豫不決時，高力士在他耳邊輕聲道：「陛下，車駕已出，不能回覆，望陛下愼重！」

玄宗狠了狠心，對面前眾人說：「眾鄉親請起，恕我不能聽從眾意。我這只是暫避賊鋒，要不了多久，待勤王之師齊集，我還會回來的。到時，請眾鄉親到宮中暢敘。」

大家聽皇上如此說，知道皇上不會留下，就紛紛站起讓道。郭從謹說：「陛下既不願留下抗敵，我等願意以身擊賊，以表對唐忠心。」

這話讓玄宗慚愧，他不敢用眼睛看著眾鄉親，策馬從他們身旁走過。

在向金城進發的路上，車駕走得更加緩慢，天氣太熱，一上午已經把大家的體力消耗得差不多了，加上中午又沒吃飽，人人精神頹喪，佇列再也沒有了出京時的壯觀與整齊。

回到車上的玄宗，神情煩躁，因爲到處顯出了他作爲一個君王的昏庸之處。郭從謹的一席話還在他耳邊迴盪。他想，多少年沒聽到這樣直面相諫的話了，是說這樣話的人沒有了呢，還是自己聽不進去了？也許兩者兼有。李林甫爲相十九年，沒有說過這種話，楊國忠爲相三年，也沒有說過這種話，唉，他們都失職啊！

玄宗把心中的想法和楊玉環說了。看著玄宗神情萎頓的樣子，楊玉環只能勸慰他說：「三郎，既然過去的事無可挽回，就不要多想它了。現在重要的是要向前看。」

玄宗聽了楊玉環的鼓舞，點了點頭說：「是的，我要結束過去，一切重新開始。玉環，我相信自己還是有這個雄心和能力的。」

本來講天黑到金城的，但由於行動遲緩，天完全黑了下來，離金城還有老大一段路。可是不能停步，一來曠野中沒有可供住宿的地方，二來，行進的計畫要完成，如果第一天就耽擱的話，那麼就會給後面的安排帶來不便。

黑夜徹底籠罩了大地，四周蛙聲一片，好在天上還有月亮，朦朧中還能認清道路。熱度降了下來，夏夜涼爽，但黑夜行進，又增加了新的混亂。軍士的嘈雜聲和車駕滾過路面的聲音，比白日聽來要響得多。大家又困又餓。

好不容易到了金城，已經是半夜時分。還沒等安頓下來，一個消息又給了玄宗重重一擊，中午派來預先布置安頓的內侍監袁思藝竟不顧皇命，私自逃跑了。這個打擊對玄宗來說很大，讓他有一種眾叛親離的感覺。他氣惱到了極點：「好，都離開我了。要走都走吧！」

沒有人敢說話，內侍們擁著皇上和貴妃入內安息。外面一片雜亂，叫罵聲和哭聲傳入皇上的耳中。

楊國忠連忙吩咐內膳尚做飯。許多人不待吃飯就衣甲不卸地倒頭睡去，也不分貴賤身分，相互枕著腿腳。好在附近的智藏寺僧徒送來了一些飯食，沒有像中午那樣造成眾軍待食的場景。

玄宗和楊玉環到了驛館內，由於長久沒有人住，裏面有黴味，他們也顧不得那麼多了。楊玉環把謝阿蠻召來，詢問了一下外面的情景。謝阿蠻不願增加楊玉環的憂慮，就揀好的說了。玄宗問高力士作爲後隊的太子爲什麼還沒有趕上來。高力士告訴他，剛才太子派人來說，由於後隊已經和逃難的人群相混到一起，不能快速行軍，看來今晚趕不到金城，他們可能要在半途宿營了。玄宗沒有說話。

其實高力士心中有一種預感，就是太子所言不實。從出京的時候，高力士就發現太子在有意拉開與皇駕的距離，不想跟上來，不知有什麼意圖。但他不想再增加皇上的煩惱了，就忍著沒有說。到外面布置防衛兵士去了。

突然，本來嘈雜的人群一下靜寂了下來，原來大家看到有一隊燈火正從東北方朝金城而來。他們不知來者何人，如果是敵人的話，除了束手就擒外，根本談不上抵抗。大家內心懼怕到了極點。龍武大將軍陳玄禮親自帶人上前詢問。過了一會兒回報，原來是大將王思禮到了。眾人這才舒了一口氣。

王思禮從潼關敗退後，先到長安，知道皇上已經出奔，一路趕來，先見過了太子。就在他面見太子時，他們訂下了一件大事，就是要誅殺宰相楊國忠。

自從出長安後，太子掌管二千禁軍殿後，固然有他向皇上稟告的和逃難人群相混不能快速前進的原因，但更主要的是他根本就不想趕上來。一直遠離皇上和權力的太子李亨，面對這種逃亡就蜀的形勢，他的考慮與皇上不同。

他認爲情況並沒有到了不可抵禦的地步，他認爲這又是楊國忠進一步的圖謀，遠離京都和大臣，以此架空皇上，達到個人專權的目的。而太子認爲這是一次機會，他不想跟著皇上就這麼稀裏糊塗地做了亡國奴。他一直渴望擁有自己的權力，甚至早點登上皇位，皇上的確老了，老到完全聽命於奸臣的調遣，太子認爲自己應該趁此把握這次機會，扭轉大唐的命運，同時改變他自己的命運。

在此之前，東宮宦官李輔國替太子謀劃道：「聖上出奔就蜀，蜀地是宰相勢力之地，入蜀必將更加受制於宰相，不如留待中原。」

「留待中原？」太子疑惑地問道，他不知道李輔國爲什麼讓他來冒這個風險。

「對，留待中原。聖上入蜀，中原無主，殿下正好振臂一呼，必成爲抗敵中心，聲望則海內雲集。」

「可是至尊遠冒險阻，我怎麼能在危急之時離開左右呢？」

「逆胡犯闕，四海分崩，如果只是囿於皇上的威嚴，什麼時候可以收復河山呢？殿下隨至尊入蜀，若賊兵燒絕棧道，那麼中原大片之地必拱手相送於賊。不如收西北守邊之兵，和河北郭子儀、李光弼聯手抗賊討逆，克復二京，削平四海，使社稷危而複安，宗廟失而復得，這不是最大的孝嗎？何必拘泥於區區親情，爲小兒女之狀乎！」

太子一聽有理，就有意拖延，打算留待中原抗賊。於是有意識地和前隊就愈拉愈遠。同時李輔國還對太子獻計，說安祿山叛亂全是楊國忠弄權埋下的禍根，在此群情洶湧，一片指責宰相的輿論下，應該想法利用倒楊之聲，除去楊國忠。不然，聖上入蜀，更會被楊國忠所左右，楊國忠就有可能以聖上名義，政由己出，挾天子以令制天下。

那麼如何除去楊國忠呢，他們想到了龍武大將軍陳玄禮。現在，皇上身邊最有兵權的就是禁軍將領陳玄禮，只要他同意除楊，楊國忠必死無疑。

太子知道龍武大將軍陳玄禮和楊國忠的關係並不是很好，如果和他商議的話，不是沒有成功的可能。只是如何與陳玄禮聯繫呢？

當王思禮從後面趕上來時，太子和李輔國終於找到了中間搭橋之人。哥舒翰曾與楊國忠交惡，王思禮作爲哥舒翰最得力的將領，對楊國忠也一定不會有好感。其實，王思禮對楊國忠何止沒有好感，還曾要率三十騎到長安把楊國忠橫伏到潼關殺掉呢。所以當太子與王思禮一說時，雙方一拍即合，王思禮答應太子，他趕上聖駕，一定要說動陳玄禮發動兵變，殺掉楊國忠。

王思禮被陳玄禮帶著來見皇上，詳細稟告了潼關兵敗的情景，並告訴皇上，哥舒翰已經投降了安祿山。這對玄宗又是一個打擊。

也許是打擊接踵而至的緣故，玄宗聽說哥舒翰叛敵的消息後，臉上並沒有顯露出太多憤怒神情，他只是沈默了一會兒，隨後就封王思禮爲河西、隴右節度使，讓他不必隨駕入蜀，即令赴鎮，收合散兵，以便東征叛軍。

從皇上那裏出來，王思禮就找到了陳玄禮，把與太子預謀的事說給陳玄禮知道，勸他誅殺楊國忠。陳玄禮雖對楊國忠心有不滿，但一聽說要發動兵變除去宰相，他還是吃了一驚，說：「這不是造反嗎？」

王思禮說：「這怎麼是造反呢？這叫替國除賊。社稷有危，聖駕落難，全是此賊一手造成。恨哥舒翰早不聽我的話，不然，哪有潼關兵敗之辱。」

聽了王思禮的話，陳玄禮沈默不語。經過一天的逃亡，破敗之相讓他悲痛，他跟隨皇上這麼多年，哪裏有如此落難之窘迫。他的心裏早就在恨楊國忠了。但如果讓他發動兵變而不是遵從聖旨除去楊國忠，他的心裏還有一絲猶豫，生怕事後會被皇上怪罪，那樣的話，豈不是自尋死路。王思禮勸告他說，就連太子都參予了其謀，他又有什麼擔憂的，同時還提醒陳玄禮說，如不除去楊國忠，一旦入蜀，楊國忠勢力大增，以他狹窄的心胸，必不會容留他這個龍武大將軍在皇上身旁。

最後，陳玄禮權衡利弊，終於答應了王思禮的請求，也就是太子的請求，發動他手中掌管的禁軍，發動兵變，不待詔命，除去楊國忠。

此時在驛館中的玄宗皇帝身心俱疲，兩個胡人郡王，一個謀反，一個背叛，原本兩個仇敵卻走到了一起，這真讓人好笑。但玄宗笑不起來，他不僅笑不起來，心裏還萬分難過。他草草地吃了一點東西就上床休息了。他現在真想把耳朵塞起來，不再聽到任何消息。因爲聽到的都是令他傷心的事。

楊玉環服侍玄宗躺下後，她並沒有睡意，悄悄走出室外，來到外間。逃亡雖然只有一天，但她感到似乎已經經過了千山萬水。她舉頭望月，月光清澄，似乎唯有月光依舊如前，還是那樣讓她熟悉。

這是在趕往她家鄉的路上，但她沒有絲毫的歡悅之情。她記得當年隨叔叔出川時，所見地勢均險隘無比，如果以這樣方式行軍的話，實不知何時能到蜀中。既睡不著，她就把謝阿蠻找來說說話。因爲兩個姐姐不在身旁，他們被國忠另行安排在了一處，似乎在聖駕的前面。楊玉環問謝阿蠻是否還記得當年她在蜀中行走江湖的事了。謝阿蠻說：「貴妃，我怎麼不記得呢，那時你還小，就知道同情人，你對我的好我一直都沒有忘記呢。」

「是啊，想不到，多年以後還能遇到你。現在提起來，我還能記得當初你的模樣。有時我想，人的一生其實就是緣，在短短的人生中，我們能接觸到的其實就是與幾個人的關係，真的很簡單。」

謝阿蠻不知楊玉環何以變得如此成熟，對人生發起感慨來。不過，經過這麼多變故，誰又能不變得成熟呢，她不也改了不少嗎。想到這裏，她說：「其實再到蜀中看看也好，說真的，蜀中有許多好玩的地方，我還很想念呢。」

當月已西沉時，楊玉環才回內室安睡。但她睡得並不安穩，她做了一個稀奇古怪的夢。她夢見一隊仙女從天而降，她們上來拉著她的手，要把她拽離地面。她驚叫道：「你們要把我拉到哪裏去？我還要陪皇上到蜀中去呢。」

仙女們笑嘻嘻地說：「你到不了蜀中了，你的塵緣已盡，快快位列我們的隊伍中吧。」

什麼？位列你們之中？我是天上的仙女嗎？楊玉環回頭看到正在床上熟睡的皇上，心想，我不能就這樣丟下皇上啊，於是，她掙扎著不肯走，並大聲喊著：「三郎，三郎救我！」

從夢中醒來的楊玉環看到皇上正在她的身旁，她也並沒有被仙女拽上天。四周蟲聲鳴響，一片月光正照在床前。

六月十四日，是逃亡的第二天。這天依然是晴天，可以想像會和昨天一樣熱。從金城西行，五裏外就是興平縣城，但城中的人都逃跑光了。楊國忠和高力士商議，中午到距興平縣城二十三里的馬嵬驛休息。鑒於昨天的經驗，這次分批派了以多方面人員組成的先遣隊，也是讓他們互相監督，以免再出現如袁思藝逃跑都不知道的事。

馬嵬驛所在地叫馬嵬坡，從前有城，驛站是開元末年所建的，在故城以東，那是長安西路的大驛站之一，道北是驛舍，有三棟，另有營房，道南則有驛亭，還有一個佛堂，依傍亭而建。

玄宗在車中拿出一幅地圖，徐徐展開，指著地圖上的馬嵬驛對楊玉環說：「中午我們就可以到這裏了。」

「這叫什麼名字？」

「馬嵬坡。」

「這個地名不好。」

「爲什麼？」

「嵬，山字下面是個鬼。鬼本來就可怕，再躲在山裏，說不定什麼時候就出來作祟，讓人防不勝防。」

聽了楊玉環這番歪理，玄宗笑了笑，這是他幾天來少有的笑。他說：「等回來後，就把它的名字改了。你看改什麼名字好呢？」

「反正不能有鬼字。改作馬神坡吧。」

「我看就把它改作貴妃坡吧。」

玄宗一語成讖，楊玉環死後，後來的人很久都把馬嵬坡叫作貴妃坡。

由於昨晚大家都沒有休息好，眾人臉上都滿是疲憊，走路也萎靡不振。太陽慢慢升起來了，炙烤著路面，漫漫逃亡路，何時才能到達目的地呢。

作爲總管一切的楊國忠，跑前跑後，不停地協調各方面的矛盾。由於袁思藝的逃跑對別人造成了極其不利的影響，將士的情緒很不穩定，不及時給予安慰，恐怕都沒有心思護駕了。好在，先前一直擔憂的賊兵並沒有出現在富平，也沒有聽說沿河西進，不然的話，結果真是不可想像。現在令他著急的，就是這麼多人的吃喝問題。這也是沒有經驗造成的，只想著要帶貴重的東西了，金銀珠寶倒是裝了滿滿十幾大車，要是早知道沿途官員都會逃跑，找不到供應糧食的話，還不如裝十幾大車糧食好。

現在說這些都已經晚了，楊國忠只能多派小分隊出去尋糧，儘量填飽大家的肚子。不知怎麼搞的，楊國忠敏銳地感到禁軍中有著一股十分不滿的情緒正在醞釀，而且明顯地與他過不去。他們自成一個團夥，仗著皇家禁軍這一特殊的身分，不僅對他的話陽奉陰違，對沿途百姓也隨意辱罵，就是對大臣和王孫也不放在眼裏，隨意呵斥，驕橫無比。楊國忠想也許他們以爲此時皇上全仗他們來保護的緣故吧。

禁軍是歸龍武大將軍陳玄禮指揮的，楊國忠懷疑這是不是陳玄禮在其中弄鬼。但他又想陳玄禮應該沒有這個膽量吧。

提起陳玄禮，楊國忠與這個人的關係並不是很親密。陳玄禮作爲皇上的心腹已經許多年了，不然，皇上也不會把禁軍交給他統領這麼多年，在楊國忠爲相前後，與他打交道並不多，只是覺得他是個不善言談的人，對皇上忠心耿耿。他承認自出京後，他對禁軍是有所冷落，每次尋到糧食後，都是先大臣，再諸蕃使者，最後才想到禁軍。一來，他們人太多，二來，相比起來，他們地位低下。他想，也許是這樣引起他們心中的不滿。楊國忠想，以後他會慢慢注意這方面的問題。

但當楊國忠意識到這個問題時，已經爲時已晚。禁軍中對他的怨恨已經達到了不能忍受的地步，陳玄禮受王思禮唆使，正在利用禁軍中這股反楊的暗潮，要除去楊國忠。

陳玄禮作爲一個久在官場走動的人物，他不可能不知道在沒有接到聖旨的情況下誅殺宰相的後果，但他之所以聽從王思禮的勸告，做出這個決定，也是有著一定原因的。自從原禁軍將領王毛仲因驕橫弄權被皇上殺掉後，他以淳樸自檢得到重用，掌管禁軍，幾十年來，他除了對皇上忠心耿耿外，從不結交大臣，他知道王毛仲就是因爲結交大臣而被皇上見疑丟了性命的。

他不與諸大臣來往，但並不代表對朝廷上的事漠不關心，他先是看到李林甫爲相十九年，任人唯親，打擊異己，大唐表面保持著繁榮，實際內部危機四伏，到了天寶最後幾年，楊國忠爲相，朝廷間這種情況不僅沒有改變，更是變得肆無忌憚，與李林甫相比，楊國忠這個無賴出身的遊民，一點沒有把握大局的能力。陳玄禮認爲，安祿山的造反就是楊國忠逼反的。如果不是楊國忠口口聲聲在皇上面前講安祿山有謀反之意，讓皇上對安祿山起了懷疑之心，安祿山又怎麼會走上這條路呢。

讓陳玄禮決定誅殺楊國忠的還有一條理由，那就是這是出於太子之謀。太子是未來的皇帝，皇上本來年紀就大了，按現在的形勢來看，傳位太子當是短時間內的事。連太子都要除去楊國忠，他還有什麼好怕的呢。如果不與太子合謀，得罪了太子，那他的前途不僅保不住，就連性命也有危險啊。正是有了這個依靠，陳玄禮才敢做了這件背叛皇上的事。這也是他一生中唯一一次背叛皇上。

車駕在午時到達馬嵬驛，此時已是烈日炎炎，好在大家在太陽的熱度沒有強烈蒸發之前勉勉強強多走了一段路，也算準時到達了目的地。這是逃亡以來，第一次按計劃走完路程。到了馬嵬驛的將士，又累又餓，此時，他們多麼希望能吃上飯，好好休息一下。但沒有飯食供應他們。

這次派來的先遣隊倒沒有逃跑，但原先留守驛站的人員早逃了，趕到的人員面對空空如也的驛站，愁容滿面，準備不出飯食來招待車駕。於是，軍士們鼓噪一片，吵罵聲，抱怨聲此起彼伏。陳玄禮看到這種情況，心中暗喜，這正是他所希望看到的。於是，他把手下各營的將領召集起來，先是試探地抱怨了幾句，發洩著對宰相楊國忠的不滿，想看看眾人的反應。

哪知，眾將領對楊國忠早就一肚子的氣，聽了主將一開口，頓時吵嚷聲一片，爭先訴說對宰相的怨恨，說他根本不把禁軍當人，讓禁軍去找糧，卻不分給禁軍飯食，最後還讓軍士自己去村落中解決飯食。更有甚者，說這一切都是楊國忠造成的，安祿山的謀反都是奸臣般的宰相逼反的。

聽了諸將領的牢騷，陳玄禮暗暗高興，他乘機把太子的計謀和盤托出，不想，馬上得到了他們的回應，紛紛應和說，楊國忠這個奸相，早該誅殺了。願聽大將軍號令，一同誅殺此賊。陳玄禮知道此事宜早不宜遲，如果風聲傳入楊國忠耳中，不僅大事不成，連性命也保不住了。隨即，他做了布置，就在馬嵬驛誅殺楊國忠。

此時的楊國忠還一點不知道針對他的陰謀，他四處奔忙尋食，希望把大家的肚子都填飽，同時，他還想著這次要對禁軍優先照顧，先讓他們吃上飯。不管以前楊國忠如何專權，自從逃亡以來，他可是兢兢業業，盡心盡職，他的目的很明確，就是要克服重重困難把皇上帶到蜀地，但為時已晚矣。

玄宗和楊玉環進入馬嵬驛，稍事休息後，供應皇家的飲食已經呈上。由於有一天半的逃亡經驗，他們已經沒有了開初的慌亂和無措，知道逃亡途中，一切都只能從簡，已能適應路上的顛簸和嘈雜。即便這樣，必要的修飾還是要的。一到驛站，楊玉環就入內更衣洗面，由於昨晚睡得太少，加上夢魘纏繞，她感到疲憊不堪，眼皮睏乏。她用冷水洗了洗面，精神稍稍振作了一些。

衣服換好後，楊玉環從內堂出來，玄宗在等著她進食。

玄宗說：「玉環，你一上午都無精打采，一定是昨晚沒有休息好，吃過飯後，你好好睡一覺，我們可以推遲一點走，也好避過烈日。」

楊玉環說：「我不妨事，不要因爲我一人耽誤了行程，今天好不容易按時到達了目的地，不能再拖延了。我下午在車上睡一覺一樣的。」

「玉環，你看凡事都可以適應的，開初上路時，可以說人人無措，現在，似乎也有了逃亡的經驗。」

楊玉環以爲這話不吉祥，阻止了玄宗再說下去。她說：「我們吃飯吧。難爲國忠在這種情況下，還爲我們準備得這般好飯食。」

其實擺在面前的飯食，實在不能算好飯食，不要說和宮中平常的膳食相比，就連一般宴席上的也比不了。但因爲饑餓，他們吃起來都津津有味，絲毫不覺得比山珍海味差多少。

正在他們進食時，外面傳來了一陣喧嘩聲。

原來陳玄禮帶領著左、右龍武軍和左、右羽林軍，發動了誅殺楊國忠的兵變。

在此之前，楊國忠剛把能尋到的飯食分配給大家，但僧多粥少，還是不夠分，他忙亂了一陣子，自己的肚子還是空的。正在他要去和眾大臣一起進食時，相府從官來告訴他，許多外國使者的飯食還沒有著落。於是，他返身去布置，就在他走在半道上時，迎面碰上了吐蕃使者，他們是來向他訴苦的，說他們自出京後就沒有吃飽過肚子，今天的飯食更是無從著落，希望宰相能分給他們一點糧食。

楊國忠向吐蕃使者致歉，命先把相府食物供給他們。但，就在楊國忠與吐蕃使者說話時，忽然有十多名兵士叫嚣起來，大喊著，說宰相勾結蕃臣，圖謀不軌。

楊國忠的侍從大聲喝斥，但喊叫的人愈來愈多，他們不僅喊，還手執兵戈向他們衝了過來。楊國忠看到這都是禁軍軍士，知道大事不好，連忙搶過一匹馬來，跨上就逃，隨後相府衛士把楊國忠的兒子楊暄也扶上馬，向外逃去。

大喊的禁軍正是陳玄禮預先布置好的，待軍士一喊，立刻就有大批的軍士從四面八方向此圍攏過來。楊國忠還沒逃出多遠，軍士就向他射箭了。羽箭從楊國忠的頭上和身畔穿過，他趕緊俯下身子，把整個身體貼在馬背上。但馬中箭了，楊國忠立即跳了下來，一瞬間，有幾支箭同時射中了他。

已經衝到前面的楊暄看到父親中箭倒地，立即掉轉馬頭，準備把楊國忠從地上拽起來，他剛趕到楊國忠面前，追趕的禁軍也到了，刀槍並舉，把他們父子雙雙殺死在地。

殺死楊國忠的地方離大臣們進食的土屋不遠，聽到外面的喧嘩聲，御史大夫魏方進出來察看，當他看到宰相父子同時斃命時，不禁驚惶失措，慌亂中他只想阻止軍士的行兇，就大聲喝止。正當兇險時刻，行兇的軍士已失去理智，一名騎兵軍官揮動長柄刀，砍中御史大夫的頭，魏方進倒下了。

殺死兩位大臣後，圍攏來的禁軍立即大喊道：「宰相通敵謀反！宰相通敵謀反！」「楊國忠造反！楊國忠造反！」

除了楊國忠，就屬左相韋見素官最大了，此時，他硬著頭皮走出土屋。他看到楊國忠父子和魏方進都橫屍在地，心中恐懼，但他沒有像魏方進那樣呵斥軍士，而是輕聲細語地詢問他們原因。紅了眼的兵士絲毫沒有把這位左相放在眼裏，一名兵士揮動手中的長槍打在他的頭上。韋見素一閃沒有閃開，他頭上一陣刺痛，倒下了。兵士正待要上前補上一槍，一名軍官喝止道：「他是韋相，不要傷害他！」

韋見素撿回一條命，但已經頭破血流，再也不敢說話了。

就在一些禁軍軍士殺死楊國忠父子時，更多的禁軍軍士湧到皇上待著的驛站周圍，大聲鼓噪著。這也是陳玄禮和將領們事先商量好的。誅殺了楊國忠後，就擁兵到皇帝處，讓他寬恕誅殺宰相的罪名。

玄宗和楊玉環正在驛站內進食，聽到外面的喧嘩，都停了下來。玄宗忙讓高力士到門口看看出了什麼事。

高力士來到門口，看到的是一片慌亂的景象，他大吃一驚，一時還沒明白發生了什麼事。待軍士們大喊「楊國忠造反」時，他才知道他們誅殺了宰相。高力士不愧為久經世面的人，他面對這種危急的場面，沒有貿然出口呵斥，而是靜默以待。他看到軍士們都帶著兵器，雖雜亂但有一定秩序，顯然有人在暗中組織策劃，他心裏明白了，這是一場有預謀的兵變。

軍士們看到一身戎裝的一品大將軍站立在驛站門口，不怒自威，心中不自然地生出一股敬畏，稍稍向後退了幾步。這時，陳玄禮也趕到了。高力士詢問道：「大將軍，這是怎麼回事？」陳玄禮裝作神情惶急的樣子，額頭上滿是汗水，說：「軍中有變，高翁，我也是剛剛得知。」

高力士望著陳玄禮的目光充滿疑問，但他知道此時不是追究罪責的時候，說道：「聖駕在此，請勿驚擾。請你發令退兵。」

「是是。」陳玄禮答應著，揮手讓軍士們又往後退了幾步後，又上前奏道，「高翁，聽說宰相楊國忠私通蕃臣，圖謀不軌，禁軍將士才有此兵變，沒有奏請皇上就自行發難，已經誅殺了楊國忠父子。」

隨著陳玄禮的這番話，圍攏的軍士又一次大聲鼓噪起來，中間並有兵戈相撞發出的聲音。高力士心想，如果沒有你這位禁軍大將軍的命令，這些軍士又怎麼敢殺死宰相的呢，你不從中策劃，隊伍中的軍士又怎麼能不奏請皇上就自行發難的呢。但他知道此時不能戳穿陳玄禮的謊言，以免激化事態。此正當形勢萬分危急的時候，不比太平時期，如果宣叛他們有罪，把他們逼上絕路，他們可能會做出弒君的舉動。而後他們再逃到叛軍那裏，不僅性命會保仕，還會得到安祿山的封賞。

此時，高力士不能後退，他鎮定了一下，獨自站立在驛站門口，不怕兵士會隨時衝上驛站把他亂劍分屍的後果。他知道，如果他一退，皇上就更有危險了。別的內侍都離他遠遠的，嚇得逃在一旁渾身發抖。

情勢危急，不允許高力士入內稟告皇上再作定奪，他立即說：「宰相謀反，罪大當誅，四軍將士忠於皇上，我當奏聞，給予嘉獎。」

軍士們沒有想到這樁事會這樣輕易得到解決。本來他們還擔心會受到皇上懲處，不想還會給予獎勵。他們不知是進是退，都把眼光望向了陳玄禮。

陳玄禮心裏也拿不定主意。沒有想到能得到這樣的滿意答覆。按理說應該退兵了才是，但也許是結果太出乎他的意料地好了，陳玄禮反而猶疑起來，再說，這話只是高力士所說，並不是皇上親口講的，可信度又打了個折扣，事後，皇上要是再追究起來，不承認高力士所說的話，那時，豈不一切都太晚了。但高力士已經這樣講了，不退兵又沒有理由。

正在陳玄禮爲難時，突然，站在軍士中的一名軍官高聲叫了起來：「楊國忠謀反，貴妃不易供奉，請皇上割愛正法！」

高力士聽了這話，渾身一震，他知道此時群情洶湧，任何人提出的一個建議都會成爲全軍要達到的目的。果然，全軍立刻響起「請皇上割愛正法」的話來。這時，高力士看到一隊軍士用長竹竿挑著楊國忠的頭也來到驛站前，他心中更充滿了憂戚。

全軍的呼喊提醒了陳玄禮，他想，對啊，楊國忠是貴妃的娘家人，他被誅，就算皇上不追究，貴妃豈能甘休，以後她時不時在皇上面前吹吹風，時間久了，皇上難免會聽她的話，那時，倒楣的還是自己。想到這裏，他對高力士說：「高翁，全軍所請，請你轉告皇上。」

但高力士沒有動，他知道這個請求皇上是不會答應的，他知道貴妃在皇上心裏的地位。他勸告說：「玄禮，你讓四軍先退，你和我再一起面奏皇上，請皇上定奪。」

陳玄禮也知道此時不能罷兵，如果退兵，那就失去了和皇上談判的條件。他說：「高翁，你也看到了，眾怒難犯，將士不達目的，說什麼也不會歸隊的。還是請你代爲面奏吧。」

高力士想你沒有說怎麼知道將士不願歸隊，但也不好多講。正在僵持時，皇上從驛站中出來了。

玄宗和楊玉環在內室已經得到內侍的稟告，說是楊國忠謀反，已經被禁軍誅殺。「什麼？國忠謀反？斷斷不能！」玄宗情不自禁地喊出聲來。

玄宗站了起來，在屋內徘徊，他喃喃道：「嗯，朕現在落得個眾叛親離了，連朕一向善待的禁軍也要造反不成。」

楊玉環驚恐地看著走動的玄宗，彷彿急等著他拿出一個主意來。楊國忠造反？那是萬萬不會的。他爲什麼要造反？她說什麼也不相信。當她聽說楊國忠已經被殺時，她全身一抖，心裏掠過一陣恐懼。雖然她與楊國忠關係不是太親密，不管怎麼說，楊國忠是她楊家人，她爲他難過，同時預感到這場動亂不會就這樣平息，一定還會有事發生，那會是什麼事呢？

高力士遲遲沒有進來稟奏，看來外面情勢危急。玄宗停下身影，說：「我要出去看看。」

聽了玄宗這話，楊玉環上前一把拽住他的手說：「三郎，不可，外面兇險，還是讓力士處理吧。」

「玉環，看來力士也不能控制局面了。我出去看看，不會有事的。」

玄宗的話音剛落，又是一陣呼喊傳進來。楊玉環說：「三郎，我與你一道去。我們在一起，不管生死。」

玄宗拍了拍楊玉環的手說：「你放心，情況不會如你想的那麼嚴重。」

玄宗嘴上講得這麼輕鬆，實際知道不是這麼回事。如果他待在亭內，一樣是危險重重，他決定冒一下風險，親自出面，面對險情，或許可化險爲夷。

玄宗拄著拐杖出來了。他一出來就被面前的景象駭了一跳。禁軍軍士團團圍著驛站，人人手裏拿著兵器。人群的外面豎著一根長竿，上面吊著一顆血淋淋的人頭。他估計是楊國忠的。

看到皇上出來，將士們一下變得鴉雀無聲，目光齊刷刷地望著皇上，既不行禮也不高呼「萬歲」。只是陳玄禮領著身後的將領躬身行起禮來。高力士見皇上此時出來，心裏大吃一驚，連忙把情景簡短地陳述了一下。聽了高力士的奏告，玄宗轉向躬身而立的陳玄禮說：「宰相謀反，罪當誅滅，你們做得很好。著各軍先行歸隊吧。」

聽到皇上親口講出赦免了他們誅殺宰相之罪，陳玄禮心中一陣高興，但他此時的目的又多了一個，爲了以後沒有性命之憂，要讓皇上正法貴妃。於是，他沒有動。將士見主帥沒有動，立即又高呼道：「請皇上割愛正法！」

聽了這句話，玄宗把疑惑的目光投向高力士，不知讓他割什麼愛，正什麼法。高力士臉色凝重，他輕聲告訴皇上道：「宰相謀反，將士們以爲貴妃不能再伺候皇上，請皇上割愛正法。」

聽了這話，玄宗身子如遭了雷擊，不自禁地晃了一晃。他用雙手握緊拐杖，好不容易才撐住身子沒有倒下去。高力士連忙喊了一聲：「陛下！」要用手攙扶。

玄宗朝他擺了擺手，穩定住身子，威嚴地看著虎視眈眈的持戈的禁衛軍的軍士們說：「朕自會處之。」

說完這句話，玄宗邁著緩慢的腳步，拄著拐杖回轉驛亭內。他的背影是那樣地蒼老和衰邁。此時的玄宗是那樣的傷心與憤怒，是那樣的驚恐與悲哀。哼，這些膽大狂徒，誅殺了宰相不算，竟連貴妃也不放過。貴妃有什麼罪，她整日待在深宮，從沒參預過政事，你們不知貴妃是朕心愛的女人嗎？如果我連自己心愛的女人都保護不了，那還算什麼皇帝。讓我割愛，我恨不能把你們都正法了。

玄宗這樣想著，他一進驛亭內，就再也支撐不住，身子往地上癱去。內侍連忙上前攙扶。楊玉環已經從謝阿蠻的嘴裏知道了一切，她哭著一頭撲進玄宗的懷裏，喊了一聲：「皇上。」

玄宗伸手把楊玉環摟在懷裏，眼裏也流下淚來，他帶著哭音說：「玉環，不要擔心，說什麼我也不會把你交出去的。」

「三郎，我怕。」楊玉環緊緊地摟住皇上。

「別怕，有我呢。」可是玄宗的話再也沒有了從前的從容。他的聲音聽起來是那樣的虛弱。倆人緊緊地抱在一起，生怕有人會把他們分開來。接著倆人已泣不成聲。

可是就在這時，外面又開始了一片譁然聲，呼聲一浪高過一浪。原來太子已經得到了楊國忠被刺殺的消息，於是太子的精神大振，他感覺到了現在的時局對他們極爲有利，只要乘勝追擊，他們的計畫就會勝利在握。皇上的權力就要屬於他太子的了。

於是太子就叫王思禮派了心腹去找陳玄禮讓他抓緊時機繼續按原計劃反戈。於是陳玄禮便又一次在軍士中掀起了處死貴妃的高潮。玄宗一狠心猛地推開貴妃，一下就衝了出去，他對那些叫嚷的軍士們說：「如果你們要殺了貴妃就等於殺了朕，如果你們非要殺貴妃，就不如連同朕一塊殺了吧。」軍士們聽皇上這麼一說，立刻嚇得鴉雀無聲了，誰敢弒君呢。

高力士趁機把皇上扶了進去。而此刻的楊玉環就像一朵被急風暴雨打濕的牡丹，如雨的長淚掛滿了那張嬌豔的臉，她被皇上的果敢和癡情震驚了，她覺得自己已經死而無憾了。她的雙眼就像剛剛綻放的花蕾向皇上張望著，更是讓人憐愛，讓人心痛不已。

玄宗已經抱定了與楊玉環同生死的決心。那一刻，世界就像一下突然消失了一樣的安靜，玄宗和楊玉環執手相看淚眼，彷彿他們的生命早已融爲一體，已經度過了千年萬年。楊玉環用從沒有過的沉穩而又安靜的語氣輕聲細語地對皇上說：「三郎，我已經知足了，還記得我們的約定嗎？我會在天上等你的。」

「不，玉環，我會和你同生死的。我不會讓你離開我的。」

「不，三郎，國不可以一日無主，我已經得到你的愛了，我已經心滿意足了，我心甘情願地要你把我交出去。」

「什麼？」

「三郎，情勢不可挽救，我要以死相救陛下。」

在玄宗出去時，謝阿蠻把外面緊急萬分的情勢已經告訴了楊玉環，並說了將士最後的要求竟是讓皇上殺死她，如果皇上不同意，他們就可能做出大逆不道的弒君舉動來。楊玉環實是看到情景太過兇險，外面圍攻的將士就像一個火藥桶，任何一句話一個舉措都可能成爲一個火星，點燃它。一旦它被點燃，那麼必會把他們全都燒毀。她思前想後，看來只有犧牲自己才能化險爲夷，救皇上於困厄之中。

聽了楊玉環這句話，玄宗把她緊緊摟著，彷彿生怕她馬上就要走出去，流著淚說：「玉環，我不會讓你出去。我們在一起。」

皇上說了「與貴妃同生死」這句話後，轉回驛站內，站著的禁軍將士不知應該如何是好，又都看著陳玄禮大將軍。陳玄禮想，皇上講了這句話，顯然不想殺貴妃，如果就這樣罷兵的話，貴妃必不會離開皇上的身旁，那麼，自己早晚會被她讒言所傷。想到這裏，一不做二不休，心想，如果皇上不殺掉貴妃，那麼出於保命，只有弒君謀反了。現在自己是禁軍大將軍，禁軍將士都聽自己的，只要他登高一呼，將士必回應追隨。殺了皇上，從富平奔逃去潼關，安祿山必會重賞自己，說不定封的官比現在還大呢。

陳玄禮想到這裏，對高力士說：「高翁，你看四軍將士的呼聲，我也身不由己啊。請你轉告聖上，割愛正法貴妃，否則後果不堪設想。」

高力士鼻子「哼」了一聲，他看出，禁軍將士雖誅殺了楊國忠，但還是聽命於陳玄禮的，只要陳玄禮下令收隊，情勢也許會有所好轉，可陳玄禮似乎有意鼓動禁軍將士與皇上爲難。他不知道一向忠心的陳玄禮，如何在關鍵時候會背叛皇上，難道他也像袁思藝那樣，只能共富貴，不能共患難。而袁思藝只是逃跑罷了，可你陳玄禮卻是擁兵造反，罪名可就大得多了。不過，此時不是呵斥陳玄禮的時候，他知道任何不得體的應對都會激化矛盾，於是，高力士溫和而有力地說：「玄禮，此事重大，容皇上慎重處理。來，我與你一起再進去勸勸皇上。」高力士想，只要把陳玄禮拉進去，把他與禁軍將士隔開，或許會好些。

這時，韋見素的兒子韋諤也擠了進來。高力士向他一招手說：「韋司錄同來，我們一起勸勸皇上。」

陳玄禮本不想進去，但見高力士這樣安排又不好不進去，他隨即喊了另兩名禁軍下屬將領和他一同進去。當高力士轉身入內時，圍攏的禁軍又喊起了「請皇上割愛正法」的話來，那是要求，也是威脅。

當到達驛亭門口時，陳玄禮覺得此時進去見皇上，似有不妥，於是他和另兩名將領在門口階前等待。高力士和韋諤進去。還在門口時，他們就聽到了裏面傳出的哭泣聲，一進去，高力士看到皇上和貴妃正抱在一起，悲傷萬分。他連忙跪在地上，叩頭說：「陛下，老奴有罪，竟無力阻止這場嘩變，讓皇上蒙受如此的無禮恐嚇。」

見高力士進來，楊玉環從玄宗懷裏掙脫而起。玄宗說：「力士，外面情況如何？」

高力士說：「老奴有負聖恩，外面局面，老奴已無能為力了。」

「嗯，這些大膽狂徒，先是誅殺宰相，再讓我交出貴妃。我看他們才是在謀反，不行，就是死了，我也不會交出貴妃。」玄宗氣恨滿胸地說。

這時，韋諤也拜伏在地，說：「陛下，今日只有割愛方能度過難關，不然，時機稍縱即逝啊。」氣惱已極的玄宗大聲喊道：「貴妃常居深宮，怎麼知道國忠謀反？就算國忠有罪，貴妃又有何罪？」

此時不是探討貴妃有沒有罪的時候，而是要滿足禁軍將士的要求。平息叛亂的整個過程，高力士看在眼裏，明在心裏，高力士已經看出來了，並且深知他們的用心和擔心，於是他只好挑明：「陛下，貴妃誠無罪，但將士已誅殺國忠，想國忠與貴妃系出一門，貴妃再侍奉皇上左右，將士豈能放心。願陛下深思。現在是將士安，陛下才能安啊。」

這話講得再明白不過了。就算貴妃無罪，但因為國忠與貴妃都出自楊門，是親屬關係，將士殺了楊國忠，為了自身安全考慮，才提出此要求，也屬情理之中。

但玄宗不管這些，風燭殘年的他再也經受不住一次打擊了，他就是不開口答應將士的所請，這可急壞了高力士，他彷彿聽到時間一點一滴正從身邊溜走，彷彿看到門外急躁的將士晃動手裏的兵器正向驛站靠近。

看到此番情景的楊玉環，心裏悲痛傷感，她也明白此時已經到了再無退路的時候了，除了她死，皇上尚可逃過一劫外，再無他法。於是，她再一次跪倒在地，說：「陛下，臣妾願以死謝罪。」

但玄宗還是固執己見，他一把把楊玉環拉起說：「你有什麼罪，有罪的是他們，這些犯上作亂的賊子。我不會讓你死的，要死，我們死在一起。」

玄宗的這番話讓高力士等心裏徹底涼了，他們知道再勸也是沒有用了，他們所能等到的就是刀劍加身。

這時，楊玉環站起，臉上突然表現出一股堅定，她讓謝阿蠻扶著她到後面佛堂去。沒過一會兒，謝阿蠻又回到前亭，招手讓高力士到後面來一下。

高力士滿面愁容地來到後面佛堂。楊玉環已經在佛堂等著他了。她見著高力士，說：「阿翁，再也沒有挽回的餘地了嗎？」

「沒有。看來我們都會死於非命。」

「阿翁，我要以死相救皇上，請你幫幫我。」

「可是皇上不允許啊。」

「皇上不會同意，我要自我了結。」

「什麼？玉環，你……」

「皇上眷顧我們之間的恩愛的感情，不忍心割愛，最後我們都只會無一倖免。我仔細想過，只有我死了，滿足將士所請，才能保全皇上。」

楊玉環說這些時，神情從容，絲毫不見悲哀，似乎在述說一件與她毫不相干的事。高力士是個聰明人，自然知道此時楊玉環做出這樣的舉動，是再好不過了，他想張嘴勸阻，但張了張，又把話咽了回去，他臉上老淚縱橫，拜伏在地，哭咽著說：「貴妃！」

「貴妃，玉環，不可！」謝阿鑾也急忙跪在地上勸阻。

「阿鑾，你不要勸我了，我心意已決，請你以後代我多多照顧皇上。」

謝阿鑾哭著站起，要趕到前面去喊皇上。高力士用日光示意內侍拉住了她。

有人似乎早已經將一切都準備好了，楊玉環將身邊的一尺錦帛拿起來，然後環日四顧。她看到小小佛堂內潔淨無塵，陳設簡陋，正面豎著一座佛像。她對佛從來沒有興趣，不知此地供奉的是什麼佛。她看到佛像滿面慈善，寶相莊嚴，似乎所有人的痛苦都可託付給她，只要告訴了她，她就能幫你逢凶化吉，遇難呈祥。楊玉環真想問問她，爲什麼對發生在她面前的這場悲劇無動於衷？但她還是走上前，恭恭敬敬地向佛拜了幾拜，她在祈求什麼呢？

當她轉過臉來的時候，臉上已經布滿了淚水，她貪戀地看著周圍的一切。這是留於眼中最後的塵世景象。她的心裏翻滾著與皇上間的點滴恩情，初次玉真觀的相會，北郊的載歌載舞，溫泉賞雪，一切都要結束了。記得七夕盟誓時，他們相許永不分離，今世爲夫妻，來世還爲夫妻，想不到最後會是這樣一種結局。

高力士知道時間不允許他多等，他示意小太監把錦帛結成活扣，套在楊玉環的頸上。他老邁的身軀趴在地，不敢去看楊玉環受刑時痛苦的模樣，他嗚咽著喊出了一聲：「行刑。」

當錦帛向頸中收緊的一瞬間，楊玉環喊出了一聲：「三郎！」謝阿鑾努力想掙脫拉著她的內侍，哭喊道：「貴妃！」

沒過一會兒，楊玉環就香消玉殞，萎頓倒地，再無聲息。謝阿鑾撲在她的身上，放聲大哭。高力士臉上掛著淚水，趕到前亭，對皇上說：「陛下，貴妃承顧聖恩，已經自縊身亡。」

「啊？」聽到這話的玄宗，像不明白高力士在說什麼。

「貴妃自甘聽從四軍所請，已經自縊身亡。」

這一次，玄宗聽清了。他立即站起來，拐杖也不拄了，向後奔去。由於用力過猛，他趔趄了一下，差點摔倒，內侍趕忙上前扶住。

趕到佛堂的玄宗看到楊玉環已經橫屍於地，頸中的錦帛垂在兩邊。他慢慢走近她，全身在顫抖，臉上老淚縱橫。玄宗看到楊玉環雙眼翻白，舌頭外伸，臉上已經沒有了血色，只有眼角還噙著兩滴淚水。玄宗伸手把那兩滴淚輕輕拭去，嘴裏喊著：「玉環，玉環！」彷彿楊玉環只是睡著了，他怕驚醒了她，聲音是那樣低，那樣輕柔。

就在玄宗悲痛欲絕時，高力士連忙趕到驛亭外，拭去眼裏的淚，對陳玄禮和另兩位將領說：「皇上已經割愛，貴妃已死，請諸君來驗證一下吧。」

陳玄禮和另兩位將領隨著高力士穿過驛亭，來到佛堂外，看到皇上正俯在貴妃的身上痛哭，於是知道貴妃確實已死。他們再也沒有理由圍在驛站前了，他們的要求得到了滿足，再不散，無異於公開謀反，於是，回到驛站前，喝令各營將領收隊。

高力士回到佛堂時，玄宗已經收住眼淚。玄宗神情專注地看著楊玉環的屍身，目光中充滿了柔情與愛憐，彷彿楊玉環還沒有死，只是在熟睡。此時，佛堂中一片靜寂，沒有人敢吱聲，間或只有謝阿蠻抑制不住的一聲抽泣。高力士仆俯在地，磕頭哭拜道：「陛下，老奴死罪啊。」

玄宗轉過身來，目光茫然地望著高力士，彷彿不知道他在說什麼，過了好一會兒，他才向高力士揮揮手。

是啊，玄宗又能說什麼呢，責罰高力士嗎？說他不奉聖旨，聽任貴妃自縊？可他這一切都是為著他啊，他的心中只有皇上，這種危急時刻，他是迫不得已才這樣做的啊。再說，貴妃的死，也不是他逼

迫的，是貴妃自願以死滿足四軍所請，解救聖駕。高力十不過是知情不報，外加協助罷了。貴妃已經死了，責罰他又有什麼用呢。

高力士從地上爬起來，命令內侍把皇上攙扶著離開貴妃的屍身，已死的人，身上就有了污穢，皇上不應該靠近。當玄宗就要離開佛堂時，他掙脫開內侍的攙扶，又返回到楊玉環的身邊，他要再看她一眼。

這是最後一眼，自此後，就是音容兩隔。玄宗想到剛才還聽著她的聲音，懷中還剩有她的餘香，轉眼間，已是人鬼殊途。他的淚水又禁不住湧了出來。

高力士把玄宗扶到驛亭，稟告說軍士已退。玄宗木然地點了點頭。高力士知道此時不是沉溺於悲痛中的時候，他建議下午立即趕路，不要在此多作停留。玄宗問道：「她呢？」

高力士知道玄宗提的是楊玉環，說：「貴妃宜就地安葬爲好。」

玄宗點了點，說：「儘量隱秘，不要留墳頭。」玄宗這樣說，是想哪一天再回京時，把貴妃再另移厚葬，或者就和他合葬一起。

高力士明白皇上的心意，匆匆去辦理。過一會兒，謝阿蠻進來，哭拜在地，請求留下來，看顧貴妃的墳墓。玄宗也答應了。後來，玄宗再還京時，又遇謝阿蠻，世事嬗變，倆人都不勝唏噓。

當馬嵬坡兵變的消息傳到虢國夫人處時，她大驚失色，知道她們楊家的氣數到頭了，立即攜楊國忠夫人裴氏逃跑，當逃到陳倉時遭到陳倉縣令薛景仙的追捕。裴氏先死，虢國夫人自刎未遂，被逮住了。

當她被關在大牢裏時，還不知道逮住她的是唐軍還是安祿山的叛軍，竟問獄卒「國家乎？賊乎？」獄卒答「互有之。」虢國夫人到死也不知道她死於何方軍士之手。

在下午臨動身前，匆匆舉行了一個朝會，到會的大臣少得可憐，只有十來名朝官，別的大臣都奔散了。朝會上玄宗宣布以韋見素暫爲宰相，御史大夫魏方進也死了，眼前一時無人，就讓韋見素的兒子韋諤代替。朝會散後，立即就起營了。

玄宗獨自坐在空蕩蕩的御車中，在午後陽光中離開了馬嵬驛，隨著馬嵬驛在他眼中變得愈來愈小，他心裏有一種痛也愈來愈強烈，彷彿身上有一塊地方已永遠留在了那裏。他知道，此後他的餘生裏，他的生命，他的情感，都會如凄涼的月光，每夜光臨此地，而他們從此只能以這種方式相會了。

後記

一杯黃土掩香魂。楊玉環自縊後，太子策劃的宮廷政變終於結束了。故事寫到這裏，似乎也應該結束了，但是筆者似乎還有一種意猶未盡的感覺，讀者是不是也同樣會感到一種遺憾呢？

唐玄宗和楊貴妃一對如此恩愛的情侶竟會落到如此下場，怎麼能讓人釋懷呢？唐玄宗痛失愛妃後的歲月中充滿了愧疚和遺憾，他爲自己竟然無法保住一個貴妃的性命而自責，他遺憾那樣一個不問政事如此嬌豔美麗的貴妃就這樣永遠地離開了他，他與她今生無法相見，只有等來世再相逢了。

唐玄宗度日如年，只能靠從前的回憶打發他百無聊賴的日光，他飽嘗了淒涼的晚境。這種淒涼是他失去了權力之後的日子，他不再過問國事，守著諾大的宮殿，聽著朝聲、更聲、雨聲和風聲，竟連一個說話的人也沒有。那些妃子也在「安史之亂」中奔走離散了，唐玄宗真是孤寂難耐啊。

其實他又能怪誰呢？如果貴妃不死，兩人不是早就約好了，永遠相依相伴，琴瑟和諧就是他們聊以安慰和快樂的源泉，如今琴弦已斷，那些快樂時光已被歲月蒙上了厚厚的灰塵，曾經那些鶯歌燕舞的日子只能出現在夢裏了，楊玉環也只能出現在夢裏了。

雖然史書沒有記載，但我們可以想像玄宗一定做了許多有關楊玉環的夢。在夢中，他們重續姻緣，互訴別來相思。夢醒後，心裏身外更是無邊的孤寂和淒涼。玄宗噓聲長歎，只恨夢短宵長。

雖然後來玄宗讓人重新厚葬了貴妃，並且把貴妃的那張畫像日日掛在他的床前，他天天對她說啊，講啊，可是她總是微笑著看著他，一句話也不講。唐玄宗真是懊惱啊，如果當初，他不是沉溺於享樂，而是過問國事，如果他不偏聽偏信，不讓李林甫和楊國忠專權亂政，那大唐的江山何至於弄到如此的地步；如果他稍稍聽從那些賢良的忠臣的勸告，「安史之亂」又怎麼會在他的眼皮底下發生，他都毫無感覺呢？

如果他不那麼貪生怕死，拋棄他的子民和大臣，甚至放棄了國都，又怎麼會發生這一切呢？但一切都晚了，後悔也沒有用了。可憐可惜的就是讓他心愛的玉環搭進了年輕的生命。她對權力不感興趣，但她最終還是成了政治交易中的犧牲品啊。可是楊玉環到死都不會明白這一點，因爲她是心甘情願地爲她的三郎去死的。

她願意用自己年輕的生命保住三郎的皇位和他的江山。可這個三郎實在是辜負了楊玉環的這份癡心和癡情，因爲這個三郎是個江山美人都不肯放過的男人，如果當初他擁有了玉環，享受他的晚年，而把江山讓給太子打點，自己不是落得兩全其美嗎？但是曾經一代天驕的唐玄宗不是這樣想的，他還是貪戀手中的權力啊。一個人太過貪心了，上蒼的懲罰就會降臨到他的頭上，就是皇上也不能例外。

只可惜了楊玉環，一個爲愛情敢愛敢恨敢死的女人，實是讓人敬佩，敬佩之餘，我們不禁想到她實在是愛錯了朝代，愛錯了人啊，以致有了後來文人筆下的許多浪漫傳說。有人說楊貴妃根本就沒有死，那些一向愛她的宮女不忍心她死就有人心甘情願地代替了她去死，然後又有人悄悄地把她放走了，後來她就在外國使臣的幫助下東渡去了日本，在日本她隱姓埋名，又活了許多年。她隔水相望，望眼欲穿，日夜思念著她的三郎，直到臨死，她的口中還喊著「三郎」的名字。有人考證說，現在日本已有了楊貴妃的後代，據說她後代中的女人個個出落得如花似玉，能歌善舞，就如當年的楊貴妃。

這些美麗的傳說不管是真是假，但它表達了人們善良與美好的心願，就是對楊貴妃愛情的讚美與肯定。我相信，這也是筆者和廣大讀者共同的心願吧。

風雲時代

風雲時代